古罗马
墓志铭

文治武功

陆幸生◎著

中国书籍出版社
China Book Press

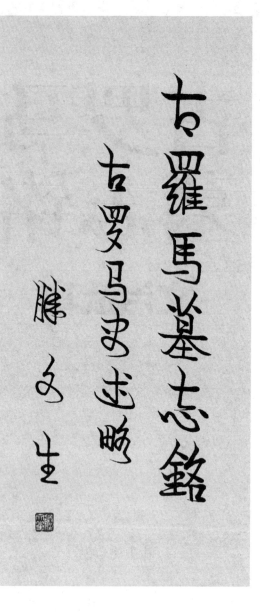

滕文生

中央政策研究室、文献研究室原主任

中国共产党第十五、十六届中央委员

国际儒学联合会荣誉会长

中国政策科学研究会荣誉会长

古罗马墓志铭题记

陆幸生

烟雨随春天的风吹散
荒冢孤坟伴视线淡去
葳蕤的森林和盛衰的草木
伴季节变化，四时无常
闪烁着幽火萤光的灵魂
出入古典、中世纪、绵延当下
去人们的脑海，掀起无尽波澜
罗马高大的柱廊，支撑着拱门
变得空旷而无边无廓
那是古往今来的时空
唯剩斗兽场的残垣断壁注入血腥
广场上图腾柱前骑马挥手的帝王
指点江山，出入英雄或者枭雄的
道口，寓寄着帝国兴衰存亡
接续生死之路的阴阳轮回

凯旋幽灵之门的来路和去向
续绝存亡，生生死死，恺撒
亚历山大、君士坦丁的宏图大业
称霸世界的野心勃勃跳动在疆场
走向世界这个斗兽场
不断出演丛林中弱肉强食
胜者为王的血腥游戏
元老院的谋杀，独裁官
壮志未酬，死于非命
醉生梦死的执政官安东尼和
埃及女王的缠绵，成就那段
风流往事，古今传唱
荒诞荒唐荒淫的演绎
出入宫廷，流播天下
国家覆灭了，罗马堕落了

奥古斯都凯旋的旗帜
舞动在广场，胜利的鼓角
雄壮的军号齐鸣于天空
太阳王的驷马走向权力宝座
沐猴而冠戴上王冠穿上衮服
月亮神的羽翼盘旋荒郊野岭
寻觅断碑残碣上的墓志铭
尸身速朽，阴魂不散
无论生前的叱咤，死后的哀荣
一概归于尘土。文字的魅力
在史诗般的墓志铭中
永恒流转着岁月余晖
那些闪烁在灿烂夜空的明星
柏拉图、苏格拉底、阿基米德
亚里士多德、西塞罗、塔西佗
睿智的思想镌刻在天地间
穿越世纪的冰川送来暖流
良知化为春雨滋润荒芜的田野
绿色的茎叶舒展花的骨朵
花园里升起霓虹布满天穹

萦绕着千年罗马的墓碑，铭记
一切帝国辉煌，升上顶峰的旗帜
那些腐败、无可挽回的殒落脆断
都将在悲欣交集中循环轮回
又将去痛苦的悲哀里流窜
狂欢篝火后的余烬，终将泯灭
枯藤古树晨钟暮鼓中的墓志铭
在鸦雀啼鸣里走进黯夜
明天又是一个血色黎明
人们抚去岁月尘埃
罂粟花布满的坟场战场角斗场
唯断简残章零落的墓志唤起记忆
神圣出尘的、肮脏渺小的
高尚纯洁的、卑鄙无耻的
统统浓缩在灵动的字里行间
让人品味、揣测、感叹
吟颂、思量，余韵绕梁
江海呜咽，风涛訇响，绵延流殇
……

目　录

1

第一章
对共和杀手的围剿追杀

多拉贝拉之死和共和派的嚣张

公元前 42 年初，对于"后三头"联盟来说，形势异常严峻。意大利本土在"三头"对于共和派人士血腥残酷的镇压下，屈服于血雨腥风的摧残，陷于一片死寂。但是在意大利之外，反对"三头"专制高压的各路反恺撒派势力开始结成联盟，遥相呼应俨然结成一股强大的势力，伺机进行反扑。

庞培的小儿子塞克图斯·庞培在孟达会战后，依然保持有强大的海上实力，牢牢地控制着西方的海域，在庞培派中拥有一大批追随者。安东尼曾经同他进行商谈，企图以高官厚禄收买他，但是安东尼根本无力支付小庞培提出必须清偿老庞培损失的庞大资产，比如首先让他退出他已经占据了多年的老庞培官邸，这些条件几乎不可能得到满足。

元老院只是在口头上承诺封他为帝国海军司令的官衔，口惠而实不至的空头支票，显然不能满足塞克图斯的政治欲望。海军元帅兼司令早在共和时期就是他兄长的职务，自从其父马格努斯·庞培剿灭海盗起，海军这块肥肉几乎就是他庞培家的世袭领地，对拥有庞大海军的小庞来说根本就不稀罕。收买不成，"三头"还是将塞克图斯列入了"公敌名单"，索性小庞就公敌当到底了，他反正是死猪不怕开水烫。强人是以实力为支撑来向支离破碎的共和国政府叫板的。

凭借着强大的海军实力，西西里海域依然是塞克图斯的天下，这样小庞培肆无忌惮地开始对"三头"实施疯狂的报复，并公开竖起招降纳叛的旗帜，吸引前来投奔的共和派人才，其武装实力不断壮大，几乎成为除了共和派据点马其顿和叙利亚行省之外的另一个角力支撑点，因为西西里岛已经成为共和派人士的避难所。

成者为王败者为寇，罗马当局蔑视地称呼小庞培为海盗头目，共和派誉之为反帝国恢复共和的复兴基地。这个基地的存在，严重威胁着帝国海外商业往来，阻碍了东方各国对于罗马的产品供应。塞克图斯成功地由海盗变身为海上独立王国的统治者。他一方面牢牢牵制着罗马帝国同盟国埃及女王克里奥佩特拉的海上军事实力，同时密切监视着亚得里亚海上的一切动向。

东方由于卡西乌斯和布鲁图斯的崛起，形势更加具有威胁性。卡西乌斯以恺撒任命的叙利亚总督身份在叙利亚行省包围了帝国退职执政官、也是安东尼任命的叙利亚行省总督多拉贝拉。他是在内战开始前的公元前44年10月离开罗马，出任五年任期的叙利亚总督的。

在"3·19"事件后，多拉贝拉曾经仓促表示愿意和共和派合作，后来又与安东尼沆瀣一气，前来镇压共和派，表现了政客极大的投机性和政治操守的无底线。他是在共和派和恺撒派此起彼伏的权斗中前来接管叙利亚的。首都罗马以元老院为代表的权力中枢受到安东尼、屋大维和西塞罗等各方权贵的制约，在决策上反复无常，因而在叙利亚和马其顿两个行省最高行政长官——总督的任命上也是朝三暮四，屈服于得胜权贵的淫威。

当安东尼在山南高卢围攻德西穆斯·布鲁图斯的时候，元老院根据西塞罗的建议，将安东尼确定为"人民公敌"，恢复恺撒原来任命卡西乌斯为叙利亚总督、布鲁图斯为马其顿总督的决定。当安东尼挥师罗马控制元老院后，又任命退职执政官多拉贝拉为叙利亚总督。于是，这两股各带政治目的的势力，各自安排自己的人马先后开进叙利亚，形成两虎争食的险恶局面。

卡西乌斯和布鲁图斯正在叙利亚和马其顿招兵买马，准备顽强固守两省，伺机反攻罗马夺取政权，他们手中除了当年庞培留在西班牙准备对抗恺撒的残余军队外，卡西乌斯还在当地招了不少士兵加上地方协防军，实力不断增强。正在这个时候多拉贝拉仅仅率领着安东尼临时拨付的一个军团踌躇满志地向叙利亚进发，在路过亚细亚行省省会士麦那时，他企图顺手牵羊拿下士麦那，顺便抓捕亚细亚行省总督特雷波尼乌斯，因为这家伙原是共和派骨干是刺杀恺撒的凶手之一，此时这位总督早已和卡西乌斯沆瀣一气，正在强化所主管市镇的防务，防备多拉贝拉的突然进攻。

多拉贝拉于前43年1月，经过长途跋涉来到亚细亚，利用诡计突袭士麦拿，并未经元老院批准残忍地杀死了这位行政长官特雷波利乌斯。

《罗马史》作者阿庇安的详细记载了事件的整个过程：

当多拉贝拉到的时候，特雷波尼乌斯不允许他的部队进入帕加马或士麦那，但是允许他以执政官的资格在城外有购买军粮的机会。多拉贝拉恼羞成怒下令攻城，却久攻不下。特雷波尼阿斯建议他可以去以弗所。多拉贝拉佯装向以弗所出发。特雷波尼阿斯派遣一支军队远远地跟在他的部队后面。当这支军队正在严密监视着多拉贝拉行军的时候，天色已晚；他们放松了警惕，只留下少数人跟着多拉贝拉，其它人撤回了士麦拿。多拉贝拉设置了埋伏，张网等待这些少数人，结果将这些人一网打尽，全部屠杀殆尽。当晚多拉贝拉即回师士麦拿，竟然发现城市并没有设防。他们用梯子轻而易举就翻越了城墙，占领了这座省城。

特雷波尼阿斯是在深更半夜的睡梦中被抓获的。他请求那些俘虏他的人带他到多拉贝拉面前，说他愿意投降多拉贝拉。带队的百人队长却回答说："你可以随便到哪里去，但是你必须把头颅留在此地。我们是奉命来取你的头颅，而不是取你本人。说完了这些话，那个百人队长手起刀落，就把他的头颅砍了下来。第二天早晨多拉贝拉命令把头颅放在特雷波尼阿斯办公时常坐的大法官座椅上面示众。因为特雷斯尼阿斯曾经参与了暗杀恺撒的阴谋，当另一些人在杀害恺撒的时候，是他利用谈话，把安东尼阻止在元老院议事厅门口的。所以士兵们和军营里的伙伴愤怒地攻击他的残余尸体，施以各种侮辱，尸体被肢解，然后公开展示。士兵们沿着城市的人行道上把他的头颅当球一样地踢，直到完全破碎为止。"

多拉贝拉宣布："谋杀恺撒的凶手死了一个了，这是第一个，但不会是最后一个。"

特雷波尼阿斯的遗体随后被运回罗马被接受验尸，等确认其死亡的原因后才被交给家人火化。他的悲惨命运，为西塞罗和共和国的其他领导人敲响了警钟。他们只有借助手中的武装，否则落入敌手只会死无葬身之地。任何企图绥靖妥协也只能是死路一条。因为他们知道了落入敌手会是什么样的下场，双方已经是剑拔弩张你死我活的拼搏了。特别是安东尼还向执政官写了一封公开信，保证自己对多拉贝拉的忠诚，并对特雷波尼乌斯的下场表示高兴：罪犯受到惩罚是一件值得庆幸的事情。义愤填膺的西塞罗在元老院大声宣读了这封信，这让大家更加坚定了绝不妥协的立场。多拉贝拉被宣布为国家公敌。西塞罗不敢相信，他的前女婿竟然这么残忍。而这个怪物居然住在自己家里，和他可怜的女儿同床共枕；想到自己居然曾经也欣赏过这个男人，他感到十分懊恼和后悔。

　　随后令人振奋的好消息不断传来，失联好几个月的卡西乌斯来信说，他已经完全控制了叙利亚：各路人马，包括恺撒利亚人、共和主义者和所剩不多的庞培旧部蜂拥而至，他手下至少有 11 个军团。他在信中说：我想让你知道，你和你在元老院的朋友并不是没有强大的后盾，所以你可以尽你所能地捍卫国家。布鲁图斯也快成功了，他在马其顿又组建了 5 个军团，有总共约 25000 千人。你的儿子小马尔库斯和他在一起，负责招募和训练骑兵：你的儿子凭借他的精力、耐力、勤奋和无私精神——基本上凭借他的所有表现——赢得了我们的认可。

　　公元前 43 年夏，多拉贝拉被卡西乌斯派重兵包围在叙利亚的港口城市拉欧狄凯亚。当时卡西乌斯拥有雄厚的实力，所麇集着 11 个军团，其中就有帕提亚第一流的弓箭手，这些弓箭手都是当年在克拉苏进攻帕提亚时，他充当克拉苏部财务官时利用自己拥有的威望而招来的亲信。多拉贝拉率领着当年庞培留在埃及的 4 个军团，双方拥有的军力相差悬殊，多拉贝拉明显处于劣势，失败的命运正在向他招手。

　　然而，两位将军都曾经是恺撒麾下得力的干将，长期分别统兵，为恺撒最终战胜庞培、建立独裁王朝立下过汗马功劳，如今为了不同的意识形态之争，分裂为敌对的双方。他们分别率领着已经分裂为两个阵营的罗马军团开展了一场你死我活的残酷争斗。最终两位贵族将军死得都足够壮烈。根据阿庇安在《罗马史·内战史·下》的记载：

　　当多拉贝拉知道卡西乌斯的兵力之后，他前往拉欧狄凯亚，这个城市对他还是很友好的。位于半岛的海滨城市地理位置对他十分有利，在连接大陆的一边设有坚固的防御工事，面临大海的一边有良好的港口，很容易从水上取得物资供应，同时无论什么时候他想逃跑的话，都可以安稳地脱身。卡西乌斯侦得了这些情况后，为了防止他的逃跑，这位久经战阵的老将，利用石头和郊外的房屋及坟墓中运来的各种材料，建筑了一个高高长长的土墙，跨过地峡，将整个城市围成铁桶一般。卡西乌斯和多拉贝拉进行了一次海战；在战役中，双方都有很多舰船被击沉，多拉贝拉俘虏了5条舰船和舰船上的水手。卡西乌斯派人到埃及要求女王奥克特里佩拉派舰船支援，但是女王回答当时埃及受饥荒和瘟疫之苦，不肯派出舰船增援。但是实际上是因为她深恨卡西乌斯等人对老恺撒的谋杀。她反而派舰船准备和多拉贝拉合作。她已经派出了四个军团由阿里纳斯率领，还准备了一个舰队去支援他，但为逆风所阻。

当卡西乌斯尽力利用现有兵力做好了准备的时候，他又和多拉贝拉进行了第二次战役。在第一次战役中，胜负未分；但是第二次战役中，多拉贝拉在海上被打败了。此刻，卡西乌斯完成了围城土墙构筑，开始对拉欧狄凯亚城发动猛烈的攻势，坚固的小城城墙依然巍然耸立不为所动。卡西乌斯想贿赂夜间守城的队长马苏斯没有成功。但是他收买了白天守城的一些百夫长们；正当马苏斯在睡觉的时候，那些百人队长秘密地把一些小城门打开，使卡西乌斯的军队在白天涌进城来。当城市陷落的时候，多拉贝拉招来自己的贴身卫士，将自己的头颅伸过去，要求他的卫士砍下来，送到卡西乌斯那里去，以保障自己的安全。这个卫士砍下了将军的头颅，自己随后自刎而死，马苏斯拒不投降也自杀殉主。这位罗马显贵皮索家族的公子、前执政官就这样英勇无畏死去了。卡西乌斯要求多拉贝拉的军队宣誓效忠，为他服务。他残酷无情地劫掠了拉欧狄凯亚的神庙和金库，惩办了城中协助多拉贝拉守城的市民领袖，对其余公民勒索了很重的赋税，使这座美丽的海滨城市陷入极端悲惨的境遇之中。当他得知埃及女王要把一个战斗力很强的舰队和屋大维和安东尼联合起来的时候，他开始将矛头对准了拒不配合他的埃及艳后克里奥佩特拉。然而，布鲁图斯送来了紧急消息说，屋大维和安东尼正在渡过亚得里亚海，前来马其顿征讨他和布鲁图斯，只能无奈地放弃了他对埃及的复仇计划。

卡西乌斯逼迫西塞罗的前女婿、曾经恺撒麾下骁将，却志大才疏的政客，在走投无路之际，下令贴身侍卫割下自己的头颅自杀而亡后，布鲁图斯离开了他的马其顿行省来到叙利亚与卡西乌斯会合，两人共商将来针对"三头"会剿的计划。

根据《世界文明史·恺撒与基督教》作者威尔·杜兰记载：

公元前42年春，三雄联军越过亚得里亚海后到达色雷斯。布鲁图斯和卡西乌斯在那里凭借他们的实力，敲诈勒索当地居民。他们预收十年租税，当罗德岛居民反对时，卡西乌斯便率军猛攻罗德岛的大港口，命令市民交出全部财产，稍有迟疑者，即被杀死，总共带走1000万美元之多。卡西乌斯在西里西亚把他的军队驻扎在塔尔苏斯（Tarsus）附近，一直到被害者交出900万美元时才拔营离去。塔尔苏斯市民为了筹足这一大笔钱，把土地都拍卖掉了，祠庙的器皿和装饰品也倾售一空，最后只能将人卖做奴隶了——起初卖小孩，后来卖妇人和老年人，最后年轻人也卖了。很多人在知道自己被出卖后都纷纷自杀而死。卡西乌斯在犹太人地区强征420万美金，并把四个城镇的居民卖为奴隶。布鲁图斯也一样以武力强征租税；桑索斯城（Xanthus）的居民拒绝他的要求后，他就率兵围城，居民虽饥饿不堪但却坚决不屈，最后集体自杀而死。由于布鲁图斯喜欢哲学，所以他大部分时间都停留在雅典；然而，雅典城却麇集着许多罗马的年轻贵族，他们喧嚣求战，当筹足经费后，布鲁图斯放下书本，集合卡西乌斯的军队，重驱战场。

布鲁图斯是从伊利亚乘船前往雅典的，受到当地人民的热烈欢迎和友善接待，雅典当局还颁布敕令给予他应有的荣誉，可以看出这个共和国城邦的肇始之地、民主之都显然是支持共和派复国兴邦之宏伟大业的，因为长达五百年的罗马共和国的起步，正是对古希腊雅典城邦制共和国体制的复制和自由民主法治精神的发扬光大。现在共和之火即将熄灭之时，理应抱薪添柴使之死灰复燃。作为和舅舅小加图以及老师西塞罗有着一样理想信念的斯多葛派传人布鲁图斯，在这个哲学之都，无疑有着更多学术上的朋友和政治上的知音。

根据普鲁塔克的记载：

布鲁图斯和他私交甚笃的友人住在一起，成了持之以恒的旁听生，在柏拉图学派和逍遥学派的领袖人物之间的学术讲座中听课，经常与他们进行哲学著述的讨论，如鱼得水地周旋应酬，看起来像是弃政治问题不顾，全部闲暇时间用在学术研究。这段时间，他在暗中从事着战争的准备，没有引起任何人的怀疑。他派亲信将领去马其顿，为的是确保当地的指挥官投向他的阵营；他自己下了很大的功夫，使得在雅典求学的年轻罗马人全都赞成他的主张。其中有一位是西塞罗的儿子，布鲁图斯对他有很高的评价，说自己无论是在梦中或者是醒来，始终对他赞不绝口，认为这个年轻人有高贵的情操和对于暴政坚持嫉恶如仇的态度。

这批在雅典求学的年轻贵族，大批是原共和派显贵的子弟，这些人血气方刚，有不少人的父辈已经残酷甚至悲壮地死于内战之中，比如执政官西塞罗、大法官加图的儿子，还有大法官霍腾修斯的儿子（其实和加图之子是同母异父的兄弟）、前执政官卢库卢斯的儿子等等，他们都慷慨陈词地要求随军出征，向"后三头"窃国贼子进行复仇。因为他们曾经权势熏天的父辈遭到恺撒及其党羽的残酷杀戮，甚至株连全家，人头落地的同时，家族长期暴敛的巨额财富也在血火中被新贵们抢掠一空。因而心中怒火中烧，在国难家仇的关键时刻，他们纷纷投笔从戎，为夺回失去的财产和权力慷慨出征，誓死为恢复共和秩序，捍卫寡头贵族特权而进行最后的拼死一搏。布鲁图斯、卡西乌斯就是率领着这群还乡团勇士誓师，慷慨出征的。这些权贵子弟在马其顿腓力比最后的决战中均有不俗的表现。

埃及艳后决定支持恺撒派

　　布鲁图斯还派出使者，出使东方各同盟国，恳求支援。其中一位使者被派到埃及，向埃及女王克里奥佩特拉要求援助，这完全是一种愚蠢的不合时宜的举止，触动了女王心中最沉痛的创伤，使她回忆起恺撒被刺的悲惨往事，这不仅是因为这位神圣的独裁者是拯救她王位的恩人，还是她最心仪的情人，同时也使他们的爱情结晶——恺撒·里昂飞跃亚德里亚海的罗马帝王梦从此灰飞烟灭，她怎么可能不对这帮共和派冷血杀手不切齿痛恨呢？因此，她在情感上是完全倾向屋大维、安东尼、雷必达的。

　　尤其安东尼是除了恺撒之外，对克里奥佩特拉还有着某种说不明道不清的神秘情感：那还是在她的父亲托勒密·奥里特斯被亚历山大城民众推翻后流亡罗马的时代，那时奥里特斯的大女儿贝雷奈斯四世和女婿阿克劳斯被推上了王位。马克·安东尼正当年少，在罗马就是著名的贵族小混混，他长得英俊潇洒，在狂野放荡中挥霍无度，把金钱浪费在许多荒唐邪恶的事情上，很快把父亲遗留的巨额资产挥霍一空，负债累累。由于他的暴虐和邪恶在罗马结下了很多仇人，惹上了难以摆脱的麻烦，这些人不断追杀他，只能逃离罗马去了希腊。

　　此时，庞培大帝派往埃及援助托勒密十二世奥里特斯复位的副将奥卢斯·加比尼乌斯路过希腊，将安东尼招入自己麾下，曾经率领一个骑兵团攻入叙利亚，克服缺水等重重困难，穿越荒无人烟的佩鲁斯阿姆大沙漠，为主力部队进军埃及打开通道。奥卢斯·加比尼乌斯紧随其后。尽管安东尼恶行昭著，臭名远扬，但是他奔放热情、沉着冷静、充满狡诈的智慧，还不时流露出直爽、大度的优点，这使他的手下士兵十分拥戴他。美国作者雅各布·阿伯特在《埃及艳后》一书中如此描述：

　　那个时候他只有二十八岁，身材高大魁梧，充满男子气概。他表情生动，看起来十分睿智。他前额很高，鹰钩鼻，双眼充满了生气和活力。他习惯随意的打扮，总是一副玩世不恭的模样。在与手下人打交道时，总是表现出自然的亲密状态。他会同他们一起进行体育活动，和他们开玩笑，也会和善地接受他们的玩笑，他还会在室外简陋的餐桌旁和他们一起用餐。这些习惯对于一名普通的指挥官而言会损害威严。但在马克·安东尼身上这些坦诚亲密的举动似乎更能凸显他的军事天赋和与人交往的智慧，从而让他获得更广泛的拥戴。

当安东尼率领着他的罗马军团先头部队顺利占领佩鲁斯阿姆城，面对埃及女王贝奈斯四世夫妇的军队时，那位亚细亚的王子阿克劳斯早年却是安东尼的酒肉朋友。在与罗马军团的交战中王子拒不投降战死沙场，贝雷奈斯四世战败被俘被投入监狱。贝雷奈斯四世的统治被彻底推翻，托勒密十二世在罗马军团的扶植下重登王位。

用现代的标准来看，马克·安东尼和托勒密十二世奥里特斯都是邪恶堕落之人，但是两人在处置敌手方面有很大的区别，如果说奥里特斯对于杀死自己的女儿毫无怜悯同情之心，毕竟贝雷奈斯是被推翻了暴政的埃及民众拥戴登基的女王，并没有参与推翻奥里特斯；而安东尼在战争进行之间始终关心自己朋友阿克劳斯的命运，他所关心的是自己的朋友是否遇害。

在战争胜利后，他们一个欢欣鼓舞，另一个却沉痛悲伤。战后，马克·安东尼在战场努力寻找自己朋友的遗体，找到后竭尽全力予以厚葬。在葬礼上，他真情流露出对老朋友故去的哀伤、悲痛。而托勒密则得知女儿被俘，被胜利的喜悦冲昏头脑，当他在亚历山大王宫重新登上宝座，做的第一件事就是下令将自己的女儿斩首。

当时马克·安东尼尤其受人尊重、崇拜，连同他早年在罗马的种种恶行也被当时至高的荣耀所掩盖，他与众不同的举止、坦率真诚的气质以及简约随意的罗马式着装让他格外显眼，他不顾托勒密十二世对佩鲁斯阿姆士兵大屠杀的命令，保障了守城士兵的生命，还举行了盛大的葬礼纪念死在战场上的敌人。这些事都让埃及人觉得他是一个宽宏大量品德高尚的人，总之政治归政治，友谊归友谊，政治充满着邪恶的杀戮，友谊却是朋友间私人领域的真诚感情。

在亚历山大港停留期间，马克·安东尼得到了埃及上流社会的关注和支持，他是否赢得克里奥佩特拉的青睐不得而知，那时候埃及艳后克里奥佩特拉只有十五岁，安东尼将近三十岁。她可能对马克·安东尼没有深刻印象，但是埃及艳后却引起了安东尼的关注。纨绔子弟安东尼欣赏青春貌美、聪明活泼、多才多艺的埃及艳后。安东尼带着托勒密非常丰厚的犒赏回到罗马，以后很长时间两人没有见面，埃及艳后成为恺撒的情人后，安东尼根本没法染指。但是对于埃及艳后的绝世美貌却使得安东尼一直记忆犹新，现在他成了恺撒之后的独裁者，是否能够摘取梦中情人的爱情桂冠，甚至酿成一段刻骨铭心的生死之恋，有待今后的历史验证。

　　在"后三头"和共和党人的战略对峙中，作为恺撒的情人，克里奥佩特拉理所当然地拒绝了布鲁图斯等人结盟的邀请，她始终对恺撒大帝为自己所做出的努力和牺牲心怀感激，毅然决然地投入恺撒派的怀抱。她立刻准备船只前往亚洲沿海地区，目的在于尽自己最大的努力为马克·安东尼提供帮助。

　　卡西乌斯发现埃及艳后决定帮助自己的敌人，遂决定立刻向埃及进军。但是双方的计划都没有成功。埃及艳后的舰队在出海途中遇到特大暴风雨，一部分中途被吹散，另一部分漂泊到非洲海岸。卡西乌斯终于因为来自意大利和罗马方面的威胁迫在眉睫，在布鲁图斯的一再催促下，不得已放弃了进军埃及的计划。

　　公元前 42 年 9 月，三雄联军和布鲁图斯、卡西乌斯的部队在马其顿的腓力比（Philippi）城郊遭遇，双方展开决战，这是罗马贵族两派之间的最后一次战争。这一战决定了今后罗马政府未来的走势，所谓的共和民主政体彻底覆灭，帝国君权统治拉开序幕。

腓力比决战拉开序幕

布鲁图斯和卡西乌斯两位共和派大将集中兵力准备迎击"三头政治"麾下的进剿部队。为了迎战，他们从塞斯托斯穿过达达尼尔海峡，到达阿比杜斯，最后进入色雷斯森林，经过十分艰苦的突击行军，双方军队在腓力比附近开始靠拢。

腓力比以前叫做达都斯，更早之前被称为克雷奈德。此地滨海临山，风光旖旎，那里的一座小山拥有众多清澈的泉水流出，被誉为"众泉"之城。泉水涌流滋润着繁茂的林木花草，四季如春孕育了美丽的神话传说。相传这里是希腊神话中植物女神狄密特之女帕塞芬妮被冥王布鲁图劫持为妻的神话流传之地。

当年马其顿国王腓力为了对付色雷斯人的入侵，在这座风景秀丽的滨海小城设防，建成一座坚固的要塞，以自己的名字命名为腓力比。城市位于险峻的小山上，面积大小等同于小山顶峰的那块平坦之地。布鲁图斯和卡西乌斯的军队通过城北的小树林到达腓力比城郊，放眼巡视四周：城的南边是一片延伸至海边的沼泽地，东面为萨博亚人和科彼亚人的山峡，其西面是一块肥沃和广阔的平原，这就是相传帕塞芬妮采花被劫的传说之地，平原从高到低一直延伸到麦西拉斯和德拉比斯卡两座小城。蜿蜒流淌的西嘉克滋河穿越草木繁盛的平原到达大海。

离腓力比不远的戴奥尼书山，山中有金矿，离此地1.8公里的两座小山离腓力比城3.3公里，两山彼此间的距离是1.5公里。卡西乌斯的军团驻扎在南边的山上，布鲁图斯的军团驻扎在北边的山上。

此刻，马克·安东尼到达了离腓力比不远的安菲波利斯城，当他听说布鲁图斯和卡西乌斯已经占据了有利地形等待开战时，就立即开进平原安营扎寨。屋大维当时萎缩性胃炎严重发作，几乎难以行走，只能躺在肩舆上被抬到了前线，他因病滞留在德拉季乌姆城。马克·安东尼等了十天后，屋大维才躺在软轿上到达营地，看上去他面色苍白，有气无力，病得很重。

安东尼把营地设在卡西乌斯营地对面。屋大维的营地则与布鲁图斯的营地遥遥相对，即便如此，他依然每天躺在担架上坚持着视察营地，鼓舞士气。

从双方兵力部署上看，几乎是旗鼓相当等量齐观。各有步兵 19 个军团，但是布鲁图斯和卡西乌斯的军团是不满员的，只是虚张声势地号称 19 个兵团而已。而屋大维和安东尼的军团是满员足额的正规军团。在骑兵方面屋大维和安东尼拥有 13000 人，共和派拥有 20000 人。双方的骑兵都是色雷斯人。在占据地形方面，显然共和派抢占了先机，占据绝对优势。背后有城堡支撑，阵前有壕沟屏障，在平原地区非常有利于作战，山顶上适应居高临下的大营易守难攻。因为这种地形一边是连续不断的沼泽和池塘，一直伸展到斯特赖梦河畔；另一边是没有道路难以逾越的高山峡谷。

两山之间相隔距离很短，是从欧罗巴到亚细亚的主要通道，卡西乌斯和布鲁图斯两座军营构成掎角之势守望相助，中间只隔一座堡垒一个小门，打开门，两座军营就连成一座军营。沿着这道堡垒有一条河，堡垒后面就是大海，他们能够保证海上运送的物资源源不断地供应部队，共和军的仓库在塔索斯岛上，离军营 18.5 公里；他们的三艘桨舰船停泊在尼亚波利港口，离军营 12.9 公里。可以说物资给养充足，进退自如，占有地形上无可比拟的绝对优势。

卡西乌斯并不希望立即交战，而是以持久战等待敌军在粮食消耗完后自行撤退，这是过去庞培采取的对付长途奔袭的恺撒军团的战略，可惜这个以逸待劳的持久战略，被庞培手下那些不懂军事的元老院议员打乱。他们是一帮急于求胜又自以为是的蠢货，导致了庞培大帝在法萨卢斯会战中的全军覆灭。如今共和党人卡西乌斯的持久战，也被书生型领袖布鲁图斯急功近利的雄心所干扰，卡西乌斯无奈放弃自己的正确战略，附和了布鲁图斯急于求胜的愚蠢。

共和军原本有来自亚细亚的充分给养，都是由海上运输从附近地方运送来的；而敌人的全部给养都是来自本土。他们不能通过商人从埃及得到任何东西，因为埃及正在闹饥荒；也不能从西班牙和阿非利加得到任何东西，因为小庞培的从中阻扰。即使兵力和装备处于劣势，共和军也不必要排除万难去急于求成地进行会战。基于他们财力和物质包括交通运输方面占有的优势，部队完全可以稳如泰山地稳扎稳打，不必去正面交锋消耗自己的实力。可以说布鲁图斯重蹈了他们的前辈庞培大帝的覆辙，老谋深算的卡西乌斯是早就深深预感到了的。

对于卡西乌斯的拖延战术，布鲁图斯很不以为然，仍旧希望按照原来设计的计划行事，迅速发起决定性会战，他希望尽快恢复共和国的自由权力，把深陷于战争中苦不堪言的民众尽快拯救出来。同时，他发现轻装骑兵在几次前哨战中的出色表现，不仅激起了他的顽强斗志，也坚定了他必胜的信心；加上有些士兵叛逃到了敌方，他害怕日久生变，因为他手下被他用恢复共和的正义感蛊惑来的马其顿军团士兵很多都是恺撒为进攻帕提亚的储备部队。本质上和"三头联军"是打断骨头连着筋的恺撒老部队。他认为速战速决是解决当前军心动摇问题的重要手段。

卡西乌斯认为在当前形势下，把事业前途都赌在一场战争上是不明智的，也是不必要的。当这两位统帅在会战问题上产生分歧时，召开了军事会议，征求军官们的意见。在会上，卡西乌斯有很多幕僚在会上改变了原来的立场，转过来支持布鲁图斯的观点。而原来站在布鲁图斯这边的人士中，有一个叫阿特留斯（Attellius）的家伙，现在又跳出来反对他迅速展开会战的决定，他建议将会战的日期拖到明年冬天。布鲁图斯问他为什么还要拖一年，到底能获得多少好处？他却振振有词地说："即使什么都得不到，能够多活一段时间总不是什么坏事。"面对这种贪生怕死思葸不前的失败主义情绪在军中蔓延的态势，卡西乌斯极其不高兴，为了表现自己军人的荣誉感和无畏的英雄气概，他改变了自己的立场，决定和布鲁图斯在政治上保持一致，因而他们做出最后的决定，在次日发起会战。

布鲁图斯十分满意会议的决定，对于未来充满着必胜的信心。布鲁图斯在营帐中大宴宾客，邀请他这一分支的军官吃饭喝酒。聚会的欢乐气氛持续了整整一宿。席间兴味盎然地与他的朋友们讨论哲学问题，整晚都在滔滔不绝地高谈阔论。大家借着酒意，都在互相祝福胜利，附和称赞他的英明伟大，大家都以为胜利唾手可得，沉浸在一厢情愿的胜利幻想中。

　　回到海边营地的卡西乌斯却闷闷不乐，他相当沉默、沮丧，举止安静，似乎陷于沉思之中。私下里他和几个好友吃饭喝酒，席间他非常诚恳地拉起诗人、历史学家梅撒拉的手，通常为了表达内心痛苦的感情他会使用希腊语。他满怀忧郁地说道："我认为在这种情况下开战，就是拿罗马的自由打赌，这不是我想看到的，但我也无法控制局面。我希望日后你能证明我是不得已，才同意仓促开战的。尽管我有一种不祥的预感，但是我还是要鼓足勇气，期待更好的结果。让我们明晚再聚一次，因为明天是我的生日。"说了这番话，他与梅撒拉握手告别。

　　马尔库斯·瓦勒里乌斯·梅撒拉·科维努斯（Marcus Valerius Messlala Corvinus）生于公元前 70 年，在雅典接受教育，是诗人贺拉斯的朋友。恺撒被刺杀后他追随卡西乌斯，腓力比会战他全力以赴，卡西乌斯自杀后，他投奔了安东尼，后来又效命屋大维，他用随笔记录下内战的经过，录下这段会战前卡西乌斯真实的心路历程，以兑现他对卡西乌斯的承诺。

共和大将卡西乌斯之死

第二天清晨，布鲁图斯和卡西乌斯分别在各自营地悬挂上了猩红色的幔帐，这是发起会战的信号，幔帐像旗帜一样在空中招展，军队蓄势待发。他们在两军之间的空地上会面，卡西乌斯向布鲁图斯说："啊，布鲁图斯，要是如我们所愿，这一天能够战胜敌人，往后的日子我们可以在一起过着幸福的生活。然而人生不如意之事十之八九，有时甚至想再见面都极其不易，假设会战不利的话，请告诉我，你的决定是逃走还是战死疆场？"卡西乌斯这最后的一问，似乎他对会战的结果已经有着不祥的预感。

布鲁图斯似乎也已经抱着必死的决心去殉自己的理想了，他坚定地答复卡西乌斯：

卡西乌斯，我年轻的时候很不通人情世故，不知道出于何种缘故，我的思维方式受到哲学理念的引导，对于小加图的自裁抱有谴责的态度，认为这是亵渎神圣的行为，不是男子汉大丈夫应有的作风，回避神圣的自然之道，没有勇气抗拒横逆的处境，完全抛弃东山再起的打算。等到现在要面对自己的命运，这时我的内心浮现另外的想法，要是这次神灵不让我们达成企图，那么我决定不再对未来抱任何希望，更不会用战争的准备工作，再来证明我没有放弃理想，而是满足于气数安排死而无怨。就在三月望日那天，我已经将生命献给了国家。从那时起我如同浴火的凤凰复活在自由与荣誉之间。

卡西乌斯听到这番话面露笑容，拥抱布鲁图斯说道："让我们带着赴死的决心去迎战敌人，即使无法取胜也毫无畏惧之心。"布鲁图斯向卡西乌斯提出指挥右翼的要求，虽然就年龄和经验而言，以卡西乌斯为宜，然而卡西乌斯还是顺从布鲁图斯的意愿，并派出梅撒拉率领最精锐的军团加入布鲁图斯的战斗序列。似乎他们都是抱着"杀身成仁，舍生取义"的决心去战，仅仅为空泛的道义去为共和国殉葬，而不是为克敌制胜重振共和国的雄风而作战略上的长远打算，因而也就必败无疑了。因为布鲁图斯的会战显然是某种有目的自杀行为，目的是效仿他的舅舅小加图。

安东尼的部队设置在沼泽地区，他命令士兵挖掘一道壕沟横过平原，用来切断卡西乌斯与海岸的交通线。为了隐蔽起见，老安每天把他的军队都布置成战斗队形，把所有军旗都竖立起来，实际上他的一部分军队隐藏在其中，昼夜不停地在沼泽地中赶造一条狭窄的通道，割下沼泽的芦苇，在芦苇上放一些石头，使得泥土便于垒筑，在较深的地方就用木桩架桥，一切都在静悄悄地进行中。通道四周保留着的芦苇依然在风中招摇着，敌人根本看不到他们的行动。屋大维派出士兵支援安东尼部的施工，他自己以患病为由没有亲自参与指挥。他的士兵不认为敌军会采取正规的军事行动，仅仅派出轻装部队投掷标枪实施短程突击。就这样安东尼部在屋大维的配合下秘密工作了 10 天后，突然派出一支轻装部队占据了阵地内的一切据点。同时建筑了一批方形碉堡。

卡西乌斯大吃一惊，在知悉了敌军的动态后，开始进行反制。他造了一条从军营一直横亘到海边的城墙，跨过整个沼泽地带，割草搭桥，和安东尼所做的一样，在高高的土岗上竖立起栅栏，这样既阻挡了安东尼所造的通道，也阻拦了自己的士兵逃往敌营。

面对卡西乌斯的反击，安东尼开始集中兵力对卡西乌斯进行反击，攻势凌厉而凶猛，他们用云梯和其他登墙工具登上了共和派的土墙，冲进了卡西乌斯的军营，开始大肆洗劫。卡西乌斯这边吃了大败仗，自己落荒而逃。

当安东尼正在越过两军之间的空地，斜着向山上大胆进攻时，布鲁图斯的部队却开始向屋大维进行反击。他自己骑在马上通过他周围的队列，鼓励士兵英勇杀敌，大家一鼓作气发出雄壮威武的呐喊声冲向敌人。梅萨拉一马当先超越同他相邻接的部队，冲过屋大维的左翼，直接接触到屋大维的后卫部队，冲进营地。屋大维在被卫士抬出营帐后，就消失了踪影。布鲁图斯大获全胜。布鲁图斯在判断上发生了错误，他认为卡西乌斯和他一样成为征服的胜利者，并没有出兵助战，帮助卡西乌斯挽回败局，这导致了他自己在后来的战局中全军覆灭。

卡西乌斯也以为布鲁图斯与他一样惨遭败局，完全失去了等待援军的信心，双方的误判，使他们根本失去了守望相助的优势，等待着被各个击破噩运的降临。梅萨拉宣称他夺得了屋大维军团的3面鹰帜，以及很多队标，自己没有丧失一面军旗，证明布鲁图斯确实旗开得胜，赢得大捷。

卡西乌斯在失去了营地后，开始对他的部将大声抱怨布鲁图斯，这厮竟然不待会战命令的下达，就抢先对敌人发起攻击，在获胜后，没有包围歼灭敌人的有生力量，却放任敌人逃跑，放纵自己手下蜂拥而上大肆劫掠和搜刮战利品。这种缺乏军事素养的土匪行为，使他极为不满，由于布鲁图斯的愚蠢，两军的协调几乎完全化为泡影，致使他陷入了敌军右翼的包围之中。他的所有骑兵全速脱离战斗向着海边狼狈逃窜，步兵也开始放弃阵地，他费尽力气企图阻止兵败如山倒的颓势，甚至从逃跑的掌旗手中夺回一面鹰帜插在自己身边，这样做连自己的卫队都无法节制，最后只能带着少数几个人，逃到可以俯视平原的腓力比城山顶上。

卡西乌斯的视力很差，连自己破损的营地都看不清楚，只看到自己的营地被攻陷了，阵亡者有8000余人，因为尘土蔽天，一切都看不清楚。他模模糊糊看到有大批骑兵向他这边运动，这是布鲁图斯派出的接应部队，他却误认作是前来追捕他的敌军。他还是派出百夫长泰迪纽斯（Titinius）去打探消息。很快布鲁图斯看到他迎面而来，因为彼此熟悉，知道他是卡西乌斯的幕僚和亲随，几位相识已久的老朋友，都高兴地跳下马来和他亲切握手拥抱。其余人员骑在马上又唱又叫，为他的安全脱险而高兴。

然而，这种亲密的举止，让在远方观察的卡西乌斯产生了极大的误会。卡西乌斯认为泰迪纽斯已经被敌人活捉，大声叫道："我为了苟且偷生，竟然让我的朋友，当着我的面被敌人生擒活捉。"他命令贴身侍卫自由奴平达努斯将其用剑刺死。他回想到公元前54年，他追随克拉苏远征帕提亚时被包围在卡雷城的情景仿佛再次出现，那一次他凭着九牛二虎之力逃过了一劫。此番英雄末路，他已经完全失去了生存下去的决心。

当卡西乌斯的部下告诉他，布鲁图斯取得了胜利的消息时，他平静地说："请告诉他，我为他获得全胜而祈祷。"随后，他抱定必死的决心向平达努斯下达命令夺取自己的生命，免得落得悲惨下场。他用自己的大红

19

斗篷蒙住自己的面孔，只露出自己的颈脖，让平达努斯拔剑奋力砍去，手起刀落热血飞溅，共和英雄的头颅滚落在地。他的释奴平达努斯随后用剑刺向自己的心脏，随着主帅的阴魂一起去了阴曹地府。

　　卡西乌斯就是这样在自己生日那天结束了自己的生命。接着共和军的增援部队在泰迪阿斯的指引下赶到腓力比城下，泰迪阿斯头上还戴着花冠。泰迪阿斯看到主帅的尸体，羞愧得拔剑自刎，因为他来迟了。布鲁图斯抱着亲密战友身首分离的遗体失声痛哭，称赞卡西乌斯是最后一个罗马人，认为罗马再也不会出现这样一个高尚的人物了。意思是说，在道德和勇敢上没有人可以和他相媲美。他责难卡西乌斯过于急躁和轻率，同时他认为自己朋友是幸福的，因为他免除了烦恼和痛苦。布鲁图斯派人将他的遗体运到爱琴海北部的萨索斯岛去埋葬，免得在营地举行葬礼引起混乱。

布鲁图斯血溅营帐

布鲁图斯因为亲密战友卡西乌斯的死异常悲愤。此后他将只身一人孤军应对"三头联盟"的进剿围攻，他发现自己面临着重重危机，形势也变得越来越严峻。次日凌晨，他率领全军开赴战场排出会战队形。

为了鼓舞人心，布鲁图斯在阵地前发表了鼓舞人心的讲话，他显然夸大了在第一阶段战胜屋大维的局部性胜利和自己军团在后勤补给方面的巨大优势。并拿出金钱来给每个士兵1000德拉克马的奖励。还允许官兵对西第梦和帖撒罗尼亚诸城市进行劫掠，安抚两个营地日益浮动的人心。特别是他自己的营地收容了太多屋大维军团被俘的士兵，需要严加管束才不至于造成反叛。同时，卡西乌斯的部队因为更换指挥官感到难以适应管理也是心怀不满，因为主帅死亡、全军溃败，对于胜利的布鲁图斯部心怀妒忌，特别是所有的家当都被抢掠一空，更有着寄人篱下的耻辱感，亟待安抚。因此，布鲁图斯只是排军布阵，并不应战。

安东尼和屋大维的部队，因为远道奔袭，所带的粮草很快告罄，部队正面临饥饿的巨大威胁，求战心切。而且所处的营地地形低洼，难以忍受的冬季即将来临，被迫在秋风肃杀天的沼泽地附近扎营，等到会战结束，遇到秋雨绵绵的季节，帐篷里面积水一片，帐篷外面泥泞难行，真正是苦不堪言，就这样长期对峙，部队是不堪忍受的。尤其天气转寒，滴水成冰的冬季到来，日子更是难熬。这时水师又从意大利运来为数众多的兵员，遭到布鲁图斯水师的攻击，几乎全军覆灭，使得部队处于身心疲惫的焦虑状态。陷于饥饿中的人饥饿难耐，只能扯下帆布的船帆和绳索充饥。他们焦急地期待会战却求之不得，将领们几乎崩溃发疯。

就这样双方对峙了20多天，由于信息沟通方面延误，布鲁图斯并不知道自己的水师在海上获得决定性胜利的信息，终于耐不住寂寞，开始主动发起会战，争取一鼓作气夺取陆地的胜利。如果他能够及早获得相关信息，就不会冒险从事第二次会战，因为他有充分的粮草维持长期的对峙；

他的营地建在地势较高的地方，对寒冷的冬季有着更佳的抵御能力，易守难攻，敌人难以接近。除此之外，他还完全控制着海洋，只要假以时日就能不战而屈人之兵。

可惜布鲁图斯错过了这样的天时地利，在急于求成中一战败北功亏一篑。按照普塔克的记载，他在出战前，也受到过分乐观部将的怂恿而急于求成，放弃了长期对抗的战略，陷入当年庞培在法萨卢斯对决前庞氏骗局被汹涌的舆论所裹挟，率军义无反顾地冲向了死亡的陷阱。

阿庇安在《罗马史》中这样记载：

他的军官们也不断刺激他，力劝他利用军队现在的热情，这种热情很快就会带来光荣的后果，如果战争不利的话，他们可以退入城堡内，这条城墙可以把他们和敌人隔离。布鲁图斯对于这些人特别感到烦恼，他很痛心，因为他们是他的军官，和他有同样的危险，而他们反复无常地袒护士兵们，宁愿去试一下迅速而无把握的侥幸机会，而不愿意取得一个毫无危险的胜利。但是他让步了，结果毁灭了他自己和他们。他只用这些话来谴责他们："我似乎和伟大的庞培一样，进行战争，但现在不是我指挥，而是被指挥了。"我想布鲁图斯抑制住了自己的情绪，只说了这些话，以便隐藏他最大的忧虑，他担心他部下那些过去曾经在恺撒部下服过务的士兵会产生不满情绪，因而投向敌人。他自己和卡西乌斯从一开始就怀疑这一点。他们过去总是小心翼翼，不使士兵对他们有这种不满的借口。布鲁图斯勉强地带着他的军队出来，在城墙边排成战斗队形命令他们不要离小山太远了，以便在必要时他们可以有一个退却的地方和一个向敌人投掷标枪的良好地势。每个队伍里的士兵们彼此互相鼓励。双方都急于一战，都有过高的信心。

敌人的主动出击正是安东尼和屋大维所期盼的，他们实在是苦熬不下去了。阿庇安继续写下去：

屋大维和安东尼骑着马，走过他们自己的士兵队伍，和那些离得最近的士兵握手，他们不隐瞒他们有饥饿的危险，因为他们相信这可以激励勇气，他们说："士兵们啊，我们已经找着了敌人。那些我们想在塞外捉回的敌人就在我们面前，你们中间不要有任何人使他的挑战变为耻辱，或者证明他的威吓和他自己是不相称的。不要有任何人宁愿忍受不能的痛苦异常的饥饿而不愿攻击敌人的城墙和肉体。敌人的城墙和肉体是可以用勇敢、刀剑和拼命攻下来的，我们目前形势紧迫，一切都不能拖延至明天。今天就要决定我们的命运，不是完全的胜利就是光荣的死亡。"

就这样双方开展了短兵相接的会战，布鲁图斯部队依仗着地形和粮食供应充足的优势信心百倍地投入战斗；安东尼和屋大维的部队被置之死地而后生，只能拼死向前奋勇杀敌才能求取生存，两股势力的碰撞都贯注着毫不畏惧的勇敢和舍生忘死的精神，暂时忘记了他们曾经是一个国家的同胞和一个军团的战友，现在反目成仇。因为政治目标纷争的激愤泯灭了理智和天性，开始像野兽一样撕咬嗜杀。

这一天是公元前42年11月16日。上午9时，两军之间的空地上，两只老鹰在万籁俱寂的天空中相互搏击。在布鲁图斯一边的老鹰败逃时，他的敌人发出兴奋的呼喊声。罗马人是相信自然征兆预示着人事成败的，军队中都有占卜官的岗位设置，这对布鲁图斯来说就是厄运的降临。

在交战开始后，战斗的残酷激烈令人恐怖。双方不需要弓箭、石头或者标枪等常规攻击性武器，也不用一般的排阵布局和战术操练，两军如同虎狼扑食那般直接短兵相接地肉体搏杀。他们杀死敌人或者被敌人扑杀，彼此都想突破对方的阵线。联军一方是为了生存而不是为了胜利而战；共和军一方是为了满足那个被迫勉强一战的将军而战。整个战场充斥着可怕的呻吟声和屠杀时血肉横飞的可怕场面。阵亡者的尸体被运回来，后继者前仆后继，填补空位。将军们来回奔波，监督战况，以他们声嘶力竭的吼叫声激励士兵奋勇杀敌，使得前线总是充满着新生的勇气。

屋大维的士兵们因为破釜沉舟的求生希望而滋生的勇气不断被激励升华为无穷的力量，不可抵御地推动着布鲁图斯的军队不断后退，战争机器隆隆飞转不能止歇，一路碾压向前推进。布鲁图斯的士兵最初被赶着一步一步地慢慢退却，却依然做着拼死的抵抗。不久之后他们的行列被撕开了一个豁口，越撕越大，几乎不可弥合，也就形成兵败如山倒的溃势，直到

23

腓力比城的城门被占领，城墙被抢夺，受到城墙上正面投射器的攻击。布鲁图斯军团的后路被切断，致使大部分的溃兵难以逃入城中避难，那些溃兵有的逃往海边，有的通过西加克滋河逃入深山老林。

此时，布鲁图斯的大势已去，企图挽回共和国覆灭命运的最后机会已经完全丧失，成为一场无法圆成的残梦。在这场激烈争夺腓力比要塞的战斗中，要塞内许多士兵投降，布鲁图斯军营内的许多贵族子弟都表现得英勇无畏，绝不辱没家风：马尔库斯·加图的儿子表现英勇，为了维护自己父亲的英名，奋不顾身地多次冲向敌人阵地，当他的部下开始退却时，他抛弃自己的头盔，无畏战斗到最后一刻，敌人成堆的尸体成为他最后的归宿。和他一起呼啸着骑马冲向敌阵的还有原法务官霍腾修斯的儿子、他的同母异父兄弟小霍腾修斯等一帮贵族子弟。拉比欧是一位有学问的著名人士，是罗马时期倾向共和理念、享有盛名的法学家拉比欧的父亲，他在自己的营帐中挖掘了自己的墓穴，把自己的遗书交给奴隶后，命令奴隶用剑对准自己的咽喉自尽而亡，将营帐变成了自己的坟墓。西塞罗之子逃到海上，后来加入了塞克图斯·庞培的队伍和"后三头"势力做着最后无效的抗争。

布鲁图斯发现一切无法挽回时，随着一队卫兵逃离战场。他们从敌人防卫最薄弱之处突破，撤离了战场。但是敌人的一小队骑兵紧追不放，一心要擒获布鲁图斯邀功请赏。在此危急关头布鲁图斯的朋友卢基乌斯（Lucihius）决定阻止他们的追击，他故意放慢速度，落在大家后面，等敌方骑兵追至，他告诉对方自己就是布鲁图斯。让色雷斯人带他去见安东尼，而不是屋大维。他们确信这家伙就是布鲁图斯，因为他并不希望落到屋大维手中。对于捕获如此重要的敌方首领，色雷斯骑兵如获至宝认为得到大笔犒赏的好运简直是从天而降，这时天色已晚，骑兵们见大功告成，于是送信给安东尼，静静地在黑夜中期待着明天好运的到来。

安东尼得到布鲁图斯被活捉的消息，最初的感觉是十分的兴奋，艰难中进行的战争因为魁首的落网即将宣告结束，帝国将步入和平，自己将载誉而归。当安东尼听说骑兵们将布鲁图斯带来时，他兴奋地前去，他的部下议论纷纷：有的对布鲁图斯不幸的下场表示深深的同情和怜悯，还有的指责他贪生怕死竟然懦弱地成为色雷斯人的俘虏，可见他过去的荣誉都是欺人之谈。当快要接近这位共和主义领袖人物时，安东尼踌躇犹豫了，驻足在那里思考，他想到接受色雷斯骑兵献俘时的情景，他沉思着这个人的命运、品位和美德，考虑着该采用什么样的礼仪去接待这位在罗马大名鼎鼎的贵族。

当这位自称的布鲁图斯沉着冷静地来到他面前的时候，他才看清了这家伙其实是卢基乌斯。这个假冒者竟然用非常自信地口吻对他说："安东尼，你一定要确信，无论过去还是未来，没有一个敌人可以生擒活捉马尔库斯·布鲁图斯。天神不允许命运凌驾于德行之上，大家以后可以知道，他是死是活全由他自己决定。至于说到我，完全是因为欺骗你的士兵才能到达此地，我已经准备接受你最严厉的责罚。"

他说完了这些话，一副坦然面对生死，任人宰割的样子，反而使得安东尼对他心生敬意，感佩布鲁图斯的人格魅力竟然使得部下甘愿为他献身来换取主帅的生命安全。安东尼看到这些色雷斯骑兵因为自己的误判而感到惭愧，安东尼安慰他们道："你们抓住的这个人，并不坏，而比你们想象的要好很多。实在地说，你们要把活着的布鲁图斯带来，我还真不知道如何处理他。现在我可以确定有卢基乌斯这样忠义的人士当我们的朋友而不是敌人，会对我们更有利。"说完这些话，安东尼热情地拥抱了卢基乌斯，从此就将他当成自己的朋友刻意重用，后来卢基乌斯一直对安东尼忠心耿耿。

布鲁图斯带着一支人数颇多的人马继续他的逃亡。他渡过一条小溪，在森林中间和陡峭的山岩下面奔跑，他希望在夜幕的掩盖下，潜回到他的军营，或者向海边转移，但是所有的道路都被联军的士兵严密把守着，他的部队已经被包围。他们只能在一处洼地暂时栖身，前面是一面突出的绝壁。只有少数军官和幕僚围坐在他的四周。他心情沮丧地望着浩渺的星空，长叹一口气，念出古希腊戏剧家欧里庇得斯《美狄亚》中的一句台词："不要忘记，宙斯，这一切灾难的制造者。"意思是指灾难的制造者是安东尼，后来安东尼在阿克兴海战失败后也重复地念出这一句台词，后悔当初他完全可以和卡西乌斯及布鲁图斯合作来共同对付屋大维，但是他却成为屋大维的枪手，自己也落得个兔死狗烹的可悲下场。

在痛苦和绝望中，布鲁图斯想到牺牲在会战前线的战友们，尤其是他的副将弗拉维乌斯和军事工程首席督造官拉比奥，就是在他眼前倒在阵地上的，以及那些追随他为恢复共和而牺牲的贵族子弟，不禁悲从中来，耿耿难眠。大家藏身在荒郊野地，落魄无济，又饿又渴，疲惫不堪，这里既不能休息，也没有食物。

他们派出一名士兵偷偷跑回到撤退途中路过的小溪去取水，因为没有器皿，士兵只好拿着头盔盛水。当布鲁图斯正在饮用士兵取回的水时，他们听到附近有异动的响声。两名军官被派去查明情况。他们很快回来报告说，有一队敌人正驻扎在对面。当两名军官问起刚才取回的水呢，布鲁图斯告诉他们已被自己喝光，但他可以再派人去取水。一名士兵奉命再次去河边取水。但是这次士兵返回时，却浑身伤痕累累、鲜血直流。士兵报告说，敌人正在向这个方向移动，自己勉强捡了条命逃回来。这个消息让布鲁图斯一行更加忧虑，很明显他们已经完全失去了逃生的希望。

此刻，已经是深夜，布鲁图斯偏过头去悄悄地向他的奴隶克里都斯（Chtus）耳语请求着什么。克里都斯一口回绝，忍不住哭泣起来。布鲁图斯开始用希腊语和他的好朋友、老同学弗伦纽斯进行沟通，他回忆他们年轻时一起在希腊雅典接受的教育和共同受过的斯巴达式的训练。请求他用佩剑结束自己的生命。弗伦纽斯同样婉拒了他的请求，其他几个人也做了同样的表态。有人建议说，他们不能停留在这里消极等待被敌人歼灭，应该立即突出重围，远走高飞。

布鲁图斯站起来说："不错，我们是要逃走，不是用脚而是用手去实现。"他的意思很清楚，就是现在要躲避敌人的追捕唯一的办法就是自杀，以死去殉已经被颠覆的共和国。他对每一个在场的军官伸出自己的右手，坦然而真诚地吐露自己的心曲：

他认为所有的朋友从始至终对他都是忠心耿耿的，使他死得了无遗憾；

如果他对命运的乖戾感到气愤，那也是为了国家。就他本人而言，同比那些获得胜利的人更为幸福。不仅是前面这些日子，就是目前的状况也复如是。他之所以能够死而无憾，在于他用美德所建立的名声，是征服者用武力和财富所不能获得的成果，更无法阻止后裔子孙相信或者说起这段历史，那就是正义的义士被邪恶的坏人所消灭。我将会因为我的美德和正直而流芳百世，而他们虽然活着，甚至还篡夺了依法不得拥有的权力，但最终只能收获不公和独裁的后果。

布鲁图斯交代完这些后，他最后嘱托大家，我死后你们不要再想我，要注意自己的安全，我相信马克·安东尼会因为我和卡西乌斯的死而感到满足，不会再报复、追杀你们，争取以最好的方式和他和解。

然后，布鲁图斯请求朋友们帮他完成最后的任务。他似乎已经深思熟虑过如何结束自己的生命。他带着两三位特别有交情的朋友退下来，斯特拉托（Strato）是其中之一，当年他们一起研究修辞学并成为莫逆之交。布鲁图斯再三恳请斯特拉托拔出剑帮他一把。斯特拉托又一次拒绝了他，然后布鲁图斯招来他的奴隶克里都斯帮忙，看到这一幕，斯特拉托说他做什么都可以，就是不能容忍布鲁图斯死在一个奴隶手中。于是，他右手拿起剑伸向空中，再紧握剑柄向前伸展，或许是不愿看到这种惨烈的场景，他用左手蒙住自己的眼睛。布鲁图斯猛然使出全身力气，向着剑锋冲过去，力量之大足以致命。随即布鲁图斯倒地毙命，鲜血在地面汩汩流淌，享年43岁。

安东尼发现了布鲁图斯的尸体，将自己穿的名贵猩红色斗篷，覆盖在布鲁图斯的遗体上。火葬后，将他的骨灰装殓，派人带交给了布鲁图斯的母亲塞尔维利娅。布鲁图斯的军队知道主将已死，派遣代表到屋大维和安东尼处进行投降谈判，获得了宽恕，他们两人把这支军队瓜分了，包括腓力比要塞共约不足十四个兵团14000人。要塞遭到了联军的劫掠。

布鲁图斯的妻子、小加图的女儿鲍基娅，在知道自己的弟弟阵亡、丈夫自杀后，虽然在仆人的严密监视下，但是她依然趁机从仆人所带的火盆中抓住火炭，吞咽窒息而死。

共和派悲剧英雄的评价

　　传说中的布鲁图斯是罗马共和国创建者布鲁图斯的后裔，虽然这只是某种拐弯抹角的攀附，如同恺撒攀附爱神维纳斯，安东尼攀附大力神赫拉克勒斯，攀附神圣的目的只是为了神话自己，为自己的血缘注入伟大的基因来证明自己的伟大，布鲁图斯未能免俗。

　　布鲁图斯所谓的道德情操的高洁，多半来自恢复共和反抗帝制的政治需要，为他过于讳过扬善了。其实他早年在海外殖民地和后来在马其顿的横征暴敛与其他贵族的恶劣行径无异。当然，他对贵族寡头主导下的共和体制的忠诚，与他自谓的祖先老布鲁图斯是一脉相传的，也符合家门作风。一个为了共和国的利益将两个儿子亲手处决，而另一个也是为了共和国利益，亲手将短刃刺向他的恩人——如同父亲的恺撒。

　　对于两人将匕首对准恩人恺撒，《罗马史》作者阿庇安如此评价布鲁图斯和卡西乌斯：

　　卡西乌斯和布鲁图斯这两个最高贵、最显赫的罗马人有无可比拟的道德，只是犯了一种罪行，他们两人因此而死。因为他们虽然是伟大的庞培党人，而且无论是和平时期还是战争年代，曾经是盖乌斯·恺撒的敌人，但是恺撒把他们当成朋友，而且自从把他们当成朋友后，他对他们如同自己的儿子。元老院总是特别地爱护他们，当他们遭遇不幸的时候，元老院总是同情他们。因为他们两人的缘故，元老院给予所有凶手们特赦；当他们逃亡时，元老院任命他们为总督，使他们不至于变成流亡者；元老院不至于漠视盖乌斯·恺撒，也不因为他的遭遇而高兴；元老院钦佩他的勇敢和幸运，在他死时给予公葬，批准他的法令，长期任命他所指定的人，为行政长官和总督。认为没有什么人能够超过他所提名的人更合适。

　　当恺撒被刺后，罗马共和国危在旦夕，整个国家处于内战的边缘。高层统治集团共和和民主两派利益集团的长期内斗，不仅导致了统治集团的分裂，也促使社会、军事力量分化，因而恺撒之死在元老院利益纷争不已之下，为平衡两派利益，保持表面的稳定，使安东尼和西塞罗在相互争斗相互妥协中实现临时性政治、军事利益的平衡发挥了作用。这种平衡实际是危险而脆弱的。以往恺撒威权独裁时期潜藏的矛盾并没有在根子上解决，必然要经过反复不断的利益重组，才能不断孵化出类似恺撒这样新的政治强人。当然，统治形式会有所变化而适应当时的形势，也即在铲平各路军阀，掌控军事权力和国家机构的前提下，表面上保留共和的组织架构、政治口号而在骨子里演变成共和旗号下的个人专制独裁，在稳定的政局中实现恺撒强大帝国的雄心，他就是屋大维。因而，布鲁图斯和卡西乌斯的崛起只是两个充满着野心的匆匆过客，留下的只是历史大幕落下时的背影。这个背影也曾经在共和国旧势力和帝国新军阀争斗中留下有声有色的一幕，最终以人生悲壮的血腥一幕而告终。

当布鲁图斯和卡西乌斯面对"后三头"联盟咄咄逼人的进攻态势的时候，他们不得不拿起武器，不到两年时间，聚集了20个军团以上的步兵，大约20000骑兵和2000条战舰，以及与之相适应的器械和大量的金钱，这些金钱有些来自志愿的捐献，有些来自强迫的勒索，他们成功地和许多民族和城市和反对党派的人进行战争，他们使马其顿和幼发拉底河之间所有民族都归他们统治，他们使那些过去跟他们作过战的人跟他们建立联盟，而这些人对他们最忠诚，他们使独立的国王和王公，甚至使帕提亚人为他们服务，虽然帕提亚人是罗马人的敌人；但是他们没有能够等到帕提亚人前来参加这次决定性的战役。最了不起的是，他们的大部分军队都是原来盖乌斯·恺撒的军队，对于恺撒非常爱戴，但是他们却被杀害恺撒的凶手所说服，跟随他们前来反抗恺撒的继承人，他们比对恺撒的战友安东尼更为忠诚；因为就是在被打败之后，也没有一个士兵叛逆布鲁图斯和卡西乌斯，而有些士兵在战争开始之前叛离了安东尼。他们过去在庞培的部下服务，而现在在布鲁图斯和卡西乌斯部下服务的原因，不是为了自己的利益，而是为了共和国事业；这固然只是表面假托的名义，最终走向悲剧性的毁灭。在他们眼中，这两个领袖当他们认为已经不能再对祖国的复兴起到作用时，都同样以自己的生命殉了自己认为的伟大事业。

《罗马史》的作者阿庇安如是说。

在布鲁图斯和卡西乌斯的军团上下对这两位反对派领袖的评价是：他们是品行高洁、道德淳厚，与小加图一样所从之事均以城邦利益为重而非只重私利的真正贵族，具有无可比拟的罗马英雄气质和君子品质。布鲁图斯与庞培有杀父之仇，但当恺撒跨过卢比孔河后，他追随的是庞培而并非他的恩人恺撒，因为他认为国家利益重于恩情；而当恺撒担任终生独裁官有颠覆共和政体的倾向时，基于同样的理由——"我爱恺撒，更爱罗马"，他们毫不犹豫地举起利刃刺向恺撒。

虽然布鲁图斯坚定地维护共和政体，但他身上除了流淌着高贵的一腔热血外，却缺乏优秀政治家的深谋远虑、意志坚定的品质。当刺杀恺撒后，由于他的短视没有将安东尼一起刺杀，也没有马上宣布恢复共和政体，更缺乏后续的整体筹划，一切行动只是以刺杀恺撒为目标，整个过程显得草率和没有计划，由此可见，他们的刺杀只是一场谋杀，而非优秀的政治战略的策划和部署，缺乏深谋远虑的长远性和持久性，因而也只不过是共和国终结时一段余韵绝响，徒留下后人的感叹。

当与安东尼、屋大维进行腓力比会战时，在赢得对屋大维的战役后竟然自暴自弃、毫无斗志，最后完全放弃战斗选择自杀。既然无法担当共和政体的维护者，又何必参与这场毫无意义的谋杀呢？他缺乏政治谋略、意志不坚定的弱点在此时暴露无遗。

对布鲁图斯最大的诟病是他对恺撒的恩将仇报。恺撒不仅赦免了他的全部刑责，而且还宽容了他的朋友卡西乌斯，将他们待若国士，屡次委以重任，可以说照顾得无微不至，然而他的手上却沾满了恩人的鲜血，成为阴谋刺杀集团的领袖人物。他之所以忘恩负义慨然出手，以阴谋手段刺杀恩人，关键在于他不是出于狭隘的私利，而是出于对于共和国正义的维护，至少他认为是对暴政的反抗和对独裁者邪恶的厌弃，才能够振振有词满腔热血将理想付诸行动，而且一以贯之，初衷不变。他的坦荡就义，在于他与恺撒并没有个人恩怨，这就与安东尼和西塞罗矛盾激化后对西塞罗及其家族的仇杀有了本质的区别。因而他的下场，尤其是英勇无畏地在战败后

义无反顾地走向死亡，完成了自己悲剧英雄在道德上的升华。与其他阴谋
分子有明显不同，受到了安东尼和屋大维的尊重：为他举办了隆重的葬礼，
并将骨灰带回罗马交还给他母亲。因为屋大维和安东尼都知道：他所做的
只是为了罗马城邦利益而非追求私利。可见，高尚的道德和公正的情怀不
仅可以感化朋友，也会赢得政敌的尊重。

　　由于布鲁图斯的死亡，共和派的事业受到了一次严重的打击，因为他
是共和派当中唯一具有道德上威信的领袖。值得注意的是，他在历史上因
为慷慨就义，与他的舅舅小加图一样获得了从未有过的伟大名望。但是，
其本人根本就不是一位杰出的人物。在盖乌斯·恺撒的两个重要对手中，
毫无疑问卡西乌斯是更为强有力的人物。这个人是一个爱好虚荣的雇佣兵，
他懂得如何通过某种政治手段，来掩盖自己的利益。而布鲁图斯却是另外
一种人。他的母亲塞尔维利娅是公元前 106 年执政官克温图斯·塞尔维利
乌斯的孙女，又是恺撒的老情人，恺撒常常照顾这位类似儿子似的不可理
解的人物，因而引出他是恺撒和塞尔维利娅私生子的传闻。在恺撒看来，
布鲁图斯显然是共和时代引起人们兴趣和注意的一个活标本。恺撒对于古
老的贵族十分尊重，而布鲁图斯父系家族是罗马共和创始人布鲁图斯家族，
其母系家族也是古罗马最古老最有权势的权贵家族之一。布鲁图斯的一句
名言，也即"无论追求什么，我都会全心全意去做"，正是这种百折不挠、
坚忍不拔地对于伟大目标不懈追求的精神，得到了恺撒的欣赏和赞许。

　　西塞罗曾经尽力照顾他，并曾尽力讨好他，但是西塞罗并不十分欣赏
他。在古罗马理论权威看来，贵族小子布鲁图斯属于既严肃而又自恋倨傲
的那种类型的人物，他面容严肃很少笑容，语言和文风都十分古板，缺乏
幽默和智慧感；就性格而言，他是生硬而僵化缺少灵活性，总是摆出一副
道貌岸然、道德高尚的正人君子形象，长着一副拒人于千里之外的嘴脸。
这和他从小就生活在母亲的阴影下有关，他的母亲就是一个任性、彪悍、
强势的贵族妇女，政治欲望和操控男性的欲望一样强。因此，将儿子管束
得如同缩手缩脚绵羊一样服帖，导致他性格的内敛，往往将自己强烈的个
人欲望隐藏在心中，他吝啬到令人难以置信的程度，曾经向贫困的塞浦路

斯城镇大放高利贷索取百分之四十八的利息。他号称理想主义哲学家，其实他没有真正的人生哲学，因为在他身上其实也体现着共和没落时期的政坛和社会普遍存在的贪婪、虚伪的伪君子做派，乃是某种上流社会贵族公子中流行的普遍现象。在他圣洁威严的面容上，人们经常可以看到某种近于宗教般虔诚、不可动摇的威严和神情，历史曾十分突出地肯定了他这方面的声望，以致他竟成了一个"高尚的罗马人"的代表，反专制反独裁，为理想而献身的英雄。尽管他只不过是那个"礼崩乐坏"新旧时代转型期保守的既得利益集团的贵族代表，既是政治的也是分裂人格的代表而已。之所以暴得大名，诚如《奥古斯都》的英国传记作者特威兹穆尔所指出的那样：

只受过半瓶子醋教育的安东尼对于他本人并不具备的所有那些知识和能力深为叹服，并且乐于向这位已经死去的弑君者表示极大的敬意。据说屋大维亚努斯对待战俘粗暴并且辱骂了布鲁图斯的尸体。这两种看法相互间毫无共通之处，然而有一点是肯定的：屋大维亚努斯对布鲁图斯没有任何同情，因为他既不喜欢这个具体的人，也不喜欢这种类型的人。他憎恶这个曾受到尤里乌斯·恺撒的奖掖，却又把恺撒杀死的人，屋大维亚努斯对于布鲁图斯这类人持否定态度，正好像他的舅公辈过去也否定布鲁图斯舅舅加图一样。在屋大维亚努斯看来，布鲁图斯的人格，借用西塞罗的比喻，好像是"海岸、天空和荒凉"。

屋大维素来所尊重的理论权威西塞罗以机智幽默、言辞诙谐机警著称。他对于自称他弟子的布鲁图斯的比喻是既形象而又准确的，解读他的比喻也即：布鲁图斯这小子看上去华丽高尚，实质大而无当，望之高大魁伟俨然，实际空洞无物，也即绣花枕头表面上的光鲜锦绣，实质上一肚子秕糠，中看不中用的意思。可谓一针见血尖锐犀利，这也是性格决定命运的形象写照。

布鲁图斯无疑是一个性格有明显瑕疵的理想主义者，这种人如果不择手段，怀抱崇高的理想义无反顾地逆历史潮流而动，必然把自己推向历史的深渊，走向人生的悲剧。诚如中国著名美学家朱光潜在《悲剧心理学》

中指出的那样：

　　大多数浪漫主义者都是个人主义者，所以都各有按照自己意愿来改造世界的幻想。世界并不总是那么柔顺，于是他们就起来反抗。就像小孩子的意愿得不到满足就发脾气一样，浪漫主义者们也是远远地躲在一角，以绝望和蔑视的眼光看这个世界。他们不胜惊讶而且满意地发现，在忧郁的情调中有一种令人愉快的意味。这种意味使他们自觉高贵而优越，并为他们显出生活的阴暗面中一种神秘的光彩。于是他们得以化失败为胜利，把忧郁当成一种崇拜的对象。

　　于是这种为理想殉道的精神化腐朽为神奇，在道德层面得以升华，让卑微变幻得伟大，将丑陋点缀为美丽。

第二章
安东尼和埃及女王

对埃及女王一见倾心

腓力比战争的结束，意味着企图恢复贵族寡头统治下的共和国最后一丝希望的彻底破灭。共和国最后的两名英雄布鲁图斯和卡西乌斯在穷途末路中，倒在自己的刀剑之下，杀身成仁，为最后的理想殉葬。

恺撒死后的这场战争让世界陷入巨大的动荡之中。战争也确立了马克·安东尼在帝国的显赫地位。作为三巨头中首屈一指的成员，他没有回到在战争创伤中呻吟的意大利，而是仍然留在了凯歌声中的东方，开始扮演起伟人庞培当年的角色，竭尽声色犬马之能事，享受着胜利者的荣耀和统治者帝王般纸醉金迷的生活。

他的乐趣所在与传统的共和国总督没有任何区别：狠狠地盘剥希腊人，同时表现得像是一个希腊文化的爱慕者和追随者以附庸风雅假充斯文；扶植地方王公，准备和帕提亚开战，宽恕收容原共和派的支持者，免除那些遭到布鲁图斯、卡西乌斯勒索掠夺城市的税收等等。这些熟悉的法令使得顽固的共和主义者颇感安慰，布鲁图斯的残余部队纷纷转向了安东尼，竭尽全力颂扬他的仁慈和无量功德。盈耳的颂歌和无聊的吹捧加上无尽财富的涌来，使酷爱虚荣和享乐的安东尼很受用，更加不想回到罗马去落实那些战后重建和安抚人心、安置退役老兵的繁琐工作。这些繁复而艰苦的工作自然全部落在孱弱的屋大维肩上。

由于安东尼亟需要用钱，在取得 10 年租税同样金额的前提下，他宽恕了东方诸城所有资助过其敌手的人们的罪过。以弗所（Ephesus）城的妇女投其所好，装扮得如酒神狄俄尼索斯女祭司一样妖艳，男士和儿童装着半人半兽的森林精灵和牧神，夹道欢迎他。全城到处布满缠绕着常青藤的长矛，还有竖琴、箫笛和七弦琴，象征着战争的结束，和平的到来。人民沉醉在欢乐中，人们称颂安东尼是赐予快乐和仁慈的酒神。奢华的场面和隆重的礼仪使安东尼沉醉其中，他便减少了该城的税金；他的厨师为他烧了一顿美味的晚餐，他便把一栋装修豪华的别墅赏赐给了厨子。

普鲁塔克在《安东尼传》中如此记载他在亚细亚的所作所为：

所有的国君等候在他的门口，王后竞相向他奉献礼物，彼此向他斗艳争胜，博取他的欢心。这段时间屋大维置身罗马，困于内部的纷扰和战争之中，体力已感不支。安东尼却在亚细亚逍遥自在，逐渐恢复往日的逸乐放荡的生活。像是安纳克森诺（Anaxenor）和祖苏斯（Xuthus）之类的竖琴家和笛手，舞师梅特罗多鲁斯（Metrodorus），还有一大批亚细亚的表演艺人，都进入了他的宫廷，这些下流角色打着他的旗号到处胡作非为，远胜于他从意大利带来的败类和坏蛋，所有的财富都浪费在花天酒地和慷慨挥霍方面，事情的发展已到了令人无法容忍的地步。整个亚细亚好像索福克勒斯笔下所描写的神圣城市（底比斯）：

空气中弥漫着香薰火燎的味道，

充满欢乐的歌声和绝望的哀嚎。

当然，安东尼停留在小亚细亚周旋于东方诸国，其目的并不完全在于东方那些专制王国帝王般的礼遇和奢侈无度的美酒美女的享乐，根本的政治目的在于巩固同盟国的联盟，筹备战略物资前去声讨宿敌帕提亚，这是恺撒生前的遗愿，也是称霸世界绕不过去的一道门槛。因为当年克拉苏卡雷战役给罗马军团留下的深深耻辱如同留在心头的创伤，时时隐隐作痛，不时刺激着罗马帝国的领导者复仇的欲望，至少一万多名战俘还在帕提亚受苦受难，那些被缴获的军旗如同飘荡在心中的耻辱感不时发作，催化着仇恨的欲望。现在内患已除，安东尼的威望如日中天，确实是到了外仇必报的时候了。而从叙利亚出征帕提亚，埃及是绕不过去的坎儿。这时，他想起了那位美艳如花，心似蛇蝎的埃及女王克里奥佩特拉。

这是一个能够使他心驰神往的美艳少妇。恺撒死后，克里奥佩特拉回到了埃及，她无情地罢黜了名义上的丈夫兼共治者托勒密十四世，使3岁的恺撒·里昂成为她新的共治者，潜意识中她仍然希望将来她和恺撒的儿子成为埃及和罗马的统治者。"后三头"的战胜者安东尼也在觊觎着埃及的财富和财富上盘踞着的美丽女王。这是当时的某种形势决定着英雄与美女的邂逅，最终写下古罗马历史上英雄气短儿女情长的又一幕悲剧。

普鲁塔克在《安东尼传》中说：

安东尼与克里奥佩特拉的恋情，是一生中最终也是最大的灾祸，盲目的热爱把他本性中原已停滞的欲念激发、点燃以后竟然达到疯狂的程度，原本可以发挥抵抗消解作用的善意和睿智，不是遭到窒息就是败坏变质，乃至深陷其中，难以自拔。

安东尼在与埃及艳后的交往中情不自禁地走进了恺撒似的同一陷阱万劫不复。轻率浮夸而又重情重义的安东尼在东方各同盟国颇受欢迎，无论在战场、酒桌还是在情场均堪称老手。

公元前41年，当他在吉里契亚（Cilicia）的塔尔苏斯会见克里奥佩特拉的时候42岁，正是功成名就男人最有魅力的年龄段。普鲁塔克描写了他的外貌和个性特征，显然普氏对他外貌的描写过于理想化了点儿，而澳洲女作家考琳·麦卡洛在《恺撒大传》中根据新出土的安东尼雕像描绘得更加接近真实。普鲁塔克所写是将安东尼年轻时的外貌嫁接到他身材已经完全发福而且满脸横肉的中年，确实美化了他的外形：

安东尼的仪表英俊，举止高贵，胡须长得美观潇洒，宽广的前额，再配上一个鹰钩鼻子，使人觉得他有着赫拉克勒斯的男性美，类似的容貌经常出现在画像和雕塑上面，何况还有一项古老的传说，据称安东尼家族是这位神明的后裔，他们的始祖是赫拉克勒斯一个名叫安东（Anton）的儿子。安东尼靠着他与赫拉克勒斯的神似，加上服装的样式，用来证明传说确有其事。每当他在众人面前出现的时候，总是穿一袭长袍，佩戴一把宽剑，外面披着粗毛料的猩红色斗篷。

他喜欢夸耀，也喜欢开玩笑，常常当众饮酒，旁人进餐他就坐在旁边，有时还站着和士兵一道吃简单的食物，不拘小节的行为虽然被某些人感到讨厌，却博得部下的欢心。他对异性的偏爱也展现出其个性方面具有的魅力，甚至赢得许多人的共鸣。因为他经常帮助某些深陷丑闻者摆脱困境。至于旁人取笑他的风流韵事，都能泰然接受，不以为忤。他的慷慨作风可以说是挥金如土，对于朋友和士兵大量馈赠毫不吝啬。这对他的青云直上有很大帮助，等到他身居要津之后，虽然同时发生无数愚蠢行为使他受到很大打击，还是靠着宽厚的心胸，使他的权势得到维持和不断增加。

普鲁塔克就安东尼的性格写道：

事实上他的个性相对简单，对很多假借他名义做出的事情，他竟然毫无所知，主要原因并非他的疏忽和怠惰，而是过于信任左右的亲随。他的性格非常豪爽，不太容易发现自己的错误，一旦得知犯下过失就会懊悔，对于蒙受损害的人表示歉意。他用慷慨的行为补偿受害者的损失，也会采取严厉的手段惩罚做坏事的部属，只是他的慷慨远胜于他的惩处。他会用锋利尖刻的言辞嘲笑旁人，这样做并不让人感到难堪，因为对方可以反唇相讥；他很高兴表现出嬉笑怒骂的姿态，要是对方会报以嘲讽，他也不以为忤。相互之间毫无忌惮的交谈，后来竟然成为祸患之源。说者无意，听者有心，因为他并不明白奸诈之徒的真实心思，往往会在阿谀奉承之中包藏祸心。

由此可见，安东尼本质是一个性格相对简单，有着随心所欲、率性而为、贪图女色的纨绔子弟本色，且具秉性耿直、仗义疏财的贵族公子哥儿的豪爽做派。腓力比战役之后，屋大维返回意大利，安东尼巡游东方，他一直想利用那里的巨大资源，重新启动恺撒雄心勃勃的计划，去惩治帕提亚人。正如恺撒在世的时候一样，埃及在此次战役中的地位举足轻重，那么他和埃及女王的会面就在意料之中。

安东尼之前与恺撒关系密切，必然导致他和克里奥佩特拉接触频繁，他不可能不对这位风情万种、聪慧过人的女王不动心，只是怯于恺撒的权势不敢有所造次而已。现在恺撒死了，他成了罗马的老大，他有权力将这位魅力非凡的女王召唤到自己身边，这样一向高贵矜持的女王不得不屈尊将她豪华无比的皇家舰船开进了塔尔苏斯港，前去觐见东方帝王安东尼。克里奥佩特拉表面高傲矜持，其实在罗马"后三头"统治者中，她只能选择强者安东尼。屋大维是恺撒的孙甥、钦点继承人，承认他等于否定了自己的儿子恺撒·里昂的继承人地位；至于雷必达是早已被边缘化的大人物，等于被贬谪到了非洲阿非利加的过气政治人物，完全可以忽略不计；只有安东尼如日中天，可以利用完成自己的远大政治目标。

但是，面对安东尼对她殷切的召唤，她似乎刻意姗姗来迟，来显示自己超越其他东方君主的身价，以刺激起这位罗马强人对她的好奇心。她在待价而沽，将自己的美色和智慧售出最高的价钱，最终从肉体和精神上全方位俘虏了这位好色而傲慢的罗马帝国强人，使他在为之疯狂后陷于绝灭，同时也毁灭了自己，两人在情爱的陷阱中同归于尽。

安东尼派人召见克里奥佩特拉前来西里西亚会晤，他所找到的借口是，有人控告女王在腓力比战役中对于反叛分子卡西乌斯有军事和物质上的支持，这当然完全是空穴来风的指责。然而，女王必须对这一控诉做出答复。当奉派出使埃及的历史学家狄力阿斯见识到女王的国色天姿和伶俐的口齿，立即就感觉到安东尼根本就不会和这位人见人爱的美丽女人作对，并预判她会得到安东尼最大的恩宠，并且今后她一定会成为安东尼的女王。狄力阿斯开始对女王大肆吹捧，他用荷马史诗中描写天后赫拉美貌的诗句来描绘女王，他劝女王效仿天后赫拉与宙斯会面时所穿戴的"华丽的装束"前往西里西亚，并告诉她根本不用惧怕安东尼，他是人间最仁慈和最和善的勇士。

女王自己也认为狄力阿斯所言不虚，因为她对于自己的容貌和气质充满着自信，她曾经凭借着自己的天生丽质和无与伦比的良好素养使得人到中年的恺撒和年轻时的格涅乌斯·庞培都曾经拜倒在她的石榴裙下。在女王眼中，当下这位性格豪爽，却缺少心机，天生喜好女色的花花公子安东尼与恺撒、庞培比较，也只不过是一位缺少文化涵养头脑简单的一介武夫而已。

她在与前两位堪称大帝级的人物相识之时，还是一位不谙世事的妙龄少女，现在前去与安东尼会晤，她已经处于花容月貌的全盛时期，又是一位久历政坛，饱经磨砺，曾经周旋于各国君主之间利用女色纵横卑阖游刃有余的政治高手。她在身心和智慧以及统治经验诸方面都已炉火纯青，成为真正的女王了。在吊足了安东尼的胃口后，她终于在三请四邀下，不慌不忙胸有成竹地准备着自己的行程。为了让自己以最华丽的方式出场，她动用了王国的所有资源，比如昂贵的华服，丰富的美食，珠宝金银饰品以及为马克·安东尼准备的各种华贵礼品。她还亲自挑选了一批俊男靓女作为随从。在准备工作如火如荼地进行的时候，安东尼不断发出书信，催促她尽快动身。但是她无动于衷置之不理，刻意冷落这位罗马统帅，自壮身价。很明显她不愿意降尊纡贵受制于人。

好像是为了有意嘲笑罗马军阀，这位有着马其顿血统的希腊女人乘坐着她海上漂泊的豪华楼船，率领着她的船队从尼罗河顺风张帆开出，穿越地中海溯流而上，进入赛德纳斯河入海口。一路招摇着来到赛德纳斯河畔的塔尔苏斯市，安东尼就在这座城市。

装潢得金碧辉煌的皇家豪华楼船，有着镀金的船尾，风帆专门用腓尼基染料染成皇家专用的紫红色，船身精雕细刻，尾楼用金箔包裹，船舱内陈设奢华，备有名贵的香料，充满浓郁诱人的芳香。女王的卧榻安置在笼罩着金色流苏薄如蝉翼的透明轻纱帐内。在蓝天白云下顺风顺水高扬着风帆缓缓漂泊而来，仿佛就是用高贵的黄色和紫色绫罗绸缎装饰的在水上漂泊的豪华皇宫。

丰腴性感的克里奥佩特拉懒洋洋地躺在一个由金线编织的华盖下，打扮得像是飘飘欲仙的维纳斯女神，面容俊美的男童衣着宛如画家笔下的丘比特，站在两旁为她打着扇风的羽扇；侍女的装饰像是海上仙子或美丽的女神，有的在船尾掌舵，有的在操纵缆绳，有的在音乐声中有节奏地划动银桨，缥缈的阵阵香气向四周散发，甲板上排列着的宫廷乐队演奏着长笛、里尔琴、古提琴等各种当时常见的乐器，音乐优雅轻盈，伴随着船队在阳光下缓缓前行。优美的音乐声穿越水面传到岸上。岸上驻足观看的人群像是潮水一样，有些人一直沿着两岸随着船队行走。塔尔苏斯城居民几乎倾巢而出，还有一些人专程从城里赶到港口，为的只是一睹女王的风采和见证这场盛大奢华的入港表演。一切使人眼花缭乱，目不暇接，恍如梦中，使人沉醉。

安东尼存心端着架子坐在他的行宫内，仿佛是在处理公务，然而女王船队靠岸的消息不胫而走，安东尼身边的人早就跑到河边去瞻仰女王的风采了。这位伟大的征服者被冷落在行宫内心猿意马地等待着女王前来觐见。

他派出使者邀请女王前来共进晚餐，埃及艳后婉拒了他的邀请，反客为主地邀请安东尼去她的楼船做客才更加彰显出女王的尊贵。安东尼反而显得像是去觐见高贵的女王了。

傍晚时分，他应邀前往女王的水上行宫。楼船在璀璨的各色灯光点缀下，在夜色里仿佛像是水晶宫一般更加美轮美奂，他受到盛大而奢华的接待，那场面令他惊讶不已，行酒作乐的船殿，在万点灯光中熠熠生辉，那些装饰灯布置巧妙，极富美感，璀璨的效果令人震惊。桌上摆满了各种佳肴美酒，金盘银碗，埃及艳后及其随从身穿华丽名贵的绫罗绸缎，这一切在迷离灯光的衬托下更加使人有着身临仙境的感觉，令人陶醉，流连忘返。豪华的夜宴结束之后，他还得到了女王馈赠的大量精美礼品，这大大满足了他的虚荣心。

第二天，马克·安东尼回请埃及艳后。根据普鲁塔克记载：

安东尼在次日设宴回请，很想在场面的富丽堂皇和设计的精巧细致方面都能胜过女流之辈，结果发现远不是对手。晚宴开始的时候，安东尼试图说些笑话用于调节气氛，由于自嘲智慧的贫乏和构想的庸俗，使之显得很不得体。克里奥佩特拉见识到安东尼的戏谑手法，言辞颇为粗鲁通俗、富于士兵的豪迈风格，缺少宫廷的高雅气质，所以她干脆随机应变，入乡随俗敞开襟怀，毫无拘束地采取同样作风，用诙谐的语言应付。

克里奥佩特拉俏丽的仪容配合动人的谈吐，流露于言语和行为之间存一种特有的气质，的确能够倾倒众生。单单听她那甜美的声音，就令人感到何等的赏心悦目，她的口齿宛如最精巧的弦乐器，可以随时转换各种语言。她在接见来自各地的蛮族人士之际，很少使用翻译，大半都是用对方的语言直接交谈，不论对方是埃塞俄比亚人、特洛格罗迪特人、希伯莱人、阿拉伯人、叙利亚人、米底人还是帕提亚人，除了那些民族外，还会讲其他许多方言。这种卓越的本领确实让人感到惊奇，因为她以前的国王连埃及语都懒得学习，其中有几位连本民族的马其顿语都讲不流利。

安东尼对克里奥佩特拉在腓力比战役中没有支持他的指责，女王不仅没有表达歉意，而且理直气壮地为自己评功摆好：战争初始阶段，她立即派出四个军团到多拉贝拉那里去，她甚至还准备了一支舰队，但是在海上遇到飓风的袭击而功败垂成，而且多拉贝拉不堪卡西乌斯的围剿，事发突然地迅速被砍下了自己的脑袋，使她完全失去了救援的可能性。而她的立场是坚定的，在卡西乌斯准备进攻埃及的威胁下，始终没有屈服于共和派的压力，却对恺撒派表示了最大的诚意，她曾经抱病亲自带领一支强大的舰队驶往亚得里亚海以支援恺撒军团抵抗卡西乌斯；但是再次遇到暴风雨将舰队冲散，她本人因卧病在床无法再次组织出征，直到恺撒兵团夺得最后的胜利。显然女王的陈述入情入理，很使这位罗马统帅心服口服，虽然女王还原的只是事态的原貌，也足以证明她对于恺撒派的忠诚。

东方艳后和罗马悍妇

经过此番遇合，安东尼完全受到了克里奥佩特拉的蛊惑，丧失了理智，对女王言听计从，任其摆布。埃及艳后要求马克·安东尼处死她的妹妹阿尔西诺四世，这位女王曾经在恺撒的凯旋式上被带到了罗马，之后她被释放，一直在亚洲各国流浪，埃及艳后也许是没有放下复仇的心态，也许出于对于未来妹妹复辟抢夺王位的担忧，总之她挑唆安东尼派人将躲藏在神庙中的妹妹谋杀了。

安东尼和埃及艳后在塔尔苏斯厮混了一段时间后，又去了埃及的亚历山大港，两人依然在皇宫里寻欢作乐过着舒适奢华的生活。他同女王夜以继日地大摆筵席，虚度光阴，折服于女王的魅力，昏天黑地耳鬓厮磨地厮混了整整一个冬天，从未提过远征帕提亚和返回罗马的事情。

安东尼在亚历山大港沉湎于女色，纵情作乐导致他在罗马民众中的威信日益降低。他和女王在亚历山大港的和光同尘游戏人生的姿态却得到埃及民众的欢迎，他在亚历山大里亚声色犬马，尽情享受堕落生活带来的愉悦和快乐；屋大维却强撑病体解决退伍老兵的土地分配和殖民点的选择，为妥善安置老兵绞尽脑汁。同时与安东尼安置在罗马城的留守人员发生尖锐的矛盾，其中就包括安东尼的第二任妻子富尔维亚和他的弟弟罗马执政官卢基乌斯·安东尼。他们希望将这些工作拖到安东尼回来再逐步解决，以此来维护安东尼的威信，不至于因为久离罗马失去民众的拥戴。直到这两人起来煽动安东尼的旧部造反，发起了叛乱，直接挑战到屋大维的权威时，遭到严厉镇压，被屋大维驱逐出罗马。

此时，庞培的小儿子塞克图斯盘踞在西西里岛，切断了罗马的粮食供应，意大利的农业又被连年的战争所破坏，粮食供应严重不足，导致盗贼蜂起，士兵抢劫店铺的事情常有发生，罗马城陷于混乱之中。

卢基乌斯·安东尼原本就是一个共和党人，对于"后三头"在指定时间的统治极为不满，在共和派"迫害公敌"运动中他差点成为安东尼用来和西塞罗的人头进行交换的牺牲品，后来在母亲的庇护下免于死亡，逃到了小庞培处，直到安东尼在亚洲赦免共和派人士，他才在政坛悄悄复出，在安东尼庇护下担任了罗马执政官。他私下里对屋大维极为不满，勾结富尔维亚企图挑动对屋大维的战争。屋大维击败了卢基乌斯，并出于维护"三头联盟"的大局赦免了他和富尔维亚。富尔维亚和卢基乌斯带着母亲不得不逃到盘踞在西西里岛的塞克图斯·庞培处，小庞培将他们护送到雅典和安东尼团聚。

马尔库斯·安东尼到了火烧眉毛的时刻，不得不向女王辞行，渡海前往意大利。途径雅典时，安东尼见到了被小庞培派兵护送出境的母亲和富尔维亚及弟弟卢基乌斯·安东尼。

这位富尔维亚是罗马出名的悍妇，被称为"公狮中的一头母狮"。母狮子出身于富有的贵族家庭，养成了强悍、贪婪、无耻、残忍的个性，在这方面她与克里奥佩特拉无疑是棋逢对手，但差别在于帝王和贵族的区分，还在于外貌、教养和素质上的落差，而在贪婪残忍无耻方面几乎不分伯仲。两个女人均能力非凡，野心勃勃，意志坚强，没有罗马妇女能像富尔维亚那样在政治上如此活跃，或者说有强大的政治影响力。富尔维亚通过之前的两次婚姻取得经验，第一次她嫁给了臭名昭著的克劳狄乌斯，她与克劳狄乌斯育有一子一女，她将女儿嫁给了屋大维促成了"后三头联盟"；第二次嫁给了安东尼，她充分介入丈夫的政治事务中，为罗马权威人士的妻子干预政治开创了先例。当后来屋大维与富尔维亚在意大利发生冲突时，屋大维将她的女儿原封不动地退回给了她，政治联姻因为政治联盟的破裂而失败。

当安东尼在埃及鬼混时，富尔维亚勾结小叔子挑起战争。"母狮子"的头像还出现在钱币上，这在罗马妇女中是首位。罗马是男性主导的社会，因此富尔维亚在政治上的积极主动，被主流社会视为大逆不道，遭到鄙视。西塞罗讨厌她的两位丈夫，同时也猛烈地攻击过她。正如以下引文所述，她被视为另一个导致安东尼堕落的女人：

恺撒在公元前 46 年第三次当选执政官，接着第四次出任独裁官，他推举雷必达为他的同僚，而摒弃安东尼。庞培的府邸出售，安东尼将它买下，等到要支付价款却高声抱怨。据他自己的说法是因为没有跟随恺撒出征利比亚，就是认为自己以前的功劳没有得到应有的酬劳，所以他才拒绝出征去卖命。恺撒用宽大的态度去处理他以前所犯的各种错误，结果使他能够纠正以往的愚蠢行为和奢华作风。

安东尼弃绝以前的生活方式，结婚娶政客克劳狄乌斯的遗孀富尔维亚（Fulvia）为妻。富尔维亚不屑于处理家务，即使掌控听话的丈夫都无法使她满足。她的目标是要驾驭城邦的统治者，或者向负有专制权力的最高指挥官发号施令，富尔维亚前两位丈夫是克劳狄乌斯和库里奥：前者是大名鼎鼎的流氓政客，在罗马街头械斗中为米洛所杀；后者是恺撒的爱将，在出征阿非利加时作战身亡。克里奥佩特拉应该感谢这位罗马的女强人，因为她把安东尼训练得服服帖帖，一切事情对妻子惟命是从，等他落到克里奥佩特拉手里，马上便是温驯听话的丈夫。安东尼还时常做出孩子气的玩笑行为，用来博取富尔维亚的欢心：恺撒在西班牙获胜之后，动身返回罗马途中，安东尼同旁人一起离开罗马去迎接，忽然传来一阵谣言说是恺撒已死，敌人正在向罗马进军。安东尼立即折返罗马，乔装成奴隶在夜间回到家，说他是替安东尼送信的仆人；这时他的脸完全用布蒙着，富尔维亚非常焦急，还未等他把信取出，先问安东尼是否平安。他没有回答，只把信递给她，在她看信的时候，他却过去搂住他的脖子开始吻她。

当"后三头"联盟公敌宣告时期，富尔维亚的残忍贪婪是有名的。前面已经介绍过他对于鲁弗斯豪宅的巧取豪夺，在西塞罗被列为公敌处死后，这位悍妇及其丈夫安东尼对西塞罗被砍下的头颅和手臂的处置简直令人发指。

当马克·安东尼在埃及耽于安乐，享受着美酒美色乐不思归时，三头分治的罗马帝国陷于混乱之中。这段时间富尔维亚一直待在意大利，由于显赫的地位和强悍的性格，使她具有相当重要的政治影响力，她利用这种影响力谨慎地维护着丈夫的事业和利益。她不停地给安东尼写信恳求安东尼早日回来，一想到丈夫被那样一个女人所勾引蛊惑，将国家权力及自己的家族利益置之脑后，她就气不打一处来，几乎疯狂。

安东尼告别克里奥佩特拉途径雅典，见到了愚蠢的富尔维亚，必然要对她和卢基乌斯轻率发动叛乱的举动进行严厉的批评，因为女人的愚蠢的举兵，破坏了安东尼"三头联盟"的政治大局，虽然事后各有所弥补，然而毕竟破镜难以重圆，三头的分裂只是迟早问题，因为他们还要面对共同的敌人——庞培的小儿子塞克图斯。表面的联盟还要继续维持下去。

富尔维亚受到安东尼的责备，竟然一蹶不振，不久就在雅典忧郁而亡。

这段时间安东尼在忙什么呢？当安东尼在公元前 40 年初乘船离开埃及时，克里奥佩特拉意识到自己可能再也见不到他了，她为自己和埃及所苦心经营的一切将陷入危机。时过三年多他们才重新见面，她已经为他生了一对双胞胎，她为富尔维亚的死亡而欢欣鼓舞，以为这样她就可以毫无障碍地成为安东尼明媒正娶的妻子，那么过去在恺撒身上死去的希望就可能在安东尼身上复活，然而她的好梦不长。

公元前 40 年 9 月，屋大维和安东尼在布隆迪西港举行会议，后三头重新划分势力范围：屋大维统治西方行省，安东尼统治东方行省，雷必达统治非洲行省，但是并不包括埃及在内。最后达成一项协议，要是他们不愿意出任执政官，可以由他们的幕僚轮流担任。意大利仍然由三人共管。

为了巩固这样的联盟，为安东尼续弦的问题又提上议事日程。历来贵族之间的联姻更多的是政治联姻，以达到权力和利益的平衡，这实际是一种无形的权力和财产的勾兑和交换。这次主动释放善意的是屋大维，鳏夫安东尼迎娶的是屋大维年轻漂亮、秉性纯良的同父异母姐姐奥科塔维亚，按照父姓可以称作屋大维娅。她刚刚死去的丈夫是罗马名门贵族盖尤斯·马塞拉斯，他的祖先就是抗击汉尼拔入侵壮烈殉国，被誉为罗马之剑的马塞拉斯，曾经七次当选过罗马执政官。

安东尼从来都不否认对于埃及女王的爱，但双方并没有婚姻关系，就此事而言，安东尼的理智与埃及女王的魅力，一直在脑海中交织着、混战着，这样的矛盾冲突使他的心灵备受煎熬。从某种意义上讲，这次由他的悍妻富尔维亚鼓动他的弟弟卢基乌斯·安东尼挑起的内战，其目的就是促使马克·安东尼因此而回国，不过给搞砸了。罗马高层当然不喜欢女王染指罗马权力，极力促成安东尼和屋大维娅的这桩婚事。他们认为屋大维娅美貌、尊贵和睿智，一旦与安东尼结为连理，定会赢得他的欢心，两个家族就会和谐共处，相安无事，这对罗马政局的稳定未尝不是好事。

于是经过男女双方的同意，安东尼和屋大维娅前往罗马，大肆庆祝了这次众所瞩目的盛大婚礼。按照罗马法律的规定，女子在丈夫亡故以后未满十个月，孀妇不得再醮，元老院为了他们的婚事专门修改了法律。

克里奥佩特拉对这一消息感到非常失望，安东尼和奥科塔维亚（屋大维娅）的联姻无疑对于女王是一场灾难，因为这一结合使安东尼和屋大维关系更加紧密，而女王的肚子里又怀上了安东尼的第三个孩子。同时，安东尼的政治权力更加巩固。公元前 39 年末安东尼和他新婚的妻子生活在雅典，很快被视为模范夫妻，在接下来的一年半里，安东尼一直在雅典指挥帕提亚战争，前线的作战任务由他的部下去完成。也许他是惧怕个人军事的失败所带来的政治后果。战争开始进展得很顺利，安东尼开始准备亲自赶往帕提亚一举击垮帕提亚人，摘取最后的胜利果实。

公元前 36 年 5 月，安东尼从叙利亚出发，前往帕提亚，他于年末开始作战，在取得亚美尼亚的胜利之后，开始进军米底亚（Medis），计划围困帕提亚的财富之城弗拉斯帕（Phraaspa）。然而，正当他的精锐军团接近帕提亚帝国的中心时，因为他的"盟友"叛离通敌、敌军的偷袭，以及恶劣的天气同时出现，破坏了他的计划。这场战争以灾难性的失败而告终。

当安东尼率军返回叙利亚时，他的军团损失将近 3 万人。在人生最为关键的时刻，他的雄心壮志遭遇空前的挫折，对于他的打击几乎是毁灭性的，这无疑在他和屋大维的权力天平上失去了关键的分量，开始向屋大维倾斜，因为三头政治中早已被打发到非洲阿非利加的雷必达几乎是无足轻重的。实践证明他既不是亚历山大也不是恺撒，尽管亚历山大大帝和安东尼都自称为大力神赫拉克勒斯的后代，显然这位大力神的后裔缺少政治智慧和军事指挥能力。

海盗小庞培被擒杀

腓力比战役之后，三雄之一的安东尼在寻欢作乐之余，忙于在东方世界的冒险，在征服帕提亚的过程中遭遇重大挫折，盘踞西西里亚的塞克图斯·庞培却与帕提亚当局紧密勾结和三雄作对。正当安东尼为征服帕提亚人竭尽全力的时候，屋大维也在为无力击败他的心腹大患塞克图斯·庞培而烦恼。联盟中关键的两大巨头也在为双方势力的此消彼长而明争暗斗绞尽了脑汁。其实安东尼和雷必达始终和小庞培势力在暗中有着秘密的往来。

塞克图斯·庞培（SextusPompeius）在当时拥有西西里，他的船舰在门纳斯的指挥下，配合海盗头目麦内科拉底（Menecrates）经常骚扰意大利沿海一带，普通船只都不敢驶入临近海域。在过去几年给屋大维带来很大的困扰，现在他的舰队由200-500艘战船编成，拥有足够的力量可以切断意大利的海上运输，尤其是粮食的运输，让罗马陷于饥馑的绝境。塞克图斯过去对安东尼一直表示友好状态，安东尼的弟弟卢基乌斯在"处罚公敌"时代就逃到小庞培处避难，此番内乱失败，他和母亲及富尔维亚就是由庞培护送到雅典与安东尼团聚的。

安东尼力主以高官厚禄招安赎买小庞培，因为他毕竟是马格努斯·庞培大帝的儿子，其父亲虽然被恺撒击败，但是在官场和民间都有相当的感召力，其本人也有相当的能力和手段，现在独自撑掌着共和军的大旗和恺撒派在海上周旋，始终立于不败之地。

小庞培在海上的势力，构成了对屋大维严重的威胁，共和残余势力加海盗的双重身份，窃据着西西里和撒丁两岛，他的舰艇肆意航行在海上，为非作歹无人可以制约。小庞培的存在几乎扼住了屋大维统治罗马的经济咽喉，掐断了海上贸易的通道，地中海各国运到罗马的粮食被大肆劫掠，提供粮食的商船被毁坏，严重干扰到罗马的生存状况。

塞克图斯·庞培的疯狂劫掠，使罗马面临饥馑的威胁；引发民众在街头的严重骚乱，宣泄着对主持首都行政事务的屋大维的愤怒。屋大维在无力战胜小庞培海上残余势力的情况下，只有和谈。而且三头中实力最强的安东尼也力主和谈。

会谈的地点定在坎帕尼亚地区的墨西拿海峡（Misenum），这个海峡位于自然风光优美的那不勒斯海湾，现在是小庞培的海军基地，会谈的地点就在防波堤旁边，附近停泊着庞培的海军舰队，安东尼和屋大维的军队在防波堤下排列着长长的队列。双方会商结果，达成了一个《墨西拿协定》。

根据协定：塞克图斯负责治理西西里、撒丁尼亚和科西嘉岛并兼任帝国海军司令，负有肃清海盗的任务，每年要向罗马缴纳定额的小麦。作为协定的副产品，小庞培还将自己的表妹斯科波尼亚许配给了小恺撒，并生下屋大维唯一的女儿尤利娅。希望能够借助联姻巩固彼此的政治联盟。根据普鲁塔克的记载：

他们达成了这项协议后，彼此相互设宴款待，按照拈阄由庞培乌斯第一个做东。安东尼问他晚宴设在何处？他指着那艘旗舰说道："就在那里，是我父亲留给我的唯一产业。"他说话的语气对于安东尼有着明显的指责意味。因为他父亲豪华的官邸正被安东尼占为己有。庞培乌斯的座舰下锚停泊妥当，搭起一座浮桥直抵海角，非常热情地将客人迎上船去。宾主觥筹交错，把酒言觞，真正是不醉不归。酒至半酣三人都有些醉了，开始拿安东尼和克里奥佩特拉的风流轶事当成笑谈。这时海盗头目麦内科拉底低声对庞培乌斯说："只要我砍断这艘船的缆绳，那你不仅是西西里和萨丁尼亚的主子，整个罗马帝国都会落到你的手中，你看如何？"庞培乌斯略做考虑，然后回答道："你要做就不必问我的意见。目前要维持双方相安无事的局面，况且我要守信，否则就会为人所不齿。"他在接受另外两位的款待之后，庞培乌斯便返回了西西里。

条约签订以后，粮食一度时间源源不断而来。然而，条约始终未能约束屋大维企图消灭塞克图斯的雄心，他在暗中积极备战打造舰船，筹建海军，伺机发动战争。重建了两次因为夏季风暴而毁灭的舰队，20000 名奴隶被释放，训练成桨手，把海水放进努克林努斯湖和阿维尔努斯湖，在那不勒斯海湾的贝亚城（Baiae）修建朱利乌斯海港。将已经被派往山南高卢为总督的心腹爱将马尔库斯·阿格里帕提前召回罗马担任海军司令。按照规定，他在次年才回罗马担任执政官。屋大维在整整一个冬天完成了对于海军的训练。

从庞培这方而言，他抱怨在分配给他治理的行省靠近希腊的伯罗奔尼撒，安东尼阻止他征税，更加使他不愉快的是，人们根本不承认他和三头具有同样的权力，于是他重返海洋，继续扮演海盗的角色，再次重惊劫掠商船粮草的营生，并且肆意袭击意大利沿海一带。不过短短数月，三方签订的协议就被彻底撕毁。

腓力比战役胜利，《布隆迪西协议》签署，三头重新划分势力范围：安东尼将罗马世界的东半边版图划归自己管理，将西半边丢给屋大维其实潜藏着极大的祸心，因为腓力比战争实际上是安东尼的胜利，刺激着他成为新时代恺撒继承人的野心。对于身体赢弱，常年卧床不起，年仅21岁的屋大维，他根本就不放在眼中，至于雷必达他们从来就没有把他的存在当回事。

安东尼选择东半边版图的最重要原因，是那里方便远征帕提亚，完成恺撒未竟的事业，为克拉苏父子报仇雪恨，才有资本登上罗马帝国元首的宝座。那么，即便屋大维有着恺撒继承人的身份，面对名望和实力都具优势的安东尼，他也是无能为力的。在赫赫战功和深孚众望的名声面前，小恺撒将失去威信，那么罗马两头必然天下归心而成一头，帝国必然成为他的囊中之物。

将西半边交给屋大维，安东尼也考虑到那里还埋藏着一个巨大的钉子塞克图斯·庞培揳在屋大维的身边，使他惶惶不可终日，始终在海上牵制着屋大维的军事扩张意图，并且时时遏制住了他的粮食和海上贸易通道。他却在东边利用海上优势既可以牵制小庞培又可以常常暗通款曲，可以说收放自如，主动权尽在自己。因为自打恺撒与庞培兄弟孟达会战后，塞克图斯死里逃生，在西班牙重组实力，东山再起，凭借着当年老庞培肃清海盗所积累的人望，沿海的海港城市不仅仍与罗马保持着"宗主"和"藩属"关系，同时也买当年庞培大帝的面子，乐于帮助"庞培二世"，建立起自己的海上王国。

负责整理西半边版图的的屋大维自然要与这位敌人正面交锋，安东尼正是要把这个烫手山芋顺手甩给恺撒的干儿子，让这两个小子争个你死我活，等双方实力耗尽，正是鹬蚌相争渔翁得利的好机会，这就是安东尼心中打的如意算盘。他还是轻估了屋大维的雄才大略。

罗马的天才诞生于这片神奇的土地，屋大维是属于帝国这片广袤土地的政治天才，也是运筹帷幄运用谋略权术的战略大师，尤其是对于人才的使用方面，不像安东尼仅仅局限于小恩小惠和官兵一体的随意率性去笼络人心的小智慧。

屋大维以罗马三头元首僭主之一身份，指令罗马元老院任命他的铁哥们马尔库斯·阿格里帕为帝国海军元帅，授权建立帝国历史上第一支罗马强劲的海上舰队，去和小庞培的海上王国决一雌雄。

阿格里帕奉命建造了300艘舰艇，补充屋大维麾下原有的少数战船，屋大维又对两万名奴隶赐予人身自由，换取他们在战舰上的忠诚服务。因为庞培的船只不时在沿海进行骚扰，他们无法在海上直接进行训练，阿格里帕下令在卢克林湖与阿弗拉斯湖之间开掘深沟，使两片水域连成一体形成更加广阔的水域；又用混凝土加固了赫丘利斯大道，使大道两端滨海，形成了今天所说的尤里乌斯海湾。

这片海湾四周被陆地所屏障，不受天气影响或敌船滋扰，在阿格里帕担任执政官期间以及次年，他一直在此地受命操练海军，准备和小庞培的水师进行决战。在这之前，屋大维早已经砍断了与庞培家族的一切亲缘关系，他曾经是这位小庞培的妹夫，这是政治联姻的结果，塞克图斯的表妹科里波尼亚（Scribonia）曾经是屋大维的妻子，现在因为政治形势的变化他已经不需要她了，婚姻自然破裂。但是科里波尼亚却为他诞生了唯一骨肉尤利娅。就是这位他所钟爱的女儿，在他成为帝国元首奥古斯都后给他带来了无穷的烦恼，这是后话。

公元前38年，屋大维迎娶了出身古老而高贵家族且美貌的李维娅（Livia）。他们确实恩爱有加，遗憾的是李维娅却没有为他诞下子女，但是这一联姻却使他跻身于高贵阶层的资格得以增强。击败塞克图斯后，他认为自己完全有资格安全无虞地除掉"三头同盟"中的第三名成员雷必达。

公元前 38 年夏季，貌似弱不禁风的屋大维在完成了整个帝国海军的布局后，一切准备完毕，在被冠以神圣尤里乌斯月（七月）的第一天，冒着炎热的夏风，阿格里帕率领着他的舰队向南方的西西里起航，准备在那里和发自东方的安东尼和发自北方的雷必达的辅助舰队会师，三头共同剿灭小庞培的海盗势力。他们受到了猛烈的海上风暴的袭击，舰队暂时受阻，安东尼和雷必达的舰队靠岸避风。屋大维和阿格里帕率领的舰队迎着风浪继续前进，中间迎来云开雾散的晴朗天气。尽管航程有所延误，他们仍然在西西里北部海岸的米莱城与敌舰遭遇，并予以重创，且一举攻下了庞培部的海上供给线米莱城。海战的初战告捷，大大提升和鼓舞了新建的帝国海军士气。

帝国海军的实力让庞培部不敢小觑，在强劲的攻势下，庞培部的舰队迅速溃散；因为阿格里帕还设计了一种海战迅速登上敌舰甲板的抓钩，俘获了一批敌舰，实力大大增强。帝国海军在阿格里帕的率领下一鼓作气，势如破竹般连续出击又攻克庞培部两座海上堡垒——希耶拉与廷达努斯。此时，塞克图斯·庞培判断，除非他能打赢一场决战并摧毁帝国强大的舰队，否则他的给养系统沿海要塞都将一一陷落，他将一败涂地，他只能拼死一搏，集中全部海上主力决战西西里海域，或可转败为胜。

他在自己熟悉的水域，押上舰队的全部实力来保卫港口城市瑙洛库斯，这座城市离屋大维舰队攻克的第一城市米莱城南部只有几里之遥。要取得瑙洛库斯才能巩固米莱。庞培对海战虽然熟悉，但是面对帝国厚重的舰船，他根本就无法扭转覆灭的败局；尽管他在海战的调度能力方面优于屋大维，但是技术力量终于感觉到不敌小恺撒。黔驴技穷之下，只能试图将对方赖以驱动前进的排桨成排打断，这样确实报废了一些敌舰，却折损了更多自己的船。庞培舰队共有 28 艘舰船被击沉，船员全部覆灭。其他舰艇或被俘获，或被破坏到无法运行，整个舰队仅有 17 条舰艇躲过攻击，塞克图斯·庞培带着溃军向东败退，一时阵容大乱。

当时就有人传说，庞培东航是希望与身在东方的三雄之一安东尼联手，重新煽动安东尼对抗恺撒·屋大维亚努斯；也有人传说他准备与帕提亚国王弗拉特斯联兵对抗三头，因为此人正在和安东尼的东方兵团交战。无论如何，庞培带着他剩余的溃军来到了亚细亚省，只是还未来得及实施他的合纵连横计划，胜者为王败者为寇的规律再次体现在他的身上，他只能再次沦为流窜江洋的海寇，以抢掠为生，此刻他就是人人喊打的海盗了。

他在这片海域被安东尼委派的舰队司令泰提阿斯所俘获，庞培是被他的部下出卖后落入泰提阿斯之手的，他曾经救过的这位司令，在泰提阿斯担任百夫长的时候被庞培擒获后，庞培饶恕了他的性命，并释放了他。庞培除对他的忘恩负义表示愤怒外，还拒绝向他投降，因为这位司令不是贵族出身，如果向他投降有失尊严。泰提阿斯收编了庞培的部队，在米莱城将他处死，小庞培时年34岁。下达处死庞培的命令的不是安东尼，安东尼的命令是由叙利亚总督普隆卡下达的，普隆卡在担任叙利亚总督时，安东尼写信授权与他，于紧急时，可以替代安东尼署名，使用他的印信。以安东尼名义下达的命令，实际是普隆卡下达，盖上了安东尼的印。这一处决令显然是得到安东尼默许的。

因为庞培的名字实在太响亮，安东尼不愿意背负下令处死马格努斯·庞培大帝小儿子的罪名，只好让这位总督以他的名义处死塞克图斯。迅速处死小庞培，也是为了防止克里奥佩特拉由于和伟大的庞培的关系而袒护他的小儿子。又有一些人认为普隆卡知道这些事实，因而自己把责任担负起来，下了这个命令，目的是为了提防庞培和克里奥佩特拉的合作，影响到安东尼和屋大维的关系。

古罗马历史学家阿庇安《罗马史·下卷》这般评价塞克图斯·庞培：

庞培，就是这样被俘虏了。他是伟大的庞培最后留下的一个儿子，幼年就丧失了父亲，当他还是一个年轻小伙子的时候又丧失了哥哥。他的父兄死了之后，他长时期隐藏起来，在西班牙过着掠夺的生活，后来他宣布自己是庞培的儿子，因而聚集了很多群众。于是他公开地从事劫掠生活。在盖乌斯·恺撒死后，他激烈地进行了战争，聚集了一支大军以及大批船舰和金钱，占领岛屿，成为地中海西部的主人，导致意大利频频发生饥荒，迫使他的敌人们依照他所提出的条件订立和约。最重要的是他在宣布公敌的时候，对罗马所做出的贡献；当时罗马遭受完全毁灭，他救出了许多贵族，由于他的缘故，后来他们安全地回到了故乡。但是他犯了一些奇怪的错误：他对于他敌人从来不采取进攻的政策，虽然命运之神给了他许多机会；他只防卫自己。

　　就这样塞克图斯·庞培从孟达会战失败逃出，啸聚山林纵横海上 13 年后，终于在三雄的会剿下覆灭，罗马帝国统治下的意大利四周的海患自此解除。

雷必达被罢黜流放

公元前 36 年 9 月，罗马三雄之一的马尔库斯·埃米利乌斯·雷必达，突然从他蛰伏的阿非利加老巢把长臂伸向西里西亚海，向塞克图斯·庞培部所驻的墨西拿军团总指挥普林尼·鲁弗斯发布有关投降事宜的军令。当然他是以阿菲利亚总督暨阿菲利亚军团总指挥、罗马元老院前任执政官暨祭司长的身份发布的这道通令。

雷必达没有参加西里西亚海战，他率领的舰队是在墨西拿海湾和屋大维的战船相遇，这时小庞培的主力已经被击溃，阿格里帕只是在对小庞培遗留在陆地城市的军团进行进一步征讨或者受降的收尾工作。也就是说，雷必达是从他蛰伏的非洲阿非利加跳了出来，赶赴西里西亚海域准备摘取胜利成果了。他对于阿格里帕传达的恺撒·屋大维的命令根本不理睬，反而开始与墨西拿本地统领开始谈判，宣示自己的权威。他首先解除阿格里帕的统领权，然后他在墨西拿城大咧咧地接受了庞培军团的投降。

一、对于庞培部针对罗马合法权威所犯的罪行，均获赦免；

二、庞部不得与非他所属的任何军官或士兵进行商讨对话；

三、庞部的安全由他提供保障，听从他的命令；

四、庞部可以和他所统帅的部队自由交往，应当彼此视为同袍战友，而非敌人；

五、庞部可以借助被攻克的城市墨西拿发财致富，与他所统帅的部队享受相同待遇。

雷必达就是这样恩威并施，兵不血刃地横插一杠从阿格里帕兵团手中，将他们浴血奋战取得的胜利成果变成了自己的囊中之物。他收编了小庞培的陆地兵团，极大地壮大了自己的实力。这显然是屋大维不能容忍的事情，因为雷必达在三头中从来都是被边缘化的角色，屋大维和安东尼从来都未把他放在眼里，这次跳出来参与对于小庞培军事力量的瓜分，实在有点沐猴而冠且自不量力，是某种愚蠢的火中取栗行为，这种豪赌是要付出代价的。

本来雷必达与阿格里帕应当从西西里海岸上封锁墨西拿城，以免塞克图斯·庞培四散的军舰找到安全的港口来修补阿格里帕与屋大维造成的重创。但是该城的统领——普林尼，听说塞克图斯已经战败，就响应雷必达的命令，没有交战就拱手投降，交出了城市和庞培的 8 个兵团。雷必达接受了投降，不顾阿格里帕的抗议，把军团尽收麾下；还准许庞培军团跟自己的 14 个军团一样，洗劫了这座由于投降而归自己保护的城市。富人与穷人的房子不问情由，皆遭兵燹；城中的数百无辜百姓不幸曾经因为庞培兵团的占领而遭到军队的折磨与屠杀，现在又遭到雷必达军团的趁火打劫，可以说是雪上加霜苦不堪言。

阿格里帕在屠戮之夜过后的次日中午，跟随屋大维兵团进入城中，他们在骑马进城时，依然听见垂死挣扎的受伤民众的哭喊和呻吟声，响彻全城，令人毛骨悚然。屋大维不得不派出大量士兵去安抚百姓。屋大维随之去找雷必达对质，见到这位同僚时一时气得竟然说不出话来。雷必达看见身体羸弱的屋大维竟然误认为他软弱，愚蠢无知的雷必达，因为忽然拥有 22 个兵团的实力，突然变得傲慢无礼，他的将士精力充沛，粮食充足，自以为占尽优势而不可战胜。他为表面的强壮而陶醉，将屋大维的沉默视为软弱，他用轻蔑和虚张声势的语气，恫吓眼前的年轻同僚，命令他撤出西西里，还说如果小恺撒要想保住"三雄"地位，雷必达愿意用阿非利加交换西西里。有了阿非利加你应该知足了吧？雷必达反问屋大维。屋大维嘴角露出不屑一顾的微微冷笑，似乎嘲笑他的异想天开。他只是对雷必达荒唐可笑的言辞继续保持沉默。

屋大维在阿格里帕和六名保镖的陪同下去了市中心的小广场，他开始向雷必达和庞培的士兵们发表演讲。他说：没有他的同意，雷必达的许诺只是一些没用的空话，如果你们要追随一个虚假的领袖，就是误入歧途，恐怕失去的就是罗马帝国的保护。他说自己拥有恺撒的名号和元老院的敕令，足以让士兵们恢复理智。雷必达的卫队当着雷必达的面对屋大维进行袭击。屋大维的一名保镖挺身保护屋大维，被一杆迎面击来的长矛击中当场牺牲。

当这名士兵当场倒下时，会场陷入死一般的沉寂。一种异常奇异的安静笼罩在整个会场。连雷必达和他的保镖们也目瞪口呆一动不动，像是被神秘的力量攫住了灵魂那样全部愣在那儿，不知所措。他们没有再趁势进逼屋大维。屋大维悲痛地看了看倒在血泊中的卫兵。随即他抬起眼睛面对现场的民众。他语调沉着安定，但声音全场清晰可闻："在马尔库斯·埃米利乌斯·雷必达的怂恿下，又一个勇敢忠诚的，没有伤害过同胞的罗马士兵，死在了异邦。"

屋大维让自己其余的士兵收敛起死者的遗体，高高抬起；像是在举办葬礼前的送殡仪式那般，他在卫队前方走在吊唁队伍的最前列，迎面的士兵自动分开一条路，让悲伤的队伍通过，后面紧跟着塞克图斯·庞培的军团，一个个抛弃了雷必达，加入了驻守在城外的屋大维军团。随后，雷必达的军团因为蔑视自己领袖的无能胆怯也投奔了屋大维。最终，雷必达只剩下几个忠诚的部下，坐困城内眼睁睁地看着自己的部队被屋大维所瓦解。

雷必达预想到自己会被逮捕处死，屋大维却一直没有行动。在别人看来，堂堂三头之一的雷必达落到如此地步，一定会一死了之，但是他却选择了苟且偷生，他没有自杀，反而派使者去见屋大维，请求宽恕，请求免他一死。屋大维允许了，只提出他必须公开请罪一个条件。目的是当众羞辱雷必达。

在一个秋高气爽，阳光灿烂的初秋上午，屋大维号令马尔库斯·埃米利乌斯·雷必达和塞克图斯·庞培各军团的所有军官和百夫长，以及自己所部的军团的军官和百夫长在墨西拿广场聚会，雷必达当众请罪，恳求宽恕。

秋风吹动着他稀疏的灰色头发，他穿着一件没有象征身份地位的紫红色镶边的普通白色托加，没有随从跟随，缓慢走过广场，来到市中心讲坛前，登上屋大维站立的讲台。他在那里跪下了，请求原谅他的罪行，他愿意公开放弃他的所有权力。他的脸色苍白，毫无血色，表情呆滞，整个人仿佛活动在恍惚的梦游之中，声音空洞迷离带着低沉的哭腔。

屋大维很有礼貌地将这位政坛前辈搀扶起来。对他说："你被赦免了，你可以自由安全地行走在同胞之间，谁也不会伤害你。"雷必达沉默着站了起来，回到自己的住处，阿格里帕在他转身离开的时候对屋大维说："你给他的待遇，比死亡更糟糕。"屋大维意味深长地说："但也许我给他的是一种幸福。"雷必达永久被流放到了海滨城镇的他家族所拥有的西尔塞庄园，受到帝国政府的严密监视。他被解除了所有职务，唯一保留着罗马大祭司的虚衔，这是一个终生职务。在这个庄园里他又郁郁寡欢地生活了24年，于公元前13年在自己的庄园去世，享年76岁。一个曾经登上权力高峰的政客兼军阀，在政治军事斗争中落败，离开了波诡云谲的罗马政坛后，从血腥的杀戮中皈依宁静的田园生活，安享晚年，得以善终，未尝不是一种幸福。

对于塞克图斯·庞培海盗势力的剿灭，恢复了地中海海域的平静，屋大维还成功地粉碎了雷必达的挑战，降伏了三头之一的雷必达，使他在罗马政坛威望大增。当他率领大军返回罗马时，元老院决定为他举办一场小型的凯旋仪式，表彰他成功捍卫国家安全的功绩。之所以是小型，在于他对于小庞培和雷必达的胜利仍然属于罗马人之间的内战，而非对于外国势力的征服。在降伏了雷必达之后，三头政治在事实上已经变成两头，而安东尼却一直生活在东方，沉湎于和埃及女王克里奥佩特拉的卿卿我我的风花雪月中，无暇他顾。他和屋大维娅的关系越走越远，乃至离婚迎娶埃及女王后，两头的关系基本破裂，等待他的就是一场你死我活的战争。这场战争针对的是埃及女王和安东尼，直接终结了统治埃及五百多年的托勒密王朝，将传统的盟国埃及收入罗马帝国的囊中，指日可待去迎接屋大维的盛大节日——规模宏大、气势磅礴的凯旋式，迎来罗马帝国的和平复兴直至辉煌的顶峰。

就是这种小型凯旋式，也足以震撼罗马市民的心脏。根据《罗马史》作者阿庇安的记载：

当屋大维率领着他得胜的军团到达罗马的时候，元老院通过赠予他最高荣誉的决定，使他有权力接受全部荣誉，或者接受那些他所愿意接受的荣誉。元老们和人民，头戴花冠，出城很远来迎接他；当他到了的时候，他们簇拥着他，护送着他首先到达神庙，然后从神庙到达他的家里。第二天，他对元老院和人民发表演说，详述从开始到目前，他的功绩和政策。他把这些演说辞记录下来，以小册子的形式发表，他宣布和平与德政，说内战结束了，豁免尚未缴纳的赋税，免除农民的赋税和租种公共土地者的欠款。在元老院所通过的给与他的荣誉中，他接受了一个小凯旋仪式，他将头戴挑金镶冠，徒步或骑马入城，举行凯旋时将头戴桂冠，乘坐战车入城，每年在这个胜利的日子举行庆祝典礼，并将他的镀金雕像竖立在市民广场中央；这个金像外面罩着他进罗马时所穿的衣服，站在一个用俘虏的船嘴覆盖的圆柱上，金像上刻着的铭文是：

"他恢复了陆地上和海上长期以来被破坏的和平"

当人民想把大祭司的职位从雷必达手中移交给屋大维时（这个职位在法律上是终身的），屋大维不愿意接受。人民恳求他把雷必达当作公敌来处死时，他不许这么做。

就这样内乱结束了，这一年屋大维28岁。许多城市联合起来把他列为城市的保护神。这时候罗马盗贼成群，出没无常，进行抢劫。他派出军队制止这种混乱局面，在一年之内恢复了治安。他烧毁了内战的许多文件，他对公众承诺说，等待安东尼征服帕提亚回来，就结束现在的双头政治，恢复国家宪法，他相信安东尼也是愿意放弃权力恢复宪政的。因此，人民欢呼，推选他为终身保民官，人民提供这个永久的职位，劝他放弃原来的职位，他接受了这个职位。

远在东方的安东尼穿过红海来到小亚细亚，旨在开展对于帕提亚的军事征服行动，他本来打算速战速决，以便早日回到埃及与克里奥佩特拉重温鸳梦，因为他发现自己一刻也离不开埃及艳后了，他渴望着尽快见到克里奥佩特拉，根本无法在前线的军营里坚守自己的职责。

面对前线军务，马克·安东尼变得心不在焉、犹豫不决、效率低下、玩忽职守，他在帕提亚所做的每件事情几乎都以失败告终。他的部下对于造成安东尼举棋不定的状态和恶果的原因几乎心知肚明，他们对马克·安东尼极为不满，军营上下谣言四起、怨声载道。但是安东尼和所有为情所困的男人一样，对于表现出来的不满浑然不觉，或者根本就是视而不见，只是等待着情人尽快来到身边。此刻，他的士兵正在海边冬季寒冷的气候下忍饥挨饿，有时甚至搭起帐篷宿营在山间的开阔地带，常常食不果腹，衣不遮体。部队陷入了极端的艰难困苦和物资匮乏的悲惨境地。

埃及艳后终于来了，带来了大量衣物和其他供给，不仅满足了安东尼对爱情的渴望，还使得整个军团获得了喘息的机会。与此同时，他新婚妻子屋大维娅还在罗马苦苦等待着安东尼的胜利凯旋归来。奥科塔维亚忧心忡忡、焦虑不安。丈夫在东方和埃及艳后的风流韵事在罗马到处疯传，使她为自己丈夫的丑陋行为感到耻辱，为自己不幸的婚姻而劳神伤心。奥科塔维亚下决心通过最后一搏挽回自己失败的婚姻。她请求屋大维允许她招募军队、募集物资，然后向东部进发去支援安东尼。

屋大维答应了她的请求。屋大维倾全力帮助姐姐奥科塔维亚做好准备去支援安东尼。其实屋大维对于两人的婚姻能否维系完全缺乏信心，他觉得奥科塔维亚此次伟大的救夫行动注定会失败，他只是尽到最后的努力从道义上去挽救姐姐破裂的婚姻，事实上这场基于政治利益的联姻也是屋大维为自己的权力巩固设置的，在情感上毫无基础。屋大维的这种预感，来自于他同安东尼长期打交道积累的经验和对这位花花公子秉性的透彻了解，并不相信屋大维娅的挽救会导致奇迹的出现。

屋大维娅召集了一支庞大的部队，募集了大量的钱财、衣物、帐篷和其他军需储备。一切就绪，奥科塔维亚离开意大利向海上进发，她还提前派信使告诉马克·安东尼她即将到来。而她的情敌克里奥佩特拉却深深地忧虑她的到来会使马克·安东尼离去，使自己再次陷入孤独。她必须在情感上继续保持对马克·安东尼的控制。她常常因安东尼要离去而流露出忧虑、悲伤、难过的神态，以致以泪洗面、精神萎靡、面容憔悴。普鲁塔克在《安东尼传》中记载：

克里奥佩特拉得知罗马的情敌即将到来，心中极为忧虑，屋大维娅的品格高尚，她的弟弟提供了坚强的后盾，如果有机会与安东尼朝夕相处，会永远严密控制自己的丈夫，她担心将完全失去可以相与抗衡的能力。这时她装出对安东尼爱逾生命的样子，节制饮食使身体消瘦下来，只要安东尼进到屋中，他就欢笑颜开脉脉含情地注视，在他离开的时候，马上现出忧郁落寞的神情，她费尽心机地设法使他看到她在暗中落泪，而且等他刚一看到，马上擦干眼泪转过脸去，好像唯恐被他发觉。

为了让安东尼更加迷恋自己，她指使身边的亲信和朋友，不断给安东尼传递信息，他们对安东尼说，比起奥科塔维亚，埃及艳后对马克·安东尼的爱情才是至高无上的。奥科塔维亚只是安东尼最近的妻子，而克里奥佩特拉对安东尼的爱是由来已久不离不弃的，是患难中缔造的永恒情感。他们还放风说，安东尼娶奥克塔维亚并非为了爱，不过是政治目的，为了讨好屋大维，进而结成政治联盟。但埃及艳后是出于对安东尼无法遏制的爱慕，才完完全全、无条件地将自己以及自己的一切都交给了安东尼。为了马克·安东尼她失去了好名声、失去了臣民的热爱，让自己成为众矢之的。现在埃及艳后远离故土，在安东尼最危难之际陪伴左右。若是安东尼此时抛弃埃及艳后，对于她来说是极其残忍、不公平的。离开安东尼，克里奥佩特拉必将郁郁而终。

这些舆论无形中对安东尼在精神上造成压力。从理智上讲他必须挥剑斩断对于埃及艳后的情丝，立即去见奥科塔维亚。但是安东尼最后还是向埃及艳后的悲伤和眼泪屈服。他派出信使通知已经抵达雅典的奥科塔维亚不要继续前进了，把带来的军队、物质、钱财全部留在希腊，她本人返回罗马。看来安东尼是下决心抛弃自己贤惠的妻子和子女，选择留在情人的怀抱了。无奈中奥克塔维亚只好满怀忧伤地返回罗马安东尼的宅邸，无怨无悔地照料家人和孩子，这些孩子中还有安东尼和富尔维亚生的一个儿子。安东尼却携带着情妇返回了亚历山大皇宫，继续着最后的醉生梦死，在疯狂中走向覆灭。

马克·安东尼的无情无义让屋大维怒不可遏，从此以后，两人的关系彻底破裂，下一步必然是兵戎相见了。

埃及女王克里奥佩特拉，以自己的美色先后两次征服罗马大军统帅，先是恺撒，后是安东尼。这位埃及绝世佳人，凭借自己的美丽和睿智，不但暂时保全了一个王朝，而且使得强大的罗马帝国独裁者纷纷拜倒在她的石榴裙下，在罗马大将卡里迪斯的撮合下安东尼于前 37 年 5 月公开和奥克塔维亚离婚，正式和克里奥佩特拉结婚，这时安东尼 46 岁，埃及艳后 36 岁。这个消息在罗马公众中引起极大的愤慨。安东尼甚至公开宣称要将东方赐给他们所生的儿子。这一做法引起了罗马的极大愤慨，元老院宣布安东尼为"国家公敌"。

克里奥佩特拉在少女时代就懂得如何使她的愿望和情欲服从自己的政治野心，并且她还知道，如果不把托勒密王朝的古老帝国重新建立起来，埃及必然会遭到灭亡，而这件事只能依靠罗马军团的力量才能做到。因此，她就向这些罗马军团的统帅输送利益，这些利益中不仅包含了自己美丽的姿色，还包括王国大量的物质财富。

在恺撒时代，迫于恺撒的威权，安东尼曾经远离她，尽量躲避她的诱惑。现在命运把安东尼推到她的面前，她不能不利用安东尼在罗马军团中的影响力为达到自己的政治目的服务。虽然这只是克里奥佩特拉的一厢情愿。然而，她和安东尼心中都清楚要使罗马士兵成为执行这一计划的工具是非常困难的，因为他们知道自己是完全属于西方世界的，不可能附骥于东方世界的太阳冉冉升起，他们战斗的目的，就是在意大利本土上获得一块自己用血汗拼来的移民地，为自己退役以后安身立命。想再把他们的命运同埃及女王的利益联系在一起，他们觉得是匪夷所思的问题。紧接着安东尼第二次出征帕提亚失败，使得他们统帅安东尼作为征服者的灵光完全褪色，使得他还原为一个好色贪婪完全不顾士兵死活的混世魔王角色。

在这段时间内，屋大维几乎把意大利大部分地区争取到自己一方；他成功解除了雷必达的武装，战胜了塞克图斯·庞培在地中海的海陆力量，将之变成了帝国的行省；安东尼并没有从中分到一杯羹。当年"三头"在莫提纳之战后的政治结盟已经完全破裂，这样一来安东尼等于完全失去了西方，他只能以东方为据点。除了这种政治上对祖国的背叛外，还加上他对于埃及艳后的迷恋，这个女人灵巧机智，有着高超的理解能力和色相，像美女蛇一样毒化着他的灵魂，使他成为罗马民众心目中违背道德和违反传统习俗的恶棍。

荒唐的分封仪式

公元前 34 年，安东尼在攻克阿尔明尼亚后，安排了豪华的凯旋仪式，而这个场面很大的仪式却是在埃及的亚历山大港举行，而不是在祖国罗马举行。这使得罗马民众和罗马军团的将士对他感到心寒齿冷的彻底绝望。

根据普鲁塔克的记载：

安东尼在亚历山大里亚对于他和克里奥佩特拉所生的儿子给予的待遇和头衔，更是违背他那深孚众望的作风，污蔑祖国的行为看起来像是戏剧性的表演，他把当地的市民全部集中在运动场，银制的高坛设置两个黄金宝座，他与克里奥佩特拉端坐在上面，他们的儿子座位较为低下，这时他宣布克里奥佩特拉是埃及、塞浦路斯、利比亚、叙利亚的女王，并且由恺撒·里昂共享王位；恺撒·里昂被认为是恺撒和克里奥佩特拉所生的遗腹子。他封自己同克里奥佩特拉所生的儿子为万王之王，把亚美尼亚、米底亚和即将征服的帕提亚赐给亚历山大；托勒密拥有腓尼基、叙利亚和西西里亚。他叫两个儿子出现在民众面前，亚历山大穿着米底亚人的传统服装，头上戴着冠冕和下垂的头饰；托勒密的装饰是靴子、斗篷、头戴马其顿人的帽子，上面还顶着王冠，因为后者打扮成亚历山大大帝的继承人，前者则是米底亚人和亚美尼亚人的统治者。等到这两个孩子向父母致敬，亚历山大得到一批亚美尼亚卫队，托勒密拥有一批卫队。克里奥佩特拉像每次出现在公众面前同样的装扮让民众觐见。她穿着用不同颜色编织的伊西斯圣袍表示女神在不同季节独有旺盛的生产力，表示自己是降临凡间的丰饶女神。

他对恺撒·里昂表示敬意，因为恺撒·里昂是尤里乌斯·恺撒的合法儿子，是众王之王，而他的母亲则是众王之后。然后又发布了一项公告，即所谓"亚历山大馈赠令"，根据这一馈赠令取得了阿尔明尼亚和幼发拉底河以东的全部土地；托勒密取得了对叙利亚、奇里奇亚和亚细亚行省的统治权，小克里奥佩特拉则取得了库利奈卡和利比亚。三头之一的安东尼则保留了他的朴素的名字马尔库斯·安东尼，当然这是对罗马这样的称呼；对东方世界来说，他是迪奥尼索斯－欧西里斯（这是一个联合的神号）、埃及的神圣女王的伴侣。实际上已经把自己宣布为罗马的恺撒，而克里奥佩特拉则成了恺撒的夫人——以便使下属的一个古老预言应验。原来那预言说，在罗马城倾覆之后，她将使这片国土重新从尘埃中升起，她将把东方和西方团结起来，并使黄金时代成为现实。

这场在历史上被戏称为"亚历山大里亚分封"的闹剧，所分封给女王或者他们子女的土地大部分其实都有罗马总督或者附庸的国王统治。安东尼也许只是玩某种无厘头的政治游戏或者为取悦女王玩弄的轻浮玩笑。但是，在屋大维看来这就是一种企图吞并东西方的政治野心。

安东尼的上述表演，无疑是赤裸裸地将女王和他的企图吞并罗马的野心，企图缔造从台伯河到尼罗河东西方大一统战略的和盘托出。不要说他和女王的谋划有多少实行的可能性，这种与屋大维分庭抗礼，向罗马权威挑战的企图是丝毫不能被允许的。安东尼图穷匕首见，屋大维必将全力反击，以强大的军事手段反制这对利令智昏的夫妇企图偷天换日的狂妄之举。

屋大维指责安东尼没有获得元老院授权便擅自攻占埃及；指责他擅自处死了塞克图斯·庞培，引发罗马贵族和民众的很大反感；指责他对屋大维娅的背叛，给对方的尊严造成严重伤害；指责他擅自将罗马的领土非法分配给埃及；对于克里奥佩特拉的眷顾严重损害了国家利益；对于恺撒·里昂的承认玷污了罗马民众对于尤里乌斯·恺撒的怀念。为此，屋大维还利用手中的权力擅自从维斯塔贞女手中取得了安东尼的遗嘱，并设法将这份文件公之于众，这是屋大维公然违反宗教规定窃取法律所保护的个人隐私所干的鸡鸣狗盗勾当。目的是为了从捍卫国家利益的高度，彻底毁坏安东尼的政治声誉。因为安东尼在遗嘱中竟然肯定了恺撒·里昂的合法性，这是连恺撒也不敢干的事情。他给克里奥佩特拉的孩子们留下了相当大的一笔财产，并且事先对自己死亡后做出了周密的安排，即他死后将和埃及艳后一同安葬在亚历山大的王家陵墓中。这种做法显然使安东尼的卖国嘴脸进一步得到暴露，等同于安东尼试图把帝国首都从罗马搬迁到埃及的亚历山大里亚。激起了罗马公众的强烈不满，面对公众强大的舆论压力，元老院不得不做出决议：取消了安东尼的公元前31年的执政官职务，取消了他的军事指挥权。

在历史前进了若干个世纪后，后来的专家学者重新考证：当时历史学家如李维、阿庇安、普鲁塔克的记载很难令人相信安东尼卖国历史的真实性，很有可能出自屋大维为征讨安东尼提升战争行为的正义性对罗马人民进行的舆论宣传。比如英国罗马史家罗纳德·塞姆在《罗马革命》一书中所言：

罗马人对于阿克兴之战的起因的官方解释是相当简单的，虽然始终如一但却是令人怀疑的——这是一场正义的战争，其目的是为了保护自由与和平免受外敌的侵害：因为有个堕落的罗马人企图毁灭罗马人民的自由，将意大利和西方交给一位东方王后进行统治，这是一种十分简单且具有欺骗性的解释方法。但事实上屋大维才是咄咄逼人的角色。他在发动这场战争之前先发动了一场政变，因为当时的执政官和整套政治体系都是由安东尼操纵的，因此，屋大维必须证明安东尼在"道义上"是错误的，且是主动侵略的一方。在军事政治史中，每当政治家需要说服和欺骗公共舆论的时候，类似的情形和借口就会再次出现。

塞姆继续说：

胜利者塑造的版本显然是不真实的；但我们已无法发掘历史真相，它已经被深埋在色情传奇与整治神话的双重土层之下。没有人对事实进行秉笔直书的记载。即便有人这样做了，我们也还需要了解安东尼的真实政策与动机、克里奥佩特拉在多大程度上能够主宰他的意志，以及埃及女王自己真正的野心是怎样的，将那些虚构的动机连缀起来构成解释模式或许是合乎逻辑、精巧的具有迷惑性的政治选择，但并非历史。

可惜整个罗马史充斥着这种胜利者为自己涂脂抹粉，为政敌勾画脸谱进行抹黑的勾当。历史真正成了任人装扮的小姑娘，信史也就荡然无存。屋大维在军事上完成了布局，在政治上开展了对安东尼党徒的清理。因为安东尼在远赴东方前在罗马政坛安插了两名本年度的执政官，在元老院有着一批追随者，时刻关注监视着屋大维的一举一动，并及时通报远在东方的安东尼。

公元前 32 年 1 月 1 日，屋大维正奔走在意大利各地招募他的支持者——恺撒老兵、自己的效忠者和他们的部卒，壮大自己的军事实力，这当然是为了将来征讨安东尼做准备。按照约定这一年度的两名执政官应该由安东尼的人出任。新执政官埃若巴布斯和索西乌斯在元老院宣誓就任。他们没有宣读在去年秋天就拿到的安东尼的报告，安东尼要求元老院批准他在东方的一切行为，其中包括对于亚美尼亚的征服，这当然是对安东尼十分有利的。比征服亚美尼亚更加引人注目的是安东尼对克里奥佩特拉及其子女的馈赠，包括荣誉、领土、头衔的馈赠，如果元老院效法审查庞培的先例，即庞培要求对自己针对东方诸行省与国王的部署予以承认，对安东尼的所作所为进行逐条讨论的话，那么这些馈赠是很容易引起屋大维党徒攻击的。埃若巴布斯保持着沉默，索西乌斯则强出风头，发表了一篇赞美安东尼、猛烈攻击屋大维的演说。他还提出了弹劾屋大维的议案，结果遭到一位保民官的否决。这次集会就这样收场了。

这些动向当然很快被屋大维获悉，他一回罗马便主动召集元老院大会。他已经放弃了后三头之一的头衔，但他仍然拥有权威和军事实力作为自己的强大后盾。他威风凛凛地进入元老院会堂，身边簇拥着大批士兵和追随者。这些人衣着朴素，却暗藏兵器，令人望而生畏。屋大维大咧咧地在两位执政官中间就座，他开始为自己的政策辩护，并厉声指责索西乌斯和安东尼。与会者无不噤若寒蝉，无人胆敢出声反对这位恺撒党领袖。屋大维随后解散了元老院，要求它在指定日期再开会，届时他将出示安东尼背叛国家的实锤证据。

两位忿忿不平的执政官随后逃到了安东尼那里，随身带着这份未经宣读的报告，追随他们出走的有 300 多名共和派和安东尼派的元老院议员，元老院共有 1000 名议员，剩下的 700 多人全是支持对安东尼开战的元老。屋大维的军事政变成功。他允许其他人逃离，很快安排自己的同党替补了潜逃的两名执政官。并借机补充了一批贵族出任元老以补充缺额。重建罗马的政治秩序，从而赢得了罗马贵族集团的支持。

就在这一年的晚秋季节，在瑟瑟秋风中屋大维在全体元老院议员在场的情况下，在马尔斯广场战争女神贝洛娜神庙前举行了神圣而隆重的宣战仪式。传令官宣读了战争誓词，祭司向女神敬献了一头白色小母牛，牛头落盘之时，祈祷声伴随着法螺响起，祈求罗马军团旗开得胜，而主要对手其实也不过是镇守在东方的罗马军团。只不过这次宣战针对的不是卖国贼安东尼，而是埃及女王克里奥佩特拉，虽然屋大维和元老们都心知肚明这次战争针对的主要是安东尼，对方的主力均为安东尼统领的罗马军团，而以征讨女王为名，更可以凝聚人心，激起罗马帝国公众的爱国主义情怀，煽动起对于埃及这个东方大国的民族主义情绪。因为屋大维在公元前36年就已经宣布结束了内战。这最后一战就不是发生在他和安东尼之间，这是一场东西方争霸的战争。

阿克兴海战安东尼败北

公元前 32 年冬，屋大维扬帆出海，踏上了东征安东尼的航程，名义上是征伐埃及女王克里奥佩特拉，这样显得更有民族正义感，更加理直气壮一些。因为罗马人民几乎支持一切的对外扩张和征服，不仅带来帝国疆域的扩大，而且掠夺来的可观财富可以惠及每一个公民。那个时候，安东尼驻军希腊的阿克兴，坐等屋大维及其海军统帅阿格里帕率领着庞大的舰队前来征讨。

安东尼已经被屋大维主导的元老院剥夺了行政和军事指挥权，他只是流亡海外的一介平民。在阿克兴海湾驻扎的安东尼充其量只算是一个海盗头目，率领着一群乌合之众而已，虽然他们也是久经战阵的正规罗马军团士兵，只是跟错了人。此人毕竟在名义上失去了合法身份，就成了一个没有名号的土匪头目、山寨老大。屋大维打出旗号却是对埃及女王克里奥佩特拉声讨的正义之师，这样才不至于被帝国臣民认为是他和安东尼的内战。

传说马克·安东尼在科林斯海湾的出海口集结了水陆部队十万之众来对付罗马军队，其中 3 万是罗马士卒，500 艘战舰部署于希腊沿海各地；8 万储备军和各附属国支持者待在埃及和叙利亚沿海迎战屋大维的军队，可谓人多势众。屋大维只有 5 万士卒和 250 多艘新建的舰船应战，还有 150 多艘运输船。他们的优势在于经元老院授权师出有名；兵力虽然悬殊，但是大部分都是参加过征讨塞克图斯·庞培的精兵强将，具有海上作战丰富经验，且水路交通线畅通，后勤补给可确保无虞。

阿格里帕从意大利布隆迪西港起航，他设法避开直通希腊的航线，以出其不意的方式出现，好令安东尼措手不及。阿格里帕迅速占领了希腊西南部的沿海战略基地梅索涅（Methone），切断安东尼通往埃及的补给线。阿格里帕又突袭其沿海军事基地，安东尼立即陷入没有粮食补给的危险境地，他的舰队从执行首要任务之地撤出，为了集中兵力捍卫基地，防止阿格里帕的偷袭。

正当安东尼首尾难顾穷于应付之际，屋大维率其主力部队穿过伊利里亚从陆地进入希腊。他已经在舆论上将安东尼打败，现在是要在军事上彻底击垮对手临时拼凑的军事联军，既可使他们在政治上永世不得翻身，也顺手将埃及广阔的疆土和大量的财富收入囊中。

当屋大维抵达阿克兴的时候，安东尼和克里奥佩特拉也从帕特莱（Patrae）进驻于此，建立大本营。两军隔岸对峙。屋大维将军营设在阿克兴对岸，位于阿姆布拉湾（Ambraciam Gulf）入口的北岸，安东尼的大部分战船停泊在该海湾。屋大维试图对安东尼的舰队发动突然袭击，虽然并未成功，但并无大碍。无处不在的阿格里帕很快会巩固海岸并完全控制希腊西部海域。安东尼的舰队被困于阿姆布拉湾。

安东尼渐渐趋于绝望，他已被对手团团围困，缺乏食物补给，而且他并未取得当地希腊人的同情，因为后者被迫提供他们自己本来就很缺乏的粮食和其他军用物资。与此同时，他的对手屋大维军团本来与意大利的交通从来没有被切断过，并能够从当地溪流中获得淡水。安东尼的部队来自不同民族有着不同的生活习惯，面对缺粮缺水的窘境开始骚动不安，出现难以驾驭的现象。夏日高温，疟疾和痢疾导致水手数目日渐减少，弃舰逃跑的现象不断发生，其中不乏重要的指挥人员。这些均对安东尼军心稳固带来不利影响。整顿军纪的做法毫无成效，如果一天一天拖下去，原本军心不稳的军队必然被饥馑、疾病所瓦解。他希望尽快决战，而屋大维们似乎一点不想应战，安东尼只能在焦急地等待中耗尽实力，被拖垮拖死。

公元前 31 年 8 月末，安东尼多次试图突破封锁的努力均告失败。他的部下力劝他以陆上战争尽快了断这场耗时持久的对峙。因为安东尼更胜一筹的军事才能是陆地上的交锋，能够起到决定性的作用。而不是去针对海战经验更加丰富的阿格里帕进行决战。但是，克里奥佩特拉并不支持在陆上作战，因为此举的后果将牺牲她的舰队，而且必然导致她和安东尼的分开。有鉴于此，安东尼完全屈从于女王的意志决定进行海战，屋大维也严词拒绝了陆上会战。留给安东尼和女王的唯一出路就是逃离。从陆路逃跑相当困难，而且也不可能确保储藏在克里奥佩特拉旗舰"安东尼号"上的大量财宝得以安全转移。如果进行陆战，必然牺牲自己的舰队和旗舰上的巨额财富，这是安东尼和女王都不愿看到的现实。

安东尼此刻只能借助他和女王的舰队侥幸冒险进行一搏。因此，所谓阿克兴海战也就是安东尼和女王保命保财的一场被动的战争。他们在阿克兴的作战策略不是为取胜，而是为逃亡所制定的撤离之战，所以女王一逃，安东尼必然不敢溺战，只能弃整个舰队和陆上的兵团不顾，跟着女王一起逃。安东尼一厢情愿地认为，陆上兵团，包括那些派兵参战的附属国三心二意的王国部队，定会和屋大维部血战到底。但是，这只是缺少战争内在逻辑的一厢情愿。兵败如山倒的趋势使得整个战局迅速糜烂一发不可收拾，而导致全面的溃败。这是女王在战略上的短视，可惜安东尼一直昏睡在女王柔情蜜意的温柔目光中沉醉不知苏醒，只能万劫不复地走向死亡。

公元前31年9月2日，安东尼率领230艘舰船，加上女王的260条舰船，总共有500艘之多驶出阿姆布拉吉亚湾，但有些船只并没有配备足够的人员，尤其缺乏富有海上作战经验的船长和水兵。

安东尼的舰队其中许多都是安装8至10排桨架的巨型战舰，装饰得花团锦簇。尤其是克里奥佩特拉的"安东尼号"旗舰更是一艘装潢得金碧辉煌的楼船双层24排桨巨艟，装点着皇家推萝紫三桅风帆，不像一艘战舰，而像一艘皇家豪华游船，在庞大的舰队中非常引人注目，就如同锦鸡丛中的凤凰那般惊艳，安东尼和女王的舰队多少有点华而不实的花里胡哨。那种排场，仿佛准备参加一场凯旋式而不是艰苦的海战。安东尼拥有10万步兵和12000骑兵。附庸他出战的还有东方诸王国国王和行省总督的军队。屋大维共拥有250艘战船，8万步兵，骑兵的数量大致与敌军相等。

然而，安东尼和女王这些排场宏伟壮丽的舰队的致命弱点是讲究了表面恢宏的形式，忽视了对内部作战能力的提升，这都是仓促上阵准备不足带来的弊端。长于深宫的女王将残酷战争等同于一次壮丽的巡游，一场别开生面的游戏，而久历战阵的老军阀安东尼也同意这样的排阵布兵，显然他已经完全堕落成为女王的附庸，情欲蒙蔽了他的头脑。虽然他的陆上部队远较敌人为优，可是为了取悦女王，他也希望能由水师取得胜利，确保旗舰上装载的巨额财富和女王本身的安全。

根据普鲁塔克的记载：安东尼的舰队水手的缺乏，使得那些船长在希腊四处拉夫，许多路人、骡夫、收割的农夫和少年人，全被抓来充数，还是不能达到舰队所需水兵的人数，大多数舰船都感到人数严重不足，划船的技术非常低劣，完全不达实战要求。就对手这边而言，船舰建造精良，注重实用，不以高大或外观的雄伟壮丽取胜，看起来并非虚有其表的大型舰船，不仅轻快敏捷而且人员充足技术精良。从筹建水军开始就进行时战训练，在西西里大海战中曾经战胜过实力强大的庞培水军，积累了丰富的海战经验。

9月3日，安东尼看见敌军的舰队向他直驶过来，由于自己的舰船缺少战斗人员，生怕会被敌人俘虏，就将所有划桨手武装列队站在甲板上，像是已经完成备战，随时严阵以待的样子，所有桨手高举木桨，似乎只要一声令下就可以立即启航，在瞬间冲向敌阵。列阵的船只排列在阿克兴海峡的两侧，仿佛都配置了充足的战斗人员，立即要与敌人接战的样子。安东尼的虚张声势，确实吓跑了屋大维的舰队。

不过埃及艳后高兴得似乎太早了些。当安东尼手下的大将都米久斯乘着一艘小船乘夜色逃向屋大维水军大营的时候，他们的空城计破产了。原先很多参战的国王也纷纷叛他而去，投入屋大维的阵营。安东尼的水师一直处于不利的作战环境之下，他们的大船已经为屋大维灵活机动的小船所包围，根本动弹不得，所有的机会都难以把握，可以说是一事无成。唯一的机会就是展开陆上作战，这时统帅陆上部队的坎奈狄斯建议无论如何应当把这位成事不足败事有余的愚蠢艳后送走，否则这位志大才疏、对于军事完全外行的女人，对整个战役干扰太大。放弃海洋并不会使得安东尼丧失颜面，如果是陆地上作战，安东尼无疑是举世无双的杰出统帅，现在竟然将整个部队化整为零，分散到个别舰船上去，完全瓦解了部队的统合作战能力，连他们的部将们都看出了这对自以为是的夫妇荒谬绝伦的愚蠢。

即便如此，克里奥佩特拉依然固执己见，坚持要在海上决战，安东尼不顾众将反对，完全迎合女王的意见。私下里女王已经准备逃跑，所以她对军力的部署，不是为了达成胜利的目标，只是随时观察军队的动向，只要发现失败的苗头，随时准备逃跑。

安东尼决定与屋大维在海上决战，所有的舰船只留下 60 艘，其余全部焚毁；他又从 60 艘当中选出一些最好最大的船舰，上面安装的桨座从 10 排到 3 排不等，再将 2 万名全副武装的士兵和 2000 名弓箭手配置在上面。这时，一位身经百战满身伤痕的百夫长对着安东尼高声说："啊，大将军，你为什么不信赖万名的满身伤痕和身佩刀剑的将士，非要把所有的希望寄托在那些破烂的木头上，让埃及人和腓尼基人在海上作战好了，我们要到陆地上去，只有在那儿我们才能一展所长。"安东尼没有理睬他，只是用眼神和手势要这位百夫长鼓起勇气，不可以丧失斗志，然后继续向前走。

其实他这时候心中对于胜算已经完全没有把握，因为船长已经把除了船帆以外一切累赘的东西都放在了营地。他命令将船帆全部带上。他说："我们有了帆，敌人一个跑不掉。"一般敌对双方在海上会战，船只为了便于操纵，通常用桨和橹，尽量不把船帆挂上去；现在这样做等于是暗示安东尼早已做好了逃跑的准备。

战斗是在 9 月 5 日中午时分打响的，经过前几天暴风骤雨的袭击，辽阔的海面云开雾散，天气变得晴朗，海面微风徐来，给人以舒适惬意的凉爽，阳光笼罩着平静的海面，视线开阔，似乎前景明媚，胜利在望。

停泊在海湾的安东尼战舰船体虽然庞大，但是航行无法达到撞击所需要的速度，动作显得过于笨拙；屋大维的船只开上去也是畏葸惧战，不但不敢用船首对着对方青铜铁钉包裹着的撞角撞过去，也不敢撞击安东尼船只的侧面，那些船只的船舷用很大的方形木材，拿铁制的螺丝钉连接在一起，如果不顾一切地冲上去，自己船首的撞角会先撞碎，海上的争锋很像是一场陆地的会战。通常都是屋大维的三四艘战船围攻安东尼的一艘大船，很像是几条勇猛的小鲨鱼围攻着一条大鲸鱼。屋大维的水兵用长矛、标枪、撑杆和各种投射器发起袭击，安东尼的士兵也从木造的角楼上，用弩炮射出大量的箭矢。这种胶着状态，暂时难分胜负的场面，因为一个突发事件使整个战局突然发生了逆转。

阿格里帕指挥的舰队不断向前延伸，企图包围敌人的侧翼，安东尼的侧翼指挥官普布里科拉被迫出战，逐渐与皇家中央分遣舰队失去联系。安东尼的中央部分受到阿格里帕、阿隆久斯（Arruntius）部猛攻，由自以为无所不能的女王直接指挥的皇家中央舰队陷入惊慌和混乱之中。皇家舰队的水兵们倒是英勇还击不屈不挠以火箭和标枪对抗，一时胜负难分，这时克里奥佩特拉的旗舰突然升起推萝紫的三叶风帆，这是舰队逃跑的信号，追随她的舰船纷纷升起风帆，开始调转船头准备逃离烟火弥漫的战场。这些舰船原来的位置是跟在女王巨舰后面，现在从巨舰后面突然冲出，使得舰队的阵势全部被打乱，安东尼的舰队将士眼睁睁地看着这些脱离战场的船只顺风朝着伯罗奔尼撒半岛的方向狼狈逃窜，连阿格里帕的将士都感到惊愕。

在这两军决战的生死关头，女王置整个战斗团队于不顾，率先逃命，完全可以看作是她战略上的短视；而担任首席指挥官的军团首领安东尼竟然紧跟着女王逃跑的步伐也开始了逃亡。按照普鲁塔克的话说：

有人用戏虐的口吻说，爱情使人丧失自我，以至于魂不附体；安东尼用临阵脱逃来证明这句笑话的真实不虚。他仿佛生来就是克里奥佩特拉的一部分，无论她到哪里他必须紧紧追随。他一看见她的船开走，马上丢掉正在鏖战为他效命的官兵，登上一艘五排桨座的大船，只带着叙利亚的亚历山大和西里阿斯（Scellias），追随那个让他堕落的女人而去。

克里奥佩特拉站在船尾看到紧跟上来的安东尼，就在甲板上发出信号，所以安东尼一抵达，马上就被顺利地接上了女王的坐舰。士兵拉着他，帮他上了船，但是女王却不见了踪影。羞愧使得女王不知所措，她似乎不敢面对这个对她无比仰慕无比忠心，现在又被她一手摧毁的男人。马克·安东尼也没有寻找她，只是一个人独自坐在船尾的甲板上沉默不语地用双手蒙着自己的脸，陷入恐惧绝望之中。然而，你死我活的战场容不得他在那里儿女情长地发愣沉思，甲板上的警报声，把他从恍恍惚惚的情绪中唤醒。

敌军追赶他的快艇正全副武装地向女王的船队旗舰进逼。安东尼飞快起身，并没有下令桨手加快逃离，而是调转船头，手提长矛直面敌人。靠着勇猛和果敢，把船开到敌人中间，一场恶战就此展开。船与船相互碰撞，场面混乱不堪，小艇终无法靠近巨舰，当小船纷纷被击退而散开时，只有一艘舰艇一直徘徊不去，对方的指挥官一直站在船头，眼中喷射出仇恨的怒火，伺机举起长矛瞄准安东尼，似乎要朝着安东尼投掷过来。安东尼站在船头巍然不动，只是大声质问"何人敢于追逐我安东尼？"来人报上姓名，原来是安东尼部将的儿子，其父抢劫被处决，此番借屋大维征讨之际为父报仇。他见到安东尼站在女王高高的楼船甲板上，不敢贸然下手，调转船头全力冲撞另一艘旗舰，俘虏了这艘旗舰和另一艘船，连带这两条船上所有的珍贵器皿和贵重的家具退却而去。待他击退敌人舰队后，安东尼挥了挥手，所有的战舰都迎风高扬起风帆快速逃离战场。屋大维没有追击，他眼睁睁地看着马克·安东尼随着女王的紫色风帆远去，直到消失在他的视线之外。

安东尼又恢复了原来的姿势，默默地像是雕塑一般坐在那里，泪眼婆娑地望着波涛起伏硝烟弥漫的海面，皇家巨舰排浪前进，不时将血水中浸泡的将士尸体抛弃在后方的洋域，大海被鲜血染得变了颜色，所谓血流漂杵，描写战争的残酷场面不过如此。浩瀚的海洋中飘浮着焚毁的断桅，残存的风帆在晚霞中晕染得格外苍凉，这里牺牲的大部分其实都是罗马军团英勇无畏的将士，曾几何时他们都是开疆拓土同一战壕的战友，现在因政客的争权夺利而分化成敌对的双方，城门失火殃及池鱼，兄弟阋墙葬送了多少无辜的生命，想到这里，他黯然泪下。

安东尼就这般呆若木鸡般坐了三天。在心中他对女王极其恼怒，只是不忍心公开谴责。短暂的悲伤很快会过去，船队停靠在拉科尼亚的提纳鲁斯海岬（Theophilus），在风平浪静后，安东尼开始冷静下来，他目前只能依靠女王，意大利似乎是回不去了，至少富庶的埃及王国可以为他们的东山再起提供物质和人力的支持。在女王侍女和宦者的劝说下，他和女王和好如初，又开始了同餐共宿的夫妻生活。

在安东尼追随女王舰队逃离战场的时候，屋大维和阿格里帕、阿隆久斯部的战船就在附近。最近的距离，可以清晰地看到双方的眼色，听到对方的喧闹和话语声，扭成一团的厮杀声、受伤士兵的呻吟声。马克·安东尼主动抛下自己的舰队和水兵，追随克里奥佩特拉逃跑的旗舰紫色的风帆开始了逃跑的步伐，逐步迈上死亡的陷阱。他们可以看见站在船尾的安东尼毫无血色的脸，他僵硬地举起手臂，又放下手臂；船帆纷纷迎风扬开，那些巨大的战舰慢慢调转船头加速逃离战场，屋大维没有追赶。

屋大维知道自己终于赢得了世界，夜幕降临时分，营地点燃了篝火，没有胜利后的狂欢，人们的脸上没有喜悦之色，耳畔唯听到海风的咆哮和海水拍击燃烧船体驱壳的声响以及伤病员低沉的呻吟，仿佛是一首命运浮沉的哀歌在营地奏响。恺撒·屋大维·亚努斯苍白的脸色在火光映照下庄严肃穆，他目光炯炯地站在自己的船头，俯视那些勇士葬身的大海，其中既是同胞也是敌人，两者仿佛混为一体，很难区别，因为他们曾经都是罗马军团的战友，只是命运将他们分属于不同的政治派别，才有了这场你死我活的相互仇杀。

穷途末路的最后挣扎

　　主帅弃战，安东尼部剩下的船舰纷纷投降了屋大维，他的舰队几乎全军覆灭。根据屋大维的记载，安东尼的水师人员阵亡不到5000人，却有300艘船只被俘。只有少数人知道安东尼已经随女王逃走，听到这个信息的人最初难以置信，一代枭雄就这样轻易地拜倒在女王的石榴裙下，弃数万将士性命如敝屣，置整个战局如儿戏，独自随着情人逃生，这实在太荒谬，简直匪夷所思。因为这位将领在陆地还拥有19个完整的兵团和12000名骑兵，何况这个人久经战火考验，可以说作战经验极为丰富。他的官兵们仍然对他心存幻想，以为他随时都可能出现，陆上部队对他表现出无比忠诚，甚至在已经确知他不告而别后，还继续奋战达7天之久，将士们拒绝了屋大维的招降。直到他们的指挥官坎奈狄斯在夜间从营地悄悄潜逃去见安东尼，所有的军官几乎在一夜间全部遁逃，士兵们才不得不臣服于屋大维。

　　在很短时间内，安东尼水陆大军尽失，整个东方帝国全部落入屋大维之手。他在阿克兴海战中可耻地抛弃了舰队和士兵，引起了他的东方盟国广泛而强烈的愤怒。此时，埃及艳后和马克·安东尼返回埃及，安东尼心情沮丧地远离城市和所有朋友，孤独地住在亚历山大里亚外海的法罗斯小岛上，他在这个偏远僻静之处建立了隐居之所，过起了与世隔绝的生活。在这段时间内，他诅咒命运的不公，咒骂所有与之相关的人，自嘲自己的愚蠢滑稽，情绪沮丧到了极点。马克·安东尼的部下相继叛变，属于他的希腊和小亚细亚诸东方行省不断陷落；屋大维势不可挡眼看就要征服整个东西方世界。他目前是江河日下眼看就要走向毁灭，面对险峻的形势他的愤怒和仇恨也与日俱增。

　　陆军统帅坎奈狄斯亲自跑到法罗斯小岛被称之为蒙泰尼姆（Timoneum）的安东尼隐居处，报告了陆军部队在阿克兴全军覆灭的情况；接着安东尼又得到信息，东方各行省和王国的军队也纷纷向屋大维投降。安东尼深感大势已去，回天无力，此刻反而使得一直忐忑不安的心彻底放了下来，反而使得自己赤条条来去无牵挂了，一切恐惧和烦恼全部随之消失。他原本就是罗马街头无所顾忌的小混混，那么继续混迹埃及宫廷，和心爱的女人花天酒地了却人生算了，他仿佛大梦初醒一般反而变得实际起来。他大笑着离开蒙泰尼姆的海滨小屋，回到亚历山大里亚的豪华皇宫，那里美丽妖艳的克里奥佩特拉正向他挥手致意。

安东尼在法罗斯小岛经过短暂的沉寂后，终于从绝望的失落中苏醒过来，犹如蛰伏于洞穴中的蟒蛇用眼泪舔着自己心灵的创口。在与世隔绝后的痛苦中，终于还是难以摆脱尘世的浮华，抵御不了醉生梦死般的刺激和诱惑，即使娱乐至死也在所不惜。亚历山大豪华皇宫依然向他敞开着，巨大的财富足可提供他们在死亡前的肆意挥霍，他又精力充沛地回到女王身边享受死亡前的最后疯狂。

在这之前，他们夫妇曾经尝试着以妥协换取屋大维的同情，希望能够保留埃及统治者的身份重返皇宫。他们分别派人去雅典和屋大维谈判，希望能够和解，保持政治落败者起码的尊严。但是失败者是没有任何资本和胜利者讲条件的，屋大维要求要么交出安东尼，要么交出女王，他们才能苟活于世保持体面富足的生活，至于埃及王位和东方行省的官位似乎将永远离他们，而他们夫妻是相辅相成血肉难以割舍的共同体，谁都不可能出卖谁，那最后只能在穷途末路的自娱自乐中等待末日的到来。

当他们败走阿克兴回到亚历山大港的时候，女王对她的子民宣称是凯旋归来，甚至煞有介事地举行了一个小型凯旋式，来掩人耳目，愚弄民众。克里奥佩特拉将安东尼重新接进皇宫，全城沉浸在虚假的欢乐祥和气氛中，享受着大战来临前的宁静。屋大维势如破竹地击溃安东尼在东方的势力，正在着手整顿重建与东方诸国之间的联盟。乘屋大维打到亚历山大里亚前的这段空隙，全城得以享受一段纵情欢愉的时光，安东尼和女王几乎天天饮宴欢乐，进入今朝有酒今朝醉的最后疯狂模式。

恺撒和克里奥佩特拉的儿子恺撒·里昂已经进入成年，要办各种手续去加冕成为托勒密十六世，安东尼和富尔维亚所生的长子安特拉斯已过了青春期，要举行成年礼改穿没有镶紫边的托加袍。为了庆祝这两件事亚历山大里亚的居民举行了多日的盛大狂欢。

尽情挥霍享乐的日子眼看不多，曾经围绕宫廷的权贵和宠臣们建有的"享乐会"被宣布解散，在此基础上女王夫妇重新组建了"偕亡社"（Diets Together），也即高层很清楚死亡的阴影正在向他们无情扑来。这一小撮以王权为中心的团伙希望无痛苦地"共同死亡"，在走向死亡之前，他们要安享人间各种欢乐，目击人间奢华娱乐，品尝世俗美味佳肴，至死方休。于是种种奢侈和豪华的场面，还是一如既往肆无忌惮地在宫廷张扬着，毫无收敛。安东尼和克里奥佩特拉的狐群狗党们情愿或者不情愿地加入了这个团伙，大家及时行乐，经常举办各种豪华的宴饮。

克里奥佩特拉则忙着收集各种毒药，利用死刑犯人做实验，要知道哪种毒药给人在死亡时带来最小的痛苦。她发现效力迅速的毒药都会引起剧烈的疼痛，痛苦较小的毒药则功效缓慢。于是她再试验有毒的动物，亲自观察它们之间相互噬咬的情形，这成为她每天最重要的工作，最后终于发现一种小毒蛇，受到它啮一口之后，不会产生抽搐，也不会痛得大声呻吟，脸上会微微发汗，感觉渐渐麻木陷入昏睡状态，看来没有任何痛苦，就像一个昏睡过去无法唤醒的人。

公元前 31 年岁末，屋大维率领着他的军团在萨摩斯岛和以弗所，在攻占亚历山大里亚之前，他始终向安东尼和女王敞开着谈判的大门，似乎给生活在地狱阴影中的夫妇带来一丝求生的希望，这希望犹如垂钓者安放的鱼饵，精明的渔翁希望钓到安东尼的巨大财富和手握的军队。希望能够活捉克里奥佩特拉，好在凯旋式中炫耀他的赫赫武功。

克里奥佩特拉要求将她的王国传给她和恺撒的儿子恺撒·里昂——托勒密十六世；安东尼愿意在埃及做一个平民，希望能够允许他们夫妇退隐到雅典，在那里安静地度过余生。安东尼的朋友都已经和他分道扬镳作鸟兽散，已经没什么他可以信赖的人去充当使者向屋大维传递自己的信息了，他只能委托儿子的家庭教师尤福洛纽斯（Eupronius）带着优厚的礼品前去以弗所充当说客。

屋大维拒绝接受安东尼提出的要求。他的答复是，可以满足克里奥佩特拉的一切要求，如果她处死安东尼，或是将他赶出埃及，她将会受到极其优渥的待遇。他派遣自由奴特尔苏斯（Thyrsus）随使者同行前去亚历山大里亚。行前屋大维秘密嘱咐特尔苏斯要用特别温柔的语言对埃及艳后暗示，就说屋大维对女王的美貌倾心不已，引诱她误以为自己的美艳已经俘获了这位强悍征服者的心。

克里奥佩特拉在皇宫秘密接见了这位能说会道的屋大维亲信，两人密谈许久，给予了非常特殊的礼遇并馈赠了大量礼品。在莎士比亚的戏剧《安东尼和克里奥佩特拉》中甚至编造展示女王与这位年轻特使的暧昧关系，女王甚至被描绘成人尽可夫的荡妇。显然女王的秘密接见，使得安东尼醋性大发，出于难以扑灭的妒火，他下令逮捕特尔苏斯将他痛打一顿后加以驱逐。他给屋大维写了一封信交特尔苏斯带回，信中特别提到，说自己身处逆境，难免心浮气躁，特尔苏斯轻薄傲慢不逊对他有所冒犯，他还特别说："如果这件事让你恼怒，我的自由奴希波克思正好在你那里，可以把他吊起来痛打，就算这段过节可以相互扯平了。"

亚历山大皇宫里的克里奥佩特拉万念俱灰，她开始忙乎在伊西斯神庙旁建造的陵墓，希望能尽快竣工，她自命为埃及保护神"伊西斯"下凡，希望将自己的陵寝安放在神庙旁，这座陵墓几年前就开始建造，已经有好几座建造好的精美陵墓和高大纪念碑。陵墓完工后，她将皇宫那些价值连城的珍宝、服饰、武器、精致的手工艺品和埃及国王世代流传下来的名贵法器等等尽行搬入陵墓，他还在陵墓里放置大量的亚麻布、绳子、火把及其他易燃物品。将它们放在陵墓底层，决定在孤注一掷时放火焚烧，宁愿将珍宝与自己同归于尽也绝不落入罗马人之手。她在陵墓入口安装上坚硬的门栓和栅栏。她正在为自己即将到来的死亡做准备。

不久，屋大维开始以摧枯拉朽之势，将原先安东尼的领地收归己有。从小亚细亚到叙利亚，锋芒直逼埃及的亚历山大港，一路高歌猛进，没有遇到任何抵抗。公元前30年7月，屋大维军团穿越佩鲁斯阿姆大沙漠抵达亚历山大城郊。罗马军队将亚历山大港围了个水泄不通。

屋大维在亚历山大港城墙下安营扎寨，为了防止女王狗急跳墙，在和安东尼军队剑拔弩张红眼怒视之际，他不断向女王释放善意，试图离间她和安东尼的关系，说自己把美丽的女王始终看成亲密的朋友，绝不想使她受到任何伤害，他只是追捕叛贼安东尼一人。在不断挺进过程中，这种安抚性谈判不断在进行。精明的女王当然洞悉屋大维的企图，他垂涎的是女王手中的财宝，希望攫取这些财宝为自己返回罗马后的凯旋式生辉，更深的意图是生擒女王本人，顺便用专为女王量身定制的黄金锁链像牵一只野兽一样，牵着她去游街示众。女王显然不能接受如此的凌辱，她已经做好了以死明志的充分准备。

安东尼也以困兽犹斗的勇气组织了一次突围。剩下的部队不多，但都是近卫军精锐，这些近卫军斗志昂扬，全是冒死效忠的家奴。作为这支精锐部队的头领，马克·安东尼突然打开城门对屋大维的骑兵进行偷袭，突围没有成功，却将骑兵部队击溃，把他们驱回用壕沟围绕的营地。他得意洋洋地返回皇宫去见克里奥佩特拉。他还引荐了一位作战最英勇的士兵觐见女王，女王赠送了一副金制的胸甲和头盔。然而，接受赏赐的士兵当晚就逃出军营去投奔了屋大维。

次日，拂晓时分安东尼率领步兵出城，将全军配置在一座小山上，观看他的水师出动，向敌军进攻。他迎着海面吹来的阵阵暖风，站在山头的树荫下急切地期待着他的战船会取得胜利。但是那些战舰驶向敌船的时候，他的水手竟然肃立在甲板上齐刷刷地举桨向屋大维的船员敬礼，等待屋大维的船员答礼之后，双方的舰队便混合在一起。就在安东尼看到这幕奇景的同时，骑兵部队背弃他的阵营向屋大维投降。他所率领的步兵同敌人交战失败，他只能退回城中，他绝望地高喊，他是为克里奥佩特拉才同敌人作战，现在女王却将他出卖给他们的死对头。

克里奥佩特拉生怕他在暴怒和绝望中会做出伤害她的行为，她逃到陵墓中，放下悬吊的垂门，拉起坚固的门栓，然后派人告诉安东尼说她已经在陵墓自尽而亡。安东尼相信了这个消息，他热泪长流高声自言自语说道："安东尼，命运已经夺走你活在世间的唯一借口，你为什么还要苟且偷生？"

他悲伤地回到自己的房间，脱掉全身披挂流着泪说："克里奥佩特拉，我现在失去你并不感到悲伤，因为不久就会与你在地下相聚了；唯一给我带来羞辱的是，像我这样伟大的将领，竟然还不如一个女人勇敢。"

安东尼有位忠诚的奴仆名叫艾罗斯（Eros），过去曾经答应他，必要的时候会将他杀死，免得落入敌手遭到凌辱。现在安东尼要艾罗斯兑现诺言。艾罗斯拔出剑来看似要刺向安东尼，但他猛然转身却刺向自己。等到这位仆人倒毙在地，安东尼大笑着拍手叫好："太好了，艾罗斯，你已经指点你的主人去做你所不愿意做的事。"于是他咬紧牙关猛然将剑刺进自己的腹部，接着倒在卧榻之上。他的伤势不足以致命，躺下后血慢慢不再流淌，不久便恢复了知觉。他请求站在身边的人帮助他解除痛苦，而手下人全部只顾自己逃命去了，只剩下他一个人在那里喊叫挣扎。这时克里奥佩特拉派人前来接他去陵墓共同向死神报到了。

普鲁塔克在《安东尼传》中写道：

安东尼听说克里奥佩特拉没有亡故，赶紧命令奴仆把他抱到陵墓的门口。克里奥佩特拉不肯开启垂门，从一个窗口向下望，接着丢下一条绳索，身边的奴仆将他绑好，然后她和带进陵墓的最亲信的两名宫女把安东尼往上拉。据当时在场的人说，那副景象非常凄惨，安东尼浑身血污像是快要断气的样子，就在被人往上吊的时候，还扬手向克里奥佩特拉打招呼，竭尽自己的体力在那里拼命挣扎。要三个女人来做这件事确实相当困难，克里奥佩特拉紧握绳索，拼尽浑身力气把他向上拽拉，底下的人高声叫喊加以鼓励，不仅着急还要分担她的忧虑，最后终于将他拉了上来。她把安东尼放在床上，脱下身上的衣服盖住他的身体，用手殴击自己的胸膛，撕扯自己的肌肤，把他伤口流出的血涂在脸上，称他是她的主人、她的丈夫、她的皇帝；对他的遭遇关怀备至，好像完全忘记了自己的不幸。安东尼使她从悲伤中平静了下来，要了一杯酒，可能是因为口渴或者希望这样使自己加速死亡。他喝完酒后，劝她赶快考虑自己的安危——如果她能够体面地自保。特别告诉她在屋大维的幕僚中，只有普罗库留斯是值得信赖的人。他求她不要因为他遭到厄运而怜悯他如此不幸的下场，应该回忆他过去的丰功伟业，而为他的一生高兴，他曾经是世间叱咤风云的显赫人物，即使最后的结局也可以说死得其所，只是他这个罗马人被另一个罗马人所击败而已。

安东尼在最后的回光返照后，大口喘着粗气躺在女王怀抱里，流尽了最后一滴血，走向了人生的不归之路。

在安东尼用剑刺伤自己的时候，他的一名卫士捡起地上安东尼沾满血污的佩剑悄悄藏匿起来，他投奔了屋大维献上那把佩剑，报告了安东尼去世的消息。屋大维听完这番话，退回到自己的营帐内，当着众多幕僚的面，为安东尼的不幸亡故而垂泪叹息，他不无虚伪地当众表演说：须知死者曾经是他姐姐屋大维娅的丈夫、共同治理帝国的同事、共同度过多少战争危难久历风险的战友。他拿出许多他和安东尼的书信，当着幕僚的面高声朗读。想让他们知道，他写给安东尼的信口气谦卑恭逊，安东尼的回信却态度倨傲粗暴。做了上述假惺惺的表演，诋毁了安东尼一番后，屋大维立即意识到，必须牢牢控制埃及女王，防止她自寻短见，连同她随身携带的巨额财富全部遭到毁灭，最重要的是凯旋式上缺少了女王锁着金链的游街表演，将使凯旋式大为逊色。

已经命归黄泉。

屋大维满足了女王的要求，命人将她埋在安东尼身旁，然后斩草除根，处死克里奥佩特拉与恺撒、安东尼生下的两个儿子。因为这两个孩子均已接近成年。恺撒·里昂 16 岁，安东尼和富尔维亚的长子安特拉斯 14 岁，考虑到自己正是在 17 岁这个年龄段成为恺撒继承人，发誓要为被谋杀的舅公报仇的，这两个略谙人事的少年未必将来不为他们的父母复仇，他们的存在就是对于屋大维潜在的威胁，他们必须死。希腊著名诗人卡瓦菲斯的《恺撒·里昂》一诗中如是描绘埃及女王和恺撒的儿子：

既是为了看清某个时期，/ 也是为了消磨一两个钟头，/ 昨夜我拿起一卷 / 有关托勒密家族的铭文。/ 对于他们每个人的赞美和奉承 / 都相差无几。全都英明、/ 荣耀、强大、慈善；/ 他们每做一件事皆极有道理。/ 至于他们家族的女人，贝利奈西们，/ 也全都非凡能干。

当我找到了我想核查的事实，/ 我本想把书丢开，但是有一段 / 并不重要的文字提到恺撒·里昂国王，/ 突然引起我的注意……

你就在那里，焕发你那不可言喻的魅力。/ 因为我们在史书上 / 对你的了解如此之少，/ 我可以更自由地在脑中想象你。/ 我让你英俊而敏感。/ 我的艺术赋予你的脸孔 / 一种做梦似的摄人的美 / 而我是如此彻底地想象你 / 以至于昨天晚上 / 灯光熄灭时——我有意任它熄灭—— / 好像你走进了我的卧室，/ 好想你站在我面前，用你在被征服的亚历山大会有的 / 那种方式瞧着，/ 苍白而消沉，悲伤而完美，/ 仍然希望他们会可怜你，他们，/ 那些渣滓说，悄声说 "太多恺撒了"。

是的，独裁者的世界只能有一个唯我独尊的恺撒，那就是恺撒·屋大维，后来的奥古斯都，更何况恺撒·里昂是兼具埃及女王血脉和恺撒血统的双料帝王子嗣，他只能以死成就屋大维的帝王霸业，卧榻之旁岂容他人酣睡。罗马帝国的恺撒只能是一人。

埃及托勒密王朝历经 300 年沧桑，随着克里奥佩特拉的死而告终结。埃及从此变成罗马帝国的行省。然而，屋大维对于安东尼留在罗马官邸中的其他三位妻子所生的 7 个儿女表现出了应有慈悲和大度，他收养了他们，视若己出，精心培养，在他们成年以后送入军旅，让他们建功立业，以后委以重任。屋大维娅将其他孩子领去与自己所生的孩子一起抚养。克里奥佩特拉的女儿和女王同名，后来嫁给了最有才华的史学家努米底亚国王朱巴（努米底亚老国王朱巴的儿子）。当朱巴继承他父亲王位后，小克里奥佩特拉成了王后。

西塞罗在他作品中曾对安东尼有过这样的评价——"从肉体到精神都与角斗士无异"，也就是说安东尼不是一个思维缜密的政治家，充其量是个四肢发达，头脑简单的一介武夫，可谓一针见血，因此用角斗士来形容是很形象的。

综观安东尼一生，他就以角斗士的头脑在复杂的罗马政坛左冲右撞，最后不仅自己被撞的头破血流，堕入情感的旋涡彻底毁灭了自己。还为了自己的野心和情欲造成恺撒死后近14年绵延不绝的内战，殃及百姓和士兵，伤及无辜不计其数。

作为恺撒手下的将领，安东尼在军事上还算合格，无论是跟随恺撒征战高卢还是与庞培对决，恺撒都极为倚重这位军事将领，而他也没有辜负恺撒的厚望，均能出色地完成布置的军事任务。战场上在优秀统帅的带领下，他能利用自己优异的身体素质、坚毅勇猛无畏的精神，赢得战役的胜利，但当他试图用身体的强壮在政坛上成就自己时，毕竟简单的头脑不能战胜复杂的权谋，那他只能是自取灭亡！

当恺撒平定西班牙时，把罗马事务全权交付于他处理时，他就表现出了他在政治上的不成熟，不仅没有使元老院派与平民派和睦相处，反而使双方斗争愈演愈烈，甚至差点激起第十军团的兵变，他还不合时宜地侵占庞培的官邸，遭到元老派的诟病，有负恺撒对政敌的宽容宽松政策，制造了新的政治对立面。而在恺撒死后，他始终不知他要做什么。一会儿与元老院合作，一会儿又与屋大维结成同盟，而且竟运用起马略、苏拉的那种手段——制定公敌名单，为了打击政敌不遗余力，完全为了个人的权欲置共和国整体利益于不顾。

而他在东方的做法更令人匪夷所思，为了讨好克里奥佩特拉，他将叙利亚等省作为礼物送给埃及女王，要知道，这些行省是罗马的而非他个人的私物；为了满足个人的虚荣心，他竟然在埃及举办凯旋式，这彻底侮辱了凯旋式的神圣；为了满足女王的愿望，在阿克兴海战中，他竟然携带女王一起参与战役决策并指挥战斗，导致了海军的彻底覆灭。他就这样一次又一次挑战罗马人的神经，一次又一次颠覆罗马人的传统，一次又一次地挥霍他几十年积累的军事资本、政治资本。当他挥霍完他所有的资本时，只能以自杀来完结自己的生命。

安东尼的不幸在于他不是一位卓越的军事统帅、也不具备优秀的政治才能，但在时代风云际会之时又让他滋生了庞大的野心，但野心只能让他在复杂的政局中可以得到暂时的荣耀，而非长久，而且在与埃及女王见面后，他连仅有的野心也置之脑后，整天沉迷于儿女之情、温柔之乡，彻底丧失了斗志。从女人的角度来说，他是一个好男人，愿意为他喜爱的人奉献一切，包括生命，但从国家的角度来说，他完全是一个没有头脑的领导者，为了自己的喜好可以将国家的财产任意奉送，失去他只能对国家有益而非有害，这又是罗马的幸运！

近代希腊最著名的诗人卡瓦菲斯在《天神放弃安东尼》一诗中如是说：

当你在午夜时分突然听到 / 一支看不到的队伍走过 / 伴着优美的音乐和说话声，/ 不要悲叹你那不幸的命运，/ 事情弄糟了，你的计划 / 全是虚妄——不要徒劳地悲叹；/ 要鼓足勇气，像早已准备好的那样，/ 向她，你就要离开的亚历山大告别。/ 最重要的是，不要愚弄你自己，不要说 / 这是一场梦，是你的耳朵在哄骗你；/ 要鼓足勇气，像早已准备好的那样 / 像你，一个被赐予这个城市的人，理所当然要做的那样 / 毫不犹豫地走到窗前，/ 以深沉的感情，/ 而不是以懦夫那种哀诉和恳求，/ 倾听（这是你最后的快乐）那支陌生的队伍 / 传来的说话声和优美的音乐，/ 然后向她，向你正在失去的亚历山大告别。

此诗的典故来自普鲁塔克在《安东尼传》中记载的一则传说：

据说那天午夜时分，亚历山大全城处于寂静和忧都的气氛中，期待明天可能发生的事情。这时突然听到各种乐器的旋律和配合的歌声，一大群人像是酒神的信徒在喊叫跳舞。喧哗的行列从城中经过一直朝着敌人最近的城门走去；到了那里叫嚣的声音到达最高潮，接着遽然停息变得万籁无声。对于这一奇特事件了解真相的人而言，认为这是表示安东尼向来喜欢模仿和效法酒神，现在酒神已经弃他而去。

至于埃及女王克里奥佩特拉，在罗马统治者心目中她始终是一个有着美艳外表而内心强大的可怕对手。她的声誉并不因为她败于屋大维之手所遭受的侮辱有所损害。"无与伦比的女人"——这就是世人对她的评价。她完全可以和特洛伊之战的海伦相媲美：他们都是代表女人征服男人心的那种传奇人物，是那种力量的象征。如果只把她说成一个殉情者或一个人间的阿芙洛狄特，这对她的政治智慧和杰出的精神是不公正的。她是埃及的一位聪明能干的统治者，那里的人在许多年间一直都在怀念她。七世纪信奉基督教的埃及科普特人主教评价她是埃及希腊民族最杰出的代表人物，说她"本人是伟大的并且做出了伟大的事业"。她是对经济问题有深入理解的妇女，她创造并领导了新的工业，并且组织了马克·安东尼乌斯的舰队和军队的后勤供应工作。她写过一部关于美容的著作，还写过一部有关钱币、重量和度量的作品。在她的友人中间有像柏拉图主义者皮洛斯拉托斯和属于逍遥学派的尼古拉欧斯那样的。她的勇气是不可动摇的，但这勇气又不使任何人感到畏惧。当马克·安东尼命运不佳时，她并不感到绝望，而是把战斗进行到最后，只有当别无任何办法的时候，她才选择了死亡的道路。要驳斥对于克里奥佩特拉的错误评价是容易的，但是要描绘克里奥佩特拉的真正面目就困难了，因为有关她的资料大部分都散失了。如果我们知道尤里乌斯·恺撒对她的看法，就能比较容易地解决这个问题。因为大家都承认，他曾对克里奥佩特拉发生很大的影响，并且恺撒对她同样是既倾心又深为理解的唯一男子。她的主要目标是明确的：

她是亚历山大的继承人，并且试图借助罗马的力量把埃及王国重新建立起来。但她并不仅仅限于恢复王朝的雄心壮志；在她身上还有一个"不朽的要求"，那就是她把自己看成是一种古老文化的保卫者，如果没有她这样的一个人，这个文化就注定要灭亡了。她的建立一个世界国家的理想多半是从尤里乌斯·恺撒那里来的。在这个国家里，所有古老文化的成就和谐地相互配在一起。她在罗马度过的那些年月使她发现了罗马精神的严酷和狭隘——她从来也不曾克服这样一种认识，尽管她同安东尼和他的朋友们有十分密切的关系。她反对罗马心胸狭隘的庸俗作风——这种作风曾把如此众多古老的和美好的事物碾碎在它的轮子之下——并且想把她所喜爱的无限丰富多彩的世界改造成一个有益的统一体。她没有看到意大利性格中的优点。使她感到振奋的不仅是希腊化的文化，在这一文化之外还有更多的东西，那是只有尤里乌斯·恺撒才理解的东西，是一种珍奇的、绝妙的东西，是在先前亚细亚和阿非利加各王国的存在时期产生出来的。

历史对于克里奥佩特拉的信仰已经做出了它的宣判。她心目中的希腊文化受到歪曲，并且她对帝国的看法也有不足之处。希腊时代的真诚美已经消失。受希腊文化影响的人们已经取得了对希腊人的胜利。现在人们毋宁是在意大利而不是在埃及，才发现了古希腊的淳朴和知足精神。埃及大学的学风是卖弄的，埃及宫廷是浮华堕落的，埃及的各民族是受到奴役的。罗马并不能从亚历山大学到什么东西。直到半个世纪之后，东方才必然对世界作出巨大的贡献。

奥古斯都时代，最负盛名的御用诗人贺拉斯在罗马听到安东尼和女王死讯后按奈不住狂喜心情写下一首《克里奥佩特拉之死》，诗中采用他一贯的手法，表面上采用污名化的手法刻毒诅咒女王，歌颂主公在阿克兴海战中英明神武，在诗歌的后半段才显示出他的真实意图——赞美了女王宁死不受侮辱的伟大精神，用诗歌创作来平衡自己作为御用文人和自由写作之间首鼠两端的投机，他的很多诗歌都采取这种隐晦的反讽手法，希望在历史上洗刷自己宫廷诗人的污名：

此刻理当饮酒，此刻自由的足／理当敲击大地，伙伴们，此刻终于／可以在供奉神像的长椅上铺满／萨利祭司的丰盛食物。

以前，取出祖先窖藏的凯库布就是／亵渎神灵，当这位疯狂的女王执意／摧毁卡皮托山的神庙，谋划／我们伟大祖国的葬礼。

拥着一群肮脏淫邪的男人，一群／乌合之众，她饮醉了甘甜的时运，／

左右于无限的欲望，什么都敢 / 梦想。然而，火焰中消殒

　　殆尽的舰队遏制了她的疯病，因为 / 马莱奥酒迷失的神志也被逐回 / 顿然意识到了恐惧，/ 从意大利溃逃，一路如飞。

　　恺撒（指屋大维）乘船追赶，犹如鹰追赶温驯之鸽，/ 犹如在积雪茫茫的海摩尼亚原野，/ 迅捷的猎人追赶兔子，/ 将这命运的兆像擒获，

　　交给镣铐和锁链。但是，她宁愿选择 / 更高贵的死，既不畏惧刀剑的寒魄，/ 如世间女子，也没借着快艇 / 去某处秘密的海岸躲藏，

　　而能面不改色，平静地扫视已经 / 化为废墟的宫殿，然后勇敢地引领 / 凶狠的毒蛇，直到自己的身体 / 将它黑色的毒液饮尽，

　　这精细设计的死是她最坚定的挑衅：/ 被野蛮的战船拖走，失去尊贵的身份，/ 在凯旋仪式上任人羞辱——这一切 / 骄傲的女人断不能容忍。

女王和安东尼的后裔

对于安东尼的其他后代，普鲁塔克在《安东尼传》中一一有所交代。安东尼的三位妻子为他生下 7 个子女：出自富尔维亚是两个儿子，即安特拉斯和安东尼（与父同名）；出自克里奥佩特拉是一个女儿、两个儿子，即克里奥佩特拉（与母亲同名）、托勒密和亚历山大，还有屋大维娅生的大安东尼娅和小安东尼娅，这些子女全部由屋大维的姐姐和其后来的夫人李维娅抚养，孩子们常年生活在屋大维府中，受到精心照料。富尔维亚所生儿子安东尼后来极受屋大维宠爱。在这位帝国元首心目当中，阿格里帕当居首位，李维娅与前夫生的儿子德鲁萨斯第二，安东尼毫无问题居第三。这也许是这位独裁者对于安东尼长子安特拉斯无辜被杀害某种良心上的补偿。

屋大维娅与第一任丈夫马塞拉斯（又译作马尔凯鲁斯，即号称罗马之剑马塞拉斯的后裔）生有两个女儿和一个儿子。儿子与父同名也叫马塞拉斯，屋大维过继为自己的儿子，后来他指定唯一的女儿尤利娅嫁给烈士后裔马塞拉斯，这也是帝国公主婚姻悲剧的开始，同时屋大维娅将她的一个女儿嫁给了帝国第一功臣阿格里帕。马塞拉斯婚后不久即亡故，屋大维很难找到合适的女婿，姐姐屋大维娅则建议阿格里帕休掉自己女儿，将孀居的尤利娅嫁给阿格里帕，这又是屋大维和姐姐的乱点鸳鸯谱。屋大维娅领回自己被阿格里帕休弃的女儿后，将她嫁给了富尔维亚的儿子安东尼（安东尼的次子）。屋大维非常疼爱自己唯一的女儿，精心为她寻找夫君。这种爱对于尤利娅来说是父王那种难以忍受的对于女儿情感的越俎代庖，但是又无法抗拒，内心的痛苦可想而知，只能寻求非法的婚外情以反抗父亲的对自己情感的专制。不久，阿格里帕病逝，尤利娅又被继母和父王指定嫁给继母与前夫的儿子提比略，这完全是李维娅为自己儿子寻求继承奥古斯都的权位而操纵的政治联姻，根本不顾及当事人的情感因素。婚后提比略又遭到屋大维政治上的猜忌，长期被流放在外，两人情感极不睦。个人婚姻的不幸，直接导致了尤利娅屡屡红杏出墙和一帮高层贵族子弟厮混在一起，和小安东尼关系犹甚，以至卷入谋反密谋，严重违反父王的政治和道德戒律，成为罗马城所谓公主党的头目。她最终被父王永久流放于潘达特里亚岛，死后不得归葬于父亲陵寝。

屋大维娅与第一任丈夫马塞拉斯生下两个女儿，还有一个儿子与父亲同名，也是屋大维的继子。大安东尼娅（Antoniamajor）嫁给杜米久斯·依诺巴布斯（Domitius Ahenobarbus）；小安东尼娅（Antoniaminor），不仅貌美如花，而且工于心计，许配给李维娅之子德鲁苏斯（drusus），这位年轻人也是屋大维继子。德鲁苏斯和小安东尼娅所生两个儿子就是日尔曼尼库斯（Germanicus）、克劳狄乌斯（Caliguia），日尔曼尼库斯的儿子卡里古拉（Caligula）成为罗马帝国的第三位元首（皇帝），因生性残暴被称为"暴帝卡里古拉"要求人们像敬神一样崇拜他，他曾经处死过许多无罪的人，他希望全体罗马人民只有一个脖子好让他一刀就砍掉，他设立了"元首顾问委员会"完全架空元老院。由于树敌过多，忧虑到生命安全，他把近卫军全部调入罗马，赐予禁卫军统帅仅次于元首的权力，结果引狼入室，自己反被近卫军所害，公元 37 年他惨死于近卫军刀下。

近卫军拥立其叔叔克劳狄乌斯继位也即帝国的第四位皇帝。这位元首继位时年事已高，比较有头脑、有经验，在中央建了一套官僚机制，各司其职，对元首负责。他还亲率大军于公元 43 年征服不列颠岛。克劳狄乌斯在其妻子阿格里皮娜发动的政变中被毒死。

日尔曼尼库斯另一女儿阿格里皮娜（Agrippina）与依诺巴布斯有一个儿子叫卢基乌斯·杜米久斯（Lueius），后来阿格里皮娜嫁给身为皇帝的克劳狄乌斯；因克劳狄乌斯收养杜米久斯，并且给他取名为尼禄·日尔曼尼库斯（Nero Germanicus），公元 54 年登基成为皇帝，此人骄奢淫逸、残暴无比，不问正事，政事全部由母后处理。自己终日与近卫军戏耍玩乐。公元 64 年罗马大火，嫁罪于基督教徒，大肆屠杀，加剧了人民的反抗。公元 68 年被元老院宣布为"人民公敌"，在逃亡途中自杀身亡。

安东尼的三位后裔先后成为罗马帝国的元首（皇帝）。安东尼的死亡后来被莎士比亚写成《安东尼与克里奥佩特拉》这一精彩的戏剧。

罗马帝国御用诗人维吉尔甚至在《埃涅阿斯纪》中将安东尼作为反面人物强盗头目卡库斯的原型来描写。但是，罗马并不能长时期对这位历史著名人物当成反面角色来对待。奥古斯都在掌握绝对权力之后，依然在组织编写职官志时，恢复了他在罗马历史上本来拥有的政治地位。后来的三位元首（在历史著作中都被称为皇帝）因为和安东尼的血缘关系而感到骄傲，但是这三人均死于非命。

第三章
开启奥古斯都时代

维吉尔的史诗《埃涅阿斯纪》

当公元前 29 年元旦降临的时候，屋大维进入他第五任执政官的任期，带着得胜还朝的军团，押解着抢掠来的巨额财富和大量的俘虏从亚历山大城进入亚洲，到达小亚细亚西部沿岸的大岛萨摩斯（Samos）。这一路他在缓慢的旅程中不断对东方各行省和国王进行土地和财物的封赏，于公元前 29 年夏进入意大利，从布隆迪西港登陆。

虽然他取得了巨大的胜利，但是身体孱弱的他，仿佛耗尽了全部精力，已经身心疲惫，难以以英雄的气概和胜利者的英姿出现在罗马公众面前。因而他在向罗马回师的时候，走走停停多次进行休整，以图恢复体力精力，并对帝国未来的军政大事以及文化教育宣传等工作事先进行设计谋划。

早在"后三头"政治时期，雅好文学、哲学、历史自以为文治武功盖世的屋大维就在他的亲信盖乌斯·奇尔尼乌斯·梅塞纳斯（Gaius Cilnius Maecnas）的策划下网罗了一批饱学之士，梅塞纳斯成为罗马著名的文艺赞助人。因而屋大维身边聚集着一批著名的骚客文人为其御用宣传效力。最著名的有诗人维吉尔、贺拉斯，散文家兼历史学家李维。

在屋大维的眼中，三头中的安东尼只是贵族中的流氓痞子，虽小有军事才能，不过志大才疏的一介武夫；雷必达也不过资质平庸才疏学浅之辈，只不过因为父辈是平民派起义领袖，遭到苏拉派庞培的残酷镇压，得到恺撒赏识，成为统治集团要员，是一个最终成不了大器的懦弱的庸人。现在这两人全部败在他的手下，他就是三雄争霸中的胜出者，他即将如同他的舅公那样登上帝国的权力顶峰而独步天下，因而必须对帝国的政治、军事、社会、文化未雨绸缪做出规划。

奥古斯都时代最著名的诗人普布利乌斯·维吉尔·马罗（Publius Verilius Maro）降生于公元前 70 年曼图亚（Mantua）附近的一个农庄。明乔（mincio）河缓缓地流进波河（ThePo）。维吉尔祖先有着高卢凯尔特人的血统，因为阿尔卑斯山南麓的高卢人从恺撒手中获得了罗马特权。他的父亲在任职宫廷时节省了不少钱，在家乡买下一座农庄从事养蜂业。

就在乡村宁静的环境中诗人度过了童年：北方水利灌溉的葱葱郁郁的植物，给他留下美好的记忆。12岁时他被送到克雷莫纳（Cremona）去，14岁时被送到米兰，16岁到罗马，在罗马学修辞以及相关课程，教他的老师过去教过屋大维。学业完成后，他又回到家乡。

苏维托尼乌斯在《维吉尔传》却记载：

他的双亲出身寒微；尤其是他的父亲是一个制陶工，虽然大多数人认为他最初是一个担任信使的祆教僧侣的雇工，后来由于本人的勤奋而成为这个僧侣的女婿，并通过购置林地和放养蜜蜂而大大增加了自己的原来十分有限的财产。公元前70年10月伟大的庞培和克拉苏第一次共同担任执政官期间他出生。当他母亲怀孕期间，梦见自己生了一根月桂树枝，这树枝落地生根，随即长成一颗大树，上面挂满了各式各样的果实和花朵。次日，她和丈夫一起前往附近的一处农庄，途中她离开大路，在路旁一条沟里生下她的孩子。据说因而没有啼哭，而且面部表情温雅，致使人们确信这个孩子有一个不同寻常的幸福命运。其间还发生了另一个征兆：按当地风俗，孩子出生要种植一棵杨树，这树种下之后在短时间内长得非常快，以致同很久以前种植的树一般茁壮高大。因此这棵树因他而被命名为"维吉尔树"。那些怀孕的妇女，常常在这棵树下祈祷。

这当然是罗马人在维吉尔出名之后的一些神圣附会，来证明维吉尔的文坛跃起乃是天命所赐，种种祥瑞均属于诸神的恩宠的象征。

公元前55年，正好又是庞培和克拉苏担任执政官，他来到罗马求学。他身材高大魁梧，肤色黧黑，长着一副农民的相貌，但是健康情况一直不是很好，患有胃痛、咽炎及头痛等疾病，身体一些部位常伴有出血现象。

公元前41年，他父亲的农庄被士兵霸占。因屋大维和安东尼对敌斗争的战略用途，这块土地被充公。维吉尔因为其诗歌创作的才华受到当时博学的高卢总督尼乌斯·波尼奥（Asinius Pollio）保护，总督曾经想使这座农庄物归原主，但是未能成功。只能鼓励他着手以农村题材创作《牧歌》。

公元前37年《牧歌》出版，很受欢迎，并被女伶在舞台上朗诵，受到热烈地喝彩，诗人声名雀起，受到屋大维的朋友兼谋臣和文艺赞助人盖乌斯·奇尔尼乌斯·梅塞纳斯（Gaius Cilnius）关注。梅塞纳斯慷慨地对待这位年轻的诗人，要求屋大维归还了他的农庄，并暗示创作一些歌颂农村生活的诗歌。威尔·杜兰在《奥古斯都时代》中如此描绘维吉尔：

那时已33岁的维吉尔，是个笨拙的乡下人，羞怯到了紧张口吃的程度，他逃避任何唯恐被人认出或者指认的公共场所，在健谈、积极、时髦的罗马社交场所局促不安。此外，比屋大维更差的是，他是个病夫，患头疼、喉疾、胃病、经常吐血。

公元前29年春，屋大维战胜安东尼和克里奥佩特拉从埃及凯旋归来，在布隆迪西港和阿特拉休息期间，隐居在那不勒斯，做了7年档案工作的维吉尔刚刚出版了他的诗集《田园诗集》（Georgies）。梅塞纳斯大感喜悦，把维吉尔带到了南方小镇阿特拉去见这位人困马乏的得胜大将军。身心疲惫的大将军一面休息，一面把这首长达2000行的迷人诗句聆听了四天，大感喜悦，十分欣赏。

这些诗句甚至比梅塞纳斯所预见的更能与屋大维的政策相符合。因为他建议，曾为他赢得世界的庞大陆军的大部分要解甲归田，这些战士将要被安置在农地上，否则这些退伍军人将成为流落在罗马街头的不安定因素，他们酗酒闹事、打架斗殴、抢劫商铺，滋扰市民，给罗马带来严重的治安问题。

维吉尔的农村牧歌，无疑在即将到来的和平年代，为臣民尤其是即将退役的士兵们规划出乌托邦式的美丽愿景，成为战后享受安宁、幸福的灵魂麻醉剂，立即使复员退伍老兵骚动心情安静下来。对屋大维而言，这些人平时利用农村劳力供养城市，战时重抄矛戈保卫国家。诗中田园般的农村大地，极大地粉饰了战争为民众带来的苦难：民生凋敝为田园美景所掩饰，人民的流离失所为肉麻的颂圣所取代，使士兵们皈依到个人迷信的宫殿中为新的神圣降临而欢呼鼓舞。

其实出生于农村，自家房屋庄园被侵占的维吉尔是深有体会的，只是为了颂扬帝国元首，他刻意回避了自身的苦难，因为屋大维很快会有丰厚

的补偿。这是皇帝恩主对他这位出卖自我主体精神诗人的特别犒赏，使其
跻身宫廷御用诗人行列，以丰厚的物质补偿来弥补诗人独立人格的出卖，
谁能够拒绝元首的馈赠贿买呢。世界文明史作者威尔·杜兰在《奥古斯都
时代》一书中如此描绘：

　　在田园诗中，一个伟大的艺术家从事最高贵的艺术——开垦大地。维
吉尔借助赫尔希德（Hesiod）、阿拉图斯（Aratus）、加图（Gato）、瓦罗
（Valo），把他们粗劣的韵文或者生涩的诗句，转变为精心雕琢的诗篇。

　　也就是说维吉尔并不是他的《田园诗篇》的原创作者，而是在前人已
有的作品上进行了精妙的艺术加工，改编了原创作者自我表达的自然情愫，
加上了政治教化的功能。对于维吉尔的剽窃问题在历史上一直有争议，也
饱受诟病，包括他最著名的传世作品《埃涅阿斯》中的某些诗歌片段就有
模仿抄袭希腊史诗中《奥德赛》和《伊利亚特》的嫌疑。虽然那时候并没
有著作权这一概念，但是剽窃抄袭总是不光彩的事情。

　　从此，诗人被正式召入宫廷，赋予他更加神圣而光荣的任务，一个更
加宏大的主题，等待他以诗歌形式加以演绎。最初的计划只是歌颂屋大维
的战斗，然而他的舅公兼养父恺撒推测出其世系可能来源于爱神维纳斯及
罗马的建国者埃涅阿斯，这就促使这位御前诗人必须创作一篇描述恺撒家
族创建罗马的史诗来顺从屋大维的愿望。这一主题的发展远远不能局限于
农村的牧歌式粉饰，而是以民间传说为基础嫁接改编成恺撒家族的伟大祖
先光荣史，展示出罗马扩张和奥古斯都帝国创造出的和平盛世。同时展示
出罗马的精神和古老的美德广为流传；他要把笔下的英雄描写得如同神一
样可敬可爱，使得整个国家和人民心甘情愿地接受他的领导，与奥古斯都
的道德重塑和宗教改革相配合去教化民众。

　　从和屋大维会面那一刻起，维吉尔才能够相对自由地只专心于诗歌创
作。维吉尔匆匆赶来朗诵了这期间他完成的《田园诗篇·牧歌集》的最新
章节。这完全是一部掩盖战争给人民造成的苦难，编造农村太平盛世的伪
文学作品。这时维吉尔最负盛名的史诗性作品《埃涅阿斯》还在酝酿之中，
参照古希腊盲诗人荷马的《奥德赛》编造恺撒家族创世神话，为奥古斯都

的统治造势，这部史诗长达 12 册，诗人至死都未能完成这篇巨著。可以说，这部倾心命题的作品代表着罗马帝国文学的最高成就。

罗马诗人贺拉斯、奥维德，意大利诗人但丁，英国作家斯宾塞、弥尔顿、浦柏、莎士比亚、济慈，美国作家梭罗都深受影响。英国著名的民主派和浪漫主义诗人拜伦和雪莱却对这位御用桂冠诗人极端不以为然：

浪漫派和抗议派都把他看成文风和政治反动的化身——他是奥古斯都宫廷里一个拍马屁诗人，令人生厌。

奥地利著名作家赫尔曼布洛赫的小说《维吉尔之死》中所描写的屋大维从埃及得胜回朝来到布隆迪西港的情景，表现出屋大维自以为是天神之子降临凡尘拯救世界的心态，因为两年以后他就改名为"神圣的奥古斯都"——也即罗马第一公民的意思：

湛蓝而又轻柔，那是亚德里亚海的波浪。迎面拂来的微风细弱的让人无法察觉，它吹动着波浪涌向罗马皇帝的舰队。舰队正驶向布伦迪西姆港，已经可以望见卡拉布里海岸上平缓的山丘正逐渐逼近船的左侧。此时此刻海潮上流溢着温柔的灯光，暗示着人类栖息之所的临近，潮水之上是熙熙攘攘的船只，有的和皇帝的舰队一样正驶向港口，有的正从港口驶出。此时此刻，沿着被海水冲刷得洁白的海岸，在许多村子修筑的小型防护堤那里，竖着的褐色船帆的渔船已经离去，为的是夜晚的捕捞。此时此刻的海水犹如镜子般平滑。在海的那一头，天空像是打开的贝壳，焕发出珍珠般的光泽。已经是傍晚了，人们已然闻到炉灶里炭火的味道，生活的声响此起彼伏，一下敲击，或是一声呼唤，都被风从那边吹了过来。"在我们面前展开的是一幅关于世界图景的画卷，它由彼岸的天空、此岸的土地港口和介于两者之间充满各种不确定因素的大海三个部分组成。天空是诸神的居所，象征着神圣的彼岸世界，而土地则是人类栖息的尘世，象征着凡人的生活。而在大海上漂泊的皇帝舰队是人类世界的象征。舰队由远处的天际缓缓驶向了神圣的永恒幸福的彼岸目标，转而亲近尘世的幸福与欢乐。

绚丽如同神曲一般的描绘，恰到好处地状写维吉尔所处的神圣化世界，正是奥古斯都需要为自己的统治造神的时代，而维吉尔正是造神运动的吹鼓手，包括他存世的最著名的那首明显模仿荷马史诗的皇皇巨著《埃涅阿斯纪》，编造了恺撒的先祖埃涅阿斯创建罗马的传说，屋大维是恺撒姐姐的外孙，自然也是恺撒家族神话本身的组成部分。

英国罗马史研究学者罗纳德·塞姆在《罗马革命》中直接不屑地将维吉尔和贺拉斯等人列在奥古斯都的御用文人帝国统治的舆论工具之内。在后三头时期的政治斗争中，政治宣传作用超过了武力。奥古斯都的主要谋臣梅塞纳斯很早就网罗了最有前途的一批诗人，并一直资助他们，直到元首制确立以后。奥古斯都本人会耐心，甚至宽容地听取文人们朗诵其作品。但他坚持认为，只有严肃的作品和一流的诗人才有资格歌颂自己。作为回报，诗人们用韵文赞美了重塑罗马的理想。这并不仅仅是一种宣传——某些伟大的工作正在进行中：它将自觉建立一种堪与希腊文学比肩而立的罗马文学，这两根支柱将支撑起同时具备罗马和希腊特性的世界帝国的文明，体现了当年恺撒和奥古斯都（包括庞培大帝）企图统治世界充当老大的政治野心。与其说阿克兴海战是同希腊的战争，还不如说它是一场对抗埃及与东方世界的战争。这种斗争态势在元首制时期被固定化形成某种文化模式。因为奥古斯都时代背离了当时的希腊传统与此前的亚历山大里亚样本，而回归了希腊鼎盛时代马其顿亚历山大专制帝国的特色。

诗人维吉尔在他的《埃涅阿斯纪》中，将他那支出神入化的笔巧妙地探入古希腊迈锡尼文化的希腊史诗中，借助盲诗人荷马的深思回到《伊利亚特》和《奥德赛》中，那个木马攻城的血火之夜，将罗马城邦的建立立足于从特洛伊城逃难而出的王子埃涅阿斯身上，开始了对奥古斯都时代的诗意神话，这种神化在历史中相沿承袭竟成史诗。歌颂古罗马的创世英雄，乃是为现代帝国的英雄寻找伟大血脉的转世基因：

　　出身名门的特洛伊·恺撒将要诞生，

　　他的权利远及海洋，他的声名上达星宇。

　　尤里乌斯家族的名字，来自伟大的尤鲁斯。

后来，特洛伊英雄的后裔，已不再是世界的征服者而成了新时代的奠基人：

就是此人，正是他——

我所许诺的那位你已耳熟能详的

奥古斯都·恺撒、神圣的苗裔。

正是他让黄金时代重返拉丁姆

美国著名的纪实文学作家芭芭拉·W.塔奇曼在她的《愚政进行曲》中如此评价维吉尔的《埃涅阿斯纪》：

我们现在所知道的使特洛伊城最终陷落的木马计的完整故事，是在维吉尔的《埃涅阿斯纪》中初显轮廓，并于公元前20年完成的。此时该故事已经拥有1000多年来流传下来的各种版本。但是由于故事起源于希腊不同的地区，各种版本之间存在很多差异，彼此并不一致，令人失望的是，希腊传说也自相矛盾。许多事件根本不符合叙事逻辑，动机和行为往往并不协调。无论如何，埃涅阿斯将木马的故事讲述给狄多（Dido），这令后者欣喜若狂；而后经过希腊的后继者进一步修改润色，它流传到中世纪：并又从中世纪传奇小说家那里流传到现在，这就是我们读到的木马故事。

特洛伊平原上这场胜负难分的战争已经进行了9年，希腊人包围了普里阿摩斯国王的特洛伊城。起源于10年前，特洛伊王子帕里斯将金苹果授予爱与美之神阿芙洛狄特，罗马人称为维纳斯的，而引起天后赫拉和雅典娜等女神的嫉妒，于是众神秘密卷入战争。这是一场女人挑动有众多男人卷入的一场争夺美女海伦的残酷的马拉松之战。最终随着奥德修斯设计的木马的出现，城池沦陷的故事出现高潮，在战争的硝烟和战火焚城的死亡中升腾出一批英雄。埃涅阿斯只是从特洛伊城中逃出的一个庶出王子，这位王子的身份因为系维纳斯和巧匠之神马尔斯的私生子而天生带来了神圣，后来他带着一批特洛伊流亡者带着神的旨意在海上漂流，久经磨难来到了意大利在拉丁姆部落成为阿尔巴·隆加（Alba Longa）国王的女婿，创建了自己的城邦。经过血腥征战并且逐步征服了周围的部落，他的儿子尤鲁斯·阿斯卡琉斯（Lulus）被暗示为恺撒，也即奥古斯都家族尤里乌斯的祖先。就这样，罗马帝国的第一家族就和爱神维纳斯挂上钩了。

维吉尔苦心孤诣塑造了这位史诗英雄，只是某种政治造神运动的铺垫。

这位希腊神话中战神马尔斯和爱神维纳斯的儿子——从特洛伊战火中逃出的埃涅阿斯性格并不卓越出众不同凡响，那本来就不是诗人所要营造的效果。埃涅阿斯本来就是上天降下的一件工具，是为奥古都斯造势的奴仆，他自称"我是虔诚的埃涅阿斯"，这恐怕也是诗人心目中英雄的比附。尽管埃涅阿斯在执行其崇高使命时经历千难万险，但他始终沉静、坚定、执着。他永远不得闲适、无暇喘息，不可能和迦太基女王狄多情投意合。他的目的地是意大利——"我的感情系于此，这里才是我的家园"，埃涅阿斯便这样追随着自己的使命，而牺牲了一切感情；他意志坚定，但心情压抑，略显疲惫，这首史诗并非一则寓言，当时所有的读者都会在埃涅阿斯身上看到奥古斯都的影子。正如将特洛伊及其神祇迁移到意大利的事业一样，建设新罗马同样是一件高尚且艰苦的工作：

　　缔造罗马民族是一件如此艰巨的任务。

　　公元前 29 年—前 19 年，整整十年时间，维吉尔退隐到意大利山林洞穴中倾尽心血，以慢工出细活儿的节奏精心打造这部艺术精品，"他清晨先写几行，午后再重写。奥古斯都焦急地等待着这位诗人早日完工，反复垂询它的进度，再三迫使维吉尔把任何完成的片段拿给他审看。维吉尔尽可能地与他虚与委蛇，他终于把第二、第四及第六卷读给他听了。据说被安东尼遗弃的屋大维的姐姐奥科塔维亚在听到他描写的她儿子马尔凯努斯之死那一段时，当即晕倒在地，不久即告死亡"。这首长诗维吉尔生前没有完成，亦未做最后校定，就意外身亡。

　　公元前 19 年初，维吉尔为了修订诗稿离开意大利，去了希腊。显然修改过程并不顺遂，恰巧元首也去希腊，参加了离雅典以西 20 公里的阿提卡埃列西乌斯古城的隆重祭祀仪式。维吉尔在雅典觐见了奥古斯都，并朗诵了已经完成的部分《埃涅阿斯纪》的诗稿。这部诗稿从宗教的情怀而言，不惜工本地大大神化了恺撒家族的所谓祖先，以及后来的罗马独裁者以及他的继承人。故事中所有的灾难，都能在"建立罗马种族的庄重大业"中找到解释。这位诗人对群星璀璨的罗马帝国深以为傲，因而使他对希腊文化不屑一顾，并且在皇皇史诗中让其他人种的历史人物融化为生动的青铜和大理石雕像，作为罗马神殿中陪衬的装饰物，始终围绕着神圣罗马帝国运转，声嘶力竭地呐喊：

但你、啊！罗马人，必须是统治者

你的艺术要教导和平之道，

宽恕谦卑的人，打倒傲慢者。

维吉尔并不惋惜共和国的衰亡；他知道扼毙共和国的是贵族寡头集团的贪欲导致对外扩张的疯狂，膨胀的野心瓦解着罗马严谨的法治，这些并非单纯由恺撒扩张的野心所导致，放到庞培身上也一样。诸种改朝换代的因素，只是权力重组聚合的催化剂，而最终必然诞生新的集权，导致军国主义独裁帝国的应运而生，打着重振伟大罗马帝国雄风的美丽旗号去号令天下。维吉尔在诗中的每一段落，都预示奥古斯都的复兴之路肩负着神圣的使命，称赞他是农神撒吞（Saturn）降临人间，并吹捧他已经进入众神之列，以示上苍对罗马民族的奖励。

正当他得到元首的奖掖达到最高峰值的时候，天不假圣人以时运，噩耗降临到这位天才诗人的身上。当他陪着奥古斯都从希腊返回罗马，在墨西拿海湾登上海轮的时候，由于在阳光下待得太久，加上陪侍元首耗心费力，使这位文学侍臣身心疲惫，不幸中暑。但是，由于思乡心切，他不愿意客死异国他乡，坚持走完旅程。9月22日，身患重病的他到达布隆迪西港，弥留三天后，不幸身亡。死前留下遗嘱，销毁所有并未改妥的诗稿，不得公开发表。

但是元首绝不允许这篇倾尽心血的旷古杰作从此湮灭于世。奥古斯都要借此扬名立万，附带着使这位奥古斯都时代最具影响力的御用诗人也变得不朽，主仆名声甚至可以并驾齐驱。主人是政界巨星，仆人就是文坛明星，双星点缀着伟大的奥古斯都时代发出璀璨夺目的光芒。

威尔·杜兰记载：

他死后两年，他的法定遗嘱执行人把诗稿公诸于世。有些人对他进行贬抑：一位批评家刊印了他的缺点的专集，另一位将他剽窃的部分详细列出，还有一位则把维吉尔的诗与早期别人相近似的诗印行了八卷《类似集》。

但是罗马很快就宽恕了这种行为，贺拉斯欣然把维吉尔举到与荷马等高的
地位。各学校也举行了《埃涅阿斯纪》的1900周年纪念。罗马的庶民及贵
族都装腔作势地歌颂他；匠人及店主、墓碑与墙上的碑文，都引用他的话；
神殿中的祭司用他史诗中的暧昧诗句传达神谕；把维吉尔的作品信手翻开，
用醒目的第一段当作警语或预言的这种习俗从而开始，一直延续到文艺复
兴时期。他的名声日增，直到中世纪世人视他为术士及圣徒。若不是他在《农
事集》中预言了救世主的莅临，若不是他在《埃涅阿斯纪》中把罗马描写
成"圣城"，宗教的力量怎能振兴世界？他不是在那可怕的第四集中描绘
了"最后的审判"、恶人的受苦、炼狱的洁净之火、在天堂中得到福祉者
的喜乐吗？维吉尔也像柏拉图一样，是个天生就具有基督信仰——尽管他
有他的异教之神。但丁喜爱他诗中优美，不但把它当作过往地狱及炼狱的
向导，而且视之为流畅的叙述与优美语言的艺术指南。弥尔顿在写他的《失
乐园》及黑魔与人类搏斗时，曾经想到他。我们原以为对维吉尔应有更
多苛评的伏尔泰，却把《埃涅阿斯纪》列为古人遗留给我们的最佳文学
著作。

　　维吉尔在生前就预料得到，他那些浓墨重彩描绘的会引起怎样的反响，
事实也是这样：罗马那些怀着强烈共和情绪的反对派，在诗人的《农事诗》
和《埃涅阿斯》的一部分公布时，就对它们进行了十分猛烈的抨击。诗人
对这些地方本来可以写得更加含蓄一些，但是"宫廷诗人"的身份、受惠
皇恩的地位，都使他没有别的选择。生性并不爱虚荣的诗人偏偏要用他的
诗句去参加歌功颂德的行列，其内心的矛盾和不安可以想见。如果不是这
种情况，作者就不会在遗嘱中要把原稿毁掉。而且从艺术的角度而言，诗
人也不能容忍把自己认为不完美的作品拿出去。

　　这个终身不羡慕虚荣名利的农民诗人，尽管他是随侍在声威煊赫之极
的"世界主人"奥古斯都身边的"宠儿"，但他内心依然是孤独而痛苦的。
希腊人和罗马人往往有自拟墓志铭向过路人倾吐情怀的习惯。传说维吉尔
的墓志铭是这样的：

　　曼图阿生我，卡拉布里亚使我丧生，现在

帕尔提诺佩埋葬了我；我吟唱过牧场、田野和领袖。

诗人在墓志铭中毫不夸耀自己在罗马的地位，甚至没有为自己加上诗人的头衔。为了表示自己的农民出身，他竟然在他的歌咏对象中把牧场和田野放在领袖人物之前。而且，他用领袖一词时并没有突出奥古斯都，而把对他施国恩的人，诸如梅塞纳斯都包括在内，他反正无意于世间的功名利禄了，更没有必要为了个人利益把奥古都斯捧为人间天神了。他只把四分之一的遗产赠给了奥古斯都，按照罗马的惯例，维吉尔这样和元首如此亲密的人，应该把全部遗产赠送给元首，尽管这只是一种形式。

比奥古斯都年长 7 岁的维吉尔只活到 51 岁，维吉尔死后递补上来的就是贺拉斯了。贺拉斯是在得到维吉尔赏识并经过他的引荐之后才得到当权集团注意的。两位诗人之间的友谊可以说是相反相成的一个有趣例子。

史料记载说维吉尔是个肤色黝黑、体格高大、土里土气的乡巴佬，但是性格内向，平时沉默寡言，在创作上属于慢工出细活儿，内蕴才华的巧匠，严肃认真到对自己苛酷的地步。反之，贺拉斯在生活上极为随便，在诗作中自称喜好廉价的爱情。他虽出身卑微，父亲是被贵族释放的奴隶，但遇上了一个百般关心他的慈爱父亲，从小娇生惯养受到贵族式教育，一度到世界文明之都——雅典受到严格的哲学和文法、修辞教育，导致他随同一帮具有共和思想的贵族子弟参与了共和派军队，担任高级军政官，参加了腓力比决战。

颂歌诗人"贰臣"贺拉斯

昆图斯·贺拉斯·弗拉库斯（Quintus Horatius Flaccus）公元前65年12月8日出生于意大利南部阿普利亚边境小镇维努西亚（今维诺萨），是罗马帝国奥古斯都统治时期著名的诗人、批评家、翻译家，代表作有《诗艺》《颂歌》等。

贺拉斯是从共和阵营中叛逃出来的"贰臣"，也就是说他曾经是共和派的军事骨干，在腓力比战役中曾经担任过布鲁图斯共和军的军团司令官，只是在腓力比之战中途逃脱，战后奥古斯都宽宥了部分共和党人，他才被梅塞纳斯招安收容为奥古斯都的御用诗人，因此他有着浓烈和深刻的共和情结。和中国的著名的"贰臣"诗人钱牧斋、吴梅村类似，在改朝换代的大变革时期改换门庭后，一直带有深深的屈辱感，这种人格分裂，几乎伴随了终身，也体现在他的作品中。

贺拉斯的《长短句集》作于公元前41年，最直接表达了腓力比战役给他带来的痛苦，在第7首中，他将罗马的内战追溯到建城之初的罗慕路斯和雷穆斯的兄弟相残，并把它看成是这个民族的原罪。这首诗是写给所有罗马人的，贺拉斯逼问他们：

有罪的人啊，你们就进去那里？／为何拔出藏在鞘里的利剑？／难道原野上、波涛间拉丁民族的血／仍然流得太少？可叹。

诗人提醒罗马人这样的内耗简直为了实现宿敌帕提亚王国对罗马的赌咒，即使野狼和狮子"都不会有如此愚蠢的行为"。在作品的最后他得出结论：

主宰罗马人的是残酷的命运／和兄弟相残造下的原罪／自从大地染上了雷穆斯无辜的血印／诅咒就伴随着他的后代。

这首诗大约作于公元前38年的西西里战争，也即屋大维对于共和派残余小庞培势力追剿的海战爆发前夕。此时贺拉斯已经成为梅塞纳斯的门客，但他并未对于屋大维的行为进行赞美助威。自从腓力比战役结束后，他就一直坚定地反对内战。血腥的意象一直出现在他谴责内战的诗篇内，例如《颂诗集》中他写道：

> 哪里的深渊，哪些河流，不曾知晓／惨痛的战争？哪片海不曾涌动红潮，／因为亚平宁的屠戮？哪片水岸／没有我们的血在漂？

这些意象无疑浓缩了他对腓力比战役的印象。

贺拉斯是古罗马文学"黄金时代"的代表人物之一。与维吉尔、奥维德并称为古罗马三大诗人。作为自由化叛逆诗人奥维德的对立面，他是奥古斯都时代著名的御用宫廷诗人，与维吉尔共同成为罗马诗坛闪亮的双子星座，成为舆论的导向的标志人物。作为翻译家，他深受西塞罗的文学批评和理论的影响，其父原来是豪门贵族的管事家奴，后来成为释奴，担任过基层政府的收税员，逐步积累了财富迈入中小奴隶主阶层，可以看成是乡绅似骑士一类在当地有影响的人物，因此，他受过完整的希腊式贵族教育。

贺拉斯信奉亚里斯多德的中庸人生哲学。约公元前 52—50 年左右到罗马求学，后去雅典深造。公元前 44 年恺撒遇刺后，雅典成了共和派活动的中心，贺拉斯应募参加了布鲁图斯共和派军队，并被委任为军团指挥官。他公开以诗明志"为祖国而死，快乐而光荣"，这句豪迈慷慨的诗句就来自他的《颂诗集》第三部第二首第三行，几乎成为第一次世界大战中军队士兵的口号而流行。

战乱结束后，贺拉斯才知道他的全部财产和父亲的遗产已被乱兵抢劫一空。按照他自己的说法：

> 腓力比战役惨败后，翅膀被剪断的我／离开战营，坠到地面，失去了父亲的／家神，失去了土地，一贫如洗，只能／斗胆地开始写诗。

他逃回意大利，在罗马谋得一个财务录事的小差事，同时写作诗歌。这意味着他只能以自由和诗才为代价换取权贵的庇护。更多的共和派人士则遭到无情镇压。他的诗才很快引起了著名诗人维吉尔的注意，并被举荐给奥古斯都的政治顾问梅塞纳斯，梅塞纳斯将他隆重推送给了元首屋大维（怯于社会对王政的反感，屋大维不敢自命皇帝而称为第一公民）。屋大维当即想任命他为自己的秘书，但是被贺拉斯婉言谢绝，他认为自己的天性受不了宫廷礼仪的束缚，还是充当游走江湖的诗人来得自由自在，但是作为被宫廷豢养的御用诗人而言，他就像是被黄金打造的笼头和雕鞍束缚了蹄脚和喉咙的骏马，再也难以长啸嘶鸣，也不可能去翻蹄奔驰，于是个人的好处随之而来。

公元前 30 年代中期，奥古斯都通过梅塞纳斯赠给他一所舒适的庄园。于 1932 年出土的贺拉斯房产证明，这是一座宽敞的豪华别墅，长 363 英尺，宽 142 英尺，有 24 个房间，3 间浴室，三个房间拼嵌着精致漂亮的地板，周围是一个宽敞的大花园，有带顶的回廊围绕。此外是附带赠送了大片土地，一座广阔的农庄，由 8 名奴工和 5 家佃户打理耕种，使他衣食无忧地在田园牧歌式环境中安心写作。元首的慷慨收买，使他深受感动，政治态度由支持共和转为支持帝制，更加卖力地写诗歌颂奥古斯都的统治，成为出色的宫廷诗人。

贺拉斯身材短小精悍，骨子里心高气傲，表面上却呈现出神态上的害羞，他对芸芸众生往往表现出不屑一顾的蔑视，但又没有适当的服饰和门路去跻身于与他教育相等的上流圈子，时时以自卑性清高示人。

他认为诗歌对人类文明有教化功用，他说，古代诗人"阻止人类不使屠杀，放弃野蛮的生活，教导人们划分公私，划分敬渎，禁止淫乱，制定夫妇礼法，建立邦国，铭法于木"。

他认为诗歌还具有传达神的意旨，指示生活道路，激励将士奔赴战场，给劳累的人们带来欢乐等功用。

他主张诗的道德教化功用和审美娱乐功用的统一，他说："诗人的愿望应该是给人益处和乐趣，他写的东西应该给人以快感，同时对生活有帮助。"寓教于乐，既劝谕读者，又使他喜爱，才能符合众望。因此他说："如果是一出毫无益处的戏剧，长老就会把它赶下舞台；如果这出戏毫无趣味，高傲的青年骑士便会掉头不顾。"寓教于乐说揭示了文艺的道德教化功用和审美娱乐功用的关系，表面上是审美娱乐与道德教化并重，实际上是把审美娱乐看作文艺实现其道德教化目的政治手段，更看重的是道德教化中思想的统一，在这点上不难看出来，贺拉斯是以贵族阶级的眼光和趣味来判断和要求道德教化和审美娱乐的，摆脱不了自身的历史局限。

人类文明史的作者威尔·杜兰在《奥古斯都时代》中这样评价贺拉斯：

他没有学习哭泣。因为他的感情太浅薄，或者已被压抑成了静默，所以他很少达到赋予真诚同情"或宁静中忆起的情感"以形式的高度艺术。他太温文了，"对什么都不感到惊异"是一种不良的忠告；对诗人而言，每一件事都应该是一件奇迹，即使是它天天与他碰面，像日出或一棵树。贺拉斯观察了人生，但不太深切；他研究了哲学，但却顽固地保持着一种"平稳的心境"，只有他的《颂歌集》才"超越了中庸之道"。他像一个禁欲主义者一般崇尚美德，又像一个享乐主义者一般地尊崇快乐。那么谁是自由的呢？他问，又像芝诺（Zeno）一样回答："有智慧的人，凡主宰自己的人，不怕贫困，不惧死亡与束缚的人，蔑视他的情感、讥笑野心而本完美无缺的人。"他最高贵的诗篇之一，唱出的是这样一首斯多葛派的调子：

只要公正果决

即使天崩地裂

仍然不改其乐

威尔·杜兰这段评语简洁而一针见血地指出了这位大名鼎鼎的御用诗人的性格特征。他其实是被奥古斯都王权意识异化了的诗人，也许他的早年是一个伟大的斯多葛主义者，一个为理想献身小加图式的共和主义者。这和他在雅典求学和为共和理想参加腓力比决战的历程有关，在这一时间形成他的人生观、价值观，年轻时期的记忆是抹不去的，因而他曾经是布鲁图斯共和军团的指挥官。但是在生死考验面前，他那些幻想中的乌托邦似的崇高理念动摇了，他背叛了自己的初衷，就意味着他选择了金钱和地位，他是学得浑身艺售于帝王家的艺术家。

虽然如此，他的内心也依然是矛盾的焦虑的，他自诩为"伊壁鸠鲁猪圈里的一头猪"，说明他在内心中将奥古斯都的宫廷看成是肮脏的猪圈，他自己就是猪狗一样没有自己灵魂为帝王所豢养的文学畜类弄臣。他的真实身份和地位他是很清楚的。像伊壁鸠鲁一样，他蕴储的友谊比爱更多；

像维吉尔一样,他歌颂奥古斯都的改革,且一直保持独身。他极力宣传宗教,但他并不相信。他觉得死亡可以解决一切,他对世俗感到了厌倦。

　　他的暮年就笼罩在这种消极的思想中。他忍受着病痛的折磨——胃病、风湿和许多别的疾病。他喃喃地说:"岁月如流,逐一带走了我的所有欢乐。"他向另一位朋友说:"疾驰的岁月溜走,不论是虔诚的心灵,急迫的年华,或不可征服的死亡,都无法拉平我的皱纹。"他回忆在他的第一首讽刺诗中,如何希望在大限来临之前满足地结束生命,"像一个已经尽情的宾客"。临终前,他自言自语地说:"你已经玩够了、吃够啦,该你走的时候到了。"自从他对梅塞纳斯说他不会比资助他的人更久于人世以来,已经过了15年。公元前8年,梅塞纳斯去世,数月后,贺拉斯与世长辞。他把他的财产返还给了罗马皇帝——被称为奥古斯都的那个人。然后就躺在了梅塞纳斯的墓旁,从此安息,夜莺终于声音暗哑身心交瘁停止了对元首的歌唱。

李维和罗马《自建城以来》

在奥古斯都的御用文人中，史学家李维无疑占有举足轻重的地位，对他的评价历来争议颇多。他的长篇历史著作罗马《自建城以来》受到维吉尔史诗的影响，带有散文化创作的主观倾向，追求词彩华赡，往往脱离史实，美丽辞藻构建的历史大戏，带有浓烈的想象意味和主观虚构的成分。虽号称历史，却是在历史传说中明显带有借古喻今的意味。在罗马城建城历史上更多是以不确定的历史事实来烘托奥古斯都改造共和，创建帝国的必然性和合法性。

奥古斯都的罗马帝国基本是在共和废墟上的一次托古改制，在政治、经济、文化、军事、国防体制上的颠覆性变革和重建。开国元首（罗马史通常称为开国皇帝，参见苏维托尼乌斯在《罗马十二帝王传》）而他自己顺应传统民意，满足贵族元老的虚荣，坚持称自己创立的帝国为共和国，这是某种宣传上的权术和谋略，欺骗公众舆论而已。

提图斯·李维（Titus Livius）约生于公元前 59 年，卒于公元 17 年。他出生于意大利东北部的帕多瓦城（Padus），从青年时期来到罗马致力于修辞学与哲学的学习。他用 40 年（公元前 23 年至公元 17 年）的人生去写一部罗马史。他像维吉尔一样来自波河地区，保留了简朴和虔诚的古老美德，也许出于对首都的崇高敬意，他去创作历史融入了更多的主观臆造和想象，更多带有文学艺术创作的色彩，因此被称为维吉尔似的历史散文，而不可作为信史来阅读。他与撒路斯提乌斯、塔西佗并称为罗马三大史家。李维著《自建城以来》共 142 卷，描写了自罗马建城至李维所处时代将近700 多年的罗马历史。如果我们将其换算成现代页码，《自建城以来》相当于约 8000 多页的古典巨著。然而，令人惋惜的是，由于诸多原因，该书仅有 35 卷以及部分摘要在后世流传中幸存下来，历史对他的生平记载却很少。

李维生活于罗马共和国倾覆与早期罗马帝国建立的时期。这一时期是罗马共和国末期，罗马深陷内战危机，国家日益衰亡，格拉古兄弟的改革使罗马政治领导权从元老院转移到骑士阶层手中，新兴的骑士阶层开始运用自己的特权打压元老院。共和国礼崩乐坏，民生凋敝。

公元前49年，恺撒与元老院公开决裂，率军渡过卢比孔河，击败庞培与元老院的联盟，自任终身独裁官，破坏了罗马人奉为圭臬的共和国原则，元老院权力开始名存实亡，独裁官权力超过国王，在权力私相授受方面，共和国的继承人实际上可以由独裁者自行指定，一般意义上这就是帝国皇帝似的权力垄断，在家族内部的世袭。因此，在罗马史家苏维托尼乌斯《罗马十二帝王传》中将恺撒列在第一、奥古斯都列为第二，且这两人都冠以"神圣"二字，说明"君权神授"为天下共主的"帝王"意思。

公元前30年，屋大维在阿克兴海战中击败安东尼。公元前27年，罗马元老院授予屋大维"奥古斯都（意思是神圣与庄严）"的称号，元首制取代共和制，罗马帝国建立。但是，罗马内战以来，国家逐渐衰退，世风日下，奢侈与腐败之风使得罗马各个阶层都毫无例外地沉醉于金钱和权力的互换，贪欲之火在社会流窜，烧毁了传统美德和法治权威，使得共和国精神支柱坍塌，人心涣散。加上连年内战造成共和国经济基础崩溃，生产力停滞，贫富悬殊进一步拉大，亟需要政治强人出面重塑精神，整合人心，发展经济振兴罗马社会的各个方面，这样帝国体制应运而生，帝国强人屋大维脱颖而出，虽无帝王冠冕却成为事实上的皇帝。尽管共和国的名义保留着，打出的旗号是国家元首，被尊称为"神圣的奥古斯都"。

李维的家乡帕多瓦城因独特的地理位置使当地保留着浓厚的罗马古风，当地居民极为重视罗马传统道德对国家发展的重要影响，因此，强调罗马传统道德的作用成为李维全书的核心内容。李维痛恨罗马内战以来因人们道德水平的下滑所引起的国家衰退。李维在帕多瓦时就已开始书写《自建城以来》，为了搜集在家乡无法获得的史料，公元前29年，他从家乡帕多瓦城迁居到罗马，在抵达罗马后陆续地发表《自建城以来》的相关内容。

李维的这部作品有着十分庞大的写作计划，这142卷的皇皇巨著是分卷印制发行的，每一卷有一个独立的标题，全部都在一个总标题《自建城以来》之下，奥古斯都打算宽恕书中有共和情绪的英雄人物，显示自己作为帝国统治者的仁爱大德，尽管帝国是建立在对于共和派的杀戮和累累白骨上的，现在战争结束了，和平秩序的建立，必须显示自己宽恕敌对者的博大道德情怀，以利于笼络人心。

帝国政治形势的安定对于促进经济建设、收买民心、化解矛盾，稳定社会是首要任务，这是奥古斯都的聪明之处。而李维对于罗马城的敬仰、对于英雄的崇拜及所具备的宗教情怀，与元首的价值观颇为一致，元首就把李维罗致到自己麾下，成为自己的友人，并鼓励他成为一个史学散文界的维吉尔，继续以自己华美的文笔完成维吉尔的未竟之功。因为以历史散文的形式固定维吉尔史诗所创立的恺撒先祖埃涅阿斯的历史模式会更加令人信服，同时作为散文形式给艺术虚构渲染祖先的历史预留了更加广阔的空间。

罗马的历史学家，把历史看作修辞学及哲学的混血儿，修辞学可以把更多的文学虚构融入传说中，使作品显得辞彩华美，在逻辑上更加自圆其说，给人感觉这些虚构和个人想象仿佛是历史上真实发生过的故事；哲学则可以加入更多自己的主观臆断和评价，所谓史论部分遵循某种哲学原理，这都是神化统治者所必需具备的理论元素。这也是后来的史学研究者对李维作品的诟病之处。

作为一名西方古代史家，李维脱离不了时代的局限性，他认为罗马的历史不是一种不断进步的历史过程，而是一种循环往复的发展过程。就像生物有机体一样，罗马历史不断呈现出建立、发展、衰落、重建这样的循环过程。在《自建城以来》中，罗马开国之君罗慕路斯创建罗马，随后罗马历史不断演变，直到公元前390年高卢人洗劫罗马城，至此第一个历史循环完成。击败高卢人的卡弥卢斯重建罗马，之后罗马历史继续演变，屋大维结束罗马内战，重建罗马，至此完成第二次历史循环。罗慕路斯、卡弥卢斯、屋大维以及罗马历史上的其他英雄们无疑都具备高尚的道德品质，只有他们才是决定罗马历史上行发展的支撑，当然，那些身怀恶习的人则是导致罗马历史下行发展的罪人。在李维看来，决定罗马历史循环发展的决定性力量就是罗马传统道德，他认为罗马历史发展的规律就是——道德兴，国家兴；道德衰，国家衰。

李维在《自建城以来》开篇就指出了罗马道德对罗马国家的重要作用，他说："在我看来，每个人都应当密切地注意这些问题：曾有过什么样的生活，有什么样的道德；在和平与战争时期，通过哪些人以及运用哪些才能建立和扩大帝国；然后注意到，随着纲纪逐渐废弛，道德可以说先是倾斜，继而愈加下滑，最终开始倾覆，直到我们既不能忍受我们的罪过，亦不能忍受补救措施的今日。"

李维认为，在早期罗马国家的发展过程中，由于面临残酷的生存环境，承受开疆拓土的压力，早期罗马人形成了强烈的民族忧患意识。这样的民族精神使弱小的罗马民族紧紧团结起来，为争取国家的利益而奋斗。为了维护国家的利益，罗马人时刻准备牺牲自己的性命。正是由于早期罗马人具备了高尚的美德，为了击败伊特鲁利亚人的维伊城，自费出征的法比乌斯家族成员为了国家利益全部战死；卡弥卢斯征服维伊却被罗马人流放，但是在高卢攻陷罗马之后，他毫无怨言地选择立刻应召，率兵驱逐高卢人，并在罗马人决定放弃破壁残垣的罗马城，打算迁都维伊之时发表演说，苦口婆心地劝说罗马人留在罗马。正是由于罗马人高尚的民族精神，他们才会在经历高卢战败、考狄乌姆峡谷惨败、坎尼之战惨败之后，得以重新振作起来，击败敌人。

李维又说："晚近，财富带来了贪婪，泛滥的逸乐带来了因奢靡、纵欲而毁灭自身与毁灭一切的欲望。"在罗马对地中海周边国家的不断征服中，对外战争的不断胜利使大量的财富不断涌入罗马，直接导致了罗马过度的繁荣，逐渐破坏了共和国前期罗马人严谨、简朴与艰苦奋斗的生活方式，进而导致国家奢靡之风逐渐盛行、军队纪律涣散、人民爱国精神丧失，最终致使罗马被外族入侵的危险不断增大。

公元前20年代前后，对传统道德的重视成为罗马文人与政治家的共识。李维所秉持的人民的道德水准决定国家兴衰的观点与当时的罗马统治者奥古斯都不谋而合。为了巩固统治，稳定社会秩序，奥古斯都在文化上采取了诸多重要的措施，其中，大多数措施都紧紧围绕着恢复传统道德展开。例如，恢复共和国时代的罗马道德与宗教，复兴罗马传统的价值理念，重新唤起公民对传统价值观的热爱，等等。他恢复了已经被忽视的旧有习俗，重建被毁坏与停用的神庙，颁布了一系列与婚姻有关的法律，整饬离婚与通奸，以严刑峻法整治上层社会的淫乱腐化等。这些政策对整饬堕落的社会风气起到了良好的效果。奥古斯都的文化政策聚拢了大批文人，诸如维吉尔、贺拉斯、奥维德以及李维等文人成为帝国看重的文化巨匠，他们的历史书写都带有强调罗马传统文化与传统道德的重要性的特点。奥古斯都对罗马文化的重视直接促成了他所处的时代成为古罗马文化发展的"黄金时期"。

总体而言，虽然因为时代局限，李维持有循环史观以及英雄主义史观，他忽视了政治、军事、经济等其他因素对国家发展的重要影响。但是，李维却清醒地认识到什么才是维系罗马国家兴衰的重要力量，那就是罗马传统道德。李维撰写《自建城以来》的最终目的就是为了向后世读者证明罗马的伟大是建立在罗马传统美德的基础之上的，其实是陷于某种泛道德主义的虚伪历史观。

威尔·杜兰正确地指出：

他作品的主要缺点，便源于这种道德上的意向。他给我们很多迹象，在私下里他是一个理性主义者；但是他对宗教的敬意却是如此深厚以致使他几乎接受了任何迷信，在他的字里行间充满了预兆、预言及神谕，直到我们感觉到，原来这也像维吉尔的作品一样真正的演员乃是诸神。他对早期罗马的神话表示怀疑，对不太令人置信的神话一笑置之；但当他继续下去时，他便不再分辨传说与历史，以很少的分辨态度追随他的先辈，并以其表面的价值，接受了早期史家来抬高其祖先身价赞美的罗曼史。他很少参照原始的资料来源和纪念碑，从不费神去考察行动的场地。有时他用多页篇幅去旁注波利比阿的言辞。他采用古代教士的编年法叙述执政官所作的大事；结果除了他的道德主题外，他的作品找不出肇因的痕迹，只有一连串漂亮的插曲。他分不出早期共和时代粗暴的贵族与他那时的贵族政治之间的差异，在创造罗马民主的刚健平民与摧毁罗马的腐败暴民之间，他也不加区别。他的偏见总是适于贵族的。

威尔·杜兰这段话引用是台湾翻译版，由于两岸语言习惯的差别，总感觉读起来有些拗口。但是意思还是明确的，也即李维的创作并不是基于历史事实本身，也未经过艰苦细致的考证考察，而是基于政治的需要作为宗教和道德的宣传，沿袭了维吉尔颂圣的套路，以传教似的手法出于对政治人物及其祖先的神圣化宣传，作为道德楷模根据传说去编造的历史，因而这些故事，除了外表文字的华丽外，在事件发展的来龙去脉上内在逻辑是混乱的。

威尔·杜兰进一步指出：

在李维的著作中，对罗马的爱国豪情，就是他之所以伟大的秘密。在他的长期努力中，给了他持久的快乐；作家很少能够如此忠实地执行如此浩大的计划。他给予当时的读者，（也给现代的我们）一种罗马壮大与命运之感。这种堂皇的意识，促成了李维风格的活力、他人物刻画的生动、他描写的鲜活有力、他散文的雄伟气势。在他的历史中所创造的热情洋溢词汇，不但是雄辩术中的杰作。且成了学校教学的范例。风雅之美散见于作品之中：李维从不大叫，从不严以责人，他的同情心，比他的思想更深邃，当他提到迦太基名将汉尼拔时，对他的失败极为同情，他用迅疾以及辉煌的叙述予以对英雄失路悲剧的补偿，在描写第二次布匿战争时达到顶峰。

他的读者并不在意他的失实与历史观的偏颇。他们喜欢他的风格与故事，他把罗马建城以来的历史描绘成一幅生动的历史画卷，使民众欣喜若狂。他们把《建城以来》视为散文的史诗——奥古斯都时代最高贵的纪念碑之一。自此以来，使罗马的历史与性格在人类的观念里大放异彩达18世纪之久的即是李维的著作。

李维名副其实是奥古斯都同时代的人，比奥古斯都小几岁。从所受的教育判断，他应当出生于富裕家庭，在以从政为正途的罗马，他是一个很突出的例外。因为没有史料证明他担任过任何公职。后人很难从他的行迹对历史学家一生做出比较准确的判断。关于李维的政治立场，从塔西佗的

《编年史》以及李维作品的本身可以看出他有强烈的共和倾向。奥古斯都干脆称他为"庞培派"。

对于斯奇比奥（庞培岳父，一般称为西庇阿）和阿弗拉尼乌斯（庞培副帅，两人都死于阿非利加塔普苏斯会战惨败后），对于涉及卡西乌斯及布鲁图斯等庞培将领，李维从来就没像当时流行的那样称他们为匪徒和弑父者，以雄辩而著称的李维在记述庞培事迹时，和许多人一样都怀着崇敬的心情，而且常常用他可以用的任何一位杰出的爱国者字眼来称呼他们。这并没有在他和奥古斯都之间的友谊引起裂痕。此外，苏维托尼乌斯的《神圣克劳狄乌斯传》中记载，李维曾经劝未来的皇帝克劳狄乌斯学习历史。由此可见，奥古斯都同李维不是一般的关系，但仅从这一情况看出李维是个心口如一的人以及奥古斯都宽容不同意见的雅量。

人们会感到奇怪，帝国的缔造者为什么会放手重用具有明显共和情绪的人，但是人们不可忽视，奥古斯都独自掌握大权以来一直是以重建共和的英雄姿态出现的。老实说，在奥古斯都实际上已掌握了国内的专制统治大权的情况下，他心中清楚，对于这些纯属纸上谈兵、无害的"共和派"，他是无需担心加以防范的，不妨施与宽大为怀的态度以显示自己包容不同意见的器宇和博大情怀。反之，启用过去的共和派更加能够提升他在国人心目中的声望。要像奥古斯都所希望的那样弘扬罗马国威，进行爱国主义教育，李维的《自建城以来》无疑是可资利用的现成教材。

这是一部冗长的难以卒读的巨著，仅从保存下来的不到四分之一的篇章来看，内容已经够繁杂浩瀚。好在当时罗马的书写材料（纸草）十分方便易得，因而作者可以随心所欲地铺陈。但作为严格意义上的史书而论，李维的《自建城以来》并不能说是十分成功的。重复、冗长，取材粗糙，叙述不严谨，史实、年代、地点不够准确，都是本书显而易见的缺点。作者虽然是一位文章大家，但是作为一位史学家，他只是无批判地把大量传说资料连缀成一部十分庞杂的史料长编，没有经过一番严谨细致的去粗取精、去伪存真的研究工作，而且其中还夹杂着作者自己随意引申和敷衍的东西。它们需要经过比较、分析、鉴别、删汰才能作为史料使用。

　　后世的考古发掘证明李维的许多记述并非完全的无稽之谈，对之一概否定是片面的。作为文章大家，他的文字具有典雅流利、优美华赡的特色，他的光华温润的文体被人用奶汁来形容。李维和西塞罗属于同时代人，而辈分略晚，但他们的文字风格已属两个时代。保存下来的李维《自建城以来》前十卷是他的精心之作，几乎从一问世就受到欢迎和重视，成了家喻户晓的名著，恰恰起到了奥古斯都所期望的那种宣传作用。当时李维的名气很大，帝国边疆地区（西班牙南部的的加地斯）的人也不惜远道而来，只为一睹李维的风采。

　　李维为什么要写《自建城以来》，我们只要看看该书的引言就可以知道，奥古斯都重视他的作品绝不是偶然的。有趣的是这样一本洋洋大观的巨著，它的引言却十分简短，而且气势凌厉，和正文的娓娓而谈的风格很不相同，但它却能表现奥古斯都时代的文章特色：

　　……这一题材（指撰写历史）需要人们付出巨大的劳动。它要回溯到七百年前，并且从卑微的记述开始之后，它的规模已经大到开始感到无法承受的地步。……建城以前或正在建城的时期的传统事件更适合于装点诗人的创作而不适应于装点历史学家的真实记录，……对于古人应当允许他们有这样的自由，即他们把人的和神的行为混到一处，这样可以使国家的起源有一种更加庄严神圣的气象。而且如果有一个国家能够宣称它的起源是神圣的，并指出它的父系祖先是神，这个国家就是罗马。要知道他的战功是如此煊赫，以致当他选择马尔斯战神作她本身和她的创建者的父亲时，世界各国都泰然接受她的这种说法，就好像接受她的统治一样……

　　从历史的研究取得的一个特别有益和有效的好处，就是你可以明确地按照历史真相，看到所有各种类型的范例。从这些范例你可以为你自己和你的国家选择应当仿效的东西——因为那种东西在开头时只是有害的，但在最后却是灾难性的了。然而除非我因为偏爱自己的事业而判断错误，那就可以说，从来没有一个共和国有更强大的力量，更纯正的的道德，或者更富有的范例；也从没有一个国家到这样晚的时候才受到它的贪欲和奢侈的侵蚀或者它的清贫和节约始终不断地受到如此高度的重视，从而十分清楚地表明，人们占有的财富越少，他们贪求的也就越少。在近些年里，财产带来了贪欲，人们取得了无限享乐使得他们不顾一切地要通过自我的放纵和淫乱的生活毁灭他们自己和所有其他事物……

综上，由此可见李维是爱国的，他歌颂罗马、歌颂使得罗马变成伟大的国家的英雄们，这是奥古斯都进行爱国教育时所需要的。李维并不想粉饰太平，他一再为后来罗马人的堕落而悲叹，对于这一现实，当时作为共和时期古罗马人最后代表者的奥古斯都是不能不承认的。仅从奥古斯都所招徕的维吉尔、贺拉斯和李维三位御用作家身上就可以看出，奥古斯都推行的文艺政策是很有成效的。他有意识地把重点放在诗歌、散文上面。对于戏剧因为现实性太强，煽动性太大，他回避作为重点来发展。奥古斯都时代没有产生有影响的大戏剧家这是其中原因之一。人们看到的还是希腊原本因袭的传统戏剧。即便如此，观众还有可能与现实人物对号入座，包括奥古斯都家族在宫廷的丑闻。这些丑闻在《罗马十二帝王传》作者苏维托尼乌斯的《神圣奥古斯都传》中有绘声绘色的渲染性描写。

我们可以看出李维在使用那些凭空捏造或者人为编造的神话传说时，很清楚它的缺乏真实性，只是人为制造神圣的产物，目的当然是借助祖先的神圣来证明统治者自己的神圣，与统治臣民和世界的合法性，而在先祖而言因为局限于生产力的低下，所能够享用的财富有限，因而统治集团本身保持了简朴清贫的本色，整个社会风气、道德水准也是纯正清廉的。

随着对外扩张掠夺，疆土日益拓展，统治集团可支配的财富越来越多，人们的贪欲和腐败滋长的空间越来越大，社会的道德水平越来越低下。因而，他所编造的神圣历史一是为了国家统治的合法性需要；二是为了复古改制、正风化俗，皈依共和初期的纯正道德。显然两者都是为奥古斯都帝国的政治目的服务的。他为了国家而不惜编造出历史的神圣性，显然是为奥古斯都帝国和他的舆论宣传服务的官方史学。然而，这样脱离实际的高大上宣传与统治集团本身贪贿腐败骄奢淫逸相差太远，而导致了帝国登上顶峰后开始下滑，尽管离帝国的彻底覆灭还有很长的路可走，但是帝国陷入"塔西佗"陷阱已经不可自拔。那些坊间流传的神圣的尤里乌斯·恺撒和奥古斯都及其家族道德堕落的混乱性生活，已经无可辩驳地证明了奥古斯都进行的整肃罗马道德和法治的虚伪性。他不仅遭到早已习以为常奢侈享乐的既得利益集团的顽抗和抵制，而且连同他宫廷里的大公主和孙公主大小尤利娅都受到牵连，先后因为私生活的淫乱被流放孤岛。他的道德整肃，最终只能沦为高层贵族和底层民众茶余饭后的谈资和笑柄。

奥维德和帝国政治生态

奥维德（Publius Ovidius Naso）出生于公元前 43 年 3 月 20 日，死于公元 17 年。古罗马黄金时代诗人，与贺拉斯、卡图卢斯和维吉尔齐名。比上一代大诗人维吉尔和贺拉斯分别小 27 岁和 22 岁。代表作有《变形记》《岁时记》《爱的艺术》《爱情三论》《哀歌集》《黑海书简》《伊比斯》。《岁时记》因流放只完成前 6 卷，内容多反映罗马宗教节日、祭祀仪典和民间风情，具有一定史料价值。

诗人出生于离罗马城北 90 英里的苏尔莫，又称为苏尔莫纳。此前一年恺撒遇刺身亡，标志着罗马共和国进入垂死挣扎苟延残喘的阶段。公元前 31 年，屋大维决定性地战胜安东尼时期，诗人 12 岁。因此，他人生的黄金时期，基本与屋大维统治的"罗马和平时期"相重合。

奥维德的父亲是一位富裕的山民，属于新兴贵族骑士阶层，靠祖上的卓越军功进入上流社会。就在奥维德出生的那一年，罗马爆发了内战。在相当长的时间内奥维德不仅过着衣食无忧的生活，也甚少直接关注政治。他的出身和恺撒时代的著名诗人卡图卢斯一样优越，虽非顶级权贵家族，但却家境富庶，受过完整的上流社会教育。论门第也属于身份显赫的骑士阶层。

他晚年因遭遇政治流放，在悲愤中写毕《哀歌集》，点上最后一个句号时，依然坚持自己早年在《爱的艺术》中所宣传的价值观。他在《恋歌》结束语中以优美的文字骄傲地宣布：

爱神的温柔母亲，请另外去找一位诗人吧！现在，我正圈上我的哀歌的最后一个句点。我这个来自珀尼格利乡村男子所写的那些诗章，对我来说一直是件极其愉快的事情。那些诗章没有使我贻笑大方，倘若他们确实值得引以为豪，那么我的骑士头衔肯定是由古代的祖先传承下来。我不是那种新近战争的暴发户。曼图亚（维吉尔的诞生地）人喜欢维吉尔，维罗纳（卡图卢斯的诞生地）人喜欢卡图卢斯，而我将被称为珀尼格利人的光荣，

将被称为酷爱自由的罗马人的光荣。当罗马遭到数国盟军的威胁时，罗马
人曾经毫不犹豫地奋起还击，甚至不惜为之牺牲生命。将来有一天，当旅
行的人们看到小河纵横交错的苏尔莫——狭窄的壁垒把她环抱在中央，必
定会欢呼："啊，小村庄！正由于你小，我要说你伟大，因为你能够养育
那样一位举世卓越的诗人。"

　　啊，可爱的丘比特，还有维纳斯，从我的田园里撤去你们金色的旗帜
吧！头上生角的神祇——莱阿雅乌斯（古罗马女神）——已经用一根更为
强大的酒神权杖击中了我。她命令我驱策我的骏马，去穿越一片广阔的平
原。所以永别啦，我的仁慈可爱的缪斯女神！当我告别人世以后，我的诗
歌必将永存！

　　奥维德引以为傲的是，他的世袭身份可以追溯到许多代，绝不是靠钱
财换来的"伪骑士"。所以，从他出生起父亲就为他设计了骑士阶层典型
的人生道路。幸福的家庭生活，使奥维德没有受到政治、社会动乱的影响。
在 12 岁的那年，他和比他大一岁的哥哥一起到罗马和雅典去求学。四五
年之后，兄弟二人都通过了文法学的考试。17 岁，学成了修辞学。当时最
负盛名的两位学者，亚雷利乌思·傅思古思（Arellius Fuscus）和包尔修·拉
脱洛（Porcius Latro），都是奥维德的老师。按照罗马制度，一个青年人在
完成正规教育以后，必须服兵役一年，然后可以担任政府公职。但是奥维
德没有入伍，而是和另一位青年诗人一起去作了一次"壮游"。

　　他在希腊、西西里岛等处漫游了三年，得到许多浪漫的遭遇和见闻，
后来都成为他的诗料。回到家里，他的哥哥已经病故，这使他不得不找一
个正式工作以维护家庭的声誉。他以自己出众的口才尝试从政，虽然奥维
德天生兴趣不在仕途，按照他自己的说法，无论写什么，不知不觉就成了
诗，他最初还是遵从父亲的意愿，朝着元老院的目标步步前进。他年纪轻
轻就进入了百人团，协助司法官处理公民财产纠纷和监督刑狱的三人团，
眼看着就要踏入财务官的序列而进入元老院晋身于高等贵族。但是他放弃
了这一良机，专心扮演自己喜欢的诗人角色。20 岁左右他就成为最负盛名
的诗人之一。如同屋大维的权臣梅塞纳斯成就了维吉尔和贺拉斯，集将军、

政客和文人于一身的梅萨拉是奥维德的文学恩主。

他在首都罗马，运用他的美丽的辞藻和热烈的情感，写了许多诗篇，呈献给各阶层的美貌女人，从名门闺秀、公主贵妇到歌伶名妓。于是他先后写出了《情诗集》《神与巨人的战斗》《女杰书简》（第一部、第二部）和《变形记》等名篇，极受当时罗马女士的喜爱。公元前 15 年他发表第一部《女杰书简》展现了奥维德惊人的心理洞察力，一位男诗人以女性的口吻细致入微地表达了古希腊神话中 15 位女主人公复杂的内心世界。公元 2 年他发表第二部《女杰书简》，他选择古希腊传说中的三对情侣，让每对情侣互相写信，虽然此前贺拉斯的书信体诗歌已经取得极大成就，但奥维德作品与那些应景式、说教式御用文人的表现形式还是有很大的区别。

《女杰书简》让高度戏剧化、虚构化的书信回到世俗世界，他认为自己创造了一种全新的艺术表现形式。在这一时期他还发表了《女人面妆》直接涉及女性妆容打扮，爱美的天性可谓女为悦己者容而产生的男女世俗情爱的主题，直接导致了三部《爱的艺术》《爱的药方》等作品的诞生而触犯了被捧到云端之上元首奥古斯都的龙颜。

奥维德这些作品继承了古罗马说教诗的传统，但却是游戏般地参照模仿神话传说，做出了红尘世俗的解读，歌颂了充满自然生趣的男欢女爱，充满着奥维德特有的幽默、戏谑和对现实世界的反讽。

奥维德是古罗马诗人中唯一走进婚姻殿堂的诗人，而且并无丑闻缠身，他先后有三段婚姻，前两段都很短暂，第三位妻子和他相伴几十年，两人同甘共苦，相濡以沫，最终共同度过艰难的流放生涯。也就是这位妻子将他引进罗马最高层元首家族，卷入第一家庭政治以及情感漩涡，而导致他的悲剧性命运。

虽然奥维德在他的《爱的艺术》等作品中，似乎以花花公子的形象出现，以采花高手面目奢谈在各种场合勾引女性的艺术，因此被官方以"诲淫"恶名而流放到边鄙小城米尔斯，但是诗人本人的生活是极为严肃的，对自己的婚姻极为忠诚，在他的《哀歌集》的第六首诗《致妻子》中引经据典以层出不穷的古希腊美好意向描写自己妻子的美好形象：

无论安提马科斯多么钟爱吕得，

菲列塔斯多么为碧提丝着魔。

我的妻，他们都难比我心中的这份眷念，

我虽珍惜你，却无福护你周全。

我摇摇欲坠时，你像梁柱般挺立：

我若还有所保存，都是因为你。

他们想洗劫我沉船残骸，你却决不允许

我沦为恶棍的战利品，毫无防御。

如同嗜血的野狼已经被饥渴点燃，

贪婪地袭击无人看护的羊圈，

又如饕餮成性的秃鹫四下张望，

看是否有尸体未被泥土埋藏，

你若未阻拦，某位趁火打劫的小人

肯定早已将我的财产鲸吞。

你的坚定让他无机可乘，挚友们

也来相助，我难谢他们的大恩。

所以，不幸却正直的我可以为你作证，

惟愿这位证人分量不算轻。

论美德，赫克托耳的妻子无法胜过你，

（赫克托耳的妻子安德罗玛丽（Andromache）在古典时代被视为妻子
的典范）

生死不渝的拉俄达弥娅也如此。

（拉俄达弥娅是普罗特西拉俄斯的妻子。普罗特西拉俄斯是在特洛伊
战争中最先登岸的希腊人，也是第一个战死的希腊人。他死后拉俄达弥娅
殉情。）

倘若你有幸选择荷马做你的歌者，

珀涅罗珀的名声都会逊色。

（珀涅罗伯是尤尼西斯的妻子，古典时代妻子的典范）

你当在诗史的女性人物中占据首席：

你心灵的美善周遭无人能及。

你究竟是天性如此纯良，非后天培育，

呱呱坠地时已有这样的禀赋，

还是你终身敬重崇拜的皇后教导你，

（指屋大维的妻子李维娅。事实上古罗马人对于李维娅的"美德"多有怀疑。李维娅和提比略的父亲尼禄离婚后嫁给屋大维，三个月后就生下了大德鲁苏斯。罗马人传大德鲁苏斯并非尼禄的儿子、屋大维的继子，而是后者的亲生儿子）

要尽心成为一个贤惠的妻子，

耳濡目染，让你习得她的精神

倘若卑微与高贵可相提并论

可惜啊，我的作品没有伟大的力量，

吟诵不出与你相配的诗行！

即使从前我曾有活力与灵感的火苗，

也已在长久的灾厄中彻底息灭掉！

然而，若我的赞美还有任何反响，

我的诗歌将永远是你的故乡。

这是奥维德写给妻子的一系列诗歌体书信中的第一首，诗人运用诗歌特有的比兴手法，赞美歌颂了妻子对爱情的忠贞和坚定，允诺以诗歌给她不朽的名声。以热情洋溢的口吻，将妻子与希腊神话中众多美丽的女神相媲美，从诗歌的寓意看，这并不是一封私人书信，而是一封对于元首指责的公开答复，对自己所谓"罪行"的辩解。奥维德的妻子闺名叫法比娅（Fabia）是他好友法比乌斯（Paulius Fabus Maximus）的亲戚，法比乌斯的妻子马尔奇娅（Marcia）是小阿提娅（Atia）的女儿，小阿提娅的姐姐大阿提娅是屋大维的母亲。奥维德就是通过这些拐弯抹角的亲友关系，进入元首的顶级社交圈的。因而，对于第一家庭的事务包括政治，比如接班人问题和各种生活丑闻涉足甚多。因此而引起屋大维夫妇的猜忌，最终遭遇被流放的厄运。当然，当权者对于诗人的迫害是欲加之罪何患无辞似的构陷。上述致妻子的诗歌足以证明奥维德夫妇伉俪情深，即便诗人遭受政治上的厄运，两人始终情感不变，荣辱与共，终生不渝。

整肃罗马人的性道德，开展"泛道德主义"宣传和将其法治化，本来是屋大维转移罗马人民对于正在爆发的各种社会矛盾的注意力，以复辟帝制的障眼法，但是到了他统治的末期，这番努力已经陷入捉襟见肘内外交困的地步，既遭到罗马实权阶层的顽强抵制，也被第一家庭不断爆发丑闻所一再羞辱。正苦于愤怒和沮丧之情无处发泄的奥古斯都正碰上不识时务的诗人，偏偏发表了公然鼓吹偷情的《爱的艺术》，书中多有揶揄讽刺元首政策的大逆不道之词语，奥维德公然宣称：

我的心很柔软，抵抗不了丘比特的神箭，／轻微的搅动都会激起他的波澜。／虽然我天性如此，容易被火花点燃，但从无有丑闻与我的名字粘连。

这意味着诗人虽然有多情的弱点，但在行为上从未有逾越道德戒律之处。同时，这几行诗也呼应着《哀歌集》第二部的著名说法：

相信我，我的品德迥异于我的诗歌，／我的缪斯放纵，生活却纯洁，／我写的大部分内容都是虚构想象的，／所以难免比作者放肆轻狂。／书并非心灵的写照，而是高尚的娱乐，／穷形尽相，娱悦大众的耳朵。

卷入第一家庭的桃色事件

公元前 13 年，罗马贵族圈流传着诗人奥维德专门写给尤利娅的一首长诗，此诗写得热情洋溢，充满着种种情感暗示，使人想入非非，也许是奥维德的名人效益，使得尤利娅的种种传闻在罗马民间广为传播，直接影响到第一家庭的声誉和屋大维政策推广的权威。元首对女儿行为忍无可忍才决定壮士断腕，割舍亲情，对尤利娅断然出手。

让我们共同欣赏一下奥维德的这首长篇杰作：

献给尤利娅的诗

躁动不安的我，漫无目的地浪游，经过诸神居住的神殿与树林——当路人停步于我们凡人保有的记忆中

不曾有斧子饥饿地啮过枝柯与灌木的古代树林，

诸神会召唤路人的崇拜。

我可以在哪儿停步？我行近雅努斯（罗马神话中双面门神，一张脸望着过去，另一张反面的脸看着未来。）又走过了

他的身旁——步子快得无人察觉，除了他。

这时，维斯塔来了——她可靠，又别有一种和蔼，

我想；于是我呼唤起来，然而他却没有应答我。

维斯塔正在照看火焰——无疑在给某个人煮食。

她漫不经心地摆了摆手，依然对她的热炉子俯首。

我悲伤地摇摇头，继续前行。这时朱庇特打了响雷，

眼睛对我迸射出光。啊呀？他是否坚决要我发誓

改弦更张？"奥维德"，他雷鸣道，"你这谈情说爱的

生涯，这琐碎的作诗凑韵，空虚的装腔作势

是否无休无止？"我试图回答，但雷鸣没有中断。

"依靠历练吧，可怜的诗人；披上元老袍服，

为国家考虑——怎么也得试试。"雷声震耳欲聋，其后

我听不见了。我悲伤地走过。这时在马尔斯的神殿前，

我疲惫地停住脚步，比任何人更敬畏地看见他左手

再给一块田地播种，右手在空中挥剑——

至高无上的马尔斯！活人与死者的老父亲！我喜悦地

向他呼喊，盼着我终于能得到欢迎。但没有。

保佑并命名了我出生的三月（三月 March 因战神 Mars 得名）的他，

不愿接纳我。

众神啊，莫非就没有我可以归向的地方？

我古老的祖国最古老的诸神不理不睬，我在绝望中

漫游越过他们的地域，让

各方的微风载我去他们想去的地方。而终于

传来了声响——轻柔、遥远而甜蜜：是双簧管与铃鼓和长笛；

笑声的音乐；风，鸟鸣唧啾；暮色中簌簌的叶。

这时听觉引导着我；我要追随而去，

以求眼睛可以瞥见音乐允许的一切。忽然之间，

一道溪流在我面前敞开，涌泉逆流侵入了

山穴与洞窟，又悠闲地蜿蜒在仿佛悬空般颤抖的

百合花间；我告诉自己，这里肯定

有神在栖息——一个我未曾知道的神。

宁芙们穿着薄如蛛丝的衣袍庆祝春天与夜晚；

然而在超乎众人的高处，艳光四射的一个女神

让所有的眼睛为她停住。她领受喜悦的膜拜、欢声的祈祷，

微微一笑就令暮色转明，比我们的黎明女神动作更轻柔；她的美

会让高贵的朱诺也黯然失色。我想：这是新的维纳斯

步下凡尘；没有人曾经见过她，然而人人知道

他们必须崇拜他。向女神致敬！就让我们将旧有的诸神

安全地留在树林中。就让他们对世界皱眉，责备愿意聆听的人吧；

一个新的季节于此诞生；一个新的国度于此建成，

在我们从前所爱的罗马的灵魂深处。我们必须欢迎新的，

活在它的喜悦中，欢欣鼓舞；夜晚很快要降临，我们

我们很快要歇息了。但是这一刻我们蒙受美的驻在，

女神的恩赐给神圣的树林带来了生命。

奥维德这首热情洋溢的长诗是在青年贵族森普罗尼乌斯·格拉古家专为大公主尤利娅举办的沙龙酒会上即席朗诵的，专门歌颂吹捧大公主的美貌睿智，似乎是一位新的王国女神，他把大公主比喻成超过罗马万神之王朱庇特太太的朱诺的超级领军人物，即将带领罗马进入新的季节和一个新的国家。这当然满足了尤利娅极大的虚荣心，尤其是政治上的虚荣，这是十分危险的，显然触犯了奥古斯都和李维娅的忌讳。

一个帝国的独裁者只能是一个中心，当另一个中心出现时，即使是太子或者公主集团都是不能容忍的事情，这首诗不可能不为密探遍布全国的罗马元首获知。这是在亲情和政治利益的选择中权衡利益得失，就如同被收为继子的提比略如果形成太子集团而与老丈人抗衡，稍微出现夺权的苗头就可能被罢黜惹来杀身之祸。因此，工于心计的提比略离开罗马远避罗德岛。

奥古都斯在公元前23年第一次病危时，他指定自己姐姐的儿子马尔凯鲁斯为尤利娅的丈夫，而老丈人被抢救过来后不久，准接班人却得暴病横死。两人没有留下子女。接着奥古斯都又指定他的亲密副手马尔库斯·阿格里帕和自己亲外甥女离婚，娶自己的女儿尤利娅。

尤利娅在这个月色迷离的春夜，陶醉在她的众多粉丝追星捧月的露天酒会时，帝国元勋马尔库斯·阿格里帕却在普泰奥利不幸身亡，奥古斯都第一时间赶到普泰奥利吊唁自己心腹大将兼女婿，并立即派使者到格拉古的豪宅通知尤利娅随他一起前往普泰奥利看望病重的丈夫。这时奥维德却自作多情地开始朗诵自己给尤利娅的颂歌，尤利娅坚持要欣赏完奥维德这首令人心动的长诗，才肯动身，她没有见到丈夫的最后一面。奥古斯都一直不能原谅尤利娅那晚的抗命的轻率。人至晚年，对于染指权力的敏感多

疑近乎病态，要想收拾叛逆的女儿要等时机，最好的借口是借助生活问题解决政治上的隐忧——铲除这个高层贵族小集团——公主党。然后，借题发挥借助女儿生活作风的放荡随意进行污名化处理。元首这种政治问题生活化处理的做法无疑是得到李维娅的暗中怂恿的。

因为，亲生女儿毕竟是他最喜爱的两个外孙的母亲，今后势力坐大必然威胁到奥古斯都的权力。这事发生在公元前13年的那个春意融融的夜晚，就在这春夜她的第二任丈夫阿格里帕死了。

那天晚上，即使她按照父亲的希望赶到普泰奥利，也未必能够见上丈夫一面。不过元首是马不停蹄，于次日凌晨赶到了普泰奥利。他的最最忠诚的亲密战友已经离开了人世。他近乎冷冰冰地看着遗体，良久无语。然后，他与阿格里帕的助手交谈，下令装殓尸体，用出殡的队伍运回罗马，并吩咐向元老院传回消息。他并没有休息，就陪着老友的尸体，踏上缓慢而肃穆的归程。他一路铁青着脸，沉默寡言，拖着因痛风而跛行的脚走在出殡队伍的最前列。

尤利娅陪着奥古斯都在罗马中心广场为帝国元帅阿格里帕举行隆重的葬礼。他亲自宣读悼词，表情冷漠，仿佛不是对着遗体，而是一座纪念碑。葬礼完毕，他退居到帕拉蒂尼山的私宅，在自己的书房，一连三天拒绝见人，也拒绝进食。重出书房门时，元首似乎老了许多，说话带有某种漠不关心的柔和，随着阿格里帕的去世，他内心中的一部分最柔软的人性似乎也慢慢消逝。他不再完全是过去的那个元首，变得铁石心肠起来冷漠无情起来。

阿格里帕向罗马市民永久地捐赠了他掌权以来得到的各处花园、他建筑的个人浴场，以及修缮这些设施的资金；他还给每位市民遗赠100银币；他将余下的财产遗留给奥古斯都。时年尤利娅27岁，生有四个孩子，肚子里还怀着一个。四个月后，她生下了第五胎，外祖父为他起名阿格里帕，为的是怀念他死去的父亲，说等到孩子长大会认作养子。一年又四个月后，奥古斯都将女儿许配给李维娅的儿子提比略；后者不得不和身孕三个月的爱妻马尔凯拉离婚。这是尤利娅唯一不爱的丈夫。

大公主尤利娅由生活问题引起的个人悲剧，成为一场违背法律对抗最高指示的政治事件。罗马城内曾经尊奉她为无上女王的享乐阶层顿时陷入一片恐慌之中。一桩桩跟风的告密案向人们预示着政治迫害的风暴接踵而来，即便元首驳回了大部分的诉状，恐惧仍然笼罩着城市名流的客厅。

诗人奥维德却以一贯的漫不经心，嘲讽说："谁能骗过太阳呢？他将太阳金黄色的光芒比喻为帝国几乎无所不在的侦探。在他浪漫的想象中，哪怕最阴暗的卧室都会被其无所不在的锐利目光穿透。他坦言自己深感紧张，却以独立写作者的良知拒绝屈从于元首的淫威。在尤利娅被流放的数月内，罗马贵族阶层担惊受怕、疑神疑鬼。奥维德却不知收敛，依然在忙着一项极具煽动性的工程，因为他并不认为他撰写的《爱的艺术》会与大公主的情感出轨有多大关联度。他正在按照计划写作有关《爱的艺术》的阅读指南，并在文中掉以轻心地写道：

我再次声明，我所说的乐子和游戏没有一项是违法的。不曾有不该接近它们的女人陷在其中不可自拔。

然而，整个罗马民间社会对于元首女儿尤利娅的被流放，秉持着高度同情的态度，罗马街头甚至发生了直接声援尤利娅的骚乱，奥维德这本不合时宜的作品，无疑起到了煽风点火的助推作用，使得社会舆论发生重大偏移，这是对当局权威的挑战。

这些都与奥古斯都将自己的女儿当成孕育帝王权力继承人的生育工具来掌控的婚姻有关。因为这种婚姻实际取代了个人对于情感的自由选择。这皆因她的帝王血统必须成为父亲的政治筹码来达到最大的政治目的——元首宝座的血脉承嗣，这是人们把元首看作是罗马皇帝的标志，独生女尤利娅就是这一神圣标志的牺牲品。使得长相甜美，天性奔放，情感丰富，多才多艺的元首女儿始终生活在不幸的黄金牢笼中，郁郁寡欢，婚姻失落，导致红杏出墙，追求喜鹊枝头春意闹的欢快和喧哗，酿成人生的悲剧。跟着起哄喧哗而倒霉的还有罗马著名诗人奥维德。

奥古斯都首选的接班人是自己姐姐的儿子，也是共和国烈士马尔凯鲁斯的后代——小马尔凯鲁斯，因而指定自己的女儿在 14 岁时就嫁给自己的表兄马尔凯鲁斯。公元前 23 年，这位年轻人不幸英年早逝后，16 岁的尤利娅就成了寡妇。随后，他又迫使自己姐姐的女婿——帝国第一功臣阿格里帕离婚与女儿尤利娅结婚，以此保证自己继承人中继续保持着尤里乌斯家族的血统。

　　尤利娅的第二任丈夫马尔库斯·阿格里帕，曾经娶过小马尔凯拉——奥古斯都姐姐屋大维娅的女儿，离婚之后不久，马尔凯拉就和安东尼的小儿子尤努斯·安东尼结婚。有意思的是马尔凯拉既是尤利娅的表妹又是闺蜜，竟然成为她和安东尼私通的牵线之人。尤利娅果然不负父亲重托，她和阿格里帕一共生下五个子女——盖乌斯、卢基乌斯、阿格里皮娜、尤利娅（与母亲同名）、阿格里帕·珀斯图穆斯（Postumus），其中，盖乌斯和卢基乌斯被指定为最终继承人。但阿格里帕不在罗马的时候，尤利娅有很多时间用来看书，购买豪华的服饰，并且结交了许多年轻的类似奥维德这样才华横溢、年轻英俊的贵族圈和文艺界知名人士。公元前12年，阿格里帕去世，使第二位皇位继承人退出历史舞台，26岁的尤利娅又成为寡妇。

　　奥古斯都并不感到担心，因为还有女儿的几位子嗣来继承大统。他可以充分扮演慈祥的祖父角色，监护这些可爱儿童的成长。然而，因为他的身体一直孱弱，数次命悬一线，濒临病危抢救，如果年迈的奥古斯都突然去世，年幼的盖乌斯、卢基乌斯便不能顺利接掌帝国，他不得不在亲近的人中寻找皇位备胎。

　　为防不测，奥古斯都指定继子——夫人李维娅带来的克劳狄乌斯·尼禄的儿子提比略·尼禄，娶尤利娅为妻。这其中掩藏着第一夫人李维娅深思熟虑的政治企图，也就是在共和国动乱中严重受损的克劳狄乌斯家族的东山再起，因此她积极从中撮合，迫使提比略和自己心爱的女人离婚，接受举止轻浮、心气高傲、名声不太好的大公主。尤利娅就这样被父亲当成皇家生育的工具辗转利用和提比略走进婚姻殿堂。提比略也只能无奈地拆散自己幸福的婚姻和为自己怀孕的心爱女人离婚，勉强接受了尤利娅，成为一个三心二意情牵两头的丈夫。提比略就这样战战兢兢地进入了帝国继承人的序列。

　　奥古斯都真正属意的接班人是自己的两个外孙。提比略和尤利娅结婚曾经生育一个儿子，但是很快夭折，夫妻关系迅速恶化，使两人都成为一场彻底失败婚姻的牺牲品。此刻，奥古斯都为自己对提比略的信任感到了懊悔。随着盖乌斯和卢基乌斯的不断成长，提比略成为一个游走在权力边缘，随时可以牺牲可有可无的人物。

为此，这位被封为保民官的元首女婿，负气出走，自我流放到了罗德岛研究哲学和星象之学，一走就是七年。尤利娅再次充当起幸福而自由的单身女人角色，精神和行为上的自由放任，使她轻而易举地忘记了自己元首闺女、帝国接班人母亲的神圣身份，直到通奸事件的发生，她因有违皇家道德，辱没奥古斯都英名和自己两个英俊儿子高贵的身份而被流放到潘达斯荒岛。公元4年，尤利娅的两个儿子先后死去，她失去了皇位继承人母亲的身份，年迈失望的奥古斯都才不得已再次将提比略纳入接班人视野。继位的问题一直深深地困扰着奥古斯都。元首本人和李维娅对此有着根本的分歧，李维娅刻意使自己的儿子进入丈夫视野成为元首继承人。提比略的出现使得接班人问题变得异常复杂：元首希望选择自己的血亲后代，奥古斯都的上一次婚姻给他留下一个女儿尤利娅，于是他将宝压在自己两个外孙盖乌斯和卢基乌斯身上，他将两个外孙收为养子，并在他们十来岁时就迫使元老院宣布指定他们为执政官，并可统兵作战建立军功，为今后晋升最高统帅铺平道路。

奥古斯都亲自陪同两个外孙完成了执政官任期，并在埃米里亚巴西利亚外建立了以他们名字命名的廊柱。可惜两位继承人命运不济：公元2年8月兄弟中的弟弟卢基乌斯在去西班牙的路上死在马赛，年仅18岁；哥哥盖乌斯受托在帝国最优秀将领的辅助下率军进攻帝国宿敌帕提亚，经阿尔明尼亚从那里再去阿拉伯，但是他在阿尔明尼亚受到攻击身负重伤，中途被奥古斯都火速召回罗马，公元4年2月在东征返回途中不幸去世，享年23岁。这对元首一家尤其是奥古斯都和尤利娅都是一个重创，因为元首从内心一直非常喜欢两个年轻英俊的外孙，他在两年前曾写信给盖乌斯说：

我眼里的光，当你远离我的时候，我无限地想念你，特别是在这样一个日子里。不管你在什么地方，我都愿意你在我六十四岁生日那天是健康和幸福的。你会看到我已经度过了我一生中最有意义的一年，即第六十三年。我曾乞求诸神，他们会使我能够把我一生的余年在一个繁荣的罗马度过。但是你得把行政事务继续领导下去，并且把我的工作继续领导到底。

信中对于自己的外孙寄予很高的希望，然而在不到两年之内，他的两位最最倚重的接班人先后遽尔离世，这对步入晚年的老人来说，无疑是最大的打击。

在自述中，奥古斯都十分悲哀地感叹道："我的儿子盖乌斯和卢基乌斯，命运在他们还是年轻人时把他们从我身边夺走……"传言中把这两位年轻人的死归咎于李维娅。因为，阴谋的得利者就是她与拖油瓶的儿子提比略，后来的奥古斯都之死甚至有人放风李维娅有着谋杀元首的嫌疑，但是都苦无实锤证据。然而，面对此后统治罗马的就不再是盖尤斯·恺撒家族而是克劳狄乌斯·尼禄家族，人们心中的疑云就不会散去。

风流案引出的政治流放

公元8年，奥古斯都70岁，放逐自己的外孙女小尤莉亚和诗人奥维德。按照《哀歌集》第二部的说法，奥维德被放逐的第二个原因是一个他必须永远埋藏、永远不能向外人透露的"错误"。正是这个错误使得屋大维龙颜大怒，决心新账老账一起算。然而，奥维德真想埋藏这个秘密，就不会在作品中不停影射，而且留下相当多的线索供读者揣测。最重要的线索在他的自辩诗中：

我为什么要看见什么，/ 为何让眼睛招是非？/ 为何如此不小心，撞破这宗罪？

也就是说，诗人无意识地撞破了皇家外孙女小尤莉亚与别人的奸情，地点可能就在自己的住所。奥维德少年成名，在罗马贵族圈有很高的名气，屋大维的女儿尤利娅爱好文艺，奥维德与其有交往，尤其元首家族女性成员都是奥维德的粉丝，根据学者亚历山大猜测，奥维德的住所很可能为这个圈子的人提供了一个舒适方便比皇宫更安全的聚会场所。或许某天旅游归来，他惊愕地发现，皇帝的外孙女、公主小尤利娅竟然趁自己不在，与自己某位朋友在自己床上苟且。他发现秘密后隐瞒不报，是故意让皇族出丑。联系到奥维德桀骜不驯的态度更可怕的联想是政治方面的问题。

此前罗马已经有贵族企图利用大公主尤利娅众多的婚外恋关系，来控制她，从而左右皇室的继承方向。奥古斯都对此极为警惕，最安全的解决办法就是让奥维德迅速、永远地离开罗马。

李永毅同时也注意到奥维德被逐出罗马事件潜藏着的政治因素：

奥维德在政治上的迟钝延续到他的放逐时期，他开始认为，只要向皇帝求情，就能得到宽宥，并未注意在屋大维统治后期，大权已经旁落，皇子提比略和皇后李维娅才是实权人物。他尤其没有意识到，皇室中存在两支皇族的激烈斗争。

……大尤利娅的三任丈夫都被屋大维当成皇位继承人培养，马尔凯鲁斯和阿格里帕已死，提比略自然是未来的皇帝。然而无论是能力、人品和声望而言他都遇到了大德鲁苏斯的挑战。大德鲁苏斯在日耳曼取得了一系列的大捷，但公元前9年意外从马上跌落，一个月后去世。他的儿子日尔曼尼库斯同样有英俊的外表，出色的军事才能和崇高的威望，甚至被罗马人视为亚历山大大帝一样的人物。迫于屋大维的压力，提比略将这位侄子过继为自己的养子，但心里一直惧怕和仇视他，担心他夺走自己亲生儿子小德鲁苏斯的皇位继承权。

屋大维去世前的几年，罗马权贵在提比略分支和大德鲁苏斯分支之间选边站队。不幸的是奥维德站在了大德鲁苏斯的儿子日尔曼尼库斯一边，而他的大多数朋友都选择了提比略，所以他们有意冷落他，和他拉开了距离。他在诗中不合时宜地极力赞美日尔曼尼库斯，让他的风头盖过了皇储提比略。当屋大维对奥维德怒气渐消，这位皇帝却突然宾天，留下奥维德面对充满敌意的李维娅母子，甚至当提比略继任皇位之后，奥维德还在诗中宣称，希望日尔曼尼库斯未来执掌江山。他或许认为，既然日尔曼尼库斯已经被提比略收养，他和小德鲁苏斯该公平竞争，而他显然比后者优秀，哪里知道提比略心里早就做了选择。当奥维德开始创作第四部《黑海书简》时，他已经意识到，自己深深得罪了皇帝，绝无返回罗马的可能。

英国罗马史著名作家霍兰·汤姆在《王朝——恺撒家族的兴衰》一书中干脆就认定，所谓小尤莉娅和奥维德被流放的事件就是一起政治阴谋，所谓生活作风问题干脆就是某种掩人耳目的障眼法。卢基乌斯和盖乌斯的死亡，无疑让罗马人民想起他们被流放的母亲——大公主尤利娅。数不胜数的罗马平民将恺撒·奥古斯都的亲生女儿的苦难和悲伤视作自己受的难，于是开始走上街头和罗马官场公开要求将那失去两个可爱英俊儿子的母亲放回罗马，因为罗马人民对尤利娅及其孩子的热爱经久不衰，对于克劳狄乌斯的野心和李维娅的虚伪反感厌恶至极。

这一切使得提比略成为极不讨喜的继承人人选。当然暴民们的要求是不可能得到独裁者许可的。奥古斯都虽然利用遍布全国的密探不断收集情报，调整和完善自己的统治策略，但在骨子里他认为"穷人阶级就像肮脏而不起眼的粪坑和垃圾堆"。他不可能对平民的呼吁做出任何屈服，只能进行镇压。尽管人民对尤利娅的命运义愤填膺，奥古斯都却相信他们要求她返城的举动不可能演变成大规模的暴乱。第一公民知道最大的威胁潜伏在自己的家族内部，财政危机已经使他心力交瘁，不时席卷罗马的群体抗暴事件使他分身乏术，加上年事已高，对待家人脾气变得暴躁，动不动暴跳如雷。当密探调查的证据一条条摊在他面前，条条暗指他的小儿子阿格里帕·波斯图穆斯就是暴民运动背后的煽动者。

第一公民赦免了参与谋乱的一名贵族子弟，却严厉打压自己的亲外孙，他正式废除了小阿格里帕的继承权，并将其逐出罗马，流放到科西嘉岛附近的一座名为皮亚诺萨岛（Planaria）的偏远小岛上，派兵严加看守。阿格里帕的财产被充为军产。旦夕之间他就不再被称为奥古斯都家族成员，而成为无名之辈。除了将他和他的母亲称为两颗脓包外，奥古斯都不再提起这个小外孙。然而家族成员的溃疡像是癌细胞那样还在不断扩大。

帝国功臣阿格里帕大元帅和大公主尤利娅的感情还是不错的，一共诞下三男两女，现在两男已亡，一男被关，还遗留两女，从情感上说他们当然是倾向自己母亲的。紧接着第三颗脓包暴芽。

公元8年，也就是大公主遭流放之后十年，又一桩离奇且相似的丑闻曝出。她的同名的女儿原本因泼辣放浪的生活作风和对于侏儒的喜好而臭名远扬，如今被发现犯有通奸大罪。这是奥古斯都家族第三个被流放到荒无人烟小岛的成员。和大尤利娅一样，除众人的讥讽和有关性丑闻的闲言碎语外，小尤利娅也面临更严重的指控。一些漏洞百出、自相矛盾的流言暗指她意图策划政变。据说，她曾图谋将大尤利娅和阿格里帕·波斯图穆斯从流放地解救出去，准备迎接他们，而且奥古斯都本有可能在元老院被人谋杀。至于个中细节到底有多准确甚至说是怎么拼凑衔接而成的，却无人能够解释清楚。无论如何，当工匠鱼贯进入小尤利娅家准备拆解那宫殿一般的建筑、守卫们准备将她肚子里的孩子杀掉时，通奸的内容透露了多少，无疑就掩盖了多少真相。譬如，很显然的是，尤利娅的丈夫按理说为受害方，结果却被处以死刑。另一个以长期挑衅第一公民闻名的男人也遭到了毁灭性的打击；这似乎不完全是巧合。在公元8年这重大的一年里，尤利娅并不是唯一被流放的人。

大小尤利娅均属高层特权阶层的顶尖级人物，是难以摆脱权力腐败怪圈的。高层权力又往往是城门失火殃及池鱼。而且在奥古斯都统治晚期，又涉及尤里乌斯家族和克劳狄乌斯家族围绕最高权力的残酷争夺，而这些权斗完全是笼罩在华丽巍峨的宫廷深处不可明言也不可曝光的，这些涉及政权合法性的明争暗斗，只能在黑暗中鬼鬼祟祟地进行。全部鬼蜮行径走完，才能指使元老院以合法形式对外公布。这就是历来宫廷斗争的残酷和诡异之处。

无疑尤里乌斯家族的子孙是要勾连一气捍卫家族最高权力的。这时尤利娅和阿格里帕的五个子女的政治利益是一损俱损一荣俱荣休戚与共的。反之，第一夫人李维娅和皇储提比略又是另一个利益共同体。因此，大小尤利娅的先后被问罪流放就不能不牵涉工于心计的李维娅母子的政治阴谋。

而此时奥古斯都直系亲属几乎已经分崩离析，先后被逐出权力中心。此刻的元首，似乎想要恢复尤里乌斯家族对罗马的家族统治，已经完全力不从心了，结果只能是以整个家族的悲剧收场。诗人奥维德只是两强相斗的牺牲品，一场风花雪月闹剧席卷起的只不过是微不足道的尘沙，却构建了罗马史上惊天动地的政治大案，一直延续到奥古斯都死后。

给奥维德定的罪状是两条：一是参与淫乱行为，一是写作淫秽诗篇，奥维德的著作全被禁止，公共图书馆的藏本也一律销毁。本人被流放罗马边界的极寒蛮荒之地——多瑙河口的一个小城托弥斯（Tomis，即现在罗马尼亚的度假胜地康斯坦察），公元18年死在那里，享年60岁。他在流放期间曾热切希望得到奥古斯都的宽恕，让他回到罗马。他发愤著书，抒发怨气，写出《哀愁集》和《黑海书简》以表忏悔。但他始终未能如愿，最后病死在异乡。

诗界彗星殒落，古风绝世传唱

奥维德作为奥古斯都时代罗马文艺星空极具影响力的璀璨明星，在高层贵族圈绚丽夺目之后，终于犹如盛开在首都上空绽放的礼花，喧嚣轰鸣到达极致，由高空坠落，悲壮地去了罗马帝国的极边苦寒之地——位于黑海边的托米斯小城。

在《爱之艺术》一书中，他那诗歌一样华丽的文字，以热情奔放的语言，奇诡夸张的比喻，神游八极的想象，组合成歌颂人类男欢女爱的美丽画卷，匹配以优美的旋律超越时空和自我，在悲愤中坚守人性和人类之爱而演绎成世界文学经典，向帝国皇帝的专制强权挑战，在哀怨中不忘理想的坚守，在悲愤中用眼泪和心血凝聚成颗颗明珠在历史的天空闪烁，他的《哀歌集》《黑海书简》《伊比斯》成为欧美流亡文学之先声，作为世界文学绝世经典永久訇响。

奥维德曾经是罗马高层贵族圈风流倜傥的贵族公子、放诞率性的才子诗人，在高层那个软玉温香、纸醉金迷的贵妇圈子中备受宠爱，也是街头巷尾闾里旷野乡村野夫小家碧玉青睐的情爱歌手，可以说是雅俗共赏的诗人。沦落到政治冲突激荡的年代，开始了自己艰难人生的痛苦跋涉。他是在公元8年，从厄尔巴岛和皇帝进行了一次极为秘密的谈话后，启程进入人生后期漫长的十年流徙生涯。

他的《哀歌集》就是写从厄尔巴岛开始在禁卫军押解下踏上那艘小船与元首奥古斯都挥手告别，掀开了人生颠沛流离的篇章。如果说中国的流放诗歌始祖以春秋战国时代的楚国贵族屈原的《楚辞·离骚》为标志，后来又有贾谊、曹植、柳宗元、刘禹锡、韩愈、苏东坡等人前仆后继，写下了一篇篇痛苦狂狷或者乐观旷达的传世诗篇，那么，欧洲流放诗歌则以希腊盲诗人荷马的《奥德赛》《伊利亚特》为标志。荷马只是一名战败的平民士兵，却被敌人剜去双眼，从此进行云游吟唱，留下了千古传唱的经典，直接影响到古罗马的诗歌创作。而奥维德则是在人性人欲人情和专制天理天规天威的拼搏中的落败流亡者，意外地丰收了自己开放在缪斯花园中的奇葩。

公元 18 年，天才诗人奥维德客死托米斯。他在流放期间曾热切希望得到奥古斯都的宽恕，让他回到罗马，他曾经写出《哀愁集》和《爱药》以表示忏悔。但他始终未能如愿。临终前，他重病缠身，已经无力提笔书写，只能口述了一封书信体长诗由人代笔，向他亲爱的妻子交代自己的后事：

和十年前一样，他保持了对自己美丽妻子的赞美和歌颂，对自己死后诸事做出最后的交代。在这个帝国最为遥远而又不为人知的角落，他已经不相信自己的病会有起色，他完全不能接受这里的气候，不习惯这里的水土和处于野蛮状态的风俗习惯，这里缺医少药，没有朋友进行思想文化上的交流，人完全处于孤独封闭的状态之中，他感到彻底的绝望。他只能在暗夜的星空遥遥呼唤思念着妻子，或者在睡梦中发出呓语般的呻吟，神思错乱地寄托着对爱妻和家人无尽的相思。他预感到死神的光临，自己将被抛尸陌生的异乡，面对自己枯萎的尸体不会有家人和朋友痛哭哀悼，没有挚友帮他阖上张开的眼睛，他是死不瞑目的。没有葬礼，也没有墓园，他将长眠于蛮荒之地，无人悼念，他成为孤魂野鬼，只能在苦寒的边鄙旷野游荡。他最后交代自己的妻子，一定要用小瓮收敛他火化后的遗骸，别让自己死后继续流浪。请将他的骨灰与叶子和甘松粉混合装殓，安葬在罗马郊外。在他的坟头的大理石碑上刻下几行诗句，他自拟墓志铭如下：

长眠于此的人曾以情诗为游戏，

我，诗人纳索，因天才而死，

知晓情为何物的行客，请不吝赏赐

一句祷告："愿纳索的尸骨安息！"

奥维德在长诗的结尾处，非常自信地对妻子说：

这几句铭文已足够，因为我的诗书

才是更重要，也更长久的遗物，

我毫不怀疑，它们虽然害了我，却注定

为作者带来名声和永恒的生命。

……

他的预言不虚，事实确实如此。

奥维德流放期间的作品主要是《哀歌集》和《黑海书简》《伊比斯》。《哀歌集》共 5 卷，收诗 50 首。《黑海书简》共 4 卷，收诗 46 首，为诗人流放期间致妻子、友人或罗马的一些达官贵人的信件。前 3 卷由作者自己收集，第 4 卷在作者死后由友人收集发表。这两部作品的内容相近，主要描写流放途中的感受、流放地的风土人情和艰苦的生活，表达作者被禁锢异乡时孤独、痛苦的心境和对罗马的眷恋之情。此外，他在流放期间还写过《鸩毒》和《捕鱼》等诗，前者摹仿希腊诗人卡利马科斯的同名作品写成，抨击不忠实的朋友；后者只留下 134 行诗，主要介绍黑海的鱼类品种，它们的艺术价值都不高。

当时的罗马社会，正是新旧思潮矛盾尖锐冲突的时期。传统秩序的维护者要维护帝国专制传统的道德、伦理和生活方式，控制整个社会的精神思想和生活习俗以维护特权专制统治。但是，新一代的青年却希望突破一切传统，要求生活的自由舒适和恋爱的自由，以突破禁忌和享受人生为目的。当时执政者奥古斯都的家庭，也卷入新旧思想的冲突。两股势力的争斗掺杂着激烈的权力之争，重点体现在尤里乌斯家族和克劳狄乌斯家族对于接班人的争夺。

奥古斯都的妻子李维娅和养子提比略是一派，另一派则是奥古斯都的女儿尤利娅及其和阿格里帕的五名子女，左右簇拥着一群才情浪漫的青年男女，包括诗人奥维德和许多青年贵族以及广大的罗马市民。奥古斯都在李维娅和尤利娅之间摇摆不定，而导致诗人成为高层贵族政治权斗阴谋的牺牲品。

奥维德的诗在当时非常流行，中世纪时仍然受到欢迎。从文艺复兴开始，他的《变形记》向欧洲人展示了丰富多彩的古代神话世界，受到特别推崇，许多作家、艺术家从中吸取创作材料。他的诗对但丁、乔叟、弥尔顿、莎士比亚、歌德的创作有很大的影响。

此外，奥维德的作品还对方言诗人产生了影响，对法国南部、意大利北部游吟诗人和德国游吟诗人的影响尤其明显，这位爱情写手被他们尊为有关爱的题材的最高权威。

奥维德的作品对于英国古典主义复兴时期的诗歌戏剧创作有着广泛的影响力。希腊罗马的神话在英语诗歌中无处不见。就文艺复兴时代来说，神话主要是奥维德和他的继承者以及注疏者留给后世的遗产。不仅在于《变形记》是各种神话的大熔炉，而且还在于它的故事叙述得生动有趣、节奏适中，所以从很早的时候起，诗人们就做出了积极反应，并把它们改造成自己的东西。比如莎士比亚的《冬天的故事》中神话故事就来自奥维德的作品。弥尔顿诗歌中亚当和夏娃在堕落前第一次也是最后一次分别的情景也是来自奥维德的《变形记》。弥尔顿欣赏奥维德的世界，而且把它——或者尽可能圆满地——引入基督教真理中。因此，奥维德为弥尔顿打开了魔宫之门。我们可以肯定，没有奥维德的神话，英国诗歌的损失将无可估量。

俄国诗人也很迷恋奥维德，其中重要的原因是，对这个国度的思想者、写作者而言"流放是一种职业的风险"。最早将奥维德和文学流放主题联系起来的是波普洛夫（С. СБоброь）的作品《歌谣：缪斯的宠儿奥维德之墓》（1792 年），而真正确立这一传统的是大诗人普希金。从黄金时代到白银时代的曼德尔施塔姆，再到二战后的布罗茨基，流放始终是俄罗斯诗歌的基本主题，奥维德也始终是俄国诗歌大师们塑造自我身份的参照。不仅如此，在后代诗人建立自己与奥维德的精神联系时，前代诗人对奥维德的流放诗歌的引用和改写又成为另一种参照，从而形成古罗马和俄罗斯、舶来和本土的双重传统。

诚如朱光潜先生在《悲剧性理学》中引用英国斯马特《悲剧》一书所言：

如果苦难落到一个生性懦弱的人头上，他们逆来顺受地接受苦难，那就不是真正的悲剧。只有当他表现出坚毅和斗争的时候，才有真正的悲剧，哪怕只要表现出片刻的活力、激情和勇敢，使他能超越平时的自己。悲剧全在于对灾难的反抗。陷入命运罗网中的悲剧人物奋力挣扎，拼命想冲破越来越紧的罗网的包围而逃奔，即使他的努力不能成功，但在心中总有一种反抗。

奥维德就是奥古时代的悲剧性人物。在辗转流亡期间始终保持着心里的反抗，不断用诗歌为自己的所谓的"罪行"进行抗辩，没有几分英雄主义气概也是很难做到的。

我国研究罗马诗歌的专家李永毅先生在《奥维德与俄国流放诗歌的双重传统》一文中写道：

机缘巧合，奥维德辞世一千八百年后，普希金竟然也流放到当年这位罗马诗人孤独生活近十年的地方。此前普希金在《自由颂》中影射沙皇亚历山大谋杀父亲保罗二世，又在《乡村》中公开抨击农奴制度。俄国政府因而视他为危险分子，将他派往南方的摩尔达维亚。这实际上就是变相的流放。普希金对此心知肚明。然而是流放的处境给了他从边疆审视这个大帝国、重新理解俄国性的机会。他面临的挑战是如何将自己的流放转化为艺术。正在这个节点上，有着相似经历的奥维德给了他灵感。在普希金生活的时代，关于奥维德的传说仍广泛流传于摩尔达维亚民间。

在1821年普希金模仿奥维德的长诗风格，专门写下他的传世名篇《致奥维德》：

奥维德，我住在平静的海岸附近，
当年，你把祖邦受到驱逐的众神
带到这里，你把骨灰留在这里；
你凄凉的悲泣为此地赢得声誉。
你那七弦琴温柔的声音至今不衰，
你的故事家喻户晓流传在这一带。
你生动的文笔刻入了我的想象，
诗人身遭囚禁，荒野阴沉凄凉，
风雪司空见惯，天空云遮雾障，
给草地温暖的只有短暂的阳光。
凄婉琴弦的旋律使我心醉神迷，
奥维德，我的心时时追随着你！
我看见你的船出没于巨浪惊涛，
在荒僻的海岸附近抛下了铁锚，

147

等待爱情歌手的是残酷的酬报，
原野没有绿荫，丘陵没有葡萄；
斯基福天气寒冷，男儿生性剽悍，
他们在雪地降生，惯于残酷征战。
他们埋伏在伊斯特河边劫掠行人，
每时每刻用袭扰威胁着集镇乡村。
他们不可阻拦：浪里游如履平川，
任脚下的薄冰轧轧作响腿也不软。
叹息吧，奥维德，叹息命运无常！
少年时代就蔑视军旅生涯的动荡，
你热衷为你的头发编织玫瑰花冠，
你惯于悠闲，无忧无虑消磨时间；
而今你不得不依傍怯懦的竖琴，
戴沉重的头盔，握凶残的兵刃。
无论女儿。妻子及成群的好友，
无论缪斯，这昔日的轻佻女友，
都不能为放逐的歌手分忧解愁。
美人儿们白为你的诗作献上花环，
年轻人把它们倒背如流也是枉然，
无论是名望。衰老。哀怨。伤悲。
歌声委婉，都不能打动奥克达维；
你暮年的岁月将沉入遗忘的深潭。
金色意大利的公民也曾豪华非凡，
在野蛮的异邦却孤零零默默无闻，
你的四周总也听不见祖国的声音。
你投书给远方的朋友满怀沉痛……
"啊，归还我父兄居住的圣城，
归还我世袭花园里宁静的绿荫！

代我恳求奥古斯都，我的友人，
用泪水求他高抬贵手从轻惩处，
但假如愤怒之神至今不肯饶恕，
伟大的罗马啊，今生我再难见你，
愿最后的祈祷缓和可怕的遭际，
让我的灵柩接近美丽的意大利！
你把无望的悲吟留给晚辈后裔，
什么人能心肠冷酷，无视优美，
敢于责备你的沮丧和你的眼泪？
什么人能傲慢粗鲁，不通人情，
读诀别人世的哀歌竟无动于衷？
我是严肃的斯拉夫人，泪不轻弹，
我对世界。人生和自己统统不满，
但我理解你的歌，不禁心潮起伏，
寻觅你的行踪，我是任性的囚徒，
在这里苦度余生，你的境遇凄凉，
在这里你使我生发出种种幻想，
奥维德呀，我默默地重复你的歌，
并且一一印证诗中的感伤景色；
然而视线不甘忍受幻影的欺骗，
你的放逐暗中吸引着我的双眼，
我看惯了北方阴沉惨淡的雪景，
这里的蓝天却持久地放射光明；
这里冬天的风暴不能长久逞凶。
一个新移民来到了斯基福海岸，
南方之子紫红的葡萄光彩鲜艳。
俄罗斯的草原十二月已经阴暗，
蓬松的积雪覆盖旷野恰似地毯；

149

那里严冬呼号……这里春风送暖，
一轮艳阳照耀着我头顶上的蓝天；
枯黄的草场露出了斑驳的新绿，
早耕的犁铧翻开了自由的土地；
微风习习，临近黄昏有料峭春寒；
湖面的冰几乎不透明，色泽暗淡，
像一层璞玉覆盖着静止的流水，
这一天，苏醒的诗灵展翅翻飞，
我想起了你那忐忑不安的体验，
你第一次试图踏上冰封的波澜，
你迈开了脚步，心中感到迷茫……
恍惚间，我看见那新结的冰上，
你身影一闪，远处传来了悲吟，
像离别时凄楚的长叹哀婉动人。
欣慰吧；奥维德的桂冠没有凋零！
唉，世世代代将不知道我的姓名，
孤立不群的歌手，黑暗的牺牲品，
我浅陋平庸的才华而今行将耗尽，
与平生忧伤。短暂的浮名一齐消逝……
然而后代子孙倘若了解我的身世，
来到这遥远荒僻的地方察访寻觅，
在名人的尸骨附近探寻我的遗迹，……
挣脱遗忘之岸淡漠冷清的罗网，
我的幽灵怀着感激将向他飞翔，
我珍视这后代子孙的缅怀思念。
但愿我心中的遗言能传之久远……
和你一样，受到无情命运的捉弄，
我们名望有高下，而遭遇却相同。

在这里我让北国的琴声传遍荒原，

我四处飘泊，像当年在多瑙河岸。

心灵高尚的希腊人那样呼唤自由，

但世界上没有一个朋友听我弹奏；

然而，温和的缪斯。沉睡的树林，

异域的田原和山冈终归是我的知音。

这首长诗拼贴着奥维德长诗中的许多流亡者视野中的特有意象，几乎完整地回顾了奥维德因为写作《爱的艺术》而遭遇奥古斯都流放的悲剧性命运，联系到自己因为抨击沙皇农奴制度而遭受同样命运的殊途同归，在大自然中呼唤自由，超越时空穿越到古罗马去寻找知音。普希金认为奥维德不够坚强，而自己在流放生活中依然坚持自己的理念，绝不向暴君低头。奥维德企图以《哀歌》打动奥古斯都，以写作《岁时纪》通过对于古罗马重要节气礼仪风俗的考证介绍解析，延续维吉尔《埃涅阿斯》和贺拉斯《颂歌》的传统，对于恺撒家族开创罗马拉丁民族的历史进行歌颂，从而通过肯定这些风俗礼仪来证明奥古斯都统治的合法性。而这些弥补对于奥维德悲剧性命运的改变毫无补益。当然《岁时纪》没有写完，诗人就遭受到流亡的厄运，直到生命走向终点，老死不得还乡。

鲁迅先生有言，悲剧将人生的有价值的东西毁灭给人看。悲剧往往带有诗意的崇高。美好的理想凌空，却在世俗皇权的云烟中碾压消散。悲剧的崇高往往在于生命的沉寂并不意味精神和思想的死亡，承载这些精神的就是思想者不朽的作品。奥维德似乎对于自己的不朽精神早有自信满满的预感，不仅在《爱经》结尾处，在他最有名的作品《变形记》中就对奥古斯都的淫威毫不谦虚地宣布过：

我的作品完成了。任凭朱庇特的怒气，任凭刀、剑、火，任凭时光蚕蚀，都不能毁灭我的作品。时光只会销毁我的肉身，死期愿意来就让他来吧，来总结我这飘摇的寿命，但是我的精粹部分却是不朽的，它将与日月同寿；我的声名也将永不磨灭。

第四章
帝国元首权威的建立

元首夫人李维娅

屋大维的夫人李维娅（Livia）来自罗马望族克劳狄乌斯家族。她的父亲马尔库斯·李维乌斯·德鲁苏斯·克劳狄亚努斯原先是恺撒派高官。在恺撒死后，将李维娅嫁给了克劳狄家族的另一支脉克劳狄乌斯·尼禄家族的提比略·克劳狄乌斯·尼禄。这位提比略比李维娅年长 20 岁，精于见风使舵，期望通过政治投机而振兴逐渐衰微的克劳狄家族，在恺撒被刺后，李维娅父亲在元老院突然转向，支持西塞罗等人授予刺杀恺撒凶手"共和国英雄"的荣誉称号，由著名的恺撒党人变身为坚定的共和派人士。他的预期是王朝从恺撒的阴影中挣脱后会涂上克劳狄家族的色彩，而使家族重新振兴。

公元前 42 年初，恺撒的追随者包括安东尼和屋大维在内的三头联盟列出"公敌名单"，李维娅的父亲赫然在列。那一个血雨腥风的寒冷春夜，有 2300 人丧命，他的父亲侥幸逃命去了南方的马其顿投靠了布鲁图斯和卡西乌斯，成了共和派的将军。公元前 42 年 11 月 6 日，李维娅在帕拉蒂尼山克劳狄家族的豪宅中降下一名男婴，取名和父亲一样：提比略·克劳狄乌斯·尼禄（TiberiusClausNero）。两大克劳狄家族就在这个男孩身上凝为一体。就在李维娅生产那一夜，他的父亲德鲁苏斯·克劳狄亚努斯在腓力比战役失败，面临清算的当夜，伏剑自尽而亡，追随布鲁图斯的亡灵去了天堂。

也许就在这一生生死死周而复始的夜晚，美丽而坚强的名门闺秀李维娅立下要为自己父亲复仇的宏愿，而在新帝国创立后带领儿子向最高权力顶峰冲刺，以重新光大逐渐衰落的克劳狄家族门楣，争取东山在起，现在全部希望都寄托在新生的儿子身上。她和丈夫长远的政治谋划从这一天开始。

帝国年轻的统帅最大的软肋无疑就是好色，这在罗马是人所共知的事实。工于心计的李维娅最大的优势也是她的资本，就是年轻貌美再加上贵族教育培养的良好修养和文化素质形成了她无与伦比的气质。

155

　　她的丈夫尼禄原先也和她的父亲德鲁苏斯一样是支持恺撒的，并追随恺撒参加了亚历山大战役，担任财务官、舰队指挥官，为胜利做出过重大贡献。但在恺撒遇刺后，随着父亲德鲁苏斯转向同意大赦共和派凶手，并提出对凶手予以奖赏。他也开始转向，后来担任共和国大法官，任职期满后"三头"之间出现裂痕，他继续保留着官衔，并追随安东尼的弟弟卢基乌斯去佩鲁西亚起兵反对屋大维。起义被阿格里帕镇压，别人投降后，尼禄依然忠于卢基乌斯，他带领着征召的奴隶和屋大维军队顽抗。兵败后，他参加了马尔库斯·安东尼的队伍。他与安东尼的军队重返罗马后，与屋大维的关系有所缓解。

　　屋大维与安东尼虽然刚刚签订了布伦迪西和约重新划分了新的势力范围，但是潜在的矛盾依然蓄势待发。不久安东尼就率军去了东方，准备经埃及攻打帕提亚。屋大维正在组建海军，准备进攻海盗塞克图斯·庞培（Setus Pompeius），他和小庞培老岳父的女儿斯桂波尼娅（Scribonia）的政治联姻也走到了尽头，只是碍于斯桂波尼娅肚子里的孩子，他们还维持着表面的婚姻关系。

　　李维娅和屋大维的相识相恋是在公元前39年的春天。那时侯，屋大维和安东尼刚刚重修旧好，屋大维得胜还朝。而她和丈夫提比略却在两年前一直在西西里岛流窜，他们夫妇带着儿子一路追随，历经磨难九死一生。刚刚被屋大维赦免归来，小提比略那年6岁。

　　那晚，丈夫在帕拉蒂尼山克劳狄家祖传的豪宅内举办了一场带有文艺沙龙性质的晚宴。邀请了屋大维夫妇和梅塞纳斯夫妇和诗人维吉尔、贺拉斯参加。经过流放磨难的提比略·克劳狄乌斯·尼禄似乎已经不问政治，他显得有些未老先衰，她则春风满面像是他年轻的女儿，不像是他的眷属。

　　这种带有文艺沙龙性质的晚宴，并不像是相貌宽厚但缺少艺术修养的提比略所组织。只是爱好文学艺术的屋大维为了取悦李维娅，借助她丈夫的名义所精心策划的一场情爱喜剧。克劳狄乌斯成了挂着主人身份的配角。名义上宴会是为李维娅的朋友、也是屋大维任命的国家图书馆馆长波利奥举行的。这是一场相当幸运的聚会。多数人都是他们夫妇的朋友——波利奥、屋大维、斯桂波尼娅、梅塞纳斯、阿格里帕、还有诗人维吉尔、贺拉斯、哲学家斯特拉波和一些名门闺秀。

这一晚，屋大维执意做司酒人，调出来的酒比平时浓烈许多，第一道菜还未上，在场的人大都喝得小酒微醺。他执意不肯在克劳狄乌斯身边坐首席，谦让给了波利奥。而是殷勤地坐在李维娅身边的躺椅上面对餐桌。屋大维和克劳狄乌斯异常客气，令人觉得他们是达成了默契。斯桂波尼娅则坐在另一张餐桌旁，和那些名门闺秀们谈长道短，只是不时地瞪眼看着她的丈夫和李维娅的款款交谈，充满着妒意。她和屋大维一样讨厌他们的婚姻，那就是一场屋大维和塞克图斯·庞培的政治交易，政治关系破裂，他们的婚姻也就结束了。人人几乎都知道等待屋大维的孩子一生下来，两人就会办理离婚手续，现在他们的同时出场只是逢场作戏而已。官场为了维系所谓脸面经常需要这种言不由衷的表演。在这场戏剧般的聚会中，有许多都是屋大维昔日的敌人，包括李维娅的丈夫克劳狄乌斯就是被屋大维流放不到两年刚刚特赦归来的共和派遗老。

主宾波利奥是马克·安东尼的老朋友。年轻的诗人贺拉斯，仅仅在三年前还在布鲁图斯的阵营中打过仗。现在却在谄媚地奉承着新的主人。李维娅出生于古老而守旧的共和派家庭，她的父亲在腓力比战败后被逼自杀。她本人是个美丽的少妇，显然他和克劳狄乌斯老夫少妻婚配很不协调。她身材适中，头发金黄，五官端丽，薄薄的嘴唇，轻轻的话语，凡此种种都很符合大家闺秀的"贵族理想美人"标准。她只有 18 岁，给比她年龄大三倍的丈夫生过一个儿子，现在又和屋大维公开眉来眼去的，似乎完全不顾及贵族夫人的身份。

晚宴过后四个月，屋大维的婚变在罗马传得沸沸扬扬，因为两个星期前斯桂波尼娅生下了一个女婴也就是第一公主尤利娅。分娩当天，屋大维给了斯桂波尼娅一封离婚信。此信本身不足为奇，他们的离异不管生男生女都是早已商定的事。过去就是在与小庞培在墨西拿海湾谈判时的一场交易，既然政治交易已经破裂，那么政治联姻必然毁灭，这没有什么奇怪，因为塞克图斯·庞培已经成为屋大维不共戴天的死敌。在后面的一个星期内提比略·克劳狄乌斯·尼禄和李维娅离婚；第二天，又将怀孕三个月妻子转让给屋大维做妻子，连同一份丰厚的陪嫁；整桩事情均有元老院批准，祭司们主持祭拜仪式，新婚程序一件不缺，属于明媒正娶。

这是屋大维的第三次婚姻。第一次婚姻他娶的也是克劳狄家族的女人，那也是一次政治交易，年轻时他曾经与巴布里乌斯·赛维利乌斯·伊索利库斯的女儿订婚，但是当他同安东尼反目，又重新结盟时，梅塞纳斯从政治利益出发劝他通过联姻关系增进联合，公元前43年他娶了安东尼的继女，也即富尔维亚和她前夫普布利乌斯·克劳狄乌斯的女儿克劳迪娅。后来由于他和岳母富尔维亚闹翻，他们在没有共同生活前就离了婚。公元前40年他娶斯桂波尼娅为妻也是为了和塞克图斯·庞培借助联姻巩固联盟。然而，这个冷漠高贵的女人曾经嫁过两位前执政官，而且和其中一位生过一个孩子。按照她丈夫屋大维的说法是"让人忍不住与她争论一番的泼妇"。

斯桂波尼娅身上缺乏的东西正是李维娅所具备的：魅力和性感。这一点连李维娅的敌人也是甘愿承认的。斯桂波尼娅尽管出生于名门望族，但家世仍然不及罗马开国时资深贵族克劳狄来得显赫。对小恺撒而言，尽管被维吉尔和贺拉斯等御用文人称为"神之子"，但是在真正的显贵眼中，这种所谓靠经商致富的骑士新贵就显得十分粗野了。而与罗马最有声望的家族联姻则将对他的统治有百利而无一害，增加了他与元老显贵在权力分配上讨价还价的筹码，罗马是讲究血统尊卑、等级贵贱分明的社会。他虽然已经是罗马半壁江山的主人，却依然对"暴发户"这一指责十分敏感。

追溯李维娅的高贵出身，可以回溯到诸王废黜后的第六年（约公元前505—504年之间），由该家族的族长阿达·克劳狄乌斯发起迁移到罗马，被接纳为贵族，并为该家族在台伯河下游支流阿尼河彼岸地区分得一块封地，同时为自己家族在卡匹托尔山岗下领得一块墓地。罗马城中的墓地是共和国氏族时代的特权，通常城中是不允许埋葬死人的。

随着时光的流逝。这个家族荣任过28次执政官、5次独裁官、7次监察官、荣获6次大凯旋式和2次小凯旋式，同时在家族名号上加"尼禄"二字，在萨宾语中是"骁勇、健壮"的意思。在共和国的历史上，这个家族的前辈曾经为国家屡建功勋，可以说是战功赫赫：公元前 280 年盲者阿比乌斯曾力阻罗马人和波斯皮洛斯王签署有害和约；公元前 264 年克劳狄·卡德克斯第一个率领一支舰队渡过海峡，把迦太基人赶出西西里；公元前 207 年提比略·尼禄在哈斯杜鲁巴率大军从西班牙进军意大利时把他击溃，并设计宰杀了他，阻止了与其兄汉尼拔的会师。

当然，在辉煌家族史的反面，那些能力平庸和品行恶劣的克劳狄们也留下种种耻辱和令人不齿的记录：公元前 449 年编纂法典十人委员会成员克劳狄·勒吉里阿努斯情欲冲动，企图迫使一自由民美女沦为奴隶，引发平民反贵族的第二次分离运动；克劳狄·德鲁苏斯在阿比福卢姆日给自己塑了一尊头戴王冠的雕像，企图通过依附者统治意大利；公元前 249 年，克劳狄·普尔赫尔把那些用于占卜不肯吃食的鸡，全部扔进了海里，他不顾凶兆在西西里附近发动了一次大海战，结果海战失败；当元老院为此命令他任命一位独裁官时，他竟然玩笑似的任命他的信差当独裁官，整个不把国家权力机关当回事；到共和后期，克劳狄家族的男男女女们丑闻缠身，整个家族成为共和国腐败的象征。此外众所周知，克劳狄家族都是贵族气派十足，对待民众颐指气使，态度蛮横强硬、傲气冲天，是贵族优越感和贵族特权的坚定维护者。

苏维托尼乌斯指出：

这是提比略·恺撒家族的根，并且父母双方都出自这个根。父系出于提比略·尼禄，母系出于阿比乌斯·普尔赫尔都是盲者阿比乌斯的儿子。提比略·恺撒由于外祖父曾被李维家族收养，故又属于李维家族。而李维家族虽源于平民，但也并非等闲之辈，也是德高望重的官宦世家：祖辈曾 8 次荣任执政官，两次荣任监察官，得到过 3 次凯旋式，曾经荣任过独裁官和骑兵长官。

公元前 39 年秋天，就在李维娅流亡回到罗马不久，屋大维开始对提比略·尼禄这位美貌年轻的妻子开始了情感攻势。然而，被戴上绿帽子的这位贵族丈夫堕落到连尊严也不要的地步。他急不可耐地想恢复家产，恢复家族声望，采取曲线救家的策略，主动献上娇妻满足好色的屋大维，几乎是逼着李维娅投怀送抱。

　　可以说，李维娅能够在罗马安然无恙，全靠提比略·尼禄的老奸巨猾、见风使舵、投机取巧。当他敏感地辨别了风向之后，再次效忠已经被封为神的恺撒。因此，尽管父亲德鲁苏斯·克劳狄乌斯运数已尽、财产被没收，李维娅仍能够在不辱其身份的环境里产子。帕拉蒂尼山这个罗马城最高贵最排他的地方仍然网开一面，容忍了克劳狄乌斯家族的豪宅依然存在。

　　罗慕路斯曾在这里搭建自己的茅棚至今仍伫立在卢佩尔卡洞穴上方，常年有人对其进行修缮。但除此之外，山上的每一处住宅都宣示着权势和财富，张扬着威风和身份。无疑，克劳狄家族在这里享受了长久的尊贵的地位。正是在这座帕拉蒂尼山上，克劳狄娅·梅特利举办了全罗马最豪华的晚宴；克劳狄乌斯将两座本已十分庞大的庄园凿通，构筑了自己壮丽奢华的府邸。无论提比略·尼禄多么痛惜那些在腓力比战役中惨遭屠杀的共和党同志战友，他在豪宅踱步时，心里都会庆幸自己做出的正确选择。毕竟，改换门庭总比丢掉自己在帕拉蒂尼山的家产要好。当年的战死在腓力比郊区的战友霍腾修斯的豪宅现在不是成了屋大维的宫殿？

　　公元前 38 年 2 月 14 日，李维娅终于诞生下第二个儿子德鲁苏斯。这就在他和小恺撒举行婚礼不久，因此真真假假的流言蜚语满天飞，真相已经完全消失在历史的迷雾之中。丈夫提比略·克劳狄乌斯·尼禄像是父亲为女儿出嫁那般将娇妻带出自己的豪宅，乘上软轿送到屋大维的宅邸，自己脸上始终挂着恬不知耻的谄媚微笑。当时的人，以及后来的历史学家倾向于认为，屋大维和李维娅的结合是政治利益的联姻。但两个人共同生活超过半个世纪，表面上看婚姻美满。他们没有共同的孩子。屋大维还在世的时候，李维娅就忙着筹划自己第一次婚姻的子孙接续罗马的最高权力。从此开始，她为自己和尼禄的孩子登基恺撒宝座布局第一枚棋子，小卒子拱过河已经没有退路，只能在奔向帝国最高统治者的狭路上过五关斩六将地艰难厮杀下去，可谓路漫漫其修远兮，她将上下而求索，不达目的决不罢休，她承担着振兴克劳狄乌斯家族的伟大使命。

　　她的余生将在帕拉蒂尼山那座充满刀光剑影的元首宫廷，充当女主人和政治舞台秀的标杆：对内既要充当家庭贤妻良母的角色，对外又要展示国母的道德楷模风采。她的表演非常出色，经常公开带领宫廷女眷纺纱编织，为自己的夫君元首编织粗布托加以示与民同甘共苦，艰苦朴素的光辉形象被塑造出来。在暗中却殚心竭虑绸缪策划儿子在众多竞争者中间胜出上位的策略，最终这位心思缜密的第一夫人，终于在筚路蓝缕中，排除万难，如愿以偿地为克劳狄家族成功从尤里乌斯家族手中夺回权位。奥古斯都后来的四位皇帝提比略、卡里古拉、克劳狄和尼禄分别是她的儿子、孙子、曾孙和玄孙。她本人在帝国的辉煌历史中变身为德高望重、贤惠良善的道德楷模。政治人物的野心一般都包裹在光芒万丈的图腾之中，作为政治女人的李维娅也不能例外。

挂羊头卖狗肉的共和国

公元前 29 年元月，也是屋大维第五个执政官任期开始的时间，他在布隆迪西港和涅阿波利斯休息了一段时间，使自己久经长途征战、疲惫不堪的身体稍事恢复，并和自己身边的元老顾问和亲密近臣商讨了重建共和国的计划后，准备返回罗马。从政治策略上考虑，他仍然决定高举恢复共和国传统的旗帜，但是在这面旗帜下，究竟要诞生一个什么样的政治运作模式，他是有着深思熟虑的长远规划的。

这时，他的身边除了聚集这一批随军行进的元老外，还有最亲密的两位宠臣，也即从阿波罗尼亚就追随着他的亲密朋友马尔库斯·维普萨尼斯·阿格里帕（Marcus Vipsanius Agrippa）和盖乌斯·奇尔尼乌斯·梅塞纳斯（Gaius Cilnius Maecenas）。随着屋大维在内战中不断取得胜利，权势也在不断扩大，他的朋友们跟着水涨船高，两位发小已成为他身边须臾不可或缺的股肱之臣，帮他策划着由共和到帝国的和平转型。罗马"后三头"军阀寡头专制政体解体，权力格局再次重组，罗马政局形成新的铁三角政治联盟左右着罗马帝国的政治走向。

新的三头联盟是在内战的烽火中铸造的，以屋大维为首的文臣武将亲信寡头集团。这个集团由可以优势互补的屋大维、梅塞纳斯和阿格里帕组成。为了维系士兵的忠诚，获得民众的爱戴敬仰，统治集团需要一位深孚民心的领袖，拥有恺撒继承人名号和一路好运的屋大维担任这一角色再合适不过。可惜在统兵资历和军事手段方面他远逊于恺撒，他缺少恺撒那种铁腕人物的勇武宽容和高贵的气质。但他继承了恺撒的名号和光环，他需要一位管理内政的助手，此人应善于运筹帷幄，政治嗅觉灵敏，精于引导舆论，梅塞纳斯是不二人选。他原先就笼络了一批罗马顶尖级文人，可供御前驱使，为新帝国新领袖造势鼓吹。此外，屋大维既不喜欢又不善于指挥战争，他的发小阿格里帕恰好可以担任他的大将，指挥他的军队不断夺取胜利。

屋大维在涅阿波利斯享受了诗人维吉尔的美好诗篇后，开始和他的文臣武将们筹谋振兴罗马的宏图大略，元老大臣的意见是不能不听取的，至少在形式上也需要走这一步。首先是召开元老会议秘密对未来的政治体制进行讨论，然后才是三人集团的决策。他精心策划了一场有关共和帝制的辩论，目的在于测试元老们的意向，正反两方代表分别由他的心腹谋臣梅塞纳斯和发小阿格里帕担任。为君主制辩护的发言者是梅塞纳斯，为共和制辩护的是阿格里帕，两者表面的交锋，为的是测试元老们的态度，为今后的决策提供参考。

这场辩论测试的结果使得屋大维意识到，如果直截了当提出帝国政体的设想，在元老院肯定是通不过的。最好的办法是继续打着完善共和国体制的旗号，通过政治体制改革，逐步改变共和的内涵，扩大元首也叫第一公民的权力。将共和的概念偷换成没有皇帝的帝国体制——也就是披着共和的外衣在定于一尊的帝国体制轨道上以元首身份行使皇帝权力，这就是他所首创的元首制。这是根据罗马的实际做出的选择：罗马民族尊重权威、惯例和传统，从骨子里面厌恶变革和创新。多年的战乱，政治巨头之间的厮杀争夺，瓦解了共和，毁灭了曾经自由的共和国。

屋大维现在作为武力最强大的几个行省的治理者，涵盖了帝国军事力量最广大的领土和大部分军团；并且埃及也已经理所当然地归入屋大维的势力范围，使他获得了无与伦比的经济实力，可以确保在他统治下不至于出现新的政治经济和粮食危机，甚至有能力不动用国库财力就可解决裁军和退伍老兵的安置问题。屋大维年复一年地担任着执政官和行省总督，为他提供了推行罗马公共政策的便利，他还能借助执政官的权力节制意大利境外的各省总督们。

苏维托尼乌斯在《神圣奥古斯都传》中为他排列了长长的最高行政长官任职时间表，说明他独霸权力，在事实上是比皇帝还皇帝的独裁者，有的是武力胁迫的结果，有的是表面的民主形式掩盖着强权的蛮横和专制：

他在比一般人更年轻的时候便得到官职和荣誉，而且有的官职和荣誉还是新设的和终身的。公元前43年，他20岁时篡夺了执政官的职位，当时他率领他的军团反对罗马，如同它是一座敌人的城市一样，当时他派出信使以军队的名义为他要求这一官职；当元老院犹豫不决时，他的百夫长、使团团长科涅利乌斯掀开斗篷，亮出剑柄肆无忌惮地在元老院说："如果你们不同意，这玩意会让他当上执政官的。"九年后的前33年，他第二次出任执政官，间隔一年之后的前31年，又第三次出任执政官，以后又不间断地出任到第十一任（公元前21年至23年），在17年长期中断（其实是担任元首，指定傀儡执政官）后，公元前5年，他又自动要求第十二次出任执政官，两年后的前2年又第十三次出任执政官，想借此控制最高职权，以便把他已到法定年龄的两个儿子（外孙收为继子，以便承续皇位）盖乌斯和卢基乌斯引入政界。

然而，这种对于帝国最高权力的把控，除了第一次赤裸裸地武装威胁恫吓外，其余都是打着恢复和振兴共和国的旗号，在形式上走了民主程序的。这至少是应对了罗马的传统和民意。这时他开始抬出了共和国理论之父——也即死去的亡灵西塞罗，他公开称："西塞罗是位伟大的演说家，也是一位伟大的爱国者"，他似乎完全忘记了在"后三头政治"中，当安东尼因为泄私愤将这位必将载入史册的伟大学者列入"公敌名单"并将其残酷虐杀，他当时保持了可耻的沉默。现在他将这些罪恶全部推到了安东尼的头上。而他本人曾经言不由衷地利用西塞罗的威望，运用伪善的欺诈手段骗取了西塞罗为首的共和党人的支持，完成自己武装力量的聚集，在莫提纳战役完胜安东尼后，借助军事实力成功组建"后三头"联盟。随即他过河拆桥无情抛弃了这位著名的共和派理论大师，并推翻了共和体制，开始了公敌清算。而西塞罗在人生最落寞的时期完成了他注定在世界共和历史上留下浓墨重彩的华章《论共和国》。对罗马国共和鼎盛时期的西庇阿·埃米利乌斯时代进行了乌托邦似的理想化总结和对共和国未来进行美好的畅想。这一切似乎就是对屋大维元首制下共和国的预言。西塞罗的英名再次被卑鄙地盗用来为奥古斯都帝国背书了。

英国学者罗纳德·塞姆在《罗马革命》一书中写道：

这样一来比西塞罗真正口碑和演说成就本身更光辉的声望在他去世

十五年后又进入了世人的记忆中，并被研究思想史和制度史的学者们一直保存至今——西塞罗对罗马国家的整套设计在他死后取得了胜利，塑造了恺撒·奥古斯都统治的新共和国面貌。

......

更可信的看法是，在绝望和希望中徘徊的西塞罗写了一部描述从前存在过的理想共和国——西庇阿家族领导的罗马的作品；罗马当时的权力平衡，秩序井然曾令波利比乌斯（Polybius）钦佩不已，即便西塞罗在那部作品中容忍一人在国中居于首要地位的局面，也不是庞培（指独裁者）那样的首脑。

......革命者奥古斯都巧妙且成功地使用了罗马政治文学中的许多传统观念和神圣词汇；事实上，其中很多并不是西塞罗的专利，只是他的许多同行和对手的演说词已经失传了而已。既然如此，奥古斯都政治纲领中与前一时代作品雷同的字句，甚至思想都不值得大惊小怪，也不能告诉现代研究者关于奥古斯都统治方法的任何不为同时代人所知的秘密。

那时候共和国政治是清明的，权力是受到制度严格制约的，即使是击败汉尼拔、为共和国开疆拓土立下汗马功劳的民族大英雄退休执政官西庇阿，也曾经因为部将为庆祝胜利的酒宴超支，被认定为滥用公帑，曾被铁面无私的监察官老加图告上法庭。老英雄深感屈辱，死后不愿埋在忘恩负义的罗马，而在意大利境内落葬。那时候共和国如日中天，光芒普照欧亚非地中海各国，帝国的旭日冉冉升起，为罗马帝国日后的崛起奠定了雄厚的基础，彰显了共和体制的魅力，成为西塞罗理想中的典范。

其实，在屋大维和他的臣僚们所设计的共和国"完美新秩序"中，只有无伤大雅的西塞罗的鬼魂和美丽言辞，理论权威也仅仅是供奉在神龛上和恺撒一样的偶像，在新国家中真正的共和主义者小加图和布鲁图斯等人是无处栖身的，说明了屋大维一贯的虚伪性。因为真实的加图是对独裁者桀骜不驯并且嫉恶如仇的共和主义者，他的外甥布鲁图斯——那位坚定地宣称要和任何高居于法律之上的权力斗争到底的人，是一位早就看清了恺撒继承人之权威的真正本质的战士。他在攻击庞培独裁统治时声称，人们是没有必要为了帝国的缘故而屈从于暴政。即便失去统治任何人的机会，那也总比做一个人的奴仆要好；因为不能役使他人的人，总还可以诚实地过活，而沦为奴隶的生活是毫无价值的。

西塞罗拒绝承认自由可以在合法的君主制下存在：

我们并非有可能在合法的个人统治下保有自由——它不能在任何个人独裁制度下生存。

对于屋大维的口是心非，两面三刀，为达目的不择手段，苏维托尼乌斯揭露：在十年的漫长时间里，他是恢复国家秩序的三头政治的三头之一，尽管有一段时间他反对和力图阻止他的盟友实行公敌宣告。但是这一措施一旦开始实行，他就坚决开始实行，其残酷程度远远超过另两个人。当他和这两位盟友时常由于别人的说情和哀求而心软时，只有他十分坚定地反对宽恕任何人，他甚至把他的监护人盖乌斯·托拉尼乌斯也加到公敌名单上去，这个人曾经是他父亲任营造官时的同僚。朱利乌斯·萨图宁也有记载说，公敌宣告结束之后，马尔库斯·雷必达在元老院发表讲话，对过去的事情进行辩护，并且希望对过去的事情已实行了足够的惩罚，以后要实行宽大。奥古斯都则相反，宣称他只是在得到保证将来可以放手干的条件下才结束公敌宣告。

屋大维在三头政治期间，所作的许多事情，都遭到罗马人民的普遍憎恨。为了立威，他不惜无视法律程序，不顾罗马法律不经陪审团审理不得处以死刑的戒律，滥杀无辜，草菅人命。有一次他向士兵讲话时，有一群市民被允许进来参加集会；当他注意到一个名叫皮那留斯的罗马骑士在做记录时，他便下令把他当场杀死，因为他觉得这个人是窃听者或者密探。又如当选执政官特底乌斯·阿菲尔曾用不恭敬的语言谴责过他，为此，他对这位当选执政官使用了非常可怕的威胁致使他自杀。

再如最高审判官克温图斯·盖利乌斯向奥古斯都致敬时，长袍下面携带着折叠的书写蜡板，奥古斯都怀疑是刺杀他的短剑，由于担心那东西搜出来未必是凶器，当时没敢贸然搜查；之后，他派了几名百夫长带着士兵把盖利乌斯从法官席上拖了下来，像对待奴隶那般私刑拷打，尽管盖利乌斯拒不承认所谓的谋杀罪行，他还是下令处死了这位最高审判官，并且亲自动手丧心病狂地把这人眼珠子抠了出来。对于这件令人发指迫害同僚的罪行，屋大维自己辩解道，这位最高大法官暗中收买杀手企图谋害他，致使被他投入监狱，最后死于流放途中船只失事，或者遭到土匪截杀。

屋大维的权力来源，可以回顾到公元前32年那场针对安东尼统治的东方世界的战争，战争是转移国内矛盾的手段，同样也是整合所有社会资源进行极权统治，形成战时体制的基础。战前罗马帝国进行了全民公决，罗马到全意大利乃至整个西方世界蔓延到帝国一切统治区域对他个人立下的效忠誓言，这种效忠并非靠文件去推动，表面看是各地群众自发请愿，背后却有人缜密策划推动，实乃文胆宠臣梅塞纳斯舆论宣传的重要组成部分，后来成为纳粹德国宣传部长戈培尔等反复运用成为帝国文化的重要组成部分。这样独裁者成为国家的象征，对全体人民的横征暴敛也就有了民意基础为之背书。这纸效忠文书给他所统治的地区套上了奴役的枷锁，这枷锁一直延续到内战结束罗马和平时期。战争结束，枷锁成为和平的花环使得元首的形象更加光彩夺目，最终铸就全民拥戴的璀璨皇冠。

这时屋大维俨然成为神的儿子，罗马人民的保护王，再造共和的大功臣。王者归来之时，便是自由选举时代的到来，意味着感恩戴德的民众将毫无悬念地选举他成为合法统治者。此时，他在事实上控制着罗马的全部军队，并自掏腰包支付退伍老兵应得的犒赏。他已经成为帝国境内最最富有的人。他已经像国王一样牢牢统治着埃及，不容他人染指；他在各省发行金币银币；他为巩固自己的权力出手阔绰。意大利境内和海外殖民地构成对他忠诚不二的军事据点网。意大利和各行省的各城镇都视他为它们的建立者和庇护人；帝国范围内的国王、诸侯和权贵都是他的盟友或被保护人。

在元老贵族面前，他是普通公民和行政长官；在各军团面前，他是凯旋将军；在臣民面前他是国王和神明。最重要的是他是一个庞大的、组织严密的政治集团的首领，为自己集团（还不能称为政党）的团伙成员提供政治庇护和晋升官场的阶梯，在后来的元老院改革中，大量的持不同政见者被以反腐败和道德净化的名义清除出局，他的团伙成员陆续补充进入，这个决策机构便成为他个人俯首帖耳的工具，为自己的帝国各项政策的出台，盖上合法的印记。

因为帝制的象征，不仅仅是威权体制下的集中统一对于广泛的统治区域的专制管理，还在于最高权力的私相授受和家族血脉的传承。仅这一点，就在统治集团高层内部展开了深入持久血雨腥风的争夺。

后来的史家都将屋大维称为罗马帝国的首任皇帝，是符合当时政治实际的——也就是挂羊头卖狗肉式的共和政体，而且元首可以指定自己的接班人，选拔提名各级官吏和行省总督。这场指定和争夺接班人的斗争，一直延续到奥古斯都的晚年。可惜天意难违，毕生为自己直系亲属殚精竭虑精心策划的接班体制，终于演变成一场场风花雪月的闹剧。奥古斯都在人生谢幕之时，终因为尤里乌斯后裔的绝嗣，大位不得已落入了克劳狄乌斯家族之手，这是后话。

循序渐进的权力掌控

现在的首要任务是，要使已经在内战中支离破碎的国家机器重新整合运作起来。对于尤里乌斯·恺撒曾经所设想的王国，屋大维是断然否定的。他也绝不想像恺撒那样实施激进的改革计划，这样必然要像苏拉那样实施公敌清算那般去残酷地杀人，不仅影响名声和历史的定位，而且很可能迎来高层贵族的群起抵抗而掀起罗马的腥风血雨导致罗马帝国的分崩离析，自己也可能和舅公一样殒命于一场难以预料的暗杀。那些心怀叵测的人完全有可能隐身于自己的家族团队中，城门失火不仅可能殃及池鱼，还有可能延烧到自己的脚下，这些都是难以预测的政治风险。他宁可尽量地支持已经显示出反对自己意向的保守反动势力，因为共和的形式需要统一战线而招降纳叛。但是他同尤里乌斯·恺撒在如下一点却是完全一致的，既权威必须统一集中在唯一一个人身上；当然这要有充分的法律依据并且为全体公民所认可。

人们能采用什么样的方法来处理继承人问题，他暂时可以不管，因为这一问题实在太复杂太微妙，涉及权利集团内部的财产和权力再分配是一个敏感的政治问题，历来为手握权柄者所忌惮踌躇，过早定义必然为利益集团内部所觊觎，乃至酿成血案，动摇执政基础。当前的任务是疗治战争创伤，整合政治经济资源，恢复罗马帝国昔日的荣光，可以说是百废待兴，百业待举，建设和恢复政治经济的任务是繁重的，他需要全力以赴。

罗马不希望任何自治，但是他希望一个保持历史传统的好政府，古老的共和国形式是需要保留的，而且仅仅限于形式，内容必须重新填充，帝国才能以共和国完善完美的面目出现。为此，他需要大量的合作者，包括过去反对过自己的共和派贵族和他们的遗孤，比如共和国第一理论家、思想家西塞罗，就是被安东尼所冤杀的，他当时是为了自己的利益昧着良心附和了安东尼的残忍，在内心上他似乎一直亏欠着西塞罗，他战后启用西塞罗的公子为执政官，不能不说是某种补偿。也可团结一大批共和派追随者，放弃前嫌，同心协力共同建设他理想中的完美国家，实现自己的罗马复兴之梦。因此，他必须保持宽容不同意见的姿态。同以往的当权者不同，他在牢牢掌控局面后，就不再设立"国家公敌"名单，不再去主动杀人，尽量展现开明君主的形象，这样在历史的定位他就是一代明君和盖世贤主的美好形象，后来的聪明人将之比喻为新权威主义也即开明专制的意思。

为此，他把传统的高级官吏的职务在形式上保存了下来，并且他本人也取得了一切权利——但对某些职务不负实际责任，尽可由元老贵族去分享。这是理解奥古斯都体制的关键所在，为了回避专制独裁的外表，他必须把血统古老的贵族以民主的形式引入政治生活。还要委托他们执行公务，并且不能再使他们心怀不满地躲在幕后，对于这一任务的完成，第一夫人李维娅的高贵出身和聪明智慧足堪大任。

罗马一切阶级对于古老贵族满怀着敬畏的感情。屋大维在和平时期必须在政府层面扩充新鲜血液，注意把源远流长的家族作为依靠的核心，他确信以权力和利益为诱饵可以将显贵的家族吸引到自己身边。元首制在共和国旗帜下的实施，证明了他的成功。因为罗马共和国最有声望的五大家族——卡尔普尔尼乌斯家族、科尔涅利乌斯家族、瓦列利乌斯家族和法比乌斯家族的代表人物都成了他的合作者。

屋大维是意大利人，在意大利接受教育，而且在情感上肯定和意大利有密切联系。他和恺撒一样也是个世界主义者。罗马是永久的首都，拉丁的要素在国家文化战略中起到决定性作用。屋大维想造成新的以罗马人为基础的意大利人民，即使在一个世界国家中也不失去自己的民族特点。向世界四面八方扩散的罗马帝国拉丁民族之外的其他民族被屋大维（这时他已经自命为凯旋将军）看成是一个巨大的保护国。是他把和平、安全、法律、自信心和某种自由给予这个国家，这个国家必须把罗马置于前列。在这个世界国家的个别部分，绝不能出现任何能同拉丁民族的自豪相对抗的地方民族主义势力。对于这一广大民族地区来说，罗马就是恩主和保护者。罗马统治者通过强权将罗马共和国的文明扩张到整个意大利本土，进而征服了欧亚非洲而演变为一个政治经济军事文化上的超级的帝国。诚如阿克顿勋爵所言：

不同民族在一个国家组织中联合起来，犹如不同的人在一个团体中共同生活，同样也是文明生活的一个必要前提。不发达的民族通过同较进步的民族共同生活，在精神上将能得到提高。垂死的走下坡路的民族通过同较年轻的民族接触可以得到新生。在专制制度或者一种残害自己的民主制度（指法国大革命时期的暴民政治）的道德败坏的影响下失去了组织和管理能力的民族，在一个比较坚强和不曾腐化的民族领导下会恢复活力和重新崛起。但只有当这些民族在一个政府统一起来的时候，才能达到这种革新。这样一个国家冶炼厂可以做到把一部分人类的力量、能力和智慧移植到另一部分人身上。

这就是文明的力量、先进的精神理念通过武力强权和体制改造同化落后的文明，促进人类文明的进步，包含精神和物质部分而移风易俗达到道德观念的进步。同尤里乌斯·恺撒相比，凯旋将军屋大维亚努斯·恺撒把更大的希望寄托于意大利，而对于其余国土的所谓蛮夷之地，并不寄予过高的期望。罗马始终应该是施予的部分，充当救世主的角色。

最后，对于罗马的边境问题，也许是因为连年的对外征战使得罗马民生凋敝，民心厌战亦或奥古斯都本身体力的羸弱，已经完全不能如同他的舅公那样精神抖擞地去远途奔袭领军作战开拓疆土，他原则上不想再进行新的征服，军队不想在战场上取得更大的胜利，而只应成为一支常备的自卫部队，其任务就是在个别行省维持秩序。当他放眼扫视自己管理的区域，从埃及到大西洋的阿非利加都有一定的保障；高卢到西班牙不会引起任何担心，因为那里的困难只是内政。而且帝国的边界是由地中海决定的，但是历史却让它在北方和东方继续扩大。

国家的基本方略已定，这时他的首席政治顾问梅塞纳斯麾下的诗人发挥积极的作用，维吉尔早在阿克兴海战期间和屋大维远在东方的时候完成了他的四卷本《农事诗》（Georgics）的出版，那时他就已经开始着手创造一部讲述"世界征服者"罗马起源与命运的民族史诗了。天神朱庇特向尤里乌斯家族的母系祖先维纳斯透露了未来历史发展的轨迹，也就是屋大维所在的尤里乌斯政权的天命所归君权神授的神话来源。

在最辉煌的一页中，头顶光环的屋大维在祖先光影的聚焦中闪亮登场，这就是欲神化自己先神话祖先，再神化自己的舅公尤里乌斯·恺撒，这样自己也就顺理成章地成为奉天承运的新罗马神圣的缔造者、统治者。他注定将要成为神明；但是在此之前，他在大地上的统治将要重建在尊卑等级分明的基础上，这是道德戒律重塑的需要，前提是对诸神的敬畏，那么人性人道人欲均必须让步甚至被抹平抛弃，为神道做出牺牲，这就是罗马式的英雄的宗教献身精神。像奥维德这类歌颂爱情伤风败俗的家伙必须让他滚出罗马，省得惹是生非。因为高层贵族们的人欲横流已经到了令人发指的地步，这些有伤风化的故事背后无不体现出金钱对于人们精神生活的戕害和解构。维吉尔在诗中这样写道：

一位特洛伊的恺撒将要从这高贵的血统中诞生，他将使帝国与海洋相连，使自己的命运与星象相连。作为尤里乌斯家族的成员，他的名字来自伟大的尤努斯。你将会放心地把背负着东方的战利品的他接到天上；世人在祈祷时会呼唤他的名字。战争停息后，艰难的时代将变得光明起来；银发的忠诚之神、灶神维斯塔、奎里努斯和他的弟弟雷默斯将会制定法律。

凯旋归来的屋大维在布伦迪西港附近逗留期间，不仅恢复了病恹恹的躯体重新变得精神焕发起来，而且和他的智囊团对未来帝国的发展制定了远大的发展战略。尽管他反对帝国繁琐复杂的礼仪，不喜欢穿戴沉重的头盔和铠甲去扮演军人，但是这些由老祖宗传统遗留的凯旋礼仪，不仅是对他赫赫功勋的肯定，也是对未来权力合法性的肯定，是争取民心的基础。因此，在穿戴着装的形式和礼仪的隆重性方面都是马虎不得的。这场隆重的凯旋仪式，在他取得阿克兴海战胜利乃至后来成功取得亚历山大战役胜利后，就着手开始筹备，并得到罗马元老院的批准。

屋大维从他的一系列胜利中取得了丰厚的政治资本和经济上的收益。他建议在战场附近建立一座新的罗马城市，命名为 "Nicoplis"，意为 "胜利之城"。在他的旧营地，他下令建造一座巨大的胜利纪念碑。后来的考古学家从该碑的残骸中得到许多新的信息。纪念碑的一部分是一堵 6 米的高墙，里面包含了充满视觉震撼的"纪念品"。马克·安东尼的 36 个青铜铸船头撞角被嵌入混凝土中，并且被固定在组成墙壁的石灰岩上。布置在绿色的山麓成为美丽风景的组成部分，与自然风光融为一体成为这座山俯瞰胜利的纪念场所，意味着屋大维的功勋与山河同在永垂不朽。

阿克兴战役之后，胜利的屋大维成为罗马军队的统帅。胜利赋予他征服埃及的自由，随后马克·安东尼和克里奥佩特拉双双自杀，他把古埃及文明遗留的巨额财富鲸吞进了罗马行省的财富中，使得屋大维成为罗马历史上最富裕的个人。屋大维开始挥金如土。他要兑现诺言，首先确保罗马士兵和民众的忠诚。因此，他开始用掠夺的金钱贿买军心和民心。在返回罗马的途中，他有三次惊人的行动以庆祝内外征战的结束，帝国和平的降临。第一，他赏赐给自己的士兵一笔慷慨的现金酬谢；第二，他赏赐给每个罗马市民一笔小财富。为取得全体一致的大众支持，防止罗马的粮食饥荒，现在埃及尼罗河峡谷成了罗马的粮仓，亦是该城谷物赈灾物安全可靠的来源，可解罗马无米之忧。最后，就是罗马历史上规模最为盛大的凯旋式的举办彰显了屋大维无以伦比的权威。

元老院已经提前将大量荣誉加在胜利者的头上。在公元前 29 年的元旦，他的全部活动计划就得到了元老院的批准。在布伦迪西港和罗马都建立了凯旋门，门上刻写了这样的铭文："他保存了共和国。"屋大维的生日、阿克兴海战和他进入亚历山大都将永久被宣布为神圣的节日。维吉尔、贺拉斯等人早已将屋大维的名字和诸神的名字写进了史诗和颂歌中，李维正在写作的罗马建城史《自建城以来》将浓墨重彩地赞美屋大维的辉煌业绩。并且在罗马历史上第三次关闭了罗马城市守护神亚努斯（Janus）神庙的大门，这座著名的神殿就在罗马广场北侧，战争年代士兵出征都要穿行东西两侧的门，现在关闭大门意味着和平年代的到来。

凯旋式和元首权力垄断

美国学者、《世界文明史》的作者威尔·杜兰这样评价屋大维：

这位 18 岁继承恺撒、31 岁统治世界、治理罗马长达半个世纪、缔造罗马帝国者，究竟是怎样的人呢？他愚钝而又迷人；平凡无奇，但半个世界都赞美他；身体柔弱，不太勇敢，但却征服了一切敌人，治理了联邦帝国，所组政府使广大地区享受无比的繁荣达 200 年之久。

古罗马的从政者，军事活动是书写履历不可或缺的组成部分，建功立业的最重要的标志就是战胜敌人后的隆重凯旋仪式。无论是共和国还是后来的帝国这都是天命所归执掌天下所必需具备的程序，是一种至高无上的荣誉。苏拉、马略、庞培、克拉苏、恺撒都走过这样的程序，才步步登上权力的顶峰。它就像是能够让自己获得一张永久透支的银行票据，是走向人生辉煌不朽过程中无比幸福的享受。但是也有在辉煌顶峰迅速跌落而粉身碎骨的英雄，比如克拉苏和庞培都像是彗星那般划过夜空，曳着长长的尾巴最终陨落消失于夜空跌入黑暗。所谓乐极生悲，福兮祸所依。包括恺撒和拿破仑在内，英雄和枭雄们的风雨人生跌宕人生不过如此。

元老院和罗马人民将这一至高荣誉授予得胜的统帅。为了确保配得上凯旋式的殊荣，享用胜利的仪式必须符合一系列最严格的要求：敌方损失必须远远超过罗马一方；战争必须是"正义"的，内战中的胜利者不会被授予凯旋式，因此屋大维对于安东尼的征讨要安装在埃及女王克里奥佩特拉头上，才算是正义；国家的疆域必须在战后得到扩大。说到底凯旋英雄的获得是对外扩张中的胜出者才称得上是爱国主义的，否则就是丧权辱国的狗熊。班师回朝的大军在等候元老院决议期间，统帅和军队只能驻扎在城外的罗慕路斯壕沟前所谓的罗马城界（Pomerium）之外，在北面则以卢比孔河为界，僭越沟河视为谋反，就成国家公敌。决议需经由元老院使者带到城外去宣读。得到元老院许可后，统帅率军穿过凯旋门进入城中，沿着"凯旋之路"抵达罗马广场和卡皮托尔山，越阶登上马尔斯神庙祭拜战神，献上酬神祭品。

游行队伍前面是号手、传令官、笛手、元老和其他公共官员。凯旋将军本人面敷马尔斯式红色油彩，穿戴马尔斯金色铠甲和头盔，乘坐驷马战车，驱赶俘获的敌国首脑、显贵及其家人。战争中掠夺来的金银珠宝、艺术品等战利品以及被征服城市的模型也被放在牛马车或者担架上展示，沿途搭建临时彩棚，供罗马人民在里面欢呼致意。

凯旋期间，还穿插着一些奇特的仪式，旨在消弭灾祸，祛除邪魔，提醒凯旋将军不要得意忘形。士兵们高唱挖苦统帅的歌曲。一位政府指派的奴隶站在凯旋将军身后，手举柳叶编制的花环在其头顶，时不时重复着："勿忘你终有一死。"

公元前 29 年 8 月 13 日，是一个秋高气爽的美好季节。旭日初升的早晨，军乐队的号手、笛手、吹鼓手吹奏起雄壮的军旅乐曲，在鼓乐齐鸣中，维斯塔贞女的大祭司引导着凯旋将军·屋大维·恺撒的车驾入城，后面紧随的是共和国首席行政官和元老院的议员。屋大维参照马尔斯神庙的战神塑像，脸上抹成朱红色，穿戴着来自马尔斯神庙珍藏的全副罗马武士金色铠甲和头盔，头盔上的红色束缨高扬，随着驷马高车起落。那辆专门为他打造的饰有黄金和象牙的战车跨过罗慕路斯壕沟，逶迤着向罗马城进发，扬起的尘土在几里以外就能看到。

这是一种阵势，更是一种威慑，他率领的罗马军团旌旗招展，凯歌飞扬，紧紧尾随其后的军团将士，铠甲鲜明，雄赳赳气昂昂地行进在凯旋大道上。随后经过凯旋门进入圣道，接受沿路民众的欢呼致意。这是传统凯旋式得胜将军的打扮，他也不能例外，唯一遗憾的是他没能将埃及女王克里奥佩特拉从亚历山大城活着用金色锁链锁拿带回罗马进行游街示众，从而使得他的凯旋式略显逊色。但是他将安东尼和女王所生的孩子混充在战俘队伍中以壮行色，替代他们已自尽身亡的父母，接受罗马市民的侮辱性观瞻。他别出心裁地下令建造了一座代表女王的黄金雕像，并在雕像手腕处缠上一条蝰蛇。凯旋的队伍浩浩荡荡进入罗马城，这座躺卧在车中戴着王冠的雕像就安排在屋大维坐驾的前面，由战车拉着。雕像在阳光照耀下熠熠生辉引人注目，这既是不幸的埃及女王最终倒台的象征，也是屋大维借以炫耀的战利品。

罗马元老院批准组织了隆重的凯旋仪式，高大宏伟雕琢精美的凯旋门早已建筑完毕，耸立在罗马入城处。屋大维的金身全副武装雕像，也已经矗立在元老院的广场前。当然，雕塑对他进行了习惯性的美化，他虽然身材匀称，但是并不高大，他那略显矮小的身材显然被拔高了许多，美化过的铠甲包裹的身躯显得肌肉凸出魁梧壮实。从今以后，只有一人独揽帝国的大权。罗马上下一致的呼声是："让更优秀的人单独统治。"元老院早在六个月前就批准屋大维使用"凯旋将军·恺撒"的新名号。现在他正式成为罗马名正言顺至高无上的荣誉楷模。

在夏日的阳光下，他在四名身穿白色轻纱袍服的少男少女陪伴下身着金盔金甲浑身金色璀璨熠熠生辉，很像是神话传说中的太阳神驾着驷马战车降临在凡尘俗世，显得十分出类拔萃不同凡响，他喜欢这种被神化的感觉。其实，多年艰苦的战争，他在欧、亚、非各行省和殖民地之间奔波，早已是皮肤黝黑，形销骨立，看上去并没有阿波罗那般的壮实强健，甚至带有普罗米修斯和西西弗斯般的疲惫和倦怠感。但是，在这个神圣的时刻，他必须强打起精神走完这段神圣的路程，下面还有没完没了的庆功夜宴在等待着他。

汤姆·霍兰在《王朝——恺撒家族的兴衰》一书中这样描述：奥古斯都喜欢脸上随时闪烁着层次分明的光和影。他往往不动声色，却又充满令人捉摸不定之处。雕塑家为他打磨的肖像恰如其分地反映了他性格中的微妙和无穷矛盾。透过他雕像上的那对招风耳，人们可以瞥见真实的第一公民：他的眉毛汇聚到鼻梁上方，牙齿糟糕，因为对自己的身高很不满意，所以穿了高底鞋，即便如此他仍旧是个俊俏的美男子。他飞扬跋扈，数不胜数的人都乐意拍马道：他只需用"明亮灼热的目光"凝视他人，就能让他们低眉顺眼，仿若直视的是太阳一般。在雕塑上，第一公民长着一对招风耳，俊美非凡宛若阿波罗，他介于青壮年之间、介于惆怅和胜利之间、介于凡人和神明之间，无论从哪个角度看都是当之无愧的帝国主宰者。

他的画像中肯定容不下稀疏的头发和松弛的下巴，而这些在共和国鼎盛时期一度是杰出政客的标志。屋大维还需要什么来强调自己的成就呢？他的赫赫功勋已经让所有人望而生畏。他的辉煌成就早已超过许多皱纹满面的元老。保守派一度将丑陋和德行联系在一起，但是这种联系对屋大维来说并不具有吸引力。第一公民不仅没有收敛热衷于自我标榜的癖好，反而将它延伸到自己的形象问题上。历史上从来未有这么多个人肖像，这样大批量地生产、大批量地出现在公众面前。一种新的正统理念开始灌输给罗马人民：权力应该是美丽的。凝视屋大维雕像时，人们无疑能逐步形成一种不一样的解读：这就是城市的宏伟瑰丽的外衣。尽管罗马城贪污腐败肮脏下流纸醉金迷人欲横流一样不缺，但表面上还是繁华喧闹的，尤其在举办凯旋式期间。

凯旋式这种隆重热烈不乏虚情假意的仪式，一直是他这个为罗马开疆拓土建立赫赫战功的贵族家族所耳熟能详的。这场面使站立在驷马战车上的屋大维思潮澎湃感慨万千，至少从他的曾祖姑爷爷马略开始就经历过，然而马略在罗马的权斗中最终落败于野心家苏拉。一代枭雄马略病死后，遭到苏拉党人的残酷清算，被掘墓鞭尸扬灰于台伯河，余党被全部剪灭，曾姑爷爷的大理石雕像也被从神庙中推倒，正所谓胜者为王，败者为寇呢。曾姑老爷被宣布为人民公敌，迫使他的舅公恺撒流落异乡，直到大独裁者苏拉病死，他的舅公才卷土重来，东征西讨，击败庞培父子，大军席卷欧亚和非洲大陆，一时所向无敌，数次凯旋而归。

其实，他很清楚这种隆重带有着万般夸张的仪式中，潜藏着元老院一帮阴险狡诈老谋深算政客的蛇蝎心肠，鲜花海洋下暗流汹涌稍不留神就会被惊涛骇浪所吞噬。这是因为军事强人在取得军事胜利后一般都会拥有政治上的特权，利用特权所推进的政治体制改革，必然触及元老贵族的既得利益，因而遭到清算。当年格拉古兄弟就是因改革土地制度而触犯既得利益集团利益，遭到残酷清算甚而至于政变式残酷虐杀的。和自己舅公恺撒被布鲁图斯、卡西乌斯阴谋刺杀的悲剧相类似。他还清楚地记得，公元前44年3月15日那帮阴谋家在元老院议事厅怀揣利器，刺杀了恺撒。演出了罗马史上惊心动魄的惨剧。鲜花铺就的陷阱，终于露出了深埋的剑戟；精心绘制的英雄图卷，渐渐展开就是锋利的匕首。可怜恺撒一生征战，开疆拓土，没能战死疆场，却死在共和国官场拼搏的阴谋之中，不能不说是一场英雄末路的悲剧。然而，权贵们以为他们杀死恺撒，就可以使日益衰落的共和国扭转衰败的命运。但是，后来的历史证明这种梦想其实是十分愚蠢的，恺撒可以被谋杀，而由他开创的帝国振兴的历史脚步，不可能停滞不前。最终由屋大维继承而造就了罗马历史上最辉煌的奥古斯都帝国。

　　这些血腥的教训，都使屋大维头脑格外清醒，虽然在帝国政体改革方面，他和恺撒的目标完全一致，但在方法上要使用更多的权谋，也叫政治智慧的变通方式，才能不择手段地达到目的。屋大维不得不再次容忍人们把他无法避免的荣誉加到自己身上。他缺乏罗马人那种喜欢看表演，尤其是欣赏真人格斗和人与野兽血腥搏斗游戏的兴趣。他甚至不喜欢公民游行那种虚张声势的排场，但是庆祝胜利的活动是无法避免的。这场凯旋式比之十七年前，他的舅公尤里乌斯·恺撒举行的庆祝活动规模又大了许多。

　　按照要求，欢庆的浪潮持续了整整三天。在伊利里亚、阿克兴角与埃及亚历山大里亚：每处都是单独的凯旋式中心。大街上回荡着欢呼声、游戏声和掌声。士兵们带着克里奥佩特拉皇宫里的奇珍异宝、法老土地上最不可思议的礼物，在欢迎人群的目光中骄傲地穿行。城市的各区，作为献礼赠送他两千磅黄金，被他坚决地谢绝。反之，为了表达他的慷慨，他从自己埃及劫掠的财库中给了罗马民众更多的捐赠。他还豁免了罗马市民全部拖欠的租税，并且代民众偿还了所有债务。

　　当他班师凯旋，进入罗马市区，在阿庇安大道他受到罗马市民的夹道欢迎，人民视他为救星，各界人士参加盛大的凯旋欢迎宴会，狂欢三日。第一天在鲜花、掌声和宴筵中度过，第二天庆祝阿克兴海战的胜利，第三天庆祝他征服埃及的胜利。然而，一切的辉煌仪式和庆功大典之后，他还得面对严峻的形势，他知道无论是元老院的贵族还是城乡的平民，乃至意大利和整个罗马帝国统治的欧、亚、非广袤范围的国王、酋长们的眼睛都在盯着他的一举一动，战后的帝国统治其实是脆弱的。

　　游行结束后，那辆镀金马车也被仔细收藏在马尔斯神庙，等待着未来做出新的业绩再次使用，震撼人心的三天时光就这样结束了，千里搭长棚没有不散的宴席，欢庆过后的罗马只留下一长串的回忆和人民对新生活的展望，等待他去兑现承诺和实现目标。这些都意味着面临严峻的新形势，他必须不懈奋斗，通过新的努力，获取新的业绩。

威权统治下的和平

　　罗马人非常享受这场凯旋，早已厌倦了穷兵黩武血流漂杵的战乱，欢欣鼓舞地迎接和平的到来，而和平是需要军事实力和宣传造势来维持的，所谓枪杆子和笔杆子——文治武功的两足支撑着、平衡着，帝国才能繁荣、发展、壮大。

　　此时的意大利半岛已因 20 年的内战而民生凋敝，农田荒芜。城市被掳掠围困，财富被洗劫一空，行政及安保松弛，入夜盗贼横行，不法之徒出没街巷，绑架商民，售之为奴。商业萧条，投资停顿，高利贷猖獗，财产跌价，道德水准因为权贵们的贪婪腐败、骄奢淫逸而低落下降到了冰点。高层财富急剧累聚，富可敌国；贫富悬殊导致社会分化严重，阶级矛盾尖锐对立，揭竿而起的民众暴动随时可能发生。如果不进行有效的社会政体和经济、社会体制改革，帝国可能随时走向毁灭。可以说，战后的罗马百废待兴，百业待举。这是鲜花、掌声、庆功欢宴背后隐藏的深刻危机，考验着军事政治强人屋大维的治国理政能力和政治智慧。凯旋将军非常理解民心，他不能一边享受凯旋的荣耀，一边又去向民众赤裸裸地展示支撑政权的军事力量。因此，即便街道上仍然充满着对罗马军团神威的夸耀，他还是开始了裁军的措施。

　　凯旋将军此刻坐拥埃及，有能力用金钱来解决这一难题，自然也没有没收土地赐予退伍老兵的必要了。他一掷千金，为成千上万的退伍老兵购买了大片土地。一些人在意大利安居，还有一些则得到了国外殖民地的土地，没有人再闹事，社会开始安定下来。这项成就受到了广泛而由衷的欢迎。看来，凯旋将军的承诺并不是空头支票。

　　屋大维除了在公元前 33 年到 23 年之间连续九年当选执政官外，在公元前 36 年、30 年和 23 年还获得保民官授权，他已经成为终生不可侵犯的保民官。在元老院他有立法权，对政府官吏的行为有否决权。对这种独裁政体没有人敢说不字。就在他凯旋式举办的公元前 28 年，屋大维和阿格里帕同时担任帝国监察官，开始进行人口普查，并对元老院进行正风肃纪，校正元老名额，将庞大的鱼龙混杂的元老院消减为 600 人。他本人则被元老院任命为"首席元老"，不久该称号就有了如同军事领域他所拥有的三军统帅"大统领（imperatr）"一样的权威，成为集行政权、军事统帅权、立法权、司法权、监察权于一身的元首，事实上就是大权独揽的"皇帝"。历史上都称他为罗马帝国首任皇帝，并且开创了以后 200 年被称为"元首政治"的专制独裁体制。因为到康茂德（Gommodus）死亡时为止，所有的"皇帝"都认为他们不是君主，而是元老院的元首。

为了使他的权力在宪法意义上进一步扩张，在其第六次和第七次执政官任期内恺撒·屋大维推行了一场雷声大雨点小的所谓政治改革。这场改革从公元前 27 年 1 月 13 日新组成的元老院集会开始，他心目中的所谓改革也就是大踏步地向帝国联邦元首制下的"王政退步"。那天他踌躇满志地踏进元老院会场，坐在为他专设的执政官黄金象牙椅上，用严肃的目光扫视着会场唯唯诺诺的元老们，他的面色因为一场大病刚刚痊愈而显得有些苍白；他还是个三十六岁的青年，人生有一半时间不间断地用之于军事征伐和国事的操劳，现在他愿意把辛辛苦苦提着脑袋换来的官职和尊荣重新归还给罗马人民。他是执政官，拥有光荣的元首头衔和保民官的特权。这位年轻的政坛高手，曾经专修过修辞学和演讲术，当众演讲的才能应该不错，但是他无论在公众场合还是和家人的谈话，都谨慎地起草稿子进行朗读，包括和他的妻子李维娅之间交流也是如此。尤其在这次元老院集会的重要场合，他依然开始一字一句地朗诵他的演讲稿：

我将不再领导你们……请从我手中取回自由和共和国，请接收军队和被征服的行省并且按你们自己的意愿自己来治理吧。

其实只是一场以退为进的民心官意测试后的扩权，他在会上一本正经地庄严宣布，自己将放弃一切权力和行省，将它们归还给元老院和罗马人民自行管理，他自己则回归普通百姓的角色，帝国正式恢复共和。这当然是言不由衷地某种表演，老谋深算的政客元老们怎么能够看不破其中的玄机呢？况且整肃后的元老院新进元老均由他提名，由其亲信牢牢把控着。

他的惺惺作态只是某种对元老忠诚度的试探。

听众席上的元老们立即传出惊呼和抗议声，这也是一种相互配合的虚假表演，双方心照不宣地演戏，将屋大维的扩权变成一场游戏。相当数量的元老事先被引为心腹，打了招呼，他们开始像是一场预谋的演出中带风向的啦啦队，把元老院的讨论引导到元首希望的轨道上。

元老们心怀感激地赞扬屋大维主动放弃权力的高风亮节，他们恳请屋大维不要抛下他一手保护的共和国。而这位世界帝国的统治者仿佛很不情愿地屈从了那些公忠体国元老们的恳求，勉强同意在接下来的十年内继续承担对于一个由西班牙、高卢和叙利亚组成的庞大行省的管理职责。行省总督们仍然像过去那样在各自省份履行自己的治理职责，而这次授权使得屋大维实际拥有可以指挥元老院控制下各行省的高级权力。根据《罗马史》作者狄奥解释：屋大维控制了对于"帝国一切事务的过问权和监督权，自己事无巨细都要关心"。关心其实就是对于权力垄断的委婉说法。

三天后，元老院再次举行集会，急不可耐地向国家大救星表达谢意，并且十分隆重地授予他新的荣誉。他们投票决定，要给屋大维加冕，只是他们并不是要为他加冕为王，而是敬奉他为罗马人民的公仆。授予他的"公民王冠"是用橡树叶扎成的简陋花环，环如其名，象征着公民之间的共同纽带。只有在战争中拯救了同胞，"将威胁同胞的敌人消灭，并且永不退却"的罗马人，才有资格获得这一殊荣。

面对元老院授予的殊荣，凯旋将军·恺撒满怀感激，毫不犹豫地接受了这个特殊的有意义的嘉奖。这一橡树型的公民王冠被浇铸成金色的标识被永久地安装在屋大维宅邸的正上方。并在屋大维官邸的所有的门柱上都加上月桂型特殊装饰，让罗马人民谨记他所拯救的罗马黎民苍生实在是居功至伟。元老院会堂的正面入口处挂起一面镀金的盾牌，上面铭刻了屋大维的各种美德——"勇敢和宽厚，正义和虔诚"的字样对他进行赞美歌颂，他心安理得地接受了这一切至高无上的荣耀。

鉴于他已经建立了一个走向复兴的罗马共和国，本人希望获得开国君主"罗慕路斯"的称号，一位元老真诚劝阻道，老罗是一个令人憎恨的名字，他的手上沾满着弟弟的鲜血。根据传说，这位君主在升天前是被罗马元老们刺杀的，这太像他的舅爷爷恺撒了，这名字太不吉利，充满着凶险的寓意，是不能作为年轻政治领袖尊号的。老兵油子出身的政治家、前执政官卢奇乌斯·穆那提乌斯·普兰库斯是一个见风使舵的投机分子，他曾经宣布效忠西塞罗，结果在后三头结盟期间，投奔了安东尼，在屋大维攻进亚历山大里亚时，他又投降了屋大维，因此在元老院获得的绰号是"叛徒"。这位叛变专业户此刻投元首所好，提出议案，鉴于我们年轻的恺撒继承人是一位前所未有的罗马人民大救星与赐福者，他的名号必须借以表达对这位非同寻常的人间大神的特别敬意，应该授予他"奥古斯都"（Augustus）的神圣称号。从这一天开始，历史上正式称呼他为奥古斯都了。他的传记作者特威兹穆尔说：

> 这个称号不仅是官衔，而且是一种荣誉的头衔，就好像过去苏拉被尊称为"幸福的"，而庞培被称为"伟大的"那样。这个名号没有遭到任何反对——看来这可能是出于梅塞纳斯这位幕后的"不出头的谋士"的设想；这个名号选得很妙，具有启发的象征力量。它的意义很像后世的"上天福佑"，上天的选民，而用狄奥的话说，则它意味着这样一个人——他位于众人之上，然而他仍然是一个人，而不是东方的神。"奥古斯都"这个名号是元首和古老宗教习俗之间的一个衔接环节。它预示了新时代的开始。一位救世主在罗马出现了，他保护了处于极大困难之中的国家免遭毁灭。

这种元首和立法机构心照不宣地政治表演，没有出现任何意外，完全按照预先设想的剧本演出。统治者本人和他的盟友们事先商量好的结果完美出炉。在名义上和理论上，元老院和罗马人民的主权得到了恢复，共和国宪政体制得以完善，变得更加完美，一切权力在元首体制下、在全民赞美中有序运作。

现在恺撒的继承人盖乌斯·朱利乌斯·恺撒·屋大维亚努斯经元老院同意可以正式称他为"奥古斯都"（Augustus）和"第一公民"。这个词在字面上不仅有"神圣"和"崇高"的意思，而且几乎是尊奉他为"上帝"（Princeps）的称号。此时的奥古斯都几乎搞定了内部的所有敌人，因而他寄希望改换名字来凸显一下新时代的到来。这无疑是改变罗马国家政体的关键一步。

公元前23年，他年复一年地执掌的执政官职位开始带有极权的味道。尽管证据隐晦不明，但是一场真正的执政危机迅速抬头，一触即发。有些元老院议员策划要杀死新的"国王"。屋大维急速做出反应。他重新协商自己的职位，并且简单地变更了赋予他控制军队权力的法律条文，从而化解了这场危机，表面上他放弃一切权力，而回归自己的平民身份，实质上他再次以退为进，不出所料贵族元老院拒绝批准他的辞职。在他与元老院较量的这一回合中，一个关键因素对他的获胜十分有利，即他在罗马老百姓中受到无与伦比地欢迎是几乎不可置疑的现实。毕竟是他在乱世中给罗马带来了和平。然而，他意识到，人民的诉求变化无常，他不可能一劳永逸地依赖变幻莫测的社会舆论来巩固自己的权力。因此，他把注意力转向巩固自己在人们眼中的地位的实际权力方面。

屋大维再次从共和国的传统体制中挖掘出灵感，进而向元老院提出一个惊人的请求。他说他想担任由平民选出的终身护民官。其实早在公元前36年他就出任过终身保民官，直到公元前23年他才想到要利用保民官特权来部分弥补无法继续担任执政官造成的损失。并在没有正式头衔的情况下，取得一个大权独揽的官职所赋予的各项职权。

从公元前23年7月1日起，奥古斯都开始记录自己持有保民官特权的时间，并将之写入自己的头衔。虽然这个官职与赋予他统领军队的权力相比，是一个相对平庸的职位。然而，作为护民官的人身权利是神圣不可侵犯的，并授予他在人民集会前否决元老院法案的权力。当然，这并非这个职位的主要吸引人之处，屋大维发现它真正的潜能。因为该职位起源于古老的共和国，他充分利用民众对护民官情感的共鸣，以自己军政方面的实力，增强了这一低下职位的权威性、永久性和唯一性，将其提升到一个全新的高度。凭借它，他将不仅仅成为一个任何人心目中的老护民官，而且将成为所有罗马市民利益的标志性守卫者、保护者和拥护者，这不仅仅局限在罗马和意大利，而且能跨越帝国疆土，影响波及四面八方。

英国学者西蒙·贝克在他的《帝国兴亡》一书中如此评述屋大维：创造那么一个官职是一个人的突发奇想，务求寻找新途径来确保稳定祥和的立宪制政权已经复兴了？或者他的诞生更加阴险狡诈？毋庸置疑，担当护民官意味着耍了一个自古以来独裁者共同的花招；屋大维暗地里越过了政治精英的聪明才智，将自己与黎民百姓融为一体，变得凛然不可侵犯起来。

他再一次伪装成老套的共和国护民官职，是屋大维的成功接纳这一职位的关键所在，和他舅公老民粹头目恺撒的政治策略一脉相承如出一辙。元老院头目只能表示赞同，即使某些遗留的元老自始至终心不甘情不愿，甚至暗中恨之入骨，表面上只能笑脸逢迎着随大流了，因为新增选的元老很多来自平民阶层，已经成为元老院的中坚力量。

公元前19年，屋大维完成了养父恺撒大帝未竟的事业——获取至高无上的权力和政治的合法性。完全可以操纵和监督被选举出的执政官、监察官和各行省总督和元老院议员以及每一位实权派行政官员。尽管变换名字的做法看来有些肤浅，一个帝国新政权的诞生是不容小觑的。

苏联历史学家谢尔盖·利沃维奇·乌琴柯就敏感地注意到，它是建立在"政治虚伪基础上的一个例子。并且是历史上第一个"。它名义上是"恢复了共和制"，尽管它既不是重新恢复的（因为它从未被推翻），也称不上是共和制。奥古斯都声称，他不享有任何不合古代传统的高级职务，而从技术层面上说，事实几近于此。比如他在19岁时以兵临城下的方式取得了他第一个执政官职位。自王政时代以后，没有哪一位罗马统治者拥有他如此集中的权力。但他的权威并非来自执政官权力（他在某一个时期已经大体让出了这个权力），也非来自独裁官大权，亦或来自他永久的保民官权力。严格地说，他对于权力的掌控方式没有明确的说法——这也是为什么他在自传中使用了诸如"影响力"这样含糊的字眼。

军队是屋大维政权的重要支柱。为了维持统治，他将原来的70个军团缩编为28个精锐军团，组成常备雇佣军，驻扎在罗马帝国的行省和边区。军团实行严格的纪律：服役为20年，服役期间不能成家。临阵脱逃者要被处死。为了防止高层政变和民众叛乱，他还组建了9000人的禁卫军，禁卫军的薪饷高于普通军团的三倍，驻扎在首都及附近地区，用以护卫元首个人的安全。

战胜归来的军事强人，面临政治体制的选择。屋大维在君主政治、民主政治和贵族政治的选择中，他决定以军队为本位，结合君主式寡头统治，实行集权独裁，强行推进政治经济社会体制的变革。但是在表面上仍然保留了民主共和体制，他将之称为元首政治。也就是融合西塞罗的理论和庞培的作风、恺撒的政策为一体，强行定于一尊，实行没有皇帝的帝国统治模式。这次新的调整牺牲了奥古斯都执政官的头衔，却建立了更加稳固的统治民意基础。保民官的特权是不可捉摸的和可怕的；而对于所有行省的统治权至关重要，奥古斯都统治的两大支柱——行省总督式的指挥权和保民官的权力正是改革的本身，即军队和民众。这位拥兵自重的、帝王式的蛊惑家正是以这两支力量为基础实施自己的独裁和专制统治的。

也许人民受够共和时期内外战乱的困扰，看够了政府的贪贿腐败，亟待出现一位政治强人进行统治，改变目前的一切，只能冷静地接受他的一切决定。人们不再贪恋表面的自由平等，只是疲乏地期待安全和秩序，只要能够保证他们有娱乐有饭吃，谁来统治都无所谓了。人们已经发觉了城邦议会的贪腐和无能，充满暴力阴谋和血腥的杀戮，不但使得共和体制千疮百孔难以维系，而且整个庞大的海外帝国也难以维持稳定。要恢复意大利的生机，首先要加强对帝国心脏罗马城的管理。

因为版图的不断扩张，自由问题也日趋复杂，罗马已非城邦国家，帝国无情的驱策，它模仿埃及、波斯与马其顿，成为一个遍及欧、亚、非洲的帝国。法律制约的自由崩溃之后，所形成的个人主义和社会混乱，必须有新的政府建立新的秩序予以整肃安抚，所有地中海的动乱国家都仰望着屋大维，期待着贤明的强人政治的出现。因为人民在元老院的寡头统治下，生活并不幸福，所以想换换口味，尝试独裁政体，这种政体也许会使他们发财，带着这样美好的憧憬和梦想，罗马迎来了帝国，进入奥古斯都大帝的时代。

贵族联姻和权力继承

对于身体孱弱的屋大维而言，各种繁琐的礼仪就是一种沉重的负担。实际上他大部分的秋天和冬天都在病痛中度过。这种不得已的病休，使他能够有机会深入考虑国家在社会、政治、经济、军事、文化上的长远发展战略。无论是在帕拉蒂尼山上他自己的家（这里曾经是共和国著名的法学家、政治家霍腾修斯的豪宅，曾任公元前69年罗马执政官，以豪华奢侈生活而闻名），还是在埃斯奎利诺山（它是帕拉蒂尼山北面的山嘴）上梅塞纳斯的豪华宅邸内，都进行过长时间的商谈。阿格里帕现在又成了他在帕拉蒂尼山的邻居，出身低微的元帅，现在成了安东尼前太太屋大维娅的乘龙快婿，搬到了安东尼过去的豪宅内，因此十分方便"铁三角"之间随时地来往走动。

帕拉蒂尼山是罗马诸山丘中的中央之山，环绕着各种远古传说的光环，也是罗马城中最体面的住宅区。共和末期它成了身份地位的象征，有头有脸的政治人物和元老贵族们都希望住在这里风光宜人的山坡上或者山麓下。比如格拉古家族、提比略·克劳狄乌斯·尼禄家族以及马克·安东尼（原庞培宅邸）等人都曾经在此地安家。

在古罗马，胸怀政治抱负的人都是从演说家兼法律人开始的，他们也聚集到帕拉蒂尼山这个非正式的权力中心，彰显着地位的高贵。这里曾住着卢基乌斯·李锡尼·克拉苏（西塞罗的老师）、昆图斯·霍腾修斯，西塞罗也在离死敌克劳狄乌斯不远处购置了自己的房产。在腓力比战役之后，很多共和派头面人物作为"人民公敌"处置后，房产被没收，于是豪宅又被帝国新贵接收，霍腾修斯的儿子牺牲在腓力比郊外的那场决战中，其父的豪宅被屋大维接收，又重新进行了扩建和装修。一般被认为这是帝国元首官邸所在地——现在被称为奥古斯都的皇宫。此处毗邻阿波罗神庙，屋大维据此自命为太阳神阿波罗的化身，给罗马带来了光明。

霍腾修斯在罗马以追求奢华著名，而奥古斯都的生活标准却相当简朴。

他在实际上是和李维娅分居的，经后来考古发现，被称为"李维娅之家"的宫殿确实是很奢华的。从保存下来的壁画中发现，既有一串串的水果和花朵，也有埃及风格的风景画，中部的房间则表现了神话题材：一面墙上是海洋女神迦拉忒娅和她爱上的海上巨人波吕斐摩斯，另一面墙上是阿尔戈斯看守着的伊娥。每面长墙的尽头都有一幅小画，它们非常珍贵，曾设有专用门来提供保护。由此遗址挖掘壁画可见当年奥古斯都皇宫第一夫人李维娅寝宫的奢华，与其南面"奥古斯都之家"的简朴形成鲜明对比。苏维托尼乌斯曾经在《神圣的奥古斯都传》中描述道：

　　在生活的其他方面，人们普遍认为，他极为节制甚至没有什么可疑的过失。最初住在罗马广场附近的指环店楼上一所房子里，该房原属于演说家卡尔乌斯；之后，他住在帕拉蒂尼山同样简朴的霍腾修斯的住宅内，那房子既不大也不讲究，带有阿尔班石柱的柱廊是短短的，房间里没有任何大理石装饰或美观的地面，冬季或夏季他都使用同一卧室，虽然他发现罗马的冬季对他健康很不利，但冬季仍住在那里。如果他打算做什么事而不让人知道或不受干扰，这房子顶上有一个隐蔽的地方，他把这儿称作"叙拉古""小作坊"他时常在这里或郊区的某个释奴家里隐居一下；每当生病，他就住在梅塞纳斯家中（埃斯奎利诺山）。

　　……从保存至今的卧榻和桌子可以看出他的家俱和生活起居用品的简朴，其中许多东西对于一个普通公民来说也是算不上讲究的。据说他总是睡在一张铺设简单的矮床上。除特殊场合外，他平时穿他妹妹（应为姐姐）、妻子、女儿做的家常便服；他的托加袍不紧不松，紫色镶边不窄也不宽，他的鞋配着高底，为的是使他的身体看上去比实际高一些。不过，他总是在自己的房间内随时准备公开场合穿的鞋子和衣裳，以应付突然的意外需要。

　　奥古斯都原本打算扩展自己的住宅，但在建造过程中一道闪电击中了工地，这意味着神明看中了这块土地，他将这块土地献给了国家，自己出资修建了阿波罗神庙及其廊柱。不管怎样奥古斯都依然生活在曾经的霍腾修斯的"李维娅之家"南面的自己简陋的别墅被称为书房的地方。后来阿格里帕也搬到了帕拉蒂尼山，先后成为他的外甥女婿又转而为自己的女婿，他们成为亲戚兼邻居，这样铁三角之间来往更加方便了，但铁三角之间并非铁板一块，年长日久必生嫌隙。

阿格里帕是当时帝国仅次于元首的第二号人物，所谓一人之下万人之上，在离元首帝位一步之遥的时候，他与元首的关系就十分微妙。敏感的位置，导致了他的低调务实，处处小心谨慎，不敢越雷池一步，凡事谨言慎行，从不轻易表露自己的真实想法，可谓伴君如伴虎。即便如此，梅塞纳斯曾经私下里对奥古斯都说，对于阿格里帕如果不重用收为心腹，不如将其去除。这些奥古斯都宫廷里的密谋，无不围绕权力的争夺，在明里暗里进行着。

他与李维娅·克劳狄娅·德鲁西亚的婚姻本来就具有同克劳狄乌斯家族政治联盟的性质。这位长着薄薄嘴唇，不苟言笑的年轻少妇，是一位鼻子纤细挺拔、神态端庄肃穆、目光坚定而冰冷的美人，藏有很深的心计。她独立继承和掌握了罗马两大家族——克劳狄乌斯家族和李维家族的政治韬略，运用手中娴熟的政治技巧为自己和本家族争取了利益。奥古斯都在军国大计上对她言听计从。李维娅没有为元首生育过孩子，她跟自己的前夫生育过两个儿子——提比略·克劳狄乌斯·尼禄和尼禄·克劳狄乌苏·德鲁苏斯。坊间还流传着老二德鲁苏斯是他和屋大维的私生子的各种流言。

她为两个儿子的政治前途煞费苦心。两人在很小的时候就担任过行政长官，即使不为元首的继子，他们在军事上政治上的前途仍是有保障的；因为他们是老牌贵族克劳狄乌斯家族的一个分支——尼禄家族道地的直系后裔。在围绕政治核心——奥古斯都的家族和核心圈子中间，凡是元首病重期间围绕元首继承人之间开展的秘密斗争，就会变得复杂、激烈、惊险，其中的主角是李维娅、梅塞纳斯和阿格里帕。

但是，奥古斯都有着自己的盘算。他的目光首先是投向自己的尤里乌斯家族，屋大维娅之前曾经为弟弟的利益忠心耿耿地提供服务和支持，按照尤里乌斯家族女性成员的光荣传统为家族利益几番牺牲自己的情感和婚姻、家庭无条件地服从政治需要，不停地改变婚姻服从屋大维的安排。恺撒家族的多位尤利娅，从姑奶奶嫁给马略到恺撒独女尤利娅嫁给庞培，到奥古都斯的女儿、外孙女大小尤利娅的婚姻无不如此，这几乎是尤里乌斯家族的传统。

奥古斯都的姐姐屋大维娅的婚姻一直由他安排，先是嫁给共和国烈士被称为"罗马之剑"的马塞拉斯（Marcellus）的后裔盖尤斯·马塞拉斯，育有一子一女。儿子和父亲同名，根据奥古斯都指令娶了大公主尤利娅；女儿马尔凯拉嫁给了帝国二号人物阿格里帕大元帅。结果这位元首的亲外甥女也进入悲催命运的轮回，先是大舅爷强令大元帅休弃了自己的外甥女娶了自己的表妹尤利娅，马尔凯拉成为安东尼的儿子尤努斯·安东尼的妻子。公元前 12 年根据父亲奥古斯都和继母李维娅的决定尤利娅和皇储提比略·克劳狄乌斯·尼禄相互很不情愿地结成夫妻，提比略在不得已中休弃了怀孕三个月的妻子维普萨尼亚，迎娶他并不爱的新寡大公主尤利娅。这些围绕恺撒·奥古斯都接班人的一系列婚变故事大约发生在公元前 25年到前 12 年之间。

正如古罗马著名的历史学家塔西佗所说，真正的罗马人的婚姻是没有爱情的。尤其是高层贵族之间的相互联姻，不是内涵丰富的爱情的必然结果，而是根本排斥相互之爱的政治交易。借助联姻作为拓展政治势力，争取家族利益最大化的手段。妇女的任务不仅是主持家务和生儿育女，而且还肩负着勾连家族政治利益的特殊任务，皇家的婚姻更是体现着孕育皇嗣的重大使命。因而越是高贵的婚姻越没有所谓情感的位置，女子就很容易成为政治交易中的筹码：只要巩固政权需要，婚姻可以随时联结，也可随时拆散，另行组合，越是豪门这种事情越是司空见惯。而豪门闺秀们为了补偿婚姻中的情感缺失，往往容易红杏出墙，追求婚外情的补偿。

奥古斯都的女儿和孙女大小尤利娅就是陷入这种恶性循环的怪圈不可自拔，其中还有着更深层次政治阴谋——涉及尤里乌斯和克劳狄家族对于未来帝国权力的争夺，为那些婚变事件更加蒙上一层扑朔迷离的面纱，使人们仅仅看到风花雪月的外表。而涉及最高统治者最高核心利益的皇亲国戚们又何尝能够摆脱无所不在的政治阴影呢？包括皇家姑爷马尔凯鲁斯

（马塞拉斯）和阿格里帕以及后来的提比略。

第一位皇家姑爷是奥古都斯的外甥马尔凯鲁斯。这位英俊魁梧的男孩，是他姐姐屋大维娅第一次和马尔凯鲁斯家族的婚姻留下的孩子。而屋大维和斯桂波尼亚的婚姻只留下了女儿，他急需要一个男性继承人来继承自己开创的庞大帝国。他再次把目光投向了自己的姐姐。元首的姐姐屋大维娅不愧是罗马最杰出的女性，她美丽温婉、端庄贤淑，备受罗马高层赞誉。最重要的是她能够无条件地服从政治大局，对弟弟绝对忠诚绝对服从。她曾经在阿克兴海战中扮演着重要角色，她最初因为三人联盟而嫁给臭名昭著的安东尼，后因埃及女王的介入，屈辱地被打发回罗马，并正式被遗弃。整个过程中她自始至终一直忍辱负重，保持了高贵的矜持和沉默。弟弟战胜前夫后，她又毫无怨言地抚养安东尼与其前妻所生的孩子——时尚且活跃的小尤努斯·安东尼乌斯。这引来罗马人民更多的赞誉，大家都认为她是罗马妇女的典范。

小安东尼和屋大维娅的几个孩子一起长大，其中大安东尼娅和小安东尼娅都是他同父异母的妹妹。另外几个孩子则由屋大维娅与其第一任丈夫所生，其中包括马尔库斯·克劳狄乌斯·马尔凯鲁斯。这小伙子相貌英俊、魅力非凡，体现出他的远祖——也就是赢得"罗马之剑"荣誉的英雄的神韵。这些天然良好的气质，无不让舅舅奥古斯都对他青眼有加。公元前29年，元首举办凯旋式时，他还与舅舅并肩骑行。两年之后，元首将他送到西班牙战场接受战火考验，小伙子表现不俗，不愧为共和国烈士的子弟，再次赢得罗马人民的赞誉。

公元前25年，元首亲自赐婚把自己14岁的独生女儿也就是他的表妹尤利娅嫁给了马尔凯鲁斯，这既是将他招赘为婿，也有着指定为继承者的意思。

屋大维和所有的父亲一样，对自己的独生女儿尤利娅无比钟爱却不宠溺，用情之深，几乎无可指责。唯一的缺陷也是政治人物不可避免的问题，爱的过于深厚最终的落脚点都是帝国政治——也就是权力继承人问题，不仅仅是外甥本人的尤里乌斯血统，还有他们的子嗣也是叠加的尤里乌斯血统，这当然是元首一厢情愿的如意算盘，有其必然性。这又恰恰是引起外界警觉的问题，因为共和国不允许首席公民将统治罗马乃至帝国世界的权力私相授受给元首家族的个人，这将必然引发对早已被唾弃的独裁王政体制的猜忌。因此，这种权力的新旧转换必然要在幕后经过空前复杂的权谋运作，才能合理合法地实行，过早明目张胆地公开操作，反而有可能给外甥带来杀身之祸，精明如屋大维不会不知道。但是他的太太李维娅比她更知道政治的奥妙，她对于提比略的接班安排是不动声色的、是草蛇灰线绵延千里的放长线钓大鱼，在羚羊挂角中不露痕迹地达到目的。

　　屋大维对女儿的爱，不仅仅寓寄着政治的意图，而且表现在对她成长无微不至的关怀。他在百忙之中亲自过问她的教育，其关心超过一个不那么繁忙的父亲对儿子的关心，他不满足于让女儿仅仅跟着李维娅去学习纺纱刺绣、唱歌弹琴，以及多数贵族女子所达到的初识文墨。他为她寻找一流的语言教师，尤利娅的希腊语如今比她父亲更好；她对文学的了解不同于流俗；她师从希腊名师研习修辞术与哲学。然而女儿的学识学养越是丰厚，就越发希望摆脱父亲的阴影而追求自己的自由，这是人生的悖论，悖论导致的思想叛逆如果裹上政治的缁纱就会铸成人生的悲剧。这种悲剧是父女性格双重悖离的结果。

　　在屋大维不得不离开罗马南征百战和到各行省巡视期间，女儿每周都能收到父亲托人带来的书信，信中表露了浓浓的关爱之情，令人动容。在他偶尔摆脱工作，能够难得享受居家生活期间，他将大量的时间倾注在女儿身上，在她的面前他就是慈祥而亲切和蔼的父亲，他和她一同滚铁环，又让她如同骑马那样骑在他的肩膀上，两人还时常玩捉迷藏的游戏；她俩经常在台伯河的岸边一同垂钓，钓上来一条小小的鱼便会开怀大笑；他俩形影不离地走在官邸外的林荫小道上谈笑风生，一起去采摘野花野果来布置房间，这就是一幅寻常百姓享受天伦之乐的世俗风情画，是政治强人对待家人的另一个侧面。

　　当父亲决定将她许配给自己的表哥马尔凯鲁斯的时候，她只有十四岁，她的表兄也才十七岁，在情感和身心发育上都不够成熟。一切都很匆忙，那时马尔凯鲁斯正以罗马市政官的身份陪伴父亲在西班牙前线平叛，也是未来接班必须累积战功的需要，不出意外的话也许十年之后他就可以顺利担任执政官了。应该说小伙子表现得十分突出，他的勇敢坚毅和忠诚都是舅舅十分满意的，于是就将女儿的终身托付给了这位英俊勇毅、前程无量的少年将军了。他深信这场联姻十分符合其本人和家族的利益，他相信这场婚姻会给他的女儿带来幸福。马尔凯鲁斯就这样从西班牙前线匆匆赶回罗马完婚，但是奥古都斯自己没有离开西班牙前线，而是委托太太李维娅和姐姐屋大维娅以及留守罗马的执政官兼他甥女婿阿格里帕去组织这场元首女儿的世纪大婚。

婚礼是传统的。马尔凯鲁斯当着见证人的面送给尤利娅一件礼物——镶嵌西班牙珍珠的象牙首饰匣，她接过这件礼物。她由李维娅、屋大维娅、阿格里帕陪着向她的童年玩具告别，并按照传统将玩具烧毁奉献给家庭祭祀的诸神；算是告别了少女时代进入成年，并有继母李维娅替代她的母亲，给她编成了六根发辫，表示她已经是成年女人。她就这样迷迷蒙蒙地进行了婚礼的程序，这个神圣的仪式确定了马尔凯鲁斯接班人的身份。几天后，这位乘龙快婿就匆匆返回了西班牙前线。公元前 25 年的这场婚姻最终只维持了 2 年就因为马尔凯鲁斯的意外身亡而告终结，那时尤利娅才只有十六岁。

元首接班人显然是不好当的，必然招来很多人的妒忌，包括帝国大功臣阿格里帕和元首夫人李维娅的儿子提比略，所谓木秀于林风必摧之。公元前 23 年春，奥古都斯的身体出现了严重问题，几乎九死一生，在生命垂危之际，元首大位的继承问题招致罗马政坛暗潮汹涌危机四伏，说到底还是围绕帝国继承人选的争夺。危机的中心无疑围绕着奥古斯都和马尔凯鲁斯。

此刻，躺在病榻上奄奄一息的奥古都斯摘掉了他手上象征元首权力的戒指又是印信，上面雕刻着人面狮身的斯芬克斯像，郑重其事地交给了马尔库斯·阿格里帕。奥古斯都深深知道让年纪轻轻的马尔凯鲁斯过早踏进政治权力的漩涡会带来无比凶险，他担心自己的外甥如果不能同自己一样从丛林野兽的争斗中挣扎出来，就可能惹来杀身之祸。他只能暂时将他雪藏起来，以待来日方长顺势接班。这确实是一个长期以来困惑任何专制独裁统治者的斯芬克斯之谜，无论君主或者寡头元首，是凡独裁者都绕不过去的坎。

这样屋大维只能顺理成章地将权力暂时移交给忠心耿耿的元帅、执政官阿格里帕。因为他的任何一个继承人都有权统治世界，但是矛盾在于，奥古斯都通过艰苦征战和玩弄权术挣得的巨大荣耀和帝国江山是无法直接传给继任者的，哪怕尝试一下都可能触犯罗马法律的规定，因为罗马贵族和平民都没有做好接受君主制的思想准备，这也直接违背了他口口声声信誓旦旦做出的恢复和振兴共和国的诺言。奥古斯都现在只是一个自由共和国的首席公民，而不是天命所归的皇帝。

天神终究还是人，也有生老病死的困扰。奥古斯都在西班牙前线所患寒热之病，高烧不退，生命垂危，经过精心抢救，只是有惊无险地度过难关，再次踏上坦途，罗马人民将之归功于诸神在冥冥中的护佑。他的私人医生安东尼·穆萨采用的是别出心裁的冰冻治疗法，竟然使生命垂危的元首转危为安。三百磅的冰块昼夜不停地从坎帕尼亚大道运至帕拉蒂尼山的奥古斯都官邸，冰被击碎为拳头大小，将严格筛选的不带沉渣者分成二十五块，浸泡在八寸深的浴缸中，静置到完全融化。加上药粉和细细研磨的芥籽再添入两夸脱最佳橄榄油，加热到沸点，然后冷却到和体温相等。将病人全身除头部外，完全浸泡在浴缸的冷水里，在水中待到计数一百后，移出浴缸，用预先放在热石上加温的未染色羊毛毯子包裹，直到大量出汗为止。此时在病人身上涂上备好的油膏，然后让他回到预加了足量冰块并恢复到原本寒度的浴缸中。如此反复治疗四次，病人可休息两个小时，这一过程持续到病人退烧为止。

穆萨医生这种另类的治疗方法，竟然奇迹般地将元首从死亡线上抢救了回来。在奥古斯都的葬礼已经悄然安排的时候，他被救活了，身体开始慢慢康复，到夏天的时候，他的体重有所增加，并能每天在官邸的后花园散步。马尔库斯·阿格里帕归还了他的印玺戒指。元老院下令罗马举行一个星期的感恩和祈祷仪式，庆祝他的康复。

这年秋天，阿格里帕被奥古斯都派到东方，后来的历史学家认为这是对帝国功臣的一种变相流放，以便回避他同马尔凯鲁斯的紧张关系。阿格里帕被派往东方，是以奥古斯都的代表身份出行的，并被授予一切权力手段处理突发情况。他首先去了叙利亚，这是世界国家中最有影响力的省份。也可能奥古斯都是利用阿格里帕不在罗马的机会，让马尔凯鲁斯有更多的和罗马公众接近的机会。马尔凯鲁斯毕竟是他的外甥和女婿，这对夫妇生下的孩子，当然就是直接属于他的血统的后裔了，在这个孩子身上他看到了建立尤里乌斯王朝的希望。但是这样的希望，显然是不合时宜的，奥古斯都可以将自己的头衔和财富赏赐给任何人，但他的统治权却不能私相授受，因为那是元老院和罗马人民授予他的；他在寡头集团内部的领导权也不能交给任何人——阿格里帕和集团内部显要也不会毫无怨言。两种不同理念现在出现了分歧，这很容易令人回想起独裁官恺撒和他的政治继承人屋大维和集团内二号人物安东尼之间的争斗。

然而，奥古斯都的意愿无情地落空了，一同感到失落的还有他的政治助理王权帝制的设计者梅塞纳斯。就在奥古斯都开始康复的时候，马尔凯鲁斯却因同样的伤寒病，一连两个星期高烧不退，医生穆萨故技重施，却终究回天无力抢救无效。一个星期后，在意大利全境庆祝元首康复的喜庆之际，马尔凯鲁斯因为这场病，或者干脆就是这种另类的疗法魂归了西天，年仅二十岁。年方十六岁的尤利娅成了寡妇。对于马尔凯鲁斯的蹊跷生病到死去，罗马谣言纷纷，有认为是李维娅和阿格里帕的合谋，但苦于没有任何证据证明元首继承人死于一场阴谋。此时，元首早年的两位盟友因为政治理念和生活方式的不同已经势同水火。

马尔凯鲁斯的死，使奥古斯都悲痛万分，屋大维娅伤心欲绝，她无法抑制自己的悲痛，从此完全退出公共政治生活。罗马民众对这个年轻英俊风采过人的英雄后代表示了沉痛的哀悼，街头撒满了祭奠的百合花和其他鲜艳的花束，他的背后是照耀他成长的奥古斯都家族，那是神明一般的奥古斯都家族。他出身血统高贵：他的父亲盖乌斯·克劳狄乌斯·马尔凯鲁斯是公元前 50 年的执政官，他原来是庞培的拥护者，后来取得恺撒的宽恕并且娶了屋大维的姐姐屋大维娅。他的父亲无论就血统和人品都是国内第一流的，他的母亲被尊崇得如同神灵。马尔凯鲁斯的悼词是由罗马最杰出的诗人维吉尔执笔的，这是一部未完成的史诗《埃涅阿斯》中最最出色的片段之一，当然这是维吉尔为悼念这位伟大的贵族后代，专门插进了这部注定要传之后代的伟大史诗：

> 他居心虔诚，有传统的忠诚，
>
> 他掌握武器的拳头是不可战胜的：
>
> 在战争中敢于同他对抗的每个人
>
> 都要失败，无论他徒步
>
> 冲向敌人，还是用踢马刺刺痛
>
> 他的口吐白沫的战马。
>
> 可怜的孩子！啊，你会克服坎坷的命运，
>
> 你将是一个马尔凯鲁斯！——
>
> 把满捧的百合花给我，
>
> 这样我可以撒播它紫色的花朵；
>
> 我要把这些无补于实际的最后心意
>
> 献给我的孙儿的在天之灵。
>
> ——《埃涅阿斯》，第六卷，第 878-886 行

现在看来，维吉尔这首诗写得毫无特色，艺术语言也比较贫乏，但在当时是很有影响力的。这是维吉尔在奥古斯都家族为马尔凯鲁斯专门举办的追思会上公开朗诵的。这场追思会是小范围在恺撒家族亲友间举办的。屋大维娅也应邀出席了追思会，目的当然是为了让少年英雄的母亲看看罗马人民有多么怀念这位杰出的烈士后代，慰藉这位心力交瘁伟大母亲破碎的心。

元首府上有一些人参加了家族的小型追思会。屋大维和李维娅、尤利娅以及阿格里帕和马尔凯拉出席，梅塞纳斯和他的新婚小妇人泰伦提亚也跻身其中。人们观察到屋大维娅脸色憔悴苍白可怖，她像一具失魂落魄的

行尸步履不稳地由女儿搀扶着走进会场，但是她和平时一样，保持着外表的镇定，也十分和善体帖地对于表示哀悼的亲友颔首致谢。

当维吉尔朗诵完全诗，会场寂静无声，随后是窃窃私语声，屋大维娅毫无反应，眼睛幽幽地噙着泪光，张开嘴唇露出牙齿，可怕地似笑非笑着。随后她突然地发出一声尖叫，身体颓然一歪，倒在躺椅上失去了知觉。

当天下午，她由女儿马尔凯拉陪同回到了家乡韦莱特里，希望在乡间度过孤独和安宁的余生。她回想起自己波澜起伏的人生，婚姻家庭都是围绕着恺撒和屋大维舅甥那两个伟大的男人的可怕政治任务打转，做出了巨大的牺牲，从来也没有自己做主。当帝国的事业需要和尤里乌斯·恺撒的敌人和解的时候，她让自己嫁给了前共和派要员执政官盖乌斯·克劳狄乌斯·马尔凯鲁斯；丈夫去世之后，由弟弟做主，她成了马尔库斯·安东尼的妻子。她尽自己的能力做安东尼的好妻子，同时担任着屋大维善解人意的好姐姐，继续为帝国的创建任劳任怨竭尽犬马之劳；当她被无耻的安东尼遗弃后，依然恪守本分，为他抚养与其他女人生养的孩子，将他们视若己出。她对屋大维的两任妻子都以姐妹相待，她曾经生养过五个孩子，为他们的家族，也为罗马的将来做出过贡献。

现在她的长子也是唯一的儿子马尔凯鲁斯因为服务于元首的事业而故去，她已经失去了依靠。她的女儿马尔凯拉也是元首的堂妹，已经嫁给了帝国元帅阿格里帕，他们也有了一个孩子，看上去他们的婚姻是圆满和幸福的。但是，屋大维提出让他们离婚，让阿格里帕娶马尔凯鲁斯的未亡人自己的女儿尤利娅，她感到自己无力阻挡弟弟的决定，依照惯例她也只能无条件服从。她向元首提出，她在允许女儿和女婿离婚后，就不再参与任何公共事务上的请求。她愿意在韦莱特里乡间安心读书，颐养天年。政治让她做出的牺牲实在太多太多，她已不堪重负。

奥古斯都的左膀右臂

阿格里帕和梅塞纳斯都是屋大维早年的亲密战友，为奥古斯都帝国的创建立下过汗马功劳。阿格里帕现在是罗马的第二号人物，当奥古斯都将指环交给他的时候，就表达了足够的诚意，他将成为屋大维之后的帝国大业继承人，而他的竞争对手马尔凯鲁斯的意外死去，将他推向了接班人的一线，此时无论从资历和军功的累积都无人可与之匹敌，他的元首继承人的政治地位几乎是无可撼动的。而屋大维16岁的女儿刚刚成了寡妇，肯定不能孤身一人，事实上元首的女婿人选是现成的。也即是梅塞纳斯半开玩笑半当真地关于阿格里帕对于奥古斯都提出的忠告——要么你杀了他，要么将他招为女婿。意思很清楚，卧榻之旁不容他人酣睡，阿格里帕功高震主，要么去除权力道路上的荆棘，确保自己中意的接班人上位，要么将他招至自己麾下成为继承人。

这道选择题的首选屋大维根本不予考虑，现在正是将他招赘为婿的绝佳时机。阿格里帕虽然早已与尤利娅的堂姐成了婚，而且还有了孩子，但还是顺从元首意志高高兴兴地离了婚，因为这等于公开向世人明确宣示他的至高无上的继承人身份几乎是铁定的。

公元前21年，阿格里帕正式和尤利娅结为连理。两人很快尽忠职守连续为第一公民不断地增添小公民。先是生下两名女孩，一个随父姓名为阿格里皮娜，一个干脆就是尤里乌斯家族女性通用名尤利娅。公元前20年，尤利娅为奥古斯都生下第一个外孙——盖乌斯，三年后，又一个外孙降生，取名卢基乌斯。奥古斯都大喜过望。在卢基乌斯降生之后，奥古斯都立即将两个外孙从阿格里帕手中买过来收为儿子。元首终于有了儿子，这一点也不影响阿格里帕的接班人地位，反而稳固了他的权力。他很明白盖乌斯和卢基乌斯在继承了恺撒家族的姓氏之后，前途将会是一片光明，而他是奥古斯都继子的生身父亲，他仍然是法定的元首继承人。

公元前18年，他被任命为保民官一职，几乎和元首的权力平分秋色，而且元首的身体一直不好，元首死后，他将继掌帝国大权，那是顺理成章的事情。直到阿格里帕死后，才轮到盖乌斯·恺撒。这是元首的如意算盘，也是阿格里帕的一厢情愿。因为奥古斯都无心宣传丑陋的君主世袭制，在制定整个家族的接班计划时完全遵照共和国传统的程序，步步为营扎扎实实地向前推进，合法合理地走进帝国的未来。

尽管阿格里帕获得了令人羡慕的崇高位置和接班人的荣誉，但是他依然保持着谦虚谨慎的低调作风。

阿格里帕继续扮演着忠诚无私的副手角色，他极少显山露水，从来不把聚光灯打向自己，而是始终对准着第一公民。但是他可以随时向元首提出忠告和亲自出马承担最艰巨的任务为元首纾困解难。阿格里帕经历过战争年代的一切重大战役，并且建立了无可磨灭的卓绝战功。这位在谦逊方面堪为表率的瑙罗库斯战役、阿克兴战役的胜利者拒绝了各种荣誉和凯旋式，说任何的军事斗争取得的胜利都应当归功于战略决策者伟大的第一公民，他只是实际工作的执行者。他绝不会居功自傲，只是默默地埋头苦干；他的犒赏不是掌声或者民众的感激，而是完成职责的满足感。

《罗马革命》作者罗纳德·赛姆指出：

罗马式的美德必然催生雄心壮志；阿格里帕拥有罗马人的各种野心。他拒绝荣誉的做法被视为一种自谦的姿态；但这种行为只反映了目的明确的野心，证明他专注于真正的权力，而不在乎公共场合的浪得虚名。但是阿格里帕并没有推辞瑙罗库斯大捷后授予自己的金冠，以及为纪念阿克兴海战胜利后发给他的天蓝色旗帜。他的本性是固执己见和盛气凌人的。他可以服从奥古斯都，但不会再服从第二个人；并且他对奥古斯都并不总是百依百顺。

对他的形象描绘展示的是一个有血有肉的硬汉形象——暴躁易怒、飞扬跋扈、坚忍不拔。有人认为，奥古斯都如果去世的话，阿格里帕将会成为元首小外孙的绊脚石。这种看法并不是全无根据的。"他极其忠诚，但是仅限于服从最有智慧的人。"贵族们往往痛恨那些令人反感的后起之秀。那种可以损害他们特权和实力的无情专制统治工具。马尔库斯·维普撒尼乌斯·阿格里帕是位比一切执政官后代更为优秀的共和派——因为公众谋求福利的理想是合乎逻辑和令人生畏的。

公元前28年当奥古斯都和阿格里帕征服东方，战胜安东尼和埃及女王克里奥佩特拉胜利凯旋返回罗马时，奥古斯都进入第六个执政官任期。他就和阿格里帕分享了所有荣誉和义务。继而，他在一天内废除了过去"三头政治"时期通过的所有法令，以便使过去的专制统治从罗马人民的印象中彻底抹去。他增加了用于自由分配的粮食的数量，并且给贫困的元老现金补贴，以便使他们能够有尊严地更好地执行公务。他的目的在于取信于民，使他们对人道精神和他的人格的不可侵犯性确信无疑。首先他想公开表示对于罗马城的无比热爱，帮助他实现这一目标的人选只有精通城市规划的阿格里帕能够担当重任因此，阿格里帕又适时出任了市政建设的首席官员来实施奥古斯都的振兴首都计划纲要。

公元前33年，他利用他的建筑学知识之优势当选为营造官。他在任职期因其对罗马城市容的重大改善而闻名：修复与建造输水道、扩大与清理大下水道（Cloaca Maxima）、建筑公共浴室与廊柱以及规划花园。他还鼓励艺术品的公共展览。奥古斯都后来被赞誉"他得到这座砖城，留给我们一座大理石城"，而这恰恰得益于阿格里帕这个助手。阿格里帕不仅仅修建了高架水渠，还写就并出版了一份报告，主张政府应该为全体民众的福利而没收私人所有的收藏品。这就是图谋进行对于贵族集团进行报复的新政政策，造成了权贵集团的普遍恐惧，首先帝国首席谋臣酷爱奢侈品、艺术品的梅塞纳斯就坚决反对，因而根本无法执行。

马尔库斯·阿格里帕以罗马前任执政官暨罗马海军舰队主帅、罗马元老院首席营造官的身份发布通告。他和执政官奥古斯都将私人出资，不借助公共财力，修葺并复原所有年久失修的公共建筑，同时清理并修葺罗马向台伯河排放废水废物的公共沟渠。他还私人出资，向所有出身自由的罗马居民提供足够一年之需的橄榄油和盐。公共浴场将会免费开放一年，无论男女，无论自由民和奴隶，均可使用。为了保护亲信者、无知者和穷人，防止外来迷信的蔓延，所有占星术士、东方巫师和魔法师不得进入城墙之内，目前从事邪术营生之人必须离开罗马城，违者处死并抄没全部钱财。在人称埃及塞拉皮斯和伊西斯神庙的地方，不再允许买卖埃及迷信的器物，违者买卖双方均处以流放；该神庙原为纪念尤利西斯·恺撒征服埃及所建，今后留作文物，不可视为罗马人民和罗马元老院对东方伪神的承认。

他开始组织修建许多著名的公共建筑物：在罗马广场旧王宫附近的维斯塔神殿、卡匹托尔山上的朱庇特神殿、帕拉提乌姆山上的阿波罗神殿（西比拉预言书就保存在这里）。后来又为复仇者马尔斯修造了一座神殿，神殿是在腓力比战役之后奉献的。拥有尤里乌斯家族巨大陵墓的马尔斯广场重新加以铺装；阿格里帕则把尤里乌斯·恺撒在特拉维尔琴开始营造的大理石建筑撒埃普塔·尤利娅（Saepta Julia）的工程加以竣工，公元前 27 年—前 25 年他还设计修建了第一座万神殿，第一座圆形剧场和萨图尔努斯大神殿。所有这些建筑物的营造使罗马公民确信，一个真正的罗马人，一个考虑到罗马这座城市永恒性的人正在进行工作。

公元前 17 年，即凯旋将军·恺撒更名为奥古斯都十年后，罗马已经再次成为上天诸神垂爱的神圣之都。天下河清海晏，人民安居乐业，合法的政治秩序得到恢复，万物欣欣向荣。随着 5 月份的结束、6 月份的到来，罗马人受邀参加了一个重大的仪式：庆祝世纪之交的新时代曙光。城内开展了各种娱乐活动：举办车赛；举行丰盛的筵席。不过，一连三天都向神明献祭他们应得的食物和鲜血。夜幕降临的时候，全城人举着免费发放的火炬，将夜空照得透彻明亮，第一公民带着一帮元老和文武大员带头开始庆祝。

阿格里帕像往常一样退隐在幕后，台前突出的主角依然是火炬照耀下的英明伟大正确的元首，他和梅塞纳斯只是配角，微微带着谦和的目光欣赏元首欣喜异常的笑脸。对于主管城市命运的白袍三女神，元首祭献上羔羊和山羊；对于分娩女神他献上糕点。为了刻意营造欢乐的氛围，诗人贺拉斯奉命创作组诗《世纪之歌》，由五十四名身穿白色轻盈透明薄纱的少男少女唱诗班深情歌唱，歌声在卡匹托尔山和帕拉蒂尼山朗朗响起，为的是以气壮山河的声势让人民广为知道帝国的富强伟大，而这些光荣属于天降圣子太阳王阿波罗的化身奥古斯都：

恩慈的太阳，你乘着炫目的战车

令人又隐藏白昼，每日不同

又相同，愿你俯瞰的城市都不若罗马辉煌。

赋予罗慕路斯子民财富、子孙和各种各样的殊荣。

此刻，祈祷声响彻罗马广场，烘托出流光溢彩的大理石神庙在天际勾勒出闪光的弧线，令听者无不深信神明已经降下福泽。

真相、和平和荣誉，以及我们那庄严的道德传统，还有美德，这些久经遗忘的事物再次回归我们的生活，天授的富足也是——罗马因此拥有了"丰饶之角"的称号。

阿格里帕的埋头苦干和梅塞纳斯的高调宣扬，使得奥古斯都心目中伟大的罗马帝国在芸芸众生欢欣鼓舞中矗立，站在帝国顶峰发光闪亮的伟人乃是帝国元首和第一公民，其他文臣武将都是他的辅佐和衬托红花的绿叶。在罗马人民的注视之下，城市逐渐摆脱破败的景象，焕发出越发灿烂的光辉。人们将开始取用第一公民显得取之不尽的财富视作理所当然，他的慷慨大度似乎没有边际。当伟大的庞培后裔穷困潦倒得无以维修祖先留下的石制剧院时，除了奥古斯都以外，还有谁能挺身而出呢？其他贵族深知自己无法在这方面与之较量，早早退出了角逐。无论修建无比壮观的澡堂，还是将罗马人民的投票大厅改造得富丽堂皇，或是修缮城市的街衢，都只有奥古斯都和他的至忠之臣阿格里帕会亮相。

第二公民阿格里帕

这一年大公主尤利娅二十一岁。她诞生下了自己和阿格里帕的第二个儿子，也就是奥古都斯的第二个外孙，继承人的危机得以缓解，第一公民大为满意，恰逢罗马举行世纪大典喜庆的日子。屋大维和阿格里帕是大典的主祭，似乎这第二个外孙就是元首家族向神明的最好献礼，心情大好的奥古斯都和阿格里帕向罗马伟大的建城者奉上了许多祭献。尤利娅夫妇两个儿子——盖乌斯和卢基乌斯的出生，点燃了第一公民整个家族的热情，那是一种对权力的激情，因为第一公民收养了两个孩子为继子，这是皇权传承江山永续的象征，而世人的理解就是奥古斯都一旦撒手人寰，首先会是阿格里帕成为元首接班人，然后是他们的一个儿子成为元首暨第一公民。尤利娅陡然发现，她是世界上除了李维娅之外最有权力的女人。至此，她学会了寄生于权力带来的无比快乐，这对夫妻因此而感到幸福和满足。她在明目张胆地享受快乐，阿格里帕则是暗中感到了喜悦。

尤利娅和李维娅一同主持了罗马高层百位贵妇的盛宴；她坐在朱庇特女儿月亮女神狄安娜的宝座上，李维娅坐在天后朱诺的位置上，两人都领受了贵妇们的礼仪性崇拜。她看见罗马最有钱财和权势的女人仰视着她；但她心中明白，她们中许多人的丈夫都是她父亲的敌人，如果不是因为对权力的恐惧，早已将他的父亲谋杀。从她们望着她的表情，可以看出她们只是对权力的崇拜，那不是爱戴和尊重，只是一种出于对传统习俗的遵守，对权力恐惧衍化出的某种言不由衷的表演。

庆典过后不出数周，阿格里帕由于多项任务而要出行东方——去小亚细亚数省巡察，去他父亲度过童年时代的马其顿尼亚，去希腊，去本都和叙利亚到耶路撒冷，去形势需要他去的各地。尤利娅陪同他前去必然会违背一切习俗；然而她不顾父亲的坚决反对，还是和丈夫一同启程了。她记得父亲说："从来没有妻子陪同资深执政官和他的部队去外邦的，那是获释女奴和娼妓的差事。"而她则回答："那么我想知道，你是宁可我在丈夫面前显得是个娼妓，亦或是罗马的娼妓。"父亲被她怼得几乎无话可说。她的用意只是某种玩笑，父亲也认为是一种玩笑。无论如何父亲对她是宽容的娇宠的，他向她服了软。她如愿加入了丈夫随行人员的队伍，带着孩子和仆人，平生第一次越过了乡土的边界走向世界。

从布林迪西港渡海到阿波罗尼亚，他们横渡了亚德里亚海注入地中海的狭窄海域，他们寻访了阿格里帕和奥古斯都少年时代相伴的故址。时光悄悄流逝，一切显得闲散而惬意，他们一路前行，去更加奇异陌生的罗马领地，而很多罗马人没有涉足的地方。从阿波罗尼亚，他们穿越马其顿北进到刚刚并入帝国的默西亚，一直来到多瑙河畔，也就是后来罗马诗人奥维德流放的蛮夷之地。

当他们的马队一路前行，当地的蛮夷就像受惊的动物一般纷纷躲避到森林中，怎么劝诱都不肯出来，他们操着奇怪的土话，许多人用野兽的皮毛裹身。那些驻守边防的罗马士兵过着简陋的生活，生存环境极为艰苦，他们不幸派到帝国最边缘的前哨来驻扎，见到他们的统帅脸上却露出满足和幸福的微笑。阿格里帕和他们亲切地交谈仿佛再自然不过，这使她想起，早在她出生之前，父亲和丈夫在很长时间也是在这样艰难困苦的环境中度过的。

视察过多瑙河前哨后，他们又匆匆忙忙南下，因为秋天已经来临，他们希望躲过北方的严冬。她对于自己跟随阿格里帕前行的决定心生悔意，毕竟她已经适应了罗马的安逸闲散和富足的奢侈生活。他们在腓力比停留的时候，她的精神又开始振作起来，毕竟这是父亲和丈夫浴血奋战生死拼搏的地方，阿格里帕指给她看他们与布鲁图斯和卡西乌斯军队战斗的地方，给她讲当年战斗的那些惊心动魄的故事；然后他们前往爱琴海海滨，在碧蓝大海的岛屿之间穿行而过；随着他们的一路向南，天气开始温暖起来。

公元前14年，一晃二年过去，他们夫妻度过了人生最愉快惬意的旅行岁月，他们来到了耶路撒冷。希律王邀请阿格里帕和尤利娅去他的领地巡视。然而，阿格里帕在耶路撒冷停留时间不长，因为他刚刚抵达即传来博斯普鲁斯叛乱的消息。那里忠于罗马的老国王薨逝，他年轻的寡妻狄那弥斯勾结她的情夫策动政变，藐视罗马的权威，宣布她和情夫君临统治这个王国。阿格里帕深知这个王国是抵御北方蛮族的最后堡垒，决定率兵前往平息叛乱。

尤利娅不能陪他上路，却不顾随从官员的劝阻，等她丈夫一上路就带着全部随从去了希腊，目的地是她和丈夫刚刚去过的北部诸岛。两年来，阿格里帕夫妇在南行爱琴海诸岛以及希腊与亚细亚海滨城市的休闲旅游期间，尽情享受与元首使者尊贵身份相称的尊荣。尤利娅因为是元首的女儿，受到分外的追捧，那是唯有海岛上的和东方的希腊人做得出来的谄媚，这使得尤利娅分外享受。安德罗斯岛竖起了她的雕像；在莱德博斯岛上，米迪尼利城的居民听说安德罗斯岛居民的礼敬之后，便造出一个更大的，将尤利娅和阿芙洛狄特女神并列的雕像；其后，各岛民众为了迎接尤利娅和阿格里帕的到来，庆典变得越发铺张，最终尤利娅被看成阿芙洛狄特女神重返人间，受到民众的膜拜。而尤利娅竟然渐渐适应了这种万众拥戴的神话环境，在性格上也发生了变化，那种仪式性的吹捧使她信以为真，因而变得自命不凡起来，她变得专横跋扈，不可一世，仿佛自己确实是非凡神女降临人间。

尤利娅白天在伊利昂游览了特洛伊废墟，晚上要乘船渡河到斯卡曼德河的对岸，三天后的夜晚在参加完那个令人心醉的神秘仪式后，渡河返回途中，因为某种不明情况的突然出现，尤利娅和随从乘坐的筏艇翻了。她和随从落到了河里，大家被河水冲到下游，命悬一线。她最终虽然获救，但余怒未消。竟然以阿格里帕的名义指责村民见死不救，下令对村民罚款十万德拉马克。算下来每人被罚款一千，这对穷人而言确实是一个沉重的负担。

对于这次翻船事件，奥古斯都传记的作者特威兹穆尔勋爵也有记载：

由于她伴随丈夫走过许多地方，看来她同阿格里帕的结合还是美满的。在这样的一次出行中，她差一点溺死在斯卡曼德尔河（今天的门德勒斯河）里，后来人们在亚细亚各城市把她崇奉为神，从而加强了她对荣誉的贪求。但就是这一结合也证实了英国关于老夫少妻的古老格言：老夫少妻犹如把陈旧的草铺盖到新房子上面。当阿格里帕经常不在罗马的时候，尤利娅有很多时间用来看书，考虑自己豪华的服饰，并且结交年轻的男朋友。虽然奥古斯都反对她的生活作风，但是很少能注意到她，即使经常监督她的李维娅对她也没办法。

当外出巡视的阿格里帕遇到边防紧急军情离开她时，身在小亚细亚异国他乡的尤利娅在受到神一样崇拜的希腊人那里，更是犹如脱缰的野马肆无忌惮地享受着身心的自由，而这些充满着神秘的风流韵事均很快被随从报告给了罗马。

奥古斯都并没有声张，只是发出一纸谕令，责成尤利娅必须立即返回罗马。他没有给她一个像样的理由来解释他的强硬，他只是说，第二公民的妻子长期远离爱戴她的民众，于礼不合，而且只有她和李维娅可以履行某些社会和宗教的职分。她根本不相信这是召她回去的真实原因，但是他严禁女儿再追问下去。然而他不会不知道她讨厌回去。他只是不知道在那个神秘的小岛偷尝男欢女爱的禁果后，就如同偷尝了禁果的夏娃再也回不到黄金牢笼禁锢的过去了，她的灵魂如同出笼鸟儿开始疯狂地追求她在情感上的自由。在她周围自有一帮将她奉为天仙的贵族浪子，尤其是一帮怀有不臣之心的政治野心家，借助她的爱慕虚荣去实践自己的政治目的，而此刻那位年龄几乎与她父亲一样大的第二公民经常被她父亲差遣在各个行省执行特殊的巡察任务，直到公元前13年这位著名的将军猝然病死在自己在坎帕尼亚普泰奥利的行辕别墅中。她却在森普尼乌斯·格拉古的豪宅中享受着松露佳肴，陶醉在罗马情爱诗人奥维德美丽深情的赞美诗中。

阿格里帕生于公元前63年的罗马城郊，出身平民，与屋大维同龄，两人是童年时的挚友。公元前45年的孟达战役中屋大维与阿格里帕同在恺撒麾下担任骑兵军官，摧毁庞培儿子及共和军的反叛。随后，阿格里帕参加了对抗小加图以及在阿非利加的共和派的战斗。恺撒在战役结束返回罗马，收养了屋大维。当恺撒在罗马巩固权势之际，他派遣阿格里帕与屋大维随同马其顿军团往阿波罗尼亚学习。一并前往的还有恺撒的一位友人之子盖约·梅塞纳斯。

这三名青年在应恺撒之命远离罗马的期间发展起了一种亲密的友谊。阿格里帕由于在马其顿军团内部颇受欢迎，很快脱颖而出，指挥官们注意到了他那令人惊奇的领导才能。他在建筑学上也颇有造诣，所学之技艺被他在日后生活中加以施展。公元前44年恺撒被刺之讯息抵达阿波罗尼亚。在他与梅塞纳斯的建议下，屋大维回到罗马。三人意识到他们需要军队的支持，阿格里帕立即赶回希腊，担负起马其顿军团（最为著名的第四军团）统帅之责，向罗马进军。军团在手之后，屋大维与马克·安东尼及雷必达订立了第二次三头盟约，以对付恺撒的谋弑者。在腓力比战役中阿格里帕作为屋大维之最高将领与屋大维和安东尼并肩作战，取得了最后的胜利。

公元前41年，屋大维派遣阿格里帕与反叛的卢基乌斯·安东尼及富尔维亚·安东尼交战，公元前40年，攻取佩鲁贾，再传捷报。两年后，他又镇压了高卢的阿基坦人的叛乱，并继恺撒之后成为渡过莱茵河的罗马第二人，平息了日耳曼部落的侵扰。班师途中他谢绝了赋予他的凯旋式，但接受了公元前37年的首任执政官公职。此时塞克图斯·庞培已控制了意大利沿岸海域。

阿格里帕最关切的乃是为其战舰提供一安全之泊港，他通过凿穿一条将卢克林湖（LacusLucrinus）与海洋分隔开的条状陆地，形成了一处外港，通过将阿佛纳斯湖（Avernus）与卢克林湖连接建成内港。他注重于对海战技术和作战方式的研究和改进。他以本国船小而不能应敌，力主修造大船，还研制了许多新颖的作战武器：参考古代罗马战舰的乌鸦吊桥设计了用来钩住敌舰予以打击，增加接舷战胜算的塔钩；并第一次在重型战舰的水线部位装上木质装甲，以防敌舰碰撞——这些都大大增加了屋大维一派在地中海域战场的获胜率。在此期间，阿格里帕与西塞罗之友提图斯·庞波尼乌斯·阿提库斯的女儿凯齐利娅·阿提卡结婚。经过阿格里帕一系列的改革，屋大维的海军独步天下。在这种背景下，屋大维出兵二十万，对西西里展开了全面的海陆两路进攻。公元前36年，他在米拉和瑙洛丘斯连战皆捷，不到一个月，就彻底摧毁了庞培的海军。西西里战役是屋大维在罗马统一战争期间最大规模的胜利之一。

　　当屋大维与安东尼和克里奥佩特拉的战役爆发时，阿格里帕再度被征召去执掌舰队指挥权。公元前31年，屋大维在阿克兴海战中的胜利主要归功于阿格里帕，此役将罗马统治权和这个世界帝国交到了屋大维手中。作为特别敬意的一种象征，公元前28年屋大维将其外甥女大克劳狄娅·玛尔凯拉许配于他。同年他还作为屋大维的同僚第二次担任执政官。公元前27年，阿格里帕与屋大维一起第三次就任执政官，就在这一年阿格里帕获得了五年内对行省的指挥权，它涵盖了元首在东方和西方的一切领土。

　　第三次执政官任期之后的年月被阿格里帕耗费在高卢，改革行省管理和税赋体系，同时建造富有效率的道路系统和输水道。

　　他与奥古斯都的友谊似乎由于他对马尔凯鲁斯的嫉妒蒙上了阴影，又或许是李维娅的阴谋所致——奥古斯都的第二任妻子害怕他对她丈夫的影响力。传统说法是此种嫉恨的结果导致了阿格里帕离开罗马，表面上接管了叙利亚总督一职——某种荣耀的放逐。但是，他仅仅派出了他的使者前往叙利亚，由代理人予以管理。而他本人却逗留在莱斯博斯岛（Lesbos），在他放逐的头一年里马尔凯鲁斯病死，他即被奥古斯都召回罗马。

　　然而，如果有人将这些事件置于公元前23年危机的背景里就会发现，当面临重大敌对和即将造成一次主要的政治上的跌落时，奥古斯都不太可能会让一个放逐者掌管罗马最强大的军队。更为可能的是阿格里帕的"放逐"实际上是对一位统率重兵的忠诚助手所做的谨慎的政治上的安排，作为一项预备策略，以防公元前23年的解决方案失败而奥古斯都需要军事援助。

　　公元前19年，阿格里帕被派去扑灭西班牙的康塔布里安人叛乱（Cantabrian Wars）。前17年，阿格里帕第二次任叙利亚总督。在任内，他的公正审慎的治理赢得了行省人民，尤其是希伯来人的尊敬与好感。阿格里帕还恢复了罗马对Cimmerian Chersonnese（今克里米亚）的有效控制权。

　　在阿格里帕人生的最后阶段，他开始了对上多瑙河地区的征服，公元前13年该地区成为罗马的潘诺尼亚省。前12年3月，阿格里帕积劳成疾猝死于坎帕尼亚行辕，年仅五十一岁。

阿格里帕亦作为一名作家而知名，而在地理学科领域，在他的监督下，恺撒梦寐以求的帝国全面勘测得以实施。他绘制的一份圆形地图，随后被奥古斯都镌刻于大理石上，置于他姊妹波拉建造的柱廊中。在他的著作中有一份今已佚失的自传提及了此事。

马尔库斯·维普撒尼乌斯·阿格里帕，与盖乌斯·梅塞纳斯和屋大维同为元首制（principatesystem）缔造过程中的核心人物，该制度统治罗马直到第三世纪的危机和寡头制的诞生。

《罗马革命》的作者罗纳德·塞姆如是评价阿格里帕：

阿格里帕一直扮演着忠诚无私的副手角色；他极少显山露水，但随时可以对元首提出忠告或者亲自上阵解决危机。阿格里帕经历过革命年代的一切战事，并赢得了其中的大部分战役。这位在谦逊方面堪为表率的瑙洛库斯战役、阿克兴战役的胜利者拒绝了种种荣誉和凯旋式，继续埋头从事他的工作；他的犒赏不是掌声或感激，而是完成职责的满足感。阿格里帕生前没有享受过多少荣誉，死后也没有得到什么纪念，奥古斯都从未打算这样做。对阿格里帕任何形式的尊崇都将危及领袖对于声望和荣誉的垄断——也会露骨地揭示政治权力的本质。

奥古斯都的宫廷御用诗人贺拉斯在他厚厚的《颂歌集》中仅有短短的一首诗非常简单地谈到这位帝国的第二公民，而将为之歌功颂德的重任推到了维吉尔的朋友瓦利乌斯身上，认为只有这位史诗写作的诗人才有能力去歌颂这位伟大将军的伟大业绩。这是某种以"细弱才能和愚钝天性"为借口的推脱，回避不了现实生活中他对脾气暴躁的阿格里帕（诗中以佩琉斯之子阿格琉斯隐喻阿格里帕的脾气暴躁）的厌恶，因为他和维吉尔的恩主梅塞纳斯都很讨厌阿格里帕；也许还有着腓力比战败的耻辱，直接和阿格里帕参与对共和军绞杀的暴行相关联，而引起他的愤怒，诗中就充斥着对于战神的反讽：

你的勇敢，你征服敌人的伟业，自有

瓦利乌斯·迈尔尼亚的诗集来称颂，

锐不可当的士兵如何在马背上，在船头，

在你的统领下屡建奇功。

而我，阿格里帕，不会吟唱这些，或者
从不知让步的佩琉斯之子的冲天愤怒，
或者狡猾的尤里乌斯在海上的漂泊，
或佩洛普斯血腥的家族。

细弱的才能，宏大的主题：我的羞耻心
与掌管和平里拉琴的缪斯一道阻拦我
滥用愚钝的天性，让卓越恺撒的泽勋
与你统领的荣誉都被消磨。

谁的巨笔能描绘马尔斯，身披钢甲，
或者墨里俄涅斯，落满特洛伊的黑尘
或者提丢斯之子，靠着助阵的密涅瓦
竟让众神也惧他三分？

欢乐的宴席，凶狠少女的战斗，才是我
咏叹的内容，每当青年人被削尖的指爪
追逐；无论心无所属，还是热情似火，
轻浮永远是我的记号。

首席谋臣梅塞纳斯

盖乌斯·梅塞纳斯（Gaius Cilnius Maecenas，前 70 年 4 月 13 日—前 8 年 10 月）是罗马帝国元首奥古斯都的最亲密的朋友和谋臣，著名的外交家，同时还是诗人艺术家的保护人。诗人维吉尔和贺拉斯都曾蒙他提携，并成为他的好朋友。两人都应他的邀请在国家高级官员面前朗诵自己的诗歌，从此进入奥古斯都的视线，受到元首的青睐，而纳入元首宫廷诗人的班列，尤其是前共和派军团指挥官贺拉斯和梅塞纳斯结下了深厚的友谊，直至终身。因此，他的名字在西方被认为是文学艺术赞助者的代名词。

在贺拉斯的《颂歌集》中诗人不吝笔墨写下十多首赞美歌颂梅塞纳斯的诗歌和不少的诗体书信，颂扬这位元首最亲近的政治顾问和策略谋士。他的《颂歌集》开篇第一首类似序言的诗就是献给他的文学赞助人和恩主梅塞纳斯的：

梅塞纳斯啊，你，王族的贵胄，
我的坚盾，甜美荣誉的源头：
有人痴迷于奥林匹亚的尘雾
随赛车翻卷，闪电般的轮轴
掠过标椎，手握光荣的棕榈，
恍惚间与主宰世界的神交游
有人宁可让无常的罗马庸众
簇拥着沿权力之阶步步高升；
有人只关心自家谷仓的充盈
不许利比亚的一粒粮食逃遁。
手把锄头，农夫怡然耕作
祖先的土地，阿塔鲁斯的财富
都无法引诱他忍受木船的颠簸，
穿越米尔托翁海，满脸恐惧。

西南风起，伊卡利亚的风涛
惊吓了行商，闲适静谧的故土
让他怀念，但转眼船已修好，
窘迫的生活才是不堪的重负。
有人不会拒绝诱惑，
不会因为虚掷光阴而羞愧，
时而在葱绿的野草莓树下安卧
时而倾听呢喃的神圣泉水。
许多人喜欢军营，喜欢喇叭
与号角齐鸣，喜欢战争，尽管
母亲诅咒它。寒冷的天空底下，
猎人守候终夜，娇妻抛在一边，
每当鹿被忠诚的狗发现，抑或
马尔西野猪挣破细密的猎网。
我，却因博学额头上荣耀的
常青藤而置身天界。树林清凉，
水泽仙女和山神的轻盈歌舞
分开了我和众神，既然笛音
不禁止，圣歌之主
也愿意弹奏莱斯博斯的里拉琴。
但你若给我抒情诗人的冠冕，
我高昂的头将闪烁群星之间。

　　这首诗写得声情并茂，首先歌颂梅塞纳斯十分高贵的出身，这几乎是贺拉斯每首诗反复要强调的地方。但是这种吹捧祖先的陋习，几乎是罗马高层人人都未能免除的弊端。梅塞纳斯家族对于神圣和古老王族的攀附，其中真假很难考证，多少有牵强附会之处，长此以往以讹传讹，也就弄假成真了。此诗大约写于公元前23年，也是贺拉斯《颂歌集》前三部发表的时间。梅塞纳斯的先祖是埃特鲁利亚（Etruria）城市阿莱提乌姆的统治者，类似于部落酋长一类的小头目，在贺拉斯笔下多次将之拔高为国王，称老梅是王族后裔，完全是一种门客对于恩主的谄媚比附之说。因为与罗马结盟，这位酋长遭到本族人的驱逐，罗马人曾经帮助他恢复势力，梅塞纳斯的出身在罗马属于平民和贵族之间的骑士阶层。

贺拉斯在批评世俗社会对于权力地位和金钱财富的追求后，赞美了老梅的人品、修养、学养和情操、眼界、胸怀，而这些都与他那高贵的出身紧密相关。而曾经落魄的诗人得到老梅慷慨无私的提携和经济上的大力资助，使他在文学艺术事业的跑道上夺得荣耀的常青藤桂冠，仿佛置身于树荫清凉的天界，潺潺流淌的小溪边有美丽的仙女和俊俏的山神相伴歌舞，完全使他显得出类拔萃而超凡脱俗，与庸常之辈截然分开，他仿佛就是来自天界缪斯女神身边弹奏着竖琴的神圣歌者，如果恩主再赐给他抒情诗人的冠冕，那么他必将高昂着头发出更加璀璨的光芒而照耀罗马的天空。

当然，贺拉斯这首诗在罗马造成了很大的影响力，引来罗马第一公民奥古都斯和第二公民阿格里帕的嫉妒，于是为了摆平三巨头之间的关系，贺拉斯于公元前28年至29年又先后写了《致屋大维》和《致阿格里帕》两首诗，从诗的情感抒发和遣词造句方面来看，均显得不如对梅塞纳斯的赞美来得真诚和自然，很多歌颂赞美的词汇都显得空洞抽象，纯属大而化之敷衍应付之作。后来，对于贺拉斯的一些歌功颂德的诗，明显是奉旨写作的御用文人的应制诗，也就是某种诗人在接受施舍之后吃饭谋生的手段。对阿格里帕的诗更像是敷衍塞责的蜻蜓点水般的应酬，因为他和他的主子梅塞纳斯根本就对这位地位仅次于奥古斯都的权臣不屑一顾，相对风雅有趣的梅塞纳斯，阿格里帕显得像个缺乏情趣的土气农夫。

当年，年届不惑的贺拉斯决心退出政界，专事哲学研究，奥古斯都通过梅塞纳斯表达了自己克制而坚定的不满：元首严正指出，诗人不仅仅应该对缪斯负责，还应当对他作诗称颂的庇护者负责。贺拉斯闻听，心情沉重，不得不重新回归宫廷御用诗人的角色。因为他的地位和享受的荣华富贵主要来自奥古斯都，他不得不俯首称臣，内心他还是一个曾经富有共和理想的诗人和军队统领，经历过残酷的腓力比战役，因此而终生反对战争，鼓吹和平。

　　盖乌斯·奇尔尼乌斯·梅塞纳斯的父亲卢基乌斯是罗马有名望的富商和盖尤斯·恺撒是亲密朋友。公元前 47 年，屋大维被恺撒宣布为继子也就是共和国元首未来的接班人。两年后，为了深入培养屋大维的军事指挥能力和作战素养，准备让他参加征讨帕提亚的战争，去建功立业，积累资历，以应将来承担大任的需要。屋大维被舅公派往马其顿的阿波罗尼亚军营，临行前独裁官恺撒选中自己朋友卢基乌斯的儿子梅塞纳斯作为屋大维的游学伙伴。他和阿格里帕、屋大维在布伦迪西港相会渡海前去阿波罗尼亚的罗马军团营地，一面去当地高等学府学习哲学、演讲学，一面进行军事体能训练，做好随恺撒出征的准备。那时屋大维和阿格里帕只有 16 岁，梅塞纳斯 18 岁。

　　公元前 44 年 3 月 15 日，罗马发生恺撒被刺事件，三名小伙伴踏上了返回罗马的征程，从此一路同行，开始了他们艰难而伟大的帝国创业之路，从此再也没有分离过。梅塞纳斯和阿格里帕一样，为屋大维付出了半生的精力，在平时与战时辅佐奥古斯都处理内政与外交各种复杂的经济、政治、社会问题。始终参与了屋大维的政治军事文化的各项政策制定，参赞策划了帝国初期的许多有影响的重大政治军事行动。他们一起并肩作战，同甘共苦，艰难创业，建设帝国新文化、新道德、新秩序，可谓鞠躬尽瘁死而后已。

　　早在前 40 年，作为谋士，他促成了屋大维的第一次婚姻，并参与了恺撒死后屋大维与布鲁图斯派的妥协和与安东尼的联盟。他的名字在穆蒂纳（Mutina，现名摩德纳）、腓力比、佩鲁贾战役中也有提及。梅塞纳斯一直受到奥古斯都的信任，后者征战四方时，他经常受命担任其在国内的行政代理，与庞培之子进行的西西里战争期间，以及阿克兴战役期间都是如此。但是在后期，他们的关系日趋冷淡，据传奥古斯都与梅塞纳斯的妻子泰伦西娅（Terentia）有染。即使如此，梅塞纳斯仍指定奥古斯都为其唯一遗产继承人。当然这只是罗马贵族社会的传统，并不意味着他们关系的始终如一。

公元前28年，屋大维返回罗马，在举行了盛大的凯旋式以后，开始对罗马城进行大张旗鼓地重建工作。当他的凯旋大军经过卡匹托尔游行大道时，看到当年非洲的征服者西庇阿的后代为壮大先辈的声威，在卡匹托尔山大道一侧兴建的那座美轮美奂的巨大拱门，彰显着前辈的振兴罗马共和国的功绩。于是，奥古斯都征服安东尼凯旋归来，开始在罗马广场至帕拉蒂尼山的道路上大兴土木，一心想在建筑气势上超过在罗马德高望重的西庇阿家族，彰显自己更加璀璨夺目的家世渊源。

虽然这些貌似深厚的渊源更多是梅塞纳斯宣传机器编造的神话，和谎言鬼话也差不多，更多的是和神灵的传说穿凿附会，本质上与东方古国对于帝王蛇神附体降下龙儿受命于天君权神授相差无几，后来这些鬼话进入苏维托尼乌斯传记似乎就成了历史的一部分。

奥古斯都建筑的那座拱门，在工程规模和气势上妥妥压住了西庇阿家族的拱门。这座拱门为自己的生父所建——尽管老太爷在屋大维四岁时就去世了；拱门内并没有设立屋大维家族内那些并不显赫的祖先雕像，只有一尊整块白云石精心雕琢的阿波罗塑像和驷马高车，他巧妙地将自己出生时的那些流言蜚语扣在了太阳神阿波罗的头上，他就成了神的儿子。

在苏维托尼乌斯的《神圣奥古斯都传》中就煞有介事地记载了在奥古斯都出生九个月前，他的母亲曾经在阿波罗神殿休息，是晚一条蛇游走而来钻入其母身体而至怀孕，屋大维出生时就患有金钱癣的皮肤病，现在成了神灵附体的胎记。为了避免触怒罗马人民，他不愿意直接称阿波罗为自己的父亲，却时时以阿波罗在人间的化身自居。这些当然和梅塞纳斯和他那帮诗人们的吹捧有关，因为底层民众很吃这一套。在帕拉蒂尼山顶霍腾修斯豪宅的旁边重新装修的太阳神庙金碧辉煌，金色的阳光首先照耀的就是他的豪宅，后来被民众称为皇帝宫殿的地方。

在离元首宫殿不远的另一座山遥遥相望的埃斯科维利山，梅塞纳斯的豪华庄园就建筑在主峰上，尤其那座矗立在云空的瞭望塔成了罗马的标志性建筑，使得元首和第二公民阿格里帕都感到嫉妒。

公元前28年，奥古斯都凯旋后，梅塞纳斯获得了埃斯科维利山的奥皮奥峰的大片土地。一直以来这片被视为不洁之地的山峰脚下曾经是穷人的墓地。梅塞纳斯大兴土木，正在忙着把当时堪称时尚高端的暖水泳池引进罗马。在他的豪华庄园中央还陡然建起一座高耸入云、足以眺望亚平宁山脉的塔楼，可以将整个罗马城收入眼底，可谓一览众山小，俯瞰城廓宽。

　　梅塞纳斯建筑在埃斯科维利山的豪宅在罗马久负盛名，尤其是建筑在山上的公馆以花木葱茏的园林和温泉泳池而著名。他热衷于追逐时尚，时刻担忧自己的衣食住行方面的各种享乐会落伍过气。虽然他那不成格局的花园位于一道城门旁，就修建在平民公墓之上，穷人的白骨成了他无比时髦的造型植物的肥料。贺拉斯甚至写到，在梅塞纳斯大兴土木前，在附近的城墙边白骨散落暴露在光天化日之下。梅塞纳斯改造了这片墓地，将之变成了一座风光优美的公园。他自己也搬到这里来居住。夏天，当罗马城天气异常炎热时，奥古斯都本人也会来到这块避暑胜地，住在这位亲密的朋友家里避暑或者养病。在庄园的小型报告厅，梅塞纳斯还会经常举办著名的诗歌朗诵会，邀集罗马的名流们前来聆听著名诗人们的诗歌、观赏音乐表演。

　　1874 年，在对这个地区进行再开发时，建筑师维尔吉尼奥·韦斯皮尼亚尼和卡洛·卢多维科·维斯孔蒂在梅鲁拉那大道附近发现一处古罗马建筑，其中有砖砌的鱼骨拼地面，还有马赛克墙面，以及位于房子一端的七层半圆形台阶。在台阶上方有假窗，窗内绘制着植物茂盛的花园、喷泉和飞鸟。就是在 19 世纪末期这些壁画还相当生动，联想到这个地区与梅塞纳斯的渊源，发现者们认为，这个半圆形建筑是一个小型报告厅——这位宠臣和客人们在这里聆听诗人们的朗诵，观看乐师们的演出。对于这样的报告厅，没有任何文字流传下来，但不意味着它不存在。从整个房屋结构来看，这个报告厅自古以来经过多次重建。梅塞纳斯的塔楼在文献中被确切地记载，它是当时埃斯奎利诺山的制高点。贺拉斯称其"高耸入云"，可惜的是塔楼没有留下任何痕迹，其具体位置也无法得知。大多数的研究者认为，塔楼可能矗立在报告厅对面，即现在布兰卡桥剧院的位置。

　　美国文化学者威尔·杜兰在《奥古斯都时代》一书中评价梅塞纳斯说：

他的敌人形容他是脂粉气的享乐者，因为他既爱锦绣与珠宝，又能鉴赏罗马的各种佳肴。他酷爱文学与艺术，并慷慨加以赞助，归还了维吉尔的田园，并赠送了一份给贺拉斯，他激发了田园诗和抒情诗，他本可以为官，但不屑为之；许多年他对内政外交方针的制定不遗余力；当奥古斯都犯下严重错误时，他敢教训他。

梅塞纳斯放弃了进入元老院成为统治阶级的机会，决心站在奥古斯都背后，默默地奉献一生。梅塞纳斯这个决定可谓可歌可泣。因为当时的奥古斯都只是恺撒的养子，未来的政治前景一切都是处于未可预测的状态，在凶险无比的罗马政坛，这位养子能否脱颖而出成为恺撒的接班人充满着变数，这些都考验着梅塞纳斯的政治智慧和对人的识别能力以及对未来的预判能力。

从公元前42年腓力比战败布鲁图斯到公元前32年阿克兴海战歼灭安东尼，梅塞纳斯作为奥古斯都的左右手，表现得相当活跃，并且取得丰硕成果。为了帮助能力尚不足独霸一方的奥古斯都，梅塞纳斯放弃了担任公职和升迁的机会，全部精力投入到屋大维的外交斡旋和军事战略的策划：首先他改善了与安东尼的关系；其次为了牵制安东尼，又和庞培的儿子达成私下协议，通过屋大维和斯桂波尼娅的联姻暂时安定了和海盗塞克图斯·庞培的关系。

在这十年中，由于梅塞纳斯纵横捭阖的外交努力和阿格里帕的军事出击，奥古斯都打败了一个又一个对手，最终消灭小庞培和安东尼，没有梅塞纳斯的运筹帷幄和阿格里帕的决胜千里，屋大维的继承恺撒统治，登上最高统治者的高峰几乎是不可能的。凯旋之后，阿格里帕在个人仕途上几乎和屋大维平分秋色，而梅塞纳斯继续隐身幕后，在个人功名利禄方面继续做出牺牲。对于奥古斯都而言，要提拔梅塞纳斯易如反掌，只不过他不希望这么做，而希望他作为谋臣继续留在他身边出谋划策，参赞规划帝国未来的蓝图。

对于梅塞纳斯的个性，自古以来就有不同的说法。众所公认的是他的行政管理能力和外交手腕。他帮助屋大维在波谲云诡的权力斗争中立足，

选择正确的时机结盟，特别是后三头结盟时帮助屋大维制定了相对人性化
的政策赢得人心。对于奥古斯都上台后迅速建立新秩序，他贡献巨大。梅
塞纳斯本人亦写作诗歌散文，有二十多篇断片传世。不过他的写作才华显
然不及他的识人眼光。

梅塞纳斯原本就出身于富商之家，战后应奥古斯都的要求购买了埃及
的大批土地，成为罗马超级富翁，他开始承担起罗马帝国文化宣传方面的
重任，将大量的资金用于帝国文化事业和人才的搜罗培养上。他位于埃斯
科维利山顶的豪宅成为帝国文人雅集的沙龙，罗马帝国顶尖级诗人、散文
家维吉尔、贺拉斯、李维就是这儿的常客；这里还是奥古斯都策划商讨帝
国政事的秘密会议中心。奥古斯都在身体欠佳的时候，经常会以休养的名
义去梅塞纳斯的豪宅小住，这里更是他休养生息，放松心情的离宫别苑。

梅塞纳斯一辈子身体都不太好，而在晚年他简直成了一个病人。他得
的是一种严重的失眠症。奥古斯都传记作者、曾任英国驻加拿大总督的特
威兹穆尔说：

梅塞纳斯其人始终是一个未解之谜。他那布满皱纹的面容几乎无法使
人从中做出什么有关他性格的推论。他的性格看来是柔弱的享乐主义者和
国务活动家的那种极为机敏而又有远见的智慧稀有的混合。他的事业心不
是一般的事业心。要知道尽管他是国内最有影响的三个人物之一，但是他
从来不曾追求一个职位或者有意识地设法摆脱自己的骑士等级地位。关键
时刻，他的贤明意见对奥古斯都来说十分重要，因为正是这样的时刻，需
要有人指出错误和失策来。他可能比别人更加深刻地认识到元首制能够拿
出来作为基础的妥协的必要性，如果这样能够适合罗马人的口味的话。然
而十分明显，他身上同时又有某种旧式的怪诞的东西。他具有一位唯美主
义者的一切弱点和一位小名士的一切矫揉造作的习气。他本来可以成为一
位大作家——但是他的散文粗糙得和他的布满皱纹的面容一样。塞内加说
他的散文"像喝醉了酒一样"。奥古斯都却笑他"他的诗句有如芳香四溢
的卷发"。后世只能看到他作品的片段，从这些片段来看，甚至当他遇到
艰难困苦的时候，他仍然歌颂生活。可能奥古斯都并不像他对阿格里帕那

样，一直喜欢梅塞纳斯。是的，他们晚年甚至疏远了，而如果人们相信罗马的谣传的话，那么他们那种疏远要回溯到元首同梅塞纳斯的漂亮的和比他年轻许多的妻子泰伦提娅的关系上去。……无论如何，梅塞纳斯为元首制立下了无可估量的功勋，而这些是任何人无法做到的。由于他为奥古斯都争取到了先前完全是共和派的科学界与艺术界的人士，从而有助于他取得不朽的名声。

第五章
李维娅和皇储提比略

帝国继承人问题

帝国的继承问题，历来为独裁体制难以破解的政治难题，恺撒王朝也不例外。其中渗透着高层统治集团内部显贵团伙之间对于最高权力的争夺，充满着刀光剑影血腥谋杀你死我活的激烈博弈，有时就是导致内战的导火索。各方势力权利不能够平衡时就发生财产和权力的再分配，在共和民主体制瓦解后，老当家人发生危机时，接班人问题就会浮出水面，罗马的权力继承还影响到对庞大帝国的有效掌控。独裁者的权力获取一般都是靠在开疆拓土中的显赫战功而累积，而他们的后代，仅靠家族的荣誉私相授受就很难保证权力来源的合法性。继承者的能力和素质往往很难和肩负的国家重任相匹配，也就很难保证国家的长治久安。

帝国的继承人首先要考虑的应当是皇家血统的纯正性，因为民主共和的选举制早就在恺撒和奥古斯都两代独裁者的运作下土崩瓦解。只剩元首制下不够规范的继承制支离破碎鬼鬼祟祟地运作着，难以适应所谓元老院传统的法制规范。

奥古斯都的麻烦在于，他与第一夫人李维娅的结合并没有给夫妻俩带来孩子。第一公民只有一个之前婚姻中所生的女儿尤利娅。而在公元前37年两人结婚时，李维娅不仅将与前夫克劳狄乌斯·提比略·尼禄所生的与父同名儿子带到了尤里乌斯家族，而且还身怀着第二个儿子德鲁苏斯。而这个可疑的儿子竟然被政敌安东尼贴上了沾花惹草所寄生于克劳狄家族的可耻标签，这就很有点像中国战国时期吕不韦将怀孕的赵姬献给秦太子一般不怀好意。因而长久成为罗马街头巷尾笑谈的荒唐和荒诞的故事。

提比略当年娶的是马尔库斯·阿格里帕之女（西塞罗的好朋友罗马骑士凯基利乌斯·阿提库斯的孙女）阿格里皮娜，生下德鲁苏斯后，两人情深意笃，阿格里皮娜再次怀孕，当提比略被迫与妻子维普萨尼亚·阿格里皮娜（Vipsania Agrippina, 阿格里帕与前妻马尔凯拉的女儿）离婚，迎娶尤利娅时，其实双方都是很无奈的。这件事发生在公元前11年。这是王朝关系混乱的典型例子。不久提比略和尤利娅结婚，这使他内心十分痛苦，因为他十分怀念阿格里皮娜，对于尤利娅的生活放荡颐指气使十分反感。

他们夫妇离婚时，阿格里皮娜·维普萨尼亚已怀孕三个月，他们伉俪情深，难分难解，提比略痛不欲生。据说离婚后，他们有一次巧遇，双方不禁潸然泪下，然而，元首严惩了监视他的人，严禁两人再次会面。在与尤利娅新婚燕尔时，他们各自尽自己的义务，他对尤利娅也尽量施之以爱，当维系他们关系的孩子夭折以后，他们相互开始冷漠，感情完全破裂，他们开始分居，最终提比略出走罗德岛。但是提比略头上始终顶着元首女婿的金色顶戴，虽然这顶金色冠冕比起尤利娅和阿格里帕的两个儿子盖乌斯和卢基乌斯顶戴在含金量的成色上相差了许多，但是比起其他贵族子弟依然要优越许多。

他和弟弟德鲁苏斯无需在罗马的金丝笼内苦苦等待就可以享受到老一代贵族与生俱来的权力，全部仰仗于他们伟大的母亲和元首的完美结合，神的儿子将光辉投向他们兄弟。两兄弟相比较似乎弟弟德鲁苏斯显得更加招人喜欢，他们在阿尔卑斯山、巴尔干半岛，以及日尔曼的丛林沼泽取得了一系列辉煌的胜利。德鲁苏斯显得更加耀眼。提比略是天生的军人，身上融合着军人的刚强和学者的才能与兴趣，在性格上是守旧和传统的，这些都和时尚前卫、感情浪漫的尤利娅存在着巨大的差距。

奥古斯都作为一家之主一国之君，他有权力和权威按照自己的意愿去操控干涉其他成员的婚事。对于他的发小阿格里帕婚事的干涉他是成功的，他们夫妻两一口气为他生了五个孩子，其中三个是男孩，这意味着尤里乌斯家族后继有人。但是提比略并不是一个容易操纵的傀儡。要他顶替阿格里帕当两个乳臭未干的黄毛小子的看护人实在是某种耻辱。结婚前几年，他们夫妇竭力表现出相敬如宾、举案齐眉的样子。提比略前往巴尔干半岛领兵征战时，尤利娅还曾形影相随。不久后，她就诞下一名男婴。丈夫回到罗马后，她又和李维娅宴请了全城的上流社会女性进行庆祝。提比略则在卡匹托尔山款待民众。一切似乎进展顺利，但事实并非如此。这对夫妇的嫌隙一直在增加。

提比略在孩提时代就"慨然正色，开不起玩笑"，他是一个骨子里的共和主义者，又是一个生活有理想、有追求、有原则的保守主义者，他所做的每一件事都基于传统的行为准则。对提比略来说，奥古斯都恢复共和的声明并非虚构的，而是身为罗马人的要义，因为第一公民一直打着共和的旗号去干复辟王政甚至帝制的事情，尤其是在阿格里帕死后，他发布命令要求这位继子离婚，表明自己的新地位，并且明显扶持自己的两个外孙作为自己新的儿子来继承自己的位置，这使提比略非常反感。

尤利娅则诙谐善变，爱好文学艺术，才华横溢，是容易招来闲言碎语的多情女人，她任性、高雅、活泼，而且慷慨大度，招人喜欢；她聪慧机智，惹人艳慕，是所谓一切彻底坦露清澈见底的性情中人，但也容易给人落下话柄，形成对她不利的社会氛围和舆论环境。而她的尊贵出身，使她疏于人情世故，无所顾忌地我行我素，而不加任何防范，最终就可能遭到政敌的阴谋攻击，而导致致命的悲剧。

公元前9年，提比略和尤利娅连续两场丧亲之痛接踵而至。先是他和尤利娅的儿子夭折，意味着他与尤利娅的一丝亲情牵挂戛然脆断；接着他的弟弟德鲁苏斯牺牲在日尔曼前线，此时李维娅和尤利娅还在筹备另一场晚宴以庆祝德鲁苏斯从前线归来。但是日尔曼前线传来消息，德鲁苏斯从马背上跌落，被马踩碎了腿骨，生了坏疽。提比略听到消息后在一名引路人的陪同下踏上了那片未被平定的领地，纵马疾驰数百英里，终于在弟弟临终前赶到他身旁，他所体现的兄弟情义堪称罗马远古最高贵的传统之一。

因为德鲁苏斯也是共和国美德的忠实仰慕者。遭受丧弟之痛的提比略并没有流露出悲恸哀伤的情绪，眼角没有泪水，目光深沉凝重，就好像勇士穿行在古代疆场征战后的葬礼画卷中，此时，他已经是身经百战的罗马高级将领了。作为一名克劳狄家族的成员，他忠于家族的传统，在遥远的边疆、湿漉漉的丛林以及简陋的营地任劳任怨。

提比略开始戎马生涯是在公元前25年，作为军团长官与坎塔布里亚人作战。而后，他统领军队到东方，恢复提格拉尼斯在亚美尼亚的王位，并在中军帐前为国王加冕。此外，他索回了帕提亚人当初夺取的马尔库斯·克拉苏的军旗。约一年以后，他统治山外高卢，当时此地正因为蛮族人的入侵与首领的分裂而处于动乱之秋。此后他与里提亚人以及文得里西人进行了战争，再和潘诺尼亚人，最后和日尔曼人进行了战争。他在里提亚战争中征服了阿尔卑斯山部落，在潘诺尼亚战争中征服了布琉西人与达尔马提亚人。在日耳曼战争中，他把4万战俘带至高卢并在莱茵河流域为他们安家。

由于提比略这些辉煌的战绩，罗马当局先后在公元前7年和9年为他举办小型的凯旋式，并且特许他破例由小凯旋主将步行入城改为乘坐战车进入罗马凯旋大道。他于公元前23年担任财务官、大法官，公元前13年担任执政官，公元前6年再次担任执政官，同时获得5年保民官的权力。

公元前6年，也就是他和尤利娅结婚五年后，提比略对奥古斯都父女的不满终于爆发了。对外界来说，被授予保民官的权力或许是对提比略表现卓越和取得赫赫战功的犒赏，而令他大失所望的是，奥古斯都明确表示，自己同意授予提比略这项权力，主要是希望这位金龟婿有朝一日可以肩负起自己身上日益繁重、枯燥、严苛的国务外交责任。他命令提比略出使东方，但是提比略破天荒地直接拒绝了元首的指令。第一公民不习惯别人对他帝王似命令的拒绝，于是又重申了他的指令。提比略立刻绝食抗议，并且宣称想辞掉所有公共职务挂冠退隐。奥古斯都困惑难解，因而龙颜大怒，在元老院公开要求提比略改变主意。李维娅被儿子的任性吓坏了，私下里恳求他改变主意和继父妥协，但是提比略主意已定拒不改变。双方僵持了数天，最后第一公民败下阵来，提比略随即启程，似乎是想把胜利坚持到底。他以罗马公民的身份出使东方，去了希腊罗德岛，全身心投入功成身退后的隐居生活，沉湎于文学和哲学的研究、品尝岛上味道鲜美的鱼肉和点心。

上述王朝接班的计划结果使得后来所谓尤里乌斯－克劳狄王朝的家谱图复杂到令人晕头转向，以至于无法在纸面清楚画出。奥古斯都渴望的继承人或者没有出现，或者过早去世。提比略和尤利娅只生了一个孩子，但是夭折了。奥古斯都收养了她和阿格里帕所生的两个孩子，把他们立为继承人。他们的形象在精心安排下出现在世界各地，但是先后不幸去世。在颇费了一番周折后，奥古斯都回到了一开始的原点——只能选择李维娅的儿子提比略。

提比略是在年迈的独裁者由于一系列灾难和流血事件而心灰意冷、无可奈何的情况下才被挑选为继任者的。这一点提比略心知肚明，他只是被利用的工具，因此他负气出走罗德岛 8 年，借口说是隐居学习，研究哲学问题去了，其实他是结交术士，日研权谋，夜观天象，潜伏爪牙，窥探时机，随时准备东山再起，挥师杀回罗马。

因为他的母亲李维娅和在罗马的代理人不时有消息传到他的行辕，他对罗马高层的政治动态并不陌生。此时大公主尤利娅乐得自由自在地追求自己情感放纵的幸福生活，直到乐而忘忧忘乎所以酿出惊天大丑闻才被大义灭亲的奥古斯都彻底放逐，后来她的两个儿子盖乌斯和卢基乌斯也竟然在东征途中意外死去，她彻底失去了返回罗马的希望。

奥古斯都绝不是一个幸福的家长，这也许是因为他的野心亦或称为雄心驱使他所担任的帝国元首职责，需要有一种坚忍不拔的毅力和坚强不屈的性格锻造一个空前伟大辉煌的帝国，去铸造自己的历史形象，来赢得前无古人的历史地位，这一点他基本做到了。然而，这种领袖群伦忽悠民众的特殊性格在家庭这个窄小的圈子里是很难纵横捭阖左右逢源的。

据奥古斯都传记作者特威兹穆尔记载，在提比略执政初期，由巴黎著名珠宝商制作的宝石上，尤里乌斯 - 克劳狄一家被表现为一个幸福的家族集团，被神话的奥古斯都形象高居于这一集团之上。但实际情况并不是这样，因为就在他一生雄心壮志得到满足并且被称为"祖国之父"（Pater Patriae）的那一年，世人亲眼看到他对自己的家庭是冷淡的。而在罗马，人们则对奥古斯都的独生女儿尤利娅的声名狼藉的行为深感震惊。

他一家大部分的妇女都有尤利娅的名字。首先是马略的妻子，也就是恺撒的姑母，恺撒亲自为她致悼词而表达对独裁者苏拉的不满。然后是恺撒的姐姐即奥古斯都的外祖母尤利娅。最后恺撒的女儿也叫尤利娅——曾经嫁给庞培并且在年轻时因难产而死掉。奥古斯都的女儿尤利娅诞生时，他同斯桂波尼娅（Scribonia）已经分居，斯桂波尼娅在与奥古斯都结婚前已经同两个执政官级的人结过婚。奥古斯都娶她纯属利用她和塞克图斯·庞培搭上关系。公元前39年他们离婚，奥古斯都娶了李维娅。尤里乌斯家族比较年长的妇女都像屋大维娅那样的温柔、贤惠，是真诚的好妻子。但是最年轻的这位尤利娅却不可避免地继承了他母亲斯桂波尼娅的那种轻薄任性的性格。这时她不过三十七岁，已经有无数的丑闻传到外面。

塔西佗在《编年史》中如此阐述奥古斯都对于接班人的选择和涉嫌其中李维娅的阴谋：

奥古斯都这时为了加强自己的统治，提拔他的姐姐的儿子克劳狄乌斯·马尔凯鲁斯这个十分年轻的小伙子担任祭司和高级营造官，又使那虽非贵族出身但精通军事，并曾协助他打过胜仗的马尔库斯·阿格里帕享受了两次连任执政官的荣誉；稍后在马尔凯鲁斯死后，他又选阿格里帕为自己的女婿。他使他的继子提比略·尼禄和克劳狄乌斯·德鲁苏斯两人都取得统帅 imperator）的称号。他虽然这样做了，其实家里人数仍然未变：因为他已经过继阿格里帕两个儿子盖乌斯和卢基乌斯到自己家里来。尽管他做出不愿意这样做的样子，他心里却极想使他们甚至在未成年的时候就为他们保留执政官的职位并取得青年元首的称号。（在检察官名单上列为第一名，并取得骑士称号。）阿格里帕死了。卢基乌斯·恺撒和盖乌斯·恺撒跟着相继丧命。卢基乌斯死在他到西班牙军队那边去的途中，盖乌斯则是从亚美尼亚回来的道上因伤至死的。他们的死亡或许因为他们的天生短命，或许因为他们的继母李维娅下了毒手。德鲁苏斯早就死了，继子当中只有尼禄一人活了下来。他成了全国瞩目的中心人物。他是奥古斯都的继子，与奥古斯都共同治理帝国，分享保民官的权力，并且有机会在全军面前展示自己的风采。不过和先前不同的是，这次并不是他母亲暗中策划的结果而是她公开要求这样做。李维娅把上了年纪的奥古斯都已经管得服服帖帖。她竟然把他仅有的一个未死的外孙放逐到普拉纳西亚岛去。尽管这个外孙阿格里帕·波斯图姆斯没有什么优点可说，尽管他蛮勇甚至到了粗野的程度，但他在外面却没有什么秽行和丑闻。

在上述一系列不同寻常的接班人死亡事件中，无不鬼影憧憧地出现李维娅的身影，古罗马类似塔西佗等人的权威著作中认为她至少与几起事件有牵连，但是并无有力的证据证明。如果李维娅在没有引起任何怀疑的情况下导演了这么几起谋杀事件，那么她肯定能够跻身包括任何时代在内的精明操纵者之列；平常极具洞察力的奥古斯都则堪称愚蠢幼稚至极。此外，据称有几起与李维娅有关的死亡事件中，相关情况充分说明他们皆属自然死亡。然而，这些当然使她暗中喜悦，在她已成年的子嗣中，她已经在日耳曼边境失去一子德鲁苏斯，现在她自然希望另一个儿子提比略成为罗马的元首。

提比略的政治野心

　　提比略并非一般的高门显贵家族娇生惯养的显贵子弟，也非早年苏拉、恺撒、安东尼似的纨绔公子。从他出生起就随着克劳狄家族在政治斗争的旋涡中沉浮起落：在襁褓中就随着父母遭遇战乱，颠沛流离九死一生，在困苦和忧患中度过幼年和童年，他跟随着父母四处逃亡，躲避着恺撒党人的追捕。

　　在那不勒斯，由于哭叫险些暴露父母的行踪；当敌人追上来时，他们正在仓皇地逃往一条船上，一些同行的人两次想把他从奶妈和母亲怀里抢夺过去，想把这个累赘中途抛弃，都被他的奶妈和母亲拼死保护了下来。他和父母一行逃亡的足迹遍布西西里和亚该亚，在亚该亚受到拉希迪梦人的关照，因为拉希迪梦人曾经受到过克劳狄家族的恩惠，视他们家族为恩主依附者。在夜间离开那里的时候，因为森林突然起火，他们被大火围困，使得李维娅的部分衣物和头发被烤焦，他们被拉希迪梦人冒死抢救了出来。根据马尔库斯·盖利乌斯的遗嘱他被收为养子，回到罗马后，继承了遗产，但是他放弃了盖利乌斯的姓氏，因为盖利乌斯属于反奥古斯都派的元老，遗产是理所当然要继承的，但是姓氏却可能引来杀身之祸，只能被抛弃。

　　历经的这些磨难，都在提比略幼小的心灵中烙下深刻的印迹，使他刻骨铭心，终身难忘。对于祖先的光辉业绩他时刻牢记，对于光大和振兴伟大的克劳狄家族门楣，再次夺得家族对于罗马的统治权，他和母亲都忍辱负重牢记在心。那些往事实际上就是对尤里乌斯家族的刻骨仇恨，已经在心底生根发芽，现在等待的就是开花结果，瓜熟蒂落的那天。

　　9岁时，他登上罗马广场的舰首形大讲台，公开颂扬和他同名的亡父提比略·克劳狄乌斯·尼禄。尔后，刚刚成年，他即在阿克兴的凯旋仪式上随行在奥古斯都的战车骑马随行在左侧，屋大维娅的儿子马尔凯鲁斯骑马随行在右侧，作为帝国的继承人双双亮相。他还主持过建城百年的世纪庆典，带领一群年龄较大的青年进行特洛伊之战的表演。

　　成年后，随着母亲成为第一夫人，他的政治地位也是水涨船高，子随母贵，从穿上托加袍至进入统治阶层进入执政官、护民官的行列。为纪念他的亡父，他在罗马广场举办过斗剑表演。在不同地点不同时间，为纪念他的祖父德鲁苏斯他又举办了第二次击剑表演，这次是在圆形剧场。他邀请了一些退休的有功角斗士参加，给每人发放10万塞斯塔尔提乌斯的酬金。他还举办舞台表演，但不亲自到场。所有这些演出都规模巨大，花的是他母亲和继父的钱。

　　由于母亲李维娅的刻意栽培，继父奥古斯都在政治军事上倚重，他多次统兵出征，平息内乱和边患，屡建功勋，在军队和民众中都积累了相当的人望，因而养成他坚强勇毅的性格，吃苦耐劳隐忍的精神，阴鸷冷酷无情的性情。和屋大维先后选定的几任继承人相比较，他更加具备帝国元首也即统治帝国皇帝的诸多潜质。他的封剑挂印之举，实际就是一种要挟，而定于一尊的独裁者是从来不受裹挟的，他有着两个外孙作为支撑，而且这两位直系继承人慢慢长大，已经到了承担国家重任建功立业的年龄。自以为离了自己罗马帝国就会停滞不转的提比略的以退为进的策略，在罗马帝国的平稳运作中彻底破产，他的情绪沮丧到了极点。

　　塔西佗在《编年史》中评述当时罗马的政局时说：

　　世界的局面改变了，浑厚淳朴的罗马古风也已荡然无存。政治上的平等已经成为陈旧过时的信念，所有人的眼睛都在盯着皇帝的敕令。只要奥古斯都还年富力强，足以维持他本人、他全家，以及全国的和平，那么人们在当前就不会有什么忧愁。但是当他年老多病、体力不支、大去之日不远，而人们的新希望初露之时，一些人便开始闲谈自由幸福了；更多人则担心会爆发战争；大多数人只是交换一些贬损未来统治者的流言蜚语："性格粗暴的阿格里帕一受到屈辱就会发火；这样的人就年龄和经验都担不起统治帝国的责任。提比略·尼禄正当壮年，久经沙场，但却有克劳狄乌斯家族那种古老的、与生俱来的傲慢习气，此外还流露出一些残忍嗜杀的迹象，尽管他自己想抑制它们。他从一降生就是在皇室的环境中抚养大的。他年轻时脑子里想的全都是执政官的职位和凯旋式之类的事情。甚至在他居住罗德岛的那几年里——表面上的退隐，实际上的被放逐——他心头充满了愤懑、伪善，并且暗纵情欲。人们还谈到了他母亲的种种女人任性的表现。这样看来，他们就一定要做一个女人和两个小伙子的奴隶了！

也即奥古斯都强制指定提比略的侄子也就是名声要比他好许多的德鲁苏斯的儿子日尔曼尼库斯作为他的继子和他自己的儿子德鲁苏斯并列，作为提比略的继承人选，这些都是对提比略野心的制衡。这使他感到受制于人的愤怒。

对提比略来说，在罗德岛隐居期间，是他最失意的时光。由于失宠于奥古斯都，他在岛上几乎无人造访。甚至当地人也鄙视这位失去皇帝眷宠的皇储。退隐罗德岛的行为无可避免地成为一种变相的长期流放，一位著名的学者拒绝为迎合他而改变演说日程以表示对他的轻蔑。他和大公主尤利娅的离婚是妻子通奸导致的必然结果，但是这也意味着奥古斯都和他已经恩断义绝。

提比略似乎严重误判了形势，尽管出身克劳狄家族的他仍然在罗马世界拥有巨大的影响力，但他的声望由于退出政坛正在逐步的消失，许多城市推倒了他的塑像；傀儡君王们也纷纷轻慢于他。接着盖乌斯来到东方，提比略的处境越发艰难。在一场众人醉醺醺的晚宴上，盖乌斯的一名随从竟然请缨前往罗德岛，将那"遭遇放逐之徒"的首级取下带回，被心地仁慈的盖乌斯拒绝了。但是提比略听到这一插曲后，惊慌失措。急忙请求元首准许他回归罗马，同样遭到了奥古斯都的断然拒绝。

也就是在提比略近乎绝望的时候，一个人的出现，使他看到了灰暗人生的一丝希望。这个人将改变他的生活轨迹——当时最伟大的占星家亚历山大城的特拉叙努斯。人在绝望的时候往往会寄希望于某种神秘的力量来改变自己的命运，这是绝望中的一根救命稻草在内心中鼓动起求生的欲望，就如同当年燕王朱棣愁困北平城依信道衍大和尚终于战胜皇孙朱允炆一样，江湖术士在帝王权位争夺战中有了游走的充分余地，于是占星家特拉叙努斯粉墨登场。

史料一致认为提比略给予特拉叙努斯十分的恩宠。两人是亲密的朋友，几乎无人能够像这位江湖术士那样得到提比略如此的信任。据推测，这位占星家在一次造访提比略的庄园时取得了这位未来帝国元首的信任。提比略正在暗中寻找能够帮助他恢复往日辉煌的策士，因此他不断邀请一个又一个占星师来到他的庄园。该庄园位于一处可以俯瞰大海的峭壁之上。当特拉叙努斯首次出现时，岛上的占星师储备数量正急剧减少，很多势利的江湖术士都是因为提比略在罗马的失势不告而别。特拉叙努斯的到来，犹如溺水即将陷于灭顶之灾的人见到了救命稻草那般迫不及待。

著名史家塔西佗对于这次会见给出了极为详尽的记载：

当他在神秘的星空寻求启示时，提比略就会到庄园最高的地方去，这时只有一个他最亲信的释放奴隶侍候他，此人大字不识身体强壮是他的心腹。提比略决定试探某一个占星师本领的时候，这位释奴便领着术士到一座无路可通却建筑在十分险峻面临大海的断崖之上的小屋。在回来的途中，只要怀疑这位术士无能或者不诚实，这位被释奴隶就把术士推下悬崖投入大海。这样做是为了不让他把秘密泄露出去。

特拉叙努斯当时也是沿着这条危险的山路被领到提比略这里来的，他受到询问后，凭着自己对于当时帝国面临的危机和未来事件的巧妙预测包括提比略的继位，给提比略留下深刻的印象。随后提比略问他，他是否通过星象给自己算过命，哪一年或哪一天的星命如何。特拉叙努斯画了一个星位和星距的图后，停顿片刻，随后显出惊恐的神态，他越是仔细推算，越是感到恐慌战栗。最后他说出一个虽未最后确定却又几乎是致命的危机即将逼近提比略，并预言到时他一定会摆脱危机。提比略立刻上去拥抱了他，并因此而称赞他对险境和脱险的神机妙算。他的预言被提比略认为是神谕。从此，成为提比略最亲近的朋友之一。

这位江湖术士一直追随着提比略从罗德岛回到罗马，取得了罗马公民权，并改名为提比略·克劳狄乌斯·特拉叙努斯，他和提比略一直共事到公元36年，比登上皇帝之位的提比略早死一年。

提比略人在罗德岛，眼睛却虎视眈眈地盯着罗马元首及其继承人的一举一动，当然他在罗马有内应，首先是元首第一夫人李维娅，这位克劳狄家族雄心勃勃的女人，自然是关心着远离首都的宝贝儿子；其次是他在执政官任期内的亲密搭档格里乌斯·卡尔普尔尼乌斯·皮索（Gnaeus Calpurius）这些他在元首身边的亲人和亲信随时都有信息传递到提比略身边，因而他对罗马的政局演变一点都不陌生，这下他又召来了特拉叙努斯这样具有特异功能的方术之士简直是如虎添翼，只待时机成熟之际，就可能插翅飞回罗马完成继承大业。这一点他和他的母亲都坚信不疑。

　　他们母子是有心灵感应的，彼此十分默契。他们都是克劳狄乌斯家族的忠实子孙，提比略保留着他父亲的名姓，他们共同自豪着这个古老名姓的伟大，李维娅对儿子的天命深信不疑，其实她对他的前夫比对奥古斯都更加忠诚，她具备了常人难以承受的耐力和毅力，苦苦等待尤里乌斯家族内部发生有利于克劳狄家族的变化。她是个自尊自傲的妇人，后人有时揣测她俯就屋大维的婚姻，原本就是一场陷阱和阴谋，当时屋大维的名讳确实不如她的姓名尊贵，罗马是一个讲究门第尊卑的社会。复杂的罗马姓名只要看一眼就知道一个人的家庭出身是否尊贵，尤其那些显赫的贵族子弟。

尤利娅卷入政变阴谋

一天，奥古斯都的老朋友，他曾经担任执政官时期亲密的同事保卢斯·法比乌斯·马克西穆斯把一封密信送到了他在帕拉蒂尼山官邸书房的案头，这是一封密告他的女儿尤利娅那些别有用心的亲密朋友也就是被尤努斯·安东尼称之为"尤利娅马厩里的那群公马"、也是大公主的忠实粉丝们在密室中策划了针对流亡在罗德岛的提比略的阴谋，阴谋最终的矛头可能将指向元首本人。

奥古斯都一向是注重情报的，因此他的禁卫军密探几乎遍布罗马的大街小巷收集各种言论进行研判分析，再由心腹谋臣们提供应对策略来对付政治上的反对派。尤其对那些心怀叵测的显贵及其野心勃勃的子弟们的监督，他从来没有掉以轻心过。他的那些章鱼似的情报网触角延伸到退休的高官、释放的奴隶、禁卫军将领，以及高官及其子弟身边的亲信、秘书人员、亲朋好友，从而形成一个庞大的情报资讯网络。

虽然保卢斯几乎每天都和他见面，也可以以官方报告的形式向他汇报情况，但是因为涉及元首家人的情况和高层贵族的动态不便当面说，也不能诉诸公开的文字，只能以密札的形式向元首禀报，这确实是一项骇人听闻的情报。

因为保卢斯披露的事实，既涉及元首的公众生活，也触及他的私人生活，两者如同水乳交融般难以分解。元首的家庭私事几乎就是国家政治不可或缺的组成部分。就如同奥古斯都所言，他最能宽容的是两个女儿，一个是独女尤利娅，一个就是罗马。现在这件事就涉及这两个他所十分钟爱的女儿，女儿出事就意味着罗马不会太平，因为女儿也是罗马名人，尽管名声十分不好，而围绕在她身边的粉丝团伙尽是高层权贵子弟，个个不是省油的灯，灯盏打翻就会引发罗马的燎天大火，整个帝国再也难以安宁。

当然这件事的谣言在罗马流传很久了，他的密探已经向他报告过，他一直将信将疑，于是直接委托他的亲信保卢斯亲自去调查。开始这位高官亲信也认为是元首过于敏感顾虑了，元首女儿本身就是花边新闻的制造者。然而事涉帝国政治稳定和元首宝座安危，他是绝对不会掉以轻心的。

保卢斯在调查之初是抱着很大怀疑态度的。但是越是深入，他就越是感到元首的警觉是有道理的，事实证明他的怀疑是错误的。事态的发展甚至比想象的要严重得多，这是一个事涉政变的阴谋，而且早已策划多时，并且已经接近完成。保卢斯客观地报告了事态调查的来龙去脉。

早在七八年前，他就将一个名叫阿列克萨斯·阿特纳乌斯的释放自由奴转让给了尤努斯·安东尼，这一年尤努斯是执政官。这位阿列克萨斯一向机敏，对老主人忠心耿耿，知道他正在调查这件事，忧心忡忡地前来求见，随身携带了从尤努斯·安东尼的机密档案中抽取的一些敏感文件，披露了一些令人惊恐不安的阴谋细节。

内中有一项前往罗德斯岛刺杀提比略的计划。在提比略退隐的小岛，他们已经争取到了他身边一些党徒的支持。他们要仿照尤里乌斯·恺撒那样刺杀提比略，并且虚张声势，仿佛真有一场反对奥古斯都权威的动乱。根据此计划，他们将会借口情况危急，由元老兼前任执政官昆克蒂乌斯·克里斯皮努斯出面组建一支军队，表面的目的是保卫罗马、保卫元首，真实的目标是为他们的派系夺取政权。如果元首反对这支军队的组建，他们就会让奥古斯都在公众面前显得怯懦胆小，或者对此事的漠然无视而无法有效把控局势；如果元首顺从他们，奥古斯都的地位和人身安全就可能受到威胁，罗马的社会政治秩序必将大乱。因为强有力的证据显示，在针对提比略的计划实施之时，会有一个要夺取奥古斯都性命的直接行动。

密谋者包括森普罗尼乌斯·格拉古、昆克蒂乌斯·克里斯皮努斯、阿庇乌斯·普尔喀、科尔内利乌斯·西庇阿，以及尤努斯·安东尼。这个名单中的人全部是罗马高层显贵子弟，而且几乎都是和大公主尤利娅过从甚密者，其中尤努斯·安东尼更是由奥古斯都收养、屋大维娅抚养成人，并被委以重任，深得元首信任的贵族公子。

尤努斯几乎是尤利娅公开的情人，也就是大公主马厩里豢养的那一群不甘寂寞情欲和野心一样旺盛的公马，况且他还是屋大维公开的死敌安东尼的儿子：显贵出身的这帮公主党人，都带有桀骜不驯的天性，因秉持共和党人的不同政见，时时在窥伺皇帝宝座，从某种意义来说提比略的心态同他们也差不了多少，因为他们的门第比奥古斯都要高出许多，格拉古、普尔格、西庇阿、安东尼都是罗马历史上响当当的名姓。尤其尤努斯和屋大维有着杀父和弑兄的仇恨，他能够轻易忘记吗？

保卢斯还密报奥古斯都，他的这位释奴还向他披露，尤努斯·安东尼家中有个奴隶是提比略安插的探子，但是主人并不知情。探子知道这是个阴谋，正是他透露出了一点风声，引起阿列克萨斯的怀疑。此事探子已经直接向提比略通风报信。因此，提比略早已拟定了反制的计划。

提比略掌握的证据显然和保卢斯知道的一样多；他准备利用这些证据，在元老院揭露这件阴谋，代替他发言的是他的亲信，曾经和他同时担任执政官的格奈乌斯·科尔普尔尼乌斯·皮索。卡尔普尔尼乌斯曾经长期担任提比略在罗马的长臂，负责打探消息、提供资讯，包括尤利娅和情人们的一举一动无不及时向在罗德斯岛的提比略密报。皮索将会坚决要求以叛国罪起诉大公主的罪恶阴谋；届时元老院将一定会批准。随后，提比略将会在罗德岛招募军队，以"清君侧"的名义杀回罗马。表面上是为了捍卫元首和保卫共和国，实质上他会借此夺权架空元首。他会成为万民拥戴的英雄，而奥古斯都则显得年老昏庸，大权旁落，只能坐看尤里乌斯政权为克劳狄乌斯家族所窃取。提比略将在元首夫人李维娅的鼎力支持下实际掌控帝国的江山。这是一个策划周密的螳螂扑蝉黄雀在后的连环阴谋。读了保卢斯的密札，不由得使奥古斯都后背发凉，惊出一身冷汗。

保卢斯还告诫奥古斯都，提比略·克劳狄乌斯·尼禄虽然远离罗马，但是数年来皮索不断将大公主的信息向提比略通报。同时第一夫人李维娅也和提比略有热线联系，因此提比略对罗马的政局非常了解。而元首对他女儿的所作所为并不完全了解。元首出于对于尤利娅的怜恤保护和父亲对女儿的感情，一直对大公主的言行听之任之。然而根据保卢斯掌握的情况，尤利娅一直与每个密谋者都过从甚密；她去年以来的情人是尤努斯·安东尼。事件一旦公开，尤利娅肯定脱不了同谋的关系；而且提比略手中可能

237

掌握着杀伤力更大而超越奥古斯都想象的文件。无论阴谋以何种形式公之于众，大公主都难免牵涉其中，而且牵涉得还很深，以至于论罪时会和密谋者的叛国罪等同。因为大家都知道她对提比略恨之入骨。

保卢斯尽可能全面地向元首介绍了他所掌握信息，并向奥古斯都提供了所有阴谋的文本资料，可以说阴谋分子发动叛乱的事实铁证如山，不容置疑，对于阴谋分子和尤利娅如何处理全凭元首的决断。对于那些阴谋分子只能是一网打尽，而如何处理自己的爱女尤利娅，却使元首颇费斟酌。现在他只能在人尽皆知的男女关系问题和外界依然不知情的政治阴谋之间，两害相权取其轻了，以生活丑闻掩盖政治密谋，才能保全自己的面子和家族的声誉。

尤努斯·安东尼在得知文件失窃后，就在自己的官邸中服毒自尽了，似乎和自己的父亲马尔库斯·安东尼殊途同归，无论如何，他对元首犯下的罪行是不可饶恕的，因为是元首一家收留供养抚育了他，让他担任过帝国最高行政职务——执政官。

公元前2年，是奥古斯都·恺撒和马尔库斯·普劳提乌斯·施瓦努斯担任执政官。这是秋季的一个下午，阳光和煦，天空晴朗，微微带点秋天的凉意，一切看上去祥和而又美好。但是，元首的大公主却深陷惶恐和不安之中。她已经三天没有尤努斯·安东尼的任何信息了。她送到安东尼府上的字条被原封退回，她遣去的仆人吃了闭门羹，茫然而返，她知道事情并不寻常，另有蹊跷，并不像是一个嫉妒的情人在有意试探对方。他的沉寂静默，使她忐忑不安。她并不知道底细，此刻一个传信人，四名近卫军士兵登门，带她去见她的父亲。即便这时她也没有产生任何怀疑，她甚至没有明白近卫军光临的用意，只当是例行公事，保卫她的安全。

软轿抬着她穿过罗马大广场，上了神圣大道，登上山坡来到帕拉蒂尼山她父亲的宅邸。宅邸很安静，显得有些空旷，卫兵们陪着她穿过庭院来到父亲的书房，周围几个熟悉的仆人，回避着她的目光，避之唯恐不及。这时她开始觉得父亲的突然召见有些不同寻常。

她被领进房间，父亲站着似乎在等待着女儿的到来。他做了一个手势让卫兵们退下；仔细打量了她很长时间，才开口。

在这段双方沉默的时间，她很仔细地观察着他的神态，他的脸上布满了褶子，淡色的眼睛周围有疲惫的皱纹；但是在光线微弱的房间内，看上去如同她童年记忆中的面容。她终于打破沉默：

"为什么这么奇怪？您为什么要我过来？"

这时他向前，非常温柔地亲了一下她的脸颊。

"你要记住，"他说，"你是我的女儿，我一直是爱你的。"

她没有说话。

父亲走到房间一角的小书桌前，背对着她，俯身片刻。然后他站直身体，没有转过来，说道：

"你认识森普罗尼斯·格拉古。"

"您知道我认识他。"她说，"您也认识他。"

"你这一向和他过从甚密？"

"父亲——"她说。

这时他转身向着她。他的神情痛苦到她不忍注视。他说："你得回答我的话。求你，回答我的话。"

"是。"她说。

"阿庇乌斯·普尔喀也是。"

"是。"

"昆克提乌斯·克里斯皮努斯、科尔内利乌斯·西庇阿也是？"

"是。"她说。

"还有尤努斯·安东尼。"她说，"其余的人——其余的人无关紧要。那都是轻狂。但是您知道我爱尤努斯·安东尼。"

父亲轻声叹息。"孩子，"他说，"这件事和爱没有丝毫关系。"

他再次转过身去，从书桌上捧起一些文件，递给她。她看着文件双手颤抖。她没有见过这些文件——其中有书信，有图纸，还有一些像时间表的东西——她看到了父亲提到的那些熟悉的名字。还有她和提比略的名字。这时她才明白父亲为何召见她。

"倘诺你仔细看了这些文件，"父亲说，"你会知道现在有一场叛变罗马政府的阴谋，阴谋的第一步是暗杀你丈夫。"

她没有说话。

"你可知道这个阴谋？"

她反驳说："不是阴谋。"

她沉默了一会说："您知道，我恨他。"

"你可曾对你的朋友当中的人，谈到提比略？"

"没有。"她说。"可能提起是有的，但是没有您指的那样，可能我对尤努斯·安东尼说起过。"

父亲追问："你对尤努斯·安东尼说了什么？"

她听见了自己发抖的声音，努力稳定住自己的身体，尽可能清晰地表述自己的意思："尤努斯·安东尼和我希望结婚，我们谈论过婚姻。有可能说起的时候说到过提比略的死，您不会同意我和他离婚的。"

"嗯，"他悲伤地说，"我不会。"

"因为你是元首的女儿。"父亲说道，沉默了一会，他说："坐下吧，孩子。"示意她去他书桌旁的躺椅上。

"现在有一个阴谋，这是不容置疑的。有我点了名的你的那些朋友，也有别人。你也牵涉在内。我不知道你过错的程度。你是否知道提比略死后，我也会被暗算？"

"不。"她说，"那不可能是真的。不可能。"

父亲说："是真的。但愿他们不会让你知道，会让事情看起来是一桩意外，一场病，诸如此类，但事情是有的。"

"我不知道。"她说，"您得相信我不知道。"

父亲抚着她的手说："我希望你根本不知道。你是我女儿。"

"尤努斯怎么样了？"

他抬起手来。"且慢……假如知道此事的只有我一个人，事情会很简单。我可以封锁消息，按照我的方式查办。但是不止我一个，你丈夫——"他像口出秽言那般说出那个词，"你丈夫知道的和我一样多，也许更多。他在尤努斯·安东尼府上安插了眼线，消息灵通。提比略的计划是在元老院会上揭发这个阴谋，让那边替他说话的人呼吁举行审判。那将是叛国罪的审判。他还计划组建一支军队并返回罗马，保护我的人生安全和罗马政府，反击敌人，你知道会意味着什么？"

"意味着您大权旁落，"她说，"意味着重开内战。"

父亲说："是的。""他还意味着别的。他还会让你送命。几乎肯定会让你送命，而且哪怕是用我的权力也未必能阻止。那会是元老院的事情，我不能插手。"

"那么我完了。"她说。

"是的。"她父亲说，"但是你不会死，我不能忍受自己由得你早早死去。你不会面临叛国的审判。我写了一封信，要向元老院宣读。你会依据我有关通奸的法律被控告，你会被流放，离开罗马城和罗马治下的行省。这是唯一的办法。这是挽救你和罗马的唯一办法。"他脸上露出一丝惨淡的笑容，但是她看到泪水在他的眼眶里打转，"你可记得，从前我唤你小罗马？"

"记得。"她说。

"如今看来我是对的，一者的命运会牵扯到另一者的命运。"

当她再次追问尤努斯·安东尼的命运时，父亲明确告诉她："尤努斯·安东尼死了，今天早晨，他确切知道计划已经败露时，自杀了。"

她说不出话来，最后她说："我曾经希望……我曾经希望……"

父亲最后告诉她："我不会再见到你了。"他再次看了她一眼，泪水涌上他的眼睛，他转过脸去，少倾卫兵进了房间，带着她离去。

这就是尤利娅和父亲见到的最后一面和进行的最后谈话。也可能是小说家言，有文学虚构成分，但是逻辑的推理是不错的，也符合后来史家们的推测。可以说这是父女两人的生离死别，次日上午，奥古斯都毅然决然地踏上了元老院的台阶。

他有能力将政治阴谋扼杀在摇篮之中，捂死在宫廷政治暗箱里，而将整个事件覆盖上花边新闻的帷幕以满足高层贵族和罗马民众对皇室丑闻的兴趣。虽然女儿的丑闻让他蒙羞，他也不得不断尾求生，而找到巩固自己皇帝权威的最佳途径，那就是大义灭亲，塑造一个公正严明父亲加帝王的形象，以保证自己和罗马帝国的尊严。然而，不得已的是他必须选择提比略作为帝国的继承人。

苏维托尼乌斯记载：亲人的过错，在他看来比亲人的死亡更加叫他受不了。须知盖乌斯和卢基乌斯的死并未叫他心碎，但是女儿的堕落使他几乎无颜面对元老院会议，他写了一封信把这件事书面通知元老院，他没有掩盖女儿的丑闻，而是直面在席贵族私下幸灾乐祸的窃笑，请年轻的财务官干脆将整桩事件详细向元老院公开。指证女儿违背了他十五年前以敕令形式颁布的反通奸法和婚姻法律。详细罗列她的不轨情状，情人姓名、幽会时间、地点。细节大致是确切的。最后根据他的《尤里乌斯法案》尤利娅和他的那些没有死的"公马"们，均被判为流放。

尤利娅被押解到坎帕尼亚附近的潘达特里亚岛，禁止她饮酒和使用任何奢侈品，只能服用最粗糙的食物。未经他的许可，不告知他求见者的身高、肤色，甚至身体上的任何标记和疤痕，他就不准任何男人，不论是奴隶还是自由人接近她。这个常年风吹雨打偏远凄楚之地成了囚禁她的地狱。只有年迈的母亲斯桂波尼娅可以来此陪伴她，她不允许有任何伙伴，一直过着单调乏味的囚徒生活。直到五年后，经罗马市民多次集会示威请愿才把她从孤零零的海岛召回陆地，这种民间抗争一波接着一波，此起彼伏搅得奥古斯都心神不宁，尤其是尤利娅和阿格里帕的两个儿子盖乌斯、卢基乌斯在公元4年牺牲在东征前线，他们的母亲仍然被囚禁在凄惨荒凉寸草不生的荒岛，这实在太不公道，而且他的外孙女小尤莉娅仍然在流放中，并且坚决不承认她和保卢斯被宣判后所生养的孩子享有继承权。

提比略也返回了罗马，现在搬到了当年梅塞纳斯的豪华庄园，从隐居状态到崭露头角即将作为继承人东山再起，因为盖乌斯、卢基乌斯的战死已经完全清除了他重登政治舞台的障碍。随后，在僵持数年，统治者赢得足够面子后，才将尤利娅从潘达特里亚岛迁徙到了意大利西南端的海军基地利基翁（Rhegium）进行监禁。

公元4年6月26日，第一公民将15岁的小阿格里帕收为养子，顺便

242

收养了提比略，奥古斯都再次将保民官的权力授予他，现在，提比略·克劳狄乌斯·尼禄也成了恺撒家族的成员。对奥古斯都来说是一次痛苦的妥协。的确，他收养两个继承人的行为在某种程度上反映了执政官之职需要两人担任，这符合罗马共和的分权制衡原则，确保罗马城内不能一人独大。但是相对于独裁政权来说，这种形式表达具有相当的欺骗性。奥古斯都亲手打造了这个政权，其本质如何，没有人比他更清楚。他太了解提比略，知道头脑简单、四肢发达、脾气暴躁的阿格里帕·波斯图姆斯难以匹敌这位老谋深算坚毅冷酷的克劳狄家族之首，元首还是这样做了决定。

提比略因为收养关系，从法律上来说已经不属于克劳狄家族了。不仅如此，奥古斯都还想方设法以确保家中的两大血脉，也就是自己这一脉和李维娅这一脉，能够紧密交融，浑然一体到无从区分。于是将精明强干的阿格里皮娜许配给了提比略的侄儿，也就是日耳曼战场牺牲的英雄德鲁苏斯的儿子日尔曼尼库斯。提比略虽然有一个儿子，但还是听从元首的指示，收养了日尔曼尼库斯。通过收养，尤里乌斯家族和克劳狄家族将连接成一个命运同盟，让两个高贵家族的人共同晋升到阳光普照的至高地位——形成奥古斯都帝国的统治者。

小阿格里帕无疑是挡在提比略权力垄断之路上最明显的绊脚石。他深知自己所处的危险之境，但是少不更事的他从未试图在外祖父奥古斯都面前掩饰自己的怨恨。一年后他正式成年，不但没有变得稍许驯服而且性格变得日益癫狂，尤其对他的继外祖母李维娅充满仇恨，这也导致了这位第一夫人对他的排斥和猜忌，而他则被说成在发育时就患有精神疾病，说不定娘胎里就是一个白痴。他的膂力过人，而在智力方面简直一无是处，尤其是对第一夫人的憎恨就是不正常的表现。他一点不务正业，不爱看书学习，却是个钓鱼的痴迷者。就这样小阿格里帕在真真假假的流言中被奥古斯都取消了继承人资格，流放到厄尔巴岛附近的普兰纳西亚岛，并在他身边派了看押的士兵；奥古斯都还利用元老院的决议，命令将他终身羁押在那里；每当有人提起阿格里帕和两个尤利娅时，元首会深深感到悲叹，甚至嚎啕大哭："但愿我从来没有结过婚，但愿我已经死了，没有了后人。"

提比略东山再起

公元 2 年，是提比略在罗德岛所谓隐退实际是自我放逐的第八个年头，他终于等到了奥古斯都同意他返回罗马的日子。这八年是他潜伏爪牙等待的八年，是忍辱负重备受屈辱的八年，他切身体会到了世态炎凉和人情冷暖，对于高层政治斗争的残酷和你死我活有着更加透彻而深刻的认识，对于奥古斯都本人的权谋手段有着刻骨铭心的洞察。这些经验的取得，对于他今后登上帝国元首宝座都是很好的资本积累。

当他得知妻子尤利娅因为违反伦理道德和元首关于通奸犯罪的法律被驱逐出罗马，便遵照奥古斯都的旨意，以他本人的名义将一纸休妻决定书寄给了他声名狼藉的妻子。虽然他心中得意万分，但是表面上还是宽宏大量地假惺惺写信劝解他们父女和好，并且允许这位感情不忠的妻子，保留他所赠送的所有礼物。虽然他自己也感觉到自己虚伪得可笑，但是这种政治上的宽容姿态，使他占尽道德优势，显示了他政治家的广阔胸怀。

同时，他的保民官任期已经届满，他通过罗马党羽所作的宣传：他之所以远走罗德岛是为了避免与元首的外孙盖乌斯和卢基乌斯争权的嫌疑，他是主动退出了争权夺利的高层政治，去希腊的文化中心罗德岛专心研究哲学、历史，顺便对于占星学也有所体验，体验体验就变成了热衷，乃至于成为命运的指南了。现在这种嫌疑已经成为过去，盖乌斯和卢基乌斯已经长大成人，没有其他人再威胁他们一人之下万人之上的崇高地位。现在他开始想念自己在罗马的亲人了，他祈求返回罗马，但是多次遭到元首的拒绝。其实他这是以学术为幌子玩弄政治上的韬晦，以窥风向，伺机东山再起。于是他在罗马的长臂们再次放风：贵为皇储之一，曾经为帝国开疆拓土建立巨大功勋的大英雄要重新归来了。

虽然这时他已经不是一个普通老百姓，在奥古斯都帝国的巨大阴影下，在恐怖和忧郁中度日如年。他一天都不能容忍在这个孤悬海外的学术王国待下去，政治人物在脱离了首都这种浓烈的政治氛围去隐居就是自欺欺人，他和奥古斯都在心中都十分清楚，只是双方都揣着明白装糊涂而已。所谓难得糊涂实质就是在政治上透射着智慧之光的精明。

为了确保自己的安全，他开始远离海岸，退居该岛的中心地带，尽量避开国内到访的客人。因为无论哪个将军、哪个高级行政官员或者行省总督路过罗德斯岛，都要故作关心地前来看望他，这些人中就很难避免暗藏着带有政治意图的刺客。这样的不安还来自掌权的尤里乌斯家族内部，尤利娅因通奸而流放，但是她和阿格里帕的两个儿子已经被外公奥古斯都收为儿子，这两个儿子曾经也是他的继子。当他听说他的继子盖乌斯率领罗马大军驻守萨摩斯，他立即兴冲冲地渡海前去看望担任东方总督的继子盖乌斯。但是他发现这位继子对于远道专程而来的继父非常冷淡。显然这位继子受到亲随兼卫士长马尔库斯·罗利乌斯对他诽谤言论的影响，对他刻意有所疏远。而且他还得到奥古斯都的通报，有几名百夫长在罗马休假返回军营时，给其他人捎回一封措辞暧昧的信件，似乎是煽动他的属下起来造他反的联络暗号。

为了躲避暗杀，他放弃了日常的骑马练武，平时不再穿罗马人的衣服，而是穿起了希腊人的那种怪怪的斗篷和用细绳捆绑在腿上的软木底搭鞋。就是这样他在恐怖中度过了最初提心吊胆的岁月。日子一天天这么熬下去，形势却每况愈下，他不断受到歧视和憎恨。他曾经在高卢当过总督，政声不错。宽刑简税，民众为他在涅马苏斯曾经竖起半身塑像，但是当他落难，这些为他歌功颂德的雕像却被当地市民捣毁。

在盖乌斯举办的一次私人午宴上，当有人提到他的名字时，另一个醉醺醺的家伙立即跳出来向盖乌斯保证只要小盖总督下达命令，他立即乘船去罗德斯岛将这个"流放者"的首级取来。现在这位被放逐的失势强人处境已经十分危险。正是这一情况，迫使提比略和他的母亲李维娅一再向奥古斯都发出召他回国的祈求。而这时盖乌斯恰巧和他的侍卫长马尔库斯·罗利乌斯不和，奥古斯都为了保证他的继承人权益不受侵犯，并征得盖乌斯同意，提比略应招回国，前提是不得再参与国家大事。

然而，提比略并没有沮丧，他仍然热情地展望未来，踌躇满志信心满满，留得青山在不愁没柴烧，回到罗马就是潜龙回到深渊，有他施展拳脚的巨大空间，他似乎在静静地等待着时间，因为流放初期希腊占星师特拉叙努斯的预言似乎开始产生效果，他如期返回了罗马。

通过特拉叙努斯的指导，提比略自己也掌握了这门精深的艺术，他对占星术的笃信使他相信整个世界均有命运掌控，命运在于时机的渐渐成熟，时间到来和机遇降临，自然时来运转，红光高照天灵。现在不妨潜伏爪牙等待，等待奥古斯都死去，和他的竞争对手——两位小王子的夭折。因而在李维娅的极力撺掇下，也是罗马的体制性安排，盖乌斯和卢基乌斯必须开疆拓土用鲜血和生命奠基，才能登上大位统领天下。这是罗马军国主义帝国登上大位的先决条件，盖乌斯和卢基乌斯自然不能例外。他们先后踏上了凶险无比的征途，率兵出征了。

特拉叙努斯随同提比略回到了罗马。他的保护人——提比略，不仅使他取得了罗马帝国公民的身份，还替他操持了与一位外邦公主的婚事。提比略是相信星相占卜之术而且在特拉叙努斯的指教下，自己也成了谙熟星相之术的大师。由于特拉叙努斯是提比略的重要随员和主要谋士，奥古斯都和他渐渐熟悉，并且越走越近，对他的意见越来越倚重。虽然这位年迈的元首从官方角度依然严格限制占星术在民间的流通，因为任何统治者的秘密均属最高机密，不能为民间所发现和窥破，并禁止民众预测王朝和元首本人未来兴亡的趋势，这也属愚民政策的关键组成部分。他规定私自从事占星术为非法活动，为此，占星师告诫他们的助手：

你要当众给出你的回答，要谨慎地警告那些前来咨询你的人，你要大声做出回答。如果有人问起，要注意对国事或者皇帝的生活不予评说，因为这是明令禁止的；我们不应受罪恶的好奇心驱使谈及国家情况；回答有关皇帝命运者将成为理应遭受任何惩罚的不幸者。

然而，在私下的高层贵族圈，特拉叙努斯的占星术已经被普遍接受，正如一位现代学者所述：

随着公元2年特拉叙努斯来到罗马，占星术在上层社会产生影响的历史掀开了新的篇章。绅士般的认可并带有些许合理的怀疑论一直是共和国末期的贵族姿态，并且仍为奥古斯都所坚持，然而现在这些让位于对人与体制不可改变的命运的盲目笃信。

奥古斯都作为一名政客一直很清楚占星术对于民众、军队、甚至政治稳定具有的负面影响。这大概是他焚毁两千多本劣等预言书的主要原因。然而，他利用自己掌权已被预言——甚至追溯到他的出身的种种神秘传说，发行了一种带有其星相摩羯的钱币。他一生中一直迷信自己胸部到胃部的7颗胎记代表大熊星座。到了晚年，才允许占星术对他的个人政治行为产生重大影响。在特拉叙努斯的煽动下，奥古斯都对这一行当愈加深信不疑，尤其是他身陷阴谋诡计和两位外孙盖乌斯和卢基乌斯丧生之后。他认为，可以借助占星术预见自己的命运。大位继承问题将会变得更加简单明了。

特拉叙努斯促使这位渐渐变得年迈昏聩的君主相信，提比略就是他命中注定的继承人。虽然迫于无奈，但是这是星相所示，也即天命所归，君权神授了。和奥古斯都时代编造的那些神话传说一样，提比略也编造了自己出身的神话传说。于是占卜之神和宗教自身以及人造之神三位一体编造着人间统治者的神话，襄助形成自己政权的合法性。

苏维托尼乌斯在《提比略传》中记载道，就这样提比略在退隐八年后回到罗马，展望未来，他充满信心——从早年出身时的种种预兆和特拉叙努斯的种种预言中树立信心和汲取动力。

传说母亲李维娅在怀上他的时候，试图通过占卜预测能否怀上男孩，她从孵蛋的母鸡身下取出一枚鸡蛋，在手里捂热后，又传送给自己的仆人用手捂，结果一只长着美丽雏冠的小公鸡破壳而出。在提比略还是婴儿时，占星师预言他将来一定大有可为，甚至某一天会成为国王，但是没有王冠，这是隐喻打着共和旗号的帝国，是他这个无冕之王掌控的天下。因为当时人们并不知道恺撒式的统治也是一种王权。

公元前42年，当他第一次统兵出征，途径马其顿经叙利亚时，发生这样一件事，在腓力比胜利纪念地，当年的胜利军团建造的祭坛突然自行起火。后来去伊利里库姆的途中，他去巴达维库姆城附近的革律翁神谕所，抽出的签要他往阿波努斯泉水里扔金骰子以求答案，结果他扔出的金骰子跳出了最大的数，那些金骰子至今在水中还能看到。在他被召回的前几天，一只罗德斯从未看见的鹰落在他住所的房顶上。在他得到通知可以回国的前一天，换衣服时他的上衣发出闪光。一切象征着吉兆的出现，预示着命运的转折，这时特拉叙努斯看到了港口停靠的船只，便断言这是送来一帆风顺的好消息。这次断言使得提比略首次信服了他的预言。

提比略回到罗马后，把他自己的儿子德鲁苏斯引荐给公众之后，就立即搬出了帕拉蒂尼山的庞培老屋，这里现在成了他儿子的住宅。迁到了更为奢华的位于艾斯奎林山的梅塞纳斯花园，在那里他过上完全隐居的生活，他收敛起锋芒，只管自己的事情，从不过问国家大事。

苏维托尼乌斯在《提比略传》中说：

三年中，盖乌斯和卢基乌斯相继死去，提比略和死者的弟弟马尔库斯·阿格里帕·波斯图姆斯一同被奥古斯都收为养子。他自己则按照奥古斯都的要求将自己的侄儿日尔曼尼库斯收为养子。从那时开始，他自己就不再做任何一家之长的事情，也不再保有自己的任何权利：因为这些权利均已经转到奥古斯都名下，正式丧失了法律上的独立地位，如他不能赠送礼物或解放奴隶，也不能接受遗产或钱物，除非作为父权支配下的私房钱。从这时起，他不放过任何事以增加自己的声望。尤其是阿格里帕被放弃囚禁以后，显而易见继位的希望落在他一人的身上。

自罗马建城至奥古斯都统治之前，象征和平时代到来的亚努斯·奎里努斯（Quinus）战神神庙只关闭过两次。战争时神庙敞开由士兵们出征时通过，战争结束则关闭，象征和平时代的到来。在奥古斯都赢得陆上和海上和平先后战胜了海盗塞克图斯·庞培和埃及女王和安东尼之后，神庙就宣布关闭了三次。

公元前 20 年奥古斯都还通过怀柔的外交谈判手段，使得顽强彪悍的帕提亚人和平归顺于他，打草搂兔子顺带要求亚美尼亚人自愿投降，从而迫使帕提亚人归还缴获克拉苏军团的鹰帜和遣返了战俘，这是恺撒都未能做到事情。奥古斯都不战而屈人之兵，展现了作为大国元首充分的领导艺术和政治智慧，赢得了罗马民众的赞誉和支持。同时，当帕提亚发生内乱和王位争夺时，是由他出面总裁，将王位给了他所中意的人选。奥古斯举行过两次进罗马城的小凯旋仪式，一次是腓力比战役之后，一次是西西里战役之后，这两次战争前者战胜共和党人布鲁图斯和卡西乌斯，后者战胜海盗塞克图斯·庞培均属内战，按照旧例不能举行重大庆典。罗马为他举行了三次重大庆典，那是因为取得了达尔马提亚、阿克兴和亚历山大里亚的胜利举行过三次大凯旋仪式，连续庆祝了三天。

在奥古斯都统治期间，他遭遇过两次重大的失败，一次是公元前15年罗利乌斯和公元9年瓦卢斯对日尔曼人的两次战役，尤其是瓦卢斯的失败几乎是致命性的。因为这次失败使得三个罗马军团连同将军、副将及所有辅助部队全部被歼灭。这一消息传来时，他下令全城宵禁，以防止发生骚乱，并且延长各省总督任期，以便依靠这些战斗经验丰富的人，保持合同盟国的密切关系。他还向朱庇特神庙发誓，一但征服日尔曼人，国家形势有所扭转，将举办大型娱乐活动。事实上，他内心极其痛苦，以致几个月不剃发修面，有时用头撞门，大声嚷叫道："瓦卢斯还我军团！"他将公元9年8月2日在条顿堡战败的日子，视作每年伤心悲悼的日子。

英国学者汤姆·霍兰在《王朝——恺撒家族的兴衰》一书中如此描述道：

第一公民的焦急之情溢于言表，普通民众的恐慌更难得缓和。对一个将身家性命都托付给日尔曼军队的人来说，阿米尼乌斯的叛变无疑是一个沉重的打击。他的护卫被匆匆分派到许多难以接近的岛屿上。首都内的其他日尔曼人，不论做着什么营生，一律被驱逐出城，而城市也被宣告处于紧急状态。家里的野蛮人已经纷纷被驱走，但奥古斯都还游离着，不肯理发，以头撞门。终其一生，他都靠着非凡天赋，在表象和现实之间的阴影区暗度陈仓：在公民同胞间掩藏权势，又去震慑境外胆敢质疑罗马威仪的所有人。当潘诺尼亚叛乱消息传来的时候，他在元老院内公然流露出一丝焦躁不安，足见他对那其中的恫吓意味多么警觉；但如今日尔曼浩劫发生后，他发现，自己直面着敌人的威吓。他所创建的常备军要怎样应对这样的冲击呢？

提比略对日尔曼的征服

普布利乌斯·昆克提里乌斯·瓦卢斯十年前曾经担任过叙利亚总督，他游刃有余地镇压了犹太人接二连三的起义。然而，元首对他的器重，并不是因为他是将才，而是他也算是自己家族中人，地方军政大权交给自己家人是可以放心的。

奥古斯都对军权一向谨慎小心，之所以将五个军团的指挥权交给他，就是因为这层亲属关系：他和阿格里帕的女儿联姻，后又与元首的甥外孙女成亲，使得他能够进入奥古斯都亲信圈，得以不断被委以重任，在官场节节攀升。当然，如果瓦卢斯在应对行省总督的纷繁职务上没有展露出过人的才华，这些关系也许百无一用：总督一得安定内部，二得公正执法，三得在当地强制征税，为罗马增添财政收入。在奥古斯都看来瓦卢斯的这些政绩足以支撑其成为在莱茵河流域日耳曼人居住区成立行省的总督得力人选。

数十年来，罗马首领一直习惯以军队统帅面对日耳曼人，瓦卢斯出现后，使他们看到了和平共处的优越之处，毕竟象征地位的托加袍、法西斯束棒、大批扈从会跟随着殖民者的征服加诸蛮族头领们的身上，这未尝不是一种荣誉和政坛窃取财富的途径：在劝诱蛮族人归顺罗马帝国依法缴纳税收的同时，功名利禄也在发挥重要作用。如有必要，瓦卢斯当然会毫不犹豫地动用武力，他手中掌握的五个罗马军团就是对不服从管教的蛮族人的威慑。但是如今日尔曼已经被征服，他想赢得战争，又赢得和平，这才是两全其美，用现代的话说就是双赢。穿行在切鲁西部落的土地上，总督瓦卢斯做着一厢情愿的双赢梦，有点美滋滋的。

他认为自己算无遗策，他统领的一万八千多人的大军，向这片大地的主人亮出了无往而不胜的赫赫军威。日尔曼各地的蛮族人早就适应了对这种军威的敬畏。互惠互利的关系早已使得行省长官和日尔曼军阀渐渐打成一片，在骑行的辅助部队里，就有一位切鲁西部落的王子——阿米尼乌斯，此人随时能以一口流利的拉丁语建言献策，本人还拥有罗马骑士头衔，简直就是自己的铁杆弟兄。随着瓦卢斯和军队的北进，前方的地域已罕有罗马军事工程师涉足。丛林沼泽地形复杂路况路貌神秘莫测，能有一个当地人来当向导无疑是雪中送炭。当阿米尼乌斯主动请命率领先头部队为大军开道时，瓦卢斯毫不犹疑慨然应允。

然而，阿米尼乌斯一去不返，踪影杳然。瓦卢斯派出的其他分队也没有一支归队。军队拖着冗长凌乱的队形在茂密的森林中艰难地穿行。他们忙着砍伐树木，在溪谷之上铺路搭桥，不料刹那间，传来一支支长矛铮铮作响的声音，从阴影中收受射来的飞镝，军队遭到了突然袭击。暴雨骤起，山腰泥沙俱下，天色越发阴暗，铁制的标枪头更是如同冰雹般刷刷落下。

由于受到地形的限制，军队根本无法像往常那样排兵布阵，只得在黑森森的树林中艰难地摸索行进，一路不时绊倒在缠绕的树根和倒下的同胞的尸体上，好不容易才找到一块足够开阔的空地安营扎寨。战士们匆忙垒砌木栏，雨后的水汽蒸腾着，令篝火在水雾倾泻下嘶嘶作响。伏击历来是莱茵河对岸征战时部队遇到的大问题。处在不利的地势下，关键是要轻装简行，安全撤出险境，瓦卢斯下令焚毁队列中的货车，方便调转方向，穿越山林稠密和地势险要的条顿山隘，返回罗马营地。

经过三天的艰苦行军，罗马军团不断遭到蛮族武装的袭击，部队不断减员，天空下起了雨，细密宛如牛毛；瓦卢斯发现部队离沼泽地越来越近，因为脚下的泥土越来越松软，开始下陷为泥沼，部队的秩序也越来越乱，更加糟糕的是前方出现了人工垒筑的草皮城墙，这是一场完全有预谋的伏击战。这些障碍物，无可置疑地融合了罗马的设计。此刻，滂沱大雨中夹杂着日尔曼人的嚎叫声。在冰雹般的标枪袭击下，瓦卢斯的部队被冲击得四分五裂。伏击进行得十分彻底，罗马军团人仰马翻，血流成河，死尸堆积如山。瓦卢斯带领的这支进入条顿山口的罗马军团——也是地球上最凶猛的军队，顷刻三股战斗力悉数尽毁。这场屠杀惨烈至极，无以复加。所有的被俘士兵遭到了残酷的虐杀，而主持这场死亡仪式的就是那位被视为罗马友人的蛮族王子阿米尼乌斯。

瓦卢斯不愿沦为阶下囚，绝望之下，挥剑自杀。这就是罗马军团败于日尔曼蛮族武装的奇耻大辱——条顿山之战。

公元9年，同时受命率领十五个军团的元首继承人、帝国保民官提比略被指定负责平定日尔曼部落的叛乱。对于日尔曼这块充满蛮族叛乱烽烟的土地，他自然不陌生。这是一块他建功立业而又伴随灾难的土地。公元前9年，他在巴尔干半岛大获全胜，却被弟弟德鲁苏斯在日尔曼的死讯盖过了风头；公元6年，他在日尔曼取得了一系列胜利，巴尔干半岛却发生了叛乱，他领兵前去平叛，取得了决定性胜利。

现在他人生走向巅峰的时刻，即将迎来新的凯旋式的时候，传进罗马城的噩耗堪比晴天霹雳。城内原本安排的数项庆典活动，庆祝他在平定潘诺尼亚叛乱取得的胜利，立即全部被取消。鉴于瓦卢斯三大军团曝尸荒野，全军覆灭，他举行凯旋式的活动被草草收场。一些人建议赠予他"潘诺尼库斯"的称号，另一些人建议授予他"英雄克图斯（意为不可战胜的人）"称号，还有人建议授予他"庇乌斯（意为尊荣的）"称号，全部化为泡影。

提比略主动提出推迟凯旋式，因为罗马全城都在哭悼瓦卢斯军团的阵亡将士。显然在这种时候举办这样的隆重仪式是不合时宜的。不过，在胜利返回罗马时也算是出过一场非同寻常的风头。他在进城时身着镶红边托加袍，头戴桂冠，登上马尔斯广场赛普塔高台，元老们站在两侧，他站在两名执政官中间的奥古斯都身旁，频频向向他致意的罗马民众挥手答谢，随后在众人簇拥下去了马尔斯神庙进行胜利谢神仪式。

汤姆·霍兰在《王朝——恺撒家族的兴衰》一书中这样描绘提比略：

提比略很容易长痘。他纵然高大健硕，身材匀称；目光如炬，似能透视黑暗；还有一头引领数代时尚潮流的克劳狄经典乌鱼发型，怎么看都是一表人才，无奈脸上丘壑起伏，动不动就满脸突发红疹。他尽管相貌堂堂，但脸上的痤疮却一直此消彼长，且他对此束手无策。

然而，这位长着一张苏拉式雄才大略粉刺脸庞的英雄，刚下征鞍即受命前去征讨日尔曼反叛部落，为罗马报仇雪耻。当提比略抵达日尔曼时，就受到原来部下的热烈欢迎。熟悉提比略统率风格的士兵都知道，他习惯谨慎行事；那时候他们眼里噙满泪水，簇拥着他，高喊着战斗荣耀的口号，为他的回归热烈欢呼。

鉴于瓦卢斯军团的悲戚呐喊还萦绕在战士心头，这位神勇将军的到来，无疑备受欢迎，但是他吸取教训，绝不求胜心切以炫耀自己的勇气，而让士兵做无谓的牺牲，而以一贯的稳扎稳打，步步为营，对高卢到莱茵河沿岸的防御——稳固加强。莱茵河西岸的庞大军营几十年来一直是罗马军团在日尔曼的冬营。一年多来提比略恪尽职守，全身心投入加固莱茵河防御体系。军事基地得到升级改造；数支军队被从其他省调来；意大利征召的兵力汇入部队。至公元 11 年，在莱茵河沿岸扎营的军团已经由五支变成了八支。而高卢行省内几乎能够调动的马匹，全部集中到了他的营地。也只有到了这个时候，提比略才敢于向河对岸发起进攻。

他从前一贯独断专行，自以为是。现在一反常态，在制定战役计划时总要与众多的顾问一起商议。在渡莱茵河时，他严格限制只能携带必不可少的东西，摆渡时他站在岸边检查上船的每一辆马车，看船上装的是否必不可少的东西。过了莱茵河后，一点不敢掉以轻心，为了防止敌人突然袭击，部队一律坐在草地上进餐，经常露宿过夜，在发布次日所有作战指令以及关于应付突发事件的注意事项时，都用书面指示并叮嘱：假如有人有疑问，任何时候，甚至夜间都可以直接向他本人提问。

不出所料，提比略的出击给予敌人最严厉的惩罚。庄稼村庄全部焚毁，行军道路上的荨麻被清除。军队很快占领了莱茵河东岸沿线并逐步向前推进，以实际行动证明了元首再次征服日尔曼的希望能够变为现实。提比略目睹了当年瓦卢斯兵败条顿堡大森林的惨状：建到一半的城镇沦为废墟；第一公民的雕像倒在瓦砾枯草中，被砸了个粉碎；烧焦的堡垒内到处是尸骨；只有一个基地成功撤空，但撤离工作刚刚匆忙结束，堡垒就烧成了一片火海，好像这一片驻军基础设施从来未存在过一样，然而残酷的战争痕迹是不可能从历史的空间消失的。

多少个世纪过去，二十一世纪初日本学者本村凌二在他的《地中海世界和罗马帝国》一书中如此描绘这场惨烈的战役：

　　几年前的秋天笔者和朋友一起访问了德国的明斯克大学，担任教授的朋友开车载我们去拜访一座叫卡尔克里泽的小山村。山脚沼泽地过去便是茂密的森林。1987年，那里发现了散乱的罗马货币，1989年开始正式发掘，随着发掘工作的推进，不仅发现了金币、银币、铜币，还陆续出土了武器、盔甲、工具甚至人骨。人骨全部是成年男子，其中很多都有很明显的伤痕。出土的钱币全部都是公元9年以前的，这是决定性的证据。在奥古斯都统治的公元9年，将军瓦卢斯率领三军团被日尔曼军队突袭，在这里全军覆灭。事实上有人从文献中推测出该地就是当年的战场，推测的人就是罗马史大家蒙森（1817-1903），历史学家中唯一获得诺贝尔文学奖的历史学奖的人。可是支持蒙森推断的学者很少。不过随着金属探测器等先进技术应用在考古学上，蒙森的推测被证实了。

　　渡过莱茵河后，提比略实施最严格的纪律，恢复旧时的惩罚和羞辱手段严格军纪。一位军团司令曾派遣一队士兵，陪同自己的一名被释放奴隶到莱茵河对面狩猎，提比略对此大发雷霆，立刻废除了他的军职。当前情势如此紧张是容不得任何草率和轻浮行动的。提比略以身作则，把自己的辎重减少到最低，而且宿营不扎帐篷，枕戈待旦，随时准备出击迎敌。

　　这种严谨的作风，在条顿堡伏击战三年后，随着罗马军团卷土重来，再次在日尔曼大地上横扫千军如卷席。提比略不仅成功地避免了每一场蓄意的伏击，而且躲避了一场针对他的暗杀行动，一位布鲁克利人夹杂在他的仆人中，怀揣利刃企图刺杀他，但由于精神紧张而被识破。经过严刑拷问，承认了自己的罪恶企图，而阿米尼乌斯就是布鲁克利的王子。经过提比略三年的整顿，高卢和莱茵河的防御工事已经固若金汤，牢不可破。他终于可以放心地班师凯旋了。奥古斯都如此表扬自己的继承人："匡复了我们的国土。"公元12年，随着日尔曼部落被征服，军团回归莱茵河基地，提比略终于放下军权，返回罗马，准备接班，因为元首已经到了垂暮多病之年。

　　整个秋季罗马的天气都十分恶劣，天色灰暗，阴雨连绵。在10月23日一大早却骤然间云开雾散，天气放晴，灿烂的阳光烘干了罗马的街道，人们蜂拥而出，为提比略的凯旋式欢呼庆祝，那一日，天空中落下只有玫瑰花瓣，缴获的武器铠甲熠熠生辉，囚犯们脖颈处的枷锁叮当作响，鹰帜跃然高擎，伴随着铿锵有力的鼓乐声，严整的军列徐徐前行，一切无不大放异彩，提比略乘坐的象牙镀金马车前方，许多精美华丽的银色雕像高高竖立，向罗马人民描绘出他为他们赢得的诸多胜利。在到达卡匹托尔神庙前，他从战车下下来，匍匐在主持庆典的奥古斯都膝下感谢元首对他的厚爱支持，然后，他设宴1000桌，宴请罗马市民，又给每人300塞斯提乌斯。他用战利品的收入，以他和他的兄弟德鲁苏斯的名义重修了和谐女神庙，以及波吕克斯和卡皮托尔神庙。

根据执政官的提议，元老院不久就通过了一个法案，要求提比略和奥古斯都共同统治行省和进行人口普查。这就意味着奥古斯都时代正在逐步过渡到提比略时代，尤里乌斯家族对于罗马帝国的统治将渐渐向克劳狄乌斯家族转移，虽然现在两个家族在血统上因为复杂的婚姻关系已经相互交融不可分割。比如在平定巴尔干半岛和征服日尔曼人的战争中就出现过一位交融三大家族血统的少年英雄，既是奥古斯都孙女婿又是提比略亲弟弟德鲁苏斯的儿子，还是元首亲自指定的隔代接班人日尔曼尼库斯。他的母亲是小安东尼娅，是奥古斯都姐姐屋大维娅和马尔库斯·安东尼的小女儿，他本人娶了奥古斯都的外孙女阿格里皮娜。

这位熔铸着罗马政坛三大显贵血统的杰出后代，还流淌着他的外祖父安东尼家族的血液。因而，从血统高贵的角度而言他更有资格充当帝国未来的元首。更重要的是他和自己父亲——牺牲在远征日尔曼战场的帝国烈士德鲁苏斯更加具有和民众与士兵的亲和力。他不仅长相英俊，拥有一副罗马勇士年轻俊美的容颜，而且性格阳光开朗善解人意，与性格阴鸷，满脸青春痘，坚守传统，冷酷强硬的提比略相比，更加具有民意基础。

这样在尤利娅和阿格里帕的儿子盖乌斯和卢基乌斯在东征牺牲后，日尔曼尼库斯显然成了罗马人民心目中的娇子。面对风流倜傥的三姓贵族公子日尔曼尼库斯，提比略就显得有些过气和落伍，仅从外貌上相比较提比略显然更像是一个刁钻古怪阴鸷的暴君。在提比略受命交出军权赶回罗马举办凯旋式的时候，他的侄子日尔曼尼库斯依然逗留在莱茵河前线的军营中，继续追剿着阿米尼乌斯残部，看样子是不将条顿山口惨案的元凶捉拿归案决不罢休。

奥古斯都最后的表演

公元14年夏，帝国元首奥古斯都和李维娅及大批随从一起去了卡普里岛。这一年他已经七十六岁，身体虚弱，牙齿几乎脱落殆尽，长期的风湿病使他四肢变形发软，血液循环状况不佳，一只手偶尔会颤抖。毕竟上了年纪，有时在行走时会异样地感到脚下大地好像在移动，仿佛踏在石头和砖块泥地上，身子会突然抽离，使他的双脚突然具有堕向不知何方的飘忽感。他本来并不知道他能够活得那么久，在李维娅的请求下，这次前往卡普里岛，他将和他的养子帝国继承人提比略同行，提比略正好要赶往巴尔干半岛，"将用和平的方式巩固他以武力攻克的土地"，于是两人正好可以顺路而行，显示养父子之间的亲密关系，这种亲密更像是某种言不由衷的表演。

在那不勒斯登岸后，他们再次踏上阿庇亚大道，然后进入萨摩奈。到达当地首府贝尼温图姆（Beneventum，既贝内文托），两人分道扬镳。这个父子同行的建议是李维娅提出的，据说理由是罗马民众并不喜欢这位继承人，但是只要奥古斯都向他展示任何感情或者关怀都会有利于提比略将来顺利接班。有鉴于此，奥古斯都接受了妻子的建议。

在阿斯图拉奥古斯都和他的随从人员登上已经准备好的专用游艇，但是由于风向的关系，必须到夜间才能启航。这样一来，使他身体受了凉，以致在生病和身体虚弱的情况下，只好推迟游览美丽坎帕尼亚海湾的计划。故地重游，使他情不自禁回想起五十八年前，他就是从南方到这里同自己的母亲见面，做出对世界千百年历史都有重大影响的决定，他的人生太阳是从这里升起的。

在普泰奥利，他遇到一件十分令他高兴的事情，当他的船进入港湾时，从亚历山大来的一只运粮船的船员前来欢迎他，船员们都穿着白色的水手服。手持神香和花环，唱歌赞颂他是赐予他们粮食和生命的人，因为他肃清了海盗势力才能使他们安全地在海上自由航海，和平地进行商品交易。

奥古斯都深为他们这种致敬方式所感动，以致赠给他的随从每人四十金币，用来购买亚历山大人的商品。

当他身体健康状况略有好转时，他就在位于卡普里岛的别墅住几天，这个美丽的小岛宛如镶嵌在那不勒斯海湾的一颗宝石。这里交通便利，不远处就是一排排建筑精美设施齐全的海湾别墅，分布在意大利海岸线的山峦林荫里，风格各异的罗马贵族的别墅群高低错落在绿色植物的掩映中，风光旖旎迷人，显示着高官显贵无以伦比的身份。这里显然是罗马贵族度假的胜地，就像是童话里的迷幻仙境从水中升起一样，使人赏心悦目。

尽管他的身体每况愈下，但在登上卡普里岛那一刻，面对前来欢迎他的卡普里岛居民，他依然强打起精神，礼数周到地微笑着和大家打招呼，他和一些熟人闲聊几句，报出他们的名字，可是他十分虚弱的身体只能由他的保健医生搀扶着才能缓缓行走。卡普里岛的居民大部分都是希腊人，好在元首能够熟练地运用希腊语和民众交流，只是有着明显的罗马口音，他不断地为他的奇怪口音向欢迎的民众道歉，反而增加了他的亲和力。最后他心满意足地跟邻居们道别，由肩舆抬着去了他的别墅。那里视野开阔，可以看见数里之外的那不勒斯海湾。

当他觉得自己已经从长年的繁重工作负担下解放出来的时候，感到有着一种孩子似的轻快。他设宴招待自己的朋友，并且慷慨地给予朋友们各种赏赐。除了各种礼物外，还赏赐了托加袍和希腊斗篷，规定罗马人穿上希腊人的服饰使用希腊语言，希腊人穿上罗马人的装束使用罗马人语言进行交流，如同一场友好的演出。这种表演使他特别高兴。准备在捏阿波利斯参加一次希腊运动会的年轻运动员被请到他的别墅，成了他的客人，他让他们品尝水果和各种甜食，他自己甚至兴奋地用希腊文写诗，一起参与娱乐活动，在纵情玩乐中度过自己的余生。当他从餐厅里看到一大群人举着火把参观去年去世的马斯加巴的坟墓时，即兴创作并高声朗诵道：

　　我看到开拓者的坟墓火光通明

然后转向提比略的占星师特拉叙努斯，问他这是哪位诗人的作品？这家伙当时正斜倚在坐榻上，一头雾水地显得茫然无知，但奥古斯都随即机敏地补充了一句：

借着光明，你可曾看见，马斯加巴现在受到尊敬？

他再次追问特拉叙努斯这是谁的作品，占星师立即机智地奉承说，不管谁的作品，这首诗都写得非常好。除此之外，占星师无言以对，他看到特拉叙努斯的尴尬，哈哈大笑，将此当成一件趣事，无比得意。

尽管他的肠胃疾病间歇性发作，他还是航行去了那不勒斯；尽管气候十分恶劣，为了不影响向他致敬的民众情绪，他不顾医生的劝阻，挣扎着让人搀扶着抱病从头到尾聚精会神地观看了专为他举办的体操比赛，并为卡普里岛希腊人的胜利助威，竞赛结束时，他已经无法从坐着的椅子上起身，他的侍卫们用轿子将他抬离了运动场。

随后，继续航行前往贝尼温图姆，在那里他和提比略告别。那时他感到体力明显不支，鬼使神差他希望立即去诺拉那边一处他童年的老宅去。鉴于路程只有十八里，李维娅和他的医生同意了。清晨他和他的随从一行到了他的旧居。他的病情不断恶化，不得不躺倒。

他在无意间惊骇地发现，这里正是他七十二年前自己父亲去世的地方。这是一个不祥的预兆，他马上召回正前往伊里利库姆途中的提比略，并抱病和他进行了长时间的谈话。

传说中奥古斯都在决定此行之前，前去外孙阿格里帕·波斯图姆斯囚禁地皮亚诺萨岛探望了这个唯一孙子，祖孙相见抱头痛哭，两人都流露出恋恋不舍的浓浓亲情。据谣传这位年轻人似乎很有希望回到外祖父身边。这个说法迅速传播开来，似乎证明了这样一个现实：继奥古斯都霸权独裁四十多年后，关系罗马未来的接班人问题再次蒙上了一层朦胧的面纱，使人疑窦丛生，除了一个日尔曼尼库斯以外，还有皇家嫡系子孙波斯图姆斯的存在。根据塔西佗《编年史·上卷》记载：

正当人们在谈论这类话题的时候，奥古斯都的病情更加恶化了。有些人怀疑这是他的妻子在暗中捣鬼。因为外面传说，几个月之前，在只有少数心腹知道的情况下皇帝由保卢斯·法比乌斯·马克西穆斯陪同乘船到皮亚诺萨岛去看了阿格里帕。据说两人见面时都动了感情，并且痛哭了一场，因此这个年轻人看来很有希望被接回到外祖父家中去。马克西穆斯把这件事告诉了他的妻子玛尔奇娅，玛尔奇娅又告诉了李维娅。奥古斯都知道消息已经泄露的情况，不久马克西穆斯就死了，他可能是自杀的；据说玛尔奇娅在丈夫的葬仪上哭着责怪自己，说正是她本人断送了丈夫的性命，且不管这件事真相到底如何吧。提比略在刚刚到达伊里利库姆之后，立即被他的母亲一封急信召回。在他到达诺拉时。奥古斯都还是活着的。

但是元首已经生命垂危，命系一线，危在旦夕，他与奥古斯都单独度过了整整一天。苏维托利乌斯在《罗马十二皇帝传·提比略传》中记载了这次堪称临终嘱托的谈话：

提比略在和奥古斯都进行私下谈话离开房间后，奥古斯都的内侍听见奥古斯都说："可怜的罗马人民啊，你们落入虎口被慢慢地嚼碎了。"我也看到有人记载说：奥古斯都曾十分坦诚地批评提比略心情残酷，以致不止一次当提比略到来时，中断自己比较自由轻松的谈话；他同意收他为养子也完全是因妻子的一再恳求，或者，也许是暗自思忖的结果，认为有这样一个继承人，有朝一日他本人会因此得到更大的同情。但是尽管如此，我依旧怀疑一个如此谨慎而又具有远见的元首会行而不思，特别是在这样重大的事情上。我认为他是在权衡了提比略的优缺点之后，觉得提比略的优点更多才这样做的。我持这种看法尤其是因为奥古斯都是在人民面前宣誓为了国家利益收养提比略的，他还在几封信中评价了提比略，说他是最有能力的统帅和罗马人民唯一的保护人。

苏维托尼乌斯为了证明他的上述观点，还从奥古斯都给提比略的信中摘录了几段，在他的书中引用：

您好，最最亲爱的提比略，愿你幸福地为我为缪斯而战，您好，最最亲爱的，以我的幸福发誓，你是最勇敢的男人，最谨慎的统帅。

亲爱的提比略，我对你夏季战役的指挥有的只能是赞扬；我很清楚，在如此多的困难中，在士兵如此轻敌的情况下，没有人能行动得比你更明智果断的了。所有和你共过事的人都会赞同，下面这句诗可以适用你：

"此人凭其警觉，独立回天，为我们重新办好了事情。"

假如有什么事要我仔细思考，或者，有什么事使我恼火，凭朱庇特起誓，我非常想念我亲爱的提比略，并且记起荷马的如下诗句：

"只要他跟我同行，

即使四面火焰如海，

我们也能闯出来，双双返回，

因为他有丰富的智慧，无尽的主意"

当我听到读到你由于日夜操劳而消瘦了的消息时，假如我没为你而全身战栗的话，就让诸神惩罚我，我恳请你保重，一旦我和你母亲看到你病倒了，这会要了我们的命的，这也会危及罗马人民的最高权力。

假如你身体欠安，我是否安康是无所谓的事。

我乞求诸神为我们保佑你并赐予你健康的身体，在现在和永远的将来，假若他们不是十分怀恨罗马人的话。

选择提比略当奥古斯都偌大帝国的继承人，也许是奥古斯都在尤利安家族几乎绝嗣情况下的不得已选择；也许出于元首夫人的精心策划安排，而使得提比略早已羽翼丰满，尾大不掉，木已成舟，元首只能在不引发帝国混乱的前提下顺水推舟，尽管并不出于本意，但也没有别的选择，提比略军权在握，并以保民官的身份掌控着国民大会，李维娅掌握了庞大的禁卫军就在罗马近郊，震慑着元老院；也许出于提比略的星相师特拉叙努斯的蛊惑，造成了天命所归的假象，元首已无力改变现实；也许是提比略早已积累的盖世军功和人脉资源，造成了上层统治集团的集体依附。总之，种种偶然因素和必然驱势，导致了元首晚年的大权旁落，已经使得李维娅和提比略母子联盟势力坐大，造成了克劳狄家族势力的再次崛起，要改变这种政治局面，老病缠身的一代雄主已经灯油将尽，无力回天了。要稳定风雨飘摇百病重生的罗马政局只能违心地选择提比略接班，这是奥古都斯的无奈选择，最终牺牲的只能是尤利安家族的利益，而保全整个罗马帝国，也就是所谓两害相权取其轻的意思吧。

奥古斯都是罗马帝国的开国皇帝，不过皇帝是以元首的面目出现。元首政治在罗马维持300多年后直到公元476年西罗马帝国覆灭。诚如美国历史学家威尔·杜兰评价奥古斯都：

奥古斯都是人类历史上最伟大的行政天才之一。罗马人的生活在他的统治下，有了全盘的改变：罗马帝国全境规模重建，在他的指挥下展开。他把一个正在衰败的共和国改造成为获得许多世纪生存前景的空前帝国，他开创了一个以便利交通与繁荣商业为基础的持久的"罗马和平"期；他为希腊、罗马之古典遗产的幸存与最后传播提供了手段；……他身材短矮但外貌英俊，他不事修饰但举止优雅，他目光明澈但寒气逼人。他的统治充满机智与想象力。他早年是残暴的，但他后半生却表现出宽大与温和……

奥古斯都用掠夺来的财富支付其士兵的欠薪，他保留20万现役军人，各个宣誓效忠于他，这是他对帝国实施独裁统治的基础；其余30万人则予授田遣散，每人皆赠与巨额银钱，这是他稳定基本队伍，收买人心的需要。对他的将军们、拥护者、朋友们他均不吝厚赠。他把公民权扩大给被征服地区的上层分子，争取得到更多的支持。他整顿元老院，限定元老院成员的财产和出身资格。他制定婚姻法，规定凡属贵族，男子年龄在25岁至60岁，女子年龄在20岁至50岁之间的必须结婚，实际是保证奴隶主阶级能够有充分的接班人。

他深知平民的力量，实行收买平民的方针。经常免费给平民供应粮食，给平民分配土地。为抚慰平民，他经常举行大规模角斗表演供平民观赏。出场角斗士达一二万人，观众有十万人之多。他还搞过一次海战表演，用人工在台伯河畔挖一大湖，长1800步，宽1200步，参加者有30艘战船，3万海军。有几次他用私人财产弥补公库赤字。对遭受战祸或天灾的地方都拨出巨款赈济。他焚毁产权人的欠税记录而免征他们所积欠的税款，他拨款救灾，举办盛大的展览和竞赛，他慷慨解囊从事公共建设，以防止失业，以粉饰罗马的繁荣，罗马的众属国奉他为神明。以财富、美食和大型文娱活动来愉悦安定民心，免得民众对政治过于关心，而生非分之想，因而各种庄重热闹的帝国活动通过节庆仪式充斥着民众的生活。

当大量的金钱被他挥霍之后，这位带有理想主义情怀的皇帝自己生活得依然十分简朴，他放弃贵族的锦衣玉食与公家的俸禄，穿着自己家女子所纺织的衣服，一直住在霍腾修斯宫室中的一间小房中，在住了28年之后房屋惨遭焚毁，他又按照原样建造新宫，可他依旧住在狭小的寝穴之内。即使离开众人的视线，他还是过着哲人般简单的生活，而不享受帝王的奢侈豪华。他唯一的嗜好是放开国事，荡漾于坎帕尼亚沿岸的海滨。在寂寥空旷的堤岸进行治国理政的苦思冥想，壮大自己的帝国，他提倡简单简朴的生活，企图扭转整个社会的奢靡之风。

然而，当奢靡铺张已然成为上流社会的习惯时，元首个人简朴生活的影响力已经微乎其微了，因为围绕着他的权力豪富集团，包括自己的亲人们个个贪婪，而无所制约，尤其是他唯一的女儿尤利娅更是情人无数，贪贿无边，声名狼藉，却引导着帝国整个贵族集团的世风不断走向颓败，这使得他非常苦恼。

奥古斯都是开创基业的无冕君王，打仗还算在行，而治理国家的确不同凡响。在位期间，他那一只因患关节炎而微跛的左腿拖着病歪歪的身体，忍着关节炎、胃病、尿道结石等疾病的折磨，奔走于帝国的山山水水之间，把东至幼发拉底河，西临大西洋，北抵莱茵河，南达北非的大帝国整治得经济繁荣，政治稳定，开启了长达两个世纪的和平时期。

他是酷爱读书、富有学养的政治家。一生手不释卷，每当晚饭过后就独自坐在书房的躺椅上借着油灯光阅读到深夜。他患有神经衰弱，夜里难以入睡时便叫仆人为他读书。他是真正有理想、有责任、有担当的政治家，他没有政客的急功近利的心态，他能够把改造社会的理想和现实结合起来，既有丰富的学识，又具备明确的目标和巧妙的实践手段，并孜孜不倦地追求新的知识。因此，不同凡响地创造了政治稳定、经济繁荣、文化艺术昌明的伟大奥古斯都时代，出了一大批不朽的人才和作品。

他写过大量各种不同的散文著作。像别人在演讲厅里做的那样，他把其中的一些朗诵给他的一伙亲密朋友听，例如他的《驳布鲁图斯的〈论加图〉》，这是他驳斥公元前46年加图的外甥共和派大将布鲁图斯的颂词的文章，但是未见传世。他朗诵这部作品几乎一气读到底，只是因为感觉到疲劳才交给提比略去读完；因为这时他已经到了垂暮之年，精力大不如前。他还写了《对哲学的劝勉》和一部13卷的《自传》，叙述他的一生，一直叙述到坎塔布里亚战争时期，但没有继续写下去。他对诗只是稍作涉猎而已，著有一本六韵步诗集，流传至今，其标题是《西西里》，主题也是关于西西里的。还有一本同样篇幅不长的《讽刺短诗集》流传下来，大部分是洗浴时写作的。尽管他非常热心地写一部悲剧，但因为不满意而将其焚毁。这是一部以荷马史诗中的英雄阿亚克斯为主角，因为和奥德修斯争抢阿格硫斯铠甲而自杀的悲剧英雄。当他的朋友问他《阿亚克斯》写得怎么样了时，他回答他的阿亚克斯已经倒在他的海绵上了，也即以罗马的方式以海绵拭血。

　　他磨练出一种朴实而精致的演讲风格，避免追求警句的刻意浮夸和不自然的程式，以及他自己称为"讨厌的用词牵强"，他把主要目标放在尽可能清楚地表达自己的思想上。因此，为了避免使读者和听众有什么不懂或者产生误会，他断然地在城市名称前使用介词，因为按照拉丁语法，城市名称有专门的词格，不必使用介词；他也不怕重复使用连接词，如果省略了它们，尽管能够增添优雅，却会引起误解。他轻视在语法上的别出心裁者和纯粹的复古派，认为这两种倾向都是错误的；尤其是他的朋友梅塞纳斯，不放过任何机会通过模仿滑稽作品来责怪和取笑他的头发，称之为"滴着油膏的卷发"。他甚至不放过提比略，因为他有时刻意使用一些陈腐和书呆子气的词汇。至于马尔库斯·安东尼，他称之为疯子，因为安东尼写作，与其说是让人理解，不如说是哗众取宠，让人赞扬。他在一封给外孙女阿格里皮娜的信中称赞她的优良禀赋，同时告诫她"你要十分注意写作或者谈话，不要矫揉造作"，证明他无论办事或者谈吐写作都是注重实际，而不讲究形式的。

　　和一切独裁者一样，由于无限大的权力空间，至高无上的地位，终生享受权力，使用权力，定于一尊，无人与之比肩，他可以不受制约地按照自己的绝对意志行使自己的权力，践行自己的理念。然而，理想和现实之间毕竟有诸多不尽如人意之处。他实际上处于凌空蹈步和高处不胜寒的孤独境地，存在着某种"昨夜西风凋碧树，独上高楼，望断天涯路"的苍凉感。

尤其是他的家庭生活对他晚年的情绪干扰极大。

他结过两次婚，先后娶过三位太太——克劳狄娅、斯桂克里波·庞培娅、李维娅，只有来自庞培家族的斯桂克里波尼娅为他生下一位女孩尤利娅。他原希望李维娅能够为他生下一个儿子继承国政；因为她为前夫生下过两个优秀的儿子——提比略和德鲁苏斯，不幸李维娅与奥古都斯竟未生育。李维娅是个有着外表庄重之美，而又工于心计的女人，个性坚强，表面特别体帖。奥古都斯施政的重要措施都要同她商量，他尊重她的意见。当有人问她对奥古都斯何以能够有如此影响力时，她说："保持绝对的贞洁……绝不干涉他的事务，对他所钟爱的情人装着不闻不问。"她是古典美德的代表，对道德宣扬不遗余力，又是宫廷阴谋的娴熟操纵者、运用者。得空时，她从事慈善活动，以私房钱帮助孩子众多的父母，给贫困的新娘购置嫁妆，并养了许多孤儿。她的皇宫几乎成了孤儿院，因为奥古斯都在宫里和妹妹奥克塔维亚的家中监管着他的孙子、侄儿、侄女，甚至安东尼的 6 个遗孤的教育。他把男孩子们派往前线，监督女孩子们纺织，他不许"她们轻言妄动——除非光明正大，能够载于家庭日志之事"。

奥古斯都的事业是成功的，而且可以用辉煌来形容，但他的家庭生活并不如意，因为继承人问题一直难以解决，始终困扰着他的后半生。专制君王往往希望他如日中天的辉煌业绩，能够一代一代地按照自己的意图传承下去，使得帝祚绵延承续，因而他十分重视继承人问题。开始他想尽量去爱李维娅的儿子德鲁苏斯，把他领过来培养，并愿将财产和政权传给他，但是他不幸早夭；转而求其次，他开始培养提比略。他有一个活泼俊秀的女儿尤利娅，女儿的童年时代，曾经给他带来很大的欢乐。奥古斯都内心还是想以"家天下"将尤里乌斯的血脉贯注于帝国，然而，天算并不如人愿，尤利娅和阿格里帕生下的两位公子自从被外公收养为继子后，自以为是天潢贵胄，是未来国家元首，自小生活在四面八方的阿谀奉承和功利的氛围之中。他们位尊而无功，奉厚而无劳，而又生活在"多挟重器"的权力氛围中，于是养成了任性骄狂、妄自尊大的毛病。靠着养父的灵光，十五岁便当上罗马帝国候补执政官，被奥古斯都派往行省执行军事重任。奥古斯都把两位养子看成是自己"眼里放出的光"，然而，这两道光却如流星划破天际，瞬消即逝了，两人先后客死在出征途中。

奥古斯都是从血与火中幸存下来的人，因此，对于亲人的死，对于他们不端的品行，有很大的心理承受能力，但是从内心讲，他对女儿和外孙的堕落，是非常痛苦和绝望的，至于其中所蕴含的诸多政治阴谋他既无法抵御，又不能够对外披露，内心的矛盾和痛苦使他身心疲惫十分无奈。

元首人生的落幕

在万般无奈之下，奥古都斯只好按照李维娅的要求，把妻子同前夫所生的儿子提比略·克劳狄定为合法继承人。王政被推翻500年后，世袭君主专政又名正言顺、冠冕堂皇地回到罗马。奥古斯都在世时便开始安排提比略接班，用元老院大印为这位继承人认定了军队最高指挥官、行政最高管理人和人民利益保护人——护民官的职位。

提比略身后站着的女人，他的母亲李维娅是个非同寻常的女人。年轻时美丽端庄很有魅力，吸引了屋大维，随着年龄增长花容渐衰，却魅力不减，原因在于深谙元首好色本性，不断觅取美貌女人满足元首爱好，而且永远地绝不吃醋，但是双方终其一生相敬如宾，始终和气相待。他们最终变成了政治上的亲密盟友。他们相互懂得对方，在政治上配合默契。元首深深地明白李维娅对于他是屈尊下嫁，她是一个骨子里的共和派，和死去的前老公、老父亲、养父在价值观上始终是保持一致的，只是在家族利益不受侵害的前提下才隐藏着自己的政治倾向，和屋大维结成夫妻。她出让了一个古老的贵族头衔，换来家族的平安，换来了一人之下万人之上的权利尊荣，从根本上来说是为了她的长子提比略·克劳狄乌斯·尼禄——这个和前夫名字一模一样人的政治前途。她对提比略一向有着难以释怀的钟爱，对其前程也怀着不懈的野心。这份野心造成了他们夫妻之间的疏离，只是双方心照不宣而已，而且这种疏离越来越深，以至于他在后来和妻子谈话，事先都要悉心做好笔记，再按稿子进行，这其实就是一种戒备。只是在他两个心爱的养子去世后，阿格里帕·波斯图姆斯又被弄成了暴徒和精神病患者，她的儿子才顺理成章承继了大统。至于其中有多少妻子的阴谋，他已经没有必要也没有精力去深究了。他关心的只是在他死后罗马帝国能否平稳过渡。

因此，为了他们夫妻同样关心的政治稳定，在这次旅行之前三天，奥古斯都特地前去维斯塔贞女神殿存放了四份可以称作遗嘱的文件，规定在他驾崩后，在元老院会议上宣读。

第一份是他的遗嘱，其中将三分之二的私人地产和财富赠予提比略。尽管提比略不缺这些财富，但是馈赠是非常必要的，可以保障继位的顺利进行。余下部分归李维娅所有，而她的利益还包括被过继到尤里乌斯家族，改名为尤利娅·奥古斯塔，也就是说继承了奥古斯都的头衔，这样她儿子的地位会更加巩固。

第二份文件是关于奥古斯都葬礼的程序。尽管他规定的程序很简朴，但是他知道，执行此事的人会根据元老院的决定，隆重程度绝对超过他所指示的程序而繁复奢华许多，因为这种奢华会既符合他在罗马帝国的历史地位也迎合罗马民众的情绪，且对于提比略母子而言是必须的，只有这样才显示了继承的必要性和合法性，而这种奢华他不会再亲眼目睹，也就无需去负责。

第三份文件是帝国情况陈述——现役军人的数量，国库现有金钱数额、政府对行省长官和无公职公民的财政义务、在财政或其他方面负责任的行政官员的名字——这些事宜都必须公之于众，以保障秩序和防止腐败。陈述有一份附录，给他的继任者也即提比略一些相当强硬的建议。他劝诫：不要太任意或太广泛地放开罗马公民资格，以免损害帝国中心的地位；政府高级行政官员都应当由政府雇佣，付以固定薪酬，以减少滥权和腐败的诱惑；最后，他命令不要在任何情况下拓展帝国的疆域，军队仅用于防卫既有的边界，尤其是防御日尔曼蛮族的入侵。他写道：

帝国的疆域有一定的范围，把自然的限制当做永久的防线和边界：西方到达大西洋，莱茵河和多瑙河是北方防线，东部以幼发拉底河为界，向南就是阿拉伯和阿非利加的沙漠。

同时指令将他所撰写的《奥古斯都行述》刻写在铜表上，安放在他敕令建造的铺张夸饰巨大陵墓的廊柱前，供后人瞻仰。

公元14年8月19日，奥古斯都在南巡途中感觉体力不支，病倒在坎帕尼亚的诺拉别墅中。弥留之际，这位老皇帝头脑十分清楚，没有感到任何痛苦，只是深深感觉到独裁者临终前的凄凉和孤独，再也没有人恭维他所建立的奇妙元首制曾给帝国带来的长期繁荣，再也无人恭维政治史上所记载的他的辉煌成就。或许因为过久的病痛折磨，他感到心情沮丧，他让人拿过一面镜子，侍从为他梳理好头发。他望了望镜中苍老的面容，然后叫进大臣们，他在病榻上轻声吟诵着一句希腊的诗：

由于我完成了委托给我的任务，

我要离去了，我的一生结束了。

他最后用一句罗马喜剧中的台词说：

"既然我已经出色地扮演了我的角色，

你们就鼓掌吧！

让掌声伴随我退出这个舞台。

奥古斯都清醒自己只是历史舞台上的匆匆过客，一位暂时的演员。这在古今历史上都很少见。众人都举起手来轻轻鼓掌，装作高兴状。他满意地挥挥手，众人退下。朋友们离开后，他一边向罗马来人打听德鲁苏斯生病的女儿的情况，一边吻别自己的妻子李维娅，慢慢他瞳孔的光泽暗淡到逐步消失，阖上了他那曾经无比睿智的双眼，与世长辞，告别了自己无比钟爱的权力和庞大无比的帝国。现在这些早已经逐步移交给了李维娅母子。他最后的话是："李维娅，记住我们的婚姻，活下去，别了。"

她当然会毫无顾忌地有滋有味地活下去。当然在传统观念极深的罗马公民眼中女人是不应该干预政治的，这是不争的的事实；"要是她去攫取专属于男人的权力，那么元老院、公民大会、军队、行政官员，将是一场噩梦"，女主干政的后果在中外历史上都是惨痛的。奥古斯都当然清楚，李维娅也明白，他们也就是政治夫妻，可是在进入老年后的很多时间，奥古斯都对于霸权已经很久没有依托于正式职位了，也就是说大权旁落在李维娅母子手中，内卫禁军久由李维娅以他的名义调动；外在驻军顺其自然由提比略掌控。在这样的情况下，权利的实际行使不免蒙上女主干政和太子党专权的阴影。这大约也是占星师特拉叙努斯所说的天命所归吧。既是天命，元首也只有顺其自然的命。权力，自从敷上天命的油彩后，就开始异化。

　　李维娅虽然没有正式的职级，但她的特权之大，足以压倒一众元老和所有高官。自从三头同盟那遥远的时代起，她就一直享受着法定的对于攻击的豁免权，那是保民官的传统特权。除此之外，根据丈夫元首制定的法令，她还享有程度罕见的财政独立。最便利的是，在这个马车禁行的城市里，她有权乘坐双轮马车四处奔走，这种精美华丽的双轮马车只有最高大祭司才能使用。罗马人对于彰显身份的标识有着高度敏感的警觉，因此围绕她的身边有着大批的党羽和支持者，他们都是权力的仰慕者，利益的追逐者，他们明白投靠李维娅有什么好处，这个女人的名字多次出现在许多翻修神庙的入口上方，她所拥有的力量是稀有和强大的，因为她的儿子就是未来的皇帝，她就是国母和圣后，这些都是她身边云集着大批追随者的资本，她的姓名就是她丈夫伟大功绩的象征，她成了祭坛上的名字，化为图腾的雕塑，万众膜拜的偶像，乃至于在她那伟大的丈夫去世后，成为刚刚登基的儿子嫉妒的对象，导致最终母子反目，显然母亲的权势压制了儿皇的权威，而君主权威是不容挑战的，即使母亲也不行。奥古斯都仰仗禁卫军保障自己的执政安全，充当自己的耳目，导致了罗马帝国后来的禁卫军坐大，几乎可以主导帝国元首的选择，成为帝国走向毁灭的痼疾之一。

　　李维娅既是提比略的生母，也是尤利娅的继母。她在骨子里无所不用其极地维护亲生儿子的利益，但在表面上还极尽全力地表现出继母仁慈博大的情怀，当名誉扫地的继女从潘达里亚岛转移到利基翁时，李维娅还送去奴隶；当尤利娅的女儿也被流放异地时，仍旧是这位继外婆出面提供经济援助。然而，这些表面的善行并没有赢得罗马民众的赞誉。"尽管李维娅竭力表现对落难继亲戚的的同情，但在她们风生水起时，她可是处心积虑在背后捅刀子"，不管怎样，这就是部分罗马贵族的主张。背后的证据都是间接的，却令不少罗马人深以为然。

　　人们普遍认为继母恶毒。在一个历来以婚姻为手段争取家族政治利益的城市里，她的枕边就躺着全世界最富有最有权势的男人，李维娅不择手段丧心病狂地提携自己的儿子本身不足为奇，因为她从来没有忘记自己是克劳狄家族的女儿和她所承担的对于这个古老家族的义务，而尤里乌斯家族就是克劳狄家族的死敌。她的矜持大度深明大义在很大程度上是一种言不由衷的政治表演，她能忘记杀父之仇吗？她能够忘记自己和前夫曾经在共和国之殇中遭受的非人苦难吗？在家族的荣誉问题上，她希望增辉添彩，并且从来不屑于掩饰家族的骄傲。

在郊外她所修缮的一座古庙门楣上，她的名字被刻在上面，璀璨夺目，金光闪耀——恺撒·奥古斯都之妻，她这样炫耀自己。但更惹人注目的是，这个称号的正上方却刻有——德鲁苏斯之女。一想到奥古斯都家族发生的一系列灾难，不少人就会怀疑她是始作俑者。毕竟尤利娅及其女儿的垮台并不是唯一破坏奥古斯都宏图愿景的灾殃。公元前29年自从提比略被安排在马尔凯鲁斯左侧开始，第一公民遭受一连串的丧亲之痛，几乎都和元首接班人有关，他的继承人一个接一个神秘死亡。几乎每一个阻挡李维娅儿子继承元首权力的尤利安及其家族成员都中道崩殂。马尔凯鲁斯、阿格里帕、卢基乌斯、盖乌斯全部先后神秘死亡，难道那都是巧合吗？窥破其中的奥秘，就是要看谁是最大的受益者，无疑是李维娅母子。

但凡具有帝国政治特点的宫廷就是一个普通人无法窥测的黑洞。当时派一二奴隶在这些权贵继承人中投放慢性毒药并不是没有先例，克劳狄家族的克劳迪娅就很擅长此道谋害了自己执政官的亲夫，这一阴谋曾经被西塞罗在法庭上公开揭露。罗马民间甚至有传说最终第一公民的死也和喝了李维娅进献的掺有毒药的茶水有关，苦于没有直接证据，因为元首晚年身边尽是李维娅布置的眼线。

霍兰·汤姆在《王朝——恺撒家族的兴衰》中如此评述：

虽然没有足够证据证明他们的死是因李维娅的作祟，但那些怀疑她脱不了干系的人却认为，这正是她的狡诈所在。杀人不留痕迹，是典型的"蛇蝎毒妇的伎俩"。尤里乌斯·恺撒的刺杀者好歹是在光天化日之下将恺撒乱刀捅死，尸体倒在血泊后也是伤痕累累；但一个人若被下毒，估计根本意识不到有人想取自己的性命。往一杯酒里投点毒，是不需要花费大把力气的。在不经意间，毒液就会发生作用置人于死地。作案者再老练地摆出道貌岸然的模样，就能轻易地摆脱人们的指摘。只有吮吸了远东森林结出

271

的异域水果——香橼后，受害者才能死里逃生，因为再没有比那苦涩的汁水更有效的解毒剂了。"若是误喝了狠毒继母投过毒的酒水，它便能助你驱除浸入四肢的黑色毒液。"这样说来，当初，盖乌斯和卢基乌斯要是再多备点香橼，提比略的继承前景或许就截然不同了。

　　然而历史是不可能假设的，尤里乌斯家族那些一个个继承人先后都已死去，死人不能复活，只有活着的提比略继承了元首的大位，这是镌刻进历史深处不容改变的事实。事实还不仅于此，下面尤里乌斯家族的成员还将一个个死于非命，包括奥古斯都的独生女及她和阿格里帕的子女们。

　　奥古斯都就以这样的简单告别式辞世而去，他死在72年前他父亲屋大维去世的同一间房内。时值塞克图斯·庞培和塞克图斯·阿普利乌斯担任执政官的年头。距他76岁生日还有35天。

　　对于元首身边的亲人及其党羽的神秘死亡，历来引起各国罗马史专家的质疑，除了汤姆·霍兰以外，还有英国最著名的罗马史专家玛丽·比尔德在《罗马元老院和人民》一书中也提出同样的质疑。她认为：

　　李维娅为了帮助提比略登基，拿带毒的无花果对他动了手脚，就像有人曾表示她因为害怕其他家庭成员会破坏提比略的登基机会，也加速了他们的死亡。

　　……另一些人的看法更可信：李维娅从奥古斯都到提比略的顺利交接过程中扮演了重要角色，看到丈夫死期将近，她派人去召回儿子，后者当时正在相距大约5天行程的亚德里亚海对岸。与此同时，她继续发布关于奥古斯都仍然健康乐观的消息，一直等到提比略赶到才宣布死讯。老皇帝究竟何时去世一直存在争议，但无论那是在提比略到来之前还是到来之后，他的继承人都马不停蹄地登基了。

　　总之，在元首生命垂危的最后时刻充满着神秘。在给李维娅一个深情的长吻之前，奥古斯都对在场朋友说的最后几句话中包括一句希腊戏剧的引文："如果我演得好，请给我鼓掌吧！"人们想知道，那些年里他一直在扮演什么角色？真正的奥古斯都在哪里？谁为他编写了台词？这些问题仍然没有答案。

无论如何，他为元首制形式的帝国确立的基本框架沿用了 200 多年，人们将会看到每一位后来的元首都是"奥古斯都"，至少也是他的模仿者。甚至类似皇帝的帝国元首们，也继承了他个人的印信戒指，代代相传。戒指上早已不是他原先喜欢的斯芬克斯，几十年间，他首先将图案改成了亚历山大大帝，后来干脆改成了自己的头像。奥古斯都的头或者面部特征成了每一位继承人的签名。无论他们有怎样的癖好、美德、恶习或者背景，无论人们怎么称呼他们，他们都是奥古斯都的化身，在他所确立的专制模式中活动，处理着他未能解决的问题。

罗马帝国打着深深的难以抹去的奥古斯都印记，神圣的奥古斯都在不神圣的世俗社会投下的难以抹去的巨大阴影，像是幽灵一样纠缠着活着的人们，直到帝国走向终结。

奥古斯都身后事

对于奥古斯都的驾崩，这个不幸的时刻，人们似乎等待已久，也预料预测了很久，此时它终于到来了。其实精明的李维娅早已坦然做好了各项准备工作，她很早就派遣禁卫军封锁了别墅和附近的街道，直到运送尸体的准备事项都准备完毕后，她才将元首的死讯告诉天下。禁卫军们换上了黑色的丧服，在夜色的掩护下护送遗体，踏上去罗马的归途，以避开白天毒辣的阳光。他的遗体由自治市和殖民地的元老们从诺拉一路抬到布维利。

路过的每一座城市，当局都隆重地接待奥古斯都的遗体，整个白天都把它安置在所到城市议事厅和该城的主要神庙。从布维利起，由骑士等级的贵族接着把遗体抬到罗马。阿庇亚大道沿路城镇的骑士和地方官员举着火把，送他上路；提比略和李维娅一路随行，走完这段路一共用了两周，最终抵达他的帕拉蒂尼山官邸。

其间，一位百夫长冲着丧葬道路上的队伍策马疾驰而来。他提缰驻马，飞身下鞍落地，要求觐见新的元首——被称为"恺撒"的提比略。这位风尘仆仆的军官被带到提比略面前，立即向他敬礼致意说："您安排的任务我已经完成。"百夫长声音轻快有力，"阿格里帕·波斯图姆斯已死。"提比略蹙眉，流露出满脸的惊诧："可我没有下达过这项任务！"他停顿片刻后，又说道："此案交给元老院审理。"

塔西佗在他的《编年史》中记载了这件事：

新皇帝继位后所犯下的头一件罪行就是杀死了阿格里帕·波斯图姆斯。阿格里帕·波斯图姆斯在猝不及防的情况下受到一个硬干到底的百人团长的进攻时，尽管他手中没有武器，却不是那么容易地就能够断送他生命的。后来，提比略在元老院根本就没有提出过这件事。他借口这件事是他的父亲奥古斯都的命令；他说他父亲奥古斯都曾经指令负责监视阿格里帕的一位军官在他去世后，立刻把阿格里帕杀死。毫无疑问，奥古斯都对这位年轻人的品行不断进行严厉的责难，曾促使了元老院放逐他的决定。但另一方面，他却从不曾冷酷无情到要杀死自己亲人的程度；而且为了使自己的继子减轻顾虑而把自己亲外孙杀死，这种事情也令人难以置信。比较可能的情况是，提比略出于恐惧而李维娅出于继母的憎恶，这才匆忙杀死他们所讨厌的年轻人。但是当百人团长向提比略作出例行军事报告，说他的命令已经得到执行的时候，他却说他从来没有发出过这样的命令。并且表示说干这件事的人必须向元老院说明自己这一行动的理由。提比略的心腹宠臣撒路斯提乌斯·克里斯普斯（著名历史学家撒路斯提乌斯的侄子和继子）是参与这项谋杀的策划者，是他把这项密令传达给军团百夫长的；故而他害怕他本人会受到牵连，因为无论他讲真话还是讲假话，对他都同样十分危险。因此，他就劝李维娅最好不要把这种宫闱秘事、朋友们出主意、军队干的这些龌龊事声张出去。他还提请这位夫人注意，不要把提比略干的任何事都交给元老院去处理，从而削弱了皇帝的权力。克里斯普斯指出，专制统治的重要条件就是大家只对统治者一人负责，这样事情才能得到妥善处理。

汤姆·霍兰在写作《王朝——恺撒家族的兴衰》一书时引用了塔西佗上述的资料，在注释中他特地标明塔西佗引用的是日尔曼尼库斯的女儿小阿格里皮娜（Agripplina）的回忆录，按照辈分小阿格里皮娜是阿格里帕·波斯图姆斯姑妈的女儿。他们都是帝国创建的第一功臣罗马元帅阿格里帕和大公主尤利娅的后人。

因为，无论如何谋杀奥古斯都外孙的恶行都是罪不可赦的。而处决波斯图姆斯的命令只能来自最高层，要么元首本人，要么提比略，要么第一夫人李维娅。鉴于奥古斯都从来没有处决过任何亲属，那么嫌疑人只能是这对母子，后来这桩疑案就被搁置在一旁，在丧葬的队伍到达罗马的时候，不再有人过问了。

然而，这对母子的罪行还在延续着：奥古斯都死了几个星期后，他的女儿尤利娅也死于她的幽禁之地利济乌姆，罗马有传闻是她的前夫新任元首提比略下令停止对她的饮食供应，她是被活活饿死在囚禁之地的，死后不得进入奥古斯都陵墓安葬。事情还远不止如此，就连流放在非洲的大公主情人森普洛尼乌斯·格拉古（SemproniusGracchus）也绝不放过，一定要斩尽杀绝。

这位家世渊源深厚，思维敏捷，讲话机智尖刻的显贵人物，在尤利娅还是阿格里帕妻子的时候两人就过从甚密，引起贵族社会不少流言蜚语。当尤利娅再嫁提比略的时候，她这个出身显赫才华横溢的旧情夫，使她恋恋不舍，竟然唆使她对自己的丈夫采取一些极端蔑视和憎恶的态度。他曾经捉刀代笔替尤利娅起草了一封对提比略大肆攻击的信递交给奥古斯都。结果因为政变阴谋败露被奥古斯都流放到非洲阿非利加海上凯尔奇拉岛，在那里过了十四年的亡命生活。一些被派到那里去执行结束他生命的士兵，在乘船航近小岛那一刻起，就看到这位形象俊朗皮肤黝黑的贵族公子带着完全绝望的神情站在海岬上，等待着厄运的降临。士兵们登陆之后，他请求给他一些时间，最后写几句话给他的妻子阿利亚里娅。信写好之后，他便把脖子伸给那些屠杀者。他一生的堕落行径玷污了森普洛尼乌斯家族的声名，但他临死时的镇定却配得上这种显赫的名声。有一种说法，说这些士兵不是从罗马来的，而是阿非利加总督卢基乌斯·阿斯普列那斯派来的。不过这是提比略授意所为，他妄图把谋杀的罪名转嫁到总督阿斯普列那斯的身上。

现在被禁卫军和军队严密控制的帝国首都和各个行省乃至海外殖民地都在李维娅母子的掌控之中，帝国首都的元老院只能是威权控制下的玩偶和工具，在新的元首已经掌控实权的情况下，权贵们趋之若鹜地围绕新的权力中心表达自己对新主子的忠心，当然这种表演首先从两位执政官开始。

塔西佗形象地描述道：

但这时在罗马，执政官、元老和骑士争先恐后地想当奴才。一个人的地位越高，也就越是虚伪，越是急不可待地想当奴才；他需要控制自己的表情：既不能为皇帝的去世表示欣慰，又不能为一位皇子的登极表示不当的忧郁。他流泪时要带着欢乐，哀悼时要带着谄媚。执政官塞克图斯·庞培和塞克图斯·阿普利乌斯二人首先向提比略宣誓效忠，然后在两位执政官面前，由近卫军长官塞乌斯·斯特拉波和粮务长官盖乌斯·图尔拉尼乌斯宣誓效忠。然后是元老、士兵和普通人民。提比略不管做什么事情，总是要执政官先提出来，仿佛过去的共和国依然存在，而他本人似乎还不能确定是否应当掌握大权似的。甚至在发布敕令召集元老到元老院开会时，他使用的还是在奥古斯都时期取得的保民官的权力。他的敕令内容十分简洁；措辞非常低调谦虚："他想和元老们商议料理父亲的后事问题，而他不能不守候在父亲的遗体旁边。这是他敢于执行的唯一国家大事。

几天以后，提比略以保民官的身份召集了元老院会议，在致辞的时候，似乎因为不胜悲痛，几度因为哽咽或是失声痛哭，请他的儿子德鲁苏斯代读他的悼词。然后拿过奥古斯都的遗嘱，让一个释奴宣读，在遗嘱的签字证人中，他只让元老级的人物进入库里亚会场：

遗嘱分为两个本子，一部分由奥古斯都亲笔写成，一部分由他的释奴波利比乌斯和希拉里奥代笔，由维斯塔贞女负责保管。现在由他们出示他的遗嘱。同时还有以同一方式密封的三个书卷，所有这些文件都在元老院启封宣读。奥古斯都的遗嘱在元老院由提比略公开宣读。遗嘱开头的话是这样的：

"由于残酷的命运使我失去了两个儿子盖乌斯和卢基乌斯，提比略·恺撒可以继承我三分之二的遗产……"字里行间透露出悲凉的无奈，这些话本身就透露出奥古斯都决定提比略为他的继承人是出于不得已。他指定提比略和李维娅为他的主要继承人，除提比略获得三分之二遗产外，李维娅获三分之一，他还吩咐这两个人袭用他的称号，提比略为"奥古斯都"，李维娅用"奥古斯塔"。第二顺序的继承人是提比略的儿子德鲁苏斯，得三分之一财产，其余由日尔曼尼库斯及其三个儿子继承。作为第三顺序继承人他提到了许多亲戚和朋友。他留给罗马人民4000万塞斯塔尔提乌斯，他留给自己部落和恺撒部落350万；给禁卫军士兵每人1000，给驻守罗马的步兵队每人500，给军团士兵每人300塞斯塔尔提乌斯。这笔钱奥古斯都吩咐马上支付，因为这笔钱他一直存在手头，早已做出预算。奥古斯都最后还特别吩咐他的女儿和外孙女两个尤利娅不得葬入他的陵墓。

在宣读完遗嘱后，就讨论了奥古斯都的葬礼如何进行，决定很快就出

古罗马墓志铭　Ⅲ
文　治　武　功

来了，用国葬之礼隆重悼念这位帝国的杰出元首。

清晨晨曦初露的时光，帕拉蒂尼山奥古斯都官邸大门缓缓打开，大祭司和维斯塔贞女以及大批元老走在送葬队伍的最前列，后面跟着是罗马权贵家族儿童组成的乐队，唱着低沉的哀歌，身着黑色斯托拉葬服的李维娅由侍女和她小儿媳安东尼娅陪同坐在她那辆风驰罗马的豪华镀金马车内，如今马车被蒙上了缁纱。由四匹白色骏马拉着的灵车，驶出装饰着月桂枝叶的白色大理石拱门，奥古斯都经过冰冻处理过的遗体被安置在棺木中，上面盖着用黄金和象牙制作的盖板，盖板上覆盖着用紫色绣着金线的外罩，棺椁上安放着穿着凯旋服的奥古斯都蜡像。

在送葬的长长行列中有元首的黄金塑像，有他祖先和亲属的蜡像，还有过去的伟大罗马人，包括庞培和罗慕路斯，仿佛奥古斯都是他们所有人的子孙。但是中间没有尤里乌斯·恺撒的雕像，因为他已经成了神，他的养子——刚刚去世的奥古斯都即将追随着舅公的灵魂升入天堂幻化为神。送葬的队伍从山上下来踏上圣路——这是罗马将帅举行凯旋式必经的大道，现在平定世界的帝国元首在走完了人生之路后，踏上他的归途，也算是人生最后的凯旋，队伍缓慢逶迤着走向罗马的中心广场，道路两旁簇拥着悲伤的罗马市民，人们默默地送他们元首最后一程。经过维斯塔神庙和卡斯托尔与波路克神庙，这是为祭祀希腊神话中死去的孪生兄弟而建造的神庙，在德鲁苏斯战死在日尔曼疆场后，提比略为了显示兄弟情义，祭祀自己的兄弟重新修建的。

队伍经过亚努斯神庙后来到罗马广场的中心讲台，提比略的儿子德鲁苏斯登上讲台宣读祭文称颂元首的美德。在尤里乌斯·恺撒的神殿，提比略发表了第二篇演讲，首先谈到了奥古斯都为国家和恢复帝国经济做出的卓越贡献，谈到了继父兼元首的宽厚和大度，他对于光明正大的、勇敢的拥护者的尊重和杰出的领导才能。提比略讲得平实而不夸张，毫不装腔作势，他只限于冷静地朴实地叙述事实，他的语言和奥古斯都的《行述》文风相似，如果他的继父听到他的这篇追悼演说，一定会对这种务实郑重的肯定和崇敬感到满意。

送葬的行列在 9 月的烈日下，像是一条溢满悲伤的河又开始缓缓流动起来。一眼望不到头的罗马民众密密麻麻地集合在大道两旁和屋顶上，观瞻这次举世瞩目的祭祀大典。根据元老院的决议，这次送葬的行列将经过朱庇特神殿，穿过凯旋门而走向马尔斯广场，沿途全部由全副武装的近卫军和骑士军团严格把控，以防不测。从这里可以隔着波光粼粼的台伯河看到高耸入云的恺撒陵墓的大圆顶。全部罗马人民几乎都云集到了这里：元老和他们的妻子、骑士等级和禁卫军士兵。最终，遗体被首席元老和执政官、监察官组成的祭司团抬下安放在柴堆上，公民们为了对这位伟大的死者表达最后的敬意，他们把自己所有表达战功的勋章和标识也都放在了柴堆之上。就在那一刹那，百人团团长们燃起了火把，当熊熊烈焰腾空而起的时候，一只雄鹰被放飞到高空，这个古老的仪式意味着神的儿子奥古斯都灵魂已经升入天堂。

在隆重的火化仪式结束后，人们才慢慢走散。李维娅在这里陷入了深深的悲伤之中有五日之久。到了第六天她才在身份最高贵的年轻骑士陪伴下，赤着脚，不系腰带，把骨灰收集起来，送往奥古斯都早已落成的豪华陵墓，这里被称为奥古斯都纪念堂。

奥古斯都时代的大型建筑中，最为大肆宣传的是他的陵寝。在彻底战胜安东尼的公元前 27 年，奥古斯都立即开始着手修建陵寝。也就是在这一时期，他从"屋大维"变成了"奥古斯都"。他赋予自己的陵寝一个富有含义的名称——"奥古斯都纪念堂"，似乎是需要罗马民众世世代代祭祀下去的意思。这一名称还含有东方君主权力无边的意味。奥古斯都将自己的纪念堂安置在台伯河河岸的制高点，它的外形既让人想起东方帝王陵寝的奢华，又让人想起古老墓葬的朴素，正如那些能够在特洛伊周围见到的古墓一样。纪念堂的直接样板是意大利公元前 8 世纪坐落在台伯河西的伊达利亚墓葬。建筑的混凝土核心部分仿若有小房间和过道组成的迷宫，中间部分是摆放奥古斯都骨灰盒的地方。混凝土上贴着白色的石头，可能是凝灰岩和大理石，纪念堂的上层没有保存下来，现在已很难描述它的外观。17 世纪末根据传说的版画复原图可以大致看出：外观堆积成山坡状，顶部建有柱廊。纪念堂四周环绕着长青树木幼林，顶部立有奥古斯都大型铜像。在纪念堂北面，建有一片占地广阔的花园，这是一片公共区域，对所有公众开放。

奥古斯都比自己的大部分战友和亲属活得都长，因此他的纪念堂在他去世之前很早就开始作为陵墓了。第一个葬在这里的是奥古斯都的侄子马尔凯鲁斯，在他之后，奥古斯都的亲密战友后来成为他女婿的阿格里帕、姐姐屋大维娅、前妻的儿子德鲁苏斯、孙子盖乌斯和卢基乌斯陆续葬在这里，最后他的归宿也无疑是这里。

奥古斯都纪念堂的入口处矗立着两座不同寻常的埃及方尖碑，上面没有雕刻象形文字，两座碑现在都保存了下来。一座如今矗立于圣母玛利亚大教堂门前的广场，另一座则位于埃斯奎利亚山丘总统宫前面。入口处还竖立着两座刻有奥古斯都亲笔撰写的简历，被称为《奥古斯都行述》的自传，讲述了自己的人生道路，历数自己为罗马帝国和人民做出的贡献，立下的不朽功勋等等。

第六章
独裁下的荒诞和恐怖

提比略和日尔曼尼库斯

在宫廷政治中历经沉浮起落的提比略，深深知道元老们对于权力的犬儒心态。在军权和禁卫军大权完全掌握在李维娅母子手中的时候，元老院的会议只是他帝王般表演的舞台，母亲李维娅虽然大权在握，但是作为女人她只能躲藏在幕后，而在前台只有他才能以国家新主人的身份凌驾于元老和公民大会之上发号施令。在元老院的正式会议上元老们会做如何的表演呢？不出他的预料，那只是一场面对新的权力架构争相表达对新主子效忠的比赛。

口头上的谦虚谨慎是这位再过两个月就满五十五岁新元首在经历了人生漫长等待的最终结果——收获苦苦期盼已久的皇位。在政治上几经起落后所积累的经验，也可以说是老谋深算或者是老奸巨猾，已经完成了阴谋家的政治塑造，下面就是登台展示宏图伟略和纵横捭阖的政治手腕的帝国时代。因为宫廷中每次重大的变故无不充满着言不由衷的虚伪表演，连奥古斯都在临终前都自称为表演，他也不妨在大权在握的时候，充当一位绝色的演员，在表演了他政治强人的心狠手辣后，现在在元老面前需要展示的是谦恭。

其实早在奥古斯都病重直到逝世之间，他和母亲李维娅一直在运筹帷幄，提比略以武装部队统帅的身分，向禁卫军发布了口令；他拥有哨兵、卫士等宫廷近卫的一套人马；他到广场和元老院出席会议的时候，都是前呼后拥扈从如云，声威显赫，阵势仪仗俨然如同东方朝廷的皇帝。他写信给军队的时候口气比元老院要严厉得多，显然就是近卫部队和军队的总指挥，这些都是君主政治实力的象征。只有在元老院讲话时，他稍许流露出谦卑的语气，提比略心中十分明白在什么场合他适合扮演什么样的角色。虽然提比略毫不犹豫地开始明目张胆地使用元首的权力，一队近卫军日夜严密地警卫着他，保护他的安全，但是这更多被认为是虚张声势地暗示他无可动摇的皇帝位置，意味着他已经掌握统治帝国的实权。

提比略在很长一段时间拒绝使用"元首"这一称号，并以无耻的虚伪谴责那些劝进的元老，说他们不知道"元首"这个称号就是一个怪物，当这个元首就是拽着狼的耳朵，随时有可能被凶狠无情的狼反噬丧命。当元老们跪在地上乞求他不要再固执地拒绝时，他以含糊其辞的答复，或佯装犹豫地以模棱两可的言辞搪塞，让元老们无法揣测他高深莫测真正的意图，有时极有可能是对元老重臣们忠诚度的探测。终于有一个人竟在混乱中喊道："不干就让他滚蛋！"另有一个家伙明目张胆地讽刺他说："别人是拖延做承诺过的事，你老兄是已经既成事实的事，拖延着不去做。"明确点出了他的虚伪。最后，他装着迫于无奈，仿佛很痛苦地接受了"元首"的称号。他一直禁止部下称他为"君主"，但是接受了帝国的最高权力。他还假惺惺地说了这样一段话：我希望你们能认为，给一个老人一些休息是公正的。

摆在他面前的事实是，阿格里帕的一个名叫克雷蒙斯的奴隶已经集合了一支队伍要为被杀的主人报仇；贵族卢基乌斯·斯克里波利乌斯·利波密谋叛乱；在以里利库姆和日耳曼的军队里发生了两起叛乱，要求享受和禁卫军一样的待遇；在日尔曼的军队里甚至不承认一个不是他们任命的皇帝，他们全力呼吁他们的统帅日尔曼尼库斯继位。因为后者是奥古斯都的侄孙，也是奥古斯都外孙女阿格里皮娜的丈夫，还是提比略的养子。

奥古斯都这位外孙女婿也是提比略弟弟德鲁苏斯的儿子日尔曼尼库斯，长相英俊，为人低调谦和，而且文治武功和人品在民众中有很好的口碑。罗马人民将他视作马其顿的亚历山大大帝，是前元首真正属意的继承人。提比略的接班也只是某种过渡性质的安排，因为他已经五十六岁高龄了。奥古斯都指定作为他的儿子，其实就是隔代指定继承人的意思。提比略心知肚明，罗马公众也看得明白。提比略暂时只能对于名望和人品显然超过他的这位义子，采用安抚加欺骗的手法来安定继子的情绪，防止手握重兵的日尔曼尼库斯当真拥兵自重起来造反，那对已经到手的皇权就是致命威胁。于是当着元老重臣的面，他假惺惺地说："希望元老院再任命一个人和他一起执政，如果没有一个或者几个同僚合作，谁也承担不了整个国家的管理重任，我老迈多病身体欠佳，日尔曼尼库斯只要耐心等待，元首大位迟早是他的。现在至少可以参与统治帝国。"这是他有意向远在日尔曼前线的继子放出的风声，目的当然是进行安抚，防止他内外勾结图谋造反，威胁到他元首位置的稳定。

日尔曼军团对自己侄子狂热地拥护，令提比略惶恐不安，尤其是军营里传闻，这些前线的将士要以他们的实力"想要一位新领袖。一种新秩序、一个新政体；他们想要新法律威胁元老院和第一公民，而这些新法还必须由他们来制定。"他们的要求是建立在武装力量基础上的，因而某种意义上说是很难撼动的，这是一支久历战阵几乎战无不胜攻无不克的罗马军团。

日尔曼尼库斯，奥古斯都原为他起名为"尤里乌斯·恺撒"和恺撒大帝同名，由于这个名号实在太响亮，他自己以他的征服之地——日耳曼为名使用"日尔曼尼库斯"的名讳，也是某种避免刺激新元首的意思。然而，兵变达到高潮时，几乎没有什么是神圣不可侵犯的。来访军营的元老都曾经遭到叛军的粗暴对待，一位前任执政官还差点被愤怒的士兵处死。连日尔曼尼库斯在拒绝反叛者要求时，也一度遭到嘲弄和威胁，当他故作姿态，宣称宁肯自杀也绝对不背叛提比略时，一位士兵当场拔剑而出，声称可以将剑借他一用。他在日尔曼军团很受欢迎，有着很高的威望，主要得益于他的勇敢善良正直，而且他还是奥古斯都正宗的孙女婿，他的太太阿格里皮娜是大元帅阿格里帕和大公主尤利娅的女儿，正宗的尤里乌斯家族血统。在奥古斯都家族后代几乎被摧残干净的时候，阿格里皮娜是唯一的幸存者。

军队叛变发生后，阿格里皮娜陪同丈夫来到了莱茵河畔，他们夫妻恩爱有加，感情甚笃，是家族中唯一没有绯闻的贵族模范夫妇。她当时已经身怀六甲，这一举动有些异乎寻常，但是也呈现了这位皇帝外孙女的勇敢和泼辣。因为她和祖母李维娅和伯父提比略的关系一直势同水火。这和她那无以伦比的高贵出身和作为准接班人的母亲有关。而她不懂得藏锋露拙，掩盖真实心情，她后来的悲剧命运和她的性格有相当大的关系。历史上称她为大阿格里皮娜，她的一个女儿——后来尼禄皇帝的母亲，被称为小阿格里皮娜。根据塔西佗在《编年史》中的记载：

在奥古斯都去世的时候，日尔曼尼库斯正在高卢行省巡视整改税收。他的妻子是故去皇帝的外孙女阿格里皮娜（她给他生了几个孩子），而他本人又是皇太后的孙子（他是提比略弟弟德鲁苏斯的儿子）。虽然有着这样的关系，但是他的叔父和祖母心中一直恨他，这使他感到很痛苦。他们憎恨他的理由是不正当的，正是因为不正当，所以他们的憎恨就更加强烈。要知道人们对德鲁苏斯记忆犹新，大家相信，如果他当政的话，他一定会恢复自由制度。于是人们把这种爱戴转移到他的儿子日尔曼尼库斯身上，因为正是年轻人谦虚的性格和极为平易近人的作风，他和提比略那种令人无法捉摸的高傲言语和表情形成鲜明的对比。女性之间的互相仇视使得形势更加紧张；李维娅像个继母一样对阿格里皮娜十分厌恶，动辄发火，阿格里皮娜的脾气也不好，虽然她的纯洁心灵和对丈夫的热爱，使她能将自己的反叛精神引导到正确方面来。

几十年来，军队一直受到鼓励要"对奥古斯都家族保持忠心和忠诚"，阿格里皮娜的外祖父奥古斯都一向对军队关爱有加，生母尤利娅的悲惨遭遇一直受到民间的同情。和阿格里皮娜相比，元老们没有任何优势来赢得军队的忠诚，军队只对奥古斯都及其家人有着特殊的感情，使得阿格里皮娜在莱茵河沿岸受到热烈欢迎。此外，她带来了日尔曼尼库斯的第三个儿子盖乌斯，这是一个一直跟随父母在军营里长大的早熟婴孩。穿着迷你版儿童军装的盖乌斯从小就成了罗马军营里的宠儿。士兵们给他起了一个"卡里古拉"的绰号，以后就成了他的名字，意为"小军靴"。他的继爷爷提比略遽然去世，他继位后，罗马人称他为"军靴皇帝"，也有称"暴帝卡里古拉"的。

由于日尔曼尼库斯坚决拒绝出任元首一职，他耐心说服那些企图造反的部下，效忠新任元首提比略。在兵变达到高潮时，日尔曼尼库斯干脆利用叛军对他们母子的爱，兴师动众将他们送到当地的高卢部落，对外说是为了确保母子的平安。战士们的荣誉受到了极大的伤害，他们流着眼泪阻止阿格里皮娜母子的离去，很快自动缴械，军中的叛乱得以平息。因此可以说，叛乱的平息是战士们对心目中这对金童玉女人格魅力的降伏。此事毕竟给提比略带来了震慑，使他对这位侄子夫妇一直耿耿于怀，猜忌心越发严重，只是隐忍着等待时机爆发。

此后，在日尔曼前线追捕阿米尼乌斯的过程中，日尔曼尼库斯和阿格里皮娜还有十分突出的表现，受到军团战士的交口称赞。接下来的两年艰苦征战中，阿格里皮娜带着孩子一直陪伴在丈夫身边，和阿米尼乌斯的残部进行周旋，这本身就是一个奇迹，从而奠定了这对夫妻在罗马民众中永久的魅力。日尔曼尼库斯赢得了这场战争，但并不彻底，老奸巨猾的阿米尼乌斯脸上糊满鲜血，靠着这样的伪装成功杀出一条逃生之路，突破重围而去。日尔曼尼库斯在这场夏季征战中，特意来到条顿山口凭吊当年牺牲的瓦卢斯军团将士。

他穿越莽莽苍苍的森林时，依然能够看到堆积成山的白骨、生锈的矛尖和钉在树桩上的头骨。经过这个恐怖阴森充满悲愤的地带时，他禁不住热泪长流。日尔曼尼库斯带头捧起一抔土，掩埋了漫山遍野的尸骨，垒筑了巨大的阵亡将士陵冢，率领所有将士祭奠他们的亡灵，激励了全军将士的斗志。不久，有消息传来，他的副将塞维鲁·凯奇纳被阿米尼乌斯围困在森林和沼泽之间，似乎要重演瓦卢斯军团覆灭的悲剧。

凯奇纳率领的第 5 军团奉命担任右翼，第 21 军团担任左翼战斗，第 1 军团当先锋，第 20 军团断后，防止敌人必然发生的追击。这一夜，敌对双方都没有很好休息，随着夜色越来越浓重，军营周围的峡谷里传来蛮族人宴饮的欢笑和高声歌唱的声音，这些声音在恐怖的森林中盘旋訇响，吵得罗马人心烦意乱，难以入眠。罗马人这边燃烧着有气无力的篝火，士兵们发出断断续续的抱怨声。一些人躺在栅栏旁边，还有一些人在营帐四周踱来踱去，似乎难以入睡。凯奇纳和衣躺在营帐内，迷糊着没有睡着，却在恍惚中做了一个阴森可怕的梦，他仿佛看到血肉模糊的瓦卢斯从沼泽地里爬出来呼唤着他，但他没有听从瓦卢斯的呼唤，当瓦卢斯企图拖住他的手腕时，凯奇纳强行推开了他，把他推回了沼泽当中。

第二天，他们匆忙占领了沼泽地以外的平地，阿米尼乌斯开始向他们发动进攻，敌人利用弯刀和标枪，目标是马匹，骑兵的战马浑身是血滑倒在泥沼内，在密集的投枪打击下，军旗无法在沼泽里引导部队。凯奇纳企图保持队形的完整，但是他的坐骑已经被射杀，他从马上摔下之后，立即被敌人包围。就在这千钧一发的生死关头，他的第一军团及时回赶为他解了围。凯奇纳成功摆脱陷阱，一路冲破各道阻击，向莱茵河的驻地靠拢，事态逐步转危为安。

当时有关凯奇纳军团被围歼的流言已经传到莱茵河，西岸军营内人心惶惶，都振臂高呼要拆毁大桥，唯独阿格里皮娜一人立场坚定，岿然不动，像塑像那般屹立在桥头。直到凯奇纳率领着疲劳不堪的部队抵达河边时，人们发现，奥古斯都这位外孙女已经准备好食物和绷带在桥头迎候，正准备为罗马军团召开庆功大会。塔西佗在他的《编年史》中这样赞美她：

在那些日子里，这位心地高洁的妇人一直执行统帅交办的任务。她送衣服给无衣的士兵，亲自护理伤兵。写日尔曼战争史的老普林尼（Gaius Plinius Secundus）记述说，她亲自站在桥头，赞颂和感谢回师的部队。然而，提比略对她的表现深深记在心里。他居心险恶地说："在她对士兵的这种关怀背后还另有文章，她对军队这样讨好绝不是为了对付外敌。如果由一个妇人去巡视小队，在队旗近旁活动并亲自颁赐奖赏的话，那么统帅在今天不就成了一个虚设的职位了吗？就好像让统帅的儿子穿上普通士兵的衣服并且要人们称他为恺撒·卡里古拉这样的做法还不够哗众取宠！阿格里皮娜在军队士兵眼里的地位看来已经盖过了任何将领或最高统帅，而且一位妇人竟然平定了皇帝签署命令都不能平定的兵变。"提比略受到宠臣塞亚努斯的煽动加深了对日尔曼尼库斯夫妇的猜忌怀疑情绪。提比略心中怎么想的，他的情绪怎么样这位宠臣心中都明明白白，因此他的挑唆在提比略心中播下了仇恨的种子。这种仇恨暂时被藏在皇帝的内心深处，但是有朝一日会产生出大量恶果。

公元16年秋，瓦卢斯丢失的三枚鹰旗已经找回了两枚。再"征战一个夏天，战争就将结束"，大获全胜只需要最后一搏。然而就是在这样的关键时刻，提比略却执意要召回这位即将建立不世之功的英雄。即便日尔曼尼库斯发疯般地坚持自己的意见，因为他深信再打最后一战就能彻底消灭阿米尼乌斯匪帮，统领整个易北河沿岸。提比略仍然要坚持召回这位盖世英雄，给出的理由是：

他建议让日尔曼尼库斯担任第二次执政官，因而他必须亲自回来上任。同时皇帝还暗示如果战争还非要坚持下去的话，不妨让他的兄弟德鲁苏斯（提比略的儿子）也能有机会分享到一点荣誉；因为目前还没有别的全国性的敌人，而且除了日尔曼之外，他不能在任何地方取得统帅的称号和凯旋的荣誉。日尔曼尼库斯虽然知道对他的这些客套话都是假的，使他那已经得到的荣誉失掉的原因正是皇帝的嫉妒，但他还是不再犹豫，立即班师凯旋。

奥古斯都纪念堂中后来还安葬了死于东方前线的他的侄子日尔曼尼库斯。传说这位征服日尔曼的英雄，在追击瓦卢斯惨案罪魁祸首阿米尼乌斯王子残部的中途被召回，返回罗马举行完隆重热烈的凯旋式后，被新皇提比略安排到东方负责平定帕提亚王国的叛乱。同时派出他的亲信皮索担任叙利亚总督，以示牵制。公元 19 年秋，这位人民衷心爱戴的王子病死于叙利亚行省首府安条克，后来的史学家一直怀疑这位年轻帅气战功显赫的奥古都斯直系亲属死于提比略指使的叙利亚总督皮索的投毒谋害。享年仅仅 33 岁。

同时代的罗马历史学家塔西佗倾向于这一说法，他在《编年史》中这样描写日尔曼尼库斯的死，他在慢性中毒，低烧不止，病情时有反复之时，对他的朋友和妻子说：

"……你们如果爱我，而不是爱我的地位的话，那么你们要给我报仇！把圣奥古斯都的外孙女，也就是我的妻子指给罗马人民看，把她的六个子女都一一指出来吧。控告者会得到人民的同情，谋杀者如果捏造出什么可耻的理由的话，没有人会相信他们，而且就是相信他们，也不会原谅他们。"他的朋友摸着垂死病人的手发誓说，他们拼出性命也要为他报仇。

然后，他转向他的妻子，请求她说，为了纪念他，为了他们两人的孩子，她应当把自己的傲气去掉，她应当安心承受残酷的命运。如果她返回罗马，无论如何也不应当去争取权力，以致激怒那些比她更有势力的人们。以上乃是他当着大家讲的话。在私下里他还讲了另外一些话，据说他曾警告来自提比略方面的危险。不久之后他就去世了。他的死亡引起了行省和附近各族人民的极大悲痛。国内外各民族和他们的国王哀悼他对联盟国家之极有礼貌和对敌人的宽厚仁慈；他的相貌和言谈都令人肃然起敬，他有与他功业相称的威严，但是并不骄傲，从而不会引起别人的嫉妒。

他的葬仪没有祖宗的雕像，也没有仪仗的行列，但是人们颂扬他，并且怀念他的美德。有些人想到他的风采，他的早丧和他去世的种种情况，甚至还注意到他去世的地点离亚历山大大帝去世地点不远。人们感到他和亚历山大大帝有相似之处：都长得十分英俊，都是出身高贵，都活到三十岁出头一点，又都是因为本国人谋害而丧生异域。不过这个罗马人对自己的朋友是温和的，在享乐方面是节制的，他只娶了一个妻子，而且孩子都是合法婚姻的结晶。然而他也是一个相当出色的战士，尽管他还不像亚历山大那样大胆。当他通过多次胜利而挫败日耳曼人的时候，他却得不到允许把对方彻底加以制服。但是，如果他能独立自主地处理事务，如果他拥有皇帝的权力和头衔，那么他在军事上很容易地超过亚历山大，就如同他可以同样容易在仁慈、自制和所有优秀品质方面超过他一样。

他的遗体火化后，妻子阿格里皮娜怀抱着他的骨灰，带着他的孩子匆匆登上了返回罗马的航程，当她历尽艰险昼夜兼程长途跋涉回到罗马后，所有亲近的人和日尔曼尼库斯的部下都来到码头迎接，包括提比略的儿子德鲁苏斯也到达码头迎接堂哥的骨灰，表达了兄弟情义的真诚，整个布隆迪西港和离海最近的城镇都挤满了悲痛的人群，对日尔曼尼库斯的死表达了深深的惋惜。但是在悲痛的人群中没有见到提比略和李维娅的身影，这使得愤怒的罗马市民在头脑中感觉这是阴谋策划者的做贼心虚，不敢面对死者的未亡人和远逝的魂灵的表现。何况过去阿格里皮娜本身和婆婆李维娅的关系就比较微妙。凡此种种，增加了李维娅母子指使皮索夫妇毒杀日尔曼尼库斯传言的真实性。愤怒的市民开始罢市，老兵进行游行示威表达对于提比略的不满。

联想到在奥古斯都纪念堂进行的骨灰安葬仪式，与日尔曼尼库斯父亲德鲁苏斯的安葬仪式相比较而言，此仪式相对简陋和不够隆重，罗马公民更加感觉到提比略母子对这位继子之死的敷衍和草率，于是阴谋论广泛流布罗马大街小巷，更加激起民众的愤怒。

那一天，秋后的炎热依然在悲痛的罗马肆虐着，但是罗马到处是压抑的沉默和悲痛的哭泣声，城里和街道上挤满了凭吊的人群，进入夜间的马尔斯广场上点着火炬。武装的士兵、佩戴勋章的将军和愤怒的公民不断地大叫道："共和国垮了，一点希望也没有了"；当他们当着众人的面毫无顾忌地说这样的话时，看来是完全不把统治者放在眼里了，对死人的赞美歌颂和怀念往往是对当权者的极度不满的发泄，只不过是借题发挥而已。伴随着这些对当政者不满的情绪还夹杂着对阿格里皮娜的过分赞美，人们称赞她为"祖国的光荣，奥古斯都仅存的后裔，古老德行独一无二的典范"等等。人们向上天和诸神祷告，希望她的后人能够比她的敌人活得更加长久。显然这样的言论，就是犯上作乱的节奏。

那次公元前9年提比略安葬他的兄弟德鲁苏斯，也就是日尔曼尼库斯亲爹的葬仪是在严寒的冬季。提比略亲自骑马赶往二百英里以外的提齐鲁姆奔丧，陪着自己兄弟的遗骨一直伴送到罗马。棺架周围摆满了克劳狄乌斯和李维乌斯家族的祖先的蜡像；在罗马中心广场召开了隆重的追悼大会，提比略亲自发表悼词，人们在讲坛上各种各样的赞颂，把能够想到的美好语言和一切荣誉都加在死者身上，但是日尔曼尼库斯连一个普通贵族的荣誉都没有得到，他死在遥远的东方征讨帕提亚的前线，是被体制内的权贵用阴谋扼杀的。因而不管怎样也应当在事后追授荣誉，他的兄弟为了迎接他的遗骨，只走了不过一天的短暂路程，他的叔父兼继父甚至连门都未出，始终未敢在葬仪上露面，也未在安葬仪式上安放英雄的胸像，吝惜到竟然没有一句对于英雄高尚德行按照规定的赞美颂词，甚至连虚情假意的泪水和悲伤的表情也没有施舍，这些民间咒骂的言论，在特务密探横行的罗马，提比略当然都知道。

此时，隐藏在幕后的提比略不得不公开出面平息民众和众多老兵的不满情绪，发表了一个公开的声明：

　　许多显赫的罗马人为国捐躯，但是从来没有一个人像日尔曼尼库斯那样受到今天这样的哀悼。这种尊敬是他本人和所有人都感到十分欣慰的，但是这件事要做得适当。因为一种做法对于普通人和一般家庭人士是合适的，对于国家领袖或者是皇室的成员却是不合适的。人们在刚刚遇到极大痛苦的时候，痛哭流涕以表示哀悼，是合乎常情的哀悼。但是，现在到了必须克制自己的时候了。不应当忘记，当圣尤里乌斯在失去唯一女儿（指庞培夫人尤利娅）时，以及圣奥古斯都在失去外孙时，是怎样抑制自己悲痛的。更不用说罗马人民在历史上，在军队被歼，将领阵亡和名门世家灭门绝族时，表现得何等英勇不屈。首脑们是要死的，国家却永世长存。因此大家还是回到本业，甚至可以恢复娱乐活动，因为纪念诸神之母的美嘉利修斯节即将来临。

　　最后，还要补充交代一下，这位曾经多次击败罗马军团的日尔曼切尔西部落酋长的儿子，被奥古斯都封为"罗马骑士"的阿米尼乌斯，一般史书上也称他为阿米尼乌斯王子。他出生于现在德国北部埃姆河（RiverEms）和威悉河（River Weser）之间，生活的小部落属于蛮族中的切尔西族（Cherusci）。当年大败瓦卢斯军团和凯奇纳军团，最后逃出恺撒·日尔曼尼库斯罗马军团围剿的阿米尼乌斯（Armimius），德语翻译成"赫尔曼"（Hermann, 意即"战士"），如今可是德意志民族大英雄的象征。从公元1676年考古发现记载其事迹的史料开始，到几个世纪后的1910年之间，产生了67部歌颂他丰功伟绩的杰出歌剧。19世纪时，在现在的条顿森林中的小城代特莫尔德（Detmold）附近竖立了赫尔曼纪念铜像。铜像于1841年奠基、1875年落成。铜像落成4年前，俾斯麦（Bismarck）打败法国，统一欧洲中北部大部分德语地区，普鲁士国王成为德意志皇帝。赫尔曼铜像高28米，基座高度相当，竖立在海拔400米的山顶上。整座铜像雄伟壮观，时刻提醒着人们德意志的统一是一次伟大的胜利，可以与古罗马时期阿米尼乌斯联合日耳曼各部落大败罗马军队的壮举相匹敌。阿米尼乌斯，也即赫尔曼是他们德意志民族的大英雄。

提比略及其外戚内宠

　　哀悼期终于过去了，人们该干啥还干啥，时间是抹平一切个人创伤的狗皮膏药，况且是帝国元首亲手炼制的灵丹妙药。人们很快就会忘记日尔曼尼库斯的死。提比略的儿子德鲁苏斯返回了他在伊利库姆的军队。大家希望看到皮索和他那个居心险恶的婆娘受到陪审团的监察和制裁的愿望终于化为泡影。而此刻，皮索夫妇正在小亚细亚和阿凯亚游山逛水，似乎有恃无恐，趁他们在厚颜无耻和掩人耳目游玩的时候，把投毒的罪证全部销毁。至于外面传说他的婆娘普朗奇娅十分赏识的一个叙利亚制毒专家玛尔提娅，则在押解到罗马受审途中在布隆迪西港突然蹊跷地自杀身亡，在她的发结里找到了隐藏的毒药，她无疑是在皮索的逼迫下服毒自杀的。

　　群情激愤之下，皮索在形式上不得不被交给元老院进行审判，但在宣判的前一天嫌疑人皮索却十分诡秘地自杀身亡了，不得不引起人们对他畏罪自杀的怀疑。而皮索受到法律严惩的妻子和儿子，却得到了提比略的宽大处理。种种迹象都使得提比略指使皮索毒杀日尔曼尼库斯的嫌疑不断扩大，使得日尔曼尼库斯的死更加蒙上层层朴朔迷离的阴影，最后只能不了了之。所有的疑点都只在塔西佗的《编年史》中留下蛛丝马迹，供后人去揣测。

　　此时的奥古斯都早已被封了神。公元 14 年的 9 月 17 日，元老院隆重地把死者奥古斯都崇祀为神，曾经担任过行政长官的路梅里乌斯·阿提库斯煞有介事地宣称说，他亲眼看到奥古斯都的灵魂飞上了天空。这项决定的结果是：罗马以及帝国的其他许多地方都建起了奥古斯都的神庙，并指定专人负责祭仪，他的忌日成了新的节日。人们在马尔斯神殿安放了一块上面铸有他的遗像的镀金牌子。诺拉那所他去世的房子被宣布为圣地。

　　李维娅在奥古斯都去世后，又活了十五年，直到八十六岁的高龄才去世。她和元首共同生活了五十二年。她去世时，被称为"国母"；而在东方的许多地区她被尊奉为神。尽管如此，却总有那么一些集团总是不能忘记被流放至死的大小公主尤利娅，一些似是而非的流言蜚语一直围绕着她的生前和死后，并影响到从塔西佗到汤姆·霍兰、玛丽·比尔德等许多历史学家对她的评价。

美国著名的学者威尔·杜兰在《奥古斯都时代》中如此评价：

李维娅本身就是国家的一大问题，提比略之未能再婚，使他无法避开此一果敢女人的操纵国政。她认为她的操纵已为他清除了登基的道路，虽然他已经是年近六十的人，但她让他了解，叫他掌权只是作为她的代表。在提比略当政的前几年，官方文书均由她及他本人签署。卡修斯说："她对与他平等地共理国事感到不满，希望比他位高一等……要像唯一统治者总管一切。"但至奥古斯都死后15年时，他终于为自己另外建了一座宫殿，使他母亲毫无顾忌地占据了旧宫。

李维娅这种公然以国母自居的政治女性，很难改变从奥古斯都秉持朝政以来就插手国家事务的本能，权力欲过于炽烈是这类女强人的特色。这必然带来新皇帝的反感和反击。后来，提比略对自己的母亲李维娅达到了公开敌视的程度。据说原因如下：李维娅一次又一次要求他把一个刚刚获得公民权的人任命为十人团的法官。他声明只有在名单注明这个家伙是李维娅强迫他这么做的，才有可能列入大法官名单。李维娅恼羞成怒，不得不将她一直秘密珍藏的奥古斯都过去写给她的一些密信公开，信中明确指责提比略性格的冷酷和顽固等等。这些信件能够如此地完整保存，并被用来恶毒地反对他，这使他感到气愤，也是他被逼隐退到卡普里岛的原因。

另一促使他隐退的重要原因是公元23年，他那不争气的儿子兼帝国继承人因为过度荒淫奢侈而暴毙，使他心灰意懒，他回想到早年在罗德斯岛隐居，逃避各种矛盾，现在他决定要离开诸事纷纭喧嚣嘈杂的首都罗马了，他选择的是那不勒斯海面上的美丽孤岛卡普里岛。在那方安谧宁静与世隔绝的小岛，他才感到安全和没有忧虑。他的余生几乎所有时光都在那里统治着罗马和整个帝国，同时享受着大自然中阳光普照下穷奢极欲而无人监督制约的荒诞生活。

卡普里岛位于那不勒斯以南30公里的海面上，如今是意大利的疗养胜地，2000 多年前，奥古斯都用比它大四倍又有温泉的伊斯基亚岛交换而来，被誉为"那不勒斯湾的珍珠"。岛的南端建有奥古斯都离海岸十米远的简朴别墅。岛的东边海拔 350 米的断崖边是提比略的行宫——乔伊斯别墅，比奥古斯都的别墅占地大得多，内部设施也豪华奢侈许多，就是一座岛上皇宫，一切生活享乐设施俱全。

公元 27 年，他别出心裁地借口去诺拉修建奥古斯都神庙，离家出走不辞而别，去了卡普里岛，就没有再返回罗马。这里气候宜人，物产丰富，景色优美，在安谧宁静的氛围中远离尘嚣，却可以通过他在罗马的代理人遥控朝政，还能够在不为外人所知的隐秘情况下享受东方式后宫的骄奢淫逸生活。

他的躺平并不意味着放弃权力，而是利用他的宠臣奥利乌斯·赛亚努斯（Sejanus）遥控罗马政局，这就导致了这位禁卫军首领的专权。他在离开罗马再次隐退的同一年冬天，李维娅去世。他在罗马的时间中只看过她一次，也就短短的几个小时。而在她生命垂危之际，作为她的儿子再也没有出现在母亲身边。

李维娅孤独地死在她和前夫提比略·克劳狄乌斯·尼禄的老宅。提比略没有出席她的葬礼。因为 67 岁的他日渐衰老昏聩和满脸痤疣而怠于政务羞于见人，一直隐居在卡普里岛，导致帝国大权旁落在禁卫军首领赛亚努斯手中。提比略一直视而不见地放任他的胡作非为，直到公元 31 年接到相关亲属的密报，赛亚努斯阴谋篡夺帝国最高权力，密谋杀害提比略本人，他才断然出手翦除赛亚努斯的党羽，并且株连大量无辜，帝国才在血雨腥风中得以恢复正常。

回顾权臣赛亚努斯的崛起和覆灭，可以说是提比略的放纵导致了这位忠实奴仆野心的膨胀，企图发动政变，最终威胁到元首本人的权位而导致其败亡的。整个事件可以追溯到公元 26 年，提比略已经完全倦怠了元老院权贵中无休止的争权恶斗和罗马人民对于国家政治的喧嚣干预，还有他那些无法无天的亲属所构成的种种阴谋诡计以及李维娅明目张胆的干政。

当提比略离开罗马时，他安排他的朋友卢基乌斯·埃利乌斯·赛亚努斯主管国家政务，他对后者的信任如同对特拉叙努斯一般。然而，提比略没有意识到这家伙只是一个近侍，并非国师一般的占星师。赛亚努斯出生于近卫军世家，父亲是近卫军司令，从小就被安排在提比略身边充当侍卫，后来随着提比略地位的提高直至继位为第一公民，他子承父业成位卫戍京畿 9000 近卫军的长官。然而，这位元首的身边权高位重的家伙，却是野心勃勃对元首不够忠心的朋友。他不断利用自己的职位和对提比略的影响力来增加自己的权威。在其刚刚步入仕途的时候，他并没有后来的那些远大理想，因为他不是第一等级的贵族，仅仅是一名骑士。元首家族拥有众多潜在的继承人，在他随侍提比略 16 年后，他自然成为元首也可称为皇帝身边的近臣、宠臣、权臣，只要时机成熟，权谋运用恰当，似乎坐上皇帝宝座也不是不可能。

公元 14 年，当奥古斯都去世，提比略登上元首宝座，赛亚努斯在父亲的引荐下成为皇帝的近侍。赛亚努斯父亲是近卫军长官，和提比略有着共同的兴趣，他们都爱好希腊风格的文学、哲学、艺术。提比略继位后，赛亚努斯与其父共同担任这一职务。提比略称他为"我的工作伙伴"。特拉叙努斯应该和赛亚努斯走得比较近，有可能对这位禁卫军将领的占星结果使得皇帝对他更加宠幸。他们两人是皇帝身边的哼哈二将，只是占星师对于权力宝座有着一定的疏离感，最多攫取的只是荣华富贵，而近卫军只能是皇帝权力的捍卫者，离权力最近却不能觊觎，如果有非分之想是有可能引来杀身之祸的。

当提比略远在卡普里岛的时候，赛亚努斯的权力逐步进行扩张。先前他充当最高权力者的鹰犬，设法利用自己的灵敏嗅觉随时通报元老重臣的情况，给皇帝留下深刻印象。他曾经参与了许多谋逆大案的查处，对很多无辜者进行过酷刑审判。比如对历史学家克莱穆提乌斯·科尔都斯（Cremutius Cordus）的迫害。曾经在公元 22 年，元老院决定在庞培剧院要为这位禁卫军头目赛亚努斯塑一座雕像，这位历史学家兼元老站出来勇敢地坚决表示反对。

三年后，这位禁卫军统帅开始反击，他所受到的指控闻所未闻：因为他在著作中赞扬了共和英雄布鲁图斯和卡西乌斯是"最后的罗马人"，似乎所有罗马人都已经堕落，歌颂这两位谋刺恺撒的凶手为英雄加圣徒。审判台上这位历史学家拍案而起，当庭抗议无论王者是谁，赞扬他们是罗马人自古以来就拥有的自由权利，也是奥古斯都本人批准的权利。但是赛亚努斯的同党厉声禁止他发言，他们冲着他狂吼乱叫，使他四面受敌，孤立无援，他彻底绝望了，回到家后，他绝食身亡。元老院发布敕令，将克莱穆提乌斯的作品全部禁毁。

虽然皇帝已经远离了罗马，赛亚努斯借题发挥变本加厉地利用所谓忤逆审判铲除其他政治异己，这位历史学家被逼死，作品遭到查禁，对于罗马一向自由的公众舆论起到杀鸡儆猴的作用。这些经常出现的审判，使罗马城笼罩在高度紧张的恐怖氛围中，周围布满密探和告密者。提比略的政治反对派强调指出，这类审判正是其大部分统治时期的鲜明特征。虽然其中不乏诬告和不实指控，但是并未出现对嫌疑犯的大规模定罪。提比略过去在罗马时自己经常从中调控，有时他对证据有疑问，则亲自调查案件细节，当然利用特拉叙努斯的占星术帮他解决定罪问题的事例不占少数。然而，在他离开罗马的时候，赛亚努斯却加剧了这种恐怖，有人说他的权力堪比皇帝，使得这位皇帝在历史上声名狼藉。在罗马曾经流传着这样一首讽刺诗：

因此——你希望曾是赛亚努斯？为众人喜欢，受到奉承，

拥有与他的一样多，将某些人任命为高级职位，

向某些人授予军团指挥权，以保护者而闻名，

保护着这位栖居在卡普里埃狭窄的岩礁上的国君——

周围围绕着他的东方预言者和占卜者们？

提比略在卡普里岛和在罗马一样残酷而无情。他是一个多疑且引人厌恶的人，苏维托尼乌斯是这样描绘他的：

提比略身体粗壮，身材比常人高大，胸脯宽厚，臂膀粗圆，从头到脚都很匀称。他左手比右手灵活有力，骨节有力，手指能穿透一只鲜苹果，轻轻一弹就能弹伤一个孩子，甚至青年人的脑袋。他皮肤白皙，头发微长，

披在颈后，这也许是他家族的特点。他面貌英俊，但有时也会突然布满许多疙瘩。他眼睛很大，目光敏锐，能在夜晚和暗处看清东西，但只是在醒后刚睁开眼睛的不久那一刹那间，然后视力很快就会变弱。走路时他总是直挺着脖子，头向后仰，面部表情严峻，通常沉默寡言，甚至与他周围的人很少交谈，说话节奏很慢，且常常不雅地弹动手指。所有这些让人不愉快的傲慢习惯，早已被奥古斯都看出。奥古斯都不止一次在元老院和公众面前为他辩护，这些现象属于人的自然特点，不属于道德问题。

提比略一生身体都非常好，除了晚年神志发生错乱，老是疑心有人企图暗杀他，没有其他实质性毛病。据特奥多尔·蒙森写的《罗马行省，从恺撒到戴克里先》一书记载：在希腊的奥林匹克运动会上，他是195届奥林匹克远动会各项成绩的优胜者，书中记录的名字就是提比略·克劳狄乌斯·尼禄。这是提比略成为奥古斯都养子之前使用的原名，并且提比略同年隐居罗德岛。罗马没有任何史书记载此事，那么他一定是以隐居时的私人身份悄悄参赛的，他参加的项目是四匹马拉的战车比赛，此时他41岁。

提比略所在的克劳狄家族自命不凡的傲慢，被说成家族遗传的自然特点，在他登上权力宝座高峰后完全显示出来的就是人性的残暴和邪恶，例如有人在经过送葬行列时，开玩笑地大声叫唤死去的亡灵，请他去地狱给奥古斯都带信说，提比略没有完成先帝向人民遗赠的承诺。提比略下令将此人处死，告诉他可以亲自去通知奥古斯都表达自己的愿望。

在到达卡普里岛几天之后，提比略独自徘徊在悬崖旁边，他终于赢得了安静，但总是显得心事重重心神不宁。蓦然间出现一个渔夫在他的面前，并且献给他一条大鲻鱼。这位不速之客，着实把沉思冥想的他吓了一跳，这个人竟然是从小岛上崎岖不平、无路可通的岩石边静静悄悄攀爬到他的面前。他命令侍卫用鱼在这个可怜的人脸上来回摩擦，这人在受到折磨时，竟然庆幸自己没有能够扑捉到螃蟹敬献给皇帝，提比略又命人用螃蟹在这人脸上摩擦，最终处死了这个人。

苏维托尼乌斯指出，他几乎没有一天不在处罚人，即使在神圣的纪念日也是如此。

当提比略的继子日尔曼尼库斯惨遭毒杀后，他将迫害的魔爪伸向性格倔强的阿格里皮娜。这位孀妇当年只有四十来岁，曾经恳求提比略应当为她物色一位丈夫，她正当需要伴侣的中年，但是提比略一直没有表态。提比略抓起她的手，引用了一句希腊的诗对她说："亲爱的孩子，你没当上女皇，你对此感到委屈吗？"根据塔西佗的记载，赛亚努斯假装成她的朋友进行挑拨，性格耿直简单的阿格里皮娜虽然傲慢却是轻信的，他派安插在她身边的眼线警告说："提比略想毒害你，你最好不要和公公同桌吃饭。"阿格里皮娜的公主性格使她不善于掩饰自己的真实性情，当她坐在提比略身边吃饭的时候，板着脸不再说话，就这么默默无言地不碰自己的盘子也不吃东西。提比略也许耳闻了这件事，故意称赞面前的苹果，并将这个苹果递给儿媳妇，但是阿格里皮娜不动声色地将那个苹果给了自己的奴仆。这使得第一公民很尴尬，却发作不得。

在提比略参加对奥古斯都祭祀仪式的时候，阿格里皮娜难以忍受自己对伯父的愤懑，看见提比略穿着庄重的托加袍宛如一个虔诚的祭司用长袍遮盖着自己丑陋的秃头，站在她外祖父的塑像前人模狗样地为神君奥古斯都祈福时，她开始大声数落提比略对自己和死去丈夫以及朋友们的迫害，她没有怪罪赛亚努斯而是归咎于眼前这位道貌岸然的元首，她哭泣着说："一个将牺牲奉献给神君奥古斯都的人不应该迫害他的子孙。你以为，他的圣灵都化入一言不发的石头了吗？错！你若是想看清他真正的相貌，就看看我，我的体内流淌着他的神圣血液。"阿格里皮娜的任性彻底破坏了这个神圣庄严的祭奠仪式。为此，她引来了杀身之祸。

提比略在赛亚努斯的怂恿下，开始对阿格里皮娜和她的儿子尼禄和德鲁苏斯采取行动。恼羞成怒的提比略将她们母子分别流放到孤悬海上的小岛。大概是为了羞辱阿格里皮娜，将她流放到了母亲尤利娅曾经长期关押的潘达里亚岛。当她开始责骂这位禽兽不如的继父时，他让看押她的百夫长鞭打她，直至打瞎了她一只眼睛，当她绝食以求一死时，他让人撬开她的嘴，往里灌食。更为恶劣的是，在她坚持绝食而死后，他还继续诽谤她，说服元老院将她的忌日定为不吉利的日子。他还自诩好心，没有将她抛尸卡皮托尔山的戈盖莫利埃斜坡，那里是专门抛弃罪犯尸体的地方。

　　她的大儿子尼禄是被逼自杀的：一个刽子手佯称奉元老院旨意而来，给他出示了绞索和铁钩，绞索是示意他自杀，铁钩是拖尸体用的，无可奈何的尼禄只能将脑袋伸进了绞索。二儿子德鲁苏斯被监禁在皇宫的地牢内受饥饿折磨，甚至吃床垫充饥，最终活活饿死。两人的尸体被分割后丢在各处，后来好不容易才收集起来。迄至公元33年日尔曼尼库斯的儿子只留下卡里古拉一人，其余全部被提比略通过赛亚努斯迫害至死。这也许就是特拉叙努斯通过星象看中的奥古斯都后代的悲催命运。

　　赛亚努斯染指最高权力的野心提比略不是不清楚，而是揣着明白装糊涂，他有他的长远打算，就是借助这位宠臣的手翦除自己亲儿子德鲁苏斯接班障碍之前，他还有利用价值。在公元25年赛亚努斯曾经向皇帝之子德鲁苏斯的遗孀李维拉（Livilla）求婚，试图使自己和提比略的关系更进一步。提比略对于自己的亲生儿子德鲁苏斯和养子日尔曼尼库斯都没有多少父爱，他的儿子德鲁苏斯是他和大公主尤利娅结婚前的妻子维普萨尼娅·阿格里帕（Vipsania Agrippa）所生，德鲁苏斯一向喜欢花天酒地的生活，而且性格暴烈凶狠无情，导致外号被称为锋利的宝剑"德鲁西安（Drusisan）"，他的身体机能因为花天酒地的生活而逐步退化，但是后来在赛亚努斯案发后，这位禁卫军头目前妻揭发德鲁苏斯是被他前夫使用慢性毒药毒杀至死，举报信发出后，这位前妻就自杀身亡了。药性的慢性发作，仿佛是暴饮暴食导致得病猝死一样。塔西佗在记述德鲁苏斯蹊跷的死亡时，转引民间的传说：

　　赛亚努斯用不正当手段收买了宦官吕格都斯。这个宦官由于年轻貌美而得到他主人德鲁苏斯的宠爱，并且在他的侍从中取得显著地位。后来当阴谋者商量好一个时间和地点给德鲁苏斯下毒药的时候，他竟然胆大到改变原定的阴谋，而在私下里警告提比略说，德鲁苏斯想毒害自己的父亲，因此劝提比略在他儿子吃饭时不要喝他给的头一口酒。年老的皇帝中了他的计，因而在宴会上就座之后接到酒杯的时候，就把它递给了德鲁苏斯。当完全堕入五里雾中的德鲁苏斯像年轻人那样把酒一口喝干的时候，提比略对他的疑心就更深了，因为提比略认为，德鲁苏斯由于恐惧和羞愧才使自己遭受他要他父亲陷入的命运。

塔西佗认为这种民间传说是没有根据的。后来揭示的真相是：这毒药是借助宦官吕格都斯之手给德鲁苏斯当成保健品服用的，也许是药物的作用，他的性格越发火爆凶残，愈来愈嗜酒如命。在公元 23 年年初的一场宴会上，德鲁苏斯竟然朝着禁卫军统帅赛亚努斯脸上狠揍了几拳，当赛亚努斯企图反抗时，他又反手扇了这个宠臣一记耳光，使得这位宠臣鼻青脸肿很下不了台，所以一直怀恨在心。在考虑陷害德鲁苏斯各种可能性时，他最直截了当的就是找到德鲁苏斯老婆李维拉，她是日尔曼尼库斯的妹妹，奥古斯都姐姐屋大维娅的孙女，小时候虽然不讨喜，但是长大后却是一个美人。赛亚努斯热烈地追求过她，他唆使她和自己结婚，分享帝国大权并谋杀自己的丈夫。她的这种做法以牺牲提比略儿媳和德鲁苏斯孩子母亲名节，毁弃尊荣和稳固地位去换取犯罪以及危险的未来。包括李维拉的医生和朋友埃乌德穆斯均被卷入了赛亚努斯的阴谋，因为医生和近侍的职业可以经常以此为借口为他们的偷情提供方便。为了使自己的情妇不发生怀疑，赛亚努斯抛弃了给自己生过三个孩子的妻子阿皮卡塔。这些事实真相在八年以后才真相大白于天下。当这些卷入阴谋的家伙一一落网，提比略亲自动用酷刑审问，才使这桩宫廷疑案真相大白。

公元 23 年，那场宴会斗殴事件发生半年以后的 9 月份，德鲁苏斯突发重病，当月 14 日气绝身亡。面对自己亲生儿子的死亡，提比略表现得惊人的冷静，这段时间他一直在参加元老院的会议，在德鲁苏斯的遗体下葬之前也从容镇定地出席会议。也许这是他伪善的性格所致，他脸上始终冷若冰霜，没有表露丝毫的痛苦。抵达元老院以后，他看见执政官一反常态没有坐在象牙椅上主持会议，而是坐在普通的椅子上对元首儿子的不幸离世表示哀悼。他果断地阻止了院内大张旗鼓的哀悼活动。他提醒他们说，不要忘记了自己的尊严和地位，元老们痛哭失声，他却劝他们不要悲痛。我想要的是更加严厉肃穆的秩序，我始终把共和国放在心上。表现出很正能量的大公无私克己复礼的决心。

　　这场灾难的结果，极大地影响了他的继承计划。他言不由衷地解释道："自己原本是打算让德鲁苏斯去培养并训练日尔曼尼库斯的几个儿子。他们体内都流淌着神君奥古斯都的血液。提比略将卡里古拉的两位哥哥——尼禄和德鲁苏斯托付给了元老院。"收养这些年轻人吧，引导他们吧。他们有着无以伦比的血统。"这些话说得言不由衷，但是在表面上还是装出很诚恳的样子，诚恳中暗藏着不可告人的杀机，后来这两个人都被提比略借助赛亚努斯之手杀害。

宠臣和暴君的最后归宿

当赛亚努斯提出和提比略儿子的未亡人李维拉结婚时，提比略明确表示了反对，同时对这位宠臣的动机产生了怀疑，提比略虽然年事已高，但是并不愚蠢，对涉及染指最高权力的事情一向敏感，这桩婚姻可能会被理解成他希望赛亚努斯继承自己的位置，尤其是这位禁卫军司令将成为自己的孙子小盖梅乌斯（Gemellus）的继父。提比略虽然信任赛亚努斯，但是他并不准备将这一项重要身份混杂在奥古斯都血统中授予一个仅仅拥有骑士身份的禁卫军总管或者他的后代。

提比略除了老朋友和亲信外，还任用了罗马的20个要人作为他的顾问，处理国务。后来，除了二三个人幸免外，其他人都用种种借口处死，其中包括赛亚努斯。禁卫军头目的被杀牵连了许多其他人的死亡，提比略曾把赛亚努斯擢升到至高权位，这与其说是善意，倒不如说是为了通过赛亚努斯出面狡诈地迫害日尔曼尼库斯的孩子们，确保他的亲孙子——他的亲儿子德鲁苏斯的后代可以继承权力。

赛亚努斯作恶多端，罪行累累却被罗马的另一位贵妇人看在眼里，记在心中，她就是提比略的弟媳妇、德鲁苏斯的遗孀，同时又是日尔曼尼库斯的母亲安东尼娅。安东尼娅是安东尼和屋大维娅的女儿，奥古斯都的外甥女，标准的皇家贵妇，是一个平时不太言语，也绝不干预政治的贤妻良母，她实在是对于提比略和赛亚努斯的暴行看不下去，隐忍多年才不得不发声，因为她眼睁睁地看着她的孙子和儿媳妇被这位权力无边的近卫军长官一一迫害至死，现在她开始担心自己第三个也是最小的一个孙子卡里古拉的安全了，于是一封举报信写给了远在卡普里岛的提比略。焦急的老祖母向卡普里的提比略表达了她的担忧。

她在信中明确表示皇帝多年来为这位重臣所利用，而赛亚努斯正在密谋翦除卡里古拉，那么提比略本人也无法保证自己的安全。而此时尼禄和德鲁苏斯的死亡使得提比略明白安东尼娅指控的真实性。

　　由于远离罗马和对朝中那些家伙忠诚度的猜疑心，提比略很快意识到，他将如此巨大的权力交到赛亚努斯手中很不明智。虽然赛亚努斯只是在忠实地执行着自己的旨意，但是在执行过程中难免不夹带私欲，由于权力的膨胀难免不觊觎皇帝宝座。这就不仅仅是自己权力被架空的问题，禁卫军头目的所有暴行均可能使他名誉受损，将自己陷于不仁不义的境地，尽管他就是这些暴行的始作俑者。威望和名声是领袖维持统治的表面形式，否则失去了表面的道义，统治根基就会动摇。但是他必须找一只替罪羊来掩盖自己的种种劣行。他命令将小卡里古拉带至卡普里岛，名义上是保证其安全，实际上是便于掌控，也便于一旦需要时加以扑杀，事实上也是如此。

　　如果不是有人多次阻拦，卡里古拉很可能就神不知鬼不觉地消失在神秘的卡普里岛了：制造一次意外事故导致各种名目的死亡，再嫁祸于其他人，这是宫廷屡见不鲜的政治手腕，可以说运作起来易如反掌。提比略主要出于政治上考虑才保护卡里古拉，因为他是民望极高的日尔曼尼库斯的儿子，如果人们知道赛亚努斯对他的生命产生威胁，会做出种种消极反应，提比略宁愿为人们提供正能量的消息，因为至少对于阿格里皮娜及其两个儿子的迫害都是在元首"不知情"的情况下发生的。在强权政治的较量中他现在已经养虎遗患，在双方旗鼓相当的情况下，他要和奥古斯都家族结成联盟，才足以与这位掌握首都卫戍大权的禁卫军司令相抗衡。如果内乱发生，赛亚努斯遭到清算，提比略的对手很可能会推举卡里古拉为皇帝与他对抗。因此，提比略必须把这个年轻人控制在身边，以保护的名义以防不测事件的发生，动摇他的元首地位。

　　提比略对已经声名扫地的禁卫军司令开始动手了。他是通过特拉叙努斯的女婿马克罗捎给元老院的一封巧妙伪装的密信下达抓捕赛亚努斯的命令的。马克罗蒙蔽赛亚努斯，使他相信这封信件的内容是皇帝授予他保民官权力的命令。这正是这位禁卫军司令昼思夜想所要得到的结果。

　　公元 31 年，禁卫军大头目赛亚努斯的权力达到顶峰，也是他的命运走到尽头滑向深渊的开始。非常喜剧化的是，在赛亚努斯策划篡权时，正在让全民庆祝自己的生日，到处铸造自己的镀金铜像，提比略始终隐忍不发，冷漠地在小岛旁观。他要等待时机使用阴谋诡计，最终彻底扳倒这个他自己豢养的宠臣、权臣，因为他羽翼丰满，日益显现出尾大不掉的趋势。

10月18日这一天，天刚破晓，踌躇满志的赛亚努斯站在阿波罗神庙的台阶上，从帕拉蒂尼山顶眺望山下的罗马城，他看着东方冉冉升起的太阳，仿佛就是预告着自己充满光明希望的未来。他并不知道为了把他从自己身边清除，提比略为了麻痹他以掩盖自己的目的，刻意把他推荐为自己第五任执政官的同僚（提比略已多年不担任执政官，他虽然不在罗马，但为此目的他接受了执政官职务），然后以同皇族结亲和护民官职务为诱饵来欺骗他、蒙蔽他，并趁其不备对他给予致命一击。皇帝已经在暗中请禁卫军主管城市消防的统帅马克罗从卡普里岛带回一封给当选执政官迈密乌斯·雷古鲁斯的信。马克罗是占星师特拉叙努斯的女婿，雷古鲁斯是皇帝的死党，他们的联手表演可确保把赛亚努斯推向万劫不复的深渊。

马克罗告诉赛亚努斯，皇帝信里的内容是提议元老院授予他保民官的特权。他暗自感到高兴，得意洋洋地迈进神殿，毫不怀疑皇帝信件的真实性。欢呼声和掌声向他扑面而来，以表示对他履任新职务的祝贺。等待赛亚努斯落座之后，元老们一窝蜂地向他靠拢以示巴结，迫切地希望分享他的荣耀。同一时间里，马克罗神情诡秘地将提比略的信交给雷古鲁斯，然后转身离去。赛亚努斯迫不及待地期待聆听皇帝给他带来的福音，根本就考虑不到他的这位平时唯唯诺诺的部下来去匆匆会去调兵遣将前来捉拿他和他的党羽。

由于元首本身就不是一个直来直去的性情中人，信的开头写得含含糊糊不知所云，信中没有对他进行赞扬，似乎矛头还隐隐约约旁敲侧击针对他贪污受贿、结党营私、阴谋篡权的不法行为进行指责，又像是另有所指地对着他的同党们在数落，元老们也是越来越摸不着头脑，只是等到围着他的那些腆着笑脸的元老们脸上笑容渐渐消失，慢慢地悄无声息地离他而去，似乎开始和他刻意保持距离了，赛亚努斯才感觉不妙，有些惊慌失措，但却寸步难行，因为前方的一众行政官员踏步前来挡住了他的路。直到雷古鲁斯三次命令他站起来，他才懵懵懂懂很不情愿地站了起来。到了此刻，

305

人们才明白第一公民已经和他这个宠臣一刀两断了。

执政官雷古鲁斯命令马克罗带来的禁卫军士兵将他抓起来送进监狱。没有人试图出面维护他。罗马市民听说禁卫军统领倒台时，开始在广场聚集，当他戴着镣铐经过时，民众纷纷表示对他的愤怒，口水、拳头、巴掌扑面而来，他只能用托加袍盖住自己的脸面，可见他多年暴政是多么不得人心，他的塑像当即被推倒，在失去独裁者的支持后，这位代理人简直死有余辜。

甚至没有经过大陪审团的审判，当晚他就被处以绞刑，在卡皮托尔朱庇特神庙通向罗马广场被称为及莫尼亚的台阶上暴尸三日，那些憎恶他的人一群一群痛痛快快地践踏他的尸体，将其踩成了肉酱，尸首变得血肉模糊面目全非后，才被人挂在铁钩上扔进了台伯河。他极为忠实的支持者和亲属家人也被围捕，遭到残酷的镇压。

通过对赛亚努斯同党的围捕审讯，提比略得知自己儿子德鲁苏斯死亡的真相之后，被激怒了，这增强了他的残忍。开始他认为儿子是死于疾病和生活放荡，后来得知是他的儿媳李维拉勾结赛亚努斯投毒陷害，于是再也没人能够逃脱酷刑和惩罚了。他用了整整几天时间全神贯注地调查审讯此事，全部涉案人犯都遭到了残酷虐杀。

塔西佗说，提比略杀人杀上了瘾，下令给所有被逮捕的人都加上和赛亚努斯同样的罪名处死，不分男女老幼，不分贫富贵贱，他们的尸首或是散放在各处，或是堆成一堆。亲戚和朋友不许走近，不许哭泣。这些腐烂的尸体被扔进了台伯河后，被水流冲击到了下游，或被冲上了岸，由卫兵严密看守不许收尸。一路上有放哨的卫兵在那里监视着尸体，这些卫兵还侦视每个旁观人的表情。普通人与人之间的关系被恐怖的力量破坏了。残酷的行为每逼近一步，同情就后退一步。

提比略在一座孤悬海上的岛屿上离群索居整整十一年。罗马人民不是傻子，不会被他故作风雅摆弄堂皇的文字所迷惑。几十年前，尚未成为奥古斯都之前的屋大维为庆祝和李维娅的婚礼，令宾客装扮成神明的模样参加婚宴，消息传说后，大街上民怨沸腾，暴乱四起。可是如今在供提比略消遣玩乐的卡普里小岛上，没有苛责挑剔的暴民，没有无事生非唯恐天下不乱的人去煽动挑唆，周围尽是巧言令色的星相师、谄媚讨好的近臣和近卫军扈卫，他完全可以在他的行宫花天酒地为所欲为。

提比略饱经家庭磨难和政治婚姻的不幸，前半生在政坛几起几落浮沉不定，最后好不容易登上大位。后半生又在偏僻的小岛独居8年，养成了乖戾、阴鸷、伪善的变态性格。多年的从政经验又使他这种病态性格得以加强。可以说，他期待登基，已是等待得太久，他一直生活在奥古斯都的巨大阴影之中，王储身份的变来变去，变得他已经完全心灰意懒了，终于熬到了两鬓发白，才算熬出了头，但是性格已经完全变异。登上元首大位后，他又受到母亲李维娅的掣肘，于是他就开始剪除威胁大位的其他继承人，阿格尼帕和尤利娅唯一的儿子波斯图姆斯成为他的第一个牺牲品后，他又翦除了他的亲侄儿日尔曼尼库斯。

提比略做了许多残酷无情的事情，但是表面上都说是为了严肃共和国的法治和改良公共道德，实际上只是为了满足自己的无上的权力和无耻的欲望；罗马人用诗歌来痛斥他的罪恶，并早早地预言了他的未来：

冷酷无情的人啊！

我可以扼要地把我的心里话统统说出来吗？

要是你的母亲能够爱你，

那么就让我死去。

你不是骑士，为什么？

——你没有十万塞斯提乌斯。

如果还要再问"为什么"，

——你在罗德斯岛流放过。

元首啊！你结束了萨图尔努斯的黄金时代。

因为，只要你活着，这时代就永远是倒退的。

罗马人民啊！

你已不再关心酒，因为你如今渴求的是血；

你如今那样嗜血，就如以前嗜酒。
罗马人民啊！请回想一下苏拉，
幸福的是他自己，不是你们；
再回想一下马略，他回到了罗马以后的所作所为；
再看看安东尼，那双挑起内战的手，
沾满鲜血，一次又一次。
于是你会说，"罗马完了！"
从流放中回来的人当了皇帝，
没有不让人民流血的。

军靴元首和希律王孙

提比略的侄孙盖乌斯·尤里乌斯·恺撒·奥古斯都·日尔曼尼库斯（Gaius Julius Caesar Auguslus Germanicus）继位。抛开这个冗长名字所代表的显赫家族和至高无上的荣誉，我们还是称他为小军靴（Caligulae）卡里古拉为宜，这是他父亲的老部队驻莱茵河两岸的日耳曼军团将士给他起的绰号，他们是在军营中看着他长大的。

日尔曼尼库斯和阿格里皮娜感情甚笃，两人婚姻关系和谐稳定，生育频繁，人丁兴旺，给奥古斯都增添诸多后代。但是政治家族卷入政坛风波后诸多后代在几经浮沉后，被无情的波涛席卷而去，这是作为皇家贵族的命运。个人的私德有时在顶级贵族圈被放大后就成为公共道德的典范，日尔曼尼库斯就是罗马贵族的典范。阿格里皮娜一共给他生了九个子女，其中两个在婴儿时期就病死了。尼禄和德鲁苏斯在后来受到提比略的指控，被元老院宣布为人民公敌先后处死。卡里古拉是男孩子中最小的一个，被取名为盖乌斯·恺撒。他还有三个姐妹分别是：小阿格里皮娜、德鲁西拉和李维拉。传说卡里古拉是公元12年8月12日出生在日尔曼前线的冬季营房里，因为他是穿着普通士兵的军装在军营中长大成人的，因而得到军团士兵的厚爱。

但是作为哈德良皇帝的私人秘书后来担任国家公共图书馆馆长的苏维托尼乌斯在皇家档案中发现一封奥古斯都在临终前几个月写给外孙女阿格里皮娜的信，内容是关于盖乌斯这个孩子跟着母亲前往前线的记录，具体内容如下：

昨天，我与塔拉里乌斯和阿西里乌斯商量好，由他们在5月18日（公元14年）带来你的儿子盖乌斯，如果诸神高兴的话，此外我还派我的一个奴隶医生陪他一起去。我已经给日尔曼尼库斯写了信，如果他想要的话，就把医生留下来。再见了，我亲爱的阿格里皮娜，一路保重，愿你的身体好好地到达你的日尔曼尼库斯身边。

苏维托尼乌斯因此而断定：

盖乌斯显然不可能出生在他将近两岁时才第一次被从罗马带去的那个地方。这封信也削弱了我们对那几行诗的信任，又因为这诗没有署名作者，因而更令我们怀疑。

他还说，还是应该根据政府公报上记载的盖乌斯出生在南高卢的安提乌姆总督官邸，因为他的父亲日尔曼尼库斯不仅是前线总司令，还是南高卢的总督。这是一个风景宜人交通便利的海滨城市，很多贵族在这里建有度假别墅。这是关于卡里古拉出生地的唯一官方证明，因为公报是政府编辑的一种报纸，内容包括政府决定、元老院议事录摘要，国家建设情况和皇家事务的信息等。尤其因为卡里古拉特别喜欢安提乌姆，好像这里就是他的出生地，据说由于讨厌罗马，他甚至想把帝国的首都和皇宫迁到那儿。

小时候卡里古拉和童年的奥古都斯很像，得到曾外祖父钟爱，李维娅将他雕成小天使丘比特的模样献给了维纳斯神庙，而奥古斯都则将这孩子的雕像放在他的卧室，每当进入卧室都要吻一下自己的小天使。他确实在幼年时随同他的父母一同出征过日耳曼和叙利亚。父亲被害回国后，他随母亲生活，母亲被放逐后，他和曾外祖母李维娅生活在一起，公元29年李维娅去世时，他的叔公提比略没有回罗马给母亲送葬，时年不到18岁的他勇敢地站在讲坛上发表演说，宣传赞美曾外祖母的功德。以后，他就由祖母安东尼娅照料。19岁那年他被提比略接到卡普里岛，同一天他穿上成人的托加长袍，第一次刮去胡须。在卡普里岛，有些居心不良的家伙采取各种手段企图引诱或者强迫他表示对提比略的不满，但是他从不上当，闭口不谈自己亲人遭遇的种种不幸，面部表情淡然，似乎他的家族内部从来没有发生过那些充满血腥令人悲伤的往事。他以惊人的忍耐力伪装冷漠来应对残酷环境对他造成的虐待和伤害。他对叔祖父提比略百依百顺，以致人们谈到他时都夸奖或者讽刺地说，没有见过比他更好的奴仆或更糟糕的主人。也就是小小年纪的他，深深懂得伴君如伴虎的道理，玩韬晦玩得炉火纯青，这是见惯了宫廷丑恶无耻残暴养成的谨慎。他的天性要到他执掌天下后才逐步暴露。然而，人的秉性是受到环境熏陶而近朱者赤近墨者黑的。

即使在岛上的岁月，他也是以对声色犬马的追求和自己各种残酷、罪恶天性的张扬来掩盖对政治上出人头地的期待。久而久之，他也被叔祖父罪恶牛圈中污浊的空气污染成为一类人形动物，变态成某种神经质一般敏感的精神分裂症患者，在掌权后逐步变得病态而匪夷所思。他极喜欢观看拷打和处决人犯的血腥场面，表现得津津有味而乐此不疲。不知出于什么目的，提比略非常欣赏他这样做，也许借此驯化他残暴的天性以降低他对政治权力的热心，以免过早动摇他至高无上的统治地位。

公元 36 年到 37 年的冬季，在凛冽刺骨的西北风中，77 岁高龄的提比略离开寒冷的卡普里岛，来到那不勒斯海湾以西的米赛努姆海角上原卢库鲁斯豪华的别墅过冬。卢库鲁斯是一个打遍东方无敌手，掠夺大量财富讲究奢华吃遍天下美食乐于享受奢华生活的将军，现在这处奢华堪比皇宫的豪宅成了提比略的私人行宫。此处不仅可以避免寒冷北风的侵袭，而且还能从正面远远眺望维苏威火山，那真是一个令人陶醉遐想的地方。然而，此刻的提比略却像一个灯油将近的老人，知道自己来日无多，仿佛是一座岩浆已经喷发殆尽进入死寂期的火山，现在所要做的就是平稳地交接政权，摆在面前的只有三个人能够担任共和名义下帝国的皇帝，对于血统纯正的考量是帝国的重要标志，而非共和民主任人唯贤的普遍选择，论资排辈长幼排序：45 岁的克劳狄乌斯、24 岁的卡里古拉，以及自己年仅 16 岁的嫡孙盖美努斯。克劳狄乌斯是提比略的亲侄子，但是自从他成为奥古都斯养子后实际上就成了尤里乌斯家族的成员，论血统卡里古拉母系和父系均和尤里乌斯家族更近，因此只能首选这位小军靴，至于自己的嫡孙只能排入第二序列接班人成为卡里古拉的继子。当然这只是提比略的一厢情愿，但是对于亲孙子的命运，他没有心存侥幸，根据宫廷运行的潜规则但凡威胁现存皇权的接班人结果都很不幸，老于权术的提比略临终前对小军靴说："你将杀了他，别人将杀了你。"提比略对于盖乌斯的母亲阿格里皮娜和哥哥尼禄、德鲁苏斯的处置，无不遵循这一宫廷潜规则，用众多戚贵的血捍卫着头上的帝王冠冕。后来的卡里古拉果然有样学样把这位老皇帝隔代指定的接班人毫不犹豫地逼死了。塔西佗在《编年史》中记载到提比略临终前的晚景颇为苍凉。

公元 37 年是罗马建城 790 年，提比略当政时期的最后两位执政官格涅乌斯·阿凯罗尼斯和盖乌斯·佩特洛尼乌斯宣誓就职。这个时候禁卫军司令马克罗的势力已经达到无人可以制约的程度。卡里古拉虽然性格粗野，但是在祖父面前，他仍然有办法把自己装扮得丝毫不露任何政治野心的接班人。

提比略对于小军靴的表演心知肚明，但是不得不装糊涂，他已经失去了处理这种复杂政治事务的能力和耐心。塔西佗描述这种举棋不定犹豫再三的心理：

他拿不定主意选谁为继承人。他首先考虑他的孙子们，在他们中间德鲁苏斯的双胞胎儿子中仅存的提比略·盖美鲁斯和他血统最近，也是他最为钟爱的孙子，但是还没有长大成人只有 18 岁。日尔曼尼库斯的儿子盖乌斯已经 23 岁，不仅年轻力壮精力旺盛而且还颇受罗马民众爱戴，但是正因为这点，他的叔祖父才厌恶他。甚至克劳狄乌斯也考虑到了：他不仅在年龄上已经成熟，而且十分注重自己的修养。不过他的脑子不太行，这是一个缺点。如果在皇室外部寻找接班人的话，他又害怕被嘲笑。因为提比略当前所关心的是取得人们的好感，毋宁说要取得后世对他的称赞。但不久之后，头脑中不能肯定而体力久已衰竭的提比略，就放弃了他无能为力的决定而一任命运安排了。虽然如此，他仍然不经意地流露出他了解未来趋势的话。他用一种不难理解的暗示，责备马克罗不去管快要落下去的夕阳，而去照料一个初升的旭日。在一次偶然的闲谈中，卡里古拉嘲笑过卢基乌斯·苏拉，于是他向卡里古拉预言说，苏拉的一切缺点你都有，但是你却没有苏拉的一切优点。同时他又痛哭流涕地拥抱着自己的小孙子提比略·盖美鲁斯。对卡里古拉说："你呀，会杀死他，可是别人又会杀死你。"

提比略说这些话是考虑自己将来去世后的历史定位，只能是一种奥古斯都似的"尤里乌斯"血统承续考量，这是某种血胤正统权力交接的宗法伦理现实，也是某种木已成舟的政治态势，他有着面对残酷现实无力回天的无奈。因为在之前，卡里古拉对于皇位的继承早已进行了精心周到的布局，他的顺水推舟，不如说是抢占先机趁虚而入。

卡里古拉的妻子在生娩时不幸去世，他便勾搭上了近卫军长官马克罗之妻恩妮雅·娜维娅，并且信誓旦旦承诺，如果他当上皇帝将娶她为妻，还写下了书面字据。在她的帮助下，他取得马克罗的信任，就在这个时候，他在米赛诺的卢库鲁斯别墅用慢性毒药毒死了提比略，在提比略还没停止呼吸时就下令取下他的戒指也即皇帝印玺；由于提比略紧握拳头不松手，他用枕头死死压在他的脸上，亲手扼死了这位垂死的老人，并下令把一个目击此事的释放奴隶钉死在十字架上。

而历史的另外一种说法是：

提比略一直到死在继承人问题上都在犹豫不决，他一直在暗中密切注视着"小军靴"的一举一动。这时卡里古拉一位伟大的朋友希罗德·阿格里帕出现了。希罗德·阿格里帕同那位奥古斯都的亲密战友马尔库斯·维普撒利乌斯·阿格里帕既不是血亲也不是缘亲，原本是八竿子打不着的陌路之人，却取了这位英雄的名字，似乎和这位奥古斯都的女婿沾亲带故了。这和他的祖父希律大帝和罗马帝国的渊源有关系，来自于奥古斯都和安东尼的联盟时期。

时间可以追溯到公元前44年，恺撒被卡西乌斯和布鲁图斯刺杀，屋大维和安东尼联手在腓力比（后来的犹太行省省会恺撒里亚）击败共和派军队形成暂时的联盟，两人瓜分帝国形成东西方两个阵营，希律王的犹太王国属于埃及女王管控下的地盘，由于王国马加和希律家族之间的纷争，希律王曾经带着他的成群嫔妃逃到亚历山大里亚，受到埃及女王克里奥佩特拉的庇护，后来借助安东尼罗马军团的实力攻克耶路撒冷恢复自己的王国。他的王国实力得到罗马东西方两大实力集团在元老院的认可，屋大维和安东尼站在希律王的两边对这位犹太和阿拉伯的混血儿来说是一个非同寻常的时刻，他得到了罗马元老院对他统治区域的确认——包括如今的以色列、约旦、叙利亚和黎巴嫩的大片领土。

当然，最后统一这块军阀割据战乱不已的土地还是仰仗了罗马军团的实力和他本人游走于各种势力之间的政治智慧、军事谋略加上血腥的统治手段。希律建设耶路撒冷安东尼城堡是为了纪念这位罗马的东方征服者，后来在安东尼和克里奥佩特拉双双殉情后，他又投靠了奥古斯都。因此，在城堡南边修建了自己的宫殿，华丽的穹顶下是两个以他的保护人奥古斯都和阿格里帕命名的豪华套房。套房用大理石做墙壁、香柏木做横梁，上面镶嵌着精致的马赛克图案和金银饰品。宫殿周围建有庭院、柱廊、门廊，还有绿色草坪、郁郁葱葱的树林及冷水池和瀑布形成的沟渠，沟渠上面是用于通讯连系的鸽舍。他是地中海地区仅次于皇帝的最富有的人。

前面介绍过，公元前15年奥古斯都的女婿和女儿尤利娅曾经结伴视察过希律建在耶路撒冷的犹太王国，受到希律王希罗德特别热情的接待，可见两家非同寻常的关系。罗马帝国仅次于奥古斯都的第二公民已经和希律大帝成为最好的朋友，希律骄傲地向他展示了自己新建设的圣城耶路撒冷。阿格里帕就住在希律城堡中以他名字命名的房间内，并在那里举办宴会以向希律王致敬。

希律王还亲率舰队陪同阿格里帕夫妇游览了希腊，公元前10年，希律王将自己新降生的孙子命名为希罗德·阿格里帕，以这个无比响亮的名字纪念去世不久的马尔库斯·维普撒利乌斯·阿格里帕元帅。因为这位杰出的希律王能够登上王位，要归功于奥古斯都把他当成东方的一位有益的盟友加以保护，也要归功于阿格里帕和他的同舟共济，对他的王国提供了强大的武力保护，才不至于遭到其他犹太王国的欺凌和侵占。四年后，这个孩子的父亲却被希律王怀疑谋反而被残酷毒杀。

希罗德·阿格里帕是原来犹太行省附属国希律王的一位十分不起眼的王孙，他来到罗马，并长期混迹于皇亲国戚中间是因为他的父亲被猜忌成性狂暴无比的祖父所毒杀，为了保护他，在他四岁的时候，祖母玛丽安妮就将他送到罗马，在帕拉蒂尼山奥古斯都的宫廷接受罗马式教育。他是从小就在罗马宫廷中长大的。与奥古斯都的外孙盖乌斯·卡里古拉和阿格里帕的儿子波斯都穆斯、提比略的儿子德鲁苏斯等一班王族子弟都是酒肉朋友，他还和奥古斯都侄孙克劳狄乌斯是出自同一师门的学生。希罗德的叔叔担任犹太总督期间曾经审判过耶稣，并将耶稣判处死刑。这位侄子随自己的叔叔曾经游走于东方诸王国，见识过东方王朝的专制和宫廷生活的混乱，曾经向"小军靴"传授过王政专制的治国之道和奢侈生活的乐趣。

希罗德家族原先住在阿拉伯半岛的朱迪亚南部的一个山地国家，他的家族并不是犹太人。希罗德大帝的母亲是阿拉伯人。尤里乌斯·恺撒让希罗德的父亲担任朱迪亚（犹太）行省的总督，同时把希罗德任命为加利利总督，那年他才十五岁。他刚一上任就惹上麻烦，在镇压盗匪时未经审判就处死了一名犹太公民，被告上犹太最高法庭——犹太教公会。出庭时他很傲慢，穿着一袭紫袍、在武装士兵的护卫下出现在法官面前，对于犹太人的法庭根本就不屑一顾。他抢在判决前逃离了耶路撒冷，去了罗马叙利亚行省，受到罗马人的庇护。他被安东尼和奥古斯都联合下令任命为希罗德大帝犹太王。

希罗德·阿格里帕长得十分英俊，曾经和克劳狄乌斯共同受教于希腊雅典来的诺多诺斯。希罗德天资聪颖，记忆力惊人，而且极有语言天赋。诺多诺斯曾经对他说："希罗德，依我看，你总有一天会被召回祖国登上王位，所以你年轻时务必要时时刻刻为此做好准备。以你的天分，也许你终将成为和你祖父希罗德大帝一样强大的君主。"

然而，希罗德大帝婚姻混乱，儿孙众多，按照他的看法，宫廷混乱坏人众多，他的祖父去世八年来这些王族子孙的恶习一点都没有改正过，要是他被逼着回国一定活不过半年。他的叔叔犹太国王菲利普活脱脱就是希律大帝的再世。于是，希罗德·阿格里帕就这么一直在罗马宫廷厮混，也在等待时机回国继承王位。这种等待是有条件的——他在罗马多年在王族子弟中建立了广泛的人脉关系，这些资源在未来都是可供利用的资本，因为奥古斯都的王孙们未来就有可能成为犹太王国宗主国的主人。他相信他的长线投资一定会有丰厚的政治回报。

这个见多识广的家伙比卡里古拉年长二十多岁，正好和日尔曼尼库斯的儿子后来的皇帝克劳狄乌斯同岁。他不仅把东方的许多恶习传授给了这个青年王储盖乌斯·卡里古拉，而且把东方对王位攫取的方法也耳提面授地传给了志大才疏野心勃勃的"小军靴"。这些看法后来在卡里古拉精神错乱享受专制权力时，结出了恶果。希罗德经常要他谈谈一旦他登上王位可能实施的举措。但是这样的秘谈在提比略生前是大逆不道，可能会危及生命安全。

有一次，当这两个朋友共同驱车出游时，希罗德小声对卡里古拉说，他希望老家伙不用很久就会一命呜呼，还说要想除掉盖美鲁斯是很容易的事情。赶车人恰巧听到了这句话，就把此事报告了皇帝，提比略立即将希罗德投进了监狱。

公元37年早春季节，提比略生命垂危，即将不久于人世，他已是即将八十岁的老人，饱受疾病痛苦折磨和政事繁琐艰危之累，对世俗生活感到了厌倦，想起过去的残暴罪行，他几乎精神崩溃，不久又谣传他已经死去。于是犹太国王的代表去监狱看望希罗德，在他的耳边小声说："老狮子死了。"

在那里充当看守的百夫长问，那个犹太国王派来的人说些什么？希罗德脸上压抑不住心中的狂喜发出诡异的微笑，他不仅泄露了秘密，并且要监狱方面为他准备一顿精美的晚餐，他要款待那里的所有官员。但在丰盛的晚宴进行期间，又有消息说上述消息纯属谣言，于是监狱方面又手忙脚乱地收拾了餐具，重新给希罗德戴上镣铐，锁拿进监狱关押起来。

尽管提比略没有死，但是已经奄奄一息。那天晚上他躺在床上时，下令要人们第二天一早把盖美鲁斯和卡里古拉带到他面前，并对周围人说，他已经祈求上天垂示征兆，一边最后选定谁做接班人。他说诸神垂示，第一个进他房间的人就是他大位的继承人。他把意图泄露给了盖美鲁斯的老师，希望他尽早把他的学生带到他的寝宫来。

但是第二天盖美鲁斯睡过头了，结果卡里古拉先到，见到这一情况提比略叹了口气，只好接受天意，把罗马帝国的统治大权交到了这个性格乖癖的青年手中。当盖美鲁斯来到的时候，皇帝恳求卡里古拉要爱这个患着严重哮喘病的弟弟，但是心中一定清楚他的这个嫡孙一定是没有活路了。

当他们离开房间后，提比略进入弥留之中，身边人以为他已经死了，急着向卡里古拉表示祝贺。当他再次赶到寝宫时，不省人事的老皇帝竟然回光返照地坐了起来，要求吃些东西。卡里古拉一时大失所望，不知所措，他害怕提比略再次废黜他，廷臣们也吓得不知所措，悄悄离开了这个年轻人，急中生智的"小军靴"，想到的是尽快地获得皇帝手指上戴着的印信戒指，因此，他走到床边，想把指环从老人骨节突出的手指上强行取下，但是垂死挣扎的老人紧握着拳头目露凶光两眼恶狠狠地看着他，就是不松手。皇帝呼叫他的近侍，没人理睬。于是"小军靴"上前强行夺取了提比略的戒指，并用枕头活活闷死了老皇帝。

公元 37 年 3 月 16 日提比略驾崩，享年 78 岁，在位 23 年。

盐野七生认为，罗马帝国由恺撒绘制蓝图、奥古斯都打下框架、提比略奠定基石，不论塔西佗等共和制拥护者如何批判提比略，都不能改变上述事实。抛开苏维托尼乌斯书中那些荒淫残暴绝伦的事实不说，他引用亚历山大城犹太学者斐洛对提比略较为客观的评论说：

皇帝提比略驾鹤西归后，盖乌斯（通称卡里古拉）继承了一个疆域广阔的庞大帝国，幅员之辽阔几乎囊括全世界所有的陆地与海洋。整个帝国公正立法，严正执法，如今无论大小的"争斗"已是过眼云烟。帝国各处，无论东西南北，陆地海洋，都和谐地统一于罗马帝国的名义下，帝国之内蒙昧之民和开化民族和睦相处，征服者和被征服者平等共事，为了维持彼此祈求的和平，人人各司其职，各尽其责。

普通民众的日常生活也让人赞不绝口。在人们累积的财富中，黄金和白银是货币也是工艺品，随处可见。遍及整个帝国的通商网络，让财富和物产的交流更加频繁。帝国军力强盛，编制了完备的步兵、骑兵和海军。帝国境内皆可安居。因此，整个帝国是一个完整的统一体，帝国的疆域从幼发拉底河绵延至莱茵河，日出日落之地似乎也在其中。这一切殊荣并非只有住在罗马的公民有权享受，换言之，帝国全体居民都可享受。当然，第一个继承这样繁盛帝国的幸运之王，是盖乌斯。不管个人或是帝国规模，也不论财富、权力或繁荣的基础，一应俱全，无需再造。幸福就在门外，我们唯一要做的，就是开门迎接。

　　这是一个居住在罗马之外行省学者的评价，而提比略驾崩的消息传到罗马时，罗马公民对于"小军靴"卡里古拉的继位感到欢欣鼓舞，认为是天命所归；对于老皇帝的死感到是恶有恶报的结果。对于一个大国领袖的评价，民众关注的首先是私德，他的残暴专横和淫乱都使普通民众感到厌恶，因此罗马街头有人呼喊要把"提比略的尸体扔到台伯河里去"。而人们对他所维护开创的长治久安的体制却是一叶障目不见泰山。

　　然而，十八世纪伟大的启蒙思想家孟德斯鸠在他的《罗马盛衰原因论》中精辟分析的，首先是罗马政治体制从共和到帝制在恺撒到提比略时代的根本性改变，以及对国民文化形态和习俗的改变：

　　罗马有一种名为《尊严法》的法律，用于处置攻击罗马人民的罪行。提比略看准此法并加以利用，但他不是按照制定此法的初衷来实行此法，而是由他来对付他所仇视和不信任的人。他实行此法说针对的不限于行动，而是还包括口头语言、肢体语言和思想，因为两个朋友互相倾吐时说的话，是只能被视为思想的。这样一来宴席上不再有自由，亲属之间不再有信任，奴隶不再有忠诚；君主的虚情假意和言不由衷在人民群众中广为传播，友谊被视为暗礁，坦诚被视为冒失，美德被视为矫揉造作，这就令人想起往昔的幸福时光。

　　在法律遮盖下披着公正的外衣施政，最酷烈莫过于此，不妨作这样一个比喻：不幸的人们抓住一块木板爬上岸，有人却用这块木板把他们再次打下水。

　　暴君从来不缺乏施政的工具，时刻准备将所有被他怀疑的人一律判刑的法官，提比略随时可以找到。提比略把针对他本人的所有大逆罪案件交由元老院审理。元老院因此而陷入难以言表的卑躬屈膝，元老们一个个争先恐后地媚态百出，其中威望最高的那几位，在赛亚努斯的庇护下，干着告密者的勾当。

　　孟德斯鸠进一步指出：奥古斯都剥夺了人民制定法律和审理危害公众罪的权力，不过为人民留下了或者至少表面上留下了选举官员的权力。提比略害怕人数众多的人民会议，遂将这一权力剥夺，转而交给元老院，也就是交给他自己。人民权力的丧失，却导致了显贵精神的堕落。人民享有选举权的时候，官员为了拉票，对人民低三下四。这种不光彩的行为往往打着冠冕堂皇的幌子加以掩饰，列如请客吃饭、赠送钱物等等。用意虽然卑劣，手段则多少还算高尚，因为对于一个大人物而言，以慷慨解囊争得人民的好感无可指责。可是，当人人囊空如洗，君主以元老院的名义将所有官职都掌控在自己手里的时候，想要当官就只能靠邪门歪道了，谄媚、无耻乃至犯罪，于是都成为欲达此目的而使用的必要手段。

不再参与国事的罗马人民几乎全都是释奴，或没有手艺的人，他们的生活全部仰仗于国库，深感自己无能为力像妇孺一样为自己的孱弱而灰心丧气，他们在政治上已经无能为力，只能把自己的恐惧和希望寄托在日尔曼尼库斯身上，此人被废除后，他们就坠入绝望的深渊。

然而，日尔曼尼库斯神话的余绪依然在绝望的民间蔓延，他的小儿子卡里古拉就是这个神话图腾的化身，他是这个家族的成员相继在提比略血腥镇压中折枝凋落后，硕果仅存的龙种。就是相对于提比略被妖魔化而存在的圣贤种子，虽然后来的历史证明他只是一个丑态百出的跳蚤。但是他在登基之初，却得到了从元老院到民众的狂热拥护。

"小军靴"在多年韬晦和忍辱负重中终于获得了皇位，实现了罗马人民，或者更恰当地说是整个帝国大多数行省民众和士兵所期盼元首的梦想。多数人都了解他的幼儿时代，因为罗马人依然怀念他的父亲日尔曼尼库斯，同情他在提比略时代几乎被灭绝的家族。他仍是一个生活在祖父、父亲神话中的天使。因此，他在米塞努姆启程穿着丧服护送提比略的棺椁回罗马时，一路上都设立了圣坛，摆列着牺牲，燃起了火炬。每到一处，都有不计其数的群众欢呼迎接他。进入罗马城之后，元老院以及强行涌进元老院议事大厅的群众一致同意立即将最高权力全部移交给他，根本不考虑提比略的遗嘱中还指定自己尚未成年的孙子盖美鲁斯与"小军靴"共治罗马的要求。卡里古拉很得体地为提比略举行了葬礼并且声泪俱下地致辞追悼他的继祖父，颂扬他的功绩将他的遗体送进奥古斯都坟墓安葬，同时被送进坟墓的还有那个提比略的时代，人民是如此地欣喜若狂，几乎很快就把老皇帝遗忘了。

　　除了罗马公民的衷心爱戴以外，过去的世仇帕提亚王国国王阿塔班公开蔑视提比略，现在主动寻求卡里古拉的友谊，亲自前来参加执政官衔的行省总督会议，渡过幼发拉底河，向罗马鹰旗和军旗、恺撒们的雕像致敬。在举办完叔祖父葬礼后，他就不顾海上气候的恶劣在风高浪急中启程去坎帕尼亚卡普里埃、潘达利亚、普罗西达岛，他要迎回母亲和两个哥哥的遗骸，让他们葬入曾祖父奥古斯都的陵墓，入土为安，以示自己的孝道。他规定每年举行一定的仪式祭奠死者，为了对母亲表示崇敬每年举行一次竞技会，用马车载着她的遗像游行。为了对父亲表示崇敬，他用日尔曼尼库斯来命名9月份。同时借用元老院的名义对祖母安东尼娅追授一切荣誉头衔和曾祖母李维娅同等待遇。让还是罗马骑士的叔父克劳狄乌斯和他共同担任公元37年的执政官。

　　做完了这一切，为了博取民众的爱戴，他开始清理提比略留下的负面资产。他在元老院发表了口若悬河滔滔不绝的演讲慷慨承诺，为罗马帝国勾画了即将到来的美好幸福的蓝图：他赦免了已经判处有罪的所有政治犯和已经流放的文艺家、作家无罪，并可返回罗马，出版、表演他们的作品。全面废止了统称为"告密"的情报制度，对今后此类行为严惩不贷，有关他母亲和兄弟们的案卷，他命人公开在市中心广场焚烧，为了清除告发者和见证人的恐惧，他手指苍天，向神明发誓，自己从未看过这些档案，对于有人要谋杀他的告密，他不予理睬，宣称他没有什么行为引起人们对他的仇恨。

　　如此这般的表演，竟然导致了由奥古斯都开始建立、提比略不断完善的行省到中央各级情报系统的瘫痪；过去提比略把每年在罗马中央政府担任执政官、法务官、财务检察官、按察官的选举放在元老院，但今后仍然移交给公民大会决定；废除备受批评的税收制度；他承诺作为"第一公民"他将常住罗马，并出席元老院所有会议。

　　对于这些新政，上至元老院，下至普通民众都好评如潮。公元37年3月18日他回归罗马的日子被宣布为国庆日，到9月27日这天他被罗马元老院授予"国父"称号，这位25岁的年轻人，获得了恺撒和奥古斯都两位"神君"多年拼搏出生入死浴血奋战才拥有的名誉，只是因为他有一个英年早逝战功卓著的父亲。在这不寻常的7个月内，罗马人民每天如同沉浸在节日中间，其间罗马人民还享受到在提比略时代严格禁止的大型竞技活动表演。

第一公民本身就是竞技活动的慷慨赞助人和积极参与者。各地举行了好几天的角斗比赛、驷马拉的战车竞赛、体育竞赛和戏剧表演。这些大型活动往往从早上一直进行到晚上，中间穿插着盛大的娱乐表演，红绿相间的赛道上散发出绚丽明亮的光辉，坐在华丽专用包间里观看比赛的卡里古拉为自己所喜欢的队伍喝彩打气，为经赛优胜者颁发奖品赏赐，心安理得地接受罗马民众的欢呼祝福，俨然天下共主的雍容高贵的气派，又不失与民同乐的气度。

当然，卡里古拉的亲密朋友兼皇室顾问犹太希律王的孙子希罗德·阿格里帕也得到了丰厚的回报，他被从监狱中释放出来，刮了胡子，穿上卡里古拉赠送的礼服，直接去皇宫参加了卡里古拉的登基晚宴。因为他的叔叔犹太王菲利普去世的消息传到罗马，由于菲利普没有子嗣，希罗德·阿格里帕在晚宴上直接被"小军靴"任命为犹太国王，以感谢他并补偿他所经历的牢狱之灾，"小军靴"还别出心裁地按照希罗德在狱中所佩戴的锁链尺寸原样复制了一条纯金的锁链赠送与他。

几天之后，希罗德兴高采烈地携带着妻儿在大批罗马护卫的加持下，威风凛凛地乘船返回东方接管自己的新王国。在经过埃及亚历山大里亚时，他们夫妻两人受到了埃及行省总督和好几千埃及民众载歌载舞的热情欢迎。随后转道去雅法港，从这里去耶路撒冷。犹太大祭司邀请他住在寺庙专区里；对于希罗德来说，最要紧的是能够和大祭司达成谅解。希罗德将卡里古拉赏赐的那副在监狱里戴过纯金锁链仿制品献给了犹太的神灵，挂在寺庙宝库的墙上，让大祭司留下了十分美好的印象。

后来希罗德的犹太王国一直是罗马帝国忠实的附属国，就是尼禄时代公元66年的犹太人大起义，希罗德王朝依然密切配合罗马军团派出附属军团协助苇斯巴芗父子参与了对犹太起义军的残酷镇压，不过那时他已经在公元 45 年病逝，由他的儿子阿格里帕二世继位延续着和罗马统治者的友谊，直到王国覆灭，阿格里帕二世也迁居去了罗马担任名义上的执政官，继续在罗马统治者的庇护下享受荣华富贵，只是丢失了王权，因为圣城耶路撒冷已经完全被弗拉维王朝苇斯巴芗父子所毁灭。

病夫治国的荒诞荒唐

　　可惜歌舞升平的岁月，总是显得很短，仅仅在执掌大权八个月后的10月份，"小军靴"就在公众视野中消失，他得了重病，高烧不退，病得神志不清，像是不久于人世的样子。就在第一公民生命垂危的时候，地下政治势力又开始蠢蠢欲动，禁卫军首领马克罗和他的岳父西拉努斯在惊慌之下开始寻找新的保护人，合适人选只有一位，也即被提比略指定为皇位共同继承人、被"小军靴"收为继子的盖美鲁斯，他是先皇嫡孙。然而，正在鬼门关挣扎的卡里古拉命不该绝，反而在高烧退后，恢复如常，从病床上挺立了起来，他狡诈而又快速地对阴谋策划者进行了致命的报复。

　　历史上一般认为卡里古拉性格的变异和后来的乖戾等等匪夷所思的举止，是因为这次高烧烧坏了脑子。其实只是宫廷政治的险恶促使他回到历史重复了多次的权力斗争的老路，在珍视权力、享受权力中肆无忌惮地张扬自己的种种欲望，出现了丧心病狂的精神分裂症，最终毁灭在权力腐败的邪恶欲望无法扑灭的火焰中。

　　第一个被欲望之火毁灭的是提比略的孙子盖美鲁斯。在被控叛国罪后，两名禁卫军军官奉旨前去逼迫他自杀，当他犹豫着不知用什么办法了结自己年轻的生命时，军官关怀备至地教导他如何以剑对准自己的心脏部位了断。这位18岁的青年哭泣着伏剑自杀，两位教导者，在验证了盖美鲁斯的尸体在血泊中凉透之后，回去复命。下面要解决的就是手握重兵的马克罗。这位执掌禁卫军的重臣给卡里古拉带来更大的潜在威胁，卡里古拉先授予他担任埃及总督的肥缺迷惑他，在他还没有启程赴任时，收到的却是命令他自裁的命令。

　　马克罗被安上的罪名是他曾经言之凿凿地吹嘘说"卡里古拉是自己完美的作品"，这无疑是对第一公民尊严的最大侮辱。马克罗自杀后，只剩下西拉努斯一人。元老院领会了卡里古拉的本意，知道西拉努斯已经失去了女婿的厚爱，经由元老暗示，西拉努斯用剃刀割喉自尽。自此，"小军靴"

政治清场完毕，以血的事实证明了自己皇权的无边。他的丧心病狂是能够得到官场和民间容忍的，于是肆无忌惮地抛弃理性随心所欲地玩弄权力，这位坐在皇位上的"癫痫病患者"导演出一幕幕荒诞荒唐的大剧。

小军靴虽以他的决斗、斗剑及驾驶战车的技术而自豪，但却为"癫痫症所苦"，有时"几乎使他无法行走或集中思想"，当它发作时他躲藏在床下。他身材高大，皮肤白皙略显病态，除秃顶外全身多毛；他的凹眼及暴起的太阳穴使他看起来面目狰狞而使人生畏，但是他还有意让自己变得更凶残，他在镜子前练习各种可怕的表情，以便于根据不同情况、不同场合、不同对象随时调动合适的表情去取笑讥讽吓唬不同的人，这是政治演技场高难度的表演艺术，他玩弄得炉火纯青。

他接受过良好的学校教育，是个善于辞令的雄辩家，富于机智，并具有肆无忌惮的幽默感，对于帝国权威机关各阶层人士放肆地进行调笑逗乐侮辱，展示自己的语言天赋，完全不顾忌别人的感受，在游戏人生中铺张扬厉自己的帝王至尊意识，最终自己沦为暴虐无耻的政治小丑。因为迷恋戏剧，他接济过诸多演员，而他本身也曾私自客串演出和跳舞；为了能有观众，他好像要召开重要会议似的，召集元老院的领袖们，然后在他们面前表演各种滑稽荒诞的舞步。

当"小军靴"的祖母安东尼娅给他忠告时，他反驳说："你记着，我有权对任何人做任何事。"在一次宴会上，他提醒所有来宾说，他可以把他们杀死在现在的座位上；当他拥抱自己的妻子或者情妇时，他会轻松愉快地说："只要我一声令下，你这美丽的脑袋就会搬家。"

苏维托尼乌斯认为，在他的身上交织着两种极端矛盾的性格，一方面极端自信妄为无所顾忌，另一方面极端自卑胆小陷于狂乱，这两种因素导致他精神的错乱。特别使他感到痛苦的是，在脑子充满诞妄的想象，经常失眠，每夜的睡眠不足三个小时，睡眠不实导致噩梦连连，奇怪的梦境使他惊恐万状，有一次梦见海怪和他说话。他夜里大部分时间都睁大着眼睛躺着，心情烦躁时而坐起，时而沿着豪华宽大的长长走廊徘徊，自言自语地呼唤着黎明早早到来。

卡里古拉由于头脑的混乱，一方面藐视神灵，另一方面遇到一点点雷声和闪电就闭起眼睛，缩着脑袋，要是雷声再大一点就会从床上跳起来躲进床底下。在西西里旅行时，他虽以各种轻佻的言语嘲笑过各地的神迹，但他听到埃特纳火山喷发的隆隆声，看到烟尘喷流而出时，立即连夜逃出麦西拿城。他心中充满了对蛮族武装的恐惧。有一次在莱茵河对岸乘坐马车穿过一个峡谷，周围全是密密匝匝的士兵队伍，他立即跳上马背，拼命奔回桥头。发现桥上堆满了辎重行李和随军的奴仆时，他没有耐心等待，命令人们将他高举起来，从密集的人群传递到对岸。不久后，他听到日耳曼人起义的消息，他准备逃跑，并准备了舰船，一旦敌人打胜，他可以像当年布匿人占领阿尔卑斯山，或者像当年高卢人占领罗马那样，自己能顺利逃往罗马海外行省避难。

在胆小如鼠的性格后面，他还常常因为心血来潮时滋生出一些远征蛮族敌手好大喜功的欲念。他去麦瓦尼亚城游览克里图姆努斯河源头，在进入神庙的圣林时，有人建议是不是需要增加他的巴达维人组成的卫队以确保安全时，不知触动了他的哪一根神经突发奇想，或者是回忆起童年追随父亲征战的岁月，想去仿效其父去远征日尔曼建立功勋的壮举，当年他可是坐在父亲战车上享受过凯旋式荣耀的"小军靴"。现在他当了元首准备继承前辈的传统，挂帅亲征自己去创造神话进入凯旋式的序列建王霸伟业。他开始大规模筹集各种军需用品。于是立即从各地集结军队和辅助卫队，并且借此对各地征税，接着便开始紧张地急行军，以至于近卫军大队为了追赶他的驷马战车，把军旗卷起，放在骡马背上紧跟快赶才能追上，因为他是驾车高手。

有时他又乘坐着8人抬的肩舆慢吞吞地行走，所到之处均要求城镇居民洒水打扫清空道路等待他的到来。一到营地为了表示他的统帅尊严，首先严明军纪撤除那些各地辅助部队迟到将军的职务；在检阅部队时，他又裁撤了一批年老资深的百夫长，有的甚至离退休年龄只有几天，理由是年老体弱不能适应战争需要；他又申斥某些人贪婪，削减他们因为军功所积累的薪水。这次出征唯一捡到的军功是接受不列颠南部一个部落酋长国被逐出的王子阿德米尼乌斯的投降，这位被父王赶出国的王子带着一小部分军队逃到了罗马人之处；在给罗马元老院的捷报中卡里古拉刻意夸大其辞地仿佛整个不列颠岛已经向他投降似的。他命令信使不得中途下车昼夜兼行将前线"捷报"直接送到马尔斯神庙，当着全体元老的面交到执政官手中宣读。

　　卡里古拉一路行军，由于找不到仗打，他悄悄命令自己卫队中的几个日耳曼人提前渡过莱茵河，隐藏在那里，到午后再慌慌张张赶到大军前，大呼小叫地说，敌人逼近，人为制造战争气氛。于是他煞有介事地带着近卫军骑兵，扑到附近森林，把树上的枝丫砍去，伪装成胜利纪念柱。一直忙到天黑才归营。他大骂没有跟他去的人是胆小鬼、懦夫。将装饰有太阳、月亮的花冠所谓"侦探奖"戴在自己头上。他还暗中命令人将充当人质的日耳曼部落领袖的儿子从罗马人开办的学校中放出来，让他们悄悄逃走，然后他自己离开宴会，带领骑兵从后面追上去，把这些人抓住用镣铐锁拿带回。这一幕幕闹剧证明他将国家军事战争大事当成儿戏在任意胡闹，不知节制。同时，他还发布元首敕令痛斥不参与他的战争游戏的元老和民众，罪名是元首在前线舍生忘死冒着生命危险和敌人战斗厮杀时，他们则在罗马狂欢宴饮，举办马戏和戏剧演出，在漂亮的别墅里坐享清福。

　　在战争游戏玩过瘾后，打算凯旋而归了，他将军队排列在大洋岸边，排上弩炮和其他攻城器械，命令大家去海滩捡拾收集贝壳放在头盔和衣兜里，说是献给卡匹托尔山的战神马尔斯和帕拉蒂尼山的太阳神阿波罗的"海上战利品"。并在准备建造一座战争胜利纪念碑，让它像是埃及法罗斯岛上的灯塔一样，在夜间发出光明，为航船指引航向。

　　返回罗马的途中，卡里古拉就在考虑如何安排他的凯旋仪式。除了少量蛮族人的俘虏和逃犯外，他还从高卢人中挑选了身材高大长相英俊，用他的话说是"配得上凯旋式的人"和若干酋长。他预定强迫将他们的头发染成红色，而且要求他们蓄长发，教他们学习日尔曼语，并给他们每人取了一个蛮族人名字。他还把过去入海时乘的三列桨战船事先运到罗马，他还写信给他在罗马的财务代理人，嘱咐他在举办凯旋式时尽量少花皇家的钱，但是规格又要空前隆重。意思就是尽量花纳税人的钱，以公款来举办一场热烈隆重的凯旋仪式。

当"小军靴"阴谋准备在离开行省前处死那些当年参加哗变围攻他的父母和自己的士兵时，遭到了日尔曼尼库斯老兵的反对，但是他依然固执己见采取什抽一的办法惩办自己父亲的故旧，最终激起兵变，当士兵们纷纷拿起武器准备反抗时，他仓皇逃回了罗马。

他将怒气全部发向元老院头上，他在途中受到元老和骑士们的欢迎，他们请求他快点回到罗马时，他暴跳如雷地说："我是要回到罗马的，并且是带着这玩意回来的。"他拍了拍腰间佩剑的剑柄恶狠狠地威胁道。他还宣布：他这次回来仅仅是回到希望他回来的那些人身边，即骑士阶层和人民群众身边，至于元老院，他将不再是它的公民和元首，他甚至禁止元老来欢迎他。因此放弃或者推迟了凯旋仪式，在他生日那天举行了一个小型凯旋式进入罗马。随后进入最后的疯狂，在谋划更大的罪恶时，突然离开了人世。

军营之子小丑式的表演

这时候的罗马帝国成了卡里古拉小丑式表演的大舞台，他的人格分裂演绎到极致便成了末路的狂奔，在一连串搞笑荒诞的表演中完成了自己丑陋人格的悲剧性塑造。

根据罗马史学家狄奥·卡西乌斯的记载：犹太国王阿格里帕和科马根尼出访罗马，卡里古拉把他们留在身边，目的是让这两位东方君主教导他如何做国王，在他为他们举行宴会时，两位国王在席间争论比较各自家庭出身的高贵，他高声引用《伊利亚特》中的诗句说道："愿人间只有一个主人，一个王！"言中之意就是你们都不必废话了，在世界上只有罗马帝国的元首才是真正的最高贵的帝王。所不同的他只是没有戴上帝王的冠冕，所谓元首制实际上已经逐步演变成为不折不扣的专制帝王体制，但是他的国王制自始至终带着荒诞的黑色幽默，成为历史的笑柄。

卡里古拉想使人们相信他的地位已经凌驾于元首和国王之上。从此以后，他开始追求神的尊严。他发布命令把那些神圣庄严具有艺术特色的著名神像，包括奥林匹亚山上宙斯的坐像，从希腊运来罗马，砍掉头像，换成自己的像，他又把帕拉蒂尼宫殿的一部分延伸到市中心广场，从而使卡斯特尔和波吕克斯神庙成为皇宫的前门，这对斯巴达王的相亲相爱的双生子在罗马传统上被认为死后化为双子星座，是率领罗马人在雷吉路斯湖战役中打败了拉丁同盟的保护神。"小军靴"常常十分无耻地站在两兄弟神像之间，接受人们的膜拜，轻率地将他们称为自己的门神。这无疑是一种亵渎神圣的荒唐行为。他为自己专门建造了庙宇，任命了祭司，规定了最为讲究的祭品，并在庙宇中安放了真人大小的金像，每天都被穿上他本人的衣服，供人民顶礼膜拜。

另一方面，卡里古拉在某种程度上得到了罗马社会较年轻和追求时髦的年轻贵族的支持，不管他的残暴和疯狂给社会带来的刺激有多大，至少鼓励了一部分人去追求过去被奥古斯都尤其是提比略严格禁止的某种狂欢、轻佻和奢侈行为，人的欲望总是希望冲破束缚寻求释放的。那种纸醉金迷之都的感觉无异是埃及的亚历山大里亚，一个有着狂热白天和豪奢夜晚，充满着淫逸欢乐的城市。

就这一点而言，罗马"最时髦的那部分人"对"小军靴"是热心支持的。提比略虽然专制，但是他和他的前辈奥古斯都一样，是个地地道道的罗马人，他们习惯使用拉丁语言文字，虽然熟悉希腊语或者另外一些外国语言，但是绝不公开使用。他们虽然骨子里生活糜烂，但是表面上仍然是道貌岸然的帝国领袖、国家的道德裁判官。他们完全不像卡里古拉脱了裤子在帝国广袤的天地裸奔，首都罗马更是聚光灯集中的首选走秀舞台。为了公然表示对于元老贵族及传统秩序的蔑视，他甚至明目张胆地大开杀戒。对于罗马老百姓他表示着适当的宽容，还时不时地扮演着广场大撒币的慈善家角色。

尤其是那些不服管教的年轻人正在这个随心所欲的皇帝率领下放开手脚地亵渎传统，迎合这个年轻的第一公民对于豪奢之风推波助澜，他们是军靴皇帝的忠实拥趸和狂热粉丝。在这些人的鼓噪下罗马沉浸在希腊的时髦欢乐的气氛中，并且竞相赞助过去为奥古斯都坚决禁止的那种夜生活。人们对于皇帝过分地嗜杀采取了宽容和放纵的态度，无疑也是某种高层斗兽场的斗兽表演，习惯观赏这种残酷竞技的罗马民众早已司空见惯了这种搏斗。在暴君面前人与野兽有什么区别呢？

罗马最富贵的家族运用各自的影响力，竞相争夺卡里古拉神庙的祭司职务，不惜靡费巨资博得皇帝的青睐，"小军靴"洋洋得意每天堕入云里雾里胡思乱想胡言乱语。精神病患者的祭祀台上陈列着火烈鸟、孔雀、黑色琴鸡、雌珍珠鸟和野鸡，每天献贡一种珍禽。夜间每当一轮明月当空的时候，他常常喃喃自语邀请明月进入他的怀抱，登上他的床榻和他共同进入梦乡；白天则孤独地登上卡匹托尔神庙和战神马尔斯窃窃私语，或者把自己的耳朵凑到神像嘴边，怒气冲冲地高声朗诵《伊利亚特》中的诗句：要么你把我托举到天上去，成为神圣；否则我将你抛到云空，坠入人间地狱。然后，他神秘地告诉左右，他已经得到神的恩准，应邀和神生活在一起，因此他要建造一座桥梁，架在奥古斯都神庙上空，把他的宫殿和卡匹托尔神殿连接在一起。不久他就在卡匹托尔山上开始打造地基，准备盖一座新的皇宫。他就这样将自己的臆想在现实中演绎着旷古未闻的荒唐。为了打造前所未有的神话，他已经不耻于充当出身低微的阿格里帕孙子，如果有人在演说中敢于将阿格里帕置身于神圣的恺撒家族行列，他会大发雷霆。

卡里古拉还不满足于对于祖父奥古斯都的诽谤，甚至禁止一年一度对于阿克兴海战和西西里海战胜利的纪念活动，因为这些胜利对于罗马人民是一种灾难和毁灭。不仅如此他还污蔑自己的外祖母李维娅·奥古斯塔是"穿裙子的尤利西斯"。在给元老院的一封信中，他竟敢指控她出身低微，说她的外祖父、曾经担任过执政官的李维乌斯·德鲁苏斯·克劳狄乌斯出身低微，只是丰迪城的贱人。他为了抬高身价神话自我，竟然不惜如此亵渎糟蹋父母祖先，实在令族人难以容忍。于是他那出身高贵兼有奥古斯都和安东尼血缘的祖母安东尼娅找他单独谈话，他却在近卫军长官马克罗陪同下，接见了自己的祖母。这种怠慢长辈和欺师灭祖的谈话，遭到安东尼娅的训斥，他的无耻狡辩充满着疯狂，活活气死了自己的祖母，也有传说安东尼娅是被"小军靴"毒死的。

"小军靴"对元老们肆意凌辱玩弄甚至伴有大量令人发指的残酷杀戮，他视大臣行政官员如同手下的奴隶，毫无尊严可言。命令一些担任要职的议员穿着托加袍跟在他的驷马高车后面气喘吁吁地跑步好几里，让一些贵族手拿餐巾站在他的床头伺候他吃喝拉撒睡。他将一些人秘密处死，同时又不断派人煞有介事地到处寻找，似乎这些人还活在人间。几天后他佯装宣布这些倒霉鬼已经自杀身亡。他的一个财务官犯了谋反罪，他命令扒光他的衣服，将他捆绑起来推倒在士兵脚下，好让士兵站稳脚跟狠狠揍他。

当角斗场喂养野兽用的牛肉涨价时，他便挑选罪犯作为野兽的食物；当罪犯排列成行时，他不考虑他们所犯罪行轻重，自己站在大门口，直接按照罗马"从秃头到秃头"的谚语，随心所欲地将一排人带走，投入斗兽场喂养野兽。许多第一等级的贵族被烧红的烙铁烙上耻辱的罪犯印记，遣送去挖煤、筑路，或者被抛给野兽；此外还有一些人像是野兽一样爬着，像是野兽一样关在笼子里，或锯成几段。受到如此惩罚的人不一定犯了重罪，常常只因为批评他举办了某场竞技会或者没有向他的保护神发誓等等，残酷杀戮的理由千奇百怪，随他的心情好坏而定。他问一个长期流放归来的人在流放地干些什么，那人对他阿谀奉承说："我们不断地向神祈祷，希望提比略死了，让你做皇帝，结果应验了。"此话引起了他的联想，"小军靴"想象他所流放的人，同样也会诅咒他的死亡，因而派人把所有流放在岛屿上的人处死。他想把一个元老院议员劈成碎片，收买了几个议员，在这个元老走进元老院时对其突然袭击，指控他是公敌，用铁笔戳他，然后把他交给其他人乱刀砍死，这种夹杂着疯狂血腥的黑色幽默在卡里古拉统治时期不胜枚举。

卡里古拉的精神分裂和神经兮兮还表现在他穿着的奇装异服上。他的穿着打扮，根本就不像一个正常的罗马人，也从来不顾及元首的威仪，而像一个忸怩作态的巫婆或者神汉：他常常披着缀满珠宝的绣花斗篷，穿着紧身长袖上衣，戴着手镯出现在大庭广众面前；有时穿着丝绸女袍；有时穿着女人的拖鞋或者悲剧演员穿的厚底鞋，一阵子又穿着禁卫军士兵穿的长筒靴和妇女的轻便鞋招摇过市；他多次蓄着金色胡须，手持朱庇特的闪电、海神尼普特的三齿叉、神使墨丘利的节杖，甚至维纳斯的神衣出现；他还常常穿着凯旋服出现，甚至没有进行过一次战斗就如此张狂；有时会穿上亚历山大的胸甲，而这些却是从那些无名墓冢的棺椁中捡来的陪葬品，他就像是个拙劣的三流演员在扮演着一个精神分裂的元首和第一公民，主持这个庞大帝国政局的荒诞荒唐荒谬。

他很少注意知识的学习，较多注意的是诡辩，并且随时准备演说，特别是当他有机会可以指控他人的时候，他往往思维敏捷妙语连珠竭尽嘲笑讽刺之能事，以丰富的词汇、生动的表情、奇崛的比喻、尖利的嗓音，兴奋地在讲坛上走来走去，连站在远处的听众也能够听得很清楚，他经常使用的威胁话语是他要抽出连夜磨得十分锋利的剑去砍杀敌人，也就是他心目中"人民或者国家公敌"。因此，他鄙视纤巧雅致理性的演说风格，他的好恶和决定罪与非罪完全在于他的瞬间意念之间。他还非常热心展示自

331

己多种多样的才艺，比如角斗、赛车、歌咏、舞蹈等等。他用实战的武器进行厮杀，在各地的竞技场表演战车；对唱歌跳舞着迷，不仅和悲剧演员共同表演，还在大庭广众之下模仿舞蹈者的动作。就在他被杀的那天晚上，他还命令进行通宵达旦的歌舞宴筵举行祭神典礼。在二更将尽之时将吓得瑟瑟发抖的三名执政官召到宫中，将他们安排在舞台上，自己伴随着响亮的笛声和着节奏鲜明的踏板，穿着女袍和长到脚跟的内衣，手舞足蹈了几圈后扬长而去，将帝国几个最高长官看得目瞪口呆。

他十分喜爱自己一匹名叫"疾足者"的好马，每逢比赛为了让它休息不受干扰，他派出士兵保持周围安静，不仅为它建了大理石马厩，象牙食槽，给它披上紫色马鞍和戴上珠宝项链，甚至还拨出一处宫殿，连同奴仆和家具，并以它的名义宴请宾客，目的是为了封这匹马为执政官。

那么人们不禁要问：一向注重于共和国民主自由法治传统的罗马公众和三权分立的公民大会、元老院和大陪审团以及行省的领导机制竟然对这样一位精神病患者的奇怪行径没有任何微词和抗议？这一方面可以看出，经过奥古斯都和提比略两代专制统治，皇权政治架构已经完成，而在卡里古拉的极端恐怖高压下，人民已经完全失去法治的保障，所谓执政官、护民官、大法官权力制约体制已经解体，在血腥杀戮的全社会恐怖中，所有共和体制机制均变得有名无实，罗马的传统贵族精神、骑士风度，统统在皇权病态的碾压下解构破碎。"小军靴"的疯狂意志和杀戮行为连为一体结合成皇权肆意妄为的怪胎。他可以任意胡作非为，最后导致了他在疯狂中游戏着帝国，又在无耻的游戏中自取灭亡。

卡里古拉是个从小生活在军营，经历过残酷战争，后又在宫廷恐怖中长大的皇帝，形成了他病态、暴虐、疯狂的性格，他要求人们像敬神一样尊重他，他的残暴令人不可思议：他希望全体罗马人只有一个脖子，好让他一刀砍掉。

到了公元41年1月12日，当了三年十个月零八天的皇帝的卡里古拉被三名禁卫军军官一刀毙命，大卸八块，死于光天化日之下的宫廷走廊上。那是早春季节阳光灿烂的下午，他决定参加下午的巴拉丁竞技大会，但是因为前一晚的昼夜狂欢吃喝，感到胃部十分不舒服，他没有用午餐，只是在随从的劝说下勉强去接见了亚细亚行省来的竞技运动员们。

在他返回途中，经过那条帕拉蒂尼山奥古斯都老宅直通新皇宫的通道上，演员正在排练，他稍作停留观看了彩排表演。有的说他在和孩子们交谈时，他的卫士卡瑞亚从背后向他突然走来，将锋利的匕首刺进他的后颈，当时血溅三尺，一刀毙命，并大呼"动手吧！"随后禁卫军卫士长科涅利乌斯·萨宾努斯从正面刺进他的胸膛。另一种传说是，当时参与阴谋的禁卫军百夫长驱散了在场观看表演的群众，萨宾努斯像惯常那样向皇帝请示口令，当盖乌斯答以"朱庇特"时，卡瑞亚大呼"让他的预言实现吧"，当盖乌斯转过身来时，盖瑞斯用剑砍向卡里古拉的下巴骸，他倒下了，肢体痉挛着呼叫："我还没有死！"于是其余人给了他30多刀，结果了他29岁的生命。因为大家都愤怒地叫喊着"再给他一刀！"有的人甚至把刀戳进了他的裤裆里。

朱庇特是雷电和暴死之神，他上午在为竞技比赛去卡皮特尔山朱庇特神庙献祭时，火烈鸟的血溅了他一身，这预示着"小军靴"当日必然遭遇血光之灾，结果真的应验了。他的尸体被悄悄运到了阿皮亚大道靠近阿里西亚的拉米亚家花园，在仓促准备的火葬堆上烧了一半被草草埋葬。同时被杀的还有他的妻子卡桑尼娅和女儿。直到他的妹妹阿格里皮娜被克劳狄乌斯特赦从流放地归来才重新火化安葬了这位混世魔王。

卡里古拉是一个有精神疾病的帝国元首是毫无疑问的，他的上台和被虐杀是血统高贵而承嗣皇位造成的恶果，而奥古斯都家族内部近亲结婚对于所孕育的后代智商低下，给国家造成的危害是难以估量的，后来的克劳狄乌斯到尼禄无不带有近亲血缘带来的天生精神疾病，而血统高贵加机缘巧合使得他们得以统治帝国，这种不正常现象统称"病夫治国"。

被视为白痴的克劳狄乌斯

　　这场突如其来的残忍谋杀，起因是"小军靴"狂悖轻率的言语侮辱了这一位犹太籍禁卫军队长卡瑞亚。这位禁卫军老兵年事已高，头发花白，是参加过其父日尔曼尼库斯莱茵河战役的老兵，一直忠心耿耿随侍日尔曼尼库斯，他曾经身经百战而且性格直爽倔强，带着某种高傲的敏感，符合罗马最严苛的正直军人的标准。只是他那柔和的嗓音和他威严刚直的外表极不匹配，有着明显的女性特点。

　　可是"小军靴"一向肆无忌惮信口开河，只要有合适的机会他就不失时机地抖机灵，用尖酸刻薄的言语侮辱他人，"小军靴"嘲弄卡瑞亚说话的语气神态过于娘娘腔女人气，讽刺他缺少男子汉的气魄和神态。当他向卡里古拉请示口令时，"小军靴"回答他是形象猥琐丑陋的果神"普里阿普斯"或者轻佻放荡的爱神"维纳斯"，明显带有讽刺性侮辱，甚至还轻佻地作了一个猥亵的动作，要他像女人那样吻自己的手。就是这种游戏般的轻蔑和挑逗导致了卡里古拉的命归黄泉，然而也并没有诸神出面保护他。罗马整天提心吊胆的元老们终于长长地舒了一口气。

　　公元 41 年的这场谋杀，代表了一种新的宫廷政治的出现，就是原本负责保卫元首的日尔曼禁卫军可以轻而易举地刺杀元首，并决定元首的继任者，虽然奥尔古斯都成功地使军队远离政治，但只要愿意，驻扎在城中并被赛亚努斯集中在阿皮托尔山下市中心军营中的 9000 禁卫军士兵仍然能够发挥强大的力量，这是一支完全不可小觑的武装力量。这支由日耳曼人组成的皇家私人武装力量、元首最亲密的保镖，之所以选择他们是因为他们的野蛮和忠诚，然而却轻而易举地扮演了谋杀主人的角色，这是奥古斯都所始料未及的。在罗马后来的多次王朝更替乃至帝国最后的灭亡中无不影影绰绰地晃动着这支帝国中枢警卫力量的恐怖影子。

　　杀手们关上了帕拉蒂尼山的皇宫大门，不仅杀死了元首，还追杀了他的妻子和孩子。无法无天的禁卫军不经元老院议决、公民大会的批准，就擅自决定了元首的继位人选。与此同时，在谋杀的确切消息传出后，天真的元老们认为暴政结束了，可以恢复传统的共和体制。元老院在卡皮托尔山朱庇特神庙——这个共和国伟大象征的纪念堂中集会，慷慨陈词地发表演说，演绎着有关政治奴役终结和自由回归的空话。

按照他们的计算，距离失去自由已经过去了一百多年。他们把公元前60年庞培、恺撒、克拉苏组成的"三头政治"开始的寡头政治作为转折点。因此，当前的事变面临百年未遇的大变局，这确实是一个好的兆头，是一个使国家重获自由的时刻。执政官格涅乌斯·森提乌斯·萨图尼努斯（Cnaeus Sentius Saturninus）发表了最为动人的演说。他承认自己过于年轻，没有关于共和国的记忆，但他亲眼看到了"暴政让国家充满了邪恶"，盖乌斯的遇刺给国家带来了新的曙光："现在你们的头上没有了可以摧毁城市的暴君……近来滋养了暴政的正是我们的无动于衷……我们因为和平的快乐而软弱，学会了像奴隶一样生活……现在，我们的首要责任是授予刺杀暴君的人尽可能高的荣誉。"这番话听上去令人动容，但被证明空洞无物。在萨图尼努斯发言的时候，他始终佩戴着平日使用的印信戒指，上面忠诚地刻着盖乌斯的头像。有人注意到他的发言和饰物不一致，于是起身从他的手指上撸走了这枚金戒指。

无论如何，整个表演为时已晚。禁卫军的行动十分迅速，他们已经选定了新皇帝。盖乌斯50岁的叔叔克劳狄乌斯也即日尔曼尼库斯的小弟弟被暴力吓得魂不附体，他躲在那条帕拉蒂尼山老皇宫直通卡皮托尔山广场的新皇宫走廊过道，观看彩排演出，被突如其来的谋杀整个吓呆了，匆忙之间他躲在一块幕布后面。一名近卫军路过，看到他瑟瑟发抖的脚后，拉开了幕布，克劳狄乌斯下跪求饶，这名士兵将浑身发抖的元首叔父搀扶起来，他就这样被半推半就地塞进了轿子，然后被绑架进了军营，被拥戴为掌握国家最高权力的人，他意外地成为新的帝国元首。此刻，外界并不知道卡里古拉已经被禁卫军谋杀，新元首已经确立。克劳狄乌斯请来他的老同学——当时逗留在罗马的犹太国王希罗德·阿格里帕，希罗德建议他秘不发丧，等待政局稳定再正式登基接掌帝国统治大权。

335

　　但是，元首被刺的消息还是传到元老院，元老们惊愕万分，这位从来没有从军经历，被家族内部视为白痴的书呆子能够充当元首？两位执政官立即召见克劳狄乌斯，他却用一种充满戏剧性的语气回复道，自己是被"武力强制拘禁了"。他是知名学者，很清楚自己的历史。他知道，如果想要名正言顺地成为第一公民，最稳妥的办法就是一再坚持自己不想当第一公民。所谓以退为进的谋略，证明克劳狄乌斯在政治上并不糊涂，难得糊涂是明哲保身的一种韬晦手段，他作为顶级王族子弟何尝不想一试治国理政的身手，他熟读史书，著作等身，深谙历史成败的经验教训，一再哀叹自己对最高权力没有兴趣，正是其政治经验老道的表现，他懂得欲将取之必将予之的权谋手段，他只是大脑发达，小脑有些迟钝，行动不太灵活而已。

　　后来的历史一再证明了这一点。他是古罗马历史上第三位被封为"神圣"的皇帝。第一位是恺撒、第二位是他的外祖父奥古斯都，说明了他对罗马帝国的发展强大做出了杰出的贡献，尽管他的毛病和他身体的残疾是显而易见的。他现在完全按照同窗好友希罗德国王的计谋以退为进，在抱愚守拙中巩固自己的元首地位。

　　克劳狄乌斯与李维娅和奥古斯都的双重血缘关系使其成为最有资格的帝国继承人。因为他是李维娅的二儿子、奥古斯都姐姐屋大维娅的女儿小安东尼娅的夫君德鲁苏斯的小儿子。对于他的父亲德鲁苏斯坊间早有传闻是李维娅和奥古斯都的私生子。江湖八卦也从侧面印证着他血统的高贵。

　　英国学者玛丽·比尔德在《罗马元老院与人民》一书中说：

　　随之而来的是紧张的谈判、小心地发布消息和尴尬的决定。克劳狄乌斯给每名近卫军成员一大笔钱，传记作家苏维托尼乌斯讥讽他是"第一个靠收买获得士兵效忠的皇帝"，就好像奥古斯都没有做过此类事似的。元老们放弃了任何共和自由的想法，很快只要求克劳狄乌斯应该尽快从他们手中接过皇位。他们中的大部分人还迅速逃到自家的乡间庄园躲了起来。卡瑞亚和其他凶手没有得到"尽可能高的荣誉"，而是被处死。新皇帝的谋士们严正指出，虽然谋杀是光荣之举，但还是应该惩罚不忠以儆效尤。克劳狄乌斯不断声称自己是个不情愿的统治者、被违心地推上皇位。事实也许的确如此，但不情愿的姿态对无情野心来说常常是一个有用的掩饰。很快，罗马世界的各地的雕塑工匠开始与时俱进，忙着重新加工多余的盖乌斯塑像，将其马马虎虎地改成新皇帝的面容。

　　"小军靴"的突然去世，使帝国陷入空前的危机。国库空虚，元老的大半丧亡，人民沉溺在政府救济中苟活，在浑浑噩噩的竞技戏剧场所中麻木不仁地随第一公民自娱自乐至死不悟。因为共和到帝制的改变是温水煮青蛙似的渐变，人民在不知不觉中由恺撒的半遮半掩到奥古斯都的温和变革，再到提比略的独裁专权演进到卡里古拉的半疯狂的血腥暴力，而针对的目标都是高层贵族，广大民众依然在吃喝拉撒睡中维持着温饱和免费的竞技娱乐。而此刻，阿非利加的毛里塔尼亚人大规模反叛，犹太人以武力坚持要将崇拜神像放入耶路撒冷神庙中，无人知道在何处能够找到一个能够解决诸多难题的统治者。禁卫军从角落里捞起一个无能的克劳狄乌斯，宣布他为国家统领（impertoor）。元老院惧怕禁卫军，早已在阴森的王权体制中被驯化为为非作歹的凶恶鹰犬，成为悬挂在元老颈项上的屠刀。也许元老们宁愿与一个原本与世无争的腐儒合作，而不愿意胆颤心惊地去伺候一个鲁莽乖戾的精神病患者。他们批准了禁卫军的选择，于是这位曾经被他的亲生母亲小安东尼娅描述为"畸形物"的病弱之人，有了一个新的响亮名字：提比略·克劳狄乌斯·恺撒·奥古斯都·日尔曼尼库斯。当天晚上，他走出了禁卫军军营，去了帕拉蒂尼山成了帝国元首宫殿的新主人。

　　克劳狄·恺撒的父亲是提比略·克劳狄乌斯·尼禄和李维娅的二儿子德鲁苏斯，他的出身就伴随着恺撒家族的丑闻隐隐约约流播在历史中，每每被罗马历史学家所引用。公元前38年，奥古斯都和李维娅结婚不到三个月就出生的这个老二，罗马高层传说是李维娅在老提比略默许下和恺撒偷情暗结的珠胎，被巧妙地嫁接去了尤里乌斯家族，也算是名至实归。

　　但是，这位二公子却是一个文武全才道德高尚具有先祖共和理想的青年精英。公元前15年，他在担任财务官和大法官职务期间，负责指挥里提亚战争，后来又指挥日尔曼战争，他是第一个游弋北方海洋的罗马将军。在日尔曼战争期间，他组织人力在莱茵河沿岸开凿了几条以他的名字命名的大运河。在战斗中几乎屡战屡胜，最终把蛮族人赶到了不毛之地，他还紧追不舍，守卫了罗马帝国北方边境的安全。因为军功，他获得佩戴胜利勋章举行过一次小型的凯旋式。大法官任期一满，他就被选举为执政官。公元前9年，由于针对日尔曼的战事重开，他在赶往莱茵河前线的途中不幸坠马被马蹄踏碎腿骨，得了坏疽病死在自己的夏季营地。他的去世，使得悲痛欲绝的哥哥提比略从罗马策马数百英里前去迎回他的尸骨。遗体被安葬在马尔斯广场。军队为他立了一块纪念碑，元老院决定为他在阿皮亚大道旁建立一座饰有战利品的大理石凯旋门，授予他及其后代"日尔曼尼库斯"的称号。尽管罗马人普遍认为他是一个共和派，他也不隐瞒自己的观点，毫不隐晦地明确表示他在执掌大权后，将恢复共和政体的意愿。然而，他在活着的时候奥古斯都一直非常爱他，一直把他和自己的孩子定为继承人，这一点奥古斯都公开在元老院宣布过，对于他的英年早逝，奥古斯都对着人民热情洋溢地赞扬他，祈求他的继承人能够即使死去也应当和德鲁苏斯一样光荣。奥古斯都曾经写过一首诗刻在他的墓碑上，并且还写过一篇散文回忆他的生平。

德鲁苏斯和年轻的安东尼娅生有好几个孩子，但是仅有日尔曼尼库斯、李维拉和克劳狄乌斯三人活着。克劳狄乌斯于公元前10年8月1日生于南高卢的卢格都努姆（Lugdunum）——现今的里昂，取名提比略·克劳狄·德鲁苏斯·日尔曼尼库斯（Tiberius Ciaudius Caesar Augustus Grermanicus）。因为当时他的父亲德鲁苏斯既是日尔曼前线的军团总司令，同时兼着高卢总督的职务，因而，他的母亲阿格里皮娜有可能在南高卢的首府生孩子。后来他的哥哥被奥古斯都收为继子，故而他承袭了家族"日尔曼尼库斯"称号。当他还在婴儿时，父亲就去世了。他的叔父提比略对他非常关爱照顾。

克劳狄的童年和少年时代都是由女仆和一名养骡子的释奴抚养长大，释奴对他的粗暴态度犹如对骡子，养成了他敏感胆小的个性，以致在身心两个方面都缺乏活力而显得反应迟钝。甚至在成年以后仍然缺乏处理公务和私人事务的能力。这些性格均使他难有担当庞大帝国统治者的健全素质。

他那位性格温顺待人宽厚的母亲安东尼娅称他为："只被自然创造，而未被自然完成的怪人"；如果她责骂某人呆笨，常常说这人"比她儿子克劳狄还要愚蠢。"他的祖母李维娅最看不起他，几乎不和他说话；要训诫他时也只用简短的几个字或者通过别人口头转达。苏维托尼乌斯在《克劳狄传》引用了奥古斯都的档案中给妻子李维娅的几封信，他们反复讨论了对这位孙子参与国家政治事务的相关问题，最终得出的结论是他的智商确有问题，才能不堪担当大任，最终只是象征性地给他一个占卜官的名头，一直没有实质性的官位。在奥古斯都遗嘱中他作为第三顺序的继承人放在族外人的行列中，分给他六分之一的遗产，80万塞斯塔尔提乌斯。可见他在元首家族中地位的卑微。

他的叔叔提比略虽然对他在生活上照顾得颇为周到，但是对于他提出的从政要求，也就是伸手要官时，只是授予他执政官的装饰，只穿紫色饰带的托加袍，而无实质性官位；当他固执地要求实际职位时，提比略仅用一纸便条答复说："我已派人给你送去40个金币过农神节和小雕像节。"

此后，克劳狄乌斯打消了政治上发迹的念头，整日无所事事，隐居到城外自己的花园别墅里读书写作，有时住在坎帕尼亚的庄园里过着吃喝玩乐游戏人间的安逸生活。由于终日生活在最底层人中间，除了赢得了蠢笨的名声外，又因为酗酒和赌博受到诟病。然而，整个隐居期间他还勤奋著述，虽然在私德上稍有瑕疵，却还是得到了罗马社会和公众对他的关注和敬重。

这位等同于皇帝大侄子的王公，在底层贵族骑士中还是有着很高声望的，两次当选为民意代表去见执政官请愿：一次是允许他们把奥古斯都遗体由诺拉抬到罗马；另一次是在赛亚努斯倒台后被派去向执政官表示祝贺。他在剧场露面时，骑士们全部起立并且脱掉斗篷向他致敬。元老院通过抽签选举的奥古斯都葬仪的祭司之外，增选他为特别祭司。他的郊区房屋毁于火灾，元老院决定用公款为他重建，还决定授予他执政官的表决权，也就是在政治上享受执政官的待遇。提比略却以身体虚弱为理由取消了第二项决议，在个人的财产中给予他经济方面的补偿。提比略去世后，把他列在第三序列继承人中，分给他三分之一的财产，遗赠他200万塞斯塔尔提乌斯。只有他的侄儿盖乌斯在执政初期提名他担任执政官，但也仅仅干了两个月。三年后他被第二次选举担任执政官，并多次代表"小军靴"主持竞技大会，民众高呼"祝皇帝叔父幸福！祝日尔曼尼库斯弟弟幸福！"的口号向他致敬。

由于他在高层到处受到蔑视，他一直生活在卑微的安全中，整天沉湎于赌博、读书和浸泡于酒色之中，聊以度日。他从少年时就注重研读典籍，由于精通古代的艺术、宗教、哲学及法律而成为一个语言学家及博古家。他的老师就是罗马奥古斯都时代最伟大的史学家提图斯·李维（TitusLivius 公元前59年—公元17年）。日本学者盐野七生在《罗马人的故事》中描述道：

在读了克劳狄乌斯被推上皇位之前，即他50岁前写的一系列著作后，不难看出他深受李维影响，这不由得让我透出一丝苦笑。

最初克劳狄乌斯撰写有《埃特鲁利亚史》有20多卷。之后又撰写了《迦太基史》，共8卷。克劳狄乌斯写的另一本书是失败政治家《西塞罗传》。

当他开始着手写作自己所处时代的历史书籍，也即记载恺撒遇害、动乱再次发生的时代的历史事件，原本打算要给描写这段历史的书起名为《内战记》，然而受到母亲安东尼娅的忠告，他在写到第2卷的时候就难以为继了。因为内战时期的主角不管是安东尼还是奥古斯都，大多数都是克劳狄乌斯的血亲，他和局外人李维的立场终究不一样。一直喜欢站在失败者一边的克劳狄乌斯，似乎是出于好意要把布鲁图斯和安东尼好的地方记录下来，安东尼娅虽然是安东尼的女儿，但是出于这样的举动可能对儿子造成不利的影响考虑，她极力劝阻儿子克劳狄乌斯不要写这样一本书。

克劳狄乌斯虽然不能直接写《内战记》来记录那个时代的历史，但无法放弃对历史的关心，他写成了全书共41卷的《和平记》，这是一部记录他的叔祖父奥古斯都开创罗马和平的图书。从历史学的角度来讲，由罗马皇帝亲手写的历史书可谓是一级史书，非常可惜的是这些书全部遗失在历史的汪洋大海中，留下的只是点滴零星的记载。他还写过赌博技巧和拉丁字母研究方面的文章，并且自己创造了3个字母，在当时流通使用。写过一部希腊戏剧和自传。根据流传下来的克劳狄写的演讲稿和碑文，学者们推测他学识渊博，调查也做得很详细，只是他的文章缺少了文学作品应有的灵气闪光点和深刻的思想。他还是一个和罗马的历史学家、科学家以及著名学者有着广泛联系的皇族成员，很多学者和他通过信并将自己的著作题写献辞赠送给他。尽管克劳狄乌斯没能写出流芳百世的史书，然而潜心研究历史和写作的前半生，对于他继承皇帝之位后在治国理政方面受到许多有益的启发和帮助。

克劳狄身体高大肥壮，有一头白发和一副和善的面孔；但是小儿麻痹症及其他疾病使他身体衰弱。他的双腿脆弱细小，走起路来有些踉跄之态，头部往复摆动。他喜爱美酒佳肴，但为痛风所苦。他有点口吃，而他的笑声，就其元首的身份而言，似乎声音过于洪亮而有失风度。那些罗马无事生非的谣言传播者说他发怒时"口吐白沫，鼻孔流涕"，他的那些高贵的亲戚们都认为他是个意志薄弱的废人。在当了皇帝后，他提供人民治疗毒蛇咬伤的药方，在生日的时候预测日蚀，借以解除迷信方面的忧虑，并且详细阐明了原因。他的希腊语讲得很好，并以这种文字写了几部专著。他的智商并非他的亲人们描述的那样不堪，看惯了宫廷的兄弟争王，手足相残，父子反目，家族分崩离析的他，只能在淡泊中求得宁静和安全。他对元老院的解释是，他的抱愚守拙是为了保住头上的脑袋。对于险象环生的宫廷政治而言，他的解释是令人信服的。

341

学者皇帝的治国理政

　　就在公元 41 年 1 月 24 日这个乍寒还暖的早春季节，克劳狄乌斯仿佛是做梦那样登上了罗马帝国元首的宝座。在执政初期的一个月里他仿佛生活在恐怖的阴影中，罗马高层那风云诡谲的政坛使他依然浸淫于谋杀的血腥噩梦中胆战心惊。混乱时局的诡异，使得任何突发事件都可能发生，他那脆弱的神经时刻处于高度紧张状态，担心被新的造反者所推翻，乃至于双腿经常恐怖地不由自主颤抖。他因此而不敢离开帕拉蒂尼山顶戒备森严的帝国元首宫殿半步。

　　2 月 12 日，等到帝国大局稳定，春天温暖的阳光沐浴着元首宫殿。他鼓起勇气怀抱着他第三任妻子——美沙丽娜（Messalina）刚刚出生的第二个孩子，在大批禁卫军扈从的严密保护下，出现在罗马元老院议事大厅，抱着孩子意味着他给奥古斯都家族增添了新的血脉，给他的子民们对奥古斯都开创的帝业带来信心。带着大批警卫是因为害怕有人对他行刺。他的这个男孩起名为提比略·克劳狄乌斯。但是两年后，他为了建功立业，以功勋展示自己文治武功的风采，效仿尤里乌斯和克劳狄家族前辈玩笑似的亲自挂帅远征不列颠。在进行了凯旋式后，将他的儿子改名为布列塔尼库斯。

　　他首次在元老院发表了他的就职演说，他提到自己施政效仿对象的时候，只有他的外祖父奥古斯都一个人，自始至终都没有提到恺撒。这是因为他宣誓效忠的对象是元老院，恺撒虽然保留了元老院，却一直都在打压元老院提倡以寡头治理为特色的所谓共和制。相反奥古斯都则宣誓要恢复共和制，并始终做出尊重元老院参政权的表演姿态，尽管这只是用来巩固自己权力的幌子。这样的幌子被他所高举，就不必担心元老院会造他反。但首次登台表演并不成功，源于他的政治素质不够成熟，由于缺乏经验带来的心理胆怯，给他语言流畅和思维连贯性带来极大的障碍。

　　尽管克劳狄没有公开表示要把恺撒和提比略当成自己摄政的榜样，但很明显他的统治模式还是受到两人的极大影响，尤其是财政管理和行省的治理方面，他很有提比略的遗风。这是因为，若要把公众利益放在首位，唯有遵循提比略的治国之道。当他宣布恢复奥古斯都的治世方式时一切还算正常。然而，接下来他提倡恢复古罗马以来着装的优良传统，落实的第一步就是提议将其法制化。他清了清嗓子强调说："罗马公民应当随时穿着托加"，那是企图改变"小军靴"时代从第一公民到民众穿着奇装异服的怪习惯。拥有罗马公民权的无产阶级随时要从事各种繁重的劳作，穿着托加如何干活？这样的立法建议，使得在座的元老面露冷笑。元老们理解他的用意，只是倡导恢复某种切合实际的庄重风俗建议而已。但是从新的元首口中听到这种小题大做的荒唐要求时，元老们感觉到了新元首的愚蠢。面对元老们的忍俊不禁的嘲笑，克劳狄乌斯开始慌乱起来，盐野七生如此生动地描述道：

第一次在元老院发表演说，满堂的爆笑使得克劳狄乌斯不再镇定，他开始结巴。一结巴就拼命想把话讲好，结果嘴角堆满了唾沫就变成口水从嘴角流出。到最后连他自己都不知道自己在说些什么。克劳狄乌斯的首次演讲就在这样的情况下画上了句号。

首次不成功的演讲，却因为他那种略显笨拙的诚恳打动了不少元老的心。在目睹了克劳狄乌斯尴尬的丑态后，更加激发起对这位憨态可掬的元首效忠的决心，相比较残暴的提比略和疯癫变态的杀人狂"小军靴"，还是这位有点书呆子气的学者元首更加愿意将自己的意愿化为对民生的保障，对元老院决策权的尊重，或者说是更加得人心、更加可爱、更加靠谱一些。

克劳狄乌斯的当务之急是要挽回因卡里古拉的暴虐统治失去的人心，他首先废除了从奥古斯都时代就执行的"叛国罪"，大赦了一批流放在外的政治犯，包括被流放在文托卡内岛上的卡里古拉的两个妹妹。

卷入政变阴谋的阿格里皮娜和李维娅被刚刚登基的叔叔克劳狄乌斯特赦，和大批被流放的政治犯回到了罗马。两位皇帝的亲侄女中，24岁的阿格里皮娜一点没有流放外岛归来的憔悴，风度和姿色依然妩媚迷人，她神采奕奕地回到了本土。其实早在流放小阿格里皮娜之前，提比略就命人在文托特雷岛修建了蓄水池，为了能使她在暴雨天气不能出海的日子吃到鲜鱼，在她所住的别墅门口还挖了一方大鱼塘，用引流进来的海水养鱼，流放等同于疗养，只是失去了自由。小阿格里皮娜就这样轻松逍遥地在风景如画的小岛上度过了一年半提心吊胆的流放生活，终于迎来了叔叔的特赦令，回到本土时，她已经成为一名身体结实的游泳健将，即将迎来为自己东山再起、为儿子尼禄登上皇位的新的挑战。

元首统治下的改革开放

克劳狄乌斯时代，罗马帝国的疆土囊括了中欧、西欧、中东地区、近东以及北非。如此幅员辽阔的疆域，使得军政事务的管理日渐浩繁和庞杂，虽然帝国元老院负责立法，执政官、大法官、检察官各负其责，但是决定军政、行省首长的任免和负责召集公民大会的保民官职责从恺撒时代开始就由元首兼任，到提比略时代更是第一公民大权独揽，导致元老院大权旁落，执政官有名无实，往往成为独裁者的代理人，到了卡里古拉时代元首独断专行胡作非为，元老院元老和各级行政官员成为元首肆意玩弄和杀戮的对象。

为了加强对帝国管理的有效性，洞察历史变迁，深谙王政、共和国盛衰存亡经验教训的克劳狄乌斯，首先强化了帝国行政体制的变革。他执政年代称得上有价值的值得历史记载的事件就是对于不列颠蛮族的征服，在莱茵河防线上，他也只是贯彻了驻守原则，对于另一条防线多瑙河防卫，他也只是完善了防御体系，保障了边境的安宁。

按照盐野七生的说法：

然而，与奥古斯都同门的第二代皇帝提比略相比，第四代皇帝克劳狄乌斯，缺少他们所具备的贵族特有的骄傲，这位老实本分的皇帝，诚心诚意地想得到元老院的帮助。

在征求元老院就审判体系法制化意见的会议上，他这样讲到：

我提出的这项改革草案，要成为法律之前，必须得到各位的同意。在此，我希望各位能够独立认真地斟酌后再决定。如果有不赞同这项草案，请提出代替方案。要是拟定代替方案需要时间，也可以以后再行商量。

各位议员，为什么要各位提意见呢？假设元老院首席议员给我的草案提意见，各位议员不经思考就表示"同意"，走出议事厅后却说"我已经提过意见了"的话，这实在是元老院不该有的做法。

克劳狄乌斯刚刚继位时遭到元老院议员冷笑的情况已经不复存在。因为克劳狄乌斯已经习惯在公共场合进行演讲，说话也不再结巴了，而且如和他共同担任执政官的维特里乌斯这样甘愿为皇帝肝脑涂地的元老越来越多。克劳狄统治时期，元首有很大的专制特权，但是克劳狄还是比较注重程序，就是皇帝钦点要通过的立法法案成为国家法律，也需要元老院一致通过才行。无论是"终身独裁官"恺撒，还是自称"第一公民"的奥古都斯，抑或是隐退卡普里岛的抓着权力不放的提比略，都严守这个规矩。这个规矩可以说是罗马帝国元首制的根基。

相较而言，克劳狄乌斯的执政风格要开放民主坦荡得多。所以，他将治理国家的秘书官体系全部对外公开。和他的先祖们相比，克劳狄乌斯既没有恺撒的军事政治统治全才和过人精力，也没有奥古斯都手下云集的人才和元首所熟练运用的文治武功韬略，更缺少提比略的唯我独尊不达目的决不罢休的心狠手辣。他年近五十才登上权力宝座，身体和精力都感到对于浩繁政事的力所不能及，身边也没有形成自己的党羽。又由于身体残疾，更没有人对他心怀敬意。只能从自己释放奴隶的佣人班底中选拔人才作为自己的助手和参谋。

克劳狄乌斯继位后的拨乱反正和开明之举，历来得到史家的称赞，包括对于帝国行政体制的改革。威尔·杜兰称赞他，以较为明智的宽大方法，结束了对于"叛国罪"嫌疑的控告，对因这种罪而遭拘禁的人均予以释放，召回所有被流放的人，归还被没收的财产，将卡里古拉从埃及、希腊抢掠来的艺术品归还母国。废除"小军靴"擅自增加的苛捐杂税。他取消了对于帝国元首的俯身鞠躬之礼，拒绝"皇帝"称号。

苏维托尼乌斯说：

为了提高自己的声望，他谦虚不摆架子，不使用"英白拉多"（皇帝）这个头衔，尽管从奥古斯都到提比略都使用这个称号代替本人原名。拒绝接受更多的荣誉；他女儿订婚和孙儿过生日都不大操大办，仅仅家里人举行个仪式。他从元老院获得作为恩典的皇帝特权——随身带禁卫军队长或步兵队长进入库里亚（公民大会）会场，批准皇帝在各行省代理人所作的司法判决。他在自己田庄里举办集市也要先向执政官申请。在大法官审理案件时，他常常作为一个普通陪审员坐在法庭上；在高级长官举办竞技演出时，他也与其他观众一起起立，用鼓掌或者喝彩表示他的敬意。有一次当他坐在法官席上，平民保民官向他走来，他向保民官抱歉说，因为距离所隔听不到他们讲话，所以请他们站起来说。

由于如此平易近人的作风，他受到罗马民众的爱戴，为了奥斯提亚港的改造和建设，他经常去港口视察督促工程进度，当有消息传出他在途中遭到伏击受到伤害时，人民悲痛万分，怀着极大的悲愤袭击元老院和禁卫军士兵。后来先后不断有信使被执政官带到罗马市民广场的演讲台上，向公众证实了他的平安无事，正在返回罗马的路上，首都的骚乱才算平息。这证明他的深孚众望和深得民心。他总是十分关心城市公用设施建设和食物供应，当罗马市郊的艾米丽安纳发生火灾时，他在马尔斯广场迪力毕托尼乌姆投票大厦呆了两夜。当一队士兵和自己的家奴扑不灭大火时，他通过执政官从该市各个区召来普通市民，把装满钱的布袋放在他们面前，催促他们去救火，并当场支付劳务报酬。当因长期干旱导致食物紧张时，一伙市民将他堵在市民广场中央高声叱骂他，向他投掷剩余的面包，他好不容易才得以脱身，穿越小巷逃进皇宫。这次事件后，他千方百计为罗马筹集粮食，甚至在冬季也是如此。他答应商人们因遭受暴风雨袭击而受到的损失由他补偿，并保证他们得到一定的利润，给各种情况的人以建造商船的巨大利益。

他建成的公共工程虽然为数不多，但都是重要的大型工程。主要有以下这些：在卡里古拉时期开始动工建筑的引水渠，富基努斯湖的排水道和奥斯提亚港。曾经在奥古斯都时期这两项工程由于规模浩大消耗的资金和时间都难以掌握，被第一公民拒绝，但是附近的马尔西人一再要求建造。过去恺撒大帝不止一次考虑修建奥斯提亚港，但终因工程的困难而不得不放弃，克劳狄乌斯则运用自己丰富的知识建造石拱型建筑通过克劳狄引水渠——引入卡鲁流斯泉和库尔提乌斯泉、阿尔布迪鲁斯泉以及"新奥利奥河"，把大量的泉水引进罗马城内，再分配给许多装饰华丽的水池。

紧接着开始着手兴建富基努斯河排水工程，动员一些富有的商人，以

347

获取荣誉和商业利润为刺激，鼓励他们投资工程项目，解决排干湖水的工程经费问题。在排干后的湖区土地，他终于建成了长达3英里的排水道工程，有的要打通隧道切断山脉使排水道穿过到达港口，为此项工程的顺利进行，他经常徘徊在工地督促工程进度，检查工程质量。这项浩大的工程由三万人昼夜不停地施工，足足进行了十一年时间，在即将完工之际他被阿格里皮娜指使人谋杀，一年以后的竣工典礼由他的继任者尼禄主持。

这条输水道被命名为"克劳狄乌斯疏水道"，至今仍保留着延绵几公里长的一连串发卷，断断续续的，像龙钟的老汉，前后相跟着，蹒跚地走向城里去。一共有11条输水道通向古罗马城，有十几公里长的，有几十公里长的，古代的罗马城靠他们才养活了100万人口，因为台伯河河床低，而罗马城又造在七八个小山上，就地取水非常困难，就是这些疏水道供应着罗马大量的浴场和喷泉。疏水道的片片断断在城里几乎到处可以看到，甚至有在人家院子里的。

克劳狄乌斯皇帝主持建造的疏水道工程，确实是一项功在当代，利在千秋的民生工程。即便几千年过去，那些石砌的高大宏伟的发卷虽然布满历史的沧桑感，却依然巍然耸立在罗马城乡的各处，这种输水管道工程后来蔓延到帝国征服的欧亚非洲各国殖民地，至今依然保留着帝国辉煌时期的风采。

《世界文明史》作者威尔·杜兰称赞克劳狄乌斯：他修缮寺庙，作为帝国最高祭司长，热心恢复宗教传统。他亲自处理公务，甚至"对出售货物以及出租房屋也前往视察"。一切他认为不当的事务均加以纠正。他虽和奥古斯都一样的温和，但实际上他的政策却超过奥古斯都的谨慎保守，达到了恺撒的大胆多变，如：政府法令的改革，公共场所的建筑，提高各行省的地位，授给高卢人公民权，以及征服不列颠并使之罗马化。

他所表现的意志、个性、学问及智慧，使每一个人惊奇。像恺撒和奥古斯都一样，他认为地方行政长官太少，并没有接受过专门训练，贵族元老们太骄傲而缺乏务实精神，不能为老百姓和政府工作承担更重的责任和复杂的任务。但是他依然高度遵守罗马的法治程序，对于元老院的权威予以尊重，并且恢复了曾经被提比略和卡里古拉所实际废除的权力，极力维护元老院的权威。但是真正的政府工作还是他亲自过问，在执行的过程中他创新体制机制，一个实际上由他委派代行内阁行政权力及民事权力的机构渐渐成立，并一直有效地运作。

这些机构的成员，由皇帝家族中的释奴"自由人"组成，并使用"公共"奴隶担任文书及次要工作。这种官僚政治由四个阁员所领导：一个主管交通和文书的国务卿相当于内阁秘书长，由纳尔奇苏斯（Narcissus）担任；一个主管账务的财政部长帕拉斯（Pallas）；一个主管人民来信的申诉部长卡利斯塔斯（Cllistus）；另外，还有一个主管案件起诉的检察官。他们的当权与富有的自由人阶层的地位普遍提高有关，这种变化从共和时期的恺撒和奥古斯都时代到提比略时代渐成规模，一直先后持续了几个世纪，但是在克劳狄时代又达到了一个新的顶点。奴隶阶层的成分改变，商人和军功骑士阶层的崛起导致生产关系的变革，直接决定了经济基础的变化，上层建筑政治领域的改革促进整个社会管理体制的进步，帝国统治功能的强化，促进了生产力的发展。

玛丽·比尔德在《罗马元老院及人民》一书中指出，在克劳狄时代：

皇帝拥有了在规模和复杂程度上截然不同的行政组织，一系列新设立的部门或者办公室负责不同的行政工作：分别处理拉丁语和希腊语通讯的不同办公室负责不同的行政工作，还有处理皇帝收到的请愿的、管理账目的、负责准备和安排由皇帝审理案件的。这些工作大部分由奴隶担任，人数达到好几百，他们是最可靠的管理者，可以基本确保忠诚于皇帝的领导。不过当这些人行使巨大的权力开始引发传统精英的争议后，主管改由骑士等级的成员担任。

这看上去很像现代的文官制度，但有一个重要区别。在部门主管之下没有清晰界定的等级，也没有我们今天将之与现代西方或者古代中国的文官理念联系起来的岗位分级、资质和考核。据我们所知，它仍然建立在类似西塞罗的旧式家庭奴隶的基础上，即便规模要大得多。不过，它指向了皇帝工作中经常被奢侈和放纵故事所掩盖的另一方面：文书工作。

当涉及各类案件的一袋袋投诉书信被寄到皇宫的收发室，一波一波使者前来等待皇帝答复或者接见，在日益庞大的侍从支持下，皇帝才有处理它们的可能。在这点上确实有现代文官制度的影子：因为肯定经常有一批奴隶和释奴阅读文件，向皇帝提供合适的行动建议，而且无疑还要起草许多决定和回复。事实上，对于各行省的地方社群收到并骄傲地铭刻在大理石或者青铜上永久展示的"皇帝来信"，很大一部分他几乎只是点头认可盖上印章。不过收信人也许不太介意这一点。于是元首的来信在当地就作为一种永久式荣耀，如同中国皇帝的圣旨那样被铭刻记载保存，成为历史文献的重要组成部分。

后来的德国罗马史学家蒙森发起收集罗马帝国碑铭的运动，破解帝国统治时期对于各行省和同盟国之间的行政统治关系，帝国各处可见的诏书与题铭显示克劳狄乌斯皇帝的挑剔与唠叨，但也表现出他的致力公益的智慧和意愿。他力求改善交通与运输，保护旅客免受盗匪洗劫，减低各社区公立机构费用。像恺撒一样，他想把各领地之地位提高到与意大利一样，成为罗马联邦的一分子。他实现了恺撒的计划，给予阿尔卑斯山北方的高卢人充分的公民权；假若他的计划成功的话，他已经将公民权授予全国的自由人，也就是所谓的释放奴隶了。

1524 年在里昂出土的铜匾，为我们保留了一些散乱的言词，其中有劝说元老院请准予持有罗马公民权的高卢人进入元老院担任公职的文字。这些文字在塔西佗《编年史》中有所记载。他在元老院关于帝国对外开放的演讲印证了克劳狄乌斯的开放性思维对于帝国稳定发展的巨大贡献，他在公元 43 年进犯并征服不列颠，在 6 个月后凯旋归来。他违反先例，公开赦免了被俘的不列颠国王卡拉卡塔图斯（Caractacus），顶着各种压力，实行民族和解开放政策。同时为了不使军队体制僵化腐败，公开培养引进所谓蛮族的军事将领以保障边疆的稳定，免受异族欺凌。他经常保持与军队联络，使之装备不断更新保证其战斗力和机动性。在军事人才培养方面他不分种族和身份唯才是举，像科尔布洛（Corbulo）、苇斯巴芗及保利努斯（Paulinus）等大将都是经他挑选并受他鼓励而成名的。

公元 48 年，一个小型代表团从高卢北部遥远的平原来到了罗马。高卢北部的显贵们谋求在罗马城担任官职的权利，尤其是进入元老院的权利。意料之中的是这项提案遭到了元老院中传统精英的反对。根据塔西佗的记载：

有的人说："意大利还没有衰败到连首都罗马的一个咨议机构都组织不起来的程度。在过去，对于那些和罗马人有血统关系的民族来说，一个由罗马人组成的元老院就足够了；他们并不因为古老的共和国而脸红。而且即使在今天，人们还引用在古老制度下罗马人的性格为世人提供的德行和荣誉的范例！如今维尼提人和英苏布里等蛮族人已经冲进了元老院，难道这还不够吗？难道他们要把大群的外国人带到城里来，就好像这座城市被攻占了么？对于罗马贵族的后裔和来自拉提乌姆的贫穷元老还有什么荣誉留给他们呢？一切事物都要转到有钱人的手里去，然而这些人的祖父、曾祖父却曾经率领着同罗马为敌的部落屠杀过我们的军团的士兵。并曾在阿列西亚包围过恺撒的部队，这些都是不久前的故事。何况我们更没有忘记过去破坏卡皮托尔神庙和罗马卫城中献祭品的那些高卢人。当我们想到这些的时候，我们当如何呢？尽量让他们享受公民的头衔吧！但是元老的标记和长官荣誉，还是不要被他们玷污为好！"

上述这些言论无非是说明，我大罗马帝国人才济济，足够组织帝国的立法咨议机构，何劳这些野蛮民族的人前来滥竽充数呢？总之，我大罗马帝国的前辈早在共和时期就为天下提供了荣誉的道义典范，岂能容纳蛮族分子混迹于其中和我们文明人平起平坐。况且这些蛮族的祖先曾经组织了周边敌对势力包围过伟大恺撒的队伍，占领过我们的首都，劫掠过神庙的物品，屠杀过我们的士兵和人民，这些血海深仇是不能忘记的。他们享受着自由民的权利就已经足够了，又怎么能够让这些衣冠禽兽穿上元老的长袍，享受执政官的荣誉，那是对神圣的罗马民族的玷污。一句话，这些人的祖先是有原罪的。

但是克劳狄乌斯听了这一番话很不以为然，他以自己丰富的历史知识条理清晰地从古到今旁征博引，当着元老院诸公的面侃侃而谈，作为历史学家的皇帝，他长篇大论据理驳斥了这些言论。罗马帝国扩张征服的过程，正是先进文明占领落后野蛮文明的过程，也是各民族融入罗马政治文明的过程。是开放国门吸纳各民族优秀人才，才使得已经日显疲态的帝国恢复了生机。

塔西佗全面记载了这篇堪称具有世界意义的罗马帝国改革开放宣言。我还是根据盐野七生的译文转载如下，因为她的译文通晓易懂，并将大量需要注释的史实化入正文，对于中国读者，更好理解这篇具有划时代意义的长篇演说，只是篇幅稍显冗长了些：

在此，我不禁想起我的先祖，我最早的祖宗出身于萨宾人克劳苏斯。公元前 500 年，他移居到罗马，罗马人不仅把出生外族的他与他的家人当做是同样的罗马公民，还让他当上了罗马元老院的议员。使他成为了贵族。祖先们的做法，就算到了这个时代，也可以成为我们国家的方针。一个人，不管他出生何地，不管他的族人是否曾是我们的手下败将，只要他优秀，我们都应该把他吸收到中央来，施展他的才能。

大家都知道，第三任国王图鲁斯·霍斯提利乌斯（公元前 673 年—前 641 年在位）征服了阿尔巴隆加地区之后，尤里乌斯家族正是这种背景下移居过来的；而克伦卡尼斯家族则是从败给第一任国王罗慕路斯的卡梅里欧地区移居过来的，还有出了大小加图的波尔吉斯家族的祖籍则是图斯库洛城，那里是伊特鲁里亚的发祥地，直到公元前 380 年，那里的人民才有了罗马公民权。

在此，我就不一一说明了，因为这样例子不胜枚举。意大利中部的伊特鲁里亚地区到意大利南部的卢坎尼亚地区，不对，确切地说应该是罗马全国的人，不管他们曾经是否是罗马的手下败将，只要是他足够能干，就把他们召集到罗马来，加入元老院，这就是我们引以为豪的过去，后来我们的神君奥古斯都给这种趋势指明了更明确的方向。公元前 49 年，他把原本只是到卢比孔河的国境线推进到了阿尔卑斯山脉，又将只是行省的意大利北部纳入本土的版图。原本罗马公民权只是针对个人的，然而如此这般，包括居民、土地，整个意大利都是罗马的了。

此后，随着帝国国内的和平日益稳定，对外领土的扩张，这种趋势越发强劲。行省出生的优秀人才竞相加入协助罗马主力军团作战的辅助军团，正是这些新鲜血液的加入，使得已显疲态的罗马帝国再次恢复了生命力。

我们罗马人父辈，是否在为恺撒提拔了西班牙出身的巴尔布斯而后悔？是否在为臣服于恺撒之下的南法行省居民中的贤能以和罗马人同样待遇而后悔不已过呢？他们的后裔也与我们共同生活在一起，他们对罗马的爱，丝毫不比我们这些土生土长的罗马人差。

在战场上斯巴达人与雅典人叱咤风云不可一世，国家的兴衰却只是昙花一现，究其原因，主要是他们没有想到要接纳以前的敌人，使他们融入本土百姓的生活，老是把他们当成外来人。

然而，我们罗马帝国的奠基者罗慕路斯，明智地选择了和希腊人不同的对策，在战败宿敌后，并没有排斥他们，把他们融入罗马人的队伍之中。我国的历史上，也出过其他国家出身的领导者。七位国王中，第二任努马王出身于萨宾族，第五、六、七任国王则是出身于伊特鲁里亚人。早在公元前310年，财务官阿庇乌斯·克劳狄乌斯就任用解放奴隶的孩子承担国家的重任。这些例子说明，给解放奴隶的下一代开放出仕之门，并非我们所想的那样是最近才有的事，而是在很久之前就有过了。

当然诸君的反对也不无道理。作为高卢民族的一个分支，希罗内斯人在公元前390年攻陷罗马，曾有一段时间占领了我国大部分领土。然而谁又能够断言他们以前不是我们的敌人呢？我们的祖先以前被高卢人俘虏过，也有过不得不送人质到伊特鲁里亚人地盘的屈辱。公元前321年，萨莫奈人打败了罗马两个军团，他们命令已经解除武装的罗马士兵在长枪之中穿过。这就是现在儿童都耳熟能详的"考地乌姆之耻"。正是这样一个让我们饱受耻辱的民族，早在很久以前就与我们享有同样的权利和义务，成了和我们一样的罗马公民。

对比罗马和其他民族发生过的战争，每次与高卢民族之间的战争都能短期内一决高下，并且战争之后，高卢人和罗马人都是本着诚信的原则和平共处的。然而，到了现在，"长发高卢"的人民由于教育、和罗马人通婚的原因，在生活习惯方面已逐渐被融合。所以我觉得，把他们拥有的资源带到罗马和意大利来才是明智之举，而不是和他们划清界限。

议员诸君，现在我们深信不疑的惯例，其实在当时也是突破性的尝试。曾经，国家的重要职位在很长一段时间都被贵族把持着，后来罗马市民也可以在政府中担任职务，接着担任官职的人选扩展到住罗马之外的拉丁人，再后来是住意大利半岛的百姓，就这样官职的大门越来越对人开放。

议员诸君，现在我们对要求我们表明态度的高卢人开放门户，在将来这势必也成罗马的传统之一。现在讨论这个问题时，我们引用了许多先人们的例子，而在将来，这件事也将成为供后人引用的先例。

元首有理有据从古到今，对帝国兴衰的教训和各民族之间的分合统治、文化交融过程进行了精准的概括和总结，这篇深入浅出的精彩演讲，是高尚宽容精神的展现，也是克劳狄乌斯以开阔胸怀对于帝国未来发展的深情展望，充满着与时俱进的理念。元老们同意了皇帝的发言，结果高卢北部平原的埃杜伊人第一次在首都取得参加元老院的权力。他们之所以首先取得这样的权力在于他们长久以来和罗马的同盟关系，他们是唯一拥有"罗马人民的兄弟"这样头衔的城市。这扇大门一旦打开，其他民族获得加入元老院的资格也就是指日可待的事情了。恺撒的治国理念被克劳狄乌斯继承和发扬，并身体力行地把这个理念从意大利半岛推广到整个覆盖欧亚非的罗马帝国。后世的历史学家盛赞这篇演讲为"罗马文明留给人类的宝贵教训之一"。

克劳狄乌斯在政府机构的创新与改革方面进行了大量的探索和实践，之所以不能达到应有的效果，在于他建立了一个过于庞杂的办事机构，使他无法亲自监督。加上他是一个无法独立生活，严重依赖自己的妻子生存的人——按照塔西佗所说"习惯被老婆管教的男人"。他最后的两位妻子美沙丽娜和阿格里皮娜均出生名门显贵，在政治上野心勃勃，在生活中放荡奢侈，而不能带头遵循法治精神，对他的名誉带来极大的损害，也给帝国稳定造成伤害。另外，由于他的个性偏向于柔弱温和，极容易受到身边释奴和妻子的欺骗，两者的结合造成了元首权力的旁落，很多措施不能落到实处，而被实际的女主干政和释奴政治也即中国历史上所诟病的外戚、女主和宦官干政所扭曲。威尔·杜兰指出：

> 这个官僚政治改良了行政，但也制造了成千的贪污机会。纳格苏索斯和帕拉斯都是极优秀的行政官，他们认为他们的薪酬和他们对帝国做出的贡献不相匹配。为了弥补差额，他们出售公职，以威胁索要贿赂，擅自给人民加上罪名。企图没收他们的财产，以中饱私囊。他们死亡时，成为那个时代最富有的人。纳格苏索斯拥有 4 亿苏斯特斯，相当于 6000 万美元的遗产；而帕拉斯则拥有 3 亿苏斯特斯。但克劳狄抱怨国库出现赤字时，罗马爱说笑话的人们说，假如能够邀请这两位自由民入伙那就绰绰有余了。在古老的家族已经陷入贫穷时，他们想同皇帝讲上一句话，必须乞求以前的奴隶，他们以惊恐与羡慕的目光看着这些暴发户的财富和权势，内心充满着愤怒与不平。在克劳狄忙着写信给新任命的官吏和学者，准备诏书和演讲词时，还要兼顾到太太的需要。

皇帝容忍这种女主干政的反常现象，也许是确保他对女色的嗜好，苏维托尼乌斯说："他对女人的爱毫无节制。"克劳狄结过四次婚。第一任太太在婚礼当天死亡，以后两个相继离婚，48 岁时娶了 16 岁的美沙丽娜。她并不漂亮，头是扁的，肤色发红，胸部是畸形的也就是俗称的鸡胸，而且作风放荡无羁。她给了皇帝一个漂亮的女仆，就肆无忌惮地放纵自己的情欲，不停为皇帝制造丑闻。然而，这些胡作非为需要金钱，这位皇后便卖官鬻爵，她还伪装进入妓院，接待所有的寻芳客，并欣然接受他们的报酬。这些故事也许是受她的继任者小阿格里皮娜后来失落的回忆录影响，美沙丽娜的私生活被政敌妖魔化的结果。塔西佗记载道：当克劳狄专心致志地进行他的监察任务时——包括督导改进罗马道德、并经常去奥斯蒂亚港督导工程时，美沙丽娜便"放纵自己的爱情"，最后闹到不可收拾的地步。这些都是后话。

犹太王希罗德的两面人生

　　年轻的希罗德·阿格里帕在罗马的宫廷中长大，并接受教育。他和罗马皇帝提比略的儿子德鲁苏斯是最要好的朋友，同时也是提比略的侄子、后来的皇帝克劳狄乌斯的同门师兄弟，他们是共同出生于公元前 10 年的同龄人，自然是亲如兄弟。这位长相英俊、阅历丰富、生活奢侈、性格外向的王孙是希律大帝和皇后玛丽安娜的孙子，他的父亲阿里斯托布鲁夫被同父异母兄弟举报企图谋杀希律王，这样在父亲的暴怒下被处死。在罗马为了结交皇室权贵子弟，他出手阔绰，债台高筑，其中最大的债主就是克劳狄乌斯的母亲安东尼娅。安东尼娅是当年的东方统治者安东尼和奥古斯都姐姐屋大维娅的小女儿。

　　也许是当年希律王和安东尼的亲密关系，安东尼娅对这位聪颖英俊而命运多舛的王孙特别钟爱，总是很慷慨地借给他大量的钱。说是借，其实也就是赏赐或者就是输送，从来不向他讨要。虽然作为皇太后（他的大儿子日尔曼尼库斯成为奥古斯都皇帝义子、小儿子克劳狄乌斯又是后来的皇帝）级别的名门闺秀贤良淑德，持家甚严，绝不允许铺张浪费和奢侈挥霍，可是她却非常喜欢这个灵气俊秀寄人篱下的犹太小王孙，欣赏他那股子机灵劲。希罗德也常常向她讨教，把自己所做的蠢事原原本本告诉她，就像是一个淘气的孙子向慈祥的祖母敞开心扉毫无保留地倾诉人生，并诚心诚意承认自己干过的荒唐事并表示认错悔改。

　　她总是声称被他说的那些事吓得不轻，可是却分明乐在其中，很享受他的殷勤体帖的阿谀奉承。希罗德从来没有开口向她借过钱，可她总是主动借给他一大笔钱，只要他答应行事检点就成。有些钱他还是还了的，因为其实这是克劳狄乌斯的钱，希罗德借了钱，总是会在第一时间向克劳狄道谢。克劳狄曾经旁敲侧击对母亲说，她对希罗德恐怕是慷慨得过了头。可是她勃然大怒说，如果钱非要浪费不可，她宁愿让希罗德体面地挥霍掉，也不愿他去漫无节制地参加赌博消费掉。其实这钱是他资助哥哥日尔曼尼库斯用于平息莱茵河蛮族叛乱的，只是不想让母亲知道，谎称在小酒馆赌博输掉了。

克劳狄曾经问过希罗德，对自己母亲的长篇说教，喋喋不休地宣扬罗马美德，难道不感到厌烦吗？希罗德回答："我非常崇拜你的母亲，克劳狄乌斯你别忘了，我本质上还是没有开化的东方人，所以能够聆听到她这样一位血统尊贵、品行无瑕的罗马贵妇的教诲，简直是无上荣幸。而且她讲的拉丁语全是罗马最纯正的，听她一席话，我能学到如何恰当使用从属短语和选择准确的形容词，就算我花昂贵的学费去跟专业的文法家学完整个课程，也学不到这么多。"

公元23年，提比略的儿子德鲁苏斯被禁卫军司令赛亚努斯用慢性毒药害死，真相是后来几年，赛亚努斯阴谋败露后才浮出水面的，当时只是认为皇帝儿子饮酒过度酒精中毒引起心脏猝死。老皇帝迁怒于德鲁苏斯的狐朋狗友，悲痛欲绝的皇帝不愿意再见到儿子的酒肉朋友，希罗德被打发回到希律家族的老家，当时的叙利亚总督看小安东尼娅的面子将希罗德安排到他叔叔加利利和基利阿德的领主安提帕斯的部落。因为在希律王死后，宗主国的罗马皇帝奥古斯都将希律王的国家分为三个部落，分别由希律王的三个幸存的儿子各领一个部落统治，他的哥哥阿基劳斯是朱迪亚和撒玛利亚国王、他的弟弟菲利普是巴珊的领主。安提帕斯的领地在加利利以东，横跨约旦河。安提帕斯不仅是他的叔叔，还是他的妹夫，他美貌的妹妹希罗迪亚斯跟他另一个叔叔离婚后就嫁给了安提帕斯。希罗德被邀请去了加利利，并被任命为提比利亚地方官，领一点微薄的年金，勉强过活。他实在不甘心在叔叔麾下苟且度日，于是经常去罗马宫廷游走寻找机会复出江湖。

在耶稣受难前后，希律家族北部分封的国王菲利普去世了。安提帕斯请求提比略皇帝扩大他的公国面积，但是提比略一直欣赏希罗德·阿格里帕。当皇帝听说他只是一个穷困潦倒欠了一屁股债的赌徒时又改变了主意，希罗德的如意算盘落空。于是，他从皇帝的弟媳妇小安东尼娅处借来巨款贿赂了未来的皇帝卡里古拉，企图实现未来的长线投资。这次豪赌他成功了，等到卡里古拉登上皇位，他串通"小军靴"将自己的叔叔兼妹夫安提

357

帕斯夫妇安上了谋反的罪名，骗到罗马后流放去了高卢的安提乌姆（里昂）。安提帕斯的所有领地都赐给了希罗德，落魄王孙咸鱼大翻身摇身一变成了犹太王希罗德·阿格里帕一世。

登基后的阿格里帕一世经常在耶路撒冷王国和罗马宫廷两头游走，同性格古怪的精神病患者卡里古拉皇帝周旋得如鱼得水。在皇帝远征高卢的时候，他一直殷勤地随侍左右，出谋划策，编造战情，伪造战绩，煞有介事地弄虚作假，欺骗元老院和罗马公众。甚至帮助卡里古拉在海边收集贝壳，作为凯旋式战利品展示，此等吹牛拍马阿谀奉承之徒自然深受皇帝信任。

罗马新皇帝卡里古拉嗜杀成性，很快从人民期盼的圣君变成了罗马的暴君。由于缺乏前任皇帝的军功，军靴皇帝试图下令在帝国范围内甚至包括圣殿和祭祀场所，供奉自己的肖像来提高自己的声望。耶路撒冷的民众公然抗命，坚决反对这种亵渎犹太圣教的荒唐行为，一时群情汹汹大有反抗朝廷准备造反的架势。他们派出代表告诉叙利亚总督佩特洛尼乌斯：除非先灭了所有犹太人，他们不可能容忍此种亵渎神灵的行为。

在亚历山大里亚，当希腊人和犹太人发生械斗时，双方派代表团面见卡里古拉，希腊人向皇帝告状说犹太人是唯一不尊奉卡里古拉雕像的民族。卡里古拉下令佩特洛尼乌斯执行他的命令，叙利亚总督如实反映了耶路撒冷公众的情绪，婉言劝阻皇帝在圣殿建立雕像的行为。他说，犹太人对罗马皇帝十分尊重，但是他们坚称，不管是谁，哪怕皇帝的雕像立在圣殿和寺庙供奉，可怕的诅咒都会降临他们的土地。他提出事到如今只有两种选择：其一是立起雕像，同时也等于宣判了这片土地的毁灭，会使财政蒙受巨大损失；其二是皇帝收回成命，从而使得这个高贵的民族永远对他感恩戴德。

不过没等这封信送到罗马，已经在罗马的阿格里帕一世也开始对犹太神灵们不被打扰而忙活起来。他已经不是当年一文不名靠举债度日的落魄王孙，而是富甲一方的王侯了，此刻希罗德不仅给皇帝送上大量的金银珠宝，还盛宴款待卡里古拉，畅叙友情，请求"小军靴"帮忙，在宴会前，他就想好了说词，他对"小军靴"如是说：

"恺撒，将您那些神圣的雕像供奉在耶路撒冷圣殿并不能给你争光，相反，寺庙里供奉的雕像的本意是犹太神灵对那些雕刻精美的希腊诸神雕像的深恶痛绝，为了表达他们的愤恨在内殿竖起了一尊巨大的骡子雕像，每到宗教节日，祭司们就用最卑劣的咒语辱骂这些雕像，将最恶心的粪便泼洒在它身上，再用马车拉上它在内廷走来走去，好让全体教众都去羞辱它。但是这些仪式都是秘密进行的。只有犹太人才能参加。犹太的头面人物担心的是如果您的雕像立在寺庙里，恐怕会引起误会，对宗教十分狂热的平民就会狠狠侮辱您的伟大雕像。我反正只有母亲一边是犹太人，所以我向你透露这个秘密不会受到神的诅咒。就算会，也值得为您冒这风险。"

阿格里帕一世一本正经地胡编乱造，装出一副很知己很神秘很贴心的样子和"小军靴"说，这些鬼话竟然为卡里古拉所相信。他立即致信佩特洛尼乌斯收回了自己的命令。这是英国小说家罗伯特·格雷夫斯在他的小说《罗马帝国：神的统治》一书中的描写，可能有艺术夸张的地方。在《耶路撒冷三千年》一书中如此记载到：

卡里古拉下令叙利亚总督佩特洛尼乌斯踏平耶路撒冷。留守耶路撒冷的希律王子率领犹太代表团恳求佩特洛尼乌斯改变主意。佩特洛尼乌斯犹豫不决，他知道，前进一步，等待他的就是残酷的战争，抗拒皇帝的命令，等待他的就是死亡。但是，平时看上去吊儿郎当趋炎附势的希罗德·阿克里帕一世，出人意料地表现出自己是捍卫犹太人利益的卫士，他勇敢地代表耶路撒冷人给卡里古拉写了一封信，信中说：

您知道，我生来就是犹太人，我的故乡是耶路撒冷，那里坐落着至高的圣殿。这个圣殿，我的盖乌斯大人，从一开始就没有让手工制造的雕像进去过，因为它是真神的居所。您的祖父马尔库斯·阿格里帕拜访过圣殿，并向圣殿致敬，奥古斯都亦如此。（接着他感谢卡里古拉给予他的恩惠，但是）我愿用所有一切（那些好处）换取一样东西——我祖先的场所不被打扰。我要么被视为卖国贼，要么不再像以前那样，被您当成朋友；没有其他选择。

阿格里帕一世以马加比人和希律人的身份写道：

我这样做是为了我的祖父母和祖先们、国王们，他们大部分都拥有大祭司的头衔，且认为王权低于教权，执掌大祭司之位比执掌王位优越，因为上帝高于人。因为一个位置是尊奉上帝，另一个位置是管理人。由于我的命运是在这样一个民族、城市和圣殿中展开的所以我代表他们所有人请求您。

阿格里帕一世致"小军靴"信中的表述，对后来的打破政教合一的专制体制是某种首创，宗教对于人间统治者的权力制约是有着积极意义的。也许那些在宴会的觥筹交错中的花言巧语或者这封信根本就是后人义正辞严地编造和伪托，无论如何这是一封大胆冒险的信件，但是如果赋予两人之间曾经狼狈为奸现在利益融合的情感因素，"小军靴"感谢国王阿格里帕一世在他登基前给予帮助，完全可以收回将自己肖像放进圣殿的成命，满足希罗德代表犹太人民的正当要求。正是国王的介入，成功挽救了耶路撒冷爆发起义的政治危机，证明了希罗德平衡耶路撒冷犹太贵族和罗马统治者之间矛盾的圆滑政治技巧的老到和娴熟。

在阿格里帕一世看来，圣城不仅仅是犹太民族的母亲城，还是欧亚两洲犹太人的母亲城。该城被这个新上任的希律王保护了下来，他下令铸造的钱币上有"皇帝之友，阿格里帕大王"的字样；但在耶路撒冷时，谨遵犹太人的生活方式，每天到圣殿献祭，尽职尽责地在大庭广众面前诵读《摩西五经·申命记》以示对犹太教信仰的虔诚。他如同自己的祖父一样获得了犹太人的爱戴，因为他的身上还流着犹太王族马加比的血。然而，在耶路撒冷之外，阿格里帕一世活得就像一个罗马人或者希腊人。

耶路撒冷仍然被火药味笼罩，暗流汹涌，险象环生，如同一个装满火药的桶，随时可能爆发。希罗德在两年内接连任命了三名大祭司，并对犹太基督教徒展开反击。这与克劳狄在罗马镇压犹太来的基督教徒不谋而合，作为一个附属国的国君，阿格里帕一世只能迎合上意，巩固自己在帝国的地位。

他将耶稣的门徒雅各斩首，还逮捕了圣徒彼得，计划在逾越节后处死他。但是后来彼得还是被他主动释放了，最终彼得是在尼禄时代作为罗马大火的替罪羊被残酷处决，希罗德的儿子希罗德·阿格里帕二世参与了审

判，一起遇难的还有耶稣的门徒保罗。两人在死后均被基督徒封为圣徒，
受到世代尊崇。

《圣经》中一共提到希律家族中的四代，每一代都留下他的罪恶和
记号。大希律安提帕斯参与了对于伯利恒的耶稣基督的罪恶谋杀，作为当
时的犹太王安提帕斯和罗马总督彼拉多对耶稣进行了审判，并且处死了施
洗者约翰。希罗德·阿格里帕一世配合克劳狄乌斯对于基督教的镇压谋杀
了圣徒雅各，而希罗德·阿格里帕二世则参与了尼禄对于彼得和保罗的审
判。当年犹太王国的统治者从第一代希律大帝开始就是作为罗马帝国的附
属国，在犹太民族和罗马帝国从奥古斯都开始直到尤里乌斯 – 克劳狄王朝
的覆灭，始终在几代皇帝之间游走周旋游刃有余。到了阿格里帕一世时代，
更是利用自己常年在罗马宫廷生活中领悟的娴熟政治技巧和广泛的人脉资
源随时窥伺政治风向，巧妙投机，见风转舵，为自己及其背后的犹太王国
的利益集团牟取了更大的利益，这也隐含着对于犹太独立的政治野心。

他竟然能够两次成功介入罗马帝国皇帝的废立，在大国政治和王国利
益的博弈和权力平衡中，使自己和王国的政治利益最大化。到了克劳狄乌
斯时代，希罗德国王的领土基本恢复到了第一代希律大帝的时代，包括以
色列、约旦、叙利亚和黎巴嫩的大片土地。和他伟大的祖父一样，阿格里
帕一世既是一位周旋于强国大国之间的谋略家，又是颇有能力的国家管理
者。但是，诸多政治上纵横捭阖的伟大成功，使得阿格里帕一世踌躇满志，
准备在富国强兵的路上走得更远，企图联合周边小国对抗罗马强权最终摆
脱宗主国的羁绊而谋求国家的独立。可惜因为突发疾病而功亏一篑，政变
流产。

公元 42 年 8 月 1 日克劳狄乌斯皇帝生日那天，远征不列颠的罗马军
团开始启程准备渡海作战。皇帝收到了远在叙利亚的总督维比乌斯·马尔
苏斯的来信，向他报告了最近发生在加利利湖畔提比利亚城的一桩令人不
安的事件。根据安提俄克的司令部收到的一份官方报告：希罗德·阿格里
帕国王邀请下列一些邻国的国王来参加秘密会议——包括科马基尼、奥斯
若恩、小亚美尼亚、本都和西里西亚、伊图里亚和卡尔基斯等国的国王。

名义上是为了庆祝希罗德·阿格里帕国王与王后赛普路斯王后结婚整整二十年。可蹊跷的是深谙帝国高层运作规则的国王并没有邀请罗马皇帝在犹太省的代表马尔苏斯参加，这显然是不合规矩和礼数的，这是一次未经罗马当局批准的秘密会议。

马尔苏斯还接到他安插在行省的密探来报，他们到访加利利原本在经过叙利亚行省省会安条克时应当顺道拜访帝国在东方的代表总督大人并向他致意。但是他们有意在夜间绕过安条克直接去了加利利。马尔苏斯接到密报后，由他的副将和两个女儿陪同立即启程全速赶往提比利亚城，准备出其不意地出现在会议上。

但是，阿格里帕事先得到了总督匆匆赶来的密报。他立即乘着王家马车赶到城外，甚至若无其事地欢迎不速之客马尔苏斯总督的到来。国王假装热情地迎上来，竟然反客为主地以责备的口吻笑嘻嘻大声说道："非常高兴，您总算来了，我给你寄的两份邀请函都石沉大海。"这两个人都在心照不宣地演戏，其实相互心中都明白各自怀揣的鬼胎，只是都不点破而已。

马尔苏斯礼貌地回应着阿格里帕一世言不由衷地表示："相信国王陛下的诚意，但是我确实没有收到国王的邀请函，一旦我发现是哪个敌人拦截了这些邀请函，我一定会用最严厉的法律加以惩罚。"阿格里帕一世假惺惺地表示为了纪念7位国王和总督前来参加他和夫人结婚几年的相会，他准备把石头换成大理石纪念柱，将大家的名字和头衔都用黄金色大字镌刻在石柱上以示纪念。然后，他和国王们各自乘着自己的马拉轿车接受民众的夹道欢迎，在欢呼声中进入提比利亚城区。

几个小时以后，奢华铺张的结婚纪念宴会就开始了。马尔苏斯于是派出他的随员私下里警告各位莅临宴会的国王，如果他们还想成为罗马帝国的朋友，在对主人不失礼貌的情况下，赶快回到自己的国家，并且不应当和这位别有用心的主人有什么秘密会议，缔结什么军事同盟条约。宴会很晚才结束，国王们第二天也就回国了，什么会议也没召开。叙利亚总督是最后一个离开的。当他刚回到安条克的总督官邸就接到一封匿名信，信中写道："您冒犯了我的客人就必须承担后果，如今我是你的敌人了。"

克劳狄乌斯皇帝接到这封秘密报告，就意识到他的亲密朋友兼老同学希罗德是想利用他一心对付不列颠，将大批军队派往英吉利海峡对面不列颠的机会，在国内空虚的情况下，图谋在东方发起一场大规模叛乱。结合他的密探从耶路撒冷发来的报告，希罗德·阿格里帕一世正在耶路撒冷大规模加固城防，修筑防御工事就是某种危险的预兆。

克劳狄立即写信婉转地告诉希罗德，皇帝已经知道他在东方的图谋，并且故意夸张了自己在不列颠取得的胜利，估计几个月后就会结束战事，班师凯旋。皇帝明确禁止他在耶路撒冷修筑更多的防御工事。在班师回朝途中，克劳狄皇帝刻意绕道高卢的安提乌姆（里昂），专程去看望被流放的希罗德·安提帕斯和希罗迪亚斯夫妇，尽管他知道这对夫妇不曾有对盖乌斯·卡里古拉的谋反阴谋，但还是不能放他们回到朱迪亚行省。不过皇帝允许他们离开气候潮湿的里昂，搬到西班牙气候温暖宜人的加迪斯，在那里给他们安排了一栋更加舒适华丽的别墅，供他们安度晚年。在里昂期间，希罗迪亚斯出示了她的女儿莎乐美写来的信，她的丈夫是卡尔基斯国王希罗德·布里奥的儿子，信中谈到了阿格里帕一世在犹太行省仿效希腊神王穿着紫色绣金的袍子，迈着国王似的自信步伐在恺撒利亚广场处理政务，整个神态就犹如先知预言的拯救东方的弥赛亚。国王扬言不仅注定要将犹太从外国人的奴役中解救出来，而且要将犹太的优秀儿女都集中在万军之王耶和华统治下的伟大国家里来。这些异乎寻常的言行，都能够说明他近期以来的种种政治活动都带有反抗罗马统治的苗头。

克劳狄皇帝不动声色地加强了亚历山大里亚的卫戍部队，并且指示马尔苏斯将叙利亚所有在希腊征募的军队都召集起来进行训练，并且散布谣言说帕提亚人可能会进犯，所有东方省份都应随时备战做好应对战争的准备。一切防止叛乱的准备工作都是不动声色和有条不紊地在暗中进行着，帝国行省的总督都在注视着耶路撒冷犹太国王的一举一动，似乎张网等待着猎物的进入。

后来披露的事实有点骇人听闻，使得克劳狄皇帝更加坚信阿格里帕一世打算宣布自己是救世主弥赛亚这个细节：在谈到伯利恒这个话题的时候，克劳狄从来没有听希罗德说自己曾经也是出生在这里，而这里曾经是敏感人物自命先知弥赛亚的耶稣出生地。这里并非是大家通常认为的耶路撒冷，有一回希罗德的母亲贝勒尼斯绘声绘色地把这件事说给克劳狄的母亲小安东尼娅听，当时她正从自己的丈夫位于希伯伦的庄园赶到耶路撒冷待产，隆起的腹部突然传来阵阵疼痛，她只能在一个乡村条件十分简陋的小旅馆生下了这个孩子。这个地方又脏又破，老板贪得无厌，产婆又很不熟练。直到希罗德出生几个小时后，贝勒尼斯才想到要问问这个村庄的名字，产婆告诉她："伯利恒，祖先便雅悯就出生在这里，大卫王也出生在这里，伯利恒的以法他阿大法师预言里所说的先知降临的地方，也即是以色列中为我们掌权人的诞生之地。"

贝勒尼斯于是说："愿全能的上帝保佑伯利恒。"小安东尼娅特别喜欢这个故事，此后好些年里，如果想对某个评价过高的地方表达不屑之情，安东尼娅就会模仿贝勒尼斯的表情说："愿上帝保佑伯利恒。"这使得克劳狄乌斯对这个故事印象深刻。而在朱迪亚省的犹太地区不断出现伪先知扰乱社会治安，搞得地方鸡犬不宁，帝国总督和历代希律王都对这种煽动犹太人不满的所谓"救世主弥赛亚"鼓动骚乱的行为坚决绞杀。当然包括对伯利恒土生土长的耶稣及其门徒为主的所谓先知们也绝不客气。

现在他的老同学阿格里帕一世竟然也要混迹于先知弥赛亚的行列实行叛乱，难道他真的要造反？这使克劳狄对这些冒充的先知特别警惕，罗马统治者所信仰的多神教和犹太旧约所信仰的天主耶和华或者基督新约所信仰的救世主弥赛亚均为定于一尊的一神教，这是价值观的对立，信仰的对立体现在行为上就是武装的对抗。万神的代表者世俗的统治者皇帝和一神的救世主弥赛亚相互视对方为异教徒，对于异教徒，罗马帝国的皇帝向来是严厉打击的，一有冒头就坚决扑杀绝不手软，直到君斯但丁大帝时代相互之间才实现宗教和解，基督教甚至演化为帝国的国教。

公元44年8月1日，阿格里帕一世为庆祝克劳狄皇帝的生日在恺撒利亚城举行盛大的竞技大会。希罗德·阿格里帕国王意气风发地从耶路撒冷到恺撒利亚来参加庆祝活动，这种骨子里带来的自豪感源自高度的自信，因为他一直梦想着建立起一个和罗马帝国相比肩的东方帝国。如今这个帝国的大厦基础已经打牢，既壮观又牢固，他只要亲手托起自己振兴王国的那个梦想，华丽雪白的高墙就会朝着深蓝色的天空拔地而起，水晶屋顶覆盖其上，万物葳蕤的花园、四面来风的柱廊与微风吹拂的荷花池环绕四周，目力所及之处无不令人心驰神往。宫殿内部全是用绿宝石、蛋白石、蓝宝石、缠丝玛瑙和纯金打造的，在巨大的犹太教公会的审判庭中央用钻石镶嵌的王座，那就是弥赛亚的宝座。救世主领导下犹太王国就如同东方升起的旭日在耶路撒冷普照整个犹太民族生存的地方，那就是一个世界性的犹太帝国。如今世人都已经知道希罗德·阿格里帕一世就是弥赛亚——东方的救世主、人间的犹太王。

他已经秘密向最高祭司和犹太评议会兼最高法院表明了身份，他们全体一致匍匐拜倒在地，并且赞美上帝，承认他就是预言中说的弥赛亚。现在他就可以向犹太民族乃至世界公开自己的身份了。他的话会传遍四方："救世主说，解放之日近在眼前。让我们打破邪恶之人的束缚吧。"犹太人会团结一心发动起义，将外国人和异教徒都赶出以色列的国土。单单在希罗德统治的范围之内就有二十万犹太人在学习和使用武器，在埃及、叙利亚和东方还有好几十万；只要他以上帝的名义一声令下，犹太人就会奋起响应，为正义而战，此刻以马加比家族和希律王子孙整合的犹太精英率领着他们的人民，将会激发起无比坚定的信心，以英勇和坚毅的精神，严格的纪律揭竿而起，反抗暴政，几乎无往而不胜。兵员和武器盔甲并不匮乏，希罗德在安提帕斯的宝库中找到了7万套盔甲，他又打造了20万套，这还不包括他从希腊人那里缴获的。

目前，耶路撒冷的防御工事还没有完工，但在半年内这座城市定然就会固若金汤。虽然克劳狄皇帝明确制止这项工程，但是他依然在秘密进行着，他命人在圣殿下方挖了许多巨大的储藏室，又在城墙下面凿出长长的隧道通到城外一里多远的地方。如此一来，即使遭遇围城，城里的驻军也能够突围，从后方向围城的军队发起进攻。此外，他已经和方圆几百里之内相邻的王国和城市结为同盟来对抗罗马。希罗德会因为他的统治进入全盛时期，悄悄将奥古斯都和克劳狄的雕像借由纪念克劳狄的生日集中起来，当羊角号一吹响，这些雕像将会被全部击碎，他将会以救世主的名义，宣布将这些外来侵略者和异教徒从这片广袤的土地上赶出去，一个不留。这时亚历山大里亚的三十万犹太人和尼尼斯、巴尔达尼斯、安条克的犹太人也会应声而起，占领城市乡镇和要道关隘，形成全民族的同仇敌忾一致对敌，届时科马基尼斯和小亚美尼亚、本都王国的军队会在边境会合。马尔苏斯那三个营的正规军和两个叙利亚军团就根本不是他们的对手，他那震古烁今的民族复兴大业就能够大功告成。当然，这些都是希罗德·阿克里帕国王一厢情愿的想象和沙盘推演，要想变成现实还显得虚无缥缈，因为克劳狄皇帝似乎已经察觉了叛乱计划，因为皇帝的耳目遍布整个帝国，自从奥古斯都时代开始皇权就建立起纵横交错的帝国监察体系，尤其对耶路撒冷这个盛产煽动叛乱犹太"先知"的地方，更是显得密不透风。想到这里阿格里帕一世有些不寒而栗，仿佛美梦初醒就出来一身冷汗。

此时，以纪念克劳狄皇帝 54 岁诞辰名义的庆祝活动即将在恺撒利亚的竞技场举行。演出用的野兽、剑斗士和赛车都已经准备就绪，但希罗德根本就不是为了举行演出，观众席上既有叙利亚希腊人，也有犹太人，他们在竞技场各自占据一方。

希罗德的宝座位于自己臣民中间，旁边则是为贵宾们保留的座位。出席者中并没有罗马人，他们全部在安条克参加罗马总督马尔苏斯为克劳狄举办的祝寿活动。不过阿拉伯的大使来了，伊图里亚国王、提尔和西顿代表团、阿狄贝尼国王的母亲和儿子来了，希罗德·波利奥和家人也来了。白色帆布做成的巨大凉篷为观众们遮住了八月的骄阳，但在希罗德那镶着绿松石的纯银宝座上方，凉棚却是用最高贵的紫色丝绸做成的。

英国作家罗伯特·格雷福斯在《罗马帝国·神的统治》一书中以传神的笔墨描绘道：

观众蜂拥而入，各自就座，等待希罗德的入场。喇叭声响过之后，他出现在南面的入口，带领着所有随行人员走进竞技场。他所穿的皇袍由银丝织成，浑身上下绣满了磨光的银色小圆盘，在阳光下银光四射，让看着他的人简直睁不开眼。他头戴金冠——上面的钻石闪闪发光，手拿一柄闪亮的银剑。走在他身边的赛普路斯身穿蓝紫色的衣裳，他身后跟着他可爱的小女儿们，身穿白色丝绸做成的衣服，上面绣着精巧的图案，再用紫色和金色镶了边。希罗德昂首阔步，边走边高贵地向臣民们微笑致意。

但是，他刚刚举起手来示意吹响号角，也即发出准备起义的信号，突然又将手放了下来，因为在他刚刚入场的那个门飞进来一只不祥的猫头鹰，在竞技场里飞来飞去，似乎是第六感觉告诉他这是某种不吉利的预兆。观众都看到这只不祥的鸟，有人惊呼："瞧啊，这是一只猫头鹰，一只被阳光照瞎了眼的猫头鹰。"这只猫头鹰落在了希罗德华贵的凉棚上，那只猫头鹰俯视着他的脸庞，希罗德的脸一下变得惨白。猫头鹰连续叫了五声，随后拍拍翅膀穿过一层层座位向空中飞去。希罗德苍白着脸对他的爱妻赛普路斯说："这就是当年米塞努姆监狱里的那只猫头鹰。"这是他与卡里古拉议论提比略的死亡问题，被人举报后皇帝将他关进了米塞努姆要塞的监狱，那是一段不堪回首的往事，往事凶兆再现，将会是什么样的结果呢？接着一声骇人的呻吟忽然从他的嘴里脱口而出："我病了，把我抬出去。让我的兄弟卡尔基斯国王代替我继续主持仪式。"希罗德用低得可怕的声音对王后赛普路斯说："蛆虫已经在我身上，使我突然腹痛难忍。"在《圣经·新约·使徒行传》中记载道："他因为不敬神，被虫子咬而得了致命伤。"突发胃部剧烈的疼痛而不得不放弃了谋反计划。

近卫军将他抬出会场，起事的号角没能吹响，罗马皇帝的雕像没有被抬进来砸碎，驻扎在剧场外的犹太士兵也没有接到暗号冲进会场对希腊人大开杀戒，一切仍然洋溢着节日的欢乐祥和。希罗德在病痛中苦苦挣扎了五天后，走完了自己五十四年多姿多彩的人生道路，终于在爱妻赛普路斯怀里皈依了天堂。去世之前，他强撑病体给他的老同学、老朋友克劳狄乌斯皇帝写了一封信，坦率地承认了自己的谋反计划，并强调这一切完全出于自己的野心，与王后和子女无关，他们均毫不知情，希望宅心仁厚的皇帝，善待自己的儿女。

耶路撒冷像是什么事也没有发生那样，继续保持了平时的宁静。只是因为国王阿格里帕一世突然去世，使得整个犹太民族沉浸在撕心裂肺的悲痛之中。阿格里帕一世机敏异常、魅力过人是唯一一个能够调和犹太温和派和狂热分子、周旋在罗马统治者之间充满智慧的人。或许也是当时唯一能够拯救耶路撒冷的人，但他终究过早地撒手人寰而去，结束了自己充满传奇色彩的一生，不免令人扼腕叹息。

国王阿格里帕一世的遽然离世，他的儿子、与他同名的阿格里帕二世只有十七岁。克劳狄乌斯皇帝想把王国交给这个少年，可是有人说这个孩子太小，接受不了这副沉重的担子。于是，皇帝恢复了总督的直接统治。在接下来的二十五年里，耶路撒冷一直由罗马总督和希罗德家族的国王们共同管理，双方各怀鬼胎有着某种难以言表的合作关系，但是一直无法平息接二连三的伪先知制造的种种事端，耶稣的圣徒们甚至已经不断渗透到罗马，给帝国统治带来的危害越来越大。

直到公元一世纪 60 年代中期犹太人爆发大起义，罗马皇帝尼禄在阿格里帕二世的叔叔卡尔西斯去世后，任命他成为黎巴嫩地区希律王朝的国王。因为阿格里帕二世是尼禄王的宫廷发小、亲密朋友。但是千疮百孔的尤里乌斯－克劳狄王朝已经无法挽救，最后在公元 69 年寿终正寝。经过"四帝之乱"后，在耶路撒冷的希罗德王朝也在苇斯巴芗父子战火焚城中与圣城一起烟消云散。公元 70 年，犹太王国的末代国王阿格里帕二世被提图斯掠去罗马，因为其为平息犹太之乱的功劳，被苇斯巴芗任命为象征性的罗马执政官，终得安度晚年，得以善终。

两个女人的那场战争

阿格里皮娜在小岛的流放生涯，表面上看十分轻松和惬意，其实内心每天无不在煎熬中：除了每天思念她那3岁的儿子小尼禄，担心他的健康和安危外，就是对死亡的恐惧时刻笼罩着她，虽然看守的禁卫军士兵依然表面上对她很尊敬很谦卑。这些鹰犬知道，这些皇亲国戚的命运起落沉浮往往在元首的一念之间而飘忽不定，况且当今皇上本身就是个精神不稳定的病夫，这位流放者是他的亲妹妹，很可能随时会解除流放，回到过去的显赫地位。

但是她却一直是个内心痛苦不堪的流放者。每天都在担心会从她的弟弟那里接到可怕的命令要她自杀。因为在任何时候，都会有人向皇帝提供真真假假捕风捉影的所谓情报，说她同被怀疑阴谋推翻皇帝的某些集团和高层人士有政治勾结，或者在背后诅咒皇帝死亡等等。比如一个心怀不满的仆人或者奴隶只要告发她说出一件类似的事，就足以导致一名军官带着皇帝的手令到她寂寞的小岛上，要她按照通常的做法在手腕动脉处割腕流尽鲜血而死。许多流放者从卡里古拉或者他之前的提比略那里接到此类命令而被迫自杀。她要逃跑，在戒备森严，四面环海的岛上，几乎是不可能的事情，这加深了她的绝望心情，绝望中对自己儿子尼禄更加思念，这是一个一眼望不到边的苦海，苦海无边回头无岸，有的只是沮丧和失落。

她深深地记得公元39年深秋季节的那次生离死别，她的哥哥像是突然发起攻击的眼镜蛇那样先是扑向她的丈夫，以大逆罪将格涅乌斯投进监狱，把她驱逐到离坎帕尼亚五十英里之外的文托特雷岛。继而卡里古拉又处死了她的另一个表兄弟埃米利乌斯·雷必达，此人一直和阿格里皮娜有着婚外的情人关系。她和格涅乌斯的儿子尼禄那时不到两岁就被强行从她的怀抱里夺走，被送到了他的姑母多米提娅·雷必达手中，雷必达是一个红头发令人讨厌的胖女人。

公元40年12月11日，婴儿的父亲格涅乌斯死于营养不良的浮肿病。

369

青铜胡须家族（阿埃诺巴尔布斯）的另一成员就强行攫取了尼禄应该继承的相当大份额遗产，她的家产包括首饰、田庄、奴隶均被无情的"小军靴"拍卖殆尽，贵族之家变脸之快如同翻书，使她对于人生很绝望。她不但被剥夺了享受奢侈生活的可能，而且不得不离开她所关心的唯一亲人，也就是她红头发的儿子。远在荒岛的她，甚至不知道她那位声名狼藉的大姑子怎样冷漠地对待她的小儿子。

当她那位精神病患者哥哥"小军靴"突然被杀，她那性格随和从小就和她一起住在她的祖父和父亲日尔曼尼库斯·安提乌姆官邸的叔叔克劳狄乌斯继位后，立即就派使者给她带来大赦的命令，那就像大旱之年盼云霓，吹散乌云见到阳光那样，给她带来了莫大的希望。

然而，她和另一个尊贵的小女人见面就略微显得有些尴尬了，她就是17岁的新元首夫人或者称为皇后的美沙丽娜。她刚刚生了一位小太子也就是后来命运不济的尼库斯。美沙丽娜在发现自己忽然间成为帝国元首第一夫人时，几乎不相信自己的好运。她仍然仿佛生活在梦中，当阿格里皮娜突然出现在面前时，她直觉感到这个美丽的妇人，是干扰他们母子安宁梦幻的巫婆，身上带有那种与生俱来的邪气神圣逼人，使她后脊梁骨发凉。这位从坟墓里逃生的流放者既是她的侄女，又是她的舅母。说是侄女是因为美沙丽娜的丈夫克劳狄乌斯是阿格里皮娜的叔叔；说是舅母，因为美沙丽娜的母亲多米提娅·雷必达是阿格里皮娜丈夫的姐姐。此外，这个女人还是罗马最受崇拜的英雄日尔曼库尼斯的女儿，伟大的奥古斯都大帝的外孙女。这个女人就必然成为尤里乌斯家族和克劳狄家族后代的双重代表，这是美沙丽娜和克劳狄乌斯都不能与之相比的血统优势。

阿格里皮娜依然是年轻貌美的，又因为死了丈夫，很快就找到了新的老公。而这个老公因为高贵妻子的原因，又成为克劳狄乌斯政治上的竞争对手。对于克劳狄这样弱智的白痴来说，人们几乎无法指望他能够长期保持元首的地位。再说阿格里皮娜的儿子小尼禄长大后必然会成为美沙丽娜的男孩子尼库斯的政治对手。这样的预感很快就会因为阿格里皮娜的精心布局变成为现实，阿格里皮娜有着她的外祖母李维娅的政治精明和自己母亲大阿格里皮娜的坚韧顽强意志。

阿格里皮娜的首要问题就是要打听自己儿子尼禄的处境问题。元首夫妇请她放心，尼禄在美沙丽娜母亲的精心照料下正在健康成长。然而，事实并非如此，当她从帕拉蒂尼山宫殿赶到她大姑姐的家时，看到尼禄的情况，令她黯然泪下，但也无可奈何。当她发现三岁的小尼禄竟然交给了雷必达家的理发师和舞蹈教师很不负责任地管教时，她感到震惊。这个可怜的红头发孩子吃不饱，没人疼爱，他在皇后老娘家受到的正是穷亲戚在富人家常常受到的冷遇，而他则是奥古斯都的直系后人，罗马民族英雄尼库斯的孙子。从那个时候起，阿格里皮娜心中燃起异常愤怒的火焰。但是饱经忧患的她把自己的仇恨深深埋在心底，她在残酷政治斗争磨练出那种喜怒不形于色的性格，不像母亲那样嫉恶如仇。

她努力克制自己的怒火，表现出的是她的自尊和庄重的道德假象，经受过一系列的政治打击后，她开始变得成熟圆滑而又狡诈。她用宽容的假象无动于衷地与皇后的老娘笑脸周旋，表面的假象掩盖了她的残忍和工于心计的冷酷无情。她那俏丽的面庞上暂时披上一层温情脉脉的面纱。她需要有大量的金钱来安排自己和儿子未来的生活。当她哥哥放逐她时，把她所有的东西都拍卖一空，并且花光了所有拍卖的钱财。连她的马匹都被拍卖得精光。她丈夫的庄园土地被他的兄弟瓜分一空。尼禄的遗产被人全部毫不留情地掠夺走，作为"国家公敌"的人命运就是如此悲催。

现在她复辟归来，东山再起。她开始索要被掠夺的家财产业和尼禄所应该得到的一切。克劳狄乌斯所能够给她的只能是阿埃诺巴尔布斯家族的一些地产，但那与她的期望值差距太远：她要的是仅次于元首的财产——这倒不是完全为了自己，而是为了她的孩子和尤里乌斯家族的荣誉。她的兄长卡里古拉曾经在帝国金库的金币堆上打滚，亲身感受贴着金币的感觉，光脚趟着金钱走路的刺激和快感，膨胀起他的疯狂和野心。卡里古拉是患有精神疾病的浪荡公子，他喜欢金钱，挥霍金钱，把钱抛向空中，让老百姓去抢，而阿格里皮娜是个精于计算的女人。塔西佗在她替代美沙丽娜成为皇后操控朝政后，如此评价她说：

从这个时候起，国家的情况就改变了。全部国家大事都操纵在这个女人手中。这个女人与任意玩弄罗马帝国的美沙丽娜不同。这是一种严酷的、几乎和男人统治的时一样的暴政，在公开场合，阿格里皮娜不仅是严厉的，又往往是横傲的。她的私生活没有淫乱的迹象，除非这样做有利于增加她的权力。她不顾一切地想给自己弄到金钱，她认为这是她取得专制权力的后援力量。

要想将儿子送上最高权力层，首先要具备雄厚的经济实力，她将目标瞄准了罗马顶级富豪——她的另一个大姑子多米提娅的丈夫帕西耶鲁斯·克里斯普斯。如果能够赢得此人之爱，则她不仅能得到她所需要的金钱，还可以对她向来讨厌的大姑子进行报复。于是，她发挥自己天然优势也即伟大的血统加上俊俏的容颜向克里斯普斯发动了爱情攻势，结果是完全可以预测的，她顺利将他勾引后就立即向她的大姑子下达命令与自己的老公离婚。此刻，她依然是尤里乌斯家族的一位至高无上的漂亮公主。这位富豪理所当然地同愤怒异常的多米提娅离婚，并且同勾引他的公主如愿以偿地踏进婚姻殿堂。但是结婚不久，当他立下遗嘱把他巨大的产业留给她以便加到阿埃诺巴尔布斯家族的遗产上去之后，他便十分蹊跷地死去了，她重新成了罗马的巨富。当罗马高层纷纷传言是她毒死了克里斯普斯，她再次披上庄重而冷峻的盔甲，她又开始变回端庄而俏丽的冷美人，那些不是空穴来风的流言蜚语被时间所抹平。各种诽谤对她来说已经无足轻重了。

她在静静等待时机，等待美沙丽娜和她的争斗中首先打出第一拳，她好后发制人。公元前41年年底，皇后果然担心阿格里皮娜会提出自己的儿子尼禄来同她的儿子争夺皇位，因为罗马皇位继承在法律上没有世袭的明确规定。美沙丽娜就设法去杀害尼禄。有一天尼禄在熟睡时，藏在近旁的几个人想把他勒死，这时尼禄的母亲出现了，这些人吓跑了。显而易见是皇后收买了这些人。

阿格里皮娜把全部精力用在对于儿子的教育抚养上。她认识到美沙丽娜对于尤利娅·李维娅的打击宣示着宫廷对于重振道德的决心，但是皇后自己却是伤风败俗的首犯，美沙丽娜对宫廷道德的重申只是打击政敌的手段。罗马高层正在流传着美沙丽娜一连串的丑恶事件，甚至牵扯出元首本人的昏庸软弱实际是对于皇后的纵容和放任。由于白痴皇帝的愚蠢，对于任性妻子的放荡行为采取视而不见的麻木态度，使得他的威望每况愈下，而皇后则有恃无恐越发肆意妄为。

公元 47 年，当尼禄快要 10 岁的时候，发生一件使母亲既感到高兴又后怕的事情。为了纪念罗马建城 800 周年决定举行传统的"特洛伊攻城赛会"，会上规定由出身高贵的男孩子组成两队骑兵进行模拟战斗。一支队伍由皇帝只有 6 岁的小儿子布列塔尼库斯来率领，另一队大会组织者竟然选定尼禄率领。阿格里皮娜经常讲述尤里乌斯家族的光荣传统，尼禄的祖先就是特洛伊城的王子埃涅阿斯的儿子尤里乌斯，在这一模拟战斗中尼禄深受祖先战斗精神的鼓舞，在民众的呐喊助威声中，挥舞着木刀行动十分迅疾勇猛，他的马匹踏起的尘土，几乎将布列塔尼库斯给憋死。战斗结束后他在民众震耳欲聋的欢呼声中，洋洋得意挥手向激动的人群致意。而皇帝的儿子却受到冷落。克劳狄乌斯对儿子受到冷落无动于衷，但是皇后却感到受到极大的侮辱。在恼羞成怒中以至于她随时可能对尼禄痛下杀手。

皇后仍然十分爱着她的皇帝，那只是爱皇帝的无限权力。她是借助这种权势滥施淫威胡作非为，完全不顾影响的愚蠢女人。而他的丈夫是一个可怜又可笑的人物。克劳狄乌斯外表雍容华贵、膝盖软弱无力，他在站着或者坐着、特别在躺着的时候，具有庄重高贵的外貌，因为他身材魁伟结实，面孔白皙迷人，头发花白，颈脖很粗。但是，他走起路来瘦弱的双膝支撑不了他的上身。无论是在工作还是休息时，许多动作都很不协调，笑的模样相当难看，动怒的神态更加令人生厌，常常口吐白沫，流淌鼻涕，说话结巴，特别在不尽力控制的时候，脑袋不停地摇摆，这些无疑都十分有损于国家元首的形象。

皇帝的妻子则在他老迈昏庸的情况下，绝对可以相信她能够尽情地享乐而无需考虑后果，因为人在利令智昏、欲火高炽的时候是完全忘乎所以的。她就是这样一个身体健壮、任性好色、粗心大意的蠢女人。因为此时她不可能想象到她的政敌可以给她加上大逆罪的简单办法处死那些被她抛

弃的情夫和其他引起麻烦的人物。克劳狄乌斯处理日常事务基本依靠他的
三个释奴助手。一个是他的财务总管帕拉斯，一个是国务总管纳尔奇苏斯，
另一个则是政务顾问波利比乌斯，这是一位希腊学者，他曾经把荷马的史
诗翻译成拉丁语，又将维吉尔的作品翻译成希腊文。他的主要任务是协助
元首处理政务，并协助他研究历史和古文物。他曾经是被流放的哲学家塞
内加十分要好的朋友，对于美沙丽娜设计陷害李维娅和塞内加十分反感。
以至于他日益公开与阿格里皮娜和尼禄表示亲近，因而引起了美沙丽娜的
猜忌，并突然向皇帝告发这位学者企图对克劳狄乌斯图谋不轨，皇帝对此
大为震惊，于是不问青红皂白下令处死了这位学者。波利比乌斯的惨遭处
决，使得帕拉斯和纳尔奇苏斯十分恐慌，有着某种兔死狐悲物伤其类的感
觉。于是从情感上自然向着阿格里皮娜和小尼禄倾斜。

纳尔奇苏斯虽是释奴出身，但他也是一名为克劳狄乌斯屡建奇功的勇
猛忠义之士。尤其公元43年初夏，在克劳狄领兵进攻不列颠期间立下奇功。
当时驻扎在英吉利海峡沿岸的军队依然为不列颠土著的野蛮感到恐惧，他
们似乎还生活在当年瓦卢斯军团全军覆灭的噩梦中难以解脱。他们为自己
长期离乡背井驻扎在日尔曼边境所困扰，现在又要渡过英吉利海峡深入不
列颠不毛之地和那些更加野蛮的不列颠野人去交战，前景如何充满着不确
定性。上级下令向这片巫术盛行、杀人不眨眼的土地进军，一时怨声载道，
不少士兵忧虑重重从而转向抗命不行。军队放下武器，拒绝登船出海。这
时被克劳狄乌斯派去打先锋的纳尔奇苏斯挺身而出，大声训斥士兵们此举
有违军人天职。因为克劳狄在没有确认攻战胜利前，是不会冒险深入敌境
的。在纳尔奇苏斯发表演讲时，士兵们此起彼落地发作的嘲笑声湮没他的
声音，此时一个士兵突然大喊"农神节快乐！"的祝福，士兵们开怀大笑，
一场危机顷刻化解，大家的斗志似乎在瞬间被凝聚在一起，军队突然恢复
了良好秩序。士兵们兴高采烈地登上战船，浩浩荡荡地驶向不列颠。

此后，剑奴出身的纳尔奇苏斯更加受到皇帝的宠幸。当年皇后美沙丽
娜就是和纳尔奇苏斯合谋害死了克劳狄乌斯的首席秘书波利比乌斯。黎明
时分纳尔奇苏斯＼突然慌慌张张冲进主子寝宫报告昨晚梦见波利比乌斯袭

击皇帝；美沙丽娜故作惊讶，说她连续几夜都做同样的梦。半信半疑又有些惊慌的克劳狄正在犹豫时，事先安排好的人报告说，波利比乌斯正向寝宫冲来。其实他是接到命令前来朝见皇帝的。似乎这就将那些无比巧合的梦境确凿无疑地坐实。无疑冲进皇宫的波利比乌斯当即被处死。

皇后美沙丽娜的奢侈生活，导致花钱如流水，这一点使得管理元首财务的帕拉斯非常恼火，即使如此，帕拉斯在表面上还不得不逢迎她，讨她的欢心，他害怕自己遭到波利比乌斯同样的悲惨下场。但是内心中帕拉斯无时无刻不在绞尽脑汁地筹谋着联合各种势力将她搞垮。这位释奴并非等闲之辈，当年是伺候过克劳狄乌斯祖母小安东尼娅的奴隶，他是誓死效忠克劳狄和尤里乌斯家族的死党。赛亚努斯权势张扬时，他向安东尼娅老祖母毛遂自荐前往卡普里岛带信给提比略，导致老皇帝设计铲除了赛亚努斯阴谋集团，因此被解除奴籍而进入骑士阶层，因其精通财务管理成为克劳狄乌斯税务和财务管理的心腹，在卡里古拉耗尽国库资源的情况下为恢复经济、保持社会稳定方面起到积极作用。

顶替波利比乌斯的是一个以幽默搞笑著称的被释奴隶卡里斯图斯。卡里斯图斯是宫廷中的老政客，曾经是卡里古拉的宠臣，助纣为虐协助“小军靴”干了不少坏事，但是为人圆滑富有文采，被克劳狄留用，成为他内廷的首席秘书。这样三个对皇后美沙丽娜抱有仇恨的皇帝身边人和阿格里皮娜串通一气，开始利用皇后的混乱私生活大做文章。愚蠢的皇后正沉浸在不断觅取新欢夜夜沉醉于温柔富贵乡中昏睡不知苏醒，她不知道一张内外勾结精心编织的大网正向她悄悄袭来，她将陷入万劫不复的悲惨境地。

婚姻殿堂和地狱之门

　　美沙丽娜已经不满足于那些平平淡淡的婚外情，她又新交了一个情夫，这位新欢名字叫盖乌斯·西里乌斯，此人是贵族出身，是一个漂亮和极富魅力的年轻人，并很快被提拔到执政官的位置。虽然这仅是一个没有实权的荣誉性职务，但与美沙丽娜的暗中运作有着相当关系。现任元首夫人和候任执政官的结合导致他们在高层结成十分广泛的人际关系网，形成以皇后为首的利益集团。克劳狄乌斯因为年老昏聩并不一定知情，但是他对于这个围着皇后身影殷勤打转的漂亮年轻人并无好感。根据塔西佗的记载：

　　西里乌斯本人开始催促她索性把事情公开，这或许是由于他命中注定因情丧智，或是由于他看到只有冒险才能应付临头的危险。他对她说："我们不能干等着皇帝年老：只有清白的人才能思前虑后而不误大事；罪行被人发觉，就得用大胆来进行补救。我们有的是朋友，他们和我们一样，都有担心的事。我本人没结婚，又没有孩子，我准备结婚，并且把布列塔尼库斯过继过来。你的权力并不会削弱，而且，如果我们先动手除掉克劳狄乌斯，你的心境会更加安宁。要知道，克劳狄乌斯即使不会很快发现我们的奸情，但他是很容易发怒的。"

　　美沙丽娜听到这番话之后，反应十分冷淡。这并不是出于她对丈夫的恩爱，而是担心一旦西里乌斯失去管束，会把自己抛弃，她正在犹豫着估量值不值得参加这场十分危险的政治游戏，但是她十分渴望成为他的妻子。她要等克劳狄乌斯去奥斯蒂亚主持牺牲奉献典礼，就和西里乌斯举行正式的、隆重的结婚典礼。

　　在罗马这座城市中布满了各式各样的耳目，宫廷的密谋有时就是通过这些耳目将真真假假的信息向民间散布，从而形成某种舆论氛围来影响政局。对于美沙丽娜和西里乌斯的婚外情的流言就这样在罗马街头巷尾广为传播着，而皇帝此刻正在奥斯蒂亚为港口建设逗留不归。就在此时，愚蠢的美沙丽娜和西里乌斯竟然真的去登记结婚了，当着婚书上盖章的证人面，一位当选执政官和元首的夫人到某处公然举行正式婚礼，这种逆天的消息还在不断地被荒诞的现实所证实。这位浅薄的元首夫人，竟然听从占卜官的话煞有介事地戴上了结婚的面纱，向诸神敬献了牺牲；然后和客人一起欢宴，最后进入洞房。塔西佗在书中说："我丝毫不是在这里故作耸人听闻之笔：这里所记的都是我的先辈亲口所说或亲手记录下来的事实。"

根据苏维托尼乌斯的记载，这场美沙丽娜和西里乌斯的荒唐婚姻闹剧，完全是阴谋和骗局，是为阿格里皮娜登上皇后宝座搞臭美沙丽娜清除政敌的第一步。在美沙丽娜与其情夫西里乌斯结婚时，元首作为证人之一亲自在他们的婚约上签了名；他之所以这样做，是因为这些释奴们劝说，这场婚姻只是一场假戏，因为罗马高层历来有将自己的妻子赠送给朋友的习惯，比如提比略·克劳狄·尼禄就将自己的妻子李维娅赠送给了屋大维等等。愚蠢的皇帝信以为真也就照此办理，成了释奴和皇后的双重玩偶，他只是这场政治阴谋被利用的工具。目的在于避免和转嫁有某些迹象表明正威胁着皇帝本人的危险。这也许是一贯装愚守拙的克劳狄的聪明过人之处，将矛盾推向极端后的借刀杀人之计。目的只有一个：就是让美沙丽娜钻进圈套，一步一步将她绞杀。

下面我们还是按照塔西佗的演绎去叙述事件始末：阿格里皮娜和她的那共谋的三位释奴得知，全罗马城都在窃窃私语中传说一个预言，说："美沙丽娜的丈夫在年内会死去"，也就是说克劳狄乌斯皇帝在年内必死。罗马的宫廷笼罩着一股恐怖诡异的气氛，三位释奴最怕已经确定的皇位发生变化，影响到自己的权力和生命财产安全。他们重金收买了皇帝的侍妾前去奥斯蒂亚告密。随后克劳狄乌斯召见了他的首席国务顾问纳尔奇苏斯，这位释奴证实这个传闻不虚。并反问道："你知道你离婚的事吗？因为全国人民、元老院和军队都看到西里乌斯的婚事；而除非你赶快行动，否则美沙丽娜的新丈夫就要掌握罗马了。"

显然这种耸人听闻的吓唬，使得克劳狄乌斯惊恐万状手足无措，完全慌了神。于是他连夜启程返回罗马，没有去帕拉蒂尼山的皇宫，却躲进了禁卫军的军营。并且立即更换了禁卫军司令，纳尔奇苏斯毛遂自荐暂时出任禁卫军统领。

皇后美沙丽娜和西里乌斯，不知是政治上的麻木，还是爱情冲昏了头脑，正在这个浓浓月色的仲秋之夜，去了在罗马近郊豪华宅邸的庭园里，举行葡萄收获的歌舞表演晚会，榨葡萄机被搬到庭院中心，一桶桶的鲜榨葡萄汁外溢着葡萄酒的香味使人无比陶醉。披着兽皮的妇女扮演成各种牺牲像是发了酒疯的酒神祭司那般疯狂地跳跃着，手舞足蹈，口中吟诵着欢快的颂歌。皇后则披散着头发挥动着用葡萄藤编织的酒神权杖跳着叫着笑着；西里乌斯围绕着她充当酒神头戴常青藤冠，穿着戏子的高底靴摇头晃脑，而他的周围则是放荡的合唱队胡乱地吼叫着。

美沙丽娜的另一个情人、她的医生维提乌斯·瓦伦斯一时兴起，爬到一株高大的树上。别人问他："看到了什么？"他回答："奥斯蒂亚上空的一场暴风雨正在来临。"也许是不留心讲出的一句话，却对即将来临的事件一语成谶。群魔乱舞中，报信的人从四面八方来到庄园。他们带来消息说，克劳狄乌斯已经知道了一切，并且已经赶到罗马，急不可待地进行报复。于是庄园里彻夜狂欢的客人作鸟兽散。进入罗马广场的通道已经被纳尔奇苏斯的禁卫军完全控制，西里乌斯在进入市民广场时被戒严的禁卫军捕获。后来这场对于皇后和候任执政官集团的瓜蔓抄株连了许多皇亲国戚和元老院高官。

大难临头的美沙丽娜乘上一辆垃圾车沿着阿皮亚大道匆匆忙忙赶回罗马城，她不敢回帕拉蒂尼山的皇宫，慌忙中躲进了罗马城北的平齐乌斯山上的卢库鲁斯别墅，这栋精美奢华的别墅是大约一百年前的罗马执政官卢库鲁斯花费巨资建造的，现在这一豪宅的主人瓦列利乌斯·亚细亚提库斯，被美沙丽娜无端戴上"谋逆罪"的帽子而被皇帝敕令割腕自尽。这位因军功加入元老院的高卢骑士死后，美沙丽娜抢占了这栋庄园，现在将和她害死的主人一样，死在这栋别墅内。她派人带信给自己的那对儿女布列塔尼库斯和屋大维娅，希望他们赶快去见父亲为自己求情。然而，这一切为时已晚。

纳尔奇苏斯在船首形市中心讲台前对西里乌斯的审讯期间，克劳狄乌

斯始终保持令人不解的沉默，一切事情都任凭纳尔奇苏斯的摆布。他下令
把奸夫的住宅打开，并且把皇帝领到那里去。在那里他首先把入口地方的
一座西里乌斯父亲的半身像指给皇帝看，这原来是元老院明令禁止放在这
儿的。这涉及老西里乌斯曾经是德鲁苏斯日尔曼军团的骨干，在担任执政
官期间被赛亚努斯栽赃陷害，受到先皇提比略的迫害，本人自杀，财产被
罚没。毁掉这个半身像是西里乌斯被判罪时由元老院决定后公布的。在抄
家过程中还发现了原来提比略·尼禄家和德鲁苏斯家的一些传家宝物，由
皇后美沙丽娜作为通奸的礼物赠送给了西里乌斯。塔西佗描绘道：

　　皇帝勃然大怒，说了许多威胁的话，纳尔奇苏斯于是便把他领到了军
营，那里已经安排好了一次士兵集会。纳尔奇苏斯讲了开场白后，克劳狄
乌斯只讲了几句话：因为尽管他的气愤是正当的，但是羞愧之心却让他说
不出话来。近卫军士兵发出了长时间的呼号，要他把罪犯的名字说出来，
并对他们进行惩罚。当西里乌斯被押解到讲台前时，他既不想为自己进行
辩护，也不想拖延，只是要求速死。

　　同时被处决的还有西里乌斯的同党，包括：城市守卫队长官、剑奴训
练所监督及相关元老。这时美沙丽娜在卢库鲁斯花园为保全自己的性命做
最后的挣扎。她写了一篇为自己辩护的请愿书，充满着被阴谋陷害的激愤
情绪。而皇帝在回到帕拉蒂尼山宫殿后，吃了宵夜，情绪有所平复，他命
令次日凌晨将那个"可怜的妇人"带到皇宫听取她的自辩。他的怒气正在
消失，对那位妇人的怜爱正在袭来。纳尔奇苏斯发现如果自己还不动手的
话，黑夜即将过去，性情柔弱的皇帝将要重新回到和美沙丽娜的闺房乐事
中。纳尔奇苏斯立即假传圣旨，命令禁卫军将领和几个百夫长立刻对皇后
执行死刑。但这些人赶到卢库鲁斯花园时，看到美沙丽娜正和母亲雷必达
待在一起。塔西佗记载道：

　　雷必达在女儿得势时两人关系并不好，在她落魄时感到了怜悯，母亲
劝女儿："不要等刽子手的到来，再结束自己的生命，现在你能够做的只
是设法死得体面一些。"但是这个女人的心里已经谈不上什么荣誉不荣誉
的问题，当人们破门而入的时候，美沙丽娜却还在不停哭泣和呻吟。美沙

丽娜第一次明白了自己实际的处境，她抓起一把匕首，心慌意乱地刺向自己的咽喉，又刺胸膛，但是都不顶事。最后还是被禁卫军将领一刀结果了性命。

美沙丽娜的殒命，意味着阿格里皮娜的崛起。克劳狄乌斯身边时刻不能缺少的是醇酒和美人。刚刚丧失了夫人后，元首迎来嘘寒问暖娇小玲珑的大美人——他的侄女阿格里皮娜，两人原本在帕拉蒂尼山宫殿的旧情愫很快被点燃。与此同时，新元首夫人遴选工作很快提上三个得宠释奴的议事日程：帕拉斯已经成了阿格里皮娜兼有情人性质的特殊朋友，他竭力称赞阿格里皮娜，着重指出她所带来的是日尔曼尼库斯的外孙（现在的卢基乌斯·多米提乌斯·埃诺巴尔布斯，即为后来的尼禄）这是最有资格继承王位的人物，让皇帝和这一名门联姻吧，这是尤里乌斯家族和克劳狄家族的后裔，这样可以保证使这位还在盛年的美丽孀妇、能够生儿育女的皇帝外孙女，不至于把恺撒的光荣血统落到其他家族。原本持有其他皇后推荐人的纳尔奇苏斯，放弃了自己的意见，勉强同意了帕拉斯的意见。

于是，在公元 49 年的这个血雨腥风的深秋季节，那边美沙丽娜的尸骨未寒，这边阿格里皮娜如愿以偿地嫁给了自己的亲叔叔克劳狄乌斯。其中元老院的监察官，原先当过执政官和叙利亚总督的资深元老维提里乌斯接受了阿格里皮娜委托负责试探克劳狄乌斯的态度，和他随之在元老院的游说起了关键作用。能言善辩圆滑世故的维提里乌斯首先去见皇帝，问他在婚姻问题上是否愿意服从人民和元老院的裁定。克劳狄对此做出了肯定的答复，指出他本人是人民的一分子——要知道，对于法律条文他是极为认真的，而从法律上来说，元首的职位对可以被拥戴取得这一称号的公民是敞开的。

维提里乌斯得到这样明确的答复后，匆匆忙忙赶到元老院直接进入议事堂，打断了元老们的讨论，要求提出一件极为重要的提案，他开始对于元老院进行说服工作。他在元老院会议上振振有词侃侃而谈，从元首的责任义务和繁重的工作谈到选择贤内助的重要性，再从阿格里皮娜高贵的出身和本人的贤德及深明大义，巧妙地引出她和元首联姻的必要性。他那娓娓动听的演说，得到了元老们意在逢迎的热烈赞同。他最后就关于叔父和侄女的婚姻做出总结：

实际上他们在创造一个伟大的先例，这就是：皇帝从罗马人民手里接受一个妻子！也许有人会说，过去我们这里从来没有过叔父和侄女通婚的事情。可是在别的国家，这样的做法是正常的，是任何法律不禁止的。同从兄弟与再从兄弟结婚的事情虽然过去很久没有过，但已渐渐变成平常的事情了。时代的要求变了，人们的习惯也将随之改变。今天的新鲜事情，到明天已经成为惯例。

这样得到元老院批准，阿格里皮娜为了国家和人民的利益正式成为克劳狄乌斯的合法妻子，他们迫不及待地举行了婚礼，元首同时宣布今后叔伯和侄女的婚姻完全合法化。根据苏维托尼乌斯的记载，克劳狄乌斯实际已成为这些释奴和阿格里皮娜手中的傀儡：

由于处在这些人和自己妻妾的控制下，他所扮演的角色不像是个国家元首而像是个仆人。他根据他们任何一个人的利益、愿望甚或是兴致授予荣誉、任命军事指挥官，给予赦免或者施加惩罚，他本人对此大都什么都不知道。诸如不履行他所承诺的奖励，取消他的决定，公然假冒他的任命指令，甚至公开篡改他已经发布的命令等等。只说重大的事件有：他根据莫须有的控告处死了他的岳父阿庇乌斯·希拉努斯以及德鲁苏斯的女儿尤利娅和日尔曼尼库斯的女儿尤利娅，并且不给他们以辩护的机会。他还处决了大女儿的丈夫格涅乌斯·庞培和小女儿的未婚夫卢基乌斯·希拉努斯。在这些人当中庞培是在娈童的怀抱被刺死的。而希拉努斯被迫在 1 月 1 日前 4 天辞去大法官职务。克劳狄处死了 35 名元老、300 多名罗马骑士。以至于有一次一个百夫长报告一位前任执政官已经按照他的命令被处死，他却回答说从来没有发过这样的命令，但是他还是追认了这次命令。他的释放奴称士兵们在没有得到他指示的情况下，急于替皇帝报仇履行了自己的职责。

这些对于皇亲国戚的无情杀戮，到底是出于皇帝的本意，还是阿格里皮娜及其党羽为了铲除异己假天子之名而擅自行动的屠杀，历史已无明确记载，统统都是斧声烛影般的历史迷案。对于这次婚姻的成功，阿格里皮娜内心洋洋得意，但是表面上她依然波澜不惊装出一本正经的样子，振振有词告诉她的同伙说，她将接受命运安排给她的义务。她允许他们向皇帝提出的这门婚事，明明是她自己的精心策划还冠冕堂皇地说是命运的安排和她应尽的义务。政治女性的双面人格在坎坷人生的历练中，无耻矫情地在王朝兴衰中表演着，演技已完全达到炉火纯青，这也算是前半辈子凄惨命运对于她的玉汝于成。阿格里皮娜相较于她直言不讳嫉恶如仇的母亲而言，在政治手腕的隐蔽韬晦圆滑老到方面完全是青出于蓝而胜于蓝的，颇具其先祖奥古斯都甚至是李维娅的遗风。

对于克劳狄乌斯而言，这桩婚姻正中下怀。由于他是一个残疾人加上精神疾病患者，他已经不能在情感上放纵自己随心所欲地追逐女人，他觉得一个有着宽容谅解精神和不过分挑剔的妻子正好是他感情和生理上均需要的女人。她显然在人格上是有魅力的，在精神上是不可抗拒的出色女子。她文静、聪慧、机敏而又善解人意。她完全不像美沙丽娜嘲笑他的愚蠢和软弱，也不会在他鼻子底下同其他男人搞恋爱游戏以伤害他。她会忠诚地捍卫他的尊严，保卫他的荣誉，使他不至于受到司空见惯的藐视和轻蔑，而这对于帝国人际关系中的元首权威的维护是至关重要的。

阿格里皮娜无疑是个有着独立意志特立独行的女人；而他内心并不需要一个意志坚强的女性来束缚自己天马行空的王族特权。她感到欣慰的是她成功克服了那种清教徒似的道德戒律，并且还知道自己有意装出一副道貌岸然的嘴脸做出一副道德楷模的两面人格样子的必要性；先祖母李维娅也是以那种母仪天下的嘴脸示人，却在暗中实施着克劳狄家族的复仇计划。

作为性情中人的皇帝克劳狄乌斯做不了夫人那种虚伪，他的天性随心所欲，不拘小节也不善于掩饰。他从根本上就不喜欢塞内加所鼓吹的那种传统的淳朴无华的罗马斯多葛主义虚伪做派，他更喜欢由卡里古拉引入的罗马的、希腊人的那种悠游自在惬意随性的生活方式，但是他主张一定要有限度，也就是中国似圣人孔夫子所言的"随心所欲而不逾矩"。显然他已经到了知天命的年纪。

　　然而，从这个时候起，帝国的情况发生了根本性的变化，全部国家大事都操纵在三个释奴和一个表情严肃的女人手里。这个女人与任意玩弄罗马帝国的美沙丽娜不同，这是一种严酷的几乎和男性帝王一般的暴政，但是在公开场合阿格里皮娜却表现出严厉的蛮横傲慢，她的私生活在外表上看没有一丝淫乱的迹象。她把原来遭到美沙丽娜诬陷而流放的著名学者安奈乌斯·塞内加从科西嘉岛流放地召回罗马，后来塞内加成为她的忠实谋士和尼禄的导师。他们共同策划了对于白痴皇帝克劳狄乌斯的谋杀。因为皇帝听从美沙丽娜唆使曾经将他放逐出罗马，并且害死了他的情妇李维娅，这一点塞内加和阿格里皮娜都没有忘记，只是迫于政治需要收敛了起来。

　　阿格里皮娜急于将自己 11 岁的儿子多米提乌斯变成一位亚历山大似的君主。被召回的塞内加，恢复了在元老院的席位，并被赐予了行政长官的待遇，同时他将被聘为皇帝继子的导师。她的这一行动获得了民众好评，塞内加以 5 年时间教养这位未来的罗马皇帝，另外以 5 年时间引导这位幼主如何治理国家。在他流放科西嘉岛期间，撰写了一系列阐述斯多葛学术的著述——《论愤怒》《论人生的短促》《论灵魂的宁静》《论仁慈》《论幸福的人》《论圣贤的坚贞》《论利益》《论天道》等等，今后都将成为准皇储的教材。

　　威尔·杜兰评价这些著述：这些正式的论文并没有展示他充分的才华。这些文章如同他政治舞台表演的道具，光怪陆离闪耀着精辟的人造警句与华而不实的妙语连珠，这些词句连续不断地出现在书页中，使读者感到厌烦腻味，失去了迷人光彩之后，成为一些杂乱无章的词藻堆砌。

　　克劳狄乌斯的晚年是孤独而痛苦的，他与阿格里皮娜的政治婚姻，因为这个女人政治目的达到，变得黯然失色。他对匆忙中与这个野心勃勃的女人踏上婚姻殿堂，以及在已经成为阿格里皮娜情人的帕拉斯撺掇下收养多米提乌斯作为义子感到明显的后悔。现在这小子已经有了一个更加响亮而绚丽的名字——尼禄·克劳狄乌斯·恺撒·德鲁苏斯·日尔曼尼库斯。克劳狄乌斯老泪纵横地说，自己命中注定的妻子都是不正经的，他将为此而受到惩罚。而这话是他在酒后当着阿格里皮娜面讲的。无疑增加了这个女人对他的猜忌。

公元59年秋天，他与阿格里皮娜的矛盾已经到了公开化的程度。这时尼禄已经十七岁，而那个只有十三岁半的布列塔尼库斯长得高高瘦瘦面色苍白的孩子，显得发育不良，郁郁寡欢。这时已经六十三岁的克劳狄乌斯正在和阿格里皮娜进行着无力的抗争。现在他认为他已经看透了她的险恶用心。他感到她的虔诚、她的可敬外表，甚至她的贞洁都是骗人的，这只是给公众看的一种姿态，目的是取得正处于上升阶段的传统老贵族的支持。

这个铁石心肠的妻子剥夺了他生活中的一切欢乐，在他心目中宫殿成了一个表演装腔作势礼节的憋气暖房，它完全被控制在一个不能容人的强势女主阿格里皮娜手里。协助和唆使她的是那个油嘴滑舌的骗子塞内加，为了混饭而成为她奴隶的帕拉斯，还有四肢发达头脑简单的禁卫军司令布鲁斯都成了她的帮凶。由于克劳狄乌斯所谓违反传统礼仪的散漫随意，由于他的粗俗和缺乏尊严的言行举止，他这位皇帝永远受到她的指责，甚至在大庭广众前公开批评他，限制他的言论和行为。该死的尊严，使他饱受屈辱！他所喜欢的美食、美酒和陪他娱乐玩耍的称心如意的男人和女人们都被阻止在他的生活圈子之外，他是个头脑简单的人，他虽然失去了健康，但是没有失去追求美好生活的兴趣。

这时，他也在暗中思忖着是否和纳尔奇苏斯不动声色地改变这种状况。也许某种计划正在实施中，这使他重新有了希望。有一天晚饭时，酒后吐真言，竟然当着阿格里皮娜的面鼓起勇气说，他已经摆脱了一个妻子，还很想摆脱另一个妻子。他在宫殿的走廊里看到自己十四岁的儿子布列塔尼库斯时紧紧抱住他，希望他快快长大成人，他的手时而指向苍天，时而伸出双手抱着儿子说："除掉父亲的敌人，向谋杀自己母亲的敌人报仇。"并将自己写的《自传》交到儿子手中，流着泪恳请儿子接受对自己一生的解释，并用希腊语对他说："治伤还需伤害人。"这些充满暗示的言谈中都透着老皇帝欲言又止的惶恐和无奈。

　　尽管布列塔尼库斯还不到成人的年纪，在他十五岁时克劳狄参照尼禄的前例授予他穿成人托加袍的权力。他还说："罗马人民终于会获得一个真正的恺撒。"此后不久，他立下遗嘱，加盖所有高级行政长官印章密封起来。当他对儿子的接班还要采取进一步行动时，阿格里皮娜就抢先一步结束了他的生命。因为她心中有数，许多人揭发了她不少罪行，使她心中感到忐忑不安。她只能孤注一掷，先下手为强。

　　10 月 12 日的夜里，帕拉蒂尼皇宫要举行晚宴，纪念死去的奥古斯都。这是每年都要进行的宗教仪式。对阿格里皮娜来说这是一次机会，如果克劳狄乌斯死在这天的夜里，则他的儿子在她的训诫下就能够成为新的奥古斯都。那时克劳狄家族的忠实释奴权臣纳尔奇苏斯因为患痛风病去了坎帕尼亚拉提乌姆沿岸的温泉疗养，禁卫军统领是阿格里皮娜的亲信塞克图斯·阿弗拉尼乌斯·布鲁斯所掌控，可以说是无人可以阻挡她的行动。

　　就在这天的晚上，她找来一个关押在监狱中的投毒女犯洛库斯塔，奇怪的是这个女毒贩一直未被处决，却长期由宫廷监护起来，后来在毒杀布列塔尼库斯乃至最后尼禄之死中都巧妙地发挥了作用，她成为宫廷御用制毒师，一直活到伽尔巴统治时期。当晚由她巧妙配制了一剂高效毒药，涂在皇帝特别爱吃的蘑菇上，她说服收买了皇帝的试食宦官哈洛图斯，将克劳狄乌斯毒死。

　　另一些人说，在一次家庭晚餐上，阿格里皮娜在克劳狄特别爱吃的一盘蘑菇中涂抹洛库斯塔研制的毒药，然后端到他面前，看着他吃了下去。由于克劳狄乌斯天生迟钝或者已经喝醉了酒，开始昏昏欲睡，传说他吃下蘑菇后就变成了哑巴，受了整整一夜的煎熬，在悲惨的哭叫中于凌晨一命呜呼。还有一些人说，他先是不省人事，然后翻肠倒肚地呕吐，把胃里的东西统统吐出，而后阿格里皮娜找来御医色诺芬将蘸有剧毒的羽毛管插进克劳狄乌斯的喉咙，这是罗马当时流行的一种刺激咽喉造成呕吐醒酒的办法，为了加强毒药效果投毒者将毒药搅拌在稀饭里，伪称吐空以后，必须吃点东西才会有精神，或者是在灌肠时强行输入肠胃，给人的感觉他是因为贪吃而肠胃不适需要呕吐排泄才能使肚子舒服起来，因呕吐过分而引起心脏衰竭的假象。

元首确实是一向钟情于美味佳肴，看到哪里有好吃的就向哪里跑。他时时处处贪吃贪喝，有一次在奥古斯都广场主持审判，嗅到战神庙里为祭司们准备的饭菜香时，他离开法官席径直朝祭司们用餐的地方冲去，在他们的餐桌旁坐下，吃饱喝足后很快躺下呼呼大睡起来，张大的嘴巴插上一根羽毛以助消化。

元首现在却在帕拉蒂尼山的寝宫中长眠不醒，时在公元 54 年 10 月 13 日，享年 64 岁，在位 14 年。克劳狄乌斯的尸体被裹上床单用于保温，并用绷带捆扎起来。阿格里皮娜立即指挥她所掌控的禁卫军封锁元首官邸，她要确保尼禄继位，她装作悲痛欲绝的样子哭泣着把布列塔尼库斯抱到自己胸前，似乎想从这个孩子身上找到对先皇死后在精神上的安慰，夸奖他长得和他父亲一模一样，用此类言不由衷的办法拖延时间，不让他离开官邸。

她同时还软禁了克劳狄的女儿安东尼娅和屋大维娅。整个通向帕拉蒂尼山顶皇宫的道路全部被禁卫军所封锁，不时对外发出通告，谎称元首的病情正在好转，不时传召一些演艺人员进宫，造成皇宫娱乐正常进行的假象以掩人耳目。为维持这一假象，将死者用枕头给架了起来，并且要他宠爱的丑角和舞蹈演员到他寝宫中表演，使他开心。于是演员们开始插科打诨、蹦蹦跳跳，死者眼睛无神地瞪着他们。就在这时宫廷乐队还在击鼓奏乐，阿格里皮娜或者她的友人不时微笑着走到床边，问那具毫无生机的尸体是否感到开心，并不时对他的胃部进行热敷等等。这一切的假象目的是为了保持时局的稳定，欺瞒罗马公众、维持军队士气，并且等待占星师所说的良辰吉时的到来。

此刻，宫门紧闭，布鲁斯在通往帕拉蒂尼山的每一个路口都布满岗哨。在皇帝病危的时候，一封通知已经送到了元老院，让出席会议的人员祈祷元首早日康复。与此同时，尼禄正在他的居室中踱来踱去，激动地练习他和塞内加共同起草的演讲稿，他把自己的仆人招来，给他穿上合适的衣服，为他打理发式，使他看起来像是一个漂亮稳重的成年人。他的红色卷发被梳理在脑后，他那长着雀斑的泛红色面容显得神采奕奕富有朝气。

时间一直拖延到 10 月 13 日的中午，元首宫殿的大门突然打开了，内廷的门却被紧紧关闭了。那是为了将布列塔尼库斯兄妹们紧紧锁闭在宫中，防止他们在公众面前出现，坏了尼禄的好事。尼禄在禁卫军统领布鲁斯的陪伴下乘着肩舆去了阿皮托尔山下的禁卫军军营接受将士们的欢呼，当时有些人对他的登基提出质疑："布列塔尼库斯到哪里去了？"并没有人出头反对。尼禄继承元首之位俨然已经铸成铁的事实，他在军营如同克劳狄乌斯一样对士兵颁发了金钱奖励，等到继承人的一切事项安排妥当，才将军队的决定提交元老院批准，随之通报各行省，一切程序如愿完成后，尼禄正式被拥戴为帝国新的元首。元老们向他欢呼，他一直忙碌奔波到黄昏才返回皇宫，阿格里皮娜怀着忐忑不安的心情等待着他。当晚禁卫军向他请示当夜的口令，尼禄转向身边的阿格里皮娜回答说："最好的母亲。"

当她从儿子口中得到确切消息，即自己儿子已经被罗马公众接受为新的帝国元首后，带着冰冷的复仇心态和残酷心情，派出使者到被她击败的纳尔奇苏斯处通报克劳狄乌斯的死讯，尼禄已经登上皇位，她已成为帝国的摄政。纳尔奇苏斯烧掉了自己的所有私人文件后不久，这位对克劳狄乌斯忠心耿耿的释奴在残酷的监禁和酷刑威逼之下自杀身亡。

克劳狄享受了王者隆重的葬礼，元老院决定将他封为神灵。他的隆重葬仪完全和圣奥古斯都一样；克劳狄乌斯被密封的遗嘱没有被宣读，随着他的尸体被火化，骨灰盒被送进奥古斯都陵墓，由元老院资深元老签名盖章的遗嘱，终于成为千古之谜。

克劳狄乌斯在他临终前的那个月里似乎预感到自己的末日即将来临，他在最后一次出席元老院会议时，谆谆告诫两个儿子要和睦相处，并恳求元老们关心两个年幼的孩子。最后一次出现在法庭审判席的时候，尽管所有听众都祝愿他化凶为吉，但他仍然一再说自己的寿命已到了尽头。

克劳狄乌斯在禁卫军统领挟持下被拥立为帝，如今又在妻子阿格里皮娜利用禁卫军发动的宫廷政变中被残酷毒杀，禁卫军再次成为王朝改朝换代的工具。以后的禁卫军在罗马的政治权力运作中起着举足轻重的作用，在帝国的中枢命脉中注入一种无形的军事胁迫毒素，元老院往往通过禁卫军对于皇帝的刺杀来作为独裁的报复。宫廷政治中一直充斥着阴谋和杀戮，在弱肉强食胜者为王的潜规则中演绎着血腥与恐怖，并在事实上宣布着所谓共和法治精神的死亡，专制独裁统治的确立。阿格尼皮娜前夫的儿子尼禄作为傀儡被推上前台成为帝国新的统治者。

> 2022 年 11 月 12 日改于布里斯班
> 2023 年 9 月 1 日改定于南京秦淮河畔

图书在版编目（CIP）数据

古罗马墓志铭.3, 文治武功 / 陆幸生著. —— 北京：
中国书籍出版社, 2024.8
ISBN 978-7-5068-9836-2

Ⅰ.①古… Ⅱ.①陆… Ⅲ.①纪实文学—中国—当代
Ⅳ.①I25

中国国家版本馆CIP数据核字(2024)第073212号

古罗马墓志铭（3）　　文治武功

陆幸生　著

责任编辑	李　新	
责任印制	孙马飞　马　芝	
封面设计	程　跃	
出版发行	中国书籍出版社	
地　　址	北京市丰台区三路居路 97 号（邮编：100073）	
电　　话	（010）52257143（总编室）　　（010）52257140（发行部）	
电子邮箱	eo@chinabp.com.cn	
经　　销	全国新华书店	
印　　刷	三河市富华印刷包装有限公司	
开　　本	710毫米 × 1000毫米　1/16	
字　　数	450千字	
印　　张	25	
版　　次	2024 年 8 月第 1 版	
印　　次	2024 年 8 月第 1 次印刷	
书　　号	ISBN 978-7-5068-9836-2	
定　　价	518.00元（全四册）	